ISAAC BASHEVIS SINGER

Le Manoir

ROMAN

TRADUCTION DE GISÈLE BERNIER
REVUE ET CORRIGÉE
PAR LÉON ABRAMOWICZ

STOCK

Paru dans Le Livre de Poche :

LE MANOIR *(Série Biblio).*
LE DOMAINE.
SHOSHA *(Série Biblio).*
LE BLASPHÉMATEUR *(Série Biblio).*

Dans Le Livre de Poche Jeunesse :

ZLATEH LA CHÈVRE ET AUTRES CONTES.

Cet ouvrage est la traduction originale, d'après l'édition américaine, du roman yiddish THE MANOR.

Farrar, Strauss and Giroux, Éditeurs, New York, 1967.

Le Manoir

" Plus il y a de richesses, plus il y a d'inquiétude ! " Calman Jacoby, le personnage central du *Manoir,* ne peut s'empêcher de méditer cette phrase du Talmud. Lui, le juif pieux, le petit grainetier de Jampol, a vu en effet s'accroître sa fortune depuis qu'on lui a confié le domaine du comte Jampolski, envoyé en exil après l'insurrection polonaise de 1863 contre les Russes.

De Zelda, sa première épouse, Calman a eu quatre filles. Mariages, naissances, morts : Singer suit la destinée de chacune d'elles. Car son roman est d'abord une grande fresque romanesque. " Mes personnages ne sont pas des saints. Je ne fais pas leur éloge. Je les aime avec leurs défauts. Les saints d'ailleurs ne sont pas des personnages de romans. " On connaît la prédilection de Singer pour les histoires. " S'il n'y a pas d'histoire, il n'y a pas de littérature ! "

Mais *Le Manoir,* c'est aussi la vision de deux mondes qui s'affrontent. La Pologne sort à peine du Moyen Age, et pourtant elle est déjà tournée vers un modernisme qui bouleverse les coutumes, les mœurs, la stricte observance de la religion juive. Dans la jeunesse, des aspirations nouvelles se font jour. Etudiants et autodidactes se retrouvent dans de sombres meublés de Varsovie pour discuter sans fin d'un ordre meilleur, de leur volonté de changer le monde. Calman, lui, souffre du progrès dont il est pourtant le bénéficiaire. La vente des arbres du domaine de Jampolski — destinés à fabriquer des traverses pour la construction d'une ligne de chemin de fer — n'a-t-elle pas fait sa fortune ? Personnage pivot du *Manoir,* il se trouve au confluent de ces deux mondes. Celui qui est en train de disparaître est symbolisé par Zelda, sa pieuse épouse. Après sa disparition, il est projeté vers le nouveau, dont l'image est comme illuminée par la radieuse Clara, sa seconde femme, émancipée, frivole, légère, rieuse et... infidèle. Mieux encore, Calman n'a-t-il pas un gendre qui étudie l'algèbre, la géométrie, les sciences, Kant, Rousseau et Spinoza et qui veut devenir médecin ?

De quel côté se situe Singer ? Vers quel monde penche-t-il ? La nostalgie est-elle plus forte en lui que le " progressisme " ? A cette question essentielle, nul ne peut répondre. Il se veut surtout le chroniqueur scrupuleux d'une époque, d'une société, attentif à décrire l'histoire de la Pologne, le temps qui passe, les villages cernés par la neige, les arbres figés par le gel, les traîneaux glissant dans un paysage d'hiver, le dédale des rues de Varsovie avec ses fiacres et ses omnibus, ou bien encore les chaudes soirées de Jampol saturées des senteurs de fruits mûrs.

Mais en sauvant ce monde, Singer sauve aussi une langue : il écrit en yiddish, sa langue maternelle (il a d'ailleurs traduit en yiddish Thomas Mann, Knut Hamsun, Stefan Zweig). Et quand on lui demande si le yiddish n'est pas condamné à s'éteindre, son regard bleu pâle s'éclaire et il réplique par une boutade : " Je répondrai ce que Mark Twain rétorquait

(Suite au verso.)

aux gens qui ne cessaient d'annoncer sa mort : Les rumeurs concernant mon décès me semblent très exagérées. ''

Le Manoir commence donc en 1863. *Le Domaine* poursuit cette saga familiale jusqu'à la fin du XIXe siècle. *La Famille Moskat* se présente comme le troisième volet du tryptique.

L'œuvre de Singer se nourrit de son enfance à Radzymin — le petit village, près de Varsovie, où il est né le 14 juillet 1904 —, de ses souvenirs de la rue Krochmalna — rue très pauvre de Varsovie où son père était rabbin — et de ses années à Bilgoray, chez son grand-père. L'écrivain a une sœur et deux frères. Il considéra toujours l'aîné de ceux-ci comme son père spirituel, son maître en écriture. Son frère cadet et sa mère, restés en Pologne, périront dans l'holocauste.

En 1935, il part aux Etats-Unis où son frère est devenu célèbre avec un roman, *Les Frères Askenazi*. Quand il débarque à New York, à part quelques nouvelles parues dans les journaux, il n'a publié que *La Corne du bélier*. Il lui faut travailler dur pour gagner les 15 dollars par semaine dont il a besoin pour survivre. Il devient bientôt journaliste au *Jewish Daily Forward*. Sa vraie carrière d'écrivain commence.

'' Ecrire, c'est un moyen de lutter contre la mort des choses, d'empêcher les générations de tomber dans l'oubli '', assure Singer. Et de *L'Esclave* à *Shosha* en passant par *Le Confessionnal,* avec des nouvelles comme *La Couronne de plumes, Passions, Le Blasphémateur,* des récits autobiographiques comme *Un jeune homme à la recherche de l'amour* ou des contes pour enfants, il s'efforce, dit-il, de rendre justice à des vies et à des morts exceptionnelles. Mais avec son humour impénitent, Singer ajoute aussitôt : '' Les écrivains sont de grands menteurs qui vivent en paix avec leurs mensonges. ''

Singer, qui avait reçu en France le Prix du meilleur livre étranger en 1965 et à Stockholm le Prix Nobel de littérature en 1978, est aujourd'hui traduit en vingt-deux langues. Est-il un juif religieux? Il ne respecte pas tous les dogmes, mais il se sait et se sent juif. '' C'est cela mon judaïsme '', déclare-t-il. Quant à son pessimisme, il l'explique ainsi : '' Je me suis toujours préparé au pire, en espérant le meilleur. ''

Nicole Chardaire

A ma femme, Alma, avec amour.

AVANT-PROPOS DE L'AUTEUR

Le Manoir a été écrit entre 1953 et 1955. Comme la plupart de mes nouvelles et comme tous mes romans (à l'exception de *La Corne du Bélier* que j'ai écrit quand j'étais encore à Varsovie), il a d'abord été publié en feuilleton dans le *Jewish Daily Forward*. Bien que *Le Manoir* soit édité bien des années après *La Famille Moskat*, il dépeint une période antérieure — l'époque entre l'insurrection polonaise de 1863 et la fin du XIXᵉ siècle. C'était le temps des lampes à gaz. Les Polonais s'étaient enfin résignés à la perte de leur indépendance. Ils se tournaient vers une sorte de positivisme national. C'est alors que la Pologne commençait à percer en tant que pays industriel; on construisait des lignes de chemin de fer, on ouvrait des usines, et les villes croissaient rapidement. Les juifs qui jusqu'en 1863 vivaient pour la plupart dans une atmosphère de ghetto, commençaient à jouer un rôle important dans l'industrie, le commerce, les arts et les sciences. Toutes les idées d'ordre spirituel et intellectuel qui triompheraient à l'époque moderne avaient leurs racines dans le monde de ce temps-là — socialisme et nationalisme, sionisme et politique d'assimilation, nihilisme et anarchisme, droit de suffrage, athéisme, relâchement des liens familiaux, amour libre, et même premières apparitions du fascisme.

Ce volume, tout en étant une œuvre autonome, a une suite publiée en France sous le titre *Le Domaine* (Stock).

I.B.S.

PREMIÈRE PARTIE

Un

I

APRÈS l'insurrection manquée de 1863, de nombreux membres de la noblesse polonaise furent pendus; d'autres — parmi eux le comte Wladislaw Jampolski — envoyés en Sibérie. Les soldats du tsar conduisirent le comte enchaîné à travers les rues de Jampol, cette ville qui portait son nom.

Bien qu'il fût dangereux de seulement s'approcher d'un rebelle, le prêtre, revêtu de la chasuble sacerdotale et présentant le crucifix, s'avança pour lui donner une dernière bénédiction. Les paysans se découvraient, les femmes pleuraient.

L'agitation était grande quand le comte passa devant le groupe de chaumières en bordure de la ville, où les juifs avaient tout récemment fondé leur propre communauté, et qu'on appelait Les Sables. Puisque Jampol était toujours sous la juridiction de l'Église, les juifs n'étaient pas autorisés à vivre dans la ville proprement dite et ils devaient payer une taxe pour le privilège d'y entrer.

Les habitants des Sables furent surpris par le comportement de ce prisonnier aristocratique. Le comte, avec sa chevelure et sa barbe blanches flottant au gré du vent, son pas alerte, son visage rougi, sa veste de fourrure déboutonnée et son chapeau sur l'oreille, semblait avoir l'esprit aussi tranquille que s'il se rendait à quelque partie de plaisir.

Quelques semaines plus tard le crieur public, après avoir assemblé les habitants de Jampol en battant du tambour, proclama un édit qui était arrivé de Saint-Pétersbourg. Le décret impérial annonçait la confiscation de tous les biens du comte Jampolski, à l'exception des terres déjà réparties entre ses anciens serfs. La comtesse Maria Jampolska avait six mois pour quitter le manoir ancestral. Plus tard on apprit que le tsar Alexandre avait fait l'aliénation du patrimoine du comte en faveur d'un duc qui était l'un de ses généraux.

Les juifs haussaient les épaules : voilà bien la manière d'agir des gentils, la force faisant la loi. Calman Jacoby, juif estimé qui était dans le commerce de blé, fut choisi par les hauts fonctionnaires du village pour être le nouveau seigneur du manoir de Jampolski. Il dicta une lettre à un employé auquel il paya dix-huit groschen, adressée au duc résidant à Saint-Pétersbourg et dans laquelle il déclarait que lui, Calman Jacoby, homme digne de confiance, craignant Dieu, responsable de sa communauté, demandait respectueusement à Son Excellence de bien vouloir lui accorder à bail le manoir et le domaine attenant. Calman termina sa missive avec l'offre d'un loyer annuel généreux.

Aucune réponse ne parvint de Saint-Pétersbourg jusqu'au jour où le duc, sans être annoncé, arriva à Jampol. Il s'installa au manoir et dépêcha un cosaque pour ramener Jacoby auprès de lui. Le cosaque qui montait un cheval de petite taille portait un bonnet de forme cylindrique. Un unique anneau ornait son oreille, il tenait à la main une lanière de cuir en guise de fouet. Il guidait son cheval au petit trot pour permettre à Calman de le suivre à pied. Les habitants des Sables étaient gagnés par la panique. Ils craignaient qu'on n'eût porté de fausses accusations contre la communauté et ils s'attendaient au châtiment, au malheur et à une effusion de sang. L'épouse de Calman, Zelda, accompagnée de ses enfants, escorta son mari pendant un bout de chemin en se lamentant comme s'il était déjà mort. Selon un bruit qui courait, une potence avait été dressée dans la cour d'honneur du manoir; Calman allait devoir payer pour avoir fait du commerce avec les insurgés.

Quand Calman pénétra dans l'antichambre du manoir et se trouva en face du nouveau maître des lieux, il se prosterna pour baiser ses bottes lustrées et implorer sa clémence. Le duc était jeune. Il avait les cheveux bouclés et les favoris luxuriants, et portait des vêtements de simple civil. Il pria Calman de se relever. Calman qui parlait un peu de russe répondit aux innombrables questions du duc. Le lendemain il rentra chez lui avec le bail du manoir en sa possession. Peu de temps après le duc repartit, laissant à Calman Jacoby la charge de la propriété de Jampolski.

Le premier geste de Calman Jacoby fut fort judicieux. Il informa la comtesse Maria qu'elle était libre de demeurer au manoir pour le restant de sa vie. En outre il mettrait à sa disposition des chevaux pour son carrosse et des vaches à lait pour sa maisonnée. Il promit également de lui fournir du froment, de l'orge, des pommes de terre, du gruau d'avoine et d'autres provisions. Ensuite il trouva un arrangement avec le régisseur et les domestiques, bien que ceux-ci fussent connus pour être des ivrognes et des voleurs. Malgré tout, les paysans de Jampol éprouvaient du ressentiment envers ce juif, ce mécréant, qui se conduisait en maître sur le sol polonais, et ceci au nom d'un oppresseur étranger. Mais la Pologne s'était battue et avait perdu, une fois de plus. Les meilleurs de ses fils allaient être chassés vers les toundras, glaciales et tristes, où les survivants de la révolte de 1831 languissaient toujours. Que leur importait qui régnait entre-temps?

Calman Jacoby s'installa dans une chaumière qui était autrefois habitée par le forgeron du manoir. Après avoir cloué les mezuzoths au chambranle des portes, il emménagea tous les effets mobiliers de sa maisonnée : deux buffets — l'un pour la viande et l'autre pour les produits lactés —, les plats de la Pâque, la vaisselle de tous les jours, les garde-robes, les lits, les sièges. Calman possédait encore un coffre en chêne, habillé de lanières de cuir de vache et cerclé de bandes de laiton, dans lequel il gardait son argent, des objets qu'il avait pris en gage, et ses chandeliers en argent. Puisque Dieu avait refusé à sa Zelda le bonheur d'avoir un enfant mâle, Calman devait faire des économies pour les dots de ses quatre filles.

Il devint bientôt évident que Calman, dans cette entreprise, était gagnant. La moisson de la même année fut abondante. Après l'émancipation des serfs, on distribua bon nombre des terres du comte Jampolski aux paysans qui avaient désormais la permission de faire paître leur bétail dans les prés seigneuriaux et de couper du bois dans la forêt du comte. Néanmoins, il y avait trop de main-d'œuvre pour travailler les petites tenures individuelles. La veille encore, ces paysans étaient des esclaves qu'on fouettait pour obtenir un meilleur rendement; maintenant Calman les payait comptant pour leur travail et il n'attendait pas qu'on lui baisât la main. Il consultait les vieux paysans pour choisir l'endroit de la récolte saisonnière, où planter pommes de terre, betteraves et choux. Par l'aristocratie terrienne du voisinage, il entendit parler de batteuses qui remplaçaient le fléau. Il installa une machine pour hacher le foin qu'on utilisait pour le fourrage du bétail. Il ouvrit une taverne et un bazar à Jampol. Dans ce dernier on trouvait tissus, mouchoirs, châles, fourrures, cuirs, fournitures de mode, casseroles en fonte, harengs marinés, huile de graissage à côté de faux, faucilles, marteaux, scies, limes, clous. Les paysans qui étaient acheteurs dans la boutique de Calman ou clients dans sa taverne recevaient une prime. Certains payaient avec des bouts de papier portant une inscription yiddish avec la signature de Calman. Ce dernier faisait crédit à ceux qui se montraient dignes de sa confiance. Il payait plus cher que le prix du marché pour le lin, les veaux et les bœufs, le miel, les peaux d'animaux et l'excédent d'autres produits. Toute la marchandise était exportée à Varsovie. Il avait enfreint la loi en ouvrant son magasin à Jampol, mais les responsables russes fermaient les yeux. La taxe d'entrée pour les juifs fut abrogée. Jampol n'était pas plus pure de race que d'autres villes polonaises. Partout où les Polonais s'établissaient, les juifs ne manquaient pas de les suivre. D'autres juifs habitant Les Sables commençaient à acquérir des terrains à bâtir autour de la place du marché de Jampol. Des tanneurs, savetiers, tonneliers, tailleurs ouvraient des ateliers. De la marchandise polonaise entrait désormais librement en Russie. Seul le jour du shabbat, les juifs priaient collectivement, composant un minyan ou quorum de dix, dans une maison privée; on avait d'ailleurs fait le projet de construire une synagogue. Il fallait également un cimetière, car les juifs portaient toujours leurs morts à la ville de

Skarshew où la congrégation des enterrements exigeait une rétribution exorbitante.

Calman Jacoby devenait rapidement prospère. Il n'avait pas encore atteint la quarantaine que déjà il était riche. Sans grande instruction, il était tout juste capable d'interpréter les passages relativement simples du Talmud. Néanmoins il était estimé pour sa piété, son honnêteté et son sens des affaires.

Calman était un homme de taille moyenne. Il avait de larges épaules et le dos raide, des mains calleuses comme celles d'un paysan. Sa grande barbe était d'un noir de goudron, son front étroit, ses sourcils touffus au-dessus de son grand nez, sa nuque massive comme celle d'un taureau. Cependant ses yeux noirs étaient intelligents et pleins de bonté. Semblable à tous les juifs pieux, il portait de longues papillotes et les cheveux coupés court au sommet de la tête; des poils lui poussaient en touffe dans les oreilles et les narines. Aux grandes fêtes, il officiait devant la communauté de sa voix sonore à la prière de l'après-midi. Les jours ouvrables il priait dès les premières lueurs de l'aube. Son déjeuner se composait de pain, hareng et fromage de ferme, le tout arrosé d'une grande lampée d'eau fraîche.

Bien que Calman employât des méthodes modernes en affaires, il refusait de voir son foyer entaché de modernisation. Il interdisait à Zelda la consommation du thé et du café. Le soir il éclairait sa chambre à l'aide d'une unique chandelle ou d'une mèche dans une soucoupe remplie d'huile. Il se vêtait, à l'instar des autres marchands juifs, d'un chapeau haut de forme et d'un caftan qui lui arrivait à la cheville. Son pantalon était retenu par un morceau de ficelle.

Zelda qui était issue d'une famille distinguée de Krashnik, avait envie de boutons de porte en cuivre jaune, de lits en bois sculpté, de chaises cannées et d'autres objets témoignant de leur opulence. Elle aurait aimé voir des casseroles en cuivre et des cuvettes étincelantes accrochées au mur de la cuisine. Mais Calman soutenait qu'un tel luxe, n'ayant qu'un caractère décoratif au début, deviendrait rapidement indispensable. Et le jour où on ne pourrait plus faire face aux dépenses ainsi occasionnées, les dettes s'accumuleraient et on finirait par être ruiné.

Les femmes de Jampol et des environs enviaient Zelda. Pourtant, celle-ci était mécontente. Son père, Reb Uri Joseph, avait été scribe, et sa famille avait acquis une certaine notoriété grâce à ses hommes érudits. Son époux, malgré toute sa richesse, manquait de distinction. Sa force physique le rendait gàuche et il n'avait aucune idée sur la façon de traiter une femme aussi délicate qu'elle. Il était regardant quand il s'agissait de consulter des médecins. Il ne voulait pas comprendre qu'elle n'était pas toujours en état de répondre à ses exigences charnelles. Au cours des premières années de leur mariage il y avait eu de fréquentes querelles et il avait même été question de divorce. Toutefois Calman n'était pas homme à abandonner une femme à la légère.

Il avait été difficile d'élever les enfants alors que Zelda était constamment souffrante. Mais, grâce au Ciel, le pire était passé. Elle avait de l'aide maintenant.

Toutes ses filles vaquaient aux soins du ménage, spécialement Jochebed, l'aînée, qui était déjà en âge d'être mariée. Zelda avait également une bonne, Faigel, et un homme à tout faire, Getz. Les jours d'été elle pouvait ainsi s'installer dans son fauteuil, au mili de la pelouse, et se faire apporter un tabouret pour ses pieds afin de lire plus confortablement la version yiddish de quelque livre saint.

Zelda était maigre. Elle avait le menton pointu, le nez osseux et rouge, et des poches sous ses yeux chassieux. Elle s'était fanée prématurément. Tandis qu'elle lisait, son bonnet tremblotait sans cesse. Elle chassait infatigablement les abeilles qui prenaient les fleurs artificielles ornant son chapeau pour des fleurs véritables. Quoiqu'elle fût pleine de gratitude pour les bienfaits que le Seigneur lui accordait, Zelda ne pouvait s'habituer à rester assise, perdue dans la nature. Ce n'était pas un endroit où les femmes venaient prier; on n'apercevait nulle boucherie, aucun porche familier sous lequel des voisines se retrouvaient. Rien que le murmure du ruisseau, le bruissement des feuilles, le beuglement des vaches; des pâtres rôtissaient des pommes de terre au-dessus d'un feu en chantant des chants paillards.

Zelda pensait à ses filles : elles devraient avoir des amies de leur âge; il fallait penser à les marier — elle souhaitait voir des gendres en train d'étudier la Torah dans sa maison. Elle voulait avoir des petits-enfants. On enfantait ses propres enfants dans la douleur, en revanche les petits-enfants n'apportaient que des joies. Avec l'aide de Dieu, elle serait un jour belle-mère et grand-mère.

II

La propriété voisine de celle de Calman appartenait à un gentilhomme nommé Jan Pawlowski. Avant l'affranchissement des paysans, il avait eu trois cents serfs à lui. Il était veuf et vivait seul. S'enfermant dans sa chambre, derrière les volets clos, il sirotait de l'alcool, à l'aide d'une paille, dans une carafe posée sur la table, et jouait à d'interminables jeux de patience.

Dans sa jeunesse, Pawlowski avait été mêlé à des procès qu'il avait tous perdus. Il avait été marié avec une beauté célèbre qui était morte relativement jeune de consomption. L'abolition du servage n'avait laissé à Pawlowski que vingt hectares de terre arable, quelques forêts et un coteau qui, disait-on, contenait de la pierre à chaux. Pawlowski envoya son intendant, Krol, chez Calman, avec une offre de vente pour le coteau. Calman répondit qu'il n'en avait nulle utilisation. Que ferait-il, lui un simple tenant de bail, avec une petite bosse de terrain coincée entre deux propriétés ? Pawlowski qui avait des dettes et un besoin pressant d'argent insista. Après avoir barguigné longuement, Calman acheta le coteau à vil prix.

Bientôt la nouvelle éclata : Calman était tombé sur un trésor, le coteau était essentiellement composé de pierre à chaux de la meilleure qualité. Calman engagea des ouvriers et un expert qui devait superviser l'extraction de la carrière. On dressa un extracteur; la chaux fut extraite, cuite, puis transportée à Jampol. Dans le foyer, un feu flambant était entretenu jour et nuit. La fumée qui montait en spirales de la cheminée était d'un jaune sulfureux, avec, par moments, des flammèches rougeoyantes qui s'envolaient. En contemplant ce spectacle, Calman songeait à Sodome et Gomorrhe. Les juifs croyaient que si le feu continuait à brûler pendant sept ans, il produirait sûrement une salamandre.

Les paysans se plaignaient que les juifs contaminaient la région, qu'ils polluaient l'air, mais les autorités faisaient la sourde oreille. Après l'insurrection, la Pologne était en pleine activité; elle semblait sortir d'un long sommeil. On ouvrait des ateliers, exploitait des mines, déboisait des forêts, construisait des lignes de chemin de fer. Des produits polonais — matières textiles, cuirs, brosses, tamis, vestes en peau de mouton, verrerie — faisaient leur apparition sur le marché mondial. Aussitôt que les juifs furent autorisés à résider librement dans les villes, le pays commença à se développer.

On disait que Calman avait été béni par un saint homme : la construction était en plein développement, et sa carrière à ciel ouvert lui procurait d'immenses profits. Des dizaines de juifs et de gentils y gagnaient leur vie. Calman acheta des chevaux et des chariots et installa une forge. Par une chance inespérée, le gouvernement russe, de son côté, décida de construire une ligne de chemin de fer traversant Jampol. Le contrat était entre les mains du magnat Wallenberg de Varsovie, un juif converti au catholicisme. Puisque pour maintenir l'écartement des rails il fallait des traverses de bois, Calman dicta à l'un de ses clercs une lettre à Wallenberg dans laquelle il s'offrait de procurer des traverses au plus bas prix. Wallenberg pria Calman de venir à Varsovie pour discuter de l'affaire.

Le matin de son départ, Calman brossa sa barbe, revêtit son caftan du shabbat, lustra ses bottes, avant de grimper dans sa voiture. Getz occupait le siège du cocher. Calman se pencha par la fenêtre pour dire adieu à Zelda et ses quatre filles.

« Bonne chance! » s'exclama Zelda en fondant en larmes. Tant de faveurs du sort commençaient à lui faire peur. Elle craignait le Mauvais Œil et elle avait appris dans les livres sacrés que la richesse pourrait bien être le précurseur du malheur. Elle aurait préféré vivre dans l'asile des pauvres plutôt que de voir ses filles souffrir le moindre mal, ne serait-ce qu'un ongle arraché.

Faigel, la bonne, sortit de la maison avec un poulet

qu'elle avait rôti et enveloppé dans des feuilles de chou pour le remettre à Getz. Celui-ci se tenait droit sur son siège. Il portait une casquette de cuir pointue et de grandes bottes. Les quelques touffes jaunâtres de sa barbe étaient bien lissées. Une petite moustache ornait sa lèvre supérieure. Il avait des yeux d'un bleu délavé, des sourcils fauves et un nez en forme de bec. Il envoya un salut familier à Faigel en agitant son fouet.

« Tiens-toi comme il faut! » lui recommanda Faigel.

La fille de Calman, Jochebed, était blonde comme sa mère; elle avait le même visage étroit, le menton pointu, le nez proéminent et des taches de rousseur. Bien qu'âgée de dix-huit ans déjà, elle n'était pas encore fiancée. Calman avait été tellement pris par ses affaires qu'il avait négligé de trouver un mari pour sa fille. Il se promettait de s'occuper de cette question à Varsovie. Ses sœurs avaient baptisé Jochebed « la jeune vieille fille ». Celle-ci se voyait difficilement jouant le rôle de la fille d'un homme riche : elle portait toujours des vêtements mal tenus, travaillait dur et veillait sur ses sœurs comme par le passé. En semaine elle aidait Faigel à plumer la volaille. L'après-midi du shabbat, après le repas, elle lisait la version yiddish du Pentateuque à sa mère. Une diseuse de bonne aventure avait annoncé à Jochebed qu'elle mourrait jeune. L'adolescente n'avait jamais oublié cette prédiction. La voici à côté de sa mère pour souhaiter, elle aussi, bon voyage! en essuyant une larme sur sa joue avec son tablier.

Shaindel, « la gitane », sa cadette, monta sur le marchepied de la voiture pour embrasser et étreindre son père. Elle avait des yeux noirs brillants, une chevelure noire comme jais et un teint bistre. Plus petite que sa sœur, elle avait des hanches rondes et une poitrine opulente. Elle aimait se parer de bijoux et tresser des fleurs dans ses cheveux. Maintenant que son père allait être encore plus riche, elle espérait qu'il lui rapporterait de Varsovie tout ce qu'elle avait noté sur une liste : un collier, des chaussures avec des boucles, des rubans pour retenir ses cheveux, des canevas et du fil à broder, du savon parfumé. Calman promit tout ce qu'elle demandait. Cette enfant ensoleillait sa vie laborieuse; elle le choyait comme s'il était un oncle favori, et non son père. Ayant parcouru la liste, elle s'écria en lui adressant un clin d'œil : « Et n'oublie pas de ramener un beau prétendant! »

Miriam Lieba, à l'âge de quinze ans, avait déjà une demi-tête de plus que Jochebed. Avec ses cheveux blonds partagés en deux nattes, sa sveltesse, ses yeux bleus, son cou gracile et son nez droit, elle n'avait pas l'air d'une juive. Le savoir-vivre de la jeune fille de bonne famille semblait lui venir tout naturellement. Elle raffolait des vêtements à la mode, lisait des ouvrages polonais, et elle avait même un précepteur de Jampol pour l'instruire. Au lieu de partager la chambre à coucher de ses sœurs, elle préférait avoir une petite mansarde à elle seule. S'approchant de la voiture, Miriam Lieba remit à son père la liste des livres polonais qu'elle désirait comme souvenir de Varsovie et elle lui posa un baiser sur le front. Elle affichait un air lointain et pensif, car elle venait de lire un roman polonais qui parlait d'une comtesse qui avait quitté son château et s'était enfuie à Paris avec un violoniste.

Tsipele, la plus jeune, âgée de huit ans, était brune comme Shaindel. Ses cheveux fins étaient serrés en deux minuscules queues. Une femme pieuse venait régulièrement de Jampol pour l'instruire dans l'art de l'écriture et des prières. La généreuse Tsipele ne savait pas résister aux mendiants; quand l'un d'eux venait frapper à leur porte elle lui abandonnait tout l'argent de poche qu'elle possédait. Son père, sa mère, ses sœurs, et même les paysannes aimaient l'embrasser. Tsipele demanda à son père de lui acheter une poupée à Varsovie, et aussi un livre de prières miniature, semblable à celui qu'elle avait vu chez une amie de Jampol.

En faisant route vers Varsovie, Calman comprit pour la première fois qu'il était un personnage d'importance. Les aubergistes s'affairaient autour de lui; les courtiers le suivaient à la trace. Des paysans qu'il n'avait jamais vus auparavant l'appelaient « seigneur » et se découvraient en sa présence. Même les chiens semblaient le respecter. Tout semblait concorder avec ce qui est écrit dans le livre des Proverbes : « Quand la conduite d'un homme plaît au Seigneur, même ses ennemis seront en paix avec lui. »

Varsovie était tellement changée que Calman, qui ne l'avait pas visitée depuis le début de l'insurrection, eut du mal à la reconnaître. Les rues dont jadis l'accès était interdit aux juifs comptaient à présent de nombreux habitants juifs. La ville s'était développée, les constructions nouvelles étaient serrées les unes contre les autres, et les boutiques étaient pleines de monde. La cour de l'auberge où Calman allait loger était si encombrée de voitures que Getz trouva à peine une place pour laisser les chevaux. Partout, les trottoirs pavés de bois recevaient un revêtement neuf de larges dalles; on creusait des caniveaux; on dressait de nouveaux reverbères. D'un côté à l'autre de la Vistule, dans le faubourg de Praga, l'horizon était couvert des volutes de fumée qui sortaient des cheminées d'usines.

Calman se mit en route pour le bureau de Wallenberg. Le magnat de l'industrie était un homme petit et trapu. Il avait une grosse tête, des rouflaquettes, un nez crochu, des yeux noirs typiquement juifs. Il était vêtu d'un veston noir, d'un pantalon en tissu à damier, d'un large faux col et d'une cravate voyante. Calman présenta ses lettres de créance. Il était le titulaire du bail d'un manoir et le propriétaire d'une carrière de chaux; il possédait également une lettre du juge de paix de Jampol attestant son honnêteté. Calman qui parlait le polonais des paysans, employait souvent des mots yiddish. Wallenberg, à l'instar du duc russe, fut favorablement impressionné par Calman. Il lui offrit un cigare. Après des tractations détaillées, Calman obtint un contrat stipulant qu'il fournirait les traverses de bois pour le chemin de fer impérial, et recevrait une avance substantielle. Au moment de se séparer, Wallenberg serra la main à Calman et lui souhaita bonne chance — en yiddish.

Dans la rue, Calman fut assiégé par une horde de mendiants — sourds-muets, infirmes, bossus. Il distribua des aumônes et les pauvres le bénissaient en retour. Il s'installa avec Getz dans un restaurant kasher pour un repas citadin : soupe aux nouilles, boulettes de viande, compote de pommes, alcool et galette aux œufs. Après le dîner, comme il était pressé et ne connaissait pas sa route, Calman héla un fiacre dont les roues résonnaient sur le pavé au milieu des piétons qui ne se souciaient guère de libérer le passage; il était miraculeux qu'ils ne fussent pas renversés. Des porteurs se bousculaient dans les rues en traînant toutes sortes de faix; des marchandes étaient accroupies sur les trottoirs, veillant leurs marchandises exposées; des étudiants musardaient au bras d'élégantes jeunes femmes. La police montée, armée d'une lance, patrouillait dans les rues, sans cesse sur le qui-vive du moindre signe de rébellion.

Reb Ezekiel Wiener, en qui Calman voyait sans

déplaisir le futur beau-père de Jochebed, était un disciple du rabbi de Marshinov. Il habitait une belle maison dans la rue du Houblon. En apercevant la plaque nickelée portant l'inscription « Reb Ezekiel Wiener » à l'entrée, Calman fut impressionné. La servante qui lui ouvrit la porte lui lança un regard plein d'insolence et lui enjoignit de s'essuyer les pieds sur le paillasson.

La famille réunie attendait sa visite. Reb Ezekiel Wiener, homme de petite taille, au visage rubicond orné d'une belle barbe argentée, présenta sa femme à Calman. Celle-ci portait une perruque fixée à l'aide de peignes. Elle était toute souriante, mais son yiddish fantaisiste était incompréhensible pour Calman. Le marieur aussi participait à la réunion familiale, en buvant du thé et grignotant des galettes. Le prétendant, Mayer Joel, était un jeune homme de grande taille, au teint bistre. Il portait des bottines de chevreau, une longue redingote en drap fin et un gilet de soie sur lequel pendillait une chaîne de montre. Il souriait timidement et tortillait ses papillotes en faisant des commentaires spirituels. Soudain il retira une feuille de papier d'un tiroir et se mit à écrire son nom en hébreu, en polonais et en russe.

« Vous pouvez l'interroger pour vous rendre compte combien il est savant, fit observer Reb Ezekiel.

— Je ne suis pas cultivé.

— Alors faites venir un examinateur! En ce qui concerne les études talmudiques, vous le trouverez très avancé. »

Néanmoins Calman ne désirait pas perdre de temps en poursuivant cette discussion. Sur son insistance on rédigea un arrangement préliminaire par lequel il s'engageait à donner une dot de trois mille roubles en plus de tous les cadeaux de mariage; en outre il promettait d'entretenir le jeune couple pendant les dix premières années de leur union. La cérémonie des épousailles aurait lieu à Jampol. Mayer Joel remit à Calman une lettre pour sa future femme, message qu'il avait copié mot pour mot sur un manuel de modèles de lettres.

Le lendemain matin, à l'aube, Calman prononça ses prières et s'apprêta à rentrer à la maison. Il trouvait la ville avec son vacarme continuel oppressante. Dans un tel tohu-bohu, au milieu de ces constructions massives, un homme pouvait facilement oublier Dieu et être oublié par Lui. Getz fouetta les chevaux. Une fois sorti de la ville, Calman s'installa confortablement et se mit à réfléchir. Sa richesse s'accroissait, ses entreprises se développaient — que le Seigneur le préserve du Mauvais Œil! Est-ce qu'il le méritait ? Peut-être lui faudrait-il s'acquitter de ses avantages sur terre par sa damnation plus tard. Calman fit le serment qu'il ne deviendrait jamais semblable aux riches de Varsovie, gonflés de leur propre importance; il resterait toujours un juif humble et simple.

Les nouvelles du contrat signé précédèrent Calman à Jampol. Bûcherons, courtiers, postulants l'assaillaient dès son arrivée. Des marchands lui suggéraient d'engager un comptable et un caissier, puisqu'il ne pourrait plus désormais garder son argent dans sa poche ou dans une simple caisse. Ses opérations commerciales impliqueraient des millions de roubles.

A Varsovie les marchands de chaux avaient conseillé à Calman de construire un branchement de voie reliant sa carrière à la ligne de chemin de fer. Ces travaux, évidemment, lui coûteraient une fortune, mais les banques ne lui refuseraient pas les crédits nécessaires.

S'enfermant au fond de sa boutique, Calman prit

un crayon et nota des colonnes de chiffres. Il n'était pas expert en mathématiques, mais il savait faire des additions, soustractions, multiplications et divisions. Et il n'oubliait jamais le vieil adage : Celui qui vit sans faire ses comptes meurt sans pardon.

Deux

I

CALMAN découvrit bientôt qu'il est aussi difficile pour un riche d'être parcimonieux que pour un pauvre d'être dépensier. Il fallait faire de nouvelles acquisitions pour la maison en prévision de la visite de la future belle-famille, car comment pouvait-on exiger de gens aussi distingués qu'ils mangent avec des cuillers d'étain et s'assoient sur des sièges de bois ? Avec un zèle qui surprenait Calman, Zelda et ses filles commencèrent à redécorer leur intérieur. Zelda acheta garde-robes, tables, buffets, chaises, lits, vases à la comtesse Jampolska, puisque de nombreuses pièces du manoir n'étaient plus utilisées. Un artisan de Skarshew tapissa les murs, des peintres teintèrent les planchers. Il fallait de nouvelles toilettes aussi. Tailleurs et couturières confectionnèrent des manteaux, des robes et du linge de corps pour Zelda et ses filles; un pardessus doublé de renard dont les petites queues pendillaient des coutures intérieures, ainsi que des caftans et des pantalons pour Calman. On commanda des chaussures et des bottes à Varsovie.

Calman n'avait guère le temps de faire des reproches à sa famille pour sa prodigalité, car il se couchait tard et il était debout au chant du coq. Il devait diriger les moissonneurs et les batteurs en grange, veiller à ce que les prés soient fauchés à la bonne saison, que l'herbe soit fanée, ramassée et mise en meule proprement afin de sécher. Il fallait contrôler sans cesse les paysans, car certains volaient. D'innombrables disputes, discussions et procès s'ensuivaient. Calman était obligé de payer des pots-de-vin au juge assesseur ainsi qu'au chef de la police locale, et de distribuer des présents à leurs subordonnés. Il était submergé de propositions de toutes sortes : un bailli juif recommanda à Calman de distiller de la vodka et de brasser de la bière puisque la région de Jampol était particulièrement indiquée pour la culture du houblon; un raffineur de sucre désirait le voir planter des betteraves. Les marchands qui fournissaient les entrepreneurs réclamaient plus de chaux que le four ne pouvait en produire. Calman comprenait enfin le sens de la phrase du Talmud : Plus il y a de richesse, plus il y a d'inquiétude.

Néanmoins Calman avait signé un contrat, il n'était pas question pour lui de ne pas l'honorer. Le chemin de fer exigeait ses traverses de bois. Pour lui donner satisfaction, Calman venait d'acheter une futaie voisine. Aussitôt on commençait à couper les arbres. Le travail n'avançait pas vite parce que les bûcherons, une équipe d'ivrognes, étaient tout le temps partis faire la bringue et quand on les ramenait de force, ils travaillaient en état d'ivresse. En outre les surveillants n'étaient pas compétents et du bois disparaissait en grande quantité. Calman devait être partout à la fois. Il construisit une cabane au milieu de la forêt, et emmena avec lui deux chiens et un fusil par mesure de protection, bien qu'il eût horreur des armes à feu. Un homme seul en pleine forêt n'avait pas d'autre choix. Depuis l'insurrection, des cliques de bandits infestaient régulièrement la région. Calman prit également l'habitude de monter à cheval afin de parcourir les grandes distances et, puisque pour ces randonnées une longue redingote était embarrassante, il adopta une veste courte comme tenue idéale. Pour faire le ménage dans sa cabane, il fut contraint d'engager une gentil comme servante, puisque aucune fille juive n'aurait osé rester seule dans ce lieu sauvage.

Les coups de hache, le grincement des scies se répercutaient à travers les forêts. Les traverses finies étaient charriées et mises en tas le long de la future voie ferrée. Les chutes et les copeaux étaient envoyés au four pour être utilisés comme combustible. Dans la mesure du possible, les conifères étaient incisés afin de recueillir la térébenthine. A la nuit tombée, Calman retournait à sa cabane tellement épuisé qu'il s'effondrait tout habillé sur sa couchette, et Antosia, la servante, devait lui ôter ses bottes. A plusieurs reprises il oublia de faire ses prières du crépuscule, toutefois il rattrapa sa négligence en répétant les Dix-huit Bénédictions lors de la prière du soir, après avoir recouvert son fusil d'un fourreau afin de ne pas prononcer des paroles sacrées en présence d'une arme nue. Il se tenait dans un coin, tourné en direction de Jérusalem, le front posé contre une planche, et il priait en pesant tous ses mots qu'il traduisait mentalement de l'hébreu en yiddish :

« Laisse-nous reposer en toute quiétude, ô Seigneur notre Dieu, et permets-nous de voir le jour nouveau, et prends-nous sous la protection de Ta paix. Écarte Satan de notre chemin, et enveloppe-nous de l'ombre de Tes ailes. »

Tandis que Calman marmottait et soupirait, Antosia préparait le dîner. Elle faisait bouillir de l'eau et du lait, cuire des croquettes de pâte, des grains de millet ou des pommes de terre, suivant le menu du jour. Calman ne mangeait pas de viande les jours de semaine. Il devait surveiller Antosia étroitement, et même superviser la traite de la vache, car comment faire confiance à une non-juive, pour observer strictement les lois de la kasherout ? Son appétit, stimulé par l'air de la forêt, était toujours vorace. Après avoir purifié ses mains et récité la bénédiction appropriée, il s'attablait, mangeait lentement et abondamment, avalait le lait qui remplissait le bol jusqu'au bord et qu'Antosia venait de lui servir. La stridulation des grillons, le cri des oiseaux qui se nichaient pour la nuit lui parvenaient à travers la minuscule fenêtre. Moucherons, papillons et phalènes faisaient la ronde autour de l'unique chandelle, jetant d'étranges ombres et se grillant les ailes à la flamme.

Antosia s'affairait à ses côtés, portant la salière, du pain, lui servant fromage et miel. Elle était originaire d'un village voisin de Jampol. Son mari avait disparu lorsqu'il servait dans l'armée. Quoiqu'elle n'eût qu'une vingtaine d'années, elle en paraissait presque quarante. Elle avait un nez camus, des yeux verts, un menton peu saillant, des taches de rousseur, et des cheveux d'un blond cendré. Comme elle n'avait personne d'autre à qui parler, elle racontait à Calman tous les détails de son passé : comment son pauvre père tant chéri était mort de consomption; comment sa douce mère avait introduit un beau-père dans son foyer; comment ce beau-père l'avait battue tous les soirs avec un paquet de verges qu'il l'avait forcée à tremper dans des eaux sales auparavant. Accroupie sur le sol, aux pieds de Calman, tout en récurant une casserole avec de la cendre, elle contait son histoire d'une voix plaintive et chantante.

« Il me battait impitoyablement, c'est vrai. Moi, j'étais couchée par terre et lui baisais les pieds tandis qu'il continuait à m'asséner des coups comme si j'étais un trognon de chou qui ne ressent rien. Il était ainsi — quand il commençait à taper, il ne pouvait plus s'arrêter. Si jamais ma chère maman essayait de l'arrêter, elle recevait le fouet, à son tour. Cette sale bête n'avait aucune pitié!

— Un véritable assassin, murmurait Calman entre deux bouchées.

— Oh! mais il savait être doux comme un ange, quand il le voulait. Lorsque le démon l'avait quitté, il devenait aussi tendre qu'un père. Il m'appelait auprès de lui à table, me pinçait la joue, me donnait à manger de sa propre assiette. Et puis, il avait un sourire si affectueux. J'oubliais tous les coups reçus quand il souriait.

— Est-il toujours en vie?

— Non, il est mort.

— Voilà comment tout finit », marmottait Calman. Il était frivole d'offenser Dieu; et puis à quoi servaient les richesses terrestres? Que disait donc le Livre Saint? L'argent est une tentation et un châtiment. Se levant de table, Calman se purifiait les mains, rendait grâce et, aussitôt après, commençait à réciter ses prières avant de se coucher. Antosia, en secouant son grabat pour le rendre plus confortable, trouvait toujours quelques grains de blé dans la paille. Elle les faisait subitement disparaître dans sa bouche. Parfois elle avait les réflexes d'un animal. Chaque soir tournant autour de Calman avec un large sourire qui découvrait ses dents, elle trouvait des prétextes pour s'attarder dans la cabane, bien que son propre lit fût dans l'étable. Nuit après nuit, Calman devait endurer la tentation de Joseph en présence de la femme de Putiphar. Or, il ne voulait pas s'exposer à la damnation. Dieu ne l'avait-il pas béni en lui donnant de beaux enfants et la santé ? Il est vrai que Zelda, après chaque accouchement, était intouchable pendant des mois, qu'elle se bourrait de médicaments, qu'elle avait connu une ménopause précoce, qu'elle était frigide depuis longtemps. Cependant où est-il écrit qu'un homme ne doit pas trouver d'embûches sur sa route ? Des hommes plus pieux que lui s'étaient trouvés dans des situations pires. Calman décida de ne pas assumer d'autres charges. Le manoir et les carrières étaient plus que suffisants pour lui. Ils feraient vivre largement tous ses enfants après sa mort. La forêt était faite pour les loups, et non pour les hommes.

Très vite les méditations de Calman s'évanouissaient. Ses paupières devenaient lourdes de sommeil. Un ronflement régulier et profond se libérait de son corps. Quand il reprenait enfin conscience, c'était grâce au soleil et au chant des oiseaux qui venaient de le réveiller.

II

A Jampol, non seulement Calman, mais toute la communauté juive prospérait. Tandis que les juifs quittaient Les Sables, les gentils commençaient à s'y établir.

On avait fait l'acquisition d'un terrain pour la construction d'une synagogue, et les fondations étaient déjà jetées. On avait fixé l'emplacement d'un cimetière, et un rabbi était arrivé en ville. Calman avait donné une contribution généreuse pour toutes ces nouvelles réalisations.

Quoique Calman eût juré de ne plus se lancer dans de nouvelles entreprises, il se laissa convaincre par un projet qui se proposait de remettre en état une briqueterie située en bordure de Jampol et dont le propriétaire s'était enfui à Cracovie afin de ne pas être obligé de payer les dettes ruineuses de ses fils. Avec son capital et sa réserve d'argent liquide, Calman pouvait se permettre de faire un emprunt à un taux d'intérêt assez bas. En achetant la briqueterie, il serait en mesure de fournir non seulement du bois et de la chaux, mais également des briques pour l'exécution des nouveaux plans de la commune.

Cette année-là, Calman et sa famille restèrent à Jampol pour les Grandes Fêtes, le Nouvel An et le Jour du Pardon. Après le culte de la Simhath Torah, suivi de la procession avec les rouleaux sacrés, Calman invita les fidèles à venir dans sa taverne. Il offrit des victuailles et ouvrit un tonneau de bière, un baril de vin et un tonnelet d'hydromel. Même le rabbi, Reb Menachem Mendel, se joignit à leur groupe.

A la fin du festin, Calman donna sa parole de construire un asile pour les pauvres, sur quoi quatre hommes rudes et ivres le hissèrent sur leurs épaules pour le porter en triomphe jusqu'à l'emplacement de la synagogue; tous les autres les suivirent. Arrivés sur place, les hommes firent la ronde autour des enfants gambadant de joie. Les femmes les entourèrent en applaudissant et riant joyeusement. Des membres de l'Entraide féminine de la nouvelle Société des enterrements avaient apporté une calebasse évidée et séchée avec des chandelles à l'intérieur. Une fois les chandelles allumées, ils tentèrent de placer le récipient telle une couronne sur la tête de Calman. Mais lui refusa semblable tribut. Zelda protesta contre cette vieille coutume païenne des paysans qui couronnaient ainsi leur chef nouvellement nommé. Shaindel attrapa la calebasse et la plaça malicieusement sur sa propre tête. Immédiatement un essaim de jeunes femmes la conduisit en grande pompe chez la femme du rabbi. Or, ce fut le fils du rabbi, Ezriel, qui se montra à la porte. Shaindel, grisée par un gobelet de vin, s'écria : « Je suis la reine de Jampol! » et elle lui tira les cheveux au point de lui faire mal.

Le lendemain, il commença à pleuvoir et la pluie continua à tomber pendant quatre jours. Les fondations de la synagogue ressemblaient à un marais; les maisons étaient inondées. Le cours d'eau qui faisait marcher le moulin de Jampol submergea les vannes, et la digue se brisa. Des semaines de pluie glaciale et de neige suivirent.

Red Ezekiel Wiener, le futur beau-père, envoya une lettre de Varsovie disant qu'il leur faudrait fournir un grand effort — lui et sa famille — en faisant le voyage à Jampol deux fois : d'abord pour les fiançailles, ensuite pour la noce. C'est pourquoi il suggérait un mariage rapide qu'on pourrait célébrer le jour du shabbat de Hanukka. Calman se déclara d'accord. Jochebed avait presque dix-neuf ans, l'âge où il est temps de se marier. Shaindel n'avait qu'un an de moins que sa sœur. Calman avait hérité de ses ancêtres le principe selon lequel il faut marier ses filles le plus tôt possible.

Zelda hâta les préparatifs pour compléter le trousseau de Jochebed. Un commerçant varsovien fournit soie et velours, laine et dentelle. Les couturières du pays se lamentaient que Jochebed était difficile à habiller. Maigre et osseuse, elle avait la poitrine plate, presque pas de hanches et des mains rugueuses. En dépit de la présence d'une bonne dans la maison, elle avait continué de pétrir la pâte, porter des seaux d'eau, rester penchée au-dessus du baquet de lessive, cuire le pain et s'affairer partout, armée de balais et de guipons. Jochebed ne pouvait s'habituer à la nouvelle richesse de son père.

La noce fit grand bruit à Jampol. La famille du fiancé arriva de Varsovie dans trois voitures couvertes. Les hommes portaient des manteaux doublés de renard et de petit-gris. Ils flânaient en ville en tirant de grosses bouffées de cigare et de pipe, en fredonnant des mélodies hassidiques, ou bien absorbés dans des discussions théologiques. Les femmes arboraient de splendides bonnets de satin, des perruques d'apparat, des bandeaux, des manteaux doublés de fourrure, des pèlerines, et toutes sortes d'étoles et de manchons. Elles sentaient les amandes et le gâteau au miel, et se plaisaient à jouer les citadines cosmopolites. Comme la petite maison de Calman ne pouvait héberger tous les visiteurs, il fallut dresser des lits dans la grange. Peu après son arrivée, Mayer Joel, le fiancé, qui n'était pas particulièrement réservé, se rendit dans les étables pour inspecter le bétail. Accompagné de son frère, il partit ensuite pour une longue promenade à travers les champs de blé d'hiver. A leur retour, les deux hommes racontèrent qu'ils avaient aperçu un cerf.

Les jeunes filles de la famille varsovienne étaient non seulement des sœurs du fiancé, mais aussi des cousines au premier et au second degré. Ces demoiselles affichaient une attitude hautaine à l'égard des jeunes filles simples et naturelles de Jampol. Le jour du mariage, elles se pavanaient, chaussées d'élégants souliers à talons singulièrement hauts, vêtus de robes plissées, coquettement serrées à la taille. Elles avaient un teint parfait et une coiffure à la dernière mode. Grignotant sans cesse des galettes et d'autres délicatesses, elles faisaient de fines plaisanteries sur la mariée et singeaient les jeunes campagnardes.

Lorsque la danse fut ouverte elles formèrent des couples et exécutèrent les figures les plus compliquées en demandant aux musiciens de jouer des airs en vogue. Les jeunes Jampoliennes, craignant de s'exhiber, faisaient tapisserie bouche bée. Shaindel, la fille de Calman, était furieuse contre ces coquettes Varsoviennes pleines d'insolence. Ayant le pied léger et sachant qu'elle dansait bien, elle demanda à Mirale, la fille du rabbi, d'être sa partenaire. Mirale se troubla.

« Je ne connais pas ces pas de danse.

— Tu n'a pas besoin de les connaître. Allons-y! »

Posant une main sur l'épaule de Mirale, Shaindel lui encercla la taille de l'autre bras et, aussitôt, le couple se mit à tourner sur lui-même, pareil à une toupie, d'une allure de plus en plus rapide, faisant résonner le plancher.

« Pourquoi Ezriel n'est-il pas venu? demanda Shaindel.

— Parce que son caftan est déchiré.

— Alors pourquoi ne l'as-tu pas recousu? »

Mirale ne savait que répondre.

« Si j'avais un frère, je m'occuperais de lui, dit Shaindel. Une ribambelle de filles, c'est tout ce que ma mère a su produire », ajouta-t-elle en riant.

Le dais nuptial était déjà installé dehors, dans la neige. Des jeunes femmes, portant des chandelles torsadées, formaient la haie. L'air était glacial et calme, sans un souffle de vent. Calman et Reb Ezekiel escortèrent le marié. Marchant à grands pas, le jeune homme jetait des regards furtifs à gauche et à droite. Un commencement de barbe ornait son menton. Ses yeux étaient sombres. Sa calotte de velours était audacieusement perchée sur sa tête. Ses papillotes s'entortillaient en petites pointes serrées. Les bouts de ses grandes bottes de chevreau luisaient sous l'ourlet de son long manteau. Bien que hassid, il avait le physique vigoureux d'un cosaque.

Puis ce fut au tour de Jochebed d'être conduite dehors par sa mère et sa belle-mère. Zelda pouvait à peine marcher, tellement ses jambes étaient enflées. Les médecins disaient que, entre autres maux, elle souffrait du diabète.

Sous le dais, le marié posa son pied sur le soulier de Jochebed, signifiant qu'il serait désormais son maître, puis il brisa un verre, symbole de bon augure.

Au banquet de noces, après le « potage aux yeux dorés », Mayer Joel donna un rapide exposé sur le Talmud; tout au long du festin, en faisant honneur aux mets variés et à la boisson, il parla des miracles qu'on attribuait au rabbi hassidique de Marshinov. Il glissa dans la conversation quelques propos pleins de finesse en parlant affaires. Les invités de Jampol reconnaissaient que Calman avait tiré le gros lot avec un tel gendre. Mais quoi de surprenant? L'argent achète tout — même une place au Paradis!

Trois

I

DANS le hangar qui servait temporairement de maison de prière tandis qu'on construisait la synagogue et la maison d'étude, Ezriel, le fils du rabbi, étudiait chaque jour le Talmud, récitant et interprétant le texte en cantilant d'une voix monotone. Son père souhaitait le voir suivre la tradition familiale en devenant rabbi. Il l'instruisait déjà des subtilités de la Loi judaïque. Ezriel portait la tenue complète du hassid : calotte, caftan, gartel et pantalon rentré dans de grandes bottes. Ses papillotes étaient courtes et touffues. Néanmoins, à cause de son nez droit, ses yeux bleus, ses lèvres minces et son menton avancé, il n'avait pas l'air d'un hassid typique. Sa chevelure d'un blond pâle était tissée de fils d'or.

Reb Menachem Mendel s'inquiétait depuis fort longtemps du comportement excentrique de ce garçon élancé qui aimait rester assis sur les toits, grimper aux échelles, couper du bois, creuser des fossés, et qui, souvent, partait pour de longues marches dans les champs. Enfant, il avait tendu des pièges aux oiseaux, taillé des chalumeaux comme le font les bergers, et rapporté à la maison non seulement des chats et des chiens, mais aussi des grenouilles et des reptiles, impurs pour les juifs.

Plus grave encore, il avait commencé, très jeune, à poser des questions qui suaient l'hérésie. Est-ce qu'une carpe vivante endure d'horribles souffrances quand on l'écaille et la coupe en morceaux pour le repas du shabbat ? Pourquoi certaines gens sont-ils riches et d'autres pauvres ? Qu'est-ce qui existait avant l'univers ? Un bouc a-t-il une âme ? Adam était-il juif ? Ève portait-elle un bonnet ? Et puis il trouvait constamment des contradictions dans l'Écriture sainte, signalant qu'à tel endroit il est écrit qu'un homme n'est puni que pour ses propres péchés, et à tel autre que les troisième et quatrième générations doivent souffrir de même; d'abord on dit que le Seigneur est invisible, et ensuite il est écrit que les anciens ont vu le Seigneur tandis qu'ils mangeaient et buvaient. Sur un autre chapitre, Ezriel critiquait le prophète Élie pour avoir laissé les ours attaquer les enfants. Il reprochait amèrement au roi David d'avoir tué Urie le Hittite, et il pleurait et blasphémait quand il apprenait comment Abraham avait envoyé sa concubine Agar dans le désert, et l'avait laissée presque mourir de soif.

Reb Menachem Mendel, descendant d'une longue lignée de sages, ne pouvait comprendre comment il avait engendré un tel fils. Il en rejetait la faute sur son épouse, Tirza Perl, dont le père, Reb Abraham Hamburg, un des chefs de la communauté juive de Turbin, était un adversaire invétéré de la doctrine hassidique. Chaque fois qu'Ezriel se conduisait mal, Reb Menachem Mendel blâmait sa femme en disant : « C'est bien ton sang païen qui en est la cause! »

A Turbin, ville natale de son beau-père, où Reb Menachem Mendel avait occupé sa première charge rabbinique, Ezriel s'était définitivement rendu impossible. Au cheder il avait été incapable de s'entendre avec les autres garçons. Il avait singé les maîtres, raconté des histoires les plus invraisemblables, et joué avec les filles. C'était en partie par la faute d'Ezriel que Reb Menachem Mendel avait connu des difficultés avec sa communauté et dû quitter les lieux.

Après son passage à Turbin, Reb Menachem Mendel avait passé plusieurs années à Lublin en tant que rabbi suppléant. Là également et bien qu'il eût acquis petit à petit des habitudes studieuses, Ezriel s'était montré incapable de rester longtemps dans la même yeshiva. Il semblait absorbé pendant plusieurs jours dans ses livres, puis, brusquement, il avait envie de sortir, de faire le tour des auberges et marchés, d'explorer Piask, le quartier des voleurs. En outre il avait des goûts dépravés en littérature. Il lisait des rapports sur des expériences et observations scientifiques, des descriptions de phénomènes naturels, des descriptions de grandes capitales et de pays étrangers. Il tenait des propos absurdes, du genre : la terre tourne autour du soleil et non le soleil autour de la terre; la lune n'est pas habitée par des êtres humains; des bolides appelés météorites traversent l'atmosphère et tombent sur la terre. Un jour, Ezriel rapporta à la maison un aimant pour démontrer que celui-ci attire les clous; une autre fois il alluma une chandelle, la couvrit d'un verre sans pied et expliqua que la flamme s'éteint parce qu'elle manque d'oxygène.

Sa mère, Tirza Perl, bien qu'alarmée de ses bizarreries, était fière de son savoir. Cependant Reb Menachem Mendel le regardait avec mécontentement. Lui, homme sage, connaissait les cheminements de la tentation! On commençait par poser des questions, puis on adoptait des vêtements modernes, et pour finir on perdait la foi et devenait même un apostat. Par conséquent, Reb Menachem Mendel s'était empressé d'accepter le rabbinat de Jampol. Il était peu probable qu'il y eût des partisans du modernisme dans une si petite communauté. On ne devait guère y trouver verres grossissants, compas et mappemonde. Il observa avec soulagement que, une fois à Jampol, Ezriel semblait de nouveau s'intéresser à ses études talmudiques. Reb Menachem Mendel était impatient de le marier sans délai, car du moment qu'un jeune a une épouse, une dot, un beau-père pour l'entretenir, et des enfants à lui, il finit par s'assagir.

« Avec l'aide de Dieu, bientôt nous pourrons être fiers de lui, dit-il à Tirza Perl. Jampol n'est pas un antre de perdition, comme Lublin. »

Ezriel, assis devant sa table de travail, était resté pendant plusieurs heures absorbé dans l'étude d'un chapitre concernant les impuretés proscrites. Enfin il leva les yeux. Son regard s'attarda sur le rideau brodé d'aigles rouges et de cerfs bleus, puis sur l'Arche Sacrée, décorée du Décalogue et flanquée de deux lions dorés à la queue dressée et à la langue pendante. Dans la bibliothèque étaient alignés le Talmud, les volumes de l'exégèse, la Cabbale, les recueils de lois, les traités de morale et d'autres ouvrages religieux. Bien que les titres au dos des livres fussent plus ou moins effacés par l'usure, Ezriel savait les distinguer grâce à leur reliure. Par la fenêtre, il apercevait un ciel couvert de lourds nuages; la neige tombait dru. Son regard suivant la direction du manoir de Calman Jacoby, se promenait au-delà des champs, forêts et collines vers les lointains pays de l'Allemagne, la France, l'Espagne, franchissait l'océan où des bateaux naviguaient vers l'Amérique et, plus loin, de l'autre côté du Nouveau Monde, l'océan Pacifique dans lequel, suivant une croyance ancienne, un soleil de feu s'immergeait chaque nuit, atteignait enfin le Japon, la Chine et la Sibérie — et prenait le chemin du retour!

La terre est sphérique, avait-il lu, 1 500 000 fois plus petite que le soleil; lequel n'est, lui-même, qu'un astre parmi des millions d'autres. Dans la Bible le soleil et la lune sont présentés sous forme de deux luminaires, et les étoiles simplement comme des petites lumières. L'auteur du Pentateuque n'avait manifestement pas la moindre notion des sciences naturelles. Dans ce cas, comment pouvait-il prétendre connaître la vérité sur d'autres sujets ? Il est donc permis de supposer que la Bible n'est rien d'autre qu'un recueil de légendes et d'histoires de bonnes femmes. Et puisque les choses sont ainsi, à quoi bon étudier les ouvrages de l'Écriture sainte ? D'un autre côté, à qui et à quoi attribuer la création de l'univers ? Était-il sorti du néant tout seul ? Comment les particules s'étaient-elles combinées pour produire l'été, l'hiver, le jour, la nuit, l'homme, la femme, la pensée, l'âme ? Les livres profanes qu'Ezriel avait lus à Lublin n'expliquaient rien, bien qu'ils divulgassent de nombreux faits. Que savait-on du magnétisme et de l'électricité ? Selon les auteurs, les choses arrivaient d'elles-mêmes. L'univers était dominé par le hasard. Mais alors que signifiait le hasard ? Et comment œuvrait-il ?

Ezriel bâilla et se mit debout. Il leva lentement un bras, puis l'autre, assouplissant ses muscles. Qui l'avait créé, lui, avec ses pensées ? Comment un gamète sans volonté ni âme pouvait-il produire un être humain doté d'une intelligence, d'un cœur, de joies et de soucis, de rêves et d'amour ? Quelle énigme!

La porte s'ouvrit et sa sœur Mirale se montra sur le seuil, la tête enveloppée d'un châle, les chaussures couvertes d'une croûte de neige. Quelque chose d'inhabituel avait dû se produire, car, en règle générale, les jeunes filles ne pénétraient pas dans la maison d'étude.

« Qu'y a-t-il ? l'apostropha-t-il.

— On te demande. Ton futur beau-père t'attend.

— Qui ?

— Reb Calman Jacoby. Il est accompagné d'un examinateur du Talmud. Tu es promis à Shaindel! »

Ezriel sentit son cœur battre plus vite. Il ferma doucement son livre en s'efforçant de calmer son émotion, résolu à ne pas se montrer trop empressé, ni trop affligé si rien ne résultait de cette entrevue. Chose étrange, depuis le jour de Simhath Torah, quand Shaindel lui avait tiré les cheveux, son image était restée gravée dans sa mémoire; il avait même rêvé d'elle. Leur union avait dû être prédestinée. Oui, un œil divin veille et une main divine guide nos pas! Il mit sa veste et eut un geste en direction de l'Arche Sacrée, comme s'il voulait demander pardon de l'avoir profanée de ses doutes.

« Après toi! » commanda-t-il à Mirale, puisqu'il n'était pas convenable pour un jeune homme en âge d'être marié d'être vu en compagnie d'une jeune fille, fût-elle sa sœur.

II

Calman Jacoby et le rabbi de Jampol, impatients de voir leurs enfants mariés, fixèrent la date du mariage au shabbat suivant la fête de Pentecôte. Entre-temps Calman invita la future belle-famille au manoir pour Roch Hachanah.

Ezriel et Shaindel qui n'avaient échangé que des regards timides à la cérémonie des fiançailles, se sentaient maintenant plus à l'aise dans leurs rapports. Il s'agissait d'une réunion familiale. A la table des hommes, Mayer Joel demanda à Calman et à Ezriel de l'accompagner lors de sa prochaine visite au rabbi de Marshinov. La conversation passait des hommes saints à Moïse Montefiore, de la fortune des Rothschild aux sacs d'or que certains seigneurs polonais avaient délibérément confiés à la garde des juifs, avant de partir vers les forêts combattre les Russes.

Reb Menachem Mendel raconta l'histoire d'un démon de Turbin : Un soir, quand une jeune fille était sortie de sa maison pour chercher un seau d'eau au puits, un succube était apparu et avait pris possession de son corps. Depuis, elle avait une voix mâle, au timbre inhumain. L'âme errante était celle d'un talmudiste, un personnage pervers, qui avait récité des prières et des passages de la Torah à l'envers, commençant par la fin et terminant par le début. Il avait également attaqué les sages sur différents points de la Loi judaïque. La jeune fille ensorcelée, si frêle ordinairement, savait soudain soulever un bloc de pierre que trois hommes robustes étaient incapables de déplacer d'un pouce. Elle jonglait avec, comme si c'était un simple caillou.

Cette histoire rappelait à Calman son village natal où, certain jour, on avait sommé un cadavre à comparaître devant le tribunal rabbinique. Le mort avait pris l'habitude de tourmenter son ancien associé en venant hanter sa maison. Le bedeau s'était rendu au cimetière pour lui intimer l'ordre de se présenter et, avec la canne du rabbi, il avait donné trois coups sur la pierre tombale. Au tribunal, on avait séparé un coin de la salle à l'aide d'un drap. C'était là que devait siéger le fantôme. Les juges avaient prononcé leur verdict : l'associé du mort paya une indemnité de plusieurs centaines de gulden aux héritiers du décédé et la hantise cessa.

Mayer Joel, tirant sur sa maigre barbe d'une main, tandis que de l'autre il tambourinait sur la table, s'exclama : « Que diraient les sceptiques de tout ceci ?

— Ils diraient que c'est absurde! lança Ezriel, lui-même étonné de son audace.

— Mais il y a des témoins... qui l'ont vu eux-mêmes!

— Vu quoi ? Un drap ?

— L'âme n'est pas visible...

— La science s'occupe uniquement de ce qui est visible, de choses qu'on peut peser et mesurer », dit Ezriel qui avait l'impression d'être, lui aussi, possédé.

Reb Menachem Mendel pâlit. Il étreignit sa barbe rousse. Mayer Joel adressa un coup d'œil moqueur à son beau-père. Calman baissa la tête.

« Ne croyez-vous pas aux démons? demanda Calman.

— On ne peut pas accepter le ridicule.

— Croyez-vous en Dieu ?

— Bien sûr.

— Eh bien... c'est déjà ça. Au moins vous croyez en Dieu. »

Shaindel était inquiète. Aidée de sa sœur plus jeune, Miriam Lieba, elle avait servi des rafraîchissements, figues, dattes, raisins, amandes, galettes, sucreries de toutes sortes et, naturellement, le traditionnel hydromel. Ses cheveux relevés en chignon, embellie par une nouvelle robe et un collier en or — cadeau de fiançailles de la mère d'Ezriel —, elle se tenait près de la table, un plateau entre ses mains, et elle écoutait, ravie que son fiancé eût des idées avancées et qu'il eût le courage de les exprimer. Elle regardait son visage pâle, ses lèvres tremblantes, ses oreilles en feu, ses yeux bleus qui la fixaient, elle seule. C'était elle qui avait persuadé son père de contacter Ezriel par l'intermédiaire du marieur. Chaque nuit, sans trouver le sommeil, elle s'étonnait de nouveau d'être éprise, à ce point, d'un jeune homme qu'elle connaissait à peine. En cachette elle prenait le contrat de promesse de mariage dans la commode paternelle pour se pencher sur la signature : Ezriel Babad. Celle-ci n'avait aucune des fioritures de la plume de Mayer Joel; elle révélait une certaine austérité. Leurs deux signatures étaient entrelacées. Dans ce document, avec sa bordure ornée d'enluminures, son *Mazel Tov* gaufré, et son texte hébreu, incompréhensible pour Shaindel, lui et elle semblaient déjà unis, virtuellement mari et femme. Au moment où Mayer Joel essaya de confondre Ezriel, Shaindel s'avança avec son plateau.

« Eh bien, ma fille, pose-le sur la table! dit Calman. Ne sois pas timide! »

Pourtant Shaindel prenait tout son temps pour placer les assiettes, les tasses et les soucoupes que lui tendait Miriam Lieba. Que les esprits surchauffés se calment d'abord! Quand enfin tout fut bien rangé sur la table, la jeune fille s'attarda assez près du groupe pour entendre la suite.

« Ainsi, vous ne croyez pas à la transmigration successive des âmes ? questionna Mayer Joel.

— Il n'existe aucune référence à ce sujet, ni dans notre Bible ni dans le Talmud, répondit Ezriel.

— Reconnaissez-vous l'autorité d'Ari le Saint dans la matière ?

— Maïmonide est en désaccord avec lui.

— Voilà bien le cri de guerre de Maskilim — propos d'émancipateur! »

Reb Menachem Mendel lâcha sa barbe et leva la

main. « En vérité, c'est un brave garçon, mais il est quelque peu pédant et non conformiste. Il semble tenir de mon beau-père, Reb Abraham Hamburg. Il manque de maturité.

— Le mariage le changera, avec l'aide de Dieu, dit Calman d'un ton apaisant.

— La vérité, c'est tout ce qui m'importe, insista Ezriel.

— Il est absolument certain que des âmes transmigrées existent. Le monde en est plein, réaffirma Reb Menachem Mendel d'une voix rauque. A Izhbitsa, un enfant de six mois est brusquement tombé malade — que Dieu nous vienne en aide! — et, au moment de mourir, il a clamé d'une voix à faire trembler les murs : « Écoute Israël, le Seigneur notre Dieu! » Le médecin, un mécréant débauché, a fait pénitence après avoir entendu ce cri. Il a délaissé sa clientèle et il est parti vivre avec un saint homme. Aujourd'hui, ce pécheur est un saint! »

Reb Menachem Mendel s'arrêta tout à coup. Sa voix tremblait. Il avait des fourmis dans la main droite. Son envie de frapper Ezriel était irrésistible. Non seulement ce jeune sot se moquait du Seigneur et de Ses œuvres, mais il était en train de faire échouer le mariage! Calman reviendrait sûrement sur son engagement. Reb Menachem Mendel se voyait déjà chassé de Jampol par une populace déchaînée. Se rappelant le passage : « Tu causeras toi-même ta perte et ta ruine », il se tamponna le front et s'éventa avec sa calotte. Même ses papillotes étaient trempées de sueur. Calman s'aperçut soudain de la présence de Shaindel et de Miriam Lieba.

« Vous êtes toujours là? Allons! Retournez à la table des femmes, vous deux!

— Je n'ai pas encore apporté la confiture », dit Shaindel.

Les jeunes filles se retirèrent. Shaindel agrippa le poignet de Miriam Lieba. Les fiançailles étaient pour ainsi dire rompues. Et tout cela parce que ce Mayer Joel trop intègre s'était institué policier de Dieu en personne. Shaindel se sentait prise de sympathie pour Ezriel qui s'était laissé emporter par sa passion pour la vérité. Elle serait toujours de son côté! Elle plaiderait en sa faveur auprès de son père : « J'épouserai Ezriel, et personne d'autre — jamais! »

Dans la cuisine, elle fondit en larmes. Calmée enfin, elle se lava le visage dans la cuvette et examina son image dans le miroir. Grimpant sur un escabeau, elle attrapa sur l'étagère, tout en haut, un bocal de gelée de groseille depuis longtemps oublié. Quand elle retourna à la table des hommes, un débat sur le Talmud était en plein essor. Ezriel discourait sur la Torah, ce qui ne l'empêcha pas de lancer un regard appuyé à Shaindel, par-dessus la tête des auditeurs. Elle répondit à son appel muet en rougissant depuis la naissance du cou jusqu'à la racine des cheveux.

III

Mayer Joel essaya de convaincre son beau-père d'annuler sa promesse et de rompre l'engagement, mais Calman ne voulait pas humilier Ezriel, ni le rabbi de Jampol, le père du jeune homme. Conscient des sentiments de Shaindel pour Ezriel, Calman trouva des excuses à l'adolescent. « Qui ne parle pas inconsidérément dans la chaleur d'un débat? » protesta-t-il. Zelda sympathisait avec Mayer Joel. Calman lui rappela le vieil adage : « Mieux vaut amputer le parchemin de quelques passages que d'arracher des feuilles. » Il est préférable de divorcer plutôt que de rompre des fiançailles. Calman avait fait ses dons à Ezriel comme convenu, y compris deux cents roubles pour l'achat d'une édition complète du Talmud, des ouvrages de Maïmonide, du recueil de lois et des commentaires. Ezriel devait acheter lui-même les livres à Varsovie.

Le lendemain de la donation, Ezriel monta dans un traîneau, prêt à partir pour la capitale. Son père ne lui adressait toujours pas la parole, cependant sa mère et sa sœur l'avaient approvisionné de vivres, de linge de rechange et d'autres objets nécessaires en voyage. A Varsovie, il devait habiter chez Reb Ezekiel Wiener, le père de Mayer Joel. En dépit de ses attaques renouvelées, Mayer Joel avait donné une lettre d'introduction pour son père à Ezriel, demandant que tout soit fait pour assurer le confort du jeune homme. Dans un post-scriptum d'une demi-page, il envoyait ses sincères salutations à chacun des membres de sa famille nombreuse.

La journée était froide. Le traîneau glissait à vive allure sur la neige bien tassée, laissant derrière lui une enfilade d'arbres figés par le gel, de champs en friche et de vastes terrains désolés par un temps polaire. Les toits de chaume des villages ressemblaient à des édredons blancs. A la tombée de la nuit, des bourrasques glaciales soulevaient des tourbillons de neige poudreuse. Le ciel était assombri par des nuages qui laissaient filtrer les rayons pourpres du soleil couchant, tels le sang coulant de quelque holocauste céleste. La neige s'embrasait. Ciel et terre semblaient ne faire qu'un. Laissant errer son regard, Ezriel se souvenait d'une description qu'il avait lue, un jour, sur l'océan Arctique. Le traîneau avait trois autres passagers en dehors d'Ezriel : Zelig, le vitrier, se rendait à Varsovie pour acheter un diamant à couper le verre; une femme, nommée Blooma, voulait consulter un médecin pour un abcès dans l'oreille; et une jeune fille, Dvosha, orpheline, espérait trouver du travail dans la capitale. Zelig portait un bonnet en peau de mouton, une veste ouatée, et de gros sabots remplis de paille comme en chaussaient les paysans. Avec sa barbe mal peignée, incrustée de stalactites, et ses sourcils hérissés de couleur gris fer, il avait l'air d'un hérisson. Prenant une pincée de tabac dans une boîte de corne, il grogna :

« Vous appelez ça un hiver ? Autrefois nous avions de véritables hivers! Les ours mouraient de froid dans leurs tanières. Des bandes de loups rôdaient sournoisement autour des villages, les yeux brillants comme des chandelles. Un hiver, alors que je vivais encore à Radoshitz, des grêlons gros comme des œufs d'oie sont tombés! Ils ont fracassé la moitié des fenêtres de la Pologne. Les paysans terrorisés clamaient que la fin du monde approchait.

— Reb Zelig, entendez-vous ce bruit ? » demanda Blooma en lui coupant soudain la parole. Sa tête était enveloppée d'une couverture en plus d'un châle.

« Quel bruit ?

— Ce grondement dans mes oreilles, pareil à un roulement de voiture. Je pensais que c'était peut-être le vent. Mais ça n'arrête pas — on dirait le moustique dans la tête du tyran Titus — qu'il soit maudit!

— Ne vous inquiétez pas, vous vous sentirez mieux bientôt. Si vous voulez mon conseil : abstenez-vous de consulter des médecins! Quand vous serez à Varsovie, allez donc voir Feivele Konskelwoler. Il possède des pièces magiques, bénies par le saint prédicateur de Koshenitz. Posez l'une d'elles sur votre oreille, et la douleur disparaîtra. Vous connaissez ces médecins — tous trop rapides à manier le couteau!

— Inutile de m'en parler! Tel médecin m'enfonce

une aiguille dans l'abcès! Tel autre me recommande des compresses froides, et le troisième, des compresses chaudes. En attendant, ma tête commence à être comme une pendule avec son balancier battant les secondes, tellement les élancements violents me trouent le crâne, dès que je me couche.

— Mon petit frère, un jour, a enfoncé un petit pois dans son oreille. Le mal que nous avons eu à l'en extraire! » dit l'orpheline Dvosha, faisant chorus. La jeune paysanne plantureuse était serrée dans une veste de fourrure. Elle avait la tête couverte d'un fichu de laine.

« Allez-vous travailler comme domestique? questionna Blooma.

— Oui.

— Savez-vous faire la cuisine?

— Je peux toujours essayer.

— Croyez-moi, suivez mon conseil : ne répondez jamais! Faites simplement ce que votre maîtresse vous commande. A Varsovie, ces dames mangent tout le temps, et chaque repas comprend un tas de services. Vous passerez votre vie devant le fourneau. Elles sont tatillonnes et elles appellent leur mari à la rescousse pour faire de l'esbroufe. Et au milieu de la nuit, elles réveillent la servante pour faire la lessive.

— Où ça? Au bord de la rivière?

— A la rivière? En plein Varsovie? Ne soyez pas stupide! Vous resterez dans la cuisine, penchée audessus du baquet, jusqu'à ce que vous ayez mal partout. Mais rappelez-vous bien une chose : mangez comme quatre! Mangez leur capital! Prenez-les pour des vaches à lait! Ma grand-mère avait l'habitude de dire qu'il y avait une fois un sage qui était resté trois jours et trois nuits, prosterné, s'interrogeant sur ce qui permettait aux humains de rester en vie, quand soudain l'évidence avait éclaté à ses yeux : la nourriture et rien d'autre!

— Pas besoin d'un sage pour trouver cette vérité première.

— On vous fera dormir dans la cuisine. Vous viderez les pots de chambre de toute la famille. Mais n'oubliez pas de tenir un broc d'eau à côté de votre lit. Il vous sera bien utile s'il y a un grand fils dans la maison. S'il essaie de coucher avec vous, dites-lui poliment de s'en aller. S'il ne veut pas, arrosez-le! Après ça, il gardera ses distances. Le lendemain matin, dites que c'est le chat qui a renversé le broc.

— Vous connaissez toutes les réponses.

— La vie vous apprendra. J'étais pauvre, moi aussi, quand j'étais jeune. A cette époque-là, les juifs n'étaient pas autorisés à entrer dans Varsovie — on nous refoulait aux portes de la ville. Ceux qui voulaient les franchir devaient payer une taxe spéciale. Il y avait un informateur, juif lui-même, qui livrait tout le monde traîtreusement. Mais finalement les bouchers lui ont réglé son compte. J'étais toute petite à la mort de mon père; ma mère ne lui a pas survécu longtemps. C'est une tante qui m'a élevée. Elle était pire pour moi qu'une étrangère. Le jour de Yom Kippur, elle me bénissait, mais le lendemain, le supplice recommençait de plus belle. Elle m'a mariée à un savetier qui me promettait la lune, pourtant il crachait le sang, le pauvre bougre. Quand il se mettait en colère, il me battait et m'allongeait des coups de pied. Je lui ai donné trois enfants, seulement ils sont morts jeunes. Le dernier n'avait pas d'estomac — infortunée que je suis! Après la mort de mon mari, je suis restée veuve. Par bonheur nous avons Reb Calman qui ne refuse jamais sa porte à personne. Quand il s'agit de faire la charité, on peut dire qu'il est presque aussi bon que Dieu. Vous rendez-vous compte, jeune homme, quelle chance vous avez ? Votre Shaindel a la tête et le cœur à la bonne place — et quelle beauté! Éblouissante! Oui-da, je suis allée voir votre futur beau-père pour lui raconter mes ennuis. Il m'a donné de l'argent pour le voyage, et pour les honoraires du médecin en plus. Quel beau mariage — le fils du rabbi et la fille de Reb Calman! Au fait, pourquoi allez-vous à Varsovie ?

— Pour acheter des livres.

— C'est bien vrai ? Voilà qui est admirable! Il faut dire que c'est votre sort d'étudier les livres saints. Vous rachèterez ce monde pourri! A quoi sert une femme, excepté à réconforter un homme ? C'est exact que vous ne croyez pas aux démons ?

— Qui a dit cela!

— Voyons! Tous ceux qui ont une langue. Que leurs lèvres se dessèchent! La jalousie, voilà ce que c'est! Ils voudraient vous dévorer vivant. Que les vers de terre les rongent!

— Hé, hé! où croyez-vous donc aller ? » aboya Zelig brusquement à l'adresse du cocher.

Itcha le cocher se réveilla en sursaut et tira violemment sur les rênes.

« Holà! ho! Arrière! arrière! Où, diable, ces haridelles vont-elles ?

— On vous a surpris en train de dormir, hein ?

— Un petit somme, c'est tout. Vous feriez mieux de descendre, vous tous.

— Oh! Seigneur! mes jambes sont engourdies, se lamenta Blooma. Elles ne veulent plus bouger. »

Ezriel sauta à terre et aida la femme à sortir du véhicule. Sous son poids, il s'enfonça dans la neige jusqu'aux mollets. « Les émancipateurs ont raison, pensait-il. Le fanatisme des juifs polonais est trop déraisonnable pour les mots. Tandis que le reste de l'Europe s'instruit, crée, marche avec le progrès, ce peuple se complaît dans l'ignorance. Que sait-il du magnétisme, de l'électricité, du microscope et du télescope ? Qui, parmi ces juifs, a jamais entendu parler de Voltaire, de Jean-Jacques Rousseau, de Kepler, de Newton ? Et que sais-je moi-même de leurs théories ? Indubitablement, pas assez! Il faut que j'étudie. Je dois aider ces gens à sortir de leur ignorance. Shaindel m'aidera. » Ezriel ramassa une poignée de neige, la tassa en boule compacte et la lança vers le ciel crépusculaire.

IV

A Varsovie, Ezriel préféra loger dans une auberge, plutôt que chez Reb Ezekiel Wiener. Il se rendit d'abord au bureau de M. Wallenberg dans la rue Krolewska afin de transmettre une chemise de factures de la part de Calman. Le temps était glacial. Des traîneaux crissaient sur la rue verglacée, tandis que les cochers faisaient claquer leur fouet. Toits et balcons étaient couverts de paquets de neige. Des garçonnets portant casquette à ruban et veste à boutons de cuivre jaune se hâtaient pour rentrer chez eux, le cartable à bretelles sur le dos. Une nonne conduisait des fillettes en uniforme, chaudement chaussées de grosses chaussettes en laine par-dessus leurs bas. D'élégants messieurs et dames, couverts de manteaux de fourrure et de toques de zibeline, promenaient leurs chiens. Un mendiant jouait de la vielle. Toutes les boutiques étaient pleines de monde en dépit du grand froid. Le crottin des chevaux était fumant dans l'air glacial; les cheminées crachaient de la fumée; des tombereaux chargés de bois de chauffage rou-

racas dans les cours. Pour la première fois dans sa vie, Ezriel voyait du charbon. Il s'arrêta devant le Jardin de Saxe pour regarder à l'intérieur à travers la grille. Garçons et filles portant écharpes, bonnets, vestes, jupes et gants de couleurs vives traçaient de leurs patins des dessins excentriques sur le lac gelé. Ceux qui tombaient jouaient des pieds et des mains pour se remettre debout en riant joyeusement.

M. Wallenberg était en conférence. Ezriel attendit patiemment, chapeau à la main, dans un grand bureau où des comptables travaillaient penchés sur d'épais registres. Leur plume d'acier glissait sur les grandes pages tandis qu'ils écrivaient, rayaient, marquaient des chiffres, manipulant leurs bouliers à une vitesse incroyable. Une servante entra pour leur porter un plateau chargé de tasses de thé. Soudain, la porte du bureau personnel de Wallenberg s'ouvrit et un général apparut sur le seuil. Il était trapu et barbu, botté et éperonné, galonné d'épaulettes en or. Son manteau déboutonné laissait voir une élégante culotte de cheval passementée et un torse bombé, chargé de médailles. Il gardait une main gantée posée sur la poignée de son épée. Un domestique en livrée, après avoir ouvert la porte d'entrée, restait respectueusement en attente. Wallenberg raccompagna son visiteur, s'inclina et attendit poliment que le général fût installé dans son traîneau. Petit et robuste, il avait la tête comme une citrouille, des yeux sombres et brillants. Ses favoris noirs et ses mèches tombant en boucles sur ses tempes étaient mêlés de fils blancs. Un col dur enfermait son cou. Il portait une médaille à son revers. En se retournant, il aperçut Ezriel et demanda en polonais : « Qui est-ce ?

— Il vient de Jampol. C'est Calman Jacoby qui l'envoie. »

Ezriel était en admiration devant les draperies élégantes et le parquet brillant, tellement glissant qu'il osait à peine s'y aventurer. Sur les murs étaient accrochés, dans un cadre argenté, des portraits de messieurs et de dames et des documents portant des signatures impressionnantes et des sceaux en cire. Le bureau en bois d'acajou était couvert de papiers. L'arôme que respiraient ses narines faisait penser Ezriel à un mélange de fumée de cigare, de cuir et de quelque chose d'indéfinissable.

« Quelle est votre parenté avec Calman Jacoby? Êtes-vous son fils? » Wallenberg lui avait posé ces questions en polonais.

« Le fiancé de sa fille.

— Je vois. Asseyez-vous!

— Je vous remercie.

— Détendez-vous! Nous ne vous mangerons pas. »

Ezriel prit un siège.

« A présent, parlez-moi de vous. Étudiez-vous le Talmud?

— Oui. Et d'autres ouvrages également.

— Je vois que vous comprenez le polonais — chose rare pour un juif polonais. Établis dans ce pays depuis six siècles, les juifs n'ont pas été capables d'apprendre sa langue. Que ferez-vous après votre mariage? Vous entrerez dans le commerce?

— Je ne suis pas décidé encore.

— Les juifs forment une drôle d'équipe. » La voix de Wallenberg grondait. « Le temps s'écoule et les oublie, l'humanité progresse, tandis qu'eux restent aussi immuables que les Chinois derrière la Grande Muraille. Naturellement, je ne parle que des juifs de Pologne, et non de ceux d'Europe occidentale.

— Bien sûr.

— Je veux être franc avec vous, jeune homme. Je me rends bien compte que vous n'êtes pas un imbécile. Je ne suis plus juif, j'ai été baptisé. Mais le sang est plus épais que l'eau, et je ne puis supporter de voir les juifs souffrir. Comment peut-on s'installer chez quelqu'un d'autre, y vivre complètement isolé, et s'attendre à ne pas en souffrir ? Quand on prend le dieu de son hôte pour un dieu de pacotille et qu'on refuse le vin qu'il offre comme une boisson défendue, quand on traite la fille de son hôte comme une impure, faut-il s'étonner alors d'être accueilli en étranger indésirable ? C'est aussi simple que cela.

— Eh bien, que peut-on y faire ?

— Je ne veux pas prêcher, je ne suis pas missionnaire. Mais enfin, comment tout ceci finira-t-il ? Nos assimilateurs juifs, qui se disent eux-mêmes Polonais de confession mosaïque ne croient ni en Moïse ni en Jésus. Ils ne se montrent à la synagogue qu'une fois par an, le jour du Yom Kippur. Pourquoi restent-ils aussi isolés ? Il est vrai qu'ils prient Dieu pour la restauration de Jérusalem; or, la Palestine est un désert, et le Messie arrivant sur son âne blanc, une jolie légende. Contrairement à l'enseignement biblique, la science moderne soutient que la terre a été créée il y a des millions d'années.

— Je sais. C'est la thèse de Kant et de Laplace. »

M. Wallenberg haussa les sourcils.

« Par exemple! où en avez-vous donc entendu parler ?

— J'ai étudié leurs théories.

— A Jampol ?

— Non, à Lublin.

— Et votre futur beau-père sait-il que vous lisez de tels ouvrages ?

— Je ne pense pas.

— Voilà qui est intéressant! Il faut que la glace soit brisée, après tout. Que fait votre père, du commerce ?

— Non. Il est rabbi.

— Surprenant! Le fils d'un rabbi! Et de qui tenez-vous vos yeux bleus et vos cheveux blonds? Certainement pas de vos ancêtres juifs! Nous tous sommes un produit de l'Europe. Qu'est-ce qui vous amène à Varsovie? Pas ce paquet de papiers, tout de même?

— Je suis venu pour acheter des livres.

— Le Talmud?

— Oui. Mais je m'intéresse également à quelques ouvrages scientifiques.

— Sur quels sujets?

— Physique, mathématiques, géographie...

— Allez donc dans la rue Swietokrzyska! C'est là que sont installés les libraires juifs. Ces juifs-là, en long caftan, sont les bibliographes les plus érudits de la Pologne. Cependant, à bien réfléchir, pourquoi dépenser de l'argent? Ma maison est pleine de manuels dont on ne se sert pas. Mes enfants ont tous terminé leurs études. N'est-ce pas étrange que les juifs lituaniens semblent avoir mordu à l'érudition, alors que les juifs polonais montrent peu d'intérêt pour les connaissances séculières? C'est le mouvement hassidique qu'il faut blâmer pour cela. La première chose qu'il vous faut faire, c'est maîtriser la grammaire polonaise. Il est absurde de vivre en Pologne et de continuer à baragouiner un jargon allemand. Et il est plus ridicule encore de vivre dans la deuxième moitié du XIXe siècle et de se comporter comme si l'on appartenait à l'Antiquité. Les Polonais ont, eux aussi, leur religion, mais ils ne sont pas totalement absorbés par elle. Si j'assiste à un seul service religieux le dimanche, on me considère comme un bon chrétien. Il ne m'est pas nécessaire de passer des lanières autour de mes bras et de mon front, chaque matin, et de prier toute la journée. J'ai traversé la Turquie et l'Égypte : même les Bédouins ne sont pas à moitié aussi sauvages que nos hassidim. Les fils d'Ismaël sont au moins de bons cavaliers. Puis laissez-moi vous dire ceci : les bains rituels ne sont pas hygiéniques. Nous avons eu un rabbi qui faisait ses sermons en polonais. Quelle sensation! Moi je ne crois pas à des demi-mesures. Les juifs devront devenir cent pour cent polonais. Autrement ils seront chassés comme aux jours des pharaons.

— Les Polonais sont eux-mêmes asservis.

— Ça, c'est une autre histoire.

— Les forts veulent dévorer les faibles, dit Ezriel, un peu enivré par la pertinence de sa remarque.

— C'est vrai, j'en ai bien peur. Il y a un ouvrage anglais récemment publié qui est en train de causer une révolution dans le monde de la science. Sa théorie semble défendre l'idée que toute vie n'est qu'une lutte pour survivre et que les plus forts en sortent vainqueurs... Enfin, repassez donc demain à mon bureau! Le caissier aura un tas de livres pour vous — apportez une valise, si possible! Je suis très occupé aujourd'hui, mais la prochaine fois que vous viendrez à Varsovie, venez me voir! »

Wallenberg fit tinter une petite clochette. A ses doigts, on voyait briller une alliance et une chevalière. Offrant sa main gauche à Ezriel, il lui dit : « Courage, jeune homme! Nous vivons dans un monde de progrès. »

Quatre

I

En dépit du conseil que lui avait donné le seigneur voisin de s'abstenir d'écrire, la comtesse Maria Jampolska adressa une pétition au tsar Alexandre pour demander la grâce de son époux, le comte Wladislaw Jampolski. Elle disait que le comte s'était laissé emporter par sa nature volontaire et qu'il regrettait maintenant ce qu'il avait fait. Elle, son épouse, était malade et implorait humblement Sa Majesté d'ouvrir son cœur noble à la charité chrétienne et d'accorder le pardon à son sujet fautif. La supplique était appuyée par le gouverneur de la province de Lublin, duquel la comtesse avait obtenu une lettre d'introduction. Journellement, Maria Jampolska s'agenouillait et pleurait dans sa chapelle privée devant l'image de la Sainte Vierge.

Dans son ardeur passionnée elle fit une démarche qui surprit les juifs de Jampol. Elle se rendit chez leur rabbi, Reb Menachem Mendel, et le supplia de prier Dieu pour la libération de son époux, Wladislaw, fils de Wladislaw. Un voisin servit d'interprète puisque le rabbi ne comprenait pas le polonais. La comtesse fit don de dix-huit roubles pour l'achat de bougies destinées à la synagogue et d'une petite somme pour les pauvres.

« Toutes choses sont entre les mains du Seigneur », lui dit le rabbi. Toutefois, il accepta de faire une prière.

Cela tenait du miracle : effectivement, un communiqué arriva de Saint-Pétersbourg. Il annonçait que Sa Majesté avait gracieusement consenti à accorder le pardon total au comte Wladislaw Jampolski banni, et que le gouverneur de la province d'Archangelsk avait été informé de libérer le comte et de faciliter son voyage de retour. Plus tard, on découvrit que le comte, de son côté, avait adressé une lettre de pénitence au tsar, et que le gouverneur d'Archangelsk était intervenu en sa faveur.

En apprenant la nouvelle, la comtesse s'évanouit. Sa fille, Félicie, la ranima à l'aide d'eau de Cologne et de vodka, tandis que la bonne, Barbara, une petite vieille aux cheveux d'un blanc laiteux et au visage grêlé, délaçait le corset de la comtesse. Quand la comtesse se fut assoupie, Félicie décida d'écrire une lettre à son frère Joseph qui s'était enfui à Londres après le soulèvement, aussi à sa sœur Hélène qui vivait chez une tante à Zamosc. Son plus jeune frère, Lucien, se cachait sans doute quelque part en Pologne, à moins qu'il ne fût mort. Un tribunal russe l'avait condamné à mort par contumace et, depuis, on était sans nouvelles de lui.

Les poignets de ses manches retroussés afin de ne pas les tacher, Félicie écrivait d'une calligraphie élégante avec une arabesque à la fin de chaque mot. Elle se réjouissait du retour imminent de son père; bien des fois elle avait allumé un cierge devant l'autel, glissé des pièces de monnaie dans le tronc de l'église, prié Dieu qu'Il consente à libérer le comte exilé.

Pourtant sa joie n'était pas sans mélange, et Félicie se sentait honteuse devant le Seigneur, Lui qui connaissait les pensées secrètes de chacun. Son père avait été méchant avec elle; il l'avait appelée vieille fille en la singeant et se moquant d'elle. Félicie craignait qu'après ses expériences épouvantables en Sibérie, en compagnie de criminels et de Russes grossiers, il ne se montrât encore plus intraitable qu'auparavant. Néanmoins elle implorait Dieu d'accorder à son père un retour sans danger, se résignant déjà au traitement qu'il lui infligerait probablement et lui pardonnant d'avance sa bassesse. Félicie n'avait écrit qu'un paragraphe ou deux quand elle déchira la lettre, incapable de décider si elle devait appeler Joseph « cher » ou « mon cher ». Rien n'était aussi pénible pour elle que de prendre une décision — c'était sans doute l'une des raisons pour lesquelles elle était restée vieille fille.

Son père et Lucien étaient des patriotes qui avaient risqué leur vie pour la Pologne, tandis que Joseph s'était enfui à Londres. Joseph se prenait pour un philosophe. Il prêchait le positivisme et soutenait dans chacune de ses lettres que la Pologne ne se redresserait que grâce à l'industrie et à la science, et non avec des rêves stériles. De telles idées ne convenaient qu'à des mercantiles et avaient refroidi les sentiments de Félicie pour son frère aîné qu'elle avait pourtant adoré dans son enfance. Quant à Hélène, elle était constamment en visite chez des parents proches ou lointains. Elle restait à leur charge et nouait des amitiés au hasard. Une nouvelle génération avait surgi — impie, impudente, égoïste. Après le désastre de 1863, la noblesse avait, petit à petit, repris son ancien train de vie. On donnait de nouveau des réceptions et des bals, toutefois Félicie n'y était plus invitée. Les années avaient passé; ses soupirants s'étaient tous mariés; ses amies et ses parents se faisaient rares et la traitaient comme une étrangère. Même le pain qu'elle mangeait n'était pas le sien, c'était le don condescendant d'un juif : Calman Jacoby.

L'exil de son père en Sibérie, la fuite de Joseph, la sentence de mort prononcée contre Julien avaient donné une portée dramatique à la vie de Félicie. Elle prenait le deuil, pleurant sur Lucien, son père, sa patrie perdue. Depuis de longues années elle soignait sa mère souffrante et assumait toute la lourde charge du manoir. Bien que leur propriété eût été confisquée, il restait encore, dans la boîte à bijoux de la comtesse, des rangs de perles, de lourdes chaînes en or, des peignes incrustés de diamants, des épingles à cheveux en or. Parmi les vestiges de leur ancienne opulence, il y avait des pièces de fine porcelaine, de l'argenterie, un service de table en or, un harnais orné de pierres précieuses. Les garde-robes étaient toujours remplies de fourrures, de robes de soie et de satin, de jupons, de vestes, de pèlerines. Des livres reliés en velours et en soie s'alignaient sur les rayons de la bibliothèque. Félicie, non encore entièrement résignée à son sort, à l'âge de trente-trois ans, avait gardé le goût nostalgique du romanesque. Sa bonne fortune viendrait sûrement un jour. « Un beau chevalier monté sur un cheval blanc » apparaîtrait et lui adresserait un sourire d'homme mûr sous sa moustache. Il aurait des tempes grisonnantes et un regard grave. Il découvrirait vite le cœur noble, la modestie de l'âme, l'amour intact de celle qui l'attendait. Fils de la vieille aristocratie, il aimerait la poésie, la rivière, le murmure de la forêt, la sagesse du silence. Il serait toujours temps de lui donner un fils, qu'elle appellerait Lucien Jules, d'après son frère disparu et son poète favori, Juljusz Slowacki, lequel avait écrit ce chant merveilleux : « Je suis triste, ô mon Dieu! »

Le retour du comte allait bouleverser la réalité ainsi que le rêve...

Félicie commença une autre lettre, puis elle se leva et étudia son image dans le miroir. Ses cheveux qu'elle portait serrés dans un petit chignon étaient autrefois d'un blond de miel; à présent ils semblaient plus foncés. Son visage était blanc et étroit et il y avait des cernes bleuâtres sous ses yeux couleur noisette. Elle était vêtue d'une blouse noire à col montant et d'une jupe de velours noir à traîne. Elle portait des boucles d'oreille en onyx et, à sa main gauche, une bague qui portait l'inscription de cette année fatale : 1863.

Elle retourna à sa lettre. Elle avait des caprices puérils, parfois insupportables, même à ses propres yeux. Certaines lettres de l'alphabet lui semblaient sympathiques, d'autres odieuses. Parmi les volailles dans le poulailler, elle avait aussi ses préférés. Sa tragédie était d'être incapable d'indifférence.

Barbara, la vieille bonne, frappa à la porte.

« Mon enfant, votre mère vous demande.

— Je viens tout de suite. »

Félicie trouva sa mère couchée dans le lit à quatre colonnes, la tête appuyée sur deux coussins. Deux mèches grises s'échappaient de son bonnet de nuit; ses joues congestionnées étaient striées de veines violettes. Son nez étroit et ses lèvres minces étaient exsangues au-dessus d'un double menton empâté. Seule une personne extrêmement attentive aurait pu discerner chez elle les traces d'une ancienne beauté. La comtesse ouvrit des paupières frémissantes quand sa fille s'approcha du lit.

« Félicie, je n'ai rien à me mettre pour l'arrivée de ton père. Il faut que tu ailles voir Nissen, le tailleur. »

Félicie semblait surprise.

« Voyons! maman, comment pouvez-vous dire une chose pareille? Vos armoires sont pleines de vêtements.

— Des vêtements? Des chiffons, tu veux dire!

— Père ne sera pas ici avant des semaines.

— Je ne veux pas avoir l'air affreuse quand il reviendra. Regarde tous mes cheveux gris! »

Félicie ne fit aucun commentaire. Qui aurait pensé que sa mère, vieille et malade, s'accrocherait aux futilités féminines?

« Que dois-je dire à Nissen?

— Ramène-le ici! Je lui commanderai des toilettes neuves, pour toi aussi. Nous n'aurons pas l'air de pauvresses quand ton père arrivera. »

Les yeux de Félicie se remplirent de larmes.

« Je ferai comme vous voudrez, chère maman. »

II

Dans le courant du mois de mars, l'existence paisible de Jampol fut troublée par la nouvelle du retour du comte. Il était arrivé à bord d'une troïka. Il portait une peau de mouton campagnarde, des bottes de feutre et une toque de fourrure à large revers. Il semblait manifestement plus corpulent. Son visage était rougeaud, ses yeux brillaient de gaieté, sa moustache à la gauloise étincelait, incrustée de stalactites. Il était accompagné d'une femme. Celle-ci était couverte d'un manteau de petit-gris et d'une coiffe masculine de fourrure noire. Ses épaules et ses genoux étaient enveloppés de couvertures. S'arrêtant devant la taverne de Calman, le comte aida sa compagne à descendre. Il ôta sa peau de mouton, en couvrit le cheval, et entra bruyamment dans la salle. On aurait dit qu'il avait déjà passablement bu.

Getz, le garçon, se trouvait derrière le bar quand le nouvel arrivé s'écria : « Hé! juif, là-bas! je prendrai bien un peu de vodka. »

La femme avait enlevé son manteau de fourrure et sa coiffe. Elle semblait avoir la trentaine. Brunette aux yeux noirs, elle avait des dents d'une blancheur éblouissante et un grain de beauté sur la joue gauche. Elle marchait avec affectation sur ses hauts talons. Les gens du pays qui étaient accouru pour accueillir le comte restèrent bouche bée devant cette femme qui roula une cigarette dans du papier fin, l'alluma et se mit à exhaler de la fumée par les narines, qui leva son verre et trinqua avec le comte avant de s'entretenir en russe avec lui.

« Idiots! Qu'est-ce que vous avez à regarder comme ça? brailla enfin le comte. Vous croyez-vous dans un cirque? »

Le comte se leva pour chuchoter quelque chose dans l'oreille de Getz. Il accompagna la femme à l'auberge d'Itché Braine, puis il se mit en route pour le manoir. Sa famille ne l'attendait pas avant plusieurs jours. Sa femme dormait; Félicie lisait de la poésie dans la bibliothèque; Hélène, qui venait d'arriver de Zamosc, jouait du piano dans le salon. La grille était grande ouverte. Au moment où le traîneau s'engagea dans la cour, les deux chiens du comte se ruèrent sur lui en aboyant furieusement. Wojciech, le cocher, qui désormais occupait également la charge de maître d'hôtel et de valet, sortit de la maison. Les yeux humides il s'avança vers son maître, la casquette à la main. La vieille bonne, à son tour, parut sur le seuil. Elle se mit à battre des mains et à pouffer de rire puis, brusquement, poussa des gémissements sonores, semblable à une paysanne qui pleure un mort. Aussitôt, Hélène cessa de jouer. Elle se précipita dehors, vêtue d'un simple négligé. Son père, la détaillant d'un regard attentif, constata qu'elle était devenue une beauté. Père et fille s'embrassèrent. Félicie les rejoignit, et son père lui posa un baiser sur les joues. Elle pâlit : sa Seigneurie rentrait ivre à la maison.

« Eh bien, où est votre mère? demanda le comte avec impatience.

— Mère est au lit. Elle est souffrante.

— Qu'est-ce qui ne va pas ? Je veux la voir. »

Toujours vêtu de sa tenue de voyage, laissant des traînées de boue sur les tapis, il se dirigea vers la chambre de la comtesse. Réveillée en sursaut, celle-ci se dressa dans son lit, profondément troublée, serrant le manche argenté de son miroir dans sa main. Le comte hésita près de la porte, momentanément confus. Cette femme... était-elle son épouse, ou bien la mère de celle-ci ? Dans son excitation il avait oublié, un instant, que sa belle-mère était morte.

« Maria! s'écria-t-il.

— Est-ce bien vous ? Maintenant je peux mourir en paix! »

La comtesse se mit à pleurer.

« Pourquoi parler de mourir ? Vous n'êtes pas si vieille! »

L'attirant contre lui il baisa ses cheveux, son front et ses joues. Elle se sentit défaillir et son visage s'empourpra. Pendant les dix minutes que le comte passait avec sa femme, Wojciech dételait le cheval; Magda, la cuisinière, attrapait une oie et dénichait une bouteille couverte de terre glaise dans la cave — vestige d'un temps passé. Le comte sortit de la chambre de sa femme; il avait ôté ses gros vêtements et changé ses bottes mouillées contre une autre paire en cuir. En traversant l'enfilade de pièces, il tomba sur Félicie.

« Pourquoi portes-tu du noir ? Personne n'est mort !

— J'irai me changer tout de suite.

— Qu'est-ce que tu es en train de lire — toujours des sottises sentimentales ?

— Je vous en prie, Père, ne me parlez pas ainsi. L'auteur est un poète remarquable, un prophète.

— Un prophète, rien que ça ! Tu ferais mieux de te trouver un homme, pour te marier enfin. Mets le grappin sur le premier imbécile qui croise ton chemin ! »

Aussitôt, les yeux de Félicie se remplirent de larmes. Ce qu'elle avait craint s'était réalisé : son père semblait devenu plus vulgaire en exil; même ses bottes produisaient un craquement désagréable. Il portait une grossière chemise noire; une chaîne de montre au reflet métallique s'étalait sur son gilet. Il ressemblait à l'un de ces policiers russes qui avaient fouillé le manoir à la recherche de Lucien.

« Dieu du ciel ! pardonnez-lui, murmura-t-elle.

— N'as-tu donc jamais envie d'un homme ? » Le comte posa un pied sur le siège tapissé d'un fauteuil. « Qu'est-ce que tu as dans les veines : du sang ou du lait suri ?

— Père chéri, je vous en prie, ne commencez pas déjà à vous moquer de moi. Nous avons sans cesse prié Dieu pour votre bien-être.

— Ce n'est pas Dieu, c'est le tsar qui m'a accordé l'amnistie.

— S'il vous plaît, Père, ayez pitié ! Ne gâchez pas la joie de vous retrouver parmi nous.

— Une vieille fille chaste et vertueuse, voilà ce que tu es. Dieu n'existe pas, et Jésus n'était rien d'autre qu'un juif pouilleux. Les Apôtres ont exploité la religion comme une bonne affaire. N'as-tu jamais entendu parler de Darwin ? Réponds!

— Père, laissez-moi!

— Ne te sauve pas! L'homme descend du singe. Pour ton information : l'un de nos ancêtres n'était qu'un simple orang-outang. » Le comte rit bruyamment. « Nos ancêtres se perchaient sur des arbres et attrapaient des mouches. Voilà la vérité toute crue. Il y a davantage de progrès dans la Sibérie glaciale que dans toute votre Pologne. Vanité! Stupidité! Bah! »

Le comte sortit, laissant une Félicie abasourdie. Il aimait toujours autant la choquer. Il était devenu incroyablement brutal. Il buvait; il blasphémait; il n'avait plus le moindre respect pour sa propre âme.

Pénétrant dans la chambre à coucher de sa mère, Félicie aperçut la comtesse debout, vêtue de lingerie en dentelle, tandis que Barbara peinait pour faire entrer sa maîtresse dans son corset. Félicie recula et referma vivement la porte. Elle tourna une autre poignée de porte et se trouva en face d'Hélène, elle aussi dévêtue.

« Je te demande pardon.

— Il n'y a pas de quoi. Entre donc! Que penses-tu de lui ? N'est-il pas merveilleux ? »

Félicie regardait pensivement sa sœur : le corps d'Hélène était en pleine maturité, pourtant elle semblait à peine sortie de l'enfance. Avec quelle audace elle exposait sa nudité, sans la moindre trace de pudeur. Quels seins, quelles épaules, quelle belle carnation, quelle chevelure! Hélène connaîtra toute la plénitude du bonheur — tout ce qui m'a fait défaut. Dieu lui avait tout accordé — sauf une âme!

Après avoir échangé quelques mots avec sa sœur, Félicie quitta la chambre. Lui faudrait-il jeter ses vêtements de deuil au rebut ? Elle avait juré de porter du noir aussi longtemps que la Pologne resterait soumise. Elle n'était plus une enfant. Personne n'avait le droit de lui donner ainsi des ordres. Toujours indécise, Félicie se dirigea vers sa propre chambre où la nouvelle robe grise, confectionnée par Nissen, était accrochée dans une armoire de chêne. Ouvrant sa porte, Félicie resta pétrifiée : son père était étalé tout de son long sur son lit de jeune fille, les pieds bottés, dont l'un pendait. Il ronflait. Félicie retint sa respiration et le contempla. Quelle sorte d'homme était-il ? Quelle santé de fer! Était-elle vraiment sa fille? Pourquoi n'avait-elle pas hérité sa force, sa volonté ?

« Père! »

Le comte ouvrit un œil.

« Oh! C'est toi. Je suis épuisé. Affamé, aussi. J'ai traversé la moitié de la Russie. Quitte donc ce deuil! Nous ne sommes plus au Moyen Age. Trop d'idéalisme, trop de poésie, trop de patriotisme facile! Des cheminées qui fument, voilà ce qu'il nous faut en Pologne, des cheminées immenses qui crachent le feu, aussi du fumier pour les champs — des montagnes d'engrais minéraux! »

Cinq

I

JAMPOL était en pleine activité au moment de la construction de la voie de chemin de fer. Des ingénieurs avec des caisses d'instruments arrivaient de Varsovie. Il fallut offrir un festin arrosé de champagne à l'inspecteur gouvernemental et à sa suite de fonctionnaires subalternes. La Banque de Commerce de Varsovie accorda un prêt à Calman Jacoby qui faisait sonder le terrain pour l'embranchement de la voie ferrée vers les carrières. Wallenberg, s'irritant des retards causés par une insuffisance de traverses pour le chemin de fer impérial, menaçait télégraphiquement Calman de lui intenter un procès pour les dommages subis, ainsi que d'annuler le contrat. Calman ne se contentait pas d'engager des ingénieurs et des ouvriers spécialisés, il s'occupait aussi de la fourniture des rails et des voitures de charge. Il avait ouvert un bureau à Jampol et comme il avait besoin d'employés parlant le russe, il fit venir des juifs lituaniens.

Ces étrangers au menton rasé et glabre qui portaient des vêtements païens se prenaient pour des modernistes; toutefois la ville les jugeait hérétiques. L'un d'eux, David Sorkess, qui avait fait ses études au séminaire rabbinique de Zhitomir, citait le Talmud irrévérencieusement, fumait le jour du shabbat et faisait de la poésie en hébreu. La femme de Shalit, un autre employé, originaire de Vilna, se promenait tête nue, défiant ainsi le rite orthodoxe. Ignace Herman, de souche polonaise, qui avait été officier pendant l'insurrection, était soupçonné d'avoir combattu aux côtés des aristocrates polonais et d'être lui-même rien de moins qu'un païen. Tous s'étaient liés d'amitié avec Grain, le pharmacien de Jampol, et ils passaient leurs soirées chez lui à boire du thé et à jouer aux cartes devant le samovar. Calman était tourmenté d'être obligé de s'associer avec ces nonconformistes qui, d'après les plaintes des gens du pays, corrompaient la jeunesse. Bien qu'il fît sa comptabilité comme par le passé, notant au crayon ses revenus et ses dépenses, le doit et l'avoir, les services des employés de bureau et des vérificateurs lui étaient indispensables. Assez singulièrement, maintenant qu'il était un homme fortuné, il estimait qu'il était profondément endetté, alors qu'étant pauvre, il n'avait jamais été redevable d'un kopeck.

Pendant toute cette agitation, la famille préparait fiévreusement le mariage de Shaindel. Fixée au shabbat suivant la Fête de la Pentecôte, il fallut différer la cérémonie jusqu'au shabbat de Consolation, parce que le trousseau de la mariée ne pouvait pas être complété en temps voulu. Shaindel pleura en apprenant qu'elle devrait attendre deux mois de plus. Son père lui tendit un billet de dix roubles pour l'apaiser.

« Écoute, chérie, achète-toi ce qui te plaira.

— Papa, je ne suis plus une enfant.

— Cela saute aux yeux. »

Calman haussa les épaules. Sa richesse nouvelle ne

lui valait que des désagréments. Il ne cessait de se justifier, de présenter ses excuses, de donner des pots-de-vin et de faire des promesses. Fréquemment, la nuit, Zelda le réveillait pour se plaindre de maux de tête, de crampes, exigeant qu'il allume une chandelle, lui applique un couvre-plat chauffé sur l'abdomen, ou bien qu'il lui fasse des massages avec du vinaigre ou de l'alcool. Dressant son cou décharné et son visage ratatiné sous un bonnet de nuit qui semblait devenu trop grand, elle scrutait les profondeurs de la nuit, ses yeux aux paupières profondément ridées agrandis par la peur.

« A quoi me sert tout ton argent? gémissait-elle alors. Il ne me donnera ni le bien-être sur terre ni la grâce dans l'Au-Delà. Les gens me maudissent parce qu'ils sont jaloux. Si seulement le Mauvais Œil épargnait les enfants — qu'on me laisse expier leurs péchés! Que Dieu leur accorde une plus longue vie qu'à moi! Qu'ont-ils fait de mal? je te le demande.

— Et quel mal ai-je fait, moi? ripostait Calman. Devrais-je me débarrasser de notre fortune? Dieu l'a voulu ainsi! Tout ce que j'abandonne, d'autres s'en empareront.

— Crois-tu être un bon mari? Es-tu jamais avec nous? Toujours ailleurs! Tu passes des semaines dans la forêt, nuit après nuit. Dieu seul sait ce que tu y fais. Après tout, tu es fait de chair et de sang.

— Tu es en train de dire des bêtises, Zelda.

— Tu as toujours manqué de délicatesse. J'aurais pu épouser un homme instruit. Hélas! ma mère — qu'elle repose en paix! — t'a donné la préférence. Qu'a-t-elle bien pu trouver en toi? Ne te formalise pas — tu avais l'air d'un lourdaud. Calman — Zelda changea brusquement de ton —, je crois que je ne vivrai plus longtemps. Chaque jour je me sens plus faible.

— Il faut que tu fasses une cure thermale. Tu sais combien j'ai essayé de t'en persuader. Pourquoi rester ici et souffrir ? Je désire faire tout ce que je peux pour toi, mais tu ne veux pas me laisser.

— Les sources chaudes ne me feront aucun bien. Je ne veux pas mourir loin de la maison. Je réciterai ma dernière prière ici. J'espère que mes enfants pleureront à mes funérailles. »

Oui, Zelda était bien malade. Jochebed, qui était enceinte, ne se sentait pas bien non plus; son ventre avait enflé au point d'avoir la taille d'un tambour; son teint était jaune et brouillé; des envies de calcaire et de coquilles d'œuf la tenaillaient. La jeune femme avait peur des fantômes et ressassait la prédiction de la diseuse de bonne aventure qu'elle mourrait jeune. Mayer Joel avait accroché des amulettes, avec des extraits des Psaumes, un peu partout dans la chambre de la future maman. Il gardait le Livre de Raziel à portée de main afin de le placer, dès les premières douleurs de l'enfantement, sous l'oreiller de son épouse. Il avait également écrit au rabbi de Marshinov, joignant vingt-cinq roubles à sa lettre, pour s'assurer l'aide du saint homme par la prière. Zelda, malgré sa mauvaise santé, avait fait un pèlerinage chez un autre rabbi et rapporté un talisman et une pièce d'ambre ayant tous deux le pouvoir de soulager les douleurs de l'accouchement. En plus du docteur Lipinski, elle avait fait venir une sage-femme de Skarshew.

Calman se faisait également des soucis pour sa fille Miriam Lieba. Elle était captivée par la littérature polonaise. Elle se déclarait hostile au port de la perruque pour la femme mariée. Elle désapprouvait les mets du shabbat — tcholent et kugel. Enfin, elle se querellait constamment avec sa mère. Un certain shabbat, alors qu'elle peignait ses cheveux, Mayer

Joel l'avait tancée d'être en train de commettre un péché. Pour toute réponse, elle avait lancé avec violence : « C'est moi qui brûlerai en enfer, et non vous! » Depuis ils ne s'adressaient plus la parole.

Les associés et les employés de Calman avaient constamment des plaintes à formuler. Chaque gratte-papier, chaque intermédiaire, chaque ouvrier avait quelque motif de mécontentement. Se chamaillant entre eux, l'un dénonçait l'autre comme escroc. Les gardes forestiers négligeaient leur poste, ou bien se liguaient avec les voleurs. Le bois disparaissait; les céréales et les pommes de terre de Calman étaient chapardées par les paysans qui laissaient également paître leur bétail dans ses herbages; les meuniers se servaient eux-mêmes de sa farine; les grossistes falsifiaient les poids et les mesures et enflaient ses comptes. Chacun voulait qu'on lui graisse la patte. Et comment aurait-il pu, lui, Calman, être partout à la fois?

Plus il y pensait, plus il avait tendance à croire qu'il était l'esclave et non le maître de la fortune. En vérité, sa femme avait raison. Quel avantage ses biens lui procuraient-ils? Son repas se composait toujours d'un plat de gruau d'avoine, comme au temps où il était simple colporteur, et il couchait comme par le passé dans un lit de plumes, et non sur l'or. La seule différence était que, jadis, il avait pris tout son temps pour manger ses aliments en mastiquant bien, et que, maintenant, il ne faisait qu'avaler sans mâcher. Parfois, il avait fait un petit somme après déjeuner, mais à présent, il avait beau essayer, il ne pouvait jamais trouver le sommeil en plein jour. Heureusement, Dieu tout-puissant — que Son nom soit béni! — avait donné le shabbat aux juifs. A l'approche du vendredi soir, on laissait de côté toutes les affaires commerciales. Vêtus de linge de corps et de chaussettes propres, choisis par Zelda, et aussi du vêtement à franges rituel, lui et Mayer Joel se dirigeaient vers le cours d'eau le plus proche pour se baigner. Quelquefois, Getz les conduisait aux bains chauds de Jampol. A son retour, Shaindel recevait son père avec une brioche fraîchement cuite et une soucoupe de pruneaux cuits. Puis, enfilant son caftan du shabbat, il s'installait et commençait la récitation du Cantique des Cantiques. Dieu soit loué! Les démons de l'esclavage du travail n'avaient aucun pouvoir le jour du shabbat. Zelda et Jochebed procédaient à la bénédiction des bougies allumées dans leurs chandeliers d'argent et de bronze, en présence de tous les enfants, bien lavés, peignés, et vêtus de leurs plus beaux atours. Mayer Joel se lamentait qu'il ne pouvait s'habituer à prier sans un minyan. Calman promettait qu'il ferait ériger une petite synagogue dans le domaine, qu'il subventionnerait un minyan de dix juifs pieux, qu'il fournirait un rouleau de la Torah, un Talmud, qu'il commanderait une Arche Sacrée et un lutrin ainsi qu'une aiguière pour les ablutions, des menorahs et un rideau brodé pour l'Arche. Il voulait même faire construire un bain rituel, si tout allait bien, si Jochebed se relevait de ses couches, si Shaindel se mariait et si Miriam Lieba se fiançait. Calman n'avait pas l'intention de vivre une existence vaine, ni d'arriver dans l'Au-Delà avec rien d'autre qu'un lot de péchés.

II

Calman céda finalement à la pression de Mayer Joel et consentit à faire un pèlerinage chez le rabbi de Marshinov pour Shavouot. Reb Menachem Mendel et Ezriel devaient les accompagner, bien qu'Ezriel ne fût pas particulièrement désireux de faire ce voyage. Il aurait préféré passer son temps à lire les manuels que Wallenberg lui avait donnés. Il avait commencé à étudier l'algèbre, la géométrie, le latin, la physique, la chimie et la géographie, tout en même temps. Il avait également acheté à Varsovie quelques dictionnaires et un atlas. Il lui semblait perdre son temps en négligeant cette abondance de connaissances pour rendre visite au maître hassidique. N'empêche qu'il ne pouvait guère faire affront à son futur beau-père.

Calman avait commandé une large provision de galettes au beurre et d'oublies aux pignons pour le voyage, ainsi que plusieurs bouteilles de vin pour la table du rabbi de Marshinov. La calèche devait prendre la route de bonne heure le lendemain matin, la veille de la Pentecôte. Ezriel, qui avait à peine dormi la nuit, emballa un ouvrage de géographie et un compas avec son livre de prières et ses phylactères.

Le premier feu de l'aurore était précoce. Calman et Mayer Joel devaient prendre en route Reb Menachem Mendel et Ezriel. Reb Menachem Mendel soupira en s'habillant. Le rabbi de Marshinov était, sans aucun doute, un grand sage, songeait-il, mais lui-même se sentait davantage attiré par un autre rabbi, le prédicateur de Turisk. Malheureusement, Turisk se trouvait à une trop grande distance de Jampol. Reb Menachem Mendel avait, petit à petit, délaissé cette demeure spirituelle.

L'obscure clarté qui tombait des étoiles s'évanouissait avec le jour naissant. On entendait le chant du coq. En dépit de la chaleur prématurée du printemps, Ezriel frissonnait. Telle une ombre, sa mère, Tirza Perl, s'agitait, couverte d'un simple peignoir de bain et chaussée de pantoufles. Mirale, les cheveux en désordre, était couchée dans son lit, perdue dans sa rêverie.

« Surveille tes manières à Marshinov! recommanda Tirza Perl à Ezriel. Quels exploits ton grand-père a-t-il accomplis ? On ne peut braver le monde! Remercie Dieu de faire un mariage heureux — ne gâche pas tout!

— Tu aimes prêcher, Mère, n'est-ce pas ? fit remarquer Mirale.

— Et moi qui croyais qu'elle dormait! Fais la vaisselle et viens prendre une tasse de chicorée! Ne sois pas jalouse, chérie, ton tour viendra, si Dieu le veut. Que me reste-t-il sur terre ? Rien que vous deux, ma seule joie. »

On entendit un roulement de voiture qui s'arrêta près de la maison. Ezriel porta les valises dehors. La voûte céleste miroitait et la rosée scintillait dans l'herbe humide. Un fidèle solitaire, serrant dans ses bras le sac qui contenait son châle de prière, trébuchait comme un somnambule en direction de la synagogue. Des nappes de brume montaient de la rivière. Les chevaux gardaient la tête docilement baissée, comme s'ils échangeaient des confidences chuchotées. Mayer Joel, le chapeau audacieusement juché sur sa tête, était visiblement plein d'entrain. Il avait obtenu gain de cause. Calman aida Reb Menachem Mendel à monter dans la calèche; Getz, mâchonnant un brin de paille, fit claquer son fouet. Les deux hommes plus âgés étaient installés en face de Mayer Joel et d'Ezriel.

« Je vous en prie, surveillez-le! cria Tirza Perl depuis la porte d'entrée de la maison.

— Ne vous inquiétez pas! la rassura Mayer Joel. A Marshinov il n'y a pas d'ours qui se promènent librement dans les rues. »

Getz tira sur les rênes et la calèche se mit en marche. Il dépassa la place du marché, l'église, et l'entrepôt bien clos de Calman. La route pour Marshinov longeait la propriété de Calman. Dans les champs les tiges vertes baissaient la tête comme si elles n'étaient décidées ni à mûrir, ni à dépérir. Un oiseau survolait un bosquet d'un battement d'aile fébrile.

Shaindel, pâle et ensommeillée, se tenait au bord de la route et, à son signal, Getz arrêta les chevaux. Elle lui tendit deux paquets, l'un noué avec une ficelle, et l'autre avec un ruban vert.

« Que tiens-tu donc dans tes mains, chérie ? Tu devrais être en train de dormir, dit Calman, surpris.

— Celui-ci est pour toi, papa. Pour le voyage.

— Je te remercie.

— Et celui-là est pour toi », dit-elle en s'adressant à Ezriel. Tous les deux rougissaient.

« Bon voyage!

— Au revoir! »

La calèche se remit en route. La silhouette de Shaindel s'éloignait. Ezriel aurait aimé lui adresser un signe de la main, mais il était trop timide. Calman se passa les doigts dans sa barbe.

« Je me demande ce qu'il y a dans ces paquets, fit observer Mayer Joel.

— Des friandises, sans doute, dit Calman.

— Eh bien, beau-père, elles viendront à propos, à Marshinov. Là-bas, c'est le partage à parts égales. Il arrive qu'un homme soit tranquillement endormi à l'auberge et que, soudain, quelque pauvre voyageur fasse son apparition pour partager son lit. Voilà à quoi ressemble Marshinov! Le rabbi a déclaré : « Il est facile pour le Seigneur de professer « l'amour, mais il est moins facile d'aimer un tanneur « infirme. » Un jour, un Litvak, un sceptique qui ne pensait qu'à railler, est venu à Marshinov. Le rabbi gesticule beaucoup en priant, et ce Litvak s'est placé à proximité pour imiter chacun des gestes du saint homme. Certains des jeunes parmi les fidèles ont voulu frapper l'insolent, mais le rabbi qui avait compris ce qui se tramait, les en a empêchés. Très souvent, les solliciteurs attendent des jours pour voir le rabbi, pourtant ce Litvak fut admis presque aussitôt et, inexplicablement, il passa une heure entière avec lui. Bref, depuis il est un fidèle fervent et Marshinov est devenu sa demeure spirituelle. Par bonheur, il s'est installé à Varsovie, autrement Marshinov aurait été submergée de Litvaks.

— Les juifs litvaks ne sont-ils pas semblables à nous tous? interrompit Reb Menachem Mendel. Toutes les âmes juives étaient réunies sur le Sinaï.

— Cependant...

— A Beltz, continua Reb Menachem, on peut voir des hassidim de lointaines régions hongroises réciter la Guemara dans un dialecte hongrois — pourtant tous portent des papillotes qui leur arrivent jusqu'aux épaules.

— Surprenant!

— Le Talmud soutient que les anges officiants ne comprennent pas l'araméen. Leur langue est l'hébreu, expliqua Reb Menachem à Calman. Dieu tout-puissant comprend toutes les langues. Même le Shema peut être récité en dialectes différents de l'hébreu.

— A votre avis, le Shema ne sonnerait-il pas un peu bizarre en turc? »

Ezriel sentait le besoin d'élever la voix. Il avait voulu interrompre la conversation plus tôt, pour dire que l'homme endormi dans son lit pourrait être contaminé par le pauvre qui prétendait soudain partager sa couche; pour ajouter que jamais personne n'avait conversé avec des anges ni eu la preuve de leurs dons linguistiques — mais il s'était maîtrisé. Mayer Joel était toujours en éveil pour le mettre dans l'embarras, probablement parce qu'il était contrarié d'avoir été dupé en épousant Jochebed, tandis que lui, Ezriel, aurait pour épouse Shaindel. Ezriel tourna son regard vers le firmament : vers l'ouest le char du soleil ruisselle d'un flot de lumière. A l'est l'astre se lève tel un disque sanguinolent; une nuée d'oiseaux le saluent. Des ombres pourpres s'attardent dans les plaines. Il est étrange de se rappeler que, pendant que la calèche roule vers Marshinov, la terre tourne sur son axe de l'ouest à l'est, et en même temps autour du soleil, cela depuis des siècles. Ezriel médita sur les lois de la gravitation. Comment les expliquer? Pourquoi deux corps s'attirent-ils? Le manuel de physique qu'il avait reçu de Wallenberg ne donnait pas de réponse à ces questions. Il faut trouver un texte plus savant, songea Ezriel.

III

Marshinov fourmillait d'une foule nombreuse. Même à Lublin, Ezriel n'avait vu autant de monde. On rencontrait des pèlerins hassidiques partout : dans la maison de prière, dans la cour et le jardin du rabbi ainsi que sur la place du marché grouillante. Les auberges étaient pleines et les clients couchaient sur des bottes de paille, ou même sur le plancher nu. Calman, avec quelque peine, réussit à trouver une chambre pour lui-même, Reb Menachem Mendel et Ezriel. Getz fut logé avec un charretier du lieu. Mayer Joel retrouva son père, Reb Ezekiel Wiener, avec son frère, ses deux beaux-frères et un oncle de Lodz, et il se joignit à leur groupe. Reb Menachem Mendel et Calman se hâtèrent vers le bain rituel. Bien que son père pressât Ezriel de partir avec eux, celui-ci parvint à leur échapper. Il n'avait pas envie de se baigner dans un bassin où tant d'autres étaient déjà entrés. A la place, il fit un tour dans la ville.

Les fenêtres des maisons de Marshinov étaient décorées d'images de colombes et de fleurs, de petits rameaux confectionnés dans du papier argenté et doré, sur lesquels perchaient de petits oiseaux à la tête modelée avec de la pâte. Dans les coins des fenêtres étaient placés quelques glaïeuls des marais ou des roseaux symbolisant la transmission de la Torah sur le Sinaï. Des enfants couraient un peu partout, jouant du chalumeau. Puisque la Pentecôte était placée sous le signe des produits laitiers, la ville était embaumée d'arômes de café, de chicorée, de laitages et de pâtisseries.

Ezriel visita la synagogue de la communauté non hassidique. Il flânait dans les rues et les allées. Des jeunes filles se promenaient arborant leur plus belle robe; des hommes revenaient du bain rituel. Les boutiques restaient ouvertes pour les clients indigents qui avaient gratté les fonds de tiroir ou réussi au dernier moment à emprunter quelques pièces de monnaie pour leurs achats du jour de fête.

La promenade sans but précis d'Ezriel reflétait son trouble et son impatience. Qu'est-ce qui m'arrive? songeait-il. Pourquoi je me sens étranger ici? Les gens sont-ils réellement si aveugles devant les inconséquences manifestes de leur foi? Dieu était le Maître de l'univers, n'empêche que dans cet univers les pauvres mouraient de faim. Bien qu'on Lui prêtât une bonté miséricordieuse, Il permettait aux forts de triompher des faibles. Quelle définition Wallenberg en avait-il donnée ? Ah! oui — la lutte pour survivre. Il n'existait certainement nulle Géhenne pour punir les requins qui dévorent les petits poissons. Les nations chrétiennes, qui adressaient leurs prières à Jésus, dévastaient les pays de leurs voisins plus faibles, et tandis qu'ils prêchaient « de tendre l'autre joue », leurs gouvernants envoyaient leurs adversaires politiques en exil. Et les juifs ? Le peuple élu de Dieu restait opprimé et à jamais exilé. Après Chmielnicki, il y avait eu Gonta, ou le tsar Nicolas; meurtre en masse ou décrets draconiens. Ces juifs martyrisés devaient-ils expier les péchés théoriques de leurs ancêtres ? Leurs prières et leur étude du Talmud n'avaient-elles pas été assez ferventes ? Le Messie n'avait pas paru jusqu'ici. Viendrait-il jamais ? Les sages avaient cherché des indices quant à la venue du Messie par le *nutrakon*, l'interprétation des initiales et, par la *guematria*, l'étude de la valeur mathématique des lettres. Tout n'était que mensonge. Ils avaient fondé tous leurs espoirs sur un seul livre, produit des mortels!

Il était temps de retourner à l'auberge; le soleil couchant disparaissait à l'horizon. Ezriel se rappela soudain qu'il devait se parer de ses vêtements de fête. Or, il avait perdu son chemin. Il n'arrivait même pas à se souvenir du nom de l'auberge. Reprenant sa route en sens inverse, il passa devant l'atelier d'un tailleur où l'on était en train de repasser hâtivement un costume. Plus loin, il aperçut quelques femmes, frottant vigoureusement le porche de leur maison. Vêtus du caftan de satin ceint d'une large écharpe, coiffés d'une toque de velours bordée de fourrure, chaussés de pantoufles et de chaussettes blanches, des juifs pieux se rendaient déjà à la synagogue. Que diraient son père et Calman s'il arrivait en retard ? Mayer Joel, sans aucun doute, en ferait grand cas.

Calman pourrait bien se montrer si irrité qu'il serait capable de rompre les fiançailles. Ezriel fit halte et regarda à droite et à gauche. L'auberge devait être quelque part dans les environs, mais où exactement ? Il tenta d'arrêter un passant, mais personne ne l'écouta, ni ne répondit. Ne le voyaient-ils pas ? Étaient-ils en colère contre lui ? Il était en nage, tellement il avait chaud. Ses yeux commençaient à voir des images troubles. « Je vis sur les nerfs — à l'instar de ma mère. » Tout le monde le croyait en bonne santé, mais en réalité il était malade, à moitié fou. Ezriel sentait l'exaspération le gagner contre son père, contre Calman et contre Mayer Joel. Pourquoi avaient-ils besoin de le traîner devant ces rabbis miraculeux ? Il ne croyait pas en eux, il n'était même pas sûr de croire en Dieu. De nouveau il chercha son chemin en interrogeant les passants. Cette fois, un homme lui répondit, malheureusement Ezriel ne put comprendre ce qu'il disait. L'étranger désigna telle direction, puis telle autre, comme s'il se moquait de son interlocuteur. Ezriel sentait tout son être se révolter. Il avait envie de hurler : je ne veux pas vivre! Je ne veux pas me marier et mettre d'autres juifs au monde! Wallenberg a raison, tout n'est que délire, toute cette piété et tout ce martyre! Peut-être ferais-je bien de m'enfuir sur-le-champ. Mais où ? Et que deviendrait Shaindel ?

Un chagrin qui lui était familier submergeait Ezriel, un chagrin qu'il avait déjà ressenti aux jours lointains des premières années du cheder. Tous les garçons, à l'exception d'Ezriel, allaient par groupes. Lui seul restait solitaire. Même le maître d'école le tenait pour suspect. Les camarades de classe le ridiculisaient, lui donnaient des sobriquets, le frappaient et, en même temps, ils recherchaient son amitié. L'exemple s'était répété partout ailleurs, à Turbin, à

Lublin, à Jampol. Même ici, à Marshinov, les gens se montraient hostiles à son endroit...

C'est moi qui en suis la cause, pensa-t-il. Mais quoi au juste — mon visage, mes yeux ? Ai-je l'air d'un fou ? Il plaignait Shaindel. Elle ne connaissait pas l'homme qu'elle allait épouser. Elle qui s'était levée à l'aube pour lui donner un paquet de galettes au beurre!

« Ezriel! » Quelqu'un l'appelait. Il s'arrêta net. C'était Mayer Joel.

« Où partez-vous ainsi ? Êtes-vous allé aux bains ?

— Oui.

— Je ne vous ai pas vu là-bas.

— Cependant, j'y étais.

— C'est bon, et que faites-vous maintenant ?

— Je me promène, simplement.

— Avez-vous oublié ? C'est l'heure de la prière du soir.

— Je dois me changer.

— Il n'en reste guère le temps, le soleil se couche déjà. »

Alors seulement Ezriel nota que Mayer Joel était en grand apparat.

« Ah! à propos, où est l'auberge ? demanda-t-il, mal assuré.

— Perdu votre chemin, c'est bien ça ? Je m'en doutais. Un vrai philosophe! »

Chose étrange, Ezriel se trouvait à proximité de son hôtel. Il reconnut soudain le puits dans l'enceinte de l'auberge et les marches qui conduisaient à l'intérieur. Comment avait-il pu ne pas les voir ? Toujours troublé, il ouvrit une porte et fut accueilli par les cris stridents d'une jeune femme en train de s'habiller. Il s'enfuit et parcourut alors les couloirs dans tous les sens, essayant de situer sa chambre. Finalement il rencontra son père, Reb Menachem Mendel.

« Père!

— Où étais-tu? Je t'ai cherché partout. Tu me fais honte!

— Laquelle est notre chambre?

— Celle-ci. »

Ezriel pénétra dans la chambrette encombrée de trois lits. Cherchant ses affaires à tâtons dans l'obscurité, il changea de vêtements aussi vite qu'il pouvait. Accompagné de son père et de Calman, il se mit soudain en chemin pour la synagogue.

La célébration solennelle de l'office avait commencé quand ils arrivèrent. Les chandelles dans les menoroth avaient déjà baissé sous la flamme ardente. Un chœur de voix, s'élevant d'une forêt de caftans de satin et de velours, sortant d'une profusion de barbes, chantait en refrain : « Car Il est notre vie, Celui qui dirige notre existence, qui nous guide jour et nuit. »

Ezriel se tenait à l'écart, près de l'entrée. Combien cet entourage lui était familier, et pourtant combien lointain en même temps! Quelque pouvoir caché et hostile semblait le séparer des autres. Il avait l'impression de ne plus être des leurs; ce jour de fête n'appartenait qu'à eux, lui en était exclu.

Il ne pouvait plus supporter la chaleur dans la synagogue. Il sortit et se joignit à un groupe de jeunes fidèles qui priaient dehors. L'air crépusculaire était vivifiant. Des vers luisants profilaient leur lumière lunaire. En haut, les étoiles tremblotaient en scintillant et le croissant de lune poursuivait sa course. J'ai pu me perdre dans une si petite ville, rêvait Ezriel, pourtant les astres, sur leur trajet de millions de kilomètres, ne dévient jamais de leur orbite. Une comète décrit une orbite parabolique en soixante-dix ans!

Ezriel qui avait commencé à réciter les Dix-huit

Bénédictions se sentait incapable de continuer. Dieu existait peut-être, mais ces paroles n'exprimaient rien d'autre que la foi en une révélation qui n'a jamais eu lieu, et leur croyance à l'amour divin pour les juifs était leur propre invention.

IV

« Reb Calman de Jampol, veuillez prendre ce siège, je vous prie. »

Calman était surpris. Comment était-ce possible que lui, juif quelconque, vêtu modestement, fût choisi pour une telle distinction, dans cette salle d'étude étouffante, si pleine de disciples du rabbi dont certains étaient fort vénérables, habillés de satin et portant de longues papillotes ? Inclinant le front, il suivit les deux bedeaux de la synagogue jusqu'à la place d'honneur. Le grand maître était assis dans un fauteuil où il présidait. Petit et trapu, le visage rond orné d'une barbe argentée coupée en éventail, il portait un caftan de soie blanche, brodé de feuilles de lilas, et une grande coiffe bordée de fourrure. L'un des bedeaux présenta au rabbi un broc de cuivre, une cuvette et une serviette. Un autre lui versa de l'eau sur les mains. Puis le rabbi récita la prière de circonstance. A sa droite était assis son fils aîné, Reb Shimmon, dont la barbe noire comme jais et les yeux sombres et brillants contrastaient singulièrement avec la robe blanche et les cheveux argentés du rabbi. Le puîné, Reb Moïse, connu comme le rabbi de Chmielev, avait une silhouette dégingandée, une barbe clairsemée qui lui couvrait à peine le menton et de longues boucles sur les oreilles. Lui aussi assistait son père. Les dévots hassidiques, tels une houle humaine, se poussaient et se pressaient autour de la table du rabbi. Calman, qui transpirait abondamment, se trouvait dans l'incapacité d'atteindre son mouchoir pour s'essuyer le front.

Le maître découpa en tranches une miche de pain blanc, utilisant un couteau au manche de nacre. Dès qu'il eut avalé la première bouchée, ses adeptes prirent d'assaut les restes, croûtes et miettes, puisque maintenant le pain était sanctifié. Le rabbi touchait à peine à chacun des plats. Il se contenta d'un petit bout de poisson, d'une bouchée de viande, d'une cuillerée de potage, d'une seule prune étuvée. Au cours du festin, les disciples entonnaient des chants hassidiques et tout le monde reprenait les refrains en chœur.

Calman qui, d'abord, avait cru suffoquer dans cette atmosphère surchauffée, finit par s'y habituer. Il s'émerveillait du rayonnement qui émanait du rabbi. On aurait dit que la Présence divine habitait ce prophète. Il était entouré de caftans éclatants, de barbes noires, rousses et grises, de paires d'yeux étincelants de ferveur. Une ambiance de bonheur sans mélange régnait. Quoique les chants hassidiques locaux lui fussent étrangers, Calman chantait en chœur avec l'assemblée. Il ne se sentait pas solitaire ici, parmi ses semblables, unis dans l'adoration du Seigneur. En face de lui était assis un vieillard au front ridé. Il portait une calotte de velours usée et un vêtement fatigué. A ses côtés il y avait un jeune homme qui gardait la tête penchée au point que ses papillotes frôlaient la nappe. Des voix aiguës se mêlaient à d'autres, au souffle asthmatique. Toutes chantaient le même hymne. Ensemble les fidèles louaient Dieu Tout-Puissant pour Ses bienfaits, priaient non pas pour le bien-être temporel, mais pour la venue du

Messie et l'abolition du Mal, de l'esclavage, de l'exil, demandaient que la joie céleste et le salut exaltent l'univers.

Ici, un juif est à sa place, méditait Calman. Quel endroit merveilleux! L'esprit reprend toute sa jeunesse. Les dernières années, Calman avait mené une existence de reclus. Il avait croisé tant d'escrocs, d'usuriers, de parasites. Aujourd'hui, toute sa rancœur se dissipait pour faire place à un amour fraternel. Qui suis-je, comparé à ces hommes pieux? Rien qu'un homme quelconque qui a eu la chance de gagner de l'argent, pensait-il. Je reviendrai, si Dieu le veut! Ce n'est qu'ici qu'on trouve la joie véritable.

On demanda le silence et aussitôt le bruit cessa. Le maître commença son discours sur la Sainte Écriture, d'une voix tout d'abord à peine audible. Les hommes derrière Calman se poussaient en avant, lui soufflant leur respiration dans la nuque, le chatouillant avec leur barbe. La voix de l'orateur prenait petit à petit du volume. Le rabbi empruntait son texte au Talmud, lequel précise que, avant même de connaître la nature des Dix Commandements, le peuple était préparé à leur obéir.

« Pourquoi interpréter ce fait comme une vertu? continua le rabbi. N'est-il pas plus méritoire d'écouter et d'examiner, avant d'aller aveuglément de l'avant? Le Talmud ne dit-il pas, à un autre endroit, que le mauvais serviteur de Dieu agit d'abord et pose des questions ensuite? Ici, il semble qu'il existe quelque contradiction. Selon le bon sens commun, l'inaction n'est-elle pas préférable aux actes dont les conséquences sont inconnues? A la vérité, dans certains cas on accomplit un acte avant de réfléchir. Le besoin d'un pèlerinage ne peut être expliqué, car celui-ci ne sera compris que quand on en aura fait l'expérience. La philosophie commence inévitablement par le doute, le chaos et le néant. Ainsi elle est incapable de créer quoi que ce soit, car ce qui était vide au commencement restera vide jusqu'à la fin. C'est pourquoi il est écrit : « Au commencement Dieu créa le ciel et « la terre. La terre était informe et vide. » Au commencement Dieu créa — et alors seulement il remarqua le vide; s'Il s'en était aperçu d'abord, peut-être n'y aurait-il pas eu de création. Quand Dieu tout-puissant donna la Torah aux juifs, Il craignit qu'ils n'eussent aimé savoir, en premier lieu, ce qu'elle signifiait — car si l'on examine et approfondit quelque chose suffisamment longtemps, le doute viendra sans faute. Voilà exactement ce qui est arrivé dans le cas d'Esaü et d'Ismaël lesquels, selon les sages, refusèrent la Torah qu'on leur avait offerte. N'empêche que les juifs suivirent l'exemple de Dieu quand Il créa ciel et terre. Pour eux, l'action précédait la discussion. De ce fait, toutes les craintes étaient dissipées.

« Cependant, comment et quand faut-il appliquer ce principe ? Uniquement dans l'accomplissement des devoirs sacrés. En matières séculières, notamment celles qui sont du ressort de la chair, c'est la ligne de conduite opposée qu'il faut suivre; on doit réfléchir et discuter d'abord, et après seulement accomplir son devoir. C'est le méchant qui cause d'abord le mal et qui pose des questions ensuite. Car l'iniquité éveille d'innombrables problèmes chez l'homme. Tous les doutes s'évanouissent dans l'accomplissement d'actes vertueux. Néanmoins, comment peut-on reconnaître le véritable esprit de vertu ? La réponse est : par la joie. L'homme qui fait du tort à quelqu'un est tourmenté et rempli de contradictions. Mais une bonne action est suivie d'un bonheur intérieur. Pour un homme qui s'élève, toutes les questions sont résolues. »

En partie, le discours du rabbi était trop difficile

pour Calman, mais il contenait un message qui semblait particulièrement s'adresser à lui : on doit faire le bien et être généreux spontanément, sans arrière-pensée; exercer sa réserve et son jugement avant de porter préjudice à quelqu'un. « Dieu du ciel, quelle révélation merveilleuse! » murmura Calman. Le saint homme avait deviné ses pensées les plus secrètes. A partir d'aujourd'hui, je ferai de bonnes actions, je serai plus charitable, j'assisterai ceux qui ont besoin de mon aide, et je passerai deux heures, chaque jour, à étudier la Torah. Je ne serai méchant avec personne, j'aurai de l'estime pour tout le monde. Oui, tel est mon désir.

Après le discours, Mendel, le bedeau, grimpa sur la table, marchant en chaussettes, pour verser le vin aux convives, à ceux qui étaient assis à table — les privilégiés —, et à ceux qui étaient debout, sans faire d'exception, même pour les très jeunes fidèles. Calman entendit un bedeau appeler les noms de Reb Ezekiel Wiener, de Mayer Joel, et du cadet de ce dernier. Puis, soudain, il comprit : « Du vin pour Ezriel, fils de Reb Menachem Mendel de Jampol! »

Calman chercha des yeux Ezriel. Le gobelet de vin, que le bedeau avait remis à l'homme le plus proche, passa de main en main, jusqu'à arriver à Ezriel qui se tenait près de la porte. Quelle mémoire prodigieuse, pensa Calman. Lui-même, contrairement au rabbi de Marshinov, était distrait au point d'oublier constamment le nom de ses employés, parfois même celui de ses filles. Le rabbi honorait personnellement chaque homme, jeune ou vieux, sous son toit. Pourtant, il restait une question qui déconcertait Calman. Pourquoi avait-il été choisi pour occuper une place d'honneur? Qu'avait-il fait pour la mériter? Était-ce à cause de sa richesse? Si tel était le cas, cette distinction était probablement l'œuvre des gardiens du rabbi, et non du maître lui-même. Pourquoi le rabbi aurait-il besoin d'argent ? Vieillard vénérable, il était plus proche du ciel que de la terre.

V

Au cours de son séjour, on proposa à Calman deux jeunes gens comme prétendants éventuels pour sa fille Miriam Lieba. L'un était Jochanan, fils de Temerel, fille du rabbi et veuve; l'autre était le fils de Reb David Gombiner, un homme riche de Plock. Le père de Jochanan, Reb Zadock, avait été un saint homme. A peine sorti de l'enfance, il avait pris l'habitude de jeûner trois jours par semaine et de se lever à minuit pour prier. Tout le monde lui avait prédit qu'il succéderait au rabbi de Marshinov, dont les deux fils, Reb Shimmon et Reb Moïse, seraient sans adeptes. Reb Zadock était mort de consomption, mal que les médecins attribuaient aux bains rituels glacials. Sa veuve, Temerel, restée seule avec deux filles et un fils, ne s'était jamais remariée. A l'instar de son père, Jochanan avait commencé, dès l'âge de onze ans, à observer tous les jours de jeûne et à faire ses ablutions à l'aube dans une eau glaciale. Son grand-père, le sage Reb Shmaryah Gad, un jour, avait admis que la sainteté de son petit-fils surpassait la sienne. Agé de seize ans, le visage étroit et les yeux noirs, Jochanan était trop petit et trop maigre pour son âge. Ses joues étaient creuses, ses papillotes lui tombaient en boucles sur les épaules, son cou était étique et sa pomme d'Adam proéminente. Les clients du bain rituel disaient qu'il n'avait que la peau sur les os. D'un autre côté, les hommes érudits l'appelaient le prodige parce qu'il avait appris les six parties de la Mishnah, et certains prétendaient même qu'il était déjà cabbaliste.

Reb Shimmon qui avait craint pendant de nombreuses années que son beau-frère, Reb Zadock, ne succédât au rabbi, redoutait maintenant la rivalité de son neveu, Jochanan. Bien que ce fût Reb Ezekiel Wiener qui essayait d'arranger l'union entre Jochanan et Miriam Lieba, tout le monde comprenait qu'en réalité c'était l'œuvre de Reb Shimmon. Jochanan, en devenant le gendre d'un homme riche, serait moins ambitieux pour obtenir le poste de rabbi de Marshinov, raisonnait Reb Shimmon. Par ailleurs, le bruit courait que Miriam Lieba était une sorte d'hérétique : elle ne serait probablement pas favorable au projet de son mari de devenir le chef spirituel de Marshinov.

« Calman, savez-vous quelle bonne prise vous faites avec Jochanan ? lui demanda Ezekiel Wiener. Un trésor! Dans toute la Pologne vous ne trouverez son pareil! »

Calman avait du mal à s'habituer à l'idée qu'il pourrait devenir le parent du rabbi de Marshinov. Il ne méritait pas un tel honneur. C'était trop! Les doutes l'assaillaient. Le destin lui jouait peut-être un tour, le portant aux nues, comme on disait, avant de l'abattre. Il songeait également que Miriam Lieba ne se soucierait pas beaucoup de cette union. Elle lisait toutes sortes de livres séculiers, elle aimait porter de jolies robes : l'érudition religieuse de Jochanan ne signifierait rien pour elle. Qui pourrait dire s'ils étaient bien assortis tous les deux ? Calman craignait également qu'à Jampol on ne le méprisât en insinuant qu'il essayait de s'introduire dans la cour rabbinique de Marshinov.

« Que pourrais-je dire ? Qui suis-je ? Un simple juif,

un ignorant... répondit-il humblement à Reb Ezekiel.

— Ne soyez pas si modeste! Tout le monde connaît Reb Calman Jacoby. Voulez-vous rendre visite à Temerel ?

— A la fille du rabbi ? Qu'est-ce que je ferais chez elle ?

— Elle est très impatiente de vous voir. Venez, partons! »

Pour se rendre chez Temerel, ils traversèrent un verger où des arbustes de lilas poussaient parmi des pommiers et des poiriers. Les hassidim cueillaient le fruit au début de l'été, quand il n'était pas encore mûr. L'air était parfumé, les oiseaux chantaient, des pétales de fleurs se détachaient et planaient au gré du vent avant de tomber à terre. Au centre du verger se dressait un arbre sous lequel le rabbi instruisait parfois ses petits-enfants. La maison — ou « Paris » comme l'appelaient quelques jeunes plaisantins — avait deux étages. Menuche, la femme de Reb Shimmon, elle-même fille de rabbi, s'occupait du ménage, encore que l'épouse à moitié paralysée du vieux rabbi de Marshinov gardât la haute main sur la maisonnée. La seconde belle-fille, Binneleh, assez fortunée, ne venait en visite à Marshinov que pour les jours de fête. Aux yeux des autres femmes, Temerel passait pour une femme instruite; elle recevait des visiteurs hassidiques et écrivait des lettres en hébreu.

Calman monta derrière Reb Ezekiel l'escalier peint en rouge. De longues mezuzoth dans des cadres sculptés étaient clouées au montant des grandes portes aux boutons de cuivre. Reb Ezekiel poussa l'une de ces portes. Calman avança sur le parquet brillant d'un salon; dans des vitrines, des volumes reliés de cuir et aux tranches dorées s'alignaient sur les rayonnages, à côté de gobelets, plateaux, boîtes à épices, coupes à cédrats et différents objets en vermeil ou en argent. Les fenêtres étaient drapées de brocart et les chaises s'alignant contre les murs étaient garnies de tapisserie aux glands de pourpre.

Devant une petite table, Temerel était assise dans un fauteuil tendu d'une riche étoffe. Elle avait des pommettes saillantes et des yeux ronds d'oiseau. Elle portait une étole de soie et une coiffe noire. Un livre ouvert et un mouchoir de fine batiste se trouvaient sur la table à côté d'une carafe de vin et de trois verres.

« Je vous souhaite une bonne fête, dit Calman, troublé et intimidé comme un écolier.

— A vous de même, Reb Calman, et à vous aussi, Reb Ezekiel, répondit l'hôtesse. Quelle chaude journée! Prenez place, je vous prie. Un peu de vin? » fit-elle d'un ton mi-interrogateur mi-impérieux.

De ses doigts longs et soignés, elle saisit la carafe, puis prit délicatement, dans un petit meuble, trois gâteaux au miel. Un flot de dentelle frémissait à sa manchette au moindre de ses mouvements.

« *L'hayim!* dit Reb Ezekiel en levant son verre.

— *L'hayim!* répéta Calman.

— A votre santé, et à la paix en ce monde! Puisse le salut être donné à nous et à nos frères! Puisse cesser l'exil! Qu'on nous trouve dignes de recevoir le Messie! Nous avons attendu assez longtemps! »

Calman murmura la bénédiction du vin. Il n'avait jamais entendu une femme prononcer de telles paroles et autant de mots hébreux; sa chair épanouie fleurait les amandes et les épices. Le vin était doux mais capiteux. L'hôtesse buvait à petits coups, tandis que Reb Ezekiel vidait d'un trait la moitié de son verre avant de le reposer sur la table et Calman lampait tout son vin à grandes gorgées.

« Prenez-en d'autre, Reb Calman. Il vient directement de la Hongrie. Passez-moi votre verre!

— Sincèrement merci, rebetzine.
— Le bon vin ne vous fera aucun mal.
— Que lisez-vous en ce moment ? » demanda Calman en regrettant aussitôt sa question. Il se serait mordu la langue.
— Un *B'nai Issacher*. Vous êtes sans doute surpris de voir une femme lire les Écritures. Évidemment, il existe cette vieille maxime qui dit qu'un homme qui enseigne la Torah à sa fille répand l'hérésie. N'empêche que dans ma famille toutes les filles sont instruites. Ma tante, femme du rabbi de Tzozmir, est très érudite.
— Est-ce possible!
— Même ma grand-mère — qu'elle repose en paix! — était versée dans le Talmud. » Temerel moucha son nez énergiquement dans son mouchoir de fine batiste. « Toutefois le véritable érudit de notre famille est Jochanan. Un génie sans égal! Les anciens voulaient le consacrer, mais il a décliné cet honneur. Un tel trésor de nos jours est rare, c'est un don du Ciel. Je ne demande à Dieu qu'une seule chose : que mon fils vive longtemps et en bonne santé. Notre Père qui êtes aux Cieux, je ne souhaite vivre que dans le rayonnement de ses vertus! » Portant son verre à ses lèvres, Temerel en huma le bouquet, puis elle le reposa sur la table.
« Et où donc se trouve Jampol, me disiez-vous ? »

Six

I

BIEN que Calman eût projeté de partir pour Jampol immédiatement après la Pentecôte, au dernier moment il décida de rester à Marshinov jusqu'au shabbat suivant. On avait convenu que Temerel et Jochanan viendraient assister au mariage de Shaindel le shabbat suivant le jeûne du Neuvième jour d'Ab. Avec l'aide de Dieu, on espérait fêter les fiançailles par la même occasion. Calman avait promis de dépêcher sa voiture pour venir prendre ses hôtes d'honneur. En dépit de l'insistance de Reb Ezekiel Wiener qui voulait procéder aux formalités de la promesse de mariage, à Marshinov même, Calman était résolu à attendre le consentement de Miriam Lieba. Les temps avaient changé : on ne forçait plus les filles au mariage.

A la fin d'un entretien d'une heure, Calman donna deux cents roubles au rabbi de Marshinov afin que celui-ci prie pour son âme. Puis Reb Shimmon emmena Calman dans son appartement. Sa femme vint les rejoindre et le couple traita Calman comme s'il faisait déjà partie de la famille. Reb Moïse, rabbi de Chmielev, offrit à Calman un morceau d'ambre qui avait été béni par son grand-père et dont on disait qu'il avait le pouvoir d'arrêter le saignement.

Une fois le shabbat passé, Getz se hâta d'harnacher le cheval et de sortir la voiture, tandis que Calman le pressait d'accélérer le départ. Le commerçant en lui s'inquiétait déjà de la marche de ses affaires à Jampol, de tout ce qu'il avait laissé inachevé. En outre, chaque jour maintenant, l'accouchement de Jochebed était imminent.

Sur le chemin du retour, Mayer Joel et Reb Menachem Mendel discutait du mouvement hassidique. Reb Mendel soutenait que malgré ses vertus, Marshinov avec son rabbi ne pouvait guère être comparée à Turisk et la sainteté de son maître. Tous les hommes saints sont différents, faisait-il observer. Reb Mendeleh Rimanover, par exemple, accepte des dons substantiels de ses fidèles; il prise dans une tabatière d'or; en revanche d'autres maître hassidiques vivent dans la pauvreté. Pour tel chef spirituel, l'étude de la Torah est l'essentiel; pour tel autre, c'est la prière; pour un troisième, la charité; chacun a une prédilection. Mayer Joel l'approuvait d'un hochement de tête, cependant il était agacé par ces louanges de Turisk. Comment pouvait-on comparer Turisk à Marshinov? Il avait entendu dire que le rabbi de Turisk s'adonnait à des interprétations homilétiques. A quoi se résumaient celles-ci?

En vérité, c'était Ezriel qui irritait le plus Mayer Joel. Quelle irrévérence! Il s'était à peine montré à la maison du rabbi et, à la salle d'études, il s'était retiré dans l'antichambre avec les paresseux et les jeunes vauriens. Il s'était même vanté de ne pas avoir écouté les discours du maître. Mayer Joel avait parlé à son beau-père et attiré son attention sur l'irrespect d'Ezriel, pourtant Calman avait répliqué : « Et puis après ? Même s'il n'est pas un hassid convaincu, rien ne l'empêche d'être un bon juif », faisant comprendre à son gendre qu'il le trouvait un peu mesquin. Incontestablement, Calman n'avait pas l'intention d'annuler le mariage du jeune couple.

Mayer Joel boudait. Que disait donc ce vieux proverbe ? On ne fait pas d'une oreille de truie une bourse de soie. Son beau-père n'était pas un mauvais bougre, il manquait simplement d'un peu de distinction. Désireux d'avoir Jochanan pour beau-frère, Mayer Joel avait le sentiment que Calman était celui qui ne saurait jamais s'adapter à leur milieu. La situation était dégradante. Après l'accouchement de Jochebed, il exigerait la dot qu'on lui devait encore à ce jour. Il quitterait alors avec femme et enfant la propriété, même s'il n'allait pas plus loin que la ville de Jampol. Il persuaderait son beau-père de lui verser comptant les années de pension alimentaire qu'il lui devait. Mayer Joel avait hâte d'être indépendant; il s'intéressait à un certain moulin. Il n'avait pas l'intention de perdre la succession de son beau-père; néanmoins, il était bien décidé à ne pas passer sa vie parmi de tels rustres.

A mesure que la nuit tombait, les passagers devenaient silencieux. Calman somnolait, songeant à ses champs de blé, aux traverses de chemin de fer, aux carrières de chaux et à l'embranchement de la voie ferrée qu'il avait commandé. Ses obligations financières étaient énormes. Le gouvernement attendait avec impatience l'achèvement de la ligne de chemin de fer. Une de ses filles était sur le point d'être mariée à quelqu'un d'aussi important que le petit-fils du rabbi de Marshinov. Quelques années plus tôt, il aurait ri au nez de quiconque aurait prophétisé sa situation actuelle, ou bien suggéré qu'il contracterait de telles responsabilités. Il avait le plus grand besoin de la sagesse divine qui, elle seule, saurait l'empêcher de trébucher sur la route qu'il s'était choisie.

Reb Menachem Mendel était préoccupé des soucis que lui causait son fils unique, Ezriel. Le jeune homme avait eu une attitude inconsciente à Marshinov. Qu'arriverait-il si Calman annulait le mariage? Ezriel serait humilié. Il pourrait même être désigné au service militaire — à Dieu ne plaise! Pourquoi ne savait-il pas maîtriser ses mauvais instincts, au moins jusqu'après le mariage? Pour la mémoire honorable de ses ancêtres, plutôt que pour le salut de son fils, Reb Menachem Mendel implorait l'indulgence du Seigneur.

Ezriel qui, à Marshinov, le premier jour de la Pentecôte, avait rencontré un jeune homme nommé Aaron Asher Lipman, trouvait, lui aussi, beaucoup de souvenirs à rassembler. Lui et son nouvel ami avaient fait connaissance dans l'antichambre, le livre de prières à la main, sans prier pour autant. Après quelques regards approbateurs échangés, ils avaient commencé à bavarder. Aaron Asher était d'une taille au-dessous de la moyenne. Il avait une grosse tête et un corps chétif, quelques poils sur le menton, des papillotes touffues et des yeux noirs. Ezriel, en contemplant son écharpe étroite, ses bottes luisantes, son col de chemise boutonné, et surtout l'expression de ses yeux, le classa parmi les modernistes.

« Pourquoi faut-il chaque jour de nouveaux anges à Dieu? » avait demandé Aaron Asher d'un ton dégagé, en s'approchant d'Ezriel. Il faisait allusion aux versets de Shavuoth, récités par le lecteur.

« Peut-être les anciens deviennent-ils aigres », avait répondu Ezriel en riant.

Le temps de l'office, Aaron Asher avait narré sa propre histoire à Ezriel. Il avait une épouse et trois enfants; son beau-père, propriétaire d'une mercerie, subvenait toujours à leurs besoins. Il arrivait à Aaron de collaborer au commerce familial en se rendant à Varsovie pour faire l'achat de marchandises. Dans la capitale il contactait bon nombre de modernistes. Il aurait aimé partir pour Vilna ou Kônigsberg afin d'étudier les matières séculières, mais sa femme était une fanatique de la religion, et sa belle-mère tyrannisait toute la maisonnée. S'il avait pu économiser assez d'argent pour payer son billet, il se serait enfui depuis longtemps, mais il n'aimait pas la pensée d'abandonner ses enfants. Il avait continué à parler infatigablement : le rabbi de Marshinov, selon lui, était sénile; Reb Shimmon, l'égoïste, essayait de rouler tout le monde pour s'arroger la qualité de chef suprême; Reb Moïse était un hypocrite. En Pologne la vie des juifs était devenue précaire. Les boutiquiers étaient en surnombre par rapport aux acheteurs. Les juifs étaient arrivés à une impasse. Des juifs qui s'étaient mandatés eux-mêmes avaient dissuadé le tsar Nicolas de répartir en lots les terres entre eux, alors qu'il avait été tout disposé à le faire; et maintenant il était trop tard. Aucune langue n'était véritablement la leur; tous s'exprimaient dans un simple jargon. S'habillant comme des Asiatiques, les juifs d'ici se rattachaient à la période du roi Sobieski. Un tel état de choses ne pouvait durer!

« Voyez-vous une solution ? avait demandé Ezriel.

— Nous devons en sortir par nos propres moyens.

— Mais comment ? »

A ce moment-là les fidèles s'étaient levés pour les Dix-huit Bénédictions et la conversation avait pris fin.

Plus tard, les deux jeunes gens avaient flâné sur la route bordée de chênes qui conduisait en dehors de la ville. Aaron Asher, de sept ans plus âgé qu'Ezriel, semblait avoir abusé d'ouvrages et de périodiques proscrits. Il parlait d'une voix chantante, et il enfonçait son index, entortillé dans les franges de son écharpe, dans les côtes d'Ezriel, tellement son sujet l'enthousiasmait. « Nos méthodes d'éducation doivent être réformées. Il faut que les juifs maîtrisent l'allemand aussi bien que le russe et le polonais. On doit enseigner des métiers aux enfants. Abolissons le port du caftan, rasons ou taillons nos barbes! Peut-être, quelque part — en Palestine ou en Crimée — peut-on obtenir des terres pour la colonisation. Le monde progresse, il ne régresse point. Même Josué n'arrêta la marche du soleil que pendant quelques heures », avait-il conclu, avec un clin d'œil malicieux.

II

Une semaine avant le mariage de Shaindel, Calman envoya Getz avec la calèche à Marshinov pour ramener Temerel, Jochanan et une servante nommée Kaila. Au cours de l'été, Calman avait ajouté huit pièces à sa maison. A présent il était en mesure d'installer ses hôtes confortablement. Quand il avait parlé de Jochanan à Miriam Lieba, celle-ci avait protesté qu'elle n'était pas faite pour être la belle-fille d'un rabbi. Néanmoins elle consentit à faire la connaissance du jeune homme. S'il lui plaisait, tout serait parfait; différemment, son père devrait laisser tomber toute l'affaire. Calman était d'avis que ce plan était sage; sans doute d'autres l'auraient-ils trouvé imprudent.

Miriam Lieba guettait derrière les rideaux de sa fenêtre les visiteurs en train de descendre de la calèchc. Calman, Mayer Joel, Zelda, Shaindel et Faigel, la bonne, s'affairaient pour les accueillir. La première à mettre pied à terre, un balluchon à la main, fut Kaila, femme robuste aux traits masculins, suivie de Temerel que la bonne devait presque soulever de son siège qui semblait la garder prisonnière. Le livre de prières dans une main, un mouchoir dans l'autre, coiffée d'un bonnet noir, sa robe à traîne de soie noire drapée d'une écharpe de soie aux longues franges, Temerel regardait autour d'elle en faisant la grimace. Les effluves de bouse de vache lui donnaient une envie irrésistible d'éternuer. La dernière silhouette qui émergeait de la calèche était celle de Jochanan. Le dos rond, une figure de papier mâché, chétif, avec des papillotes trop longues, il portait une calotte de velours et un caftan qui lui arrivait jusqu'aux chevilles, ceint d'un large gartel. Comme sa mère, il tenait à la main un mouchoir et quelque livre sacré. Miriam Lieba avait envie de rire et de pleurer en même temps.

« Miriam Lieba, où es-tu ? » appela Zelda.

Immédiatement, sans savoir pourquoi d'ailleurs, Miriam Lieba se sentait prise d'antipathie pour Temerel. Pendant un certain temps elle fit semblant de ne pas entendre sa mère. Ses joues étaient brûlantes. Elle désirait rester cachée. Même sa propre sœur lui donnait un sentiment de malaise. Elle semblait prendre toute cette visite pour une bonne plaisanterie. Ses yeux riaient de malice...

Miriam Lieba jeta une écharpe sur ses épaules, pour l'enlever presque aussitôt après. Je n'ai pas à prendre des airs avec ces idiots, je cracherai sur eux! Elle était honteuse de sa timidité et, en même temps, contrariée de l'irascibilité de son caractère. Après tout, ces gens-là ne lui avaient fait aucun mal. Son père ne la marierait pas en lui mettant le couteau à la gorge. Elle s'apprêta à descendre l'escalier, un livre polonais ostensiblement entre ses mains : qu'ils se rendent compte qu'elle fait ce qui lui plaît! Quelques secondes plus tard, elle se ravisa : pourquoi peiner ses parents? Pourtant, quelque puissance occulte la poussait à offenser ces gens qui étaient venus la cueillir comme une vulgaire marchandise. A peine avait-elle franchi le seuil que, déjà, elle eut conscience de la stupidité de son comportement. Rebroussant chemin, elle glissa rapidement le volume dans le garde-manger; par malheur, elle renversa un pot de lait caillé et dut vivement s'écarter pour ne pas être éclaboussée.

« Oui, Mère. » Miriam Lieba se montra enfin.

« Où étais-tu cachée? » Zelda présenta sa fille. « Voici la fille du rabbi — la cadette, Miriam Lieba. »

Miriam savait qu'on attendait qu'elle saluât les invités ou qu'elle inclinât la tête tout au moins, mais elle resta impassible et comme figée devant le regard perçant de Temerel.

« Quel joli brin de fille!

— Je vous remercie.

— Et si grande! Que le Mauvais Œil l'épargne! »

Jochanan, abîmé dans ses réflexions, fronça les sourcils et détourna les yeux : il avait failli lever le regard sur une créature du sexe féminin! Shaindel qui s'aperçut de son embarras se mit à rire.

« Laissez-moi vous montrer la maison, suggéra Calman en s'adressant à Temerel. Nous n'avons pas de salon, rien qu'un toit au-dessus de nos têtes.

— Qui donc a besoin d'un salon? Je souffre d'un affreux mal de tête — que le Ciel vous préserve de pareil supplice!

— Un verre de lait, peut-être?

— Pas avant les prières. »

Zelda conduisit Temerel à la chambre qu'on avait

préparée pour elle. La nouvelle arrivée se lava aussitôt les mains tandis que sa propre servante lui tendait une serviette. Puis elle inspecta la pièce : celle-ci avait l'air propre, et le plancher de charpente, fraîchement peint, sentait le sapin. Trois coussins étaient empilés à la tête du lit, avec un traversin du genre campagnard qu'on trouvait chez les paysans riches.

« Où se trouve l'orient ?

— Là-bas. » Zelda désigna l'un des quatre murs.

Jochanan, que Calman avait accompagné à sa chambre, posa la même question : « Où se trouve l'orient ? »

Calman le lui indiqua.

« N'existe-t-il réellement pas de minyan pour la prière ?

— Comment pourrait-il y en avoir ? Nous sommes en dehors de la ville.

— Dans ce cas, on a le droit de prier seul. »

Jochanan se lava les mains et commença à murmurer ses prières, face à la direction de Jérusalem. Après avoir terminé ses prières préliminaires du matin, il prit ses phylactères. Il se sentait fatigué après ce voyage; ses méditations avaient été troublées. Des rumeurs qu'il allait être marié à l'une des filles de Calman étaient venues à ses oreilles. Mais enfin pourquoi cette nécessité pour lui de venir ici ? Il avait supporté le voyage en se concentrant sur le livre saint qu'il avait emporté et en récitant les Psaumes de mémoire, implorant le Seigneur de le protéger contre les pensées mauvaises. Néanmoins il avait été incapable d'éviter la vision fugitive des prairies, des champs, des paysans et du bétail, rien que des choses qu'il lui importait peu d'observer, de peur qu'elles ne pussent le distraire de son hommage rendu au Créateur. On doit savoir surmonter tous les obstacles avec une force d'âme inébranlable! Il se souvenait du précepte selon lequel on doit réciter ses prières aussi lentement qu'on compte ses pièces d'or. Les paroles sacrées n'étaient-elles pas plus précieuses que n'importe quel nombre de pièces d'or? « Le Seigneur est juste dans tout ce qu'Il décrète, et clément dans toutes Ses œuvres. Le Seigneur est omniprésent pour tous ceux qui font appel à Lui, pour tous ceux qui L'invoquent avec confiance. Il exaucera la prière de ceux qui Le craignent; Il entendra leurs pleurs et les sauvera. » Quelles paroles! Dieu est proche de tous ceux qui L'appellent. Il suffit de L'implorer pour qu'Il réponde. Combien les folies terrestres paraissent-elles pâles devant la vérité! Jochanan était conscient qu'il appelait Dieu tout-puissant de tout son être, avec son esprit, son cœur, et chaque partie de son corps : « Viens à mon secours, ô Seigneur! Je ne désire qu'une chose — Te servir, avec dévotion, et jusqu'à mon dernier souffle. Je ne demande rien d'autre! »

Mayer Joel ouvrit la porte, supposant que Jochanan devait avoir terminé ses prières. Mais le jeune homme ne paya nulle attention à l'intrus et continua à réciter les Dix-huit Bénédictions.

III

Le jour des noces de Shaindel, Calman eut un entretien sérieux avec Miriam Lieba. Quinze minutes plus tard, elle le quitta; ses joues pâles étaient enflammées et ses narines frémissantes. Elle se rendit à la cuisine pour dire à sa mère que Calman désirait la voir. L'arôme de gâteaux de miel et de miches de pain au safran fraîchement cuites emplissait la cuisine. La volaille et la viande de bœuf étaient déjà préparées rituellement. S'essuyant les mains à son tablier, Zelda sortit de la cuisine. Elle revint bientôt, le visage souriant, mais les joues mouillées de larmes. Petite-Tsipele entra; âgée de onze ans à peine, elle était presque aussi grande que Shaindel; ses cheveux étaient tressés en longues nattes; néanmoins, ses manières étaient celles d'une enfant. La cuisinière avait confectionné un petit pâté spécial, rien que pour elle. Celui-ci était marqué d'un T et enveloppé de papier doré. S'emparant du friand, Tsipele le fit sauter d'une main à l'autre, se plaignant qu'il était trop chaud.

Zelda, attirant l'enfant à elle, la serra dans ses bras et l'embrassa tandis qu'un flot de larmes inondait son visage. Enfin, elle s'écria brusquement : « Ah! ma pauvre enfant!

— Allons, maîtresse, on ne pleure pas un jour de mariage! fit observer une aide-cuisinière.

— Va voir ton père, chérie; il veut te parler, dit Zelda.

— A moi ?

— Oui, mon poulet.

— Regarde, papa! s'écria Tsipele en montrant le friand à son père. Il y a mon initiale dessus.

— Je suis sûr qu'il est aussi délicieux qu'appétissant. Viens plus près de moi, chérie. »

Assis au bout de la table, Calman pria sa fille de s'asseoir. Elle avait peine à croire une telle chose possible. Sans doute la considérait-il comme une grande fille à présent.

« Tsipele, as-tu vu Jochanan ? demanda Calman en lui prenant la main.

— Le fils de la fille du rabbi ? Oui, je l'ai vu.

— Que penses-tu de lui ?

— Il a de si jolies papillotes!

— Aimerais-tu l'avoir pour mari ? »

Tsipele prit un air grave. « N'est-il pas sur le point d'être fiancé à Miriam Lieba ?

— Miriam Lieba ne veut pas de lui.

— Pourquoi ?

— Je suppose qu'elle ne le sait pas elle-même. Tsipele, j'aimerais te voir fiancée à Jochanan. »

Rougissant, l'enfant répondit : « Je suis trop jeune!

— Pas tellement. Autrefois, on mariait les fillettes à l'âge de huit ans. D'ailleurs le mariage légal n'aura lieu que dans plusieurs années. Tu recevras de beaux cadeaux, en tant que future mariée. Le jeune homme est un prodige; son grand-père est le rabbi de Marshinov. Ce serait un grand honneur pour toi.

— Et que fera Miriam Lieba ?

— Elle ne restera pas vieille fille, si Dieu le veut! Elle trouvera un conjoint à son goût. Qu'en dis-tu, Tsipele ?

— Je ferai ce que tu désires.

— Rappelle-toi, Tsipele, ceci n'est pas un jeu. Jochanan est un grand érudit, et un orphelin de plus. Il ne doit pas être humilié. Tu l'épouseras, avec la volonté de Dieu. Tu ne seras plus une enfant bien longtemps.

— Je le sais.

— Ainsi — tu veux bien de lui ?

— Pourquoi pas ?

— Bien, je ne veux rien conclure sans ton consentement. Puisque tu es d'accord, tout est pour le mieux. Avec l'aide de Dieu, la fortune te sourira. Tu seras ma fierté et ma joie.

— Puis-je m'en aller maintenant ?

— Pourquoi cette hâte ? Ton friand ne va pas s'envoler. Une jeune fiancée doit garder son calme. Tu recevras une montre et une chaîne comme présents, aussi une dot et un trousseau. Jochanan est plus âgé que toi, mais pas tellement.

— Quel âge a-t-il ?

— Seize ans.

— Oh!

— Ce n'est pas si vieux!

— C'est déjà un jeune homme.

— Naturellement. Et puis après ? Toi, tu es une jeune fille.

— Je sais cela.

— Avant même de t'en rendre compte, tu seras une grande fille, si Dieu le veut! Le temps ne s'arrête pas, mon enfant. J'ai eu ton âge, il n'y a pas si longtemps. Il me semble que c'était hier...

— Mais alors, ta longue barbe a poussé si vite ? dit Tsipele en riant.

— Quelle importance ? La barbe de Jochanan deviendra comme la mienne. Quand tu seras une femme mariée, tu porteras un bonnet. Si Dieu le veut, tu auras des enfants.

— Moi — mère de famille ?

— Ta mère aussi a été une petite fille. Je me souviens d'elle quand elle avait ton âge. Ton grand-père, un pauvre juif mais un saint homme — que son âme repose en paix! —, était scribe. Il copiait les Écritures. Chaque fois, avant de s'installer devant son manuscrit, il s'offrait une longue ablution; ta grand-mère était une femme vertueuse. Aujourd'hui, ils ne sont plus de ce monde : tous deux ont rejoint leurs ancêtres.

— Pourquoi ?

— Personne ne vit éternellement. Quand on n'est pas suffisamment prévoyant en ce monde, on entre les mains vides dans l'Au-Delà. En épousant un sage, tu connaîtras les délices du monde et du royaume de Dieu.

— Crois-tu qu'il voudra de moi ?

— Jochanan ? Il ne regarde pas les filles; il obéira à sa mère. Tu es une belle enfant — que le Mauvais Œil t'épargne! Tes cheveux sont noirs et ton teint est blanc. Il sera comblé. Tu seras une fille juive vertueuse. Et fidèle. N'ai-je pas raison ?

— Oui.

— Attends! J'ai quelque chose pour toi. »

Fouillant dans sa poche, Calman en retira un rouble en argent. « Voici, prends-le!

— Vraiment, je peux ?

— Bien sûr.

— Oh! je te remercie.

— Achète ce qui te fera plaisir. Et maintenant, approche! »

Tsipele se lança au cou de son père; ils s'étreignirent et s'embrassèrent. Elle peigna la barbe paternelle de ses doigts. Calman aurait aimé la soulever et la faire sauter sur ses genoux comme il le faisait à peine un an plus tôt, néanmoins il maîtrisa son impulsion.

« Eh bien... c'est tout, dit-il.

— Puis-je en parler à tout le monde ?

— Non. Pour le moment, c'est un secret.

— Bon, d'accord. »

Attrapant son gâteau, Tsipele sortit de la pièce. Près de la porte, elle se retourna pour un dernier coup d'œil. Sa mère l'attendait, les bras ouverts.

« J'ai tout entendu, chérie. Je ne demanderai qu'une seule faveur au Seigneur : vivre assez longtemps pour assister à votre mariage — d'abord celui de Miriam Lieba, ensuite le tien.

— Mère... »

Mère et fille s'embrassèrent avec effusion, la première en pleurant. Calman se dirigea vers la chambre de Temerel, et sa femme le suivit bientôt. Quand le couple la quitta, Temerel envoya sa bonne chercher Jochanan. Tsipele resta dans la maison un certain temps, avant de se rendre à la grange où elle rampa dans une soupente pourvue d'un petit toit en déclive lui servant de refuge. A proximité se dressait un saule et un billot pour casser du bois. Tsipele restait assise là à contempler la pièce argentée tandis qu'elle grignotait son friand.

Quand la bonne appela Jochanan, celui-ci était absorbé dans l'étude de la Sainte Écriture. D'après tous ces chuchotements autour de lui, il conclut qu'il se passait quelque chose d'inhabituel. A deux ou trois reprises, tandis qu'il était appuyé à la fenêtre, il avait cru voir passer une jeune fille, peut-être celle qui serait sa future femme. Des rires et des conversations lui étaient parvenus des pièces adjacentes. Bien que tout ne fût que prédestination, il implora le Seigneur pour que l'élue fût calme et vertueuse, et non quelque petite oie. Y avait-il de quoi rire, d'ailleurs? Si l'homme comprenait que d'innombrables démons le pourchassent, à quel point il est facile de trébucher et d'être déchu du monde à venir, ses craintes lui interdiraient de rire.

Marquant l'endroit qu'il avait atteint dans l'annotation par rapport au Talmud, Jochanan demanda silencieusement pardon aux auteurs d'avoir interrompu sa communion avec eux. Son cœur battait plus vite que d'habitude. Jochanan s'arrêta dans l'antichambre afin d'arranger ses papillotes. Peut-être sa future belle-famille aimerait-elle l'examiner de près?

Sept

I

LE comte Jampolski et sa famille étaient parmi les invités aux noces de Shaindel. Ce jour-là, Miriam Lieba fit la connaissance de la jeune comtesse Hélène. Miriam Lieba, qui parlait le polonais plus couramment que ses sœurs, était très aimée des gentils. Les deux jeunes filles n'avaient que peu de différence d'âge. Dès que la cérémonie du mariage fut terminée, le comte et la comtesse, accompagnés de Félicie, retournèrent au manoir, en revanche Hélène insista pour rester. Prenant place auprès de Miriam Lieba, à la table des jeunes filles, elle prit un peu de bouillon de poulet, un morceau de carpe et un petit pain blanc. Des femmes de toutes conditions, trop timides pour adresser la parole à sa mère, s'approchèrent d'Hélène pour lier conversation dans un mélange de polonais et de yiddish. Quand l'orchestre attaqua le premier morceau et que les jeunes filles se groupèrent par paires pour danser, Hélène, après avoir demandé aux musiciens de jouer une mazurka et lancé une pièce de monnaie sur le tambour comme le voulait la coutume, s'inclina galamment devant Miriam Lieba et lui demanda de lui accorder cette danse. Avec force rires joyeux, bavardages et applaudissements, les autres invités observaient l'étrange spectacle d'une comtesse polonaise dansant avec une juive. Les deux jeunes filles avaient la même silhouette, à l'exception de la poitrine plus haute d'Hélène. Celle-ci portait des escarpins argentés à talons hauts et fins et une robe blanche au décolleté profond et aux petites manches bouffantes. Le médaillon suspendu à son cou et sa chevelure relevée à la mode française rehaussaient sa beauté. Une foule de gens du pays stationnaient à l'entrée de la salle et se bousculaient pour mieux voir le spectacle. « On aura tout vu », fit remarquer une femme à sa voisine.

Avant la fin des festivités, Miriam Lieba reçut une invitation au manoir. Toutefois, ce projet ne se réalisa que le jour des fiançailles de Tsipele. Les hassidim étaient en train de fêter bruyamment l'événement sur les terres seigneuriales, piétinant l'herbe, arrachant des feuilles en guise de papier hygiénique et urinant même contre les arbres. Miriam mit alors sa nouvelle robe et se dirigea vers le manoir, chargée d'un bouquet de fleurs qu'elle avait cueillies dans les champs.

Hélène remit le bouquet à une bonne avec la recommandation de le mettre dans l'eau et elle entraîna Miriam Lieba à sa suite pour saluer la famille. La comtesse affirma à la jeune visiteuse qu'elle n'avait pas du tout l'air juive. Après avoir prononcé cette sentence, elle se retira dans sa chambre. Félicie était ennuyée d'être obligée de recevoir la fille de Calman, mais en même temps elle se faisait des reproches d'oublier son serment de vivre humblement et sans orgueil mal fondé. Pas plus tard que la veille, elle avait écrit dans son journal : « Si je ne suis pas capable de faire ce que Jésus exigera, je préfère mourir. » Ainsi elle adressa un sourire à Miriam Lieba et la complimenta sur sa robe, confectionnée par le tailleur Nissen. La jeune juive lui rendit promptement la politesse.

Le comte, vêtu d'une culotte de cheval et d'une veste de drap écossais achetées récemment, accueillit Miriam Lieba avec une affabilité démocratique. Assis en face des jeunes filles, il discourait sur les hivers terribles du nord de la Russie, sur les fonctionnaires gouvernementaux avec lesquels les prisonniers avaient fraternisé, sur la liberté incroyable dont il avait joui en exil. Il lui était permis de monter à cheval, d'aller à la chasse, de faire du patinage. Les paysans sibériens partaient pour la chasse aux ours, armés simplement de gourdins. Les indigènes étaient tourmentés par les punaises. Quand le comte commença à décrire comment les punaises, nichées dans la mousse entre les poutres des habitations, dans l'obscurité se laissaient choir du plafond pour sucer le sang de leurs victimes, Hélène éclata de rire et Miriam Lieba sourit. En revanche, Félicie qui se tenait à quelque distance et ne semblait guère écouter cracha dans son mouchoir de dentelle.

« Comment pouvez-vous parler ainsi, Père ?

— Si les punaises ne sont pas dégoûtées, pourquoi le serais-je ? Nous sommes tous faits du même protoplasme. »

Félicie s'éloigna, vivement choquée. Son père ne parlait que de poux, punaises, rebuts, haillons, rien que de choses qui la révoltaient. Même quand il mangeait, son esprit était imprégné de pensées de caractère ordurier. Il y avait de quoi soulever le cœur à n'importe qui. Félicie savait que son père faisait tout pour l'offenser. Pendant son exil, les Russes l'avaient contaminé avec des idées nihilistes et leur matérialisme impie. Sa pipe était bourrée d'un vulgaire tabac paysan qui empestait la maison. Et cette Russe — tout le monde était au courant de leur liaison. Il l'avait installée dans une petite maison des Sables, où jadis avaient vécu les juifs. Tout s'était passé comme Félicie l'avait prévu. Son père buvait, employait un langage grossier et déshonorait sa famille de vieille noblesse en vivant ouvertement avec une prostituée. Si son devoir chrétien ne lui enseignait pas qu'il faut accepter la souffrance avec humilité, et si elle n'aimait pas tant sa malheureuse mère, Félicie fuirait la maison, ou bien elle se tuerait.

Le départ de Félicie laissa le comte impassible. Il haussa tout juste les épaules. La conversation changeait de sujet et à présent on parlait des juifs.

« Nous autres Polonais, nous avons beaucoup à apprendre de vous, dit le comte. Nous changeons l'or en boue; vous, vous changez la boue en or. »

Miriam Lieba rougit.

« Il y a énormément de juifs pauvres, également.

— Je sais, je sais, n'empêche que vous tous passez votre temps à comploter pour découvrir par quel moyen devenir riches. »

Hélène emmena Miriam Lieba faire le tour de la propriété. Elle cachait sa bouche derrière son éventail lorsqu'un bâillement interrompait son bavardage. Elle lui montra la chambre bleue, la chambre dorée, son propre boudoir, la bibliothèque. Miriam Lieba n'avait visité le manoir qu'une seule fois, bien des années plus tôt, quand, enfant, elle avait accompagné Calman. Depuis, la propriété avait subi de grands changements. Des infiltrations d'eau dans la toiture avaient endommagé l'intérieur de la maison. Les fenêtres semblaient délabrées et les murs affaissés. Dans la bibliothèque humide, les livres, pour la plupart des biographies de saints et des livres généalogiques, étaient couverts de moisissure. Hélène, guidant Miriam Lieba vers un fauteuil à dossier haut, prit place elle-même sur une banquette.

« On se sent tellement isolé ici — parfois je pense qu'il vaudrait mieux être morte. Je ne rencontre pas le moindre homme acceptable, d'un bout de l'année à l'autre, confia-t-elle à sa compagne. A propos, vous-même, que deviendrez-vous ? Épouserez-vous un juif ?

— Seulement s'il me plaît.

— Vous avez raison. Je ne pourrais jamais épouser un homme sans amour. Tout récemment à Zamosc, ma tante m'a présenté le fils de l'une de ses amies. Il m'a emmenée en promenade et, aussitôt, il a commencé à badiner sur l'amour. Quand nous avons traversé un pont, il a fait remarquer : « Il y a un grand « nombre de petits poissons là en bas, de tout petits « poissons. » Au moment même où il prononçait « petits poissons » il m'est devenu odieux. J'ai pensé : « Vous n'êtes, vous-même, que du menu fretin! » N'est-ce pas singulier ?

— Je vous comprends parfaitement. »

II

Ce soir-là, il neigeait et la neige ne cessa de tomber en gros flocons secs comme des cristaux de sel, toute la nuit. Au matin, la température baissa et le gel s'installa. Le manoir reprenait son lustre glorieux de jadis : la toiture perdait son aspect rafistolé; les balcons et encorbellements embellis de sculptures et d'arabesques avaient des formes opulentes de nouveau. Des dards de cristal étaient suspendus au châssis dormant des fenêtres et les vitres givrées présentaient un ornement floral. Même la fumée qui montait de la cheminée vers un ciel d'une pureté hivernale formait des volutes plastiques. Les deux chiens aboyaient sans se lasser; la vache dans l'étable raclait la porte de ses cornes; les coqs chantaient; les corneilles craillaient. Les champs étaient enveloppés de linceuls de neige sans commencement ni fin. Quand quelque jeune lapin de garenne galopait ventre à terre de derrière les fourrés, l'œil hypnotisé par l'éclat du manoir rajeuni, le comte saisissait son fusil et faisait feu. Le lapin disparaissait aussi vite, ne laissant que quelques légères empreintes à peine visibles.

Le comte s'était levé alors qu'il faisait encore sombre. Bien qu'il eût tout perdu — sa richesse, son fils Lucien —, son appétit insatiable de la vie était resté le même. Mettant immédiatement ses bottes plutôt que des pantoufles, il rôda dans la maison, claquant les portes et réveillant tout le monde. Affamé et assoiffé, il sortit pour se laver au puits. Il aurait aimé aller à la chasse, si seulement il avait eu des chiens d'arrêt ou des chiens de chasse.

Dans la cuisine, Barbara, la bonne, écrasait des grains de café dans le moulin à main. Elle se vantait souvent d'avoir hérité de ses arrière-grand-mères l'art de préparer du café. Le comte mangea, voracement, du pain noir beurré, en buvant le breuvage noir sans sucre. Après chaque bouchée il poussait un « ah! » de satisfaction comme un paysan, bien qu'il sût que de telles manières étaient vulgaires. Quand une miette restait collée à sa moustache, il la léchait en se passant la langue sur les poils. Pendant son exil, Jampolski était arrivé à la conclusion que l'étiquette ne valait pas un groschen. Il avait relu Rousseau. La Pologne était victime de trop d'affectation.

Son repas terminé, le comte se rendit à la chambre à coucher de son épouse. La comtesse qui avait le sommeil tellement léger que le moindre bruit la réveillait avait allumé la chandelle sur la table de nuit.

« Maman, debout! Regardez-moi cette neige! Elle a bien deux pieds d'épaisseur.

— Jean, je vous ai prié à plusieurs reprises de ne pas m'appeler maman.

— Vous ne voulez pas un petit déjeuner? Quelque chose de chaud à boire?

— Non, merci, rien.

— Vous n'avez que la peau sur les os. Rien ne vient de rien. Moi, je m'en vais faire un tour en ville.

— Pourquoi tout le temps partir pour la ville?

— Parce que j'aime bavarder avec les juifs.

— Pourquoi les juifs?

— Qui d'autres? Tout ce que les Polonais savent faire, c'est gémir. Ils m'ennuient. Un juif vous extorquera votre dernier rouble, soit, mais il ne reste pas inerte comme une masse, et ne s'ingénie pas à vous casser la tête avec des vantardises sur quelque particule ou pedigree stupide.

— Que Dieu vous pardonne un tel blasphème!

— Qu'est-ce que je vous rapporterai de la ville? Je pourrais vous acheter une orange.

— Je ne veux pas d'orange. »

Wojciech essaya d'aider le comte à atteler le petit traîneau — la troïka était trop lourde et nécessitait trois chevaux de front — mais le comte le renvoya. La comtesse saisit l'Ancien Testament sur la table de nuit quand elle entendit son mari partir. Elle savait vers qui il courait ainsi. Ouvrant le livre à la page des Psaumes, elle commença à murmurer les paroles sacrées. Lorsqu'elle arriva aux versets parlant du pauvre homme profondément religieux, que les méchants déchirent à belles dents, le pourchassant comme une meute de chiens prête à le dévorer, elle arrêta la lecture. Sa propre situation n'était-elle pas semblable à celle de cet homme? N'était-elle pas, elle aussi, en proie au malheur? De ses deux fils, Lucien était mort et Joseph en exil dans la lointaine Angleterre; l'aînée, Félicie, était une vieille fille; leur propriété était confisquée; son mari la trompait. En lisant enfin le passage : « Ma mère et mon père m'ont abandonné, et Dieu m'appellera auprès de Lui », elle se mit à sangloter. Sa poitrine la faisait souffrir. En vérité, Dieu tout-puissant restait éternel, quand plus rien d'autre ne subsistait. Après avoir pleuré, la comtesse se sentait mieux d'habitude, mais cette fois, il n'en fut rien. Fermant le Livre saint, elle baisa la croix gravée sur la reliure et agita une clochette d'argent. Barbara entra.

« Envoie-moi Félicie!

— Oui, votre Excellence. »

Quand sa fille entra, la comtesse lui demanda de s'asseoir dans un fauteuil près de son lit.

« Félicie, je dois te parler franchement, commença la comtesse. Tu n'es plus une enfant. Ta mère ne vivra pas toujours. Et tu sais que tu ne peux compter sur ton père. J'avais espéré que l'épreuve sibérienne l'aurait purifié, mais son âme semble devenue encore plus noire. Qu'arrivera-t-il après ma mort? J'ai bien peur qu'il n'apporte le déshonneur sur lui-même et sur vous.

— Mère, vous irez mieux, bientôt.

— Peut-être... ouvre mon sac! Il y a une clef dedans. C'est celle-là.

— A quoi bon?

— Fais ce que je te dis! A présent, ouvre le tiroir du bas de mon bureau! Tout à fait au fond, à droite, tu trouveras un coffret à bijoux. Prends-le! Oui, c'est bien lui. Apporte-le-moi! »

Félicie souleva avec précaution l'écrin d'ébène incrusté d'ivoire et le remit à la comtesse qui l'ouvrit aussitôt. A l'intérieur étaient couchés des rangs de perles, des épingles à cheveux, des bracelets, des boucles d'oreille et toutes sortes de bagues, la plupart serties de diamants.

« Ces bijoux m'appartiennent, à moi seule, Félicie. Ils représentent tout ce que je possède — ma fortune personnelle, apportée de la maison paternelle. Je ne veux pas qu'ils tombent entre les mains de ton père. Il ne saurait que les dilapider. Je souhaite te faire don de toute la collection, à l'exception de ce petit rang de perles, que tu dois donner à Hélène le jour de son mariage, mais pas avant. Ta sœur tient plutôt de son père et elle n'est pas aussi perdue dans la vie que toi. Tu me ressembles davantage. Je prie Dieu, chaque jour, pour que tu trouves un mari convenable. En cas de besoin, tu auras toujours ces bijoux. Je te demande de les prendre tout de suite.

— Mère, ce n'est pas nécessaire.

— J'y ai longuement songé. J'ignore combien ils valent, quarante mille gulden au moins, peut-être davantage. Au cas où tu serais obligée de les vendre, ne va pas chez n'importe quel bijoutier! Rends-toi à Varsovie : il existe un joailler du nom d'Adam Nosek sur le boulevard de Cracovie. Tu peux lui faire confiance.

— Mère, il vous reste des années à vivre...

— J'ai une dernière prière à t'adresser.

— De quoi s'agit-il, Mère ?

— Je sais que Lucien n'est plus en vie. S'il l'était, il aurait trouvé quelque moyen de communiquer avec nous. Il est au ciel parmi les anges, et je le rencontrerai bientôt là-haut. Après ma mort, sur ma pierre tombale, je veux que son nom soit gravé à côté du mien.

— Mère, vous me déchirez le cœur.

— Je désire que tu sois préparée. Cela vaut mieux.

La terre est une vallée de misère. Qu'est-ce que ton père m'a donné ? Beaucoup de soucis, peu de joie! Mon âme veut s'envoler de mon corps. Regarde comme je suis maigre. Je dépéris chaque jour davantage. Je ne me reconnais plus. Si seulement je pouvais te voir heureuse! Félicie, trouve un mari, et ne sois pas si difficile dans ton choix! L'élu n'a pas besoin d'être riche. Du moment qu'il est noble et un homme de foi, tu seras heureuse. Qu'est-il advenu à notre fortune ? N'en parlons plus. Prends le coffret et cache-le dans tes affaires! Où le mettras-tu ?

— Dans ma coiffeuse.

— Tu la gardes fermée à clef, j'espère ? Bon. Je désire mourir sans le moindre bien. Dieu aime les pauvres. Voilà, tu peux partir. »

Félicie hésita. « Vous voulez vraiment que je le prenne maintenant ?

— Oui. Combien de fois faudra-t-il te le répéter ?

— Mais, maman... » Félicie se pencha sur sa mère et baisa ses mains et son front. Elle pleurait d'une petite voix vagissante comme une enfant en détresse.

La comtesse perdit patience. « Je te prie de sortir à présent », dit-elle d'un ton acerbe.

Félicie saisit l'écrin en reniflant et quitta la chambre d'un pas mal assuré. A quoi lui serviraient tous ces diamants ? Elle enferma le coffret dans la coiffeuse de son boudoir. Bientôt, elle sécha ses larmes. Elle s'appuya à la fenêtre pour regarder dehors. La vitre du haut était couverte de givre, celle du bas avait repris sa transparence. Le soleil brillait. Elle pouvait apercevoir les traces laissées par le traîneau et les sabots du cheval de son père. Deux corneilles picoraient des grains d'avoine dans le crottin de cheval en déployant leurs ailes. Soudain, Félicie aperçut Hélène accompagnée de la fille de Calman, Miriam Lieba, qui portait une veste de laine tricotée et une grosse jupe de lainage gris, tandis qu'Hélène était vêtue d'un tailleur vert sombre aux revers décorés de feuilles de laurier. Les deux jeunes filles emportaient des patins et semblaient se diriger vers le lac. Félicie détourna les yeux. Son père était l'amant d'une Moscovite, et sa sœur l'amie d'une riche juive. Tout ce qui leur importait était leur plaisir. Mère était malade et Hélène partait faire du patinage! Sa sœur n'avait pas de cœur, méditait tristement Félicie.

Arrivée à ce stade de ses réflexions, Félicie sut soudain ce qu'elle allait faire quand sa mère serait morte. Elle entrerait au couvent, apportant en dot les bijoux qu'elle ferait incruster dans une couronne pour la Sainte Vierge. Elle, Félicie, n'avait nul besoin de trésors temporels. Une fois pour toutes, elle arracherait de son cœur tout espoir terrestre, tout rêve d'un bonheur matériel. Du pain, de l'eau et un lit dur, voilà tout ce qu'il lui fallait.

Huit

I

A Wola, une banlieue de Varsovie, il y avait une manufacture de meubles qui employait une quarantaine d'hommes. Elle était établie dans un grenier rempli de sciure de bois et de copeaux. C'est là que travaillait Wacek Pracz à tailler des trous dans une épaisse planche, à l'aide d'un marteau et d'un ciseau. Non loin de lui, un autre homme sciait du bois de charpente, un second rabotait des aspérités, un troisième enfonçait des clous, un quatrième taraudait les boulons et leurs écrous. L'air était saturé d'une odeur âcre de vernis et de glu. On était en hiver et les fenêtres restaient closes, mais un peu d'air pénétrait par quelques trous d'une vitre cassée. Le bâtiment répercutait les bruits de tours, de marteaux, de scies. De la cour d'en bas montaient les exclamations des charretiers en train de charger des meubles et de décharger du bois de charpente. A une heure de l'après-midi précise, tout travail cessait dans la manufacture, et les épouses, mères et sœurs des ouvriers, la tête entourée d'un châle, pénétraient dans la cour pour porter des plats réchauffés, des gamelles remplies de soupe, des miches de pain. Campés sur des billes de bois, à califourchon, ou bien accroupis sur des planches, les hommes puisaient du gruau d'avoine à la cuiller, mastiquaient du pain et de la saucisse, ingurgitaient de la vodka. L'air sentait les oignons frits et une odeur animale.

Wacek Pracz était assis près de la clôture. Sa maîtresse Stachowa lui tenait compagnie. Il était de taille moyenne et avait le visage jeune assez pâle, les yeux d'un bleu lumineux, la barbe blonde, mais pas de moustache. Son nez retroussé, ses lèvres minces, son front haut lui donnaient un air noble. A l'instar des autres ouvriers, il était vêtu d'une veste matelassée de cotonnade, d'une chemise dégageant son cou, d'un pantalon rapiécé et de lourds godillots. Bien que Pracz fût un nom paysan et que l'homme prétendît être originaire d'un village près de Wloclawek, certains chuchotaient qu'il appartenait à l'aristocratie. Son langage était différent de celui de ses camarades de travail; ses jurons et vulgarités semblaient déplacés. Après le travail, il n'accompagnait jamais les autres à la taverne; il rentrait seul. On pensait qu'il avait probablement participé à l'insurrection de 1863, néanmoins on n'en parlait jamais ouvertement. Tout le monde savait que « les murs ont des oreilles et que les Russes ont des espions partout ». Wacek Pracz était surnommé « le Châtelain ».

Stachowa était une fille du peuple. Avant son mariage, elle avait été domestique. Son mari, Stach, était mort peu de temps après leur noce, et sa fille Kasia, âgée de onze ans, était une enfant illégitime. Stachowa et Wacek vivaient ensemble sans être mariés. Les femmes s'intéressaient à Wacek et elles questionnaient souvent Stachowa sur les habitudes, le comportement de son compagnon. Elles voulaient savoir si, oui ou non, il était apparenté à des aristocrates, s'il avait une famille, s'il lisait des livres... Mais Stachowa se contentait de sourire sottement. « Comment le saurais-je? Il part tôt le matin pour son travail, et quand il rentre à la maison, il est mort de fatigue. Parfois il revient très tard, mais il ne dira pas où il a été. Une simple femme comme moi, que peut-elle savoir d'un homme? Peut-être bien a-t-il une douzaine d'autres maîtresses...

— Est-ce qu'il ne te bat jamais?

— Si, quand il est ivre. »

Stachowa, maladive, plus ou moins poitrinaire selon certains, avait des joues creuses, avec de grosses taches rouges. Elle portait ses cheveux clairsemés, d'un blond fade, serrés dans un petit chignon. Ses yeux d'un bleu pâle étaient toujours larmoyants, quoiqu'elle affichât un éternel sourire. Les femmes ne voyaient pas ce que le « Châtelain » voyait en cette épave. Peut-être l'avait-elle recueilli alors qu'il était malade et qu'il mourait de faim; puis, petit à petit, il avait dû prendre ses habitudes et s'attacher à Kasia, également. « Un homme est comme un chien, commentaient-elles. Donnez-lui à manger et trouvez-lui un endroit pour dormir, et il ne voudra plus quitter sa niche. »

Stachowa, portant tablier et châle, était assise aux côtés de Wacek, les yeux fixés sur sa bouche tandis qu'il mangeait. Elle lui avait apporté une livre de pain, or, il n'en avait pas mangé la moitié, ni d'ailleurs fini toute la soupe. Elle connaissait la vérité : son nom n'était pas Wacek Pracz, et il n'était pas originaire d'un village près de Wloclawek. Il était Lucien, comte Jampolski, du manoir de Jampol. Mais elle ne trahirait jamais son identité — pas même si on tailladait ses propres chairs et versait un acide dans ses blessures. Il avait beau être un seigneur, quelle différence cela faisait-il du moment qu'il n'avait pas d'argent et qu'il portait un faux passeport ? Il se comportait comme tout le monde : quand il était en colère, il la maudissait ou la battait; souvent, après avoir reçu sa paie du samedi, il rentrait ivre et les poches vides. Si elle, Stachowa, n'avait pas fait la lessive pour les juifs, ils seraient morts de faim, tous les trois. Pourtant, il y avait une chose qu'elle devait dire en sa faveur : il se montrait bon pour Kasia; il lui achetait de la marmelade et lui apprenait à lire l'abécédaire. Le ménage s'en serait sorti sans trop de difficultés s'il n'avait pas fallu dépenser tant d'argent pour les soins et les médicaments.

Wacek tendit la gamelle à moitié pleine à Stachowa.

« C'est vraiment tout ce que tu manges ? Je remporte toujours la moitié de ton repas à la maison.

— C'est tout. Mon estomac est enflé.

— Encore quelques cuillerées — je t'en prie!

— J'ai dit non! Veux-tu que j'aie des crampes ?

— Bon, bon. N'en parlons plus.

— Que fait Kasia ?

— Elle joue dans son lit avec le chat.

— C'est bon... eh bien... tu peux partir maintenant.

— Wacek... rentre tôt à la maison aujourd'hui! Regarde comme tu es pâle — plus pâle que tous les autres ici. Tu sais combien tu étais fatigué ce matin — tu avais du mal à te réveiller. »

Wacek se mit debout. « Va-t'en! Pour l'amour du Ciel, va-t'en! »

Stachowa fourra la gamelle sous son châle. Voilà comment sont les hommes — ils ne veulent pas de votre amour!

II

La chambre de Stachowa était exiguë. Le lit qu'elle partageait avec Lucien était surélevé et il fallait y grimper à l'aide d'un marchepied. En bas, Kasia était installée sur le matelas de paille de son lit-cage. Elle avait un visage étroit, des cheveux blond filasse, des yeux gris, une peau blanche comme de la porcelaine qui la faisait ressembler à une poupée. Elle lisait à haute voix son livre élémentaire :

Dis-moi, Chérie
Où est la pomme,
Où le moulin à café ?
Et où est le perroquet,
Où la cage dans
Laquelle l'oiseau chante ?

Stachowa s'arrêta pour écouter. Que de choses étranges étaient imprimées dans les livres! Elle-même ne savait ni lire ni écrire, et elle signait en faisant trois fois un X. Quelle chance, Kasia allait être instruite! Les Russes avaient interdit l'emploi du polonais — ces charognes, ces rustres, ces maudits Moscovites, ce rebut de l'humanité!

« Il est venu ici, dit Kasia.

— Qui, *il* ?

— Tu sais bien, l'autre père. »

Stachowa fit la grimace, les yeux étincelants. « Je lui ai assez dit de ne pas mettre les pieds ici. Le gueux! L'ivrogne! Que voulait-il ?

— Il a dit qu'il reviendrait plus tard.

— Et moi je tiendrai le balai prêt pour le recevoir. »

Elle se dirigea vers le coin de la pièce pour attraper le balai. Kasia ferma son livre.

« Ne fais pas ça, maman.

— Tu le plains? Lui qui a ruiné ma vie? Il m'a abandonnée pour aller vivre avec ses putains, lorsque je portais son enfant dans le ventre. Et qui d'autre que lui m'a cassé quatre dents? Crois-moi, c'est un parasite, un voleur, un assassin. Je ne veux pas de lui chez moi...

— Maman! »

Stachowa restait appuyée sur son balai. Elle entendait une souris gratter, puis, soudain, des pas qui s'approchaient. Elle dressait les oreilles. Était-ce Wacek? Non, Wacek avait un lourd pas d'homme. Celui qui montait ainsi était son premier amant. Il venait la persuader de reprendre leur vie commune. Ce n'était pas suffisant de l'avoir repoussé un millier de fois! Sans doute n'était-il même pas fichu de garder une putain, le misérable! Probablement avait-il attrapé la chaude-pisse, de plus!

Antek, le père de Kasia, ouvrit la porte. Apercevant Stachowa armée de son balai, il resta sur place. Petit, d'une ossature robuste, il louchait et son gros nez était boutonneux. Il portait une casquette dont la visière était cassée et une veste sans manches en peau de mouton.

Stachowa lui lança un regard furieux. « Te voilà encore? Pourquoi t'accroches-tu à nous comme la peste? Sors d'ici! Dehors! Ou bien je vais crier au secours! J'appellerai la police.

— Ferme-la! Je ne suis pas venu te tuer. J'ai le droit de voir ma fille.

— Tu n'as aucun droit. Un homme qui abandonne son bébé n'est pas un père. Elle n'est pas ta fille.

— Si, elle l'est — elle est à moi, et non à ce forçat évadé qui couche avec toi : ce jeune seigneur barbu de rien!

— Porc! Chien! Que le Dieu du Ciel te punisse! Que tu tombes mort sur place!

— Tais-toi! Pourquoi est-elle au lit?

— Parce qu'elle n'a pas de chaussures à se mettre. A présent, retourne là d'où tu es venu!

— Il y a une chose que je dois t'apprendre.

— Eh bien, s'il le faut — dis-le!

— Non, c'est un secret. Sors avec moi dans le couloir.

— Non! Pas de saucisse pour les chiens, ah! non alors!

— Tu ne veux donc pas venir?

— Jamais.

— Et pourtant, tu m'as aimé autrefois.

— Ce qui est passé est passé. Maintenant, allons ouste!

— Jadzia, ne sois pas si mauvaise!

— Et que devrais-je donc faire, t'embrasser? Mon pire ennemi! Tu m'as sucée jusqu'à la moelle. Que veux-tu de plus? Il ne me reste plus rien pour toi. Ni amour. Ni respect... »

Brusquement, elle éclata en sanglots, la bouche grotesquement tordue. Le chat sortit de derrière une caisse, les fixa de ses yeux verts et se mit à miauler. « Antek, va-t'en! »

Il sortit, fermant doucement la porte derrière lui.

III

Ce soir-là, Lucien ne rentra pas à la maison, après le travail. Il s'arrêta à une taverne sur la place Kercelak. Ayant gagné quelques groschen supplémentaires pour une corvée spéciale, il commanda un verre de vodka, une saucisse de porc et une chope de bière. Il lui restait un seul groschen qu'il joua à pile ou face dans sa paume, cherchant à résoudre l'énigme de son destin. Mourrait-il de mort naturelle ou de mort brutale ? La réponse fut : de mort brutale! Serait-il fusillé ou pendu ? Le groschen semblait peser mûrement la question avant de tomber sur le côté pile : pendu! « Eh bien, qu'on me pende! », dit-il en riant, et de nouveau il fit rouler le groschen sur la table. L'ail dans la saucisse le faisait éructer; les effets de la bière et de la vodka commençaient à obnubiler son cerveau. Il n'était pas ivre, pourtant sa tête semblait tourner comme un carrousel. « Je le ferai! Oui, je le ferai! bredouilla-t-il. Chaque nuit j'en rêve. Je dois le faire! Quelle importance, *quand* ce sera. »

Aux pieds de Lucien se trouvait un fagot de bois, lié avec une corde, qu'il avait rapporté de l'atelier. Il le ramassa et sortit de la taverne, le fagot sur ses épaules. Grâce à ce bois, ils auraient un peu de chaleur la nuit. Les réverbères dans la rue exhalaient une lueur fumeuse. D'autres ouvriers rentraient de leur travail, chargés de bois, de sacs de pommes de terre. Des bûcherons cheminaient en traînant des haches et des scies. Des colporteurs offraient des paniers de pommes gelées, des oignons et du raifort, des poêlons pleins de fèves grillées. Des passants s'attardaient devant les grilles et les clôtures des maisons. Un ivrogne vomissait, courbé près d'une voiture dételée. Un chien abandonné rasait les murs en reniflant la boue. Des mendiants et des clochards rôdaient devant le porche des boutiques, après avoir vainement cherché un asile pour la nuit. Le gel était tombé, mais le froid restait pénétrant. Un vent glacial soufflait de la Vistule.

Stachowa habitait la rue Leshno, de l'autre côté de la rue au Fer, dans une maison en retrait et entourée d'une clôture. Des ordures jonchaient les talus neigeux. Lucien poussa la grille et pénétra dans la cour; il passa devant les chevaux dans leurs stalles et, ouvrant d'un coup de pied la porte d'un sombre couloir, il entra.

Ce passage sentait le feu de bois, les vieux chiffons, la lessive. Lucien devait faire attention de ne pas tomber sur quelque lessiveuse. Rien ne le dégoûtait autant que le linge sale des juifs. Il poussa une autre porte et aperçut Stachowa et Kasia à la lueur vacillante de la mèche qui brûlait dans un récipient rempli d'huile. Stachowa se tenait au centre de la chambre, la tête entourée de son châle, apparemment prête à sortir. Kasia était assise dans son lit-cage.

« Encore en retard, fit Stachowa.

— Oui, répliqua Lucien.

— Eh bien, pose donc ce bois!

— Tu sors ? fit-il en laissant choir le fagot.

— Je dois livrer le linge. Le gruau d'avoine est sur le poêle.

— Oui...

— Le foie est probablement trop cuit.

— Du foie ? Voilà qui est bon!

— J'en ai acheté parce que tu aimes ça.

— Bien, merci. »

Stachowa s'enveloppa plus chaudement de son châle. Près de la porte, elle dit d'une voix forte : « Je serai absente pendant quelques heures. » Lucien l'entendit tâtonner dans l'entrée. Que fait-elle là ? se demandait-il, bien qu'il sût parfaitement qu'elle ne faisait rien d'autre qu'attendre qu'il la rappelle. Puis, ce fut le silence complet de l'autre côté de la porte. Elle devait retenir sa respiration. Enfin, il entendit claquer la porte. Peut-être était-elle toujours là ? Dernièrement, elle avait eu une attitude étrange, comme si elle lisait dans ses pensées. Il se dirigea vers le poêle et souleva le couvercle de la casserole. Ordinairement, il était un amateur de foie, malheureusement la saucisse qu'il avait mangée à la taverne lui avait gâché l'appétit.

« Voyons, Kasia, que fais-tu ?

— Rien.

— As-tu appris le poème ?

— Oui, je le sais par cœur.

— Je t'écouterai dans un instant. »

Lucien prit à la louche un peu de gruau d'avoine et le posa, avec le foie, dans une écuelle d'étain. Il contourna la table et s'installa auprès de Kasia, balançant le plat sur ses genoux. Son appétit se raviva dès qu'il commença à manger.

« T'en veux un peu, Kasia ?

— Non.

— Pourquoi pas ?

— Parce que c'est à toi. J'ai déjà mangé ma part.

— Reprends-en!

— Non. C'est pour toi seul. Toi tu travailles, moi je reste au lit toute la journée.

— Personne n'est venu aujourd'hui ?

— Si *il* est venu, l'autre père.

— Ah!

— Maman l'a chassé.

— Que voulait-il ?

— Raconter un secret.

— Oh ? Qui d'autre est venu ?

— Seulement cette vieille mégère de l'autre côté de la cour, cette Lisakowa.

— Que voulait-elle ?

— Mon Dieu, elle est venue pour dire du mal de tout le monde. Une telle est avare, telle autre est sale. Elle croit que je ne comprends pas ses manœuvres, pourtant elle se trompe. Quand elle quitte notre maison, elle va chez quelqu'un d'autre pour nous calomnier, à notre tour. Elle arrive, fouine partout, et elle dit : « Ça sent le foie, on dirait. » Oh! comme je la hais!

— Et qui aimes-tu ?

— Seulement deux personnes dans le monde entier. Maman et toi. Parfois je l'aime davantage que toi, d'autres fois c'est le contraire. Cent fois par jour je l'entends dire : « Tu es plus mal partie qu'une « orpheline. » Lisakowa entre et, aussitôt, maman crie que je n'ai pas de chaussures, qu'il me manque ceci ou cela. Lisakowa dit alors : « Et les chaussures « que tu lui as achetées pour la Noël ? Elle use les semelles trop vite parce qu'elle se balade partout. » Puis, elle harcèle tout le temps maman en lui disant : « Pourquoi ne l'envoies-tu pas travailler ? Elle « serait au moins nourrie et habillée. »

— Un de ces jours je lui briserai les os.

— Je l'espère bien.

— Que me donneras-tu si je le fais — un baiser ?

— Un millier de baisers. Mais la police t'arrêtera.

— Je n'attendrai pas qu'elle vienne me prendre. Que dirais-tu d'une partie de trictrac ?

— D'accord.

— D'abord, j'aimerais t'entendre dire le poème. Tu dois devenir une demoiselle instruite. »

Kasia commença à réciter. Lucien cessa de manger. Il écoutait, tenant sa cuiller en l'air. Qu'elle était belle! Comme ses cheveux tombant en cascades sur ses épaules lui donnaient une allure altière! Son front si bombé, ses yeux si brillants, sa peau si blanche, quelles merveilles! Une statue de marbre! Non — mille fois plus délicate que le marbre! Quel curieux dessin des lèvres... Si seulement elle avait deux ou trois ans de plus — pensa-t-il — je tuerais volontiers cette Lisakowa pour un simple sourire de Kasia.

« Eh bien, est-ce que je le sais, le poème?

— Oui, tu le sais. Kasia, je t'aime. Je t'aime terriblement.

— Moi aussi, je t'aime.

— Te rappelles-tu que, quand tu étais petite, tu disais que tu aimerais devenir ma femme?

— Je me souviens de tout. »

Lucien et Kasia commencèrent leur partie de trictrac, marquant les points avec un morceau de craie sur une planche. Kasia grimaçait et boudait parce qu'elle perdait à tous les coups. Lucien ne cessait de la couver du regard en se demandant comment une telle créature de rêve pouvait être la fille d'Antek. Quelle énorme farce, que ce monde des vivants! Dieu, le maître, d'un coup de baguette, faisait naître des guerres, des révolutions, des migrations. Un jour, il passerait toute cette masse grouillante des vivants au tamis. D'où me viennent ces idées bizarres? pensait Lucien. Bon, c'est maintenant ou jamais! Il se mit debout.

« Kasia, je voudrais te dire quelque chose.

— Quoi?

— Je vais vous quitter.

— Pour aller où?

— Sans toi, il y a longtemps que je serais parti. Je te parle maintenant comme si tu étais une grande fille. Je voudrais que tu me comprennes.

— Oui...

— Je t'aime. Tu saisis ce que cela veut dire, n'est-ce pas ?

— Je te comprends.

— Je t'aime, bien que tu ne sois encore qu'une enfant. J'ai déjà perdu trop d'années ici. Ta mère est une brave femme et elle m'a sauvé la vie. Cette dette-là, je ne pourrai jamais la rembourser. Depuis que je vis ici, mon existence est celle d'un homme qui n'est ni mort ni vivant. Comprends-tu ce que je veux dire ?

— Oui.

— Je ne peux pas dire ces choses-la à ta mère. J'ai horreur des larmes. Je partirai cette nuit.

— Où iras-tu ?

— A l'étranger.

— Où est-ce ?

— Au-delà de la frontière, dans un autre pays.

— As-tu de l'argent ?

— Il me reste exactement un groschen — mais cette croix suspendue à mon cou a de la valeur. Dis à ta mère que je penserai toujours à elle avec affection. J'écrirai, et dès que j'aurai un peu d'argent, je vous en enverrai. Dans deux ou trois ans je reviendrai pour t'épouser.

— Ah!

— M'attendras-tu ?

— Oui.

— Combien de temps ?

— Pendant cent ans.

— Tu n'attendras pas aussi longtemps. Pour le moment, tu n'es qu'une enfant. Et si tu m'oubliais ?

— Je ne t'oublierai jamais.

— Raconte à ta mère que je suis parti, mais que tu ne sais pas où. Attends trois jours, ensuite apprends-lui la vérité. Voyons, as-tu bien retenu ce que tu dois faire ?

— Oui. Aujourd'hui, c'est mardi. Je lui raconterai vendredi.

— C'est bien cela. Mais ne fais aucune allusion à nos projets de mariage!

— Non.

— Kasia, dans quelques années tu seras une grande fille — moi, je ne serai pas encore trop vieux pour toi. Si l'on essaie de te faire épouser quelqu'un d'autre, refuse! Prie Dieu pour moi! C'est tout. Chaque soir, quand tu prononceras tes prières, pense à moi! Dis : « Père qui êtes au ciel, ayez pitié de Votre « fils Lucien et de son âme errante. » Si mes lettres ont du retard, ne perds pas courage! Reste patiente et confiante! J'ai voulu t'acheter un cadeau, mais je n'avais pas d'argent. Voici mon dernier groschen. Garde-le pour te souvenir de moi. Ne le perds pas!

— Je le garderai toujours.

— N'oublie pas ton livre de lecture et travaille bien tous les jours! Si tu as la possibilité d'aller à l'école, vas-y... Eh bien, je ferais mieux d'emballer mes affaires maintenant. »

Lucien grimpa sur le marchepied pour attraper ses objets personnels. Du dessous du lit il retira une serviette à fermeture de cuivre et à poche appliquée. Ce sac l'avait accompagné partout au cours de ces mois où il s'était battu pour la Pologne en pleine rébellion. Lucien s'agenouilla et l'épousseta à l'aide d'un chiffon, puis il l'ouvrit et en sortit un pistolet au manche de bronze et une cartouchière contenant six balles. « Les objets inanimés sont si apaisants » murmura Lucien, enfermant l'une des balles dans sa main. Une petite chose comme celle-ci reste tranquillement à la même place pendant une centaine d'années, puis, brusquement, elle achève quelqu'un dont le grand-père n'était même pas né quand elle fut fabriquée. D'un panier près du lit, Lucien retira une chemise, du linge de rechange, une écharpe de laine et un gilet que sa mère lui avait tricoté. L'ensemble de mes possessions terrestres, comme ils disent dans les livres. Le plafond était trop bas pour lui permettre de se redresser de toute sa taille.

« Kasia, que fais-tu ?

— Rien. Je regarde simplement.

— Crois-tu que je te manquerai ?

— Oui. »

Lucien descendit les quelques marches. Il examina la pièce d'un regard méfiant comme s'il s'attendait à voir quelqu'un lui tendre un guet-apens dans un coin.

« Ai-je oublié quelque chose ? Non, rien. Attends! Je veux te contempler une dernière fois en pleine lumière. »

Il saisit la lampe à huile improvisée et l'approcha du visage de Kasia. Elle souriait avec une lueur d'angoisse dans les yeux. Apercevant le plat de gruau d'avoine toujours sur la nappe, Lucien le repoussa de sa main gauche et le posa sur le plancher.

« Ta main tremble, dit Kasia.

— Oui, un peu. »

Lucien posa un regard fixe sur la flamme qui fumait. Il réfléchit un moment, puis il éteignit la lampe.

Neuf

I

UN après-midi, Hélène et Miriam Lieba patinaient sur le lac du manoir quand un homme surgit brusquement parmi les arbres. Jeune, la barbe arrondie, il portait une veste en peau de mouton, un bonnet couvert de neige et, à la main, une serviette. Hélène serra le bras de Miriam Lieba.

« Regardez!

— N'ayez pas peur, mesdemoiselles! appela l'inconnu en s'approchant d'elles. Restez et laissez-moi vous regarder. Sans aucun doute, toi, tu es Hélène. Mais qui est-elle? fit l'homme en désignant Miriam Lieba.

— La question est : qui êtes-vous? » dit Hélène à son interlocuteur. Puis, soudain. elle sut. Au manoir il y avait un portrait de son père jeune homme — la réplique exacte de ce jeune homme-ci.

« Tu es Lucien! Est-ce possible?

— Tu ne m'as toujours pas dit qui elle est, dit Lucien.

— Une amie, Miriam Lieba — la fille de l'homme qui a loué le manoir.

— Je suis désolé de vous avoir effrayée, dit Lucien en se tournant vers Miriam Lieba. Hélène n'était qu'une enfant quand je suis parti. A présent elle est une jeune femme épanouie. Qu'aucune de vous deux ne dise mot de mon arrivée ici! » Le ton de sa voix changea et il se passa les doigts autour du cou. « Si on me trouve, je serai pendu.

— Mon Dieu, c'est bien toi! s'exclama Hélène. Oui, je me souviens de toi... » Dans son excitation, elle s'accrocha à Miriam Lieba, et les deux jeunes filles, perdant l'équilibre, s'étalèrent sur la glace. Lucien, dans sa tentative de les secourir, faillit tomber lui-même. Enfin, tous trois se trouvèrent de nouveau debout. Lucien épousseta les vêtements de Miriam Lieba, et elle le remercia. Hélène eut un mouvement comme pour étreindre Lucien, puis elle s'arrêta net. « Oui, je me souviens bien de toi, répéta-t-elle d'une voix grave.

— Et notre mère ? demanda Lucien.

— Elle est malade, très malade.

— Ah! J'ai lu un entrefilet dans le journal signalant le retour de Père. De quoi souffre-t-elle ?

— Oh! d'un affaiblissement... ses nerfs... son cœur...

— Et Félicie ?

— Elle est à la maison.

— Eh bien, Dieu merci! Personne ne doit soupçonner que je suis revenu. J'ai fait la moitié du chemin à pied, pas par la route principale, mais en traversant les villages. Un vieux paysan m'a pris à bord de son traîneau pendant un bout de chemin. Que vais-je faire maintenant ?

— Viens à la maison!

— Ne me verra-t-on pas entrer ?

— Non. C'est sans danger. Père est à Jampol — il y passe le plus clair de son temps. Wojciech dort toute la journée — en outre, il est ivre. Barbara est à moitié aveugle. Magda est occupée à la cuisine. Va droit jusqu'au troisième étage! Jamais personne n'y monte. Les chambres n'y sont pas chauffées, mais...

— Quand Père rentre-t-il ?

— A la nuit... quelquefois pas du tout.

— J'aimerais me coucher. J'ai terriblement besoin de sommeil.

— Il y a un lit en haut. Attends, je vais aller voir. »

Hélène s'apprêta à partir en oubliant qu'elle avait toujours les patins aux pieds. Après quelques pas, elle s'arrêta et les détacha. Miriam Lieba avança en clopinant jusqu'au bord du lac où elle s'appuya contre un tas de neige gelée. Ses doigts protégés de gants étaient gourds, et elle avait beaucoup de peine à desserrer la vis du patin. Lucien ramassa sa serviette.

« J'étais déjà rayé de la liste des vivants, hein ?

— Pourquoi ne nous as-tu pas fait savoir que tu étais en vie ? Mère est malade à cause de toi.

— Je n'ai pas pu... vraiment pas pu. Je n'arrive toujours pas à croire que je suis ici. Jadis, j'ai, moi aussi, patiné sur ce lac. Dieu, que c'est loin, tout ça! »

Il se tourna vers Miriam Lieba. « Qui est votre père ?

— Son nom est Calman Jacoby.

— Jacoby, hein ? Ça veut dire Jacob — les petits-enfants de Jacob. Ce Jacob qui dépouilla par ruse Esaü de son droit d'aînesse! »

Miriam Lieba demeura sans voix.

« J'ai étudié autrefois... oui, j'ai étudié. Mais je n'ai pas ouvert la Bible depuis longtemps. J'ignore depuis combien de temps je ne suis pas entré dans une église. Pour des hommes comme moi, la vie est finie. Nous vivons dans un isolement total. Nous ne connaissons que tristesse et désespoir.

— Monsieur le comte trouvera son chemin.

— Comment ? Je suis une bête traquée. La police affiche mon nom partout. Le tsar veut nous exterminer tous, nous, les derniers survivants de la résistance polonaise. Je n'ai pas envie de quitter le sol polonais. Pourtant, il me faudra vivre en exil. »

Hélène avait enfin réussi à enlever ses patins. « Je vais jeter un coup d'œil. Attendez-moi ici! »

Se dirigeant vers la maison, elle scruta attentivement les champs alentour, dressant la tête, telle une chasseresse qui suit son gibier à la piste.

« Vous connaissez-vous depuis longtemps ? demanda Lucien à Miriam Lieba.

— Depuis l'été dernier seulement. La comtesse Hélène a assisté au mariage de ma sœur.

— Vraiment ? Les choses semblent avoir bien changé. Il n'y a pas si longtemps, une telle chose aurait été impensable. Mon père a toujours éprouvé beaucoup de sympathie pour les juifs, tandis que d'autres propriétaires terriens les ridiculisaient, lançant même les chiens à leurs trousses. Aux bals, le juif de cour était obligé de se déguiser en ours pour divertir les hôtes. Aujourd'hui, c'est à notre tour d'être les victimes. Où avez-vous appris le polonais ?

— Avec un professeur. Par la lecture, également.

— Vous n'avez pas du tout l'air juive.

— Pourtant je suis juive.

— Bien sûr, mais... me voici devant vous et je crois rêver. Je me dis que je dois être mort. Mort, je l'étais réellement, pas physiquement, mais spirituellement. En revoyant ces paysages familiers, je me sentais revivre un peu. Et pourtant... je sais que le soleil ne brillera plus jamais — pas sur nous, pas pour moi.

— Monsieur le comte ne devrait pas parler ainsi. Monsieur le comte connaîtra encore le bonheur.

— Le bonheur ? Moi ? Merci de vos paroles, il y a si

longtemps que je n'ai entendu prononcer ce mot. Et d'où pourrait me venir ce bonheur? »

Miriam Lieba se sentait incapable de répondre. Elle avait la gorge serrée et elle se sentait frissonner. Jetant un regard en direction du manoir, elle aperçut Hélène qui leur faisait signe. Aussitôt elle avertit son compagnon. Lucien tendit vivement sa main à Miriam Lieba, puis il souleva son bonnet, découvrant une chevelure brune et un large front. « J'espère que nous nous reverrons », dit-il.

Confuse, Miriam Lieba bredouilla : « Oui, je vous remercie. »

II

Dans la soirée, Calman, rentré pour souper, était assis au bout de la table, confortablement installé dans un fauteuil au dossier canné. Il trempa sa viande dans une sauce au raifort. Des miettes de son pain restaient accrochées à sa barbe. A sa droite étaient assis Mayer Joel, Zelda, Jochebed et Miriam Lieba; à sa gauche, Ezriel, Shaindel et Tsipele. Le bébé de Jochebed dormait dans son berceau. Calman avait rapporté de Varsovie une lampe à pétrole au pied de bronze dont Miriam Lieba ne détachait plus le regard. Elle gardait l'œil fixé sur la lampe, le brûleur, le conduit, le verre. Une lueur blanchâtre entourait la flamme et chaque coin de la pièce était éclairé. Il leur était difficile de comprendre comment ils avaient jamais pu se contenter de chandelles. Tout le monde avait déjà commencé le plat de viande, tandis que Miriam Lieba chipotait toujours ses nouilles.

Elle portait une fourchette pleine à sa bouche et oubliait d'avaler. Elle restait comme hypnotisée par la lampe qui semblait lancer des rayons dorés. Mayer Joel et Ezriel, comme d'habitude, se disputaient. Mayer Joel soutenait que l'Égypte se trouvait en Asie, et Ezriel qu'elle était en Afrique. « Comment peut-elle être en Afrique, renchérit Mayer Joel, alors qu'elle est si près de la Palestine ? » Ezriel bondit de sa chaise pour aller chercher l'Atlas, cependant Shaindel l'arrêta.

« A quoi bon cette hâte ? l'Égypte ne refroidira pas, elle.

— Je crains que, cette fois-ci, Mayer Joel n'ait raison! lança Calman après quelque hésitation. Les Noirs vivent en Afrique. L'Égypte est près de la terre des Philistins...

— Beau-père désire-t-il vérifier si c'est écrit noir sur blanc ?

— Ne courez pas! Finissez votre repas! Vous êtes tout le temps pressé, Ezriel. La soirée est longue.

— Trois continents touchent la terre de Palestine : l'Asie, l'Afrique et l'Europe. La péninsule du Sinaï...

— Voulez-vous parler du mont Sinaï, là où la Torah nous a été donnée ?

— Toute la péninsule est appelée le Sinaï. La montagne se trouve bel et bien dans le désert du Sinaï.

— Qu'en dites-vous, Mayer Joel ? demanda Calman.

— Qui se soucie des mensonges d'hérétiques ? Tout est écrit dans le Pentateuque.

— Non, tout n'est pas dans le Pentateuque, rétorqua Ezriel. Où parle-t-on de l'Amérique dans le Pentateuque ? L'Amérique ne fut découverte que par Christophe Colomb.

— Tout est dit dans la Torah! On y parle de terres dont même les plus grands savants ignorent la position géographique. Où se trouve Hodu, ou Cush? Tel sage prétend que ces régions sont très loin de chez nous, tel autre qu'elles sont tout près. Avez-vous étudié la *Guemara Meguillah*?

— Oui, je l'ai fait. Hodu est l'Inde, et Cush l'Éthiopie, donc assez loin de chez nous.

— Dans ce cas, selon vous, le maître du Talmude qui proclame qu'elles sont tout près, avait tort?

— Les Talmudistes ne savaient rien de la géographie. Dans ces jours lointains ils ignoraient l'existence de l'Amérique et de l'Australie. Ces pays ont été découverts plus tard...

— Autrement dit, les hérétiques sont plus savants que la Torah! »

Mayer Joel tapa du poing sur la table. Les assiettes s'entrechoquèrent. La flamme de la lampe dansa. Zelda avait gardé le silence, n'empêche qu'elle approuvait, en son for intérieur, Mayer Joel. Sous son bonnet brodé de perles, elle jeta un regard de travers à Ezriel. Zelda n'était pas en mesure de manger les tranches de bœuf comme le restant de la famille. Elle n'avait plus de dents. Faigel avait confectionné un friand pour sa maîtresse, et Zelda l'avala par petites bouchées.

« Vous voilà encore en train de vous quereller! Je vous ai demandé d'innombrables fois de prendre vos repas en paix. A-t-on jamais vu deux adultes se chamailler autant que vous? L'un dit noir, aussitôt l'autre dit blanc. Dans d'autres familles on s'embrasse entre parents; chez nous on ne connaît que des disputes. Quelle importance de savoir si l'Égypte se trouve là ou ailleurs? Contentez-vous donc d'être des juifs modestes. Les gens qui écrivent des livres essaient de mettre la pagaille partout afin de nous faire oublier Dieu tout-puissant et de nous inciter à écouter le Diable.

— Belle-mère, tout ceci n'a rien à voir avec Dieu, dit Ezriel.

— Je n'en sais rien, je n'étudie pas, moi. Mais rien de bon ne résulte de telles altercations. Croyez-moi, je sais ce que je dis. L'Asie par-ci, l'Asie par-là... Pendant ce temps, vous oubliez tout simplement d'être juifs. Aussi longtemps que je vivrai, je veux que mes gendres...

— Maman, tu prends toujours son parti, l'interrompit Shaindel en désignant Mayer Joel. S'il te racontait qu'il a vu une vache survoler le toit et pondre des œufs d'or, tu le croirais!

— Allons, les enfants! Cela suffit! Assez de disputes à table! Shaindel, ne sois pas aussi insolente! » La voix de Calman se fit sévère. « Mère s'adresse à vous tous. Il se trouve que c'est la sagesse même qui sort de sa bouche. Aujourd'hui, tel livre est populaire, demain, ce sera tel autre. Qu'est-ce qui a fait de Wallenberg un converti ? Son père était un juif décent, un enseignant. Ce sont les études profanes qui ont tout déclenché. Ne soyez pas fâché, Ezriel! Je ne souhaite pas vous blesser, à Dieu ne plaise! Vous m'êtes aussi cher qu'un fils. Néanmoins j'aimerais vous voir suivre les traces de votre père. Que lui manque-t-il ? »

— Je dirais plutôt : que possède-t-il ?

— Il aura le salut éternel. Il entrera dans l'autre monde — qu'il vive jusqu'à un âge avancé! — riche de toute la sagesse de la Torah. Dieu merci! il ne meurt pas de faim dans le monde d'ici-bas, non plus. D'un autre côté, tous les hérétiques ne roulent pas sur l'or. Si j'ai besoin d'un comptable ou d'un clerc, il s'en présente une dizaine pour chaque place. Il y eut un temps où on en manquait. A présent, ils sont trop nombreux. »

Un silence de mort s'installa brusquement autour de la table. Zelda observa Miriam Lieba qui gardait les yeux fermés, la tête penchée sur son assiette, les lèvres frémissantes. La jeune fille avait l'air pâle et fatiguée.

« Miriam Lieba! »

L'adolescente sursauta et la fourchette lui tomba de la main.

« Pourquoi restes-tu assise comme une momie? Es-tu en train de dormir? Pourquoi ne manges-tu pas? demanda Zelda. Mais regardez-la donc! Menue comme un fétu de paille! As-tu de la peine? A Dieu ne plaise! As-tu mal quelque part?

— Non maman. Je ne souffre de rien.

— Elle est en train de rêver d'un prince charmant monté sur un cheval blanc, taquina Shaindel.

— Quel prince charmant? Quel cheval blanc? Calman, regarde la mauvaise mine de ta fille! Ne dirait-on pas que cette enfant couve une maladie? Sa future belle-mère prendra ses jambes à son cou en la voyant ainsi. Je dois dire que, moi-même, je serais effrayée devant une telle apparition si j'avais un fils à marier. »

Calman fronça les sourcils. « Pourquoi es-tu si triste, Miriam Lieba? Pourquoi ne manges-tu pas?

— Mais je mange! Seulement, je n'ai pas très faim.

— Tu sais que ta future belle-mère viendra bientôt de Lublin pour te connaître. Il faudra te remplumer un peu! Je ne veux pas que Tsipele se marie avant toi. »

Un nouveau silence tomba sur la tablée. Faigel apporta la compote de pommes et le thé. Miriam Lieba remuait distraitement la cuiller dans son assiette. Ses oreilles, sous sa chevelure, étaient enflammées, tandis que son visage restait blême. Elle sentait une étrange chaleur prendre possession de tout son corps. Son esprit semblait engourdi de façon étrange; pourtant, dans son subconscient, des pensées se succédaient dans une ronde fiévreuse. Elle avait la tête bourdonnante et près d'éclater. Des paroles sans suite et des scènes imaginaires se bousculaient dans son cerveau. Elle n'osait pas même rencontrer les yeux de Tsipele. Miriam Lieba se montrait généralement farouche en présence d'étrangers; ce soir, sa propre famille l'intimidait. Que m'arrive-t-il? Suis-je malade? se demandait-elle avec anxiété. Elle se leva, marcha vers le hall, monta l'escalier jusqu'à sa chambre mansardée. Elle resta immobile dans l'obscurité; chaque instant qu'elle avait vécu au cours de l'après-midi renaissait avec une violence intense. Elle voyait Lucien tel une apparition nimbée de lumière se détachant d'une toile et sortant de son cadre. Il la regardait, souriait, et lui dit quelque chose qu'elle ne pouvait entendre. Il était baigné d'une lumière éthérée semblable aux visions des saints décrites dans les livres par les mystiques chrétiens.

Pourquoi suis-je si heureuse? s'émerveillait Miriam Lieba. Il y a si peu de temps encore, j'étais tourmentée. Soudain la vérité éclata en elle : ce qu'elle avait attendu pendant de si longues années venait de se produire. Comment ne l'avait-elle pas compris tout de suite? Elle avait envie de rire et de pleurer en même temps. Dieu du ciel, que lui réserverait l'avenir? Miriam Lieba verrouilla sa porte. Elle se sentait enivrée comme un soir de la Pâque après le Séder, quand elle s'était couchée après avoir bu quatre verres de vin. Approchant en chancelant de son lit, elle s'y abandonna, et l'étrange impression que quelque maladie inconnue la gagnait, petit à petit, s'empara d'elle. Miriam Lieba resta allongée ainsi pendant un temps irréel, entièrement habillée, à moitié endormie, dans un état extatique qu'elle n'avait jamais connu auparavant. Le froid la saisit et la réveilla. La lune de minuit faisait scintiller la neige. Les arbres devant la fenêtre semblaient être en fleur.

III

Miriam Lieba emprunta le sentier menant à la carrière, plutôt que celui qui passait devant le manoir. Le ciel s'était assombri subitement. Même la fumée du four à chaux stagnait en lourds nuages au-dessus des toits. Des flocons de neige commençaient à tomber tout doucement. Miriam Lieba cheminait sur la route avec la démarche indolente de quelqu'un qui se sent désœuvré, s'arrêtant souvent et laissant errer son regard alentour. La veille encore elle avait suivi ce même parcours d'un pas égal, sans s'attarder. Mais aujourd'hui, tout comme dans son enfance, la construction imposante avec ses balcons et ses corniches lui paraissait ensorcelée. Derrière ces murs vivaient des comtes et des comtesses, aussi fiers que par le passé, en dépit des bouleversements récents. Entourés d'objets d'or et d'argent, de livres et de tableaux précieux, de carrosses et de serviteurs, ils parlaient français et jouaient du piano. Et, à l'abri de ces corniches, un guerrier se cachait de ses ennemis, déguisé en paysan, armé comme un chevalier — tel un héros vivant de l'Histoire polonaise. Que faisait-il en ce moment même ? Était-il encore endormi ? Ou bien s'appuyait-il à sa fenêtre pour promener ses regards sur la neige ? Pouvait-il la voir, elle ? Pensait-il à elle ? Quelle folie! Pourquoi songerait-il à une jeune juive ? Il n'avait que l'embarras du choix en matière de femmes. Décidément, elle était en plein délire! Elle ne devrait pas même imaginer de telles choses. Elle épouserait probablement quelque commerçant de Lublin... Miriam Lieba s'arrêta pour frictionner ses mains avec de la neige. Des champs de blé s'étendaient à perte de vue. Quelle étrange sensation! Elle avait l'impression que ce qu'elle était en train de vivre n'était que l'accomplissement de ses désirs les plus intimes qu'elle nourrissait depuis des années déjà, ou bien un rêve qu'elle avait vécu dans une autre existence — pourtant elle n'avait rencontré Lucien que la veille. Même son nom avait un accent familier, comme si elle l'avait connu depuis toujours. Était-ce possible? Elle se souvenait qu'elle avait souvent gratté de son ongle le nom de Lucien sur les vitres givrées. Avait-elle autrefois rencontré un Lucien dans ses lectures, ou bien était-il une créature de ses rêves? Était-il réellement le Lucien de son enfance, gravé à jamais dans sa mémoire? Mais comment une enfant pouvait-elle tomber amoureuse d'un adulte?

La neige tombait en gros flocons, de plus en plus dru. Elle transit le visage de Miriam Lieba, elle fondit dans ses cheveux, elle se posa sur ses épaules, ses manches, ses boutons et les pointes de son col de fourrure comme une belle parure. La jeune fille n'apercevait plus le manoir. A travers les champs labourés, des tourbillons de neige semblaient exécuter la danse des lutins. Venant de nulle part, l'écho d'un coup de fusil frappa ses oreilles. Était-ce un chasseur téméraire sorti par une tempête de neige pareille, ou bien la guerre avait-elle commencé? Miriam Lieba crut entendre claironner une trompette. Quelqu'un soufflait dans la corne du bélier pour annoncer le Nouvel An en plein hiver. Miriam Lieba rebroussa chemin. Elle craignait que le sentier ne fût bloqué par la neige entassée. On disait qu'il y avait des loups dans la forêt toute proche. Qu'ils la mettent donc en pièces! Peut-être Lucien se souviendrait-il alors éternellement de la jeune fille qu'il avait rencontrée un jour, et qui avait été dévorée par les loups le lendemain matin?

En marchant, Miriam Lieba fredonna doucement :

Tombe, neige, tombe,
Recouvre la terre de ton ombre,
Que mon âme lassée
Se réfugie sous la couche glacée.

Les vers en polonais parlaient du désir d'une âme d'être cachée dans la neige, comme l'ours isolé dans son antre, ou les graines enfouies dans la terre. Privée de sommeil la nuit passée, Miriam Lieba avait été sous l'emprise de rêves heureux; pourtant avec l'aube, sa mélancolie était revenue. Et si elle restait dans ce paysage désolé? Elle serait recouverte par la neige qui formerait un monticule sur sa tombe de glace. L'été? Peut-être ne connaîtra-t-on plus jamais de printemps. Ezriel n'avait-il pas dit que le globe entier se refroidirait, que toutes les créatures mourraient, que les océans disparaîtraient, et que l'hiver ne prendrait plus jamais fin? Peut-être cette date était-elle arrivée? Miriam Lieba resta immobile pendant un temps qui paraissait éternel. Des bourrasques soulevaient les linceuls de neige. Des paillettes scintillantes se pourchassaient. L'une d'elles semblait changer d'avis et, à mi-chemin de sa course, elle se laissa emporter par le vent. Que le monde était beau! Comme il était immense, et mystérieux aussi!

Miriam Lieba tourna son visage vers le ciel et ouvrit la bouche. Un flocon de neige tomba sur sa langue et fondit contre son palais. Elle frissonna. « C'est un rêve, rien qu'un rêve, murmura-t-elle. Rien n'en résultera... » Étrange, Shaindel était déjà mariée, Tsipele était fiancée, tandis qu'elle, Miriam Lieba, rêvait tout éveillée!

IV

Calman était parti au lever du jour. Zelda avait des crampes d'estomac. Getz attela rapidement les chevaux et il prit la direction de Skarshew d'où il ramena le docteur Lipinski à bord de son traîneau. Le médecin soulagea la douleur de Zelda et lui prescrivit quelques médicaments nouveaux. Puisqu'il était à proximité, et bien que le soleil se couchât déjà, il se fit conduire au manoir. A la suite des chutes de neige, la température était tombée et le paysage semblait figé sous la glace. Les branches des arbres ressemblaient à des menoroth de cristal. Des milliers de bougies imaginaires scintillèrent un instant dans le soleil couchant. La neige bleutée étincelait de mille feux de diamants. Les premières étoiles clignotaient au firmament. Quelque part, au loin, un chien aboyait.

Miriam Lieba franchit le seuil de la maison pour promener ses regards vers le manoir. Tout le rez-de-chaussée de la demeure seigneuriale était illuminé, tandis que l'étage supérieur restait dans le noir. Entre là-bas et ici existait un secret, connu uniquement de Dieu et d'elle-même. Brisant la croûte de neige durcie, elle fit une boule de neige et la lança aussi loin qu'elle pouvait en direction du manoir enchanté. Une corneille réveillée se mit à crailler.

Zelda garda le lit. Calman et Mayer Joel ne rentrèrent pas pour le souper. Ezriel était le seul homme présent de la maison. Shaindel versa du jus de viande sur son gruau d'avoine et ajouta des morceaux de viande.

Toute la maisonnée chuchotait que la jeune femme était enceinte. Ezriel commença à entretenir son auditoire féminin en parlant du pôle Nord, où l'aurore boréale brillait dans le ciel. Pendant six mois de l'année, il y faisait nuit : la température tombait jusqu'à 50 degrés au-dessous de zéro, même l'alcool et le mercure gelaient. Le sol était couvert de glace sur des centaines de kilomètres. La nuit, les explorateurs se glissaient dans des sacs de couchage en peau d'animal. Tsipele resta confondue : Ezriel savait donc tout!

« Que j'aimerais me pelotonner dans l'un de ces sacs de couchage! dit Miriam Lieba.

— Toi toute seule ? » plaisanta Ezriel.

Shaindel s'empourpra. « N'as-tu pas honte de dire des choses pareilles! »

Miriam Lieba rougit, à son tour, et le bleu de ses yeux sembla s'intensifier. Assez curieusement, Tsipele se mit à rire. Jochebed revint de la cuisine de sa démarche pataude.

« A quoi rime toute cette agitation? Mère est malade », lança-t-elle.

Dès qu'Ezriel eut procédé à l'ablution de ses mains et rendu grâce à la fin du repas, Miriam Lieba monta dans sa chambre. Tout devenait un grand mystère : le monde, l'humanité, le pôle Nord, elle-même. Elle se sentait entraînée dans une effervescence inexplicable, exultant un instant, déprimée l'instant suivant, puis brûlant d'un feu infernal qui la laissait glacée aussitôt après, à l'instar des pécheurs de la Géhenne. La plaisanterie d'Ezriel avait éveillé en elle une passion qui sommeillait. Elle avait dix-huit ans, âge auquel sa mère non seulement était mariée, mais avait déjà des enfants. Appuyée à la fenêtre, elle contemplait les plantes exotiques que le gel avait dessinées sur les vitres faiblement éclairées par la pâle lumière du soir : palmes, cèdres et l'arborisation de plantes désertiques qui ne poussaient qu'en Israël — un mirage de la Terre sainte.

Elle alluma une chandelle et se jeta sur son lit. Bientôt, elle fut plongée dans la lecture du roman qu'Hélène lui avait prêté : la scène est à Paris, à l'heure du crépuscule. La marquise, montant dans son carrosse, ordonne à son cocher de la conduire jusqu'au parc. Le coucher du soleil répand une lumière violette sur le visage de la marquise et se reflète dans les perles qui parent sa gorge. Le carrosse s'arrête. La marquise descend et emprunte d'une démarche paisible et altière un petit sentier. Soudain, son amant paraît et se précipite vers elle pour la prendre dans ses bras. Miriam Lieba était sous le charme, ses pupilles dilatées d'émerveillement. Voilà l'amour, voilà la vie! Elle ferma les yeux en imaginant à quoi Paris devait ressembler : musées, théâtres, tours et clochers, châteaux, fenêtres brillamment illuminées, boulevards encombrés de voitures, partout l'odeur de fleurs, des flots de musique, de belles dames qui dansent, le bruit de bouchons de champagne qui sautent. « A votre santé, chéri! » « Mon amour, je ne peux pas vivre sans vous. Jurez-moi d'être à moi! » « Plus tard, patientez! Oh! mon pauvre Jean! » « Restez entre mes bras. Embrassez-moi! »

Brusquement, elle se voyait elle-même à Paris. Elle était installée dans un carrosse et Lucien l'embrassait. Elle était simultanément dans un carrosse, dans un boudoir, dans un salon. Elle portait une robe du soir et elle jouait de l'éventail. Il désirait l'embrasser, mais elle détournait son visage. « Non, Lucien, je suis promise à un commerçant de Lublin. »

Miriam Lieba ouvrit les yeux. La chandelle à la lueur vacillante était presque entièrement brûlée.

Elle la souffla et retourna à ses rêves. Elle somnolait, se réveillait, puis somnolait de nouveau. Elle avait un sommeil agité comme si elle avait la fièvre. Lucien revenait sans cesse sous différents aspects; tantôt en civil, tantôt en soldat à cheval, coiffé d'un casque et drapé d'une cape, ou encore en passager à bord d'un bateau. Lucien l'avait enlevée et ils s'enfuyaient. Mais un obstacle leur barrait la route : une armada ennemie approchait et ils restaient bloqués en pleine mer. On leur envoyait un messager. Tout le monde conspirait contre elle : son père, sa mère, Jochebed, Shaindel. Ezriel avait coupé ses papillotes et il portait des vêtements allemands. Il lui chuchotait dans l'oreille : « Convertie! »

Elle se réveilla en tremblant. Elle avait froid. La lune l'inondait de sa lumière blanche. Elle s'écarta vivement pour échapper au danger, car selon la croyance populaire, le clair de lune causait de graves dommages aux dormeurs. Elle se redressa et entoura ses genoux de ses bras. Dehors, il faisait aussi clair qu'en plein jour. Elle avait faim et soif. Elle désirait Lucien. Et si j'allais le retrouver de ce pas? pensa-t-elle. Je courrai à travers champs, je grimperai l'escalier sur la pointe des pieds, j'ouvrirai sa porte et je dirai : « Faites de moi ce que vous voudrez... »

La faible clarté de l'aube commençait à poindre, quand enfin Miriam Lieba s'endormit. Les violentes chutes de neige de la veille avaient repris. Vers le milieu de la matinée, des voix dans la cage d'escalier réveillèrent Miriam Lieba; quelqu'un frappa à sa porte. Elle ouvrit des yeux pleins de sommeil. Le soleil brillait et faisait scintiller la neige. La porte s'ouvrit et Hélène entra. Miriam Lieba la fixa d'un regard surpris.

« Pas encore réveillée? Je suis désolée, mais il fallait que je parle à quelqu'un... et vous êtes la seule à qui je peux me confier... en dehors de Félicie, bien sûr. Mon père n'est pas rentré la nuit dernière, pas plus que la veille d'ailleurs. Mère est trop malade pour supporter la nouvelle. Félicie n'est d'aucune aide. Et Lucien est très nerveux. Pourquoi n'êtes-vous pas venue hier ? Nous espérions votre visite. Il n'a pas arrêté de poser des questions à votre sujet... Je croyais que vous étiez matinale. »

Petit à petit, Miriam Lieba reprenait ses esprits. Elle s'empressa de bredouiller des excuses. « C'est un grand honneur pour moi... confuse de me trouver au lit... avec mes vêtements éparpillés dans toute la chambre...

— Quelle importance? Hier après-midi, Lucien était d'une humeur si étrange. Il a exigé de la vodka. Soudain il a exprimé le désir de retourner à Varsovie. Félicie lui a donné un collier et quelques broches qui font partie de la collection de bijoux appartenant à Mère, parce qu'il lui faut à tout prix de l'argent. Il doit franchir la frontière. Il n'y a qu'un seul joaillier, M. Nosek, à Varsovie, qui pourra acheter le collier. Cependant, le voyage est dangereux. D'un autre côté, Lucien a peur de rester ici. Quelqu'un découvrira sûrement sa cachette. Mère ne sait toujours rien. Tout est si compliqué, et si étrange. Croyez-vous qu'on pourrait laisser les bijoux en gage chez votre père ?

— Mon père est à Varsovie.

— Oh! Peut-être votre beau-frère a-t-il de l'argent ?

— Ezriel ? Non.

— Je pensais que les juifs avaient toujours de l'argent disponible. Mais laissons cela, venez! Lucien veut vous parler. Vous devez le convaincre de rester un certain temps. Peut-être pourrions-nous le cacher ailleurs. Il craint une fouille de la maison par la police.

— Mon Dieu!

— Qu'attendez-vous pour vous lever et vous habiller — oh! vous êtes pudique? Bon, j'attendrai dehors. Ne tardez pas trop!

— Dans une minute je serai prête. Je vous remercie. Merci mille fois... »

Hélène ferma la porte et descendit l'escalier. Miriam Lieba sauta à bas du lit, versa l'eau de la cruche dans la cuvette, puis, après avoir verrouillé sa porte, commença à faire sa toilette à l'eau froide. Elle tremblait d'énervement. N'était-ce pas là son destin : être constamment prise comme dans un filet, se débattre contre les difficultés et les complications? Hélène était venue la chercher. Lucien avait posé des questions sur elle. Il l'aimait donc!

V

Sur le chemin du manoir, Hélène expliqua la situation à Miriam Lieba. Lucien ne pourrait plus rester longtemps à la maison : il risquait sa vie, à tout moment. Il fallait informer le comte des événements; mais comment un habitant du manoir oserait-il se rendre à la maison de cette Russe, Yevdotya? En outre, le comte avait pris le petit traîneau et il n'y avait pas de chevaux pour tirer la troïka. Peut-être Lieba connaissait-elle quelqu'un de confiance qu'on pourrait envoyer à la recherche du comte? Le plus grand secret devait être observé.

« Serait-il possible d'emprunter un traîneau aux paysans? demanda Hélène. Ou bien y a-t-il un moyen d'obtenir des chevaux de la carrière? »

Miriam Lieba ne savait que répondre. Il serait difficile d'atteindre la carrière par cette tempête de neige; et même si elles y parvenaient, comment pourrait-elle demander aux hommes de leur prêter des chevaux? Les jeunes filles avancèrent péniblement. Hélène portait des bottes, mais Miriam Lieba avait mis ses escarpins à talons hauts. Elle avait même négligé d'enfiler des bas chauds. Le sentier n'était que partiellement déblayé. Des bouffées de neige et de grêle se succédaient en rafales. Les cristaux cinglaient les joues des jeunes filles, se posaient sur leurs cils, s'incrustaient dans leurs sourcils et formaient une croûte sur leur front. « Je vais attraper une pneumonie », pensa Miriam Lieba avec une sorte de satisfaction insouciante. La tempête l'aveuglait à moitié. Hélène marmotta que la neige entrait dans ses bottes. Les jeunes filles avaient eu l'intention de prendre le sentier qui conduisait derrière le manoir ce qui leur aurait permis d'entrer par une porte dérobée et de monter directement par l'escalier de service, toutefois le sentier était impraticable. Quand elles arrivèrent devant la grande porte, les chiens se précipitèrent sur Miriam Lieba, en sautant et aboyant; Hélène ne réussit qu'à grand-peine à les chasser.

Dans l'entrée principale, Hélène se trémoussa et frappa des pieds pour se débarrasser de la neige. Miriam Lieba sentait ses membres gelés. Elle était à moitié morte de froid lorsqu'elle suivit Hélène jusqu'à la mansarde. Elle savait qu'elle était blême. Toutc son agitation fébrile devant le miroir avait été vaine. Les piquants des chardons avaient déchiré ses bas et l'ourlet de sa robe. Hélène frappa à une porte et l'ouvrit. A travers un brouillard, Miriam Lieba aperçut un homme différent de celui qu'elle avait rencontré. Il paraissait plus beau et plus séduisant que l'autre jour. Il avait rasé sa barbe et il portait une veste verte, une culotte de cheval, et des bottes de cuir à revers, à la mode allemande. Ses cheveux étaient partagés au milieu par une raie. Des livres, une bouteille de vin bouchée et un verre étaient posés sur la table. Le lit était défait. Lucien vint à la rencontre de la jeune fille. Au moment de leur arrivée, il s'était trouvé au centre de la pièce, comme s'il les avait attendues impatiemment.

« Entrez, entrez donc! Vous ne me reconnaissez probablement pas. Je ne me reconnais d'ailleurs pas moi-même.

— Nous sommes littéralement frigorifiées, dit Hélène. Regarde-nous — à moitié mortes!

— Vous vous réchaufferez vite ici. Je m'inquiétais déjà de votre retard. Ces demoiselles ne veulent-elles pas se débarrasser de leurs vestes? » Il s'approcha de Miriam Lieba. « Si Mademoiselle veut bien me permettre? Voilà! Peut-être aimeriez-vous boire quelque chose? J'ai un peu de cherry, une liqueur pour les dames. C'est tout ce que j'ai pu trouver... Juste Ciel! Mademoiselle est complètement gelée!

— Le vent...

— Peut-être aimeriez-vous manger quelque chose?

— En a-t-elle le droit? Nous n'avons pas de nourriture kasher, l'interrompit Hélène.

— Quoi? Oh!... kasher, c'est vrai. Varsovie est pleine de juifs. Le lieutenant de notre compagnie mangeait du porc, pourtant il était juif. Voulez-vous prendre un siège, mademoiselle? Ici, sur ce fauteuil. Puis-je me permettre de retirer vos gants?

— Oui... sois chevaleresque! dit Hélène. Où est Félicie? Je vais essayer de trouver quelque chose à manger. Vous êtes autorisée à boire du lait, n'est-ce pas? »

Miriam Lieba ne répondit rien. Hélène sortit, fermant la porte derrière elle. Lucien se pencha sur la jeune fille et ôta ses gants.

« Vous êtes transie. Complètement! Quelles petites mains froides! Jésus, Marie! »

Il garda les mains de Miriam Lieba dans les siennes en les frictionnant pour les réchauffer. Devant le regard trouble de la jeune fille, la silhouette de Lucien se dessinait vague et agrandie, penchée sur elle; il sentait le cherry et quelque chose d'autre — un fluide masculin et étranger émanait de son être. Miriam Lieba restait figée; si elle n'avait pas eu aussi froid, elle serait morte de honte. Sa robe était trempée, ses bas aussi. Une flaque d'eau était en train de se former à ses pieds, sur le plancher.

« Mademoiselle devrait vraiment boire quelque chose. Le cherry n'est pas interdit. » Lucien remplit la moitié d'un verre et le lui tendit. Elle l'accepta et le porta de ses doigts gourds à ses lèvres pour avaler une petite gorgée, ne sachant si la liqueur était kasher ou non. Elle voulait dire quelque chose mais se sentait incapable de parler.

« Mademoiselle devrait ôter ses chaussures!

— Non, non! » Miriam Lieba retira ses pieds pour les cacher.

« Ah! la jeune pudique! Faisant campagne dans les forêts, nous avons dû oublier la honte. Au début, ce n'était pas drôle, n'empêche qu'on a fini par s'y habituer...

— Nous pourrions peut-être mettre quelque chose sur le plancher... Je suis trempée...

— Cela n'a aucune importance. Qu'est-ce que la neige? De l'eau. J'espérais votre visite hier. Je suis dans une situation des plus fâcheuses et des plus étranges : je ne peux ni rester ni partir. J'ai besoin d'argent. Je désire au moins voir mes parents. J'ai décidé de franchir la frontière — je ne sais pas exactement à quel endroit. On m'a dit qu'on peut gagner l'étranger en passant de nuit par le village d'Ojcow. Mais où se trouve Ojcow ? Il n'existe pas de carte géographique dans toute la maison.

— Mon beau-frère possède un atlas.

— Avec les plans régionaux ? Il me faudra aller de village en village. Il est trop dangereux de se rendre directement à la frontière ou de voyager en diligence. Les conducteurs eux-mêmes informent la police. Buvez un peu plus! vous êtes terriblement pâle.

— Je vous remercie.

— Ma mère a gardé tous mes vêtements. Seules mes chaussures me font un peu mal. J'ai rasé ma barbe et je suis redevenu un campagnard. C'est curieux à quel point une barbe donne au visage une expression plus raffinée! Savez-vous que vous êtes une beauté ? »

Miriam Lieba baissa les yeux.

« J'espère que Mademoiselle me pardonnera. J'ai perdu mes bonnes manières, je suis devenu grossier. Mon père, d'après ce que j'ai entendu dire, s'est laissé aller, lui aussi. Certains parmi nous ont trouvé l'oubli dans l'alcool, d'autres dans le mysticisme. Je bois, toutefois je ne m'enivre pas. Tout le monde savait que nous étions condamnés. Comme des moutons, on nous a traînés chez le boucher et offerts en sacrifice. Il existe des races qui aiment voir le sang couler; chez les Polonais c'est devenu une sorte de passion. On nous battait et nous réclamions d'autres coups... Nos chefs nous faisaient tomber dans des embuscades. Mon seul désir est d'oublier tout cela. A Varsovie, j'avais déjà oublié, tandis qu'ici tous les souvenirs renaissent. Pourquoi avez-vous l'air si triste ? Vous devez avoir une âme noble...

— Monsieur le comte ne devrait pas se moquer de moi.

— Je ne me moque pas de vous. Je parle sérieusement. J'ai touché le fond du désespoir et, en ce moment, j'ai l'impression d'être dans les nuages. Je bois un peu pour me donner du courage... Y a-t-il déjà un homme dans votre vie ?

— Non.

— Quelle sera votre vie ici, à Jampol ? J'aimerais vous avouer quelque chose. Vous voulez bien ?

— Oui.

— J'ai prié Dieu — et quand je vous ai vue, j'ai su qu'Il avait entendu mes prières. Me comprenez-vous ?

— Oui.

— Je peux à peine le croire moi-même... »

Lucien eut un mouvement comme s'il voulait se rapprocher d'elle. Soudain Hélène ouvrit la porte, une cruche à la main, et les regarda en souriant. Puis, l'expression de son visage changea.

« Félicie est malade, elle aussi. »

Dix

I

PENDANT la Fête de Purim, le Livre d'Esther était lu à haute voix. Tsipele, bien que fiancée déjà, faisait tourner bruyamment une crécelle en maudissant Haman le vilain. Shaindel aidait Faigel à confectionner des gâteaux aux graines de pavot, des galettes au beurre, une miche de pain au safran, torsadée aux deux extrémités, qu'on coupait dans le sens de la longueur. Faigel préparait également du poisson de mer et du poisson d'eau douce. Zelda, en convalescence, bien affaiblie encore, restait sous la bonne garde de Jochebed, sa fille dévouée. Ezriel s'affairait à fabriquer des javelots, épées, casques et masques dans du carton et du papier coloré; pour les barbes il utilisait du lin. Avant le dîner, les jeunes se costumaient. Mayer Joel jouait Asuérus, Ezriel était Vajezatha, Getz, Haman, Shaindel incarnait Vashti, Tsipele, la reine Esther, rôle initialement assigné à Miriam Lieba. Celle-ci avait refusé de participer; elle restait à l'écart. Elle promenait son regard sur les deux grosses chandelles qui brûlaient dans le chandelier d'argent à deux branches, puis sur la lampe à pétrole qui brillait dans un coin de la pièce, et enfin sur les nombreux cadeaux des Purim que Calman avait reçus de ses employés — oranges, miches de pain spéciales pour la fête, gâteaux aux graines de pavot, pain d'épice, bouteilles de vin et d'hydromel — et, après avoir exploré toute la chambre, elle fixait des yeux la fenêtre. Dehors, une traînée de lumière rouge illuminait le firmament de sa coloration chaude, dernier vestige du soleil couchant, premier héraut du printemps.

Cette année-là, pendant la Fête de Purim, le temps fut exceptionnellement doux. Une chaude brise parfumée entrait par la fenêtre ouverte. Les champs étaient imprégnés d'eau, les rivières débordaient. Miriam Lieba savait qu'Ezriel était ennuyé parce qu'elle ne regardait pas la pièce qu'ils jouaient. Pourtant, même si elle avait participé à leur jeu, elle n'en aurait pas saisi un traître mot. Son esprit était ailleurs. N'y avait-il que six semaines écoulées depuis ce jour mémorable ? Toute l'aventure restait incroyable; elle n'avait personne à qui en parler. Un mois plus tôt, Hélène, sans avoir laissé un mot, était partie chez sa tante de Zamosc. Au cours de la semaine que Lucien avait passée en cachette au manoir, Miriam Lieba ne l'avait vu que deux autres fois. Puis, il était parti, la quittant avec un baiser sur les lèvres et la promesse de lui écrire. Mon Dieu, quel air égaré et quel comportement étrange il avait eus, et quels mots bizarres il lui avait dits! Comme ses projets et son humeur avaient vite changé! En partant, il avait eu l'intention de franchir la frontière prussienne, cependant Hélène avait reçu un message lui apprenant qu'il était retourné à Varsovie. Son attitude envers ses parents avait été tout aussi étrange. Deux jours avant son départ, dans la soirée, il était allé à pied à Jampol; il avait fait irruption dans la maison de cette Russe, Yevdotya; il s'était querellé avec son père et l'avait même menacé d'un pistolet. Le lendemain soir, il était entré dans la chambre à coucher de sa mère, à l'improviste. La comtesse avait réussi à garder son calme; la vieille bonne Barbara avait poussé des cris jusqu'à ce qu'Hélène et Félicie l'eussent sortie de force. Lucien avait passé la nuit dans la chambre de sa mère et quitté le manoir à l'aube. Deux semaines plus tard, Hélène avait quitté Jampol pour Zamosc. Lucien n'avait pas écrit une seule fois à Miriam Lieba.

Lucien et Hélène partis, Mme Daiches de Lublin, future belle-mère de Miriam Lieba, était arrivée. Elle avait jaugé d'un seul coup d'œil la jeune fille et, aussitôt, elle avait clamé : « Oui, vous serez ma belle-fille! »

Le ciel semblait avoir subitement changé : les tons rouges et pourpres se changeaient en violet, puis le violet pâlissait pour se transformer en un gris très tendre. La lune émergeait d'un groupe de nuages qui ressemblait à un troupeau de moutons. Mayer Joel avait ôté sa couronne et sa fausse barbe et posé son sceptre doré sur le buffet. Ezriel désirait poursuivre le spectacle, tandis que Zelda gémissait que ces sottises avaient duré assez longtemps. Miriam Lieba gardait les yeux clos — elle n'oublierait pas cet hiver, ni cette Fête des Purim très particulière, jusqu'à son dernier souffle quand on lui fermerait les yeux pour le sommeil éternel. La vie lui réserverait-elle un peu de bonheur? Pourrait-elle jamais aimer quelqu'un d'autre que Lucien? Était-il possible qu'elle fût un jour une épouse, une mère, une grand-mère? A Dieu ne plaise! Elle ne souhaitait pas vivre aussi longtemps. Des êtres comme elle meurent jeunes! Cette Fête de Purim serait peut-être la dernière qu'elle connaîtrait. Elle songeait aux paroles de Lucien : « Si tout le reste échoue, on a toujours la possibilité de se tirer une balle dans la tête. »

« Miriam Lieba! »

Elle sursauta. Sa mère l'appelait. Tous les autres membres de la famille étaient rentrés dans la maison pour le souper.

« A quoi penses-tu ? Les chevaux ont une grosse tête — laisse-les penser à ta place!

— Miriam Lieba craint que la lune ne tombe, dit Mayer Joel en la taquinant.

— Elle rêve peut-être de son futur mari », supposa Shaindel.

Soudain Tsipele éclata de rire.

« Que se passe-t-il, Tsipele ? demanda Calman.

— Papa, est-il exact que Lekish le Fol possède une montre en or ? »

Tout le monde éclata de rire. Même Miriam Lieba sourit.

« Qu'est-ce qui t'a donné cette idée ?

— Ezriel l'a dit.

— Pourquoi lui bourrez-vous la tête de telles bêtises ? demanda Calman. Elle est une jeune fiancée maintenant.

— Je ne sais pas de quoi elle parle. Elle a dû rêver toute cette histoire.

— C'est vrai, il l'a dit!

— Bon, en voilà assez! dit Calman. Ce n'est pas parce que c'est jour de fête qu'il faut nous conduire comme des sots. A Shebreshin, il y avait une fois un tailleur qui croyait qu'à la Fête de Purim tout le monde était si occupé à faire la fête, que personne ne se souvenait des psaumes du Roi David. Ainsi, chaque année, il se rendait seul à la synagogue pour réciter tristement tout le Livre des Psaumes. Il y avait un temps où les juifs pensaient encore à Dieu.

— Les juifs se souviennent toujours de Dieu, dit Ezriel, en revanche Dieu oublie les juifs.

— Fi donc! ne prononcez pas de telles paroles!

s'écria Calman en abattant son point sur la table. Si Dieu n'avait pas veillé sur les juifs, les Hamans nous auraient anéantis depuis longtemps. »

Zelda grommela tout bas, mécontente de ce jeune homme qui avait coupé ses papillotes et qui était en train de corrompre les enfants. Elle aurait voulu le tancer, pourtant elle se maîtrisa parce que c'était jour de fête. Puis, Shaindel était enceinte — que le bonheur soit avec elle! —, et si quiconque osait contrarier la prunelle de ses yeux, elle s'emporterait tout de suite.

Miriam Lieba se leva pour prendre un verre d'eau.

« Sommes-nous prêts pour rendre grâce? demanda Calman.

— Oui, beau-père, répondit Mayer Joel.

— Alors, voulez-vous commencer?

— Mes amis, rendons grâce... Loué soit le nom de Dieu jusqu'à l'éternité... »

Calman plissa les yeux, hochant la tête en acquiesçant. Dieu s'était montré bon pour lui : il avait marié deux de ses filles; Tsipele était fiancée; la belle-famille de Miriam Lieba allait venir le mois suivant pour la cérémonie de la promesse de mariage. Ah! il avait eu des soucis aussi, n'empêche qu'il avait prospéré et, avec l'aide de Dieu, il continuerait ainsi. Calman leva ses mains dans un geste implorant et il tourna ses yeux vers le ciel. Mayer Joel psalmodia les paroles : « Seigneur notre Dieu, ne nous laisse pas dépendre des dons et des prêts des hommes! Ouvre Ta main divine pleine et généreuse... »

L'esprit de Mayer Joel s'égarait tandis qu'il récitait la prière. Il avait décidé d'acheter le moulin de Jampol. Bientôt il ferait construire une maison à lui. Le seul inconvénient en devenant homme d'affaires était qu'il aurait moins de temps pour étudier et se dévouer au hassidisme. Il pensait déjà à la Pentecôte qu'il envisageait de passer à Marshinov. Maintenant que Jochanan était promis à Tsipele, lui, Mayer Joel, serait reçu comme un membre de la famille du rabbi...

Ezriel pensait à Miriam Lieba et il l'observait à la dérobée. Quelque chose devait être arrivé à la jeune fille; elle traversait une sorte de crise. Elle ne semblait rien entendre de ce qu'on lui disait, et son regard errait constamment au loin. Chaque jour qui passait, elle devenait plus mince, plus pâle et plus distraite. Était-elle tombée amoureuse ? Mais de qui ? Qu'est-ce qui pouvait la tracasser à ce point ? Ezriel avait essayé de découvrir son secret; mais elle n'aimait pas qu'on la questionnât. Parfois, elle venait d'elle-même le retrouver dans la chambre qu'il s'était choisie sous le toit — frappant à la porte avant d'entrer, à la manière citadine. Toutefois, dès qu'elle commençait à bavarder, elle rougissait, se mordait la langue, ses lèvres tremblaient, ses yeux se remplissaient de larmes, et elle était incapable de terminer une phrase. S'il la questionnait, elle s'enfuyait — embarrassée ou blessée ? Jamais il n'avait su interpréter son attitude. Était-elle amoureuse de lui ? Pour avoir lu Slowacki et d'autres poètes, Ezriel savait que l'amour n'obéit à aucune loi. Les écrivains de la Torah ignoraient totalement l'émotion, le système nerveux de l'homme. Lui-même avait déjà trompé en pensées son épouse Shaindel. Celle-ci l'interrompait tout le temps dans ses études, venant lui montrer son travail de broderie, ou bien lui demander conseil sur des affaires concernant la maison. Elle désirait tout simplement être près de lui. Calman exigeait de son gendre qu'il supervise les livres de comptes. Mayer Joel venait voir son beau-frère pour discuter du hassidisme tout en ne manquant pas une occasion pour lui reprocher d'en être un adversaire. Ezriel avait fait quelques progrès dans ses études, mais pas suffisamment. Il avait établi un programme de travail et il se servait des livres que Wallenberg lui avait donnés pour apprendre l'algèbre, le latin, le grec, l'histoire, la physique. Cependant, jamais il n'arrivait à respecter son horaire. Il était assailli par de telles passions et des idées si fantasques qu'on l'aurait traité de criminel ou de fou s'il en avait parlé à quiconque. On aurait dit que l'esprit peut être, à la fois, sain et dément. Ezriel secoua la tête et murmura :

Craignez le Seigneur, vous qui êtes Ses justes.
Car ceux qui Le craignent n'ont point de besoin.
Les jeunes lions se plaignent et souffrent de la
[*faim :*
Mais ceux qui cherchent le Seigneur ne convoi-
[*tent aucun bien.*

II

Une heure après la célébration, Miriam Lieba sortit de la maison. Elle resta dehors, près de la maison, les yeux grands ouverts fixant la lune d'un regard absent. Ezriel avait fait remarquer que, dans exactement quatre semaines, ce serait la première nuit de la Pâque. Le vent qui soufflait des champs était aussi impétueux que rafraîchissant. Sans but, Miriam Lieba s'engagea d'un pas lent dans le petit sentier qui s'était élargi au fur et à mesure des allées et venues des membres de la famille.

Brusquement, une silhouette se profila à ses côtés, pareille à un fantôme surgi du sol. Elle recula vivement, puis elle reconnut Lucien. Il avait l'air immense et étrange. Il portait une veste de fourrure, un bonnet pelucheux, et des bottes montantes. Ses doigts osseux l'attiraient par le poignet. Elle fut tellement surprise qu'elle oublia qu'on pourrait la voir depuis la maison.

« Miriam, dit-il d'une voix calme et ferme, tu dois t'enfuir avec moi.

— Où ? » Miriam Lieba sentait un tremblement parcourir tout son corps.

« Loin de ce pays misérable. Je possède de l'argent et aussi un passeport.

— Mais... Lucien... » Elle sentait toute sa volonté l'abandonner et elle claquait des dents. « Mère...

— Oui ou non! Tu me dois une réponse.

— Où étais-tu pendant tout ce temps ? » Miriam Lieba leva les yeux vers lui. Sa voix empreinte de peur se faisait suppliante. Il l'avait accostée comme un vagabond.

« J'étais à Varsovie. J'ai vendu les bijoux. Nous irons jusqu'à Lemberg, et ensuite à Paris. C'est là que nous allons nous marier. »

Miriam Lieba jeta des regards affolés autour d'elle, craignant de voir apparaître quelqu'un de la maison.

« As-tu mis tes parents au courant de notre rencontre ?

— Je n'en ai parlé à personne. »

Sans vraiment prendre conscience de l'étrangeté de la situation, elle dit : « Je dois changer de vêtements. » Lucien lâcha son poignet. Il était plus grand qu'elle et il se trouvait sur un talus. Miriam avait la gorge serrée; elle éprouvait des picotements sur le cuir chevelu. Une seule fois elle avait connu pareille sensation. C'était pendant son enfance. Elle avait joué à cache-cache avec son ombre sur le mur et l'ombre s'était détachée et l'avait giflée. Lucien retourna quelques pas en arrière et elle comprit qu'il avait dû l'attendre en se dissimulant derrière le saule près de la grange. Elle se dirigea vers la porte d'entrée, ne retenant qu'à grand-peine les cris qui étouffaient sa gorge. Elle pénétra dans le hall sombre et commença à monter l'escalier, s'arrêtant à chaque marche. Des points lumineux dansaient devant ses yeux. Ses oreilles bourdonnaient. Elle se sentait défaillir. Elle entendit le bébé crier et les paroles apaisantes de Jochebed. Shaindel et Ezriel étaient dans leur chambre à coucher, apparemment en train de se quereller; ils s'efforçaient de parler à voix basse. Il n'était pas pensable qu'elle pût quitter ainsi sa maison et tous les siens. Le chagrin tuerait sûrement Mère, pensa-t-elle, et Père aussi, sans doute. Elle arriva devant la porte de sa chambre et resta immobile. Non, je ne partirai pas, se dit-elle. Brusquement elle fut saisie d'un sursaut de révolte et d'une sorte de haine pour Lucien, cet homme qu'elle avait si ardemment désiré, une heure plus tôt à peine.

Dans l'obscurité, elle ne trouva pas tout de suite le bouton de porte qu'elle cherchait à tâtons. Sa chambre était baignée de clair de lune. « Il ne m'entraînera pas de force. Oh! je suis si lâche! » La vie qu'elle connaîtrait, si elle restait, passait, l'espace d'un éclair, devant ses yeux. Elle voyait son avenir avec la lucidité de celui qui est en train de se noyer et qui voit défiler son passé. Elle épouserait ce jeune homme qui avait su se soustraire au service militaire, grâce à des pots-de-vin. La femme trapue au front ridé serait sa belle-mère. On raserait la tête à la jeune mariée et on la coifferait d'une perruque; on l'obligerait à se rendre au bain rituel. Elle mettrait des enfants au monde, elle se querellerait avec sa belle-mère, elle vieillirait avant l'âge. La vie des juifs était étriquée, morne. Sa mère n'avait connu rien d'autre dans toute son existence; pour Jochebed, il en serait de même. Le monde du dehors était immense et brillant. Si elle partait, elle deviendrait comtesse et Lucien serait à elle; elle vivrait à Paris dans un climat d'amour et de passion; elle se promènerait sur les riches boulevards. Sa mère mourrait de toute manière : les médecins laissaient peu d'espoir quant à son rétablissement. « Si je ne pars pas avec Lucien sur-le-champ, je sais que je le regretterai toute ma vie. »

Que faire ? Pourquoi ne lui avait-il pas écrit, même une ligne, en six semaines ? Comment pourrait-elle lui faire confiance ? Et si cet homme n'était pas Lucien ? Peut-être était-ce un démon qui avait pris les traits de Lucien ? Elle jeta un coup d'œil vers la porte. Devrait-elle la verrouiller ? Devrait-elle crier au secours ? Non, elle descendrait et lui parlerait. Pas tout de suite, mais quand tout le monde serait endormi dans la maison. Regardant par la fenêtre, Miriam Lieba se sentait gagnée par la surprise en pensant à son étrange destin. Elle songeait au coup de foudre que Lucien et elle avaient ressenti l'un pour l'autre en se voyant pour la première fois. Pourquoi moi ? Je dois me convertir... Soudain, elle pensa à la nuit de Yom Kippur, se souvenant d'une histoire qu'elle avait entendu raconter sur une jeune juive qui s'était enfuie avec un chrétien, à la veille du Jour des Expiations. Aujourd'hui, à la Fête des Purim, elle était sur le point de faire la même chose... La peur qui l'avait momentanément abandonnée s'empara de nouveau d'elle. Elle perdrait tous les êtres qui lui étaient chers : père, mère, Shaindel, Ezriel, Tsipele... il lui faudrait s'incliner devant des idoles. Elle, Miriam Lieba!

« Non, non! Plutôt mourir! » murmura-t-elle. Elle se dirigea vers la porte qu'elle verrouilla et barricada en outre avec une banquette. Peut-être tout n'était-il qu'hallucination ? Suis-je en train de sombrer dans la folie, à l'instar de l'oncle Chaim Yoneh qui s'est pendu à l'aide de sa ceinture ? Miriam Lieba allongea le bras et effleura du bout des doigts l'une de ses robes. Puis, elle s'approcha de son lit et s'assit. Son cœur battait à grands coups. Elle fut prise d'une nausée soudaine. « Je vais m'évanouir », murmura-t-elle. Elle tomba lourdement en travers du lit, lucide, et pourtant comme dans un rêve. Des idées folles traversaient son esprit; ses lèvres frémissaient et chuchotaient d'étranges paroles; ses yeux entrevoyaient des visages, des silhouettes, des regards fixés sur elle. A travers tout ce brouillard intérieur, elle gardait conscience de la réalité : Lucien était en bas à l'attendre et elle devrait prendre une décision.

Elle s'assoupit et rêva. Dans son rêve, sa famille vivait encore dans Les Sables et c'était jour de shabbat. Son père ronflait à la fin du bon repas; sa mère faisait une petite sieste; Jochebed et Shaindel étaient allées en promenade; Tsipele dormait dans son berceau. Elle, Miriam Lieba, restée seule, n'avait personne avec qui jouer.

« Maman, je veux jouer.

— A quoi veux-tu jouer ?

— Je veux jouer avec des petits morceaux de verre.

— Non, ce n'est pas permis le jour du shabbat.

— Alors, qu'est-ce que je peux faire ?

— Berce le bébé!

— Il dort déjà.

— Il risque de se réveiller. Berce-le encore un peu!

— M'autorises-tu à écrire à la craie ?

— Écrire à la craie ?

— Je veux jouer à l'école.

— Pas un jour de shabbat.

— Je veux sortir.
— La porte est verrouillée.
— Maman!
— Je t'arracherai les cheveux si tu ne me laisses pas dormir enfin, petite diablesse! Je t'apprendrai...! » Au moment où sa mère sauta en bas du lit, sa perruque glissa, découvrant sa tête ratatinée au crâne bosselé et rasé. « Calman, où est le martinet? Je vais lui apprendre, moi... Je la fouetterai. »

Miriam Lieba sortit de son rêve. Il est en train de se geler dehors dans le froid, pensa-t-elle. Elle avait l'impression d'avoir dormi des heures. Le plus grand calme régnait dans la maison à cette heure nocturne. Miriam avait les membres raides. Elle boitilla jusqu'à l'armoire et en retira une robe de lainage et sa veste de fourrure. Il faut me chausser chaudement, pensa-t-elle en ôtant ses pantoufles. Je ferai mieux de prendre mon châle aussi. Elle fouilla dans le tiroir à la recherche de linge de corps chaud. Quoi d'autre? Un fichu pour couvrir sa tête. Sa mère lui avait donné un bracelet à l'occasion du mariage de Shaindel. Le voici. Était-ce vraiment elle qui faisait tous ces préparatifs? Tout ceci n'était-il qu'une illusion? Sa peur s'était envolée; elle commençait à se sentir presque insouciante. « Oui, je partirai avec lui. Je me convertirai... » Cette voix moqueuse semblait venir du plus profond de son être, telle une messagère maléfique tapie dans quelque toile d'araignée démoniaque. Elle repoussa la banquette et ouvrit prudemment la porte afin de l'empêcher de grincer, puis elle descendit l'escalier sur la pointe des pieds. « Ils dorment, tout le monde dort... » un rire dément s'étrangla dans sa gorge... « Je suis aussi calme qu'un cambrioleur. De toute manière, il doit être parti maintenant... » Quelqu'un avait verrouillé la porte de la maison. Miriam Lieba enleva la chaîne de sûreté, la faisant glisser doucement afin d'éviter le moindre bruit. Elle ouvrit la porte et fut saisie par un vent glacial. Soudain elle le vit : il s'élança à sa rencontre. Elle posa son doigt sur ses lèvres.

III

Au point du jour, quelqu'un ouvrit la porte de la chambre à coucher de Calman. « Est-ce le vent ? » se demanda-t-il, à moitié endormi. Zelda continuait à dormir tranquillement.

« Papa, papa... » Il reconnut la voix de Shaindel. Elle s'approcha en disant : « Papa, viens! Ne réveille pas Mère! »

Il sortit calmement du lit, revêtit un peignoir et chaussa ses pantoufles, puis il pénétra dans le vestibule. Shaindel grelottait au milieu du hall sombre.

« Papa... Miriam Lieba n'est pas là », chuchota-t-elle.

Calman avait un goût amer dans la bouche.

« Où est-elle ?

— Je ne sais pas. La porte d'entrée est ouverte. Elle n'est pas dans son lit. »

Calman garda un moment le silence.

« As-tu regardé dans le hangar ?

— Non. »

Aussitôt il se hâta vers le cabinet d'aisances, situé derrière la maison, près de la fosse où les ordures étaient déversées. Il glissa dans la fange, se heurta au brancard d'une voiture. Miriam Lieba n'était nulle part. Calman revint sur ses pas. Il ne portait que sa calotte, son peignoir, et ses pantoufles détrempées. Un froid qui gelait son sang et paralysait ses membres le pénétrait tout entier. Le vent faisait flotter sa barbe. Il marchait du pas mesuré de celui qui sait qu'il ne trouvera pas ce qu'il cherche. Shaindel l'attendait sur le seuil de la maison.

« Elle n'est pas là ?

— Non.

— Papa, Dieu me pardonne! tu vas attraper froid.

— Viens, regardons encore une fois en haut. »

Calman et Shaindel montèrent l'escalier. La porte était entrebâillée. La nuit habitait encore la chambre de la jeune fille, mais déjà le soleil levant y posait ses premières touches lumineuses. L'armoire était ouverte, les tiroirs tirés. Sur le plancher, une veste et une paire de pantoufles. Calman et Shaindel fouillaient méthodiquement la pièce. Des taches pourpres léchaient furtivement leur visage; la barbe de Calman avait la couleur du sang; le fichu enserrant la tête de Shaindel semblait s'enflammer par instants. Sur la table était posée une feuille de papier. Shaindel essaya de la déchiffrer, toutefois, dans la pénombre, les lettres dansaient devant ses yeux; on ne pouvait même pas dire si elles étaient yiddish ou polonaises. Calman ferma la porte.

« Elle nous a quittés, dit-il.

— Oui, je le crains. »

Un verset des Écritures lui vint à l'esprit, cependant il n'arrivait pas à se rappeler les paroles exactes. Il avait la citation sur le bout de la langue. Ses jambes se dérobaient presque sous lui. Il se laissa tomber sur le lit de Miriam Lieba. Soudain, il se souvint : « Le Seigneur a donné, et le Seigneur a repris. »

DEUXIÈME PARTIE

Onze

I

DEUX ans avaient passé. Jochanan avait épousé Tsipele au cours d'un mariage somptueux qui avait coûté une fortune à Calman. Après les sept jours nuptiaux, le jeune couple partit vivre à la cour rabbinique de Marshinov. Temerel ne pouvait se passer de son fils. En outre, la maison de Calman n'avait plus de maîtresse : trois semaines après la noce de Tsipele, Zelda mourut. Elle fut enterrée dans le cimetière de Jampol et on commanda une pierre tombale au graveur. Jochebed et Mayer Joel emménagèrent dans leur propre maison. Maintenant que Mayer Joel était devenu propriétaire du moulin de Jampol, il gardait deux résidences, une en ville, une autre au moulin.

Une seule de ses filles, Shaindel, vivait encore avec Calman à la maison. Shaindel avait mis au monde un fils, nommé Uri d'après son arrière-grand-père, le scribe. Le bébé avait déjà percé ses premières dents et commençait à babiller. Toutefois, Shaindel ne donnait pas beaucoup de satisfaction à Calman. Ezriel refusait d'accepter la fonction qui lui avait été offerte et il était parti pour Varsovie afin d'étudier. Les reproches et les prières avaient été vains. Ezriel promit, néanmoins, après beaucoup d'insistance de la part de son beau-père, qu'il ne raserait pas sa barbe, qu'il mènerait une vie digne d'un juif, qu'il passerait tous les jours de fêtes et ses vacances d'été à Jampol. En retour, Calman lui allouait huit roubles par semaine.

Après l'achèvement de la ligne de chemin de fer, le commerce de bois de Calman périclita. Calman fut obligé de congédier de nombreux employés, lesquels se déclaraient aussitôt ses ennemis. Un concurrent ouvrit un nouveau magasin près de l'entrepôt principal de Calman, ce qui eut pour résultat une guerre des prix. Puisque Calman ne pouvait être partout à la fois, il lui fallait engager un gérant. Ceci augmenta ses frais généraux. Son rival, qui travaillait seul, était en mesure de vendre meilleur marché que lui... Calman avait depuis lontemps abandonné la taverne. Seuls le manoir et les carrières lui restaient. Chaque année qui passait, les paysans affranchis exigeaient des salaires plus élevés pour leur labeur dans les champs, sans tenir compte des lourdes pertes que Calman avait subies à cause des deux années de sécheresse. D'autre part, il n'y avait aucune sauvegarde contre les vols et les rapines. Chaque jour, des incidents avaient lieu; les paysans faisaient passer leur bétail par les pâturages de Calman et ils coupaient les meilleurs arbres dans la forêt appartenant au manoir. Ces mêmes paysans qui, quelques années plus tôt, recevaient le fouet et s'empressaient de baiser la main de tout seigneur, régisseur et surveillant, se montraient pleins d'arrogance et extravaguaient sur le compte des juifs. De plus, l'expiration du bail était proche et Calman savait que le taux du loyer que le duc exigerait pour un renouvellement serait si exorbitant qu'il ne serait pas en mesure de le payer. Ceux qui enviaient Calman l'avaient calomnié auprès du duc et avaient répandu des rumeurs selon lesquelles Calman se serait approprié des sommes dix fois plus élevées que ne valait le domaine tout entier.

Les carrières, Dieu merci, étaient toujours rentables, toutefois à quoi lui serviraient les carrières si Calman n'avait plus la jouissance de la bande de terre sur laquelle se trouvait l'embranchement de la voie ferrée ? Quand il avait fait poser la ligne privée, Calman avait loué ce bout de terrain pour la même période que durait son bail. A présent, le duc menaçait Calman de lui interdire le droit de passage, isolant ainsi les carrières.

Dans le passé, Calman avait joui d'un sommeil paisible; seule Zelda — qu'elle repose en paix! — l'avait parfois tenu éveillé. Désormais, le lit de Zelda restait inoccupé et Calman, seul dans leur chambre commune, regrettait le temps où elle l'avait agacé avec ses plaintes. Il dormait d'un sommeil agité, ses soucis ne lui laissaient aucun repos. Miriam Lieba — que sa mémoire soit effacée à jamais! — avait renié sa religion. Des nouvelles la concernant étaient parvenues aux oreilles de Calman : elle s'était donnée à ce Lucien, cette petite canaille de comte, qu'on avait cru mort pendant l'insurrection. Elle l'avait suivi dans son vagabondage et, déjà, un enfant était issu de leur union. Calman ne comprendrait jamais comment il avait pu endurer ce coup terrible du sort. Chaque fois qu'il pensait à ce déshonneur, ses yeux se remplissaient de larmes. A quoi bon toute sa richesse si n'importe quel rustre pouvait le railler en le surnommant le « beau-père de Lucien »!

Calman ne présidait plus aux services de l'après-midi du Jour des Expiations. Il s'était retiré volontairement, et les juifs de Jampol n'avaient pas protesté. Toutefois, puisque Calman avait gardé la direction du manoir, la colère des fidèles se déchargeait sur le rabbi de Jampol, Reb Menachem Mendel, beau-père de Shaindel. Des habitants influents accusaient le rabbi d'être responsable de l'égarement de son fils Ezriel. Ils prétendaient que ce jeune homme exerçait une mauvaise influence sur les gens du peuple, qu'il ramenait des livres proscrits quand il rentrait à la maison pour les fêtes, et qu'il corrompait la jeunesse. Ils soutenaient également que la fille du rabbi, Mirale, ne s'était pas conduite convenablement. Promise à un étudiant de la yeshiva de Skarshew, un homme nommé Jonah, elle avait rendu le contrat de mariage. Les parents de Jonah, à Jampol, avaient brisé les vitres du rabbi et planté des clous dans son siège de la salle d'études. Même les indigents de l'hospice, que Calman fournissait en bois de chauffage, betteraves et pommes de terre, excitaient l'opinion publique contre le rabbi et contre Calman aussi bien.

A Marshinov, le vieux rabbi était encore malade. Reb Shimmon, son aîné, haranguait Jochanan et le pressait soit de divorcer d'avec Tsipele, sœur d'une convertie, soit de quitter la cour rabbinique définitivement. Temerel, belle-mère de Tsipele, envoyait à Calman de longs messages écrits d'une main tremblante et tachés de larmes, déplorant la situation.

Calman se tournait et se retournait dans son lit. Qu'était devenue la justice? Des juifs qui, pour tout l'argent du monde, n'auraient ni arraché un brin d'herbe le jour du shabbat, ni mangé un œuf avec une tache de sang, couvraient de honte un rabbi, un juif pieux, un saint. Rien n'arrêtait les concurrents de Calman. Ils mouillaient ses sacs de farine et le dénonçaient au percepteur d'impôts et au commissaire de police. Une nouvelle forme de fraude avait fait son apparition chez les commerçants : ils se déclaraient en faillite, puis faisaient une réouverture. Pour sauvegarder leurs intérêts, les industriels de Lodz augmentaient leurs prix afin de garder un bénéfice et de s'assurer contre de tels actes délictueux.

Calman soupirait. Il entendait crier son petit-fils, Uri-Joseph-Yosele, qui venait de se réveiller. Burek, le chien, aboyait. Les vaches dans l'étable donnaient des coups de cornes contre la porte. Le printemps était doux et, au bout de deux années de sécheresse, tout semblait indiquer que l'automne connaîtrait l'abondance. Les plantes avaient germé précocement, la pluie et le soleil s'étaient montrés généreux : la nature du sol était aussi imprévisible que la nature de l'homme. Quand la terre semble devenue stérile, le suc vital de nouveau la régénère et, une nouvelle fois, les fruits tiendront la promesse des fleurs. Qui sait ? Peut-être Dieu accorderait-il encore un peu de réconfort à l'homme en détresse! Calman savait qu'il ne pourrait rester très longtemps sans épouse. Tôt ou tard, il lui faudrait se remarier. Il n'avait eu que des filles avec Zelda et, après l'acte abominable de Miriam Lieba, Calman désirait plus que jamais un fils, afin de perpétuer son nom.

II

A Saint-Pétersbourg, on avait décidé de mettre plusieurs régiments d'infanterie en garnison à Jampol. Il fallait construire des baraques pour caserner les troupes. Tout le monde considérait comme admis que Calman fournirait non seulement le bois mais qu'il se chargerait également de la construction des baraquements. Néanmoins, quand les offres pour décrocher le contrat affluèrent, celle de Calman, pour la première fois de toute sa carrière, n'était pas la moins chère. L'heureux gagnant fut Daniel Kaminer, entrepreneur en bâtiment, originaire de la Lituanie polonaise. Il fallait également fournir les soldats en farine, viande de bœuf, gruau d'avoine, en étoffe pour leurs capotes et en cuir pour leurs bottes. L'entreprise était vaste et, même après le paiement de pots-de-vin et de différentes échéances, on avait la possibilité de doubler son investissement. Pourtant, Calman n'était pas mécontent que ce contrat lui fût passé sous le nez. Il n'avait aucune inquiétude quant à ses futurs rapports commerciaux avec les autorités. Daniel Kaminer avait quitté Lomza pour s'établir à Jampol; il vivait dans Les Sables parmi les gentils. C'était un homme maigre, de petite taille. Il avait un visage grêlé et une barbe bien taillée de couleur poivre. Ses dents étaient noirâtres; son nez rouge était couvert de boutons. Kaminer était amateur de vodka et parlait le russe comme sa langue maternelle. Il semblait avoir étudié la Torah, car il citait constamment le Talmud et les Écritures, afin d'ajouter du piquant à ses plaisanteries grossières. Il était vêtu d'une redingote, d'un col dur et d'un gilet de velours sur lequel pendillait une chaîne de pièces d'or de cinq roubles. Sa tête était coiffée d'une casquette avec une visière de cuir.

Kaminer était veuf et il s'était fait accompagner à Jampol par sa fille, âgée de vingt-sept ans. Clara était veuve, elle aussi. Son mari était mort de tuberculose. Clara avait fait ses études dans un collège russe. Elle parlait couramment le russe et le polonais; elle n'employait presque jamais le yiddish. Jolie fille brune, de stature moyenne, elle avait des yeux noirs au regard brûlant, des lèvres sensuelles, une poitrine haute et une taille fine. Sur la joue gauche, elle avait un grain de beauté. Elle marchait d'un pas intrépide, la tête découverte. Clara jouait du piano; elle était habile au jeu de cartes. Elle se déplaçait à bord d'un phaéton à l'instar d'un propriétaire russe. Elle se lia rapidement d'amitié avec David Sorkess et Morris Shalit, tous deux originaires de Vilna, lesquels avaient travaillé pour Calman. Son cercle d'amis comprenait également les épouses de Sorkess et de Shalit, Sonia et Tamara; Ignace Herman, célibataire; Grain, l'apothicaire; Itka, la femme de Grain, qu'on avait surnommée Grainicha. Le soir, Clara aimait recevoir. Elle servait le thé du samovar tandis que ses invités jouaient au poker ou au whist. Itka et les autres femmes rendaient la politesse en invitant Clara et son père chez elles. Pendant quelque temps, on raconta qu'Ignace Herman était tombé amoureux de Clara et que le couple allait se marier. La jeune femme démentait cette rumeur en déclarant qu'elle n'aurait pas idée d'épouser un homme resté célibataire jusqu'à un âge aussi avancé. Il avait largement dépassé la trentaine et gagnait modestement sa vie en tant que comptable.

Bien que les deux hommes fussent rivaux, Kaminer dépendait de Calman, parce que, lui seul pouvait lui fournir au prix le plus bas du bois de charpente, des céréales, des pommes de terre, des choux, des betteraves, du bétail et de la chaux. En outre, Mayer Joel était propriétaire du moulin. Kaminer invita donc Calman à dîner; cependant, ce dernier était peu disposé à accepter l'offre. Il savait que Kaminer employait une juive à la cuisine, n'empêche qu'on ne pouvait pas être sûr que ces gens-là observent toujours les lois de la kasherout. Aussi répondit-il qu'il viendrait après dîner. Kaminer parlait comme un hérétique, quoiqu'il eût une mezuzah clouée au montant de sa porte. Il vivait comme un seigneur. Une tapisserie couvrait les murs de son appartement; des lampadaires, des divans et des tableaux à profusion ornaient les pièces. La bonne avait trop tardé dans ses préparatifs et le dîner n'était pas encore servi, quand Calman arriva. On fit venir cette fille, une divorcée de Jampol, pour la faire jurer solennellement qu'elle ne s'était pas écartée le moins du monde des règles de la kasherout en préparant le dîner. Elle avait personnellement veillé à ce que les ustensiles de cuisine et le fourneau fussent kasher. Calman avait déjà mangé, pourtant les odeurs de borscht et de viande rôtie qui parvenaient de la cuisine lui donnaient faim de nouveau. Clara ne se montra que bien après l'arrivée de Calman. La Pâque était passée; la journée était pluvieuse. Clara fit irruption, enveloppée dans une mante de soie, portant chapeau fleuri et gants couvrant ses bras jusqu'au coude. Dans ses mains, un bouquet de fleurs qu'elle venait de cueillir. Elle sentait agréablement le parfum. Otant son gant, elle tendit une main blanche à son hôte. Bien que Calman ne fût pas habitué à serrer la main à une femme, et particulièrement à une juive, il l'accepta, subjugué. Clara sourit en découvrant des dents éclatantes, puis elle lui servit un verre de vodka. Pendant qu'elle bavardait avec Calman, son petit chien mordillait ses chevilles. Daniel Kaminer vida son verre d'un trait, fit la grimace et s'essuya la moustache. Quelques minutes plus tard, il quitta la pièce. Ils restaient seuls tous les deux.

« Mettez-vous à votre aise, dit Clara. J'espère que vous serez désormais ici un visiteur assidu.

— Je suis un homme très occupé.

— Vous trouverez quand même le temps de venir nous voir. »

Clara lui lança un coup d'œil et rit. Elle glissa dans la conversation combien elle trouvait Shaindel intelligente et séduisante. A Saint-Pétersbourg, une femme comme elle serait une beauté fêtée. Calman lui demanda si elle avait vécu à Saint-Pétersbourg. Elle répondit qu'elle y avait une cousine avec laquelle elle avait partagé une chambre au pensionnat et qui, aujourd'hui, était la femme d'un médecin. Clara pimentait son yiddish d'expressions russes; elle éclatait à tout propos d'un rire perlé; elle se serrait contre Calman et l'attirait même par les revers de sa veste.

Le dîner était un véritable banquet. Clara en personne prit la louche pour servir le potage de la soupière à Calman. Elle lui présenta toutes sortes de légumes. Il lui était pénible de le voir manger si peu. « Ce n'est pas suffisant pour un homme », se lamentait-elle.

A la fin du repas, Calman, ébahi, regarda la jeune femme allumer une cigarette. Jamais auparavant il n'avait vu une juive fumer. Elle lui tendit son paquet et l'engagea à allumer sa cigarette à la sienne. En s'approchant de lui, elle le mit en garde : « Attention que votre barbe ne prenne feu! »

Pour terminer la soirée, les hommes se retirèrent dans le bureau pour discuter affaires. Kaminer était homme à payer sans marchander. En revanche, il demanda avec insistance à Calman de falsifier les comptes qu'il fallait présenter au général chargé du service des campements et des approvisionnements.

« Ceci est absolument hors de question, dit Calman.

— C'est donc vrai que vous êtes un homme intègre. Il n'existe personne qui ne cherche à voler les Russes, le tsar inclus. La Russie est fondée sur la pratique du vol; le monde entier...

— Je refuse de le croire.

— Ne soyez pas naïf : vos affaires s'en ressentiront! Le colonel reçoit sa part, et le général également. J'envoie des cadeaux non seulement à leurs femmes mais aussi à leurs maîtresses...

— Moi aussi je fais des concessions, mais je ne veux pas faire un faux.

— Ils ne reconnaîtraient même pas l'honnêteté. Quand on travaille avec des porcs, il faut agir comme eux. »

Après avoir argumenté un certain temps, Kaminer suggéra un compromis. Il tiendrait personnellement les comptes et y apposerait sa signature. En cas de contestation, Calman serait innocenté. Clara frappa à la porte et entra en leur apportant le thé.

« Eh bien, messieurs, avez-vous pu vous mettre d'accord ?

— Calman est un peu trop scrupuleux. De nos jours, on ne rencontre pas souvent de tels saints.

— Un saint ? Que c'est curieux! J'ai toujours pensé que les saints passaient leur vie à dormir au coin du feu. Ma tante avait l'habitude de dire : « Un honnête homme se nourrit d'herbe. »

— Dieu soit loué! Je n'ai encore jamais trompé personne, pourtant j'ai bien gagné ma vie.

— Allons, trêve de plaisanterie! Qui croyez-vous leurrer ? On ne fait pas fortune en priant. Si c'est le monde futur que vous convoitez, offrez un rouleau de Torah à la synagogue, comme l'a fait ma tante Sprintza. En affaires, on ne peut pas se payer une conscience scrupuleuse. »

III

Calman se rendait compte que non seulement lui-même, mais le comte aussi se considérait déshonoré par le mariage de Miriam Lieba et de Lucien. Quant à la comtesse, elle était morte sans avoir appris ce que son fils avait fait. Après la mort de sa femme, Jampolski partit rendre visite à Hélène, à Zamosc. Le bruit courait qu'il ne reviendrait pas à Jampol, cependant il ne resta absent que peu de temps. A présent que sa mère était morte, Félicie songeait à entrer au couvent. Elle avait même commencé à correspondre avec la mère supérieure d'un cloître. En fin de compte, rien n'en résulta. Félicie n'était pas réellement préparée à prendre le voile. Elle n'avait pas entièrement abandonné l'espoir de se marier et d'avoir des enfants. Par surcroît, elle réalisait que, dans un couvent, elle serait constamment entourée d'autres femmes. Si sa vie devait se passer dans l'isolement, elle voudrait, comme seuls compagnons, ses rêves et ses pensées; au manoir elle avait à sa disposition une chapelle et une bibliothèque qui n'appartenaient qu'à elle. D'autre part, elle commettrait un péché en abandonnant son père. Bien que le comte n'eût pas la conduite d'un bon chrétien, elle avait conscience que ce n'était pas le rôle d'une fille de juger son père.

Ainsi l'un et l'autre continuaient-ils à vivre au manoir. La conduite du comte était toujours sujet de bavardages dans le voisinage. Il vivait, aux yeux de tout le monde, en concubinage avec sa maîtresse sibérienne, Yevdotya. Il annonçait qu'il envisageait de travailler dans la fourrure et que tout ce qu'il lui fallait était un partenaire avec un petit capital. Pendant son exil, il avait eu l'occasion de rencontrer pas mal de trappeurs. Les juifs de Jampol haussaient les épaules. Ils n'avaient ni la somme suffisante, ni la confiance nécessaire dans le comte pour donner leur appui à une telle entreprise commerciale. Yevdotya finit par abandonner sa maison aux Sables et quitter la ville. Barbara, la vieille bonne, mourut. La cuisinière Magda trouva une place plus lucrative dans un autre manoir, et seul le cocher, Wojciech, resta avec ses maîtres. Il ne leur était d'ailleurs d'aucune aide. Dès qu'il avait gagné quelques groschen, il les dépensait à la taverne. Ses deux yeux étaient affectés de la cataracte et il était devenu à moitié aveugle. Félicie aurait volontiers tenu la maison pour son père, si celui-ci ne s'était arrangé pour trouver une servante, ce fut Antosia, femme de soldat, qui avait pris soin de Calman quand il avait vécu seul dans la forêt. Félicie n'était pas disposée à tolérer, dans sa maison, cette femme qui jouissait d'une mauvaise réputation; toutefois le comte prétendait qu'il avait besoin d'elle, ajoutant que si sa fille n'était pas contente, elle était assez grande pour faire ses paquets et quitter le manoir. Une fois de plus, il l'insulta, la traitant de vieille fille avec dans les veines du lait suri au lieu de sang. Félicie, comme par le passé, souffrit en silence.

Les voisins appartenant à l'aristocratie terrienne, aussi bien que les juifs de Jampol et de Skarshew insinuaient que la raison pour laquelle le comte restait enfermé chez lui toute la journée était qu'il craignait de rencontrer Calman. Jampolski avait aménagé une chambre mansardée dont les fenêtres donnaient sur la cour arrière et qui était devenue son sanctuaire; il n'ouvrait presque jamais les volets. Il passait son temps à boire et à lire; pendant des mois de suite il ne se montrait à personne. Même Félicie ne le voyait que rarement. La seule à laquelle il ouvrait sa porte était Antosia. En dehors des bijoux que la comtesse avait partagés entre ses enfants (la majeure partie avait été donnée à Lucien par Félicie), il restait d'autres biens qui, eux, étaient toujours gérés par le comte. C'est ainsi qu'il vendit un harnais de valeur pour une somme dérisoire. Quand il avait besoin d'argent, il envoyait Antosia à Jampol pour mettre en gage différents objets. Il ne cessait de se verser des verres de vodka qu'il vidait d'un seul coup, pourtant il n'était jamais ivre. Couché, entièrement habillé dans son lit, il bouquinait ou bien il élaborait des gambits sur l'échiquier. Trois fois par jour, Antosia lui apportait ses repas, toutefois il mangeait peu. S'il lui arrivait de sortir en plein jour, il marchait dans la forêt, évitant le sentier qui conduisait à la ville. Généralement, il ne quittait la maison qu'à la nuit tombée, et uniquement dans le but de faire des mouvements respiratoires. Il levait et baissait ses bras, il inspirait l'air profondément et l'expirait avec un mugissement. Quand Calman l'aperçut, un soir d'été, à califourchon sur une vieille jument, la bête et son cavalier semblaient à moitié endormis.

Tandis que le comte fuyait le monde, le monde, lui, s'intéressait au comte. Joseph, son fils aîné, lui écrivait régulièrement de Londres. Jampolski ne répondait jamais à ses lettres. Joseph recevait des nouvelles de son père par Félicie, laquelle correspondait également avec Hélène, à Zamosc, et échangeait même des lettres avec Lucien et Miriam Lieba, à Paris. Chaque fois que Félicie frappait à la porte de son père, le comte hurlait : « Laisse-moi tranquille! Va-t'en! » Une fois, comme elle s'inquiétait, elle demanda à Antosia de lui faire ouvrir la porte.

« Père, dit-elle, vous avez tort de vous négliger ainsi.

— Qui dit que je me néglige? Je suis en meilleure santé que toi. »

Pour la première fois Félicie perdit patience. « Vous devriez comprendre que vous nous rendez ridicules tous les deux.

— Tu as donc honte de moi? Un squelette comme toi? »

Il ne faisait aucun secret du fait qu'il cohabitait avec Antosia. Félicie entendait la bonne, chaque nuit, se rendre dans la chambre de son père. Sur ses vieux jours, le comte avait les appétits d'un animal primitif. Il n'allait pas à l'église le dimanche; il n'observait pas les jours fériés des chrétiens. Il changeait rarement de vêtements et de linge; il dormait tout habillé et botté. A la place du barbier, c'était Antosia qui lui coupait la barbe. Sa moustache était hérissée. Son langage peu châtié ressemblait de plus en plus à celui d'un palefrenier. Il n'ouvrait jamais un livre religieux; il lisait les ouvrages de Voltaire, Diderot, Byron, Heine, George Sand, ainsi que la volumineuse histoire de la franc-maçonnerie et des livres sur la Révolution française et sur la Mafia italienne.

A la longue, Félicie comprit que plus longtemps elle vivrait avec cet homme sauvage, plus elle diminuerait physiquement et moralement. Elle ne dormait déjà plus la nuit. Bien qu'elle prît ses repas régulièrement, elle maigrissait de jour en jour. La mère qu'elle pleurait avait été remplacée par une paysanne sale et presque idiote. Son père blasphémait contre Dieu, extravaguait contre le pape. La nouvelle qu'Hélène avait épousé un cousin de Zamosc laissa son père indifférent; quand la jeune femme donna naissance à un fils, le grand-père ne la félicita même pas.

Un dimanche du mois d'avril, lorsque Félicie quitta l'église (Vojciech attendait dehors dans la voiture), quelqu'un la rejoignit, s'inclina devant elle et se présenta. C'était un homme d'une quarantaine d'années, de petite taille, mince, avec un visage blafard, des yeux d'une intelligence vive, et une moustache en pointe. Il portait un costume d'été modeste et un chapeau melon. Une écharpe colorée couvrait sa gorge. Pour une raison inexplicable, Félicie présuma qu'il était étranger. Il souleva son chapeau, dévoilant une chevelure châtain bouclée, légèrement grisonnante aux tempes. Il lui parla sur un ton familier comme s'il la connaissait. Il disait que son nom était docteur Marian Zawacki et qu'il rentrait de Paris. Lucien lui avait demandé de transmettre ses respects à sa sœur. Zawacki mentionnait également que Lucien avait besoin d'une aide financière, qu'il risquait d'être expulsé étant à la charge de l'État. Félicie, guère habituée à stationner avec un étranger dans la rue, avait peur de voir les passants se moquer d'elle. Après quelque hésitation, elle invita Zawacki à la rejoindre dans la voiture et à l'accompagner au manoir. C'était bien la première fois qu'on apercevait la comtesse Félicie en compagnie d'un homme. Tout le monde regardait et ricanait, même les juifs.

IV

Bien que généralement le vieux comte ne descendît pas pour dîner, il fit dire à sa fille, par l'intermédiaire d'Antosia, qu'il partagerait le repas avec leur hôte. Félicie était pleine d'appréhension, car son père avait oublié complètement ses bonnes manières. Non seulement était-il capable de venir à table, vêtu d'une simple robe de chambre et chaussé de pantoufles, mais aussi bien de ne faire son apparition que dans le dessein d'insulter Zawacki. Félicie prit donc la précaution d'avertir le docteur que son père ne se sentait pas très bien. « Je sais, je sais, répliqua Zawacki. Lucien lui ressemble. Votre mère était l'élément sensé de la famille. »

Jamais auparavant, Félicie n'avait entendu un homme aussi étranger à sa famille parler ainsi. Qui sait ce que le monde leur réserverait dans l'avenir? Zawacki avait raconté sans le moindre embarras que son père était savetier à Varsovie et que son grand-père maternel avait été forgeron à Pultusk. Tout en terminant ses études de médecine à Paris, Marian avait gagné son existence comme guide touristique. Pendant une brève période, il avait dirigé une soupe populaire pour les réfugiés polonais. C'est là qu'il avait rencontré Lucien et Miriam Lieba — qu'il appelait d'ailleurs Marisia. Félicie frémissait à chaque parole qu'il prononçait. Il relatait comment le peuple de Paris en était arrivé à manger des souris pendant le siège prussien de 1870, et comment lui-même, un jour, avait attrapé un chat pour le dépouiller et le rôtir.

Félicie se sentait malade de dégoût et elle dit : « Je préférerais mourir plutôt que de manger quelque chose d'aussi répugnant.

— Qu'y a-t-il de répugnant? Nous sommes tous faits de la même matière.

— Vous ne croyez donc pas que l'âme humaine est divine?

— Absolument pas! » répliqua Zawacki.

Le comte, si impatient d'habitude avec des étrangers, fut immédiatement en sympathie avec Zawacki. Félicie, après avoir aidé à préparer le repas dominical, avait couvert la table d'une élégante nappe, de la fine porcelaine et de l'argenterie. La conversation au cours du repas la révoltait. Les hommes commençaient par une discussion sur le travail du cordonnier et celui du tanneur. Le comte voulut savoir comment on tannait le cuir, pourquoi on avait besoin de l'écorce de chêne, quelle peau d'animal il fallait employer pour le cuir souple, le cuir lisse, et quelle autre pour le cuir en croûte, le cuir bouilli. Quand ils en eurent terminé avec la manufacture de chaussures, la curiosité du comte fut attirée par l'autopsie. Zawacki expliqua les méthodes employées pour ouvrir un abdomen, ou un crâne. L'anatomie, dit-il, avait toujours été sa spécialité. En outre, il avait la main sûre et il n'était pas le moins du monde sentimental. Quand Zawacki décrivit en détail comment il avait pratiqué une césarienne sur une femme qui s'était suicidée en se jetant dans la Seine, Félicie blémit et faillit se trouver mal. Zawacki ne prit pas la peine de s'excuser. « Au bout d'un certain temps, on s'habitue à ces choses-là, dit-il. Voyons, j'ai dû parfois faire bouillir des crânes humains sur mon propre fourneau. »

Il présenta les respects de Lucien — si on pouvait considérer le message amer de Lucien comme une salutation. Lucien, dit-il, est un ivrogne oisif et un mythomane auquel il faudra botter le derrière. Sa femme et son enfant mouraient de faim. Le tout dernier projet de Lucien était soit de s'engager dans la Légion étrangère, soit de partir pour l'Amérique. Quand le dîner fut terminé, le comte installa l'échiquier. Il perdit trois parties contre le docteur. Absorbés par leur jeu, les hommes se balançaient dans leur fauteuil à bascule en fumant la pipe et en lançant des jurons. Tous les trois mots qu'ils prononçaient, on entendait « *psiakrew* » — sang de chienne! Félicie supportait difficilement la présence de ce petit homme grossier en qui tous les défauts de son père étaient doublés. Elle désirait se débarrasser de lui aussi vite que possible : cependant, le comte pensait différemment : il invita Zawacki à rester pour un jour ou deux.

Quand le comte fut monté se coucher, Félicie sortit respirer l'air nocturne; brusquement, elle se trouva face à face avec Zawacki. Le docteur portait à la main une canne à l'embout courbé.

« Oh! c'est vous! » Sans plus de cérémonies, il la rejoignit comme s'ils étaient de vieux amis. Il était allé à l'école à Cracovie, lui raconta-t-il; il s'était d'ailleurs brouillé avec les autres étudiants. Contrairement à eux, lui avait été hostile aux émeutes de 1863 qu'il avait considérées comme une pure folie. Il avait su, à l'époque déjà, que le général Mieroslawski et le prince Lubomirski étaient les pires des charlatans. Quant au fils de Mickiewicz, que pouvait-on dire d'autre de lui que ce que pensait tout le monde : un nain engendré par un grand homme! Selon Zawacki, même le prince Czartoryski ne valait pas grand-chose. En vérité, toute cette affaire sanglante n'était rien d'autre qu'une aventure ignoble tentée par un groupe d'idiots sentimentaux, de parasites irresponsables, de femmes barbares. Félicie était terrifiée. Même le comte n'était pas aussi irrespectueux. Finalement, Zawacki abandonna le sujet politique et commença à parler de ses propres affaires. Sa carrière médicale avait débuté tard parce qu'il avait dû changer constamment d'université. Puis, il y avait eu également la guerre insensée de Napoléon III contre la Prusse, aussi la pantalonnade grotesque des communards de Paris. Dieu merci, il était enfin devenu un médecin officiellement reconnu. En parlant, il sautait sans cesse du polonais au français, et vice-versa.

« Que deviendrez-vous au milieu de ces ruines? demanda-t-il. N'importe qui perdrait facilement son bon sens dans une telle atmosphère. »

Félicie resta sur la défensive, sans d'ailleurs savoir pourquoi exactement. « Je ne peux pas quitter mon père.

— Regardons les choses en face : votre père est sénile et légèrement dégénéré. »

Bien qu'elle ne fût pas d'un naturel violent, Félicie dut s'efforcer de garder son sang-froid. « Vous parlez de mon père!

— Qu'est-ce qu'un père? Je n'avais pas vu mon père depuis des années; un jour, je suis rentré à la maison pour une visite; je l'ai embrassé; ensuite je n'ai pas trouvé trois mots à lui dire.

— Existe-t-il quiconque au monde capable de ne pas vous ennuyer?

— Franchement non. Certaines personnes raffolent des chiens; moi, je déteste les animaux. Un chien n'est qu'un vil flatteur, un parasite. Je préfère les canaris ou les perroquets. Les singes aussi sont intéressants.

— Tous les animaux sont intéressants.

— Bon, quoi qu'il en soit, eux, au moins, ne disent pas de bêtises. En outre, ils meurent avec plus de grâce que les hommes. La plupart des gens s'accrochent à la vie comme si elle n'était que massepain et eau de roses.

— Quelle curieuse comparaison!

— Comment se fait-il que vous ne soyez pas mariée? » demanda Zawacki brusquement.

Le sang afflua subitement aux joues de Félicie. « Personne ne veut de moi.

— Moi, je voudrais de vous. »

Félicie pâlit. « Je crains que vous ne vous moquiez de moi.

— Pas du tout! Il est vrai que vous n'êtes plus jeune, pourtant vous n'êtes pas encore vieille. D'autre part, vous êtes agréable à regarder. Lucien m'a montré la photo que vous lui avez envoyée. Il m'a également parlé de vos excentricités.

— Quelles excentricités?

— Oh! de votre piété et tout le reste. Je ne peux pas supporter les femmes qui sont trop intelligentes

— les rusées, je veux dire. Allons! ne vous formalisez pas! C'est ma façon de parler, tout simplement.

— Je vois.

— J'envisage d'ouvrir un cabinet et j'ai besoin d'une femme. »

Félicie baissa la tête. Elle comprit que cet homme parlait sérieusement. Elle venait de recevoir sa première offre de mariage.

V

Bien que le comte Wladislaw Jampolski attaquât constamment la noblesse polonaise en faillite, proclamant qu'elle était inférieure à la classe des commerçants et même aux marchands juifs, il n'était toutefois pas disposé à célébrer le mariage de sa fille Félicie avec le docteur Marian Zawaski dans le manoir même. Le comte s'en expliqua clairement : le fait que Félicie allait épouser le fils d'un cordonnier lui était parfaitement indifférent — il le considérait même comme un honneur pour elle — en revanche, il lui était impossible de recevoir le cordonnier et sa famille au manoir, soit pour dîner, soit pour s'entretenir avec eux. A Félicie il adressa les paroles suivantes : « Je te donnerai ma bénédiction; pars avec lui où tu voudras! Néanmoins, je ne suis pas d'humeur à donner des réceptions en l'honneur de quelque cordonnier! »

Il ne restait à Félicie qu'à verser des larmes. Ses pleurs arrosaient la terre de la tombe maternelle. Elle s'était agenouillée longtemps dans la chapelle, devant l'image de la Bonne Mère, en priant. Félicie n'avait pas d'illusions sur son futur mariage :

Zawacki était un despote, pétri de la même pâte que le comte; il l'insulterait et la bafouerait à sa manière de paysan. Pourtant, sachant qu'elle souffrirait dans ce milieu, elle préférait partir plutôt que de rester seule avec un père à moitié dément, dans un manoir appartenant à un juif. Du moment qu'elle devait se soumettre à un tyran, mieux valait que ce fût à celui qui avait le même âge qu'elle. Qui sait? Il se montrerait peut-être bon pour elle, aussi pourrait-elle encore avoir des enfants. Son père prétendait que du lait suri coulait dans ses veines, or, il était loin de la vérité : plus d'une fois, au cours de la nuit, Félicie avait senti en elle le sang chaud de son père.

Couchée, tout éveillée, dans son lit jusqu'à l'aurore, Félicie faisait son examen de conscience. Elle ne se sentait pas capable de devenir nonne, même si elle se forçait à entrer au couvent. Elle courrait le danger de rompre ses vœux et, au lieu de plaire à Dieu, elle appellerait Son courroux. D'un autre côté, elle ne pourrait rester à la maison. Il était clair que le Ciel l'avait destinée à se marier. Si elle devait souffrir, ce mariage serait la croix qu'elle porterait. Au cours des nuits sans sommeil, Félicie faisait le serment d'être fidèle à Marian Zawacki, de l'aimer comme une épouse et une sœur, d'essayer d'apaiser son amertume, de donner à lui ainsi qu'à ses parents l'exemple d'une dévotion chrétienne. Pourquoi fuir la tentation?

Néanmoins, il n'était pas très convenable de se marier sans la présence d'une mère, d'une sœur ou d'un frère. Félicie avait besoin d'un trousseau, or, elle n'avait aucune idée de quoi celui-ci devait se constituer, ni comment le préparer. Le refus de son père d'assister au mariage était une insulte faite à la fois à elle-même et à la famille de Marian. Marian souhaitait expédier l'affaire rapidement. Son impatience et son mépris pour toute cérémonie étaient partagés par le comte. Cependant, Félicie ne pouvait supporter de voir son mariage tourner à la farce. Après avoir médité et hésité longuement, elle décida de demander de l'aide aux autres. Elle écrivit une longue lettre à sa sœur Hélène; elle pria le prêtre de Jampol et sa gouvernante de la conseiller; elle se renseigna auprès de sa tante Eugénie et sa cousine Stéphanie au sujet de ce qui la tourmentait. Félicie ne voulait pas se donner à son mari comme une pauvresse, sans une garde-robe convenable.

L'anxiété, ses crises de larmes nocturnes et le manque de sommeil minaient sa santé. Elle perdait l'appétit. Au lieu de prendre du poids, elle maigrissait de jour en jour et elle était tout le temps constipée. Elle avait des règles irrégulières. Toutes les cinq minutes, elle se lavait les mains. La nuit, elle était tourmentée par des sentiments de doute. Elle se tournait et se retournait dans son lit, en soupirant : serait-elle capable de satisfaire le désir d'un homme ? Marian serait-il déçu dès leur première nuit ? Ses parents allaient-ils conspirer contre elle, la ridiculiser ? Lui faudrait-il retourner honteuse chez son père ? Il y avait des moments où Félicie avait envie de crier et de s'arracher les cheveux. Cependant sa foi en Dieu, en Sa Providence et Sa bonté illimitée l'empêchaient de se laisser aller au désespoir.

Félicie découvrait que lorsqu'on cherche de l'aide, il y a toujours quelqu'un. Quelques vieilles femmes appartenant à la noblesse, anciennes amies de la comtesse, commençaient à se présenter au manoir, accompagnées de leurs filles et belles-filles. Ces relations du passé recommandaient des tailleurs et des couturières. Nissen, le tailleur de Jampol, venait de nouveau au manoir. Il prit les mesures de Félicie; il l'habilla des pieds à la tête en lui souhaitant bonne chance. A tout propos, il vantait la bonté et la générosité de la défunte comtesse. Sa décision d'épouser le docteur Zawacki avait, de quelque façon mystérieuse, rapproché Félicie des gens du peuple, y compris de ceux qui l'avaient ignorée auparavant.

VI

Le père de son fiancé, Antoine Zawacki, possédait une vieille maison dans la rue Bugay à Varsovie. Il n'était pas si aisé pour Félicie de pénétrer dans un atelier de cordonnier et de voir son futur beau-père, le savetier, entouré d'un tablier de cuir, assis devant son établi, en train de coudre un soulier à l'aide de soie de porc, au milieu de ses quatre apprentis, dont le premier perçait le cuir avec une alêne, le second enfonçait des broquettes avec un marteau, le troisième lissait un talon en le frottant d'un morceau de verre, le quatrième coupait une semelle avec un tranchet. Antoine Zawacki, qui avait la soixantaine, paraissait plus jeune que son âge. Son épaisse moustache noire dont les pointes se dressaient fièrement et ses yeux avaient le brillant de chaussures bien cirées, pensait Félicie, bien que cette comparaison l'embarrassât. Ses mains étaient poilues, ses doigts boudinés, ses ongles carrés cernés de saleté. Il ne prit même pas la peine de se lever quand Félicie entra. La détaillant d'un regard plein d'expérience, il cria à sa femme restée dans la cuisine : « Hé! Katarzyna, nous avons une visite! »

Katarzyna était une petite femme menue et osseuse. Elle avait le regard aigu de son fils. Apercevant Félicie, elle s'essuya rapidement les doigts à son tablier, exécuta une sorte de révérence et tendit une main sale. Félicie était venue seule. Marian n'avait pas voulu être présent à la première rencontre entre Félicie et ses parents.

« La gracieuse comtesse! »

Félicie passa devant la cuisine où de grandes marmites fumaient sur le poêle. Les apprentis étaient nourris en plus d'être payés. Sur la table reposait une miche de pain noir plus large que Félicie n'en avait jamais vue. Dans la salle à manger, il y avait un buffet surmonté d'un miroir, avec un vase plein de fleurs artificielles qui trônait au milieu. Un rouleau attrape-mouches pendait de la lampe. Deux photographies encadrées de mari et femme et une autre de Marian vêtu de l'uniforme de collégien étaient accrochées au mur. Malgré l'été, les fenêtres étaient hermétiquement fermées; pendant un bref instant, Félicie se sentit prise de nausées à cause de l'odeur de poussière et de cuir. Elle prit place sur le sofa tendu de quelque étoffe luisante. Des cercles verts dansaient devant ses yeux, tellement elle se sentait faible.

« Sans vouloir vous déranger, serait-il possible d'ouvrir la fenêtre ? demanda-t-elle enfin.

— La fenêtre ? A quoi bon ? Elle reste bloquée tout l'hiver.

— Ma femme craint les courants d'air, dit Antoine Zawacki en guise d'excuse. Pardonnez mon langage, comtesse, mais il est vrai que ça pue ici! »

Il courut vers la fenêtre et l'ouvrit en tirant violemment sur les battants, faisant tomber la paille qui l'avait scellée. Une douce brise apportant une odeur de déchets entrait dans la pièce.

« Eh bien, pourquoi ne dis-tu rien ? demanda Antoine à sa femme. Offre quelque chose à la comtesse!

— Tu n'as pas besoin de m'apprendre les bonnes manières, Antoine! Je n'ai pas été élevée dans le ruisseau.

— La comtesse doit avoir soif.

— Oh! non, je vous remercie. »

Mari et femme disparurent dans la cuisine. Félicie les entendit se quereller. Quand Antoine Zawacki revint, Félicie remarqua qu'il avait échangé son tablier contre une veste étriquée qui le faisait paraître lourdaud. Un bouton métallique retenait son col de chemise. Il y avait un air de gaucherie plébéienne dans son regard, sa moustache, son menton non rasé et son cou épais aux veines gonflées. Il apportait un plateau de bois avec une carafe de vin, des verres et des galettes. Katarzyna avait, elle aussi, changé de vêtement. Elle exhibait une robe jaune au corsage plissé. Félicie regrettait qu'elle se fût laissée persuader par Marian de rendre une visite à l'improviste à ses parents.

Bien qu'elle n'eût aucune envie de boire du vin, Félicie sirota le breuvage offert et loua sa saveur. Les galettes étaient dures comme des cailloux. Katarzyna retournait sans cesse à la cuisine et à ses marmites.

« L'estimable comtesse nous voit tels que nous sommes : des gens communs, dit Antoine Zawacki. Nous avons tout gagné à la sueur de notre front — la maison, l'atelier. Marian avait une tête à étudier les livres. Je voulais faire de lui un cordonnier, mais il disait : « Papa, je n'ai pas la patience de ressemeler des « chaussures. — Que veux-tu faire? je lui demandais. « Devenir prêtre et écouter les servantes se confesser ? » Bref, il voulait avoir de l'instruction. « Bon, en avant « pour les études! » je disais. Alors il a rempli toute la maison de livres. Je lui donnais tout ce qu'il fallait. Lui, de son côté, a trouvé un élève, du genre difficile, qui avait besoin de leçons particulières et dont les parents pouvaient payer. Eh ben, qu'il joue les étudiants! je pensais. C'est comme ça qu'il a fait tout le collège et gagné une belle médaille en or. Il aurait pu étudier à l'université d'ici, mais il voulait aller à celle de Cracovie. Sa mère n'arrêtait pas de gémir : « Si loin! Mon unique fils! » J'avais aussi un autre fils, mais il n'est plus. Enfin, bref, je l'ai envoyé à Cracovie et c'est là qu'il a étudié. Après, il est parti pour la France. La guerre y avait commencé et je lisais dans les journaux qu'un simple lapin coûtait cinquante francs. Là-bas, la monnaie c'est le franc, et non le gulden. Un chat valait quinze francs, un œuf en valait cinq. Ils ont un parc où ils gardent les animaux, aussi ont-ils mangé tous les ours et les paons et les autres bêtes. Ma femme pleurnichait : « Notre « Marian va crever de faim! » Pourtant, Dieu sait comment, il est rentré en bonne santé, un peu maigre, bien sûr. Il a dit : « Papa, je veux épouser la « comtesse Jampolska. — Où as-tu rencontré une com- « tesse? je demande. Tu as beau être un docteur, « ton père n'est jamais qu'un cordonnier. — Eh « bien, qu'il dit, les temps ont changé. » Comment donc appellent-ils ça, eux? Ah! oui : dé-mo-cra-tie. Il prétend : « Nous descendons tous du singe. — Bon, « je dis, si c'est d'accord avec ses parents à elle, « moi, ça va. Ta femme, je dis, sera pour moi comme « ma propre fille... »

Katarzyna revint de la cuisine. « Qu'est-ce que ça peut faire ce que tu as dit? Si notre gars aime quelqu'un, nous aussi on l'aimera. »

Douze

I

CALMAN recevait de nombreuses lettres lui proposant un second mariage. De plus, des marieurs se présentaient assez souvent au manoir. Bien que sa bonne réputation fût désormais ternie à cause de la conversion de Miriam Lieba, Calman était le beau-père du petit-fils du rabbi de Marshinov, aussi parent du rabbi de Jampol et de Reb Ezekiel Wiener. Il était également un homme prospère et il n'avait pas encore la cinquantaine. Il recevait des offres de mariage de la part de jeunes filles, de veuves et de femmes divorcées. Parmi les nombreux messages, il y avait une lettre de Marshinov, envoyée par Binneleh, belle-sœur de Temerel et femme du rabbi de Chmielev. Binneleh écrivait qu'elle avait passé une nuit entière à réfléchir et que, brusquement, l'idée lui était venue que Calman devrait épouser Temerel, mère de Jochanan. N'était-ce pas la meilleure solution? Binneleh n'en avait pas encore parlé à sa parente, mais elle était certaine que celle-ci serait d'accord. Temerel était restée veuve depuis trop longtemps. Tant qu'elle avait dû chercher des partis convenables pour ses enfants, elle n'avait pas trouvé le temps de penser à elle-même. A présent qu'elle avait bien casé ses deux filles et que Jochanan était marié avec Tsipele, la situation était différente. La lettre de Binneleh était pleine d'allusions à l'état de santé gravement compromis de son beau-père. Les jours du vieillard étaient comptés et le beau-frère de Binneleh, Reb Shimmon, envisageait de succéder à son père. La jeune femme comparait Reb Shimmon à Absalom, lequel avait voulu dépouiller son père, le roi David, de son royaume. Calman hocha la tête. Il savait lire entre les lignes. Une guerre tacite était engagée entre les deux frères, Reb Shimmon et le rabbi de Chmielev. Menucheleh et Binneleh, les deux belles-sœurs, faisaient leur possible pour entretenir les hostilités déclarées. Binneleh, probablement, raisonnait qu'un mariage entre Calman et Temerel serait un coup porté contre Reb Shimmon. Reb Mosché, rabbi de Chmielev, n'avait apparemment nul désir de prendre la succession de son père, néanmoins il enviait cet honneur à son frère et il souhaitait trouver un compromis avec Jochanan, leur neveu.

Bien que Binneleh prétendît qu'elle n'avait pas encore discuté l'affaire avec Temerel, Calman la soupçonnait, au contraire, d'avoir habilement gagné sa belle-sœur à sa cause. Cependant la proposition ne séduisait guère Calman. C'était un grand honneur, évidemment, que la fille du rabbi de Marshinov désirât l'épouser, pourtant Temerel ne serait pas une épouse pour lui. Elle était très pieuse, érudite aussi, tandis que lui-même était presque ignorant. En outre, elle avait largement dépassé la quarantaine, et peut-être même cinquante ans déjà. Pendant près de la moitié de sa vie, Calman avait été marié à une femme dévote et maladive; les dernières années qu'elle avait vécues, elle n'avait presque plus eu de rapports sexuels avec lui. Son désir était resté aussi impérieux que dans sa jeunesse. Même le travail le plus épuisant ne pouvait le vaincre. Il avait besoin d'autre chose que d'une femme pieuse.

La lettre de Binneleh était arrivée une semaine avant la Pentecôte. Calman avait eu l'intention d'aller à Marshinov afin de passer la fête avec le rabbi et aussi rendre visite à Tsipele et Jochanan. Mais la lettre le laissait en plein désarroi. A présent, il éprouvait de la gêne en pensant à ce voyage.

Profitant de l'indécision de Calman, Shaindel s'employa à le dissuader de passer la Pentecôte à Marshinov. Ezriel était rentré de Varsovie pendant les vacances, et Shaindel souhaitait voir les deux hommes passer quelques jours ensemble. Par conséquent, Mayer Joel partit seul pour Marshinov, et Calman resta au manoir. Se claquemurant dans sa maison, Calman ne trouvait rien à faire au cours de ces journées interminables. Il discutait avec Ezriel qui pérorait comme un hérétique. « Qui, demandait-il, par exemple, a vu Dieu donner la Torah à Moïse sur le Sinaï ? Les juifs ont leur Torah, et les chrétiens ont autre chose. Si *leur* religion est erronée, la nôtre peut l'être également. Chaque génération n'a-t-elle pas apporté de nouvelles lois et de nouveaux miracles ? Y a-t-il la moindre allusion à l'Au-Delà ou à la résurrection dans les Écritures ? Non, il n'y en a pas. L'Ecclesiaste soutient catégoriquement que tout finit avec la mort. Toutes les légendes d'un autre monde, d'un dernier jour du règlement des comptes, l'histoire d'un Messie ainsi que de Léviathan datent d'une époque ultérieure. Si cette chose, appelée immortalité, existe, et si l'âme est récompensée au Paradis, ou bien punie en Géhenne, pourquoi les Prophètes n'en parlent-ils pas ? »

Calman se sentait envahi d'une grande amertume.

Il ne pouvait répondre à aucune des questions d'Ezriel. Aussi le blâmait-il pour aussitôt le regretter ensuite. Soucieux, Calman sortait alors pour une promenade dans les champs, touchant par-ci, par-là un épi de blé dont il comptait les grains. Si tout allait bien et s'il n'y avait pas trop de pluie et de grêle, la moisson serait abondante. Les branches des arbres ployaient sous la profusion des fruits, les vaches vêlaient, les poules pondaient. La chaux rapportait maintenant un demi-groschen de plus par quarante livres, de sorte que même si le duc ne renouvelait pas son bail, il resterait encore suffisamment de fortune à Calman.

Soudain, il vit quelqu'un approcher. Il reconnut le télégraphiste qui se dirigea vers lui, s'arrêta et ôta sa casquette. « Un télégramme pour vous, monsieur. »

Calman ne savait pas s'il était convenable d'accepter le message, un jour férié. Après un instant d'hésitation, il le prit néanmoins et promit à l'homme de lui donner un pourboire après les fêtes. Le porteur du message le remercia et repartit. Calman essaya de déchiffrer l'écriture griffonnée du télégramme, mais il se rendit vite compte qu'il n'y parvenait pas. Il aperçut au loin deux femmes venant dans sa direction; toutefois, à cette distance, il était impossible de les reconnaître. D'après leur parure il était évident qu'elles n'étaient pas des paysannes. D'un autre côté, les jeunes filles juives bien élevées ne s'aventureraient pas ainsi au-delà des quartiers habités, surtout un jour de fête.

C'est sans doute Clara avec une de ses amies, songea Calman. Lissant sa barbe et boutonnant son caftan, il marcha à leur rencontre. En effet, la plus grande des deux était Clara, accompagnée de Tamara Shalit. Clara portait un chapeau de paille à large bord, orné d'un ruban vert, et une robe de couleur claire. Elle s'abritait d'une ombrelle et s'éventait avec un mouchoir. Les deux jeunes femmes riaient. Puis Clara s'écria : « Qu'en dites-vous, Reb Calman, vous m'avez fait gagner un rouble!

— Moi ?

— Oui, j'ai fait un pari. Moi, je disais que c'est vous qui approchiez, et Tamara prétendait que...

— Tais-toi! Je ne prétendais rien... » Tamara donna une tape au bras de son amie.

« Joyeuse fête! Je suis sorti pour une promenade et je viens de rencontrer le télégraphiste avec un message pour moi. Maintenant c'est vous qui croisez mon chemin. Tout arrive en même temps.

— Que disait donc ce télégramme ? demanda Clara avec curiosité.

— Je n'arrive pas à le déchiffrer.

— Laissez-moi essayer! »

Calman tendit la feuille de papier à Clara qui s'en empara vivement. La parcourant rapidement, ses yeux s'illuminèrent.

« Vous êtes un homme heureux!

— De quoi s'agit-il ?

— C'est peut-être un secret. Je ferais mieux de vous le chuchoter à l'oreille.

— Inutile, je vous laisse », dit Tamara en reprenant son chemin.

Clara s'approcha tout près de Calman et de sa main lui toucha l'oreille. Une étrange chaleur le parcourut.

« Wallenberg envisage de faire construire une autre ligne de chemin de fer. Il vous demande de venir à Varsovie, chuchota Clara, « aussi vite que possible! »

En parlant, son chapeau avait glissé en arrière et était resté accroché par une épingle à cheveux. Elle paraissait plus jeune et tellement plus jolie. Elle était si proche de lui que la barbe de Calman frôlait ses belles épaules. Elle lui adressa un clin d'œil et dit : « Bonne chance! »

II

Par un caprice du hasard, Clara accompagna Calman à Varsovie. Il avait déjà acheté un billet de troisième classe, quand elle l'aperçut sur le quai et lui demanda de venir la rejoindre dans son compartiment de seconde classe. Clara voyageait avec une valise, une boîte à chapeau, un bouquet de fleurs et une petite serviette. Elle portait un tailleur à carreaux et un chapeau de paille orné de cerises. Le train resta longtemps dans la gare, aussi quelques juifs de Jampol aperçurent Calman en compagnie de la jeune femme. Daniel Kaminer restait sur le quai et s'adressait en russe à sa fille accoudée à la fenêtre baissée de son compartiment. Il ne put s'empêcher de faire des plaisanteries grossières devant sa fille. « Surveillez-la étroitement, Calman! Ne les laissez pas la violer dans cette grande ville... Elle vaut pas mal d'argent!

— Papa, tu devrais avoir honte de parler ainsi. dit Clara avec reproche.

— Il y a longtemps que j'ai oublié ce que signifie le mot honte. »

En cours de route, Clara expliqua le but de son voyage. Elle avait cassé le fermoir de ses rangs de perles et il n'y avait qu'un seul bijoutier à Varsovie qui saurait le réparer. Elle avait également besoin d'une nouvelle robe; Nissen de Jampol n'était pas assez compétent en la matière. En outre elle désirait s'acheter plusieurs chapeaux; sa tante à Varsovie, une certaine Mme Frankel, était modiste. A chacune de ses visites dans la capitale, Clara habitait chez sa tante. Elle était souriante et bavarde, se baissant de temps à autre afin de prendre quelques douceurs pour elle-même et Calman dans sa petite serviette — chocolats, marmelade, galettes, et même une orange. Quand le train s'arrêtait dans une gare, elle envoyait son compagnon chercher du thé. Sous sa veste, qu'elle ôta bientôt, Clara portait un corsage blanc, tellement transparent qu'on pouvait voir se dessiner son buste et ses seins. Elle retira une fleur de son bouquet et la fixa au revers de Calman. Adoptant un ton confidentiel, elle lui donnait toutes sortes de conseils : tout d'abord, il ne devrait pas permettre que Wallenberg tirât le meilleur parti du marché. Wallenberg était multimillionnaire; d'ailleurs la main-d'œuvre coûtait plus cher que jamais. Calman ne devrait pas signer un contrat à la légère, parce que, dans le commerce des traverses de chemin de fer, on pouvait perdre une fortune aussi facilement qu'on l'avait gagnée.

Ensuite, Clara rappela à Calman qu'il faudrait arriver à un accord avec le duc. Elle avait entendu dire que des tentatives avaient été faites pour enchérir sur Calman. Perdre le manoir était aussi grave que perdre une main. S'il désirait garder les carrières et obtenir la commande des traverses, il devrait à tout prix conserver le manoir, car sans lui, il ne serait pas en mesure de nourrir ses ouvriers. Impossible d'acheter chaque sac de farine et chaque litre de lait! Calman s'émerveillait de trouver en Clara une femme d'affaires aussi avisée. Elle parlait comme un commerçant expérimenté et non comme une femme. Calman lui confessait qu'il lui était impossible de rencontrer le duc puisque celui-ci était parti pour un tour du monde et n'avait pas répondu à ses lettres. Il y avait un moyen de résoudre le problème, disait Clara. Elle connaissait un homme de loi varsovien, compagnon de beuverie du gouverneur général et hôte familier de son château. Elle avait également des relations dans le milieu des autorités militaires. Son père était un ami intime du colonel Smirnoff et du général Rittermayer, lesquels fréquentaient les plus hautes personnalités de l'aristocratie russe. On pouvait compter sur eux pour servir la cause de Calman.

Calman ne put s'empêcher de faire des comparaisons entre Clara et Zelda. Cette dernière n'avait su que tourmenter son âme, vivre parcimonieusement et renoncer à tout en faveur de ses ennemis. Clara était jeune, séduisante, intelligente, et elle avait un courage masculin. Elle était honnête envers lui parce qu'elle désirait devenir sa femme. Elle était en train de préparer son propre nid, en quelque sorte, mais... ainsi va le monde. Calman s'écarta un peu d'elle, car la fragrance des fleurs et le parfum de Clara lui faisaient tourner la tête. Bientôt la jeune femme se rapprocha de nouveau de lui et, en plaisantant, lui tira la barbe. A un moment, elle posa doucement son pied sur sa botte. Son genou frôla le sien. Calman blêmit, tellement son désir devint exaspéré. Il se mit à prier le Seigneur de ne pas le laisser succomber à la tentation. Si Clara devait devenir sa femme, il la conduirait sous le dais nuptial. Se renversant en arrière, sur le siège tendu de peluche, Clara essaya de s'assoupir. Calman regardait par la fenêtre les champs qui défilaient au passage du train. Des forêts se succédaient dans une image harmonieuse; des nuées d'oiseaux tourbillonnaient sans but, effrayés par les épouvantails avec leurs haillons et leurs chapeaux cabossés. Au-dessus de tout cet univers s'étendait un ciel bleu avec de petits nuages argentés, qui passaient, couraient, s'amoncelaient, pour former des nuages blancs et floconneux, puis moutonnés, jusqu'à ce que le ciel se voile d'un crêpe nébuleux. La lumière du soleil de Dieu luisait sur chaque feuille, chaque brin d'herbe, chaque fleur. Des paysans étaient en train d'arracher les mauvaises herbes au creux des sillons. Des paysannes travaillaient sur les carrés de pommes de terre. Des pâturages défilaient à toute vitesse, et des vaches avec des taches noires et jaunes, leurs pis gonflés de lait. Un vacher jouait du pipeau; de jeunes gaillards préparaient des feux de camp; des chevaux cabriolaient, ou bien restaient immobiles, cou contre cou, échangeant des secrets en silence. Que pouvait-il y avoir de plus agréable au monde que d'être assis auprès de Clara et de contempler cette belle journée d'été? Tout était beau : chaque moulin, chaque toit couvert de paille, chaque marécage et chaque étang où des oies et des canards pataugeaient en s'éclaboussant.

« Si elle était ma femme, pensait Calman, je pourrais voyager ainsi avec elle pendant des jours, des semaines, des mois! Elle est jeune, elle pourrait encore avoir des enfants, un fils peut-être. J'aurais le plaisir de voir mon héritier étudier la Torah. » Calman baissa la tête, découragé. « C'est très beau tout cela, mais veut-elle réellement de moi? Peut-être s'amuse-t-elle tout simplement à mes dépens? Comment pouvait-il être sûr que quelqu'un comme elle observerait les lois du jeûne, les ablutions, qu'elle tiendrait ses promesses? Et si la parole donnée de cette femme ne signifiait rien? »

Clara ouvrit un œil. « Qu'est-ce qui vous préoccupe tant, Calman? »

Calman s'éclaircit la voix. « J'étais en train de penser combien il est bon de jouir de ce monde sans renoncer à Dieu. Car si on oublie Dieu — que cette seule pensée périsse! — on perd le salut des deux mondes.

— Comment oublier Dieu, riposta Clara, puisque tout ce qui nous entoure a été créé par Lui ?

— Oui, tout est Son œuvre.

— D'un autre côté, on n'a pas besoin d'être un fanatique!

— Qui parle de fanatique ? Un juif doit observer les lois du jeûne, et une fille juive les lois de la purification.

— Est-ce du bain rituel que vous parlez ?

— Oui, du bain rituel. » Le visage de Calman était brûlant.

« Après tout, qu'est-ce que le bain rituel ? Du moment qu'il faut observer la propreté, pourquoi ne pas se baigner dans une baignoire ou dans la rivière, pendant l'été ? N'est-ce pas plus hygiénique qu'un bain rituel où toutes sortes de femmes malpropres font trempette ?

— La propreté n'est pas la seule raison de la nécessité d'un bain rituel.

— Et quoi d'autre ?

— L'âme!

— Qu'est-ce que l'âme peut donc gagner au bain rituel ? D'ailleurs, le mariage ne serait pas annulé pour un motif aussi ridicule. » Clara lui lança un clin d'œil en riant.

Après avoir gardé le silence un moment, elle dit enfin : « Si j'avais mon propre manoir et si je vivais avec un mari religieux, je ferais construire un bain rituel pour moi toute seule. Ainsi, Dieu serait satisfait et je serais toujours propre. »

III

La tante de Clara, la modiste, habitait la rue du Houblon. C'était le jour anniversaire de sa fille et on faisait les préparatifs pour une réception dans l'appartement. Mlle Céline avait vingt ans, d'après sa mère, toutefois les jeunes filles qui travaillaient pour Mme Frankel lui donnaient vingt-trois ans. Normalement, une jeune fille de son âge aurait dû avoir un mari et des enfants, toujours est-il que dans le foyer de Mme Frankel tout arrivait plus tard que chez les autres. On rentrait à deux heures du matin et on ne se levait pas avant midi; pour Mme Frankel, une fille de vingt-trois ans était toujours jeune. Mme Frankel, qui avait enterré trois époux, avait eu Céline du second, un commissaire. Il y avait aussi quelque part un fils, qui s'était converti et était devenu officier de l'Armée russe. Les voisins juifs évitaient Mme Frankel; on disait d'elle qu'elle mangeait de la nourriture proscrite et qu'elle ne cuisinait pas d'avance le repas du shabbat. Bien qu'elle eût près de la soixantaine, Mme Frankel ne portait pas de perruque. Elle était noire comme un corbeau; elle avait un nez crochu et des poches sous ses yeux noirs avec des rides au coin de l'œil. Son œil gauche riait tandis que l'autre restait à demi fermé. Il y avait quelque chose d'impertinent dans sa façon de parler. Elle disait d'un chapeau qu'il ressemblait à une crêpe; que sa plume avait l'air d'une queue; elle appelait une cliente : collectionneuse de bonnes affaires. Néanmoins, ses doigts crochus étaient célèbres; dans tout Varsovie ses chapeaux avaient la vogue.

Tout le monde savait que des comtesses et des princesses comptaient parmi ses clientes. La demande était si forte qu'elle employait une demi-douzaine de jeunes filles qui vivaient chez elle et qui étaient considérées comme appartenant à la famille. A dix heures et demie le soir, tout le monde cessait le travail et donnait un coup de main pour préparer le dîner. Telle jeune fille s'occupait du samovar, telle autre allumait le poêle, une troisième confectionnait des beignets de pommes de terre ou des boulettes. C'est pourquoi le dîner était souvent à la fortune du pot. Quand les jeunes filles étaient lasses, elles achetaient des tranches de viande froide ou des saucisses de Francfort. Le garçon boulanger apportait un panier plein de petits pains croustillants et de croissants chauds que, quelques minutes plus tard, on entendait craquer sous les dents des jeunes filles. Il n'existait pas d'autre atelier en ville qui comptait parmi ses employés des jeunes filles aussi espiègles. Madame se débrouillait pour trouver des filles intelligentes; il était connu dans le commerce que n'importe quelle apprentie travaillant sous sa direction devenait une ouvrière experte. Elle s'employait même à jouer les marieuses pour ses employées. On apercevait souvent le carrosse de la salle des mariages s'arrêter devant sa maison. La seule chose qu'elle ne pouvait supporter c'était un travail défectueux. Lorsqu'une jeune fille était maladroite, Madame criait d'une voix perçante : « Allons! Mademoiselle Godiche, rentrez chez vous pour cuire un pudding! » Certaines ouvrières étaient connues pour travailler la moitié d'une semaine sur un seul chapeau.

Assez curieusement Céline n'avait pas marché sur les traces de sa mère. Mme Frankel avait tout fait pour apprendre le métier à sa fille, or, celle-ci ne savait même pas tirer l'aiguille. En vérité, la seule chose qu'elle savait bien faire était manger et dormir. Quand il pleuvait, elle ne sortait pas de son lit du tout. Elle passait sa journée à boire du thé et du chocolat, à manger des brioches au beurre, du riz au lait, en restant dans sa chambre. Céline avait un visage étroit au teint basané, une petite bouche et une paire d'yeux qui ressemblaient à des raisins secs plantés dans un gâteau. Son cou était long et sa tête couverte de bouclettes noires. Elle grimaçait constamment et se montrait capricieuse à la manière d'une fille unique qui peut tout avoir. Chaque mois, quand elle avait ses règles, elle gardait le lit plusieurs jours. Sa mère se chargeait de vider le pot de chambre en se lamentant : « Voilà qui pourrit dans son lit et qui pue! Elle s'enfonce ainsi dans sa pourriture jusqu'à tant que ses cheveux soient gris. »

Pourtant quand Céline songeait à se lever et à sortir, sa mère montrait son nez crochu à la fenêtre pour renifler l'air et s'écrier : « Reste à la maison, la chaleur est étouffante! »

Clara appelait Mme Frankel « tante », bien que la modiste fût une parente du premier mari de Clara. Chaque fois que Clara venait à Varsovie, elle habitait chez sa tante et elle apportait des cadeaux pour tout le monde. Cette fois, elle offrit à Céline une paire de boucles d'oreille en or pour son anniversaire. Céline avait de petites oreilles; elle possédait une malle pleine de colifichets; même au lit, elle se pomponnait. Cependant en l'honneur de son anniversaire, elle s'était levée et avait enfilé une robe jaune et chaussé des escarpins à talons hauts. Grande, la taille fine, elle savait être élégante quand elle le voulait. Après le dîner, les jeunes filles formaient des couples et dansaient. Quelqu'un soufflait sur un peigne pour fredonner la musique d'accompagnement. Clara dansait avec Céline qui glissait d'un pied gracieux à travers la pièce. Mme Frankel surveillait le spectacle, les larmes aux yeux. De trois époux et de six enfants, Céline était tout ce qui lui restait. Verrait-elle jamais le jour où Céline lui donnerait un peu de bonheur ?

Au milieu des festivités, on entendit frapper à la porte. Mme Frankel ouvrit. Un homme à la barbe noire et coiffé d'un grand chapeau entra.

« Vous devez être la tante, dit Calman.

— La tante de qui — la vôtre ?

— Clara n'est-elle pas là ?

— Oh! Clara. Si, elle est ici. Débarrassez-vous donc de votre manteau!

— Que se passe-t-il ? Il y a des musiciens ?

— Ne vous inquiétez pas! Personne ne vous mordra. »

Calman enleva son manteau et, soudain, il regretta d'être venu. Il suivit Mme Frankel dans l'appartement. La jeune fille qui soufflait sur le peigne s'arrêta brusquement. En apercevant Calman, Clara battit des mains. « Pour l'amour du Ciel, vous ici! Soyez le bienvenu! »

Les jeunes filles pouffaient de rire. Calman se sentait embarrassé. Pour retrouver son sang-froid il se rappela qu'il était l'un des juifs les plus riches de la Pologne et qu'il venait de signer un contrat stipulant qu'il serait le seul fournisseur des traverses pour la ligne de chemin de fer que Wallenberg était en train de construire pour le tsar. « Bonsoir, dit-il. Je vous avais dit que je viendrais; vous voyez, j'ai tenu parole. Je rentrerai demain à la maison.

— Demain ? Pourquoi tant de hâte ? Le voici qui passe en coup de vent comme le prophète Elie dans son char de feu. Allons, venez! Asseyez-vous! Tantine, je te présente M. Jacoby. J'ai parlé de vous à ma tante. Aujourd'hui c'est l'anniversaire de sa fille.

— Enchantée de vous avoir parmi nous. Aimeriez-vous manger quelque chose ? Nous avons pour règle de ne laisser partir personne l'estomac vide.

— J'aurais apporté un cadeau si j'avais su.

— Elle n'a pas besoin de cadeaux. Si seulement Dieu voulait la bénir d'un mari convenable!

— Tu ne vas pas recommencer encore, maman!

— Quel mal y a-t-il ? Une fille est une bénédiction pour un mère, n'empêche qu'une mère aimerait voir les revenus de son placement; avoir un petit-fils, sans traverser les affres de l'enfantement. Vraiment, Clara, pour toi aussi il serait temps de me donner un peu de bonheur! Je veux danser à vos deux mariages. Croyez-moi, monsieur Jacoby, il n'y a pas une femme comme elle dans le monde entier! Jolie et intelligente, instruite aussi, avec une belle dot par-dessus le marché. J'aimerais gagner chaque mois ce qu'elle apportera à un mari! »

Calman rougit. Les jeunes filles échangeaient des coups d'œil. Clara poussa une chaise vers Calman.

« Avez-vous vu Wallenberg ?

— J'ai signé le contrat, aujourd'hui même.

— Félicitations! Tantine, M. Jacoby a signé son contrat. Je raconte tout à ma tante. Nous n'avons pas de secrets.

— *Mazel tov!* Je vous souhaite bonne chance! Les amis de Clara sont mes amis. C'est ainsi que nous sommes : une grande famille. Unie — corps et âme! Les enfants! qu'avez-vous à rester bouche bée! Occupez-vous du samovar! Remuez-vous, au lieu de prendre racine!

— Vous êtes trop aimable, mais j'ai déjà mangé.

— Et puis après ? L'intestin est sans fin. Voici ma fille. C'est son anniversaire que nous sommes en train de fêter.

— Jadis, fêter un anniversaire était une coutume païenne.

— Il existe un proverbe qui dit : « Là où va le gen- « til, le juif suit! »

Treize

I

DANS la maison de prière de Marshinov les étudiants lisaient tranquillement. Le vieux rabbi était malade. Le spécialiste de Varsovie admettait que ses remèdes ne pouvaient plus être d'aucun secours. « Cela tient du miracle de voir le rabbi toujours en vie. »

Ses fils souhaitaient transporter leur père dans la grande maison où régnait un plus grand calme et où l'air était plus pur, toutefois le rabbi préférait rester dans son étude, près de la maison de prière. Le matin, Reb Mendel, le bedeau, avait redressé le rabbi dans la position assise afin de le parer de son châle de prière et de ses phylactères. Le saint homme avait longuement prié avec le minyan. Ses intimes essayaient d'entrer dans sa chambre pour lui serrer la main, mais Reb Shimmon, son aîné, avait dit à l'assistant d'interdire la porte à tout le monde. Depuis que le rabbi avait perdu la vue, il récitait les Psaumes et marmottait des passages de la Mishnah de mémoire. La plupart du temps il sommeillait. Le corps enflé, l'estomac dilaté, le visage qui s'altérait d'heure en heure, le vieillard restait couché immobile, les yeux profondément enfoncés dans leurs orbites; même sa barbe semblait avoir rapetissé. Il n'urinait plus; il fallait introduire dans sa vessie une sonde qui se vidait dans un vase à moitié caché sous le lit. Tous ses maux ne formaient plus qu'une seule grande douleur dans tout son être : la vessie bloquée, les poumons congestionnés. Le corps refusait de retenir l'âme. A tout moment, la fin approchait.

Dans toute la Pologne, la nouvelle se répandait que le rabbi était mourant. Chaque train de Varsovie amenait de nombreux hassidim à Marshinov. Les riches arrivaient à bord de briskas et de carrosses. Des petits villages, les gens du peuple affluaient entassés dans des charrettes, et même à pied. Des femmes stériles, aspirant à une bénédiction qui les rendraient fécondes, restaient accroupies sur les bancs, sous le porche des maisons ou, simplement, sur des planches et des bûches qui se trouvaient dans la cour rabbinique de Marshinov. La réparation du complexe des bâtiments rabbiniques, qui n'avait progressé que lentement, semblait s'accélérer depuis quelques années.

Les femmes parlaient avec déférence des miracles du rabbi en dodelinant de la tête au point de faire trembloter leur bonnet, en s'essuyant le nez à leur tablier et en séchant les larmes sur leurs joues blafardes. Il y avait bien des choses à dire, car chaque rabbi avait un tempérament différent, et chaque femme avait ses propres soucis. De temps à autre, Reb Mosché, rabbi de Chmielev, et Reb Shimmon passaient devant elles d'un pas mesuré. Reb Mosché, disait-on, ne désirait pas succéder à son père. Reb Shimmon souhaitait remplacer le rabbi. Cependant les femmes soutenaient que le véritable saint de la famille était le fils de Temerel, Jochanan, gendre de Calman Jacoby. Au moment où il dépassa les femmes, Reb Shimmon entendit une voix déclarer : « Est-ce bien un être humain ? C'est un ange ! Il n'existe pas de saint semblable dans le monde entier ! »

Reb Shimmon ralentit le pas. « Parlent-elles de moi ? » se demandait-il. Il s'arrêta un instant et il entendit les femmes poursuivre : « Cette Tsipele est une sainte, elle aussi. »

Reb Shimmon grogna; sa barbe noire se hérissait de colère. Il regarda avec fureur cette foule et il se maîtrisa difficilement pour ne pas leur cracher : « Femelles ! Qui a besoin de cette racaille ici ? Elles ne viennent que pour rogner les os ! Et voilà que Tsipele est une sainte à son tour maintenant ! »

Reb Shimmon s'immobilisa sur le seuil de la maison de prière. Des chandelles brûlaient dans les menoroth. Il entendait les juifs entonner les Psaumes, prier pour le rétablissement du rabbi, et un groupe d'enfants prier avec leur maître. Reb Shimmon chercha du regard les hommes fortunés, les hommes importants, les intimes du rabbi, mais apparemment ils étaient tous à la taverne. Il tira sur sa barbe et se mordit les lèvres. « Qu'ont-ils besoin de débiter tant de sornettes ? Personne ne vit éternellement. Même Moïse a dû mourir. » Reb Shimmon fit les cent pas devant la maison. Depuis des années il s'était préparé à ce jour. Il avait écrit des milliers de lettres, reçu chaque hassid, enregistré chaque visage dans sa mémoire, ainsi que chaque nom et les besoins et les demandes de chacun. Sa femme, Menuche, avait essayé de conquérir les femmes. Reb Shimmon était parfaitement conscient que, dans toute la Pologne, il n'y avait pas un seul fils de rabbi capable de mesurer sa mémoire à la sienne. En vérité, il s'était sacrifié pour la cour rabbinique. C'était lui, Reb Shimmon, qui avait reconstruit le bain rituel, qui avait étayé les murs d'angle de la maison de prière à l'aide de piliers de pierre, qui avait fixé solidement le toit. Il avait pris en charge toutes les dettes, toutes les fonctions et, en outre, chaque assistant, chaque étudiant à plein temps, chaque servante. Reb Mosché avait passé toutes ces années à Chmielev. Leur mère ne se souciait que de ses propres maladies. Leur sœur Temerel gardait le nez plongé dans ses livres de prière. Lui seul, Reb Shimmon, régissait la cour rabbinique. Pourquoi parlaient-elles de Jochanan ? Si Jochanan devenait rabbi de Marshinov, lui, Reb Shimmon, pourrait se faire prêtre!

II

Jochanan lisait dans sa chambre mansardée au lieu de se rendre à la salle d'études, depuis que le rabbi était tombé malade. On l'assiégeait trop là-bas, de plus les hassidim émettaient toutes sortes d'insinuations.

Sa mère l'observait, les yeux humides. Il entendait dire autour de lui qu'après la mort du vieillard il serait nommé rabbi; or, Jochanan avait décidé de ne pas accepter cet honneur. Qui était-il, tout d'abord, pour devenir rabbi de Marshinov ? Il y avait en lui des pensées mauvaises. Il s'adonnait à la luxure, à la colère, à l'orgueil, à la mélancolie et à bien d'autres mauvais penchants. Puis, même s'il était digne, il n'empiéterait pas sur les droits de Reb Shimmon lequel avait servi Dieu pendant toutes ces années. Non seulement il enfreindrait les prérogatives de son oncle, mais il insulterait le dévoué Reb Shimmon.

Non! à Dieu ne plaise! Jochanan se souvenait des paroles du Talmud : Mieux vaut se jeter dans un four à chaux plutôt que de couvrir de honte quelqu'un devant les autres. Toutes ces choses — la maladie de son grand-père, les contrariétés de Reb Shimmon, les chuchotements derrière son dos — le mettaient de mauvaise humeur. Peu de temps auparavant, il avait été un juif à peu près comme il faut. Il avait étudié en paix et prié avec ferveur. Il avait nettement eu le sentiment qu'il était sur le chemin d'être purifié. A présent, il était redevenu méprisable. En faisant sa prière, son esprit était occupé de pensées absurdes. Il étudiait et pourtant il ne comprenait guère les paroles des sages. Il arrivait qu'au milieu des Dix-huit Bénédictions il se sente oppressé, sous l'emprise de la tentation. Il saisissait ses papillotes et tirait de toutes ses forces, afin que la douleur physique lui fît oublier son désir. Il avait placé des pois chiches dans ses bottes afin de mortifier la plante de ses pieds. Jochanan se leva et marcha vers le lutrin pour étudier. Il lut un passage de la Mishnah et récita un passage des Psaumes, détournant ses yeux du soleil, de la fenêtre, du jardin et des oiseaux chantant sur les branches. Les oiseaux obéissaient à la volonté de Dieu, ils ne désiraient pas régner l'un sur l'autre. Un peu de nourriture, quelques gouttes d'eau, voilà tout ce qu'il leur fallait pour louer Dieu depuis l'aurore jusqu'au crépuscule; tandis que lui, Jochanan, voulait régner sur ses frères, se placer au-dessus de la foule. Grand-père est heureux, pensait Jochanan, il quittera bientôt la vie terrestre définitivement. Il vit déjà davantage dans l'autre monde qu'ici-bas. Jochanan secoua gravement la tête. « Seigneur tout-puissant, sauve-moi! Père divin, aide-moi! car je me trouve dans une situation affreuse... » Il se dirigea vers la bibliothèque et prit un livre. Il ferma les yeux et ouvrit le volume au hasard. C'était un livre de son grand-père. Il baissa les yeux et lut : « ... et sais-tu qu'il existe une autre sorte de tristesse, l'affliction de ceux qui se persuadent eux-mêmes qu'ils doivent arriver au sommet de la gloire et, aussitôt qu'ils rencontrent des obstacles, s'écroulent à la manière d'Elisée, fils d'Abujah. » Il souleva le rideau et, regardant dehors, il fut frappé de voir combien l'univers était immense et l'homme insignifiant. Il prit peur et, à cause de cette peur, il eut l'impression d'être sur le point de devenir un hérétique. Car la racine de l'hérésie est la peur, non pas la peur exaltée, mais la peur de l'esclave qui aime transcender la responsabilité et qui perd confiance en son Maître. Un maître a dit : « Sers le Seigneur, mais n'essaie pas de surpasser les autres en Le servant. »

Les yeux de Jochanan étaient humides. Malheur! Juste Ciel! Grand-père en personne venait de lui parler par l'intermédiaire de ce livre qu'il avait ouvert au hasard! Il faut que je cesse de me tourmenter à propos de cette préséance. Je serai simplement un bon juif. Quant aux pensées mauvaises... qu'elles viennent, qu'elles l'assaillent donc! Il ne leur prêterait nulle attention. Il se contenterait d'étudier et de prier.

La porte s'ouvrit et Tsipele entra. Jochanan leva un regard distrait. Une femme... oui, mais elle était son épouse, la mère de son enfant. En outre, elle n'avait pas ses règles en ce moment. Vêtue d'une longue robe austère, un fichu noué sous le menton, les épaules drapées d'un châle de soie, elle resta immobile près de la porte.

Jochanon caressa sa barbe. « Eh bien...

— Jochanan, il se peut que mon père vienne.

— Beau-père ? Hm...

— Une lettre vient d'arriver.

— Eh bien, c'est parfait.

— Je t'ai apporté une poire. »

Jochanan lui fit face et la contempla. A peine sortie de l'enfance quand il l'avait épousée, elle avait mûri depuis — que le Mauvais Œil l'épargne! Temerel — qu'elle vive longtemps! — disait que Tsipele était une beauté. La jeune femme lui sourit. Elle avait un visage étroit, de grands yeux noirs et la lèvre supérieure retroussée. Ses traits étaient empreints de la modestie et de la bonne grâce de ceux qui ne connaissent aucune tentation. Elle portait une assiette avec une poire dans une main, un couteau dans l'autre. « Comment se peut-il qu'elle ne soit pas tourmentée? se demandait Jochanan. Il n'est pas possible qu'elle sache se maîtriser aussi bien. Apparemment, les mauvaises passions sont plus faibles chez les femmes. Ou bien, peut-être est-elle la réincarnation d'une âme sainte qui est venue sur terre pour expier quelques petits péchés commis dans une existence antérieure? » Jochanan soudain se souvint de la poire qu'elle lui apportait.

« Merci, mais je n'ai pas faim. Comment pourrais-je manger? Je viens juste de terminer mon déjeuner.

— Tu n'as pas bonne mine. Belle-mère pense comme moi.

— Personne ne ressemble à ce qu'il est réellement.

— Ce n'est pas cela que je veux dire. Tu as maigri... » Tsipele rit doucement.

« Maigri? Et puis après? Faut-il être vigoureux? Il est écrit dans le Traité des Pères que « engraisser la chair c'est engraisser les vers ».

— Tu n'es pas encore si vieux!

— Sait-on quand la Mort viendra? Allons, pose l'assiette!

— Où?

— Ici, sur la table. Je purifierai mes mains plus tard. »

Tsipele s'approcha de lui; sa démarche avait quelque chose d'irréel à cause de sa longue robe ample. Elle semblait planer. Jochanan avait beau avoir vécu avec elle pendant un an et demi, elle continuait de l'étonner. Sa grande jeunesse ne l'empêchait pas d'être intelligente. Les autres femmes se querellaient entre elles, or, Tsipele s'entendait avec tout le monde. Elle s'occupait bien de lui. Elle lui apportait des friandises. Elle était pudique quand elle venait le retrouver au lit. Elle avait le sommeil léger. Il lui parlait de la Torah, il racontait des histoires de saints, et elle l'écoutait patiemment. Il avait le bonheur d'avoir une femme vertueuse.

« Jochanan, je voudrais te demander quelque chose.

— Je t'en prie.

— J'ai entendu dire que, quand ton grand-père... je n'ose pas dire le mot... tu deviendras le maître. »

Jochanan pâlit.

« Non, Tsipele.

— Pourquoi pas ? Ne le désires-tu pas ?

— Je ne suis pas digne. »

Pendant un moment tous deux gardèrent le silence. Puis Jochanan demanda : « Et toi, aimerais-tu être la femme du rabbi ? »

Tsipele sourit. « Pourquoi devrais-je m'en inquiéter ? »

Jochanan éclata de rire. « Et te fais-tu du mauvais sang de ne pas être la femme du rabbi ?

— Non.

— Bon, eh bien, tout cela ne rime à rien. Ces honneurs ne valent pas une prise de tabac.

— Quand mangeras-tu la poire ?

— Plus tard. »

Tsipele se tourna pour sortir. Jochanan la suivit du regard. Une enfant, vêtue d'un bonnet et d'une grande robe. Une mère, également. Pour elle, rien de tout ceci n'avait de l'importance, et c'était bien ainsi. Puisque ces choses n'avaient aucune importance, pourquoi y penser ? Jochanan resta plongé dans la méditation. Oui, elle avait l'âme d'une sainte, un corps pur. Satan n'avait nul pouvoir sur de telles créatures. On disait d'elles qu'elles sont conçues et nées dans la sainteté. Jochanan éprouvait un amour infini pour Tsipele laquelle atteignait, dans le monde d'ici-bas, cette grandeur sublime qui est au-delà de toutes les lois de la vie. Il n'avait pas de tels privilèges. Il devait lutter constamment contre les forces mauvaises pour ne pas se laisser anéantir par elles. « Je regrette de ne pas lui avoir dit quelque chose de gentil, songea Jochanan. Peut-être aurais-je pu lui donner une pièce de monnaie ? » Il se promit de lui adresser des louanges après les prières du soir, au moment où elle lui présenterait son gruau d'avoine avec le bouillon de poulet.

III

Reb Shimmon arpentait sa chambre mansardée. La nuit tombait. Il regardait par la fenêtre les champs déjà verts de blé et de pommes de terre. Des vaches paissaient dans les prairies au bord de la rivière. Les bois et les nuages aux reflets bleus se teintaient de rose. Un nuage en forme de poisson ouvrant un large museau semblait happer un petit nuage rond et moutonné ressemblant à un hérisson. Soudain les mâchoires du monstre marin se disloquèrent, les dents se morcelèrent, et le hérisson, se gonflant d'air, s'envola. Les yeux de Reb Shimmon étincelèrent de colère. Là-haut aussi, on se dévorait mutuellement! Reb Shimmon passait des journées atroces; la nuit, il ne pouvait pas trouver le sommeil. La colère, il le savait, est un péché, pourtant il se levait le matin et il se couchait le soir sans pouvoir se départir de son exaspération. Croyaient-ils vraiment qu'on pourrait le congédier comme un écolier? Il les avait servis fidèlement et, à présent, ils allaient faire d'un garçon, à peine sorti de l'enfance, un rabbi, un maître, uniquement parce que le bruit courait que Jochanan était un saint. Dans sa fureur, Reb Shimmon maudissait son neveu, l'appelant imbécile, idiot, hypocrite. « Je ne peux pas garder le silence, marmotta Reb Shimmon. Je ferai ce qu'il faut pour qu'il soit disgrâcié; je l'extirperai radicalement; quand j'en aurai terminé, il ne restera rien de sa cour d'adorateurs. » Des pensées terribles l'obsédaient. Peut-être devrait-il rejeter entièrement sa religion? « Dieu me pardonne, suis-je devenu fou? » se demanda-t-il. Il se voyait en imagination frapper du poing le lutrin dans la maison de prière, la veille de Yom Kippur, et hurler : « Écoutez-moi tous, Dieu n'existe pas! Tout n'est que chaos! »

D'où lui venaient des idées aussi blasphématoires? Il frissonna et pria Dieu de lui pardonner. Le soleil se couchait. La rivière semblait en feu. Des corneilles craillaient. Les premières étoiles apparaissaient. « Eh bien, je dois dire mes prières du soir », murmura Reb Shimmon. Toutefois, il descendit pas à la maison de prière. Tout le monde lui était hostile et infidèle. Il décida de prier seul. Il se purifia les mains et commença le psaume : « Heureux l'homme qui ne suit pas le conseil des méchants... » Puis, se plaçant face à Jérusalem, il récita les Dix-huit Bénédictions. Pourtant les paroles n'avaient plus aucun sens pour lui. Il marcha vers le centre de la pièce et prononça d'une voix ferme : « Je m'en moque. Je dois le faire, sans tenir comte des conséquences. » Il se dirigea vers son bureau, ouvrit un tiroir, y prit une feuille de papier, puis, après l'avoir contemplée, la glissa dans sa poche.

« Il vit à l'écart du monde, lui aussi, pensa Reb Shimmon en pénétrant dans le couloir. Je lui parlerai franchement. Nous avons assez joué à cache-cache. » Il poussa une porte et se trouva face à face avec Jochanan assis devant son bureau, en train d'étudier les *Deux Tables de l'Alliance*.

« Bonsoir, Jochanan.

— Bonsoir, mon oncle.

— Ne te rends-tu pas à la maison de prière ? Imites-tu déjà les saints ?

— Les saints ? A Dieu ne plaise!

— Alors, pourquoi pries-tu seul ? »

Jochanan ne répondit pas.

« Allons, Jochanan! » La voix de Reb Shimmon avait changé. « Jouons cartes sur table!

— Assieds-toi! mon oncle.

— Pourquoi veux-tu me voir assis ? Je ne devrais peut-être pas parler, mais à quoi bon tout ce mystère ? On m'a dit que tu voudrais devenir le rabbi. » Tout en parlant, Reb Shimmon s'étonnait de sa propre audace.

Jochanan leva la tête. « Non, c'est inexact, mon oncle.

— Tu veux qu'on vienne te supplier! cria Reb Shimmon.

— Non, mon oncle. Cela ne fera aucune différence si on me le demande. Je souhaite que la santé de grand-père s'améliore, mais s'il meure — à Dieu ne plaise! —, c'est toi seul qui pourras lui succéder.

— C'est ce que j'avais pensé, moi aussi. On m'a dit que tu marches sur les traces d'Absalom.

— Non, mon oncle.

— Si tu désires le rabbinat, je ne m'opposerai pas à toi, cependant je hais l'intrigue. Absalom au moins annonçait ses intentions.

— Il n'y a pas un mot de vrai dans tout cela, mon oncle.

— Peux-tu le jurer ?

— Est-ce nécessaire ?

— Donne-moi une déclaration signée!

— Quelle sorte de déclaration ?

— Voici. » Reb Shimmon sortit la feuille de papier qu'il avait enfouie dans sa poche, et il lut : « Moi, Jochanan, fils de Reb Zadock, donne ma parole que je ne consentirai pas à devenir rabbi après la mort de mon grand-père vénérable. En outre, je renoncerai à avoir une cour à Marshinov, ainsi que partout ailleurs. Mon oncle, Reb Shimmon, promet de subvenir à mes besoins et à ceux de ma famille. »

Reb Shimmon observa un temps d'arrêt. « Signe! ordonna-t-il enfin.

— Qu'il en soit ainsi!

— Voici une plume. »

Jochanan trempa la plume, puis, s'apercevant qu'elle avait absorbé trop d'encre, il l'essuya à sa calotte. Debout, il ajouta à sa signature : « Celles-ci sont les paroles de Jochanan, humble fils du saint rabbi Zadock — que son nom soit béni! »

III

Le rabbi languissait depuis des jours interminables — enflé, changé, exténué. En état de veille, il se rappelait qu'il était Reb Shmaryah de Marshinov, gravement malade, proche de la mort. « Ai-je au moins dit mes prières? se demandait le rabbi. Vont-ils me poser mes phylactères? » Il faudrait aussi purifier ses mains; il en parlerait au bedeau. Le mourant essaya de parler, mais il ne trouva pas les mots. Il désirait écrire un testament pour désigner Jochanan comme son successeur, or, sa lucidité le quittait. Une foule de pensées traversaient son esprit, toutes en liaison avec la Torah, la sagesse, l'ultime connaissance, celle que l'homme n'atteint jamais de son vivant. La définition du Tout-Puissant : « Il est à la fois Celui qui sait et l'objet de Son savoir », s'appliquait aussi au rabbi. Ses pensées n'étaient pas le produit de son cerveau; elles naissaient avec la spontanéité et la légèreté des choses spirituelles. Le rabbi voyait et entendait des anges et des séraphins. Il entrait en contact avec son père, son grand-père, le saint Jacob Joseph, le Baal Shem. Il montait en leur présence au Palace du Nid d'Oiseau dans le Royaume Céleste du Messie; il apercevait le Temple divin; il entendait les Lévites chanter et jouer des instruments de musique. Tout d'un coup, il comprenait la signification de bien des choses : l'échelle de Jacob sur laquelle grimpaient les anges du ministère de Dieu, le Trône de Gloire, la Cour Céleste du Jugement, l'Homme Originel. Le rabbi longeait la Géhenne et découvrait que rabbi Nachman avait raison : la Géhenne était l'infamie. Des âmes renégates se méprisaient parce qu'elles n'avaient pas servi Dieu. Certaines transmigraient; d'autres étaient condamnées à tournoyer éternellement au bout d'une fronde autour de la terre. Adam retournait à l'Eden où il rencontrait de nouveau Ève. Il partageait avec elle le fruit défendu de l'Arbre de la science du bien et du mal. Le serpent ne rampait plus sur son ventre. Puisque tout émanait de l'éternité, comment le diable pouvait-il exister ? Le temps était une hallucination; l'obscurité : simplement la limite de la lumière; Satan : l'instrument de Dieu. La douleur ? Elle n'existait pas. Qu'il y en eût une seule ou beaucoup, elle restait la même. Il en était de même pour la détermination et le libre arbitre. L'estomac fait-il souffrir ? C'est un vieux vêtement qui serre. L'âme a besoin de s'habiller de neuf. Le corps est-il torturé ? Existe-t-il seulement, ce corps ? Tous les corps ne forment qu'un seul corps. Tous les univers : un seul monde. Comment Caïn a-t-il pu tuer Abel si le bien et le mal se confondent ?

Le rabbi ouvrit les yeux. « Fait-il jour encore ? » demanda-t-il. Personne ne répondit à sa question. Il ferma les paupières. Il rit de lui-même. « Quelle est cette question stupide : fait-il jour encore ? Je babille comme un enfant. Ai-je faim ? Soif ? Vais-je aller mieux ? Suis-je mourant ? » Des voiles noirs se posaient sur ses yeux; il voyait des serpents se faufiler. « Que veulent donc ces démons ? Je ne suis plus en leur pouvoir. Suis-je dans le royaume de Nogah où le bien et le mal sont réunis ? Non, voici le clan de Satan. Ils viennent vers moi, déguisés en grenouilles, lézards, mouffettes, vipères, avec des cornes et des groins, avec des pieds fourchus et des queues, avec des troncs d'éléphants et des mufles. Mère, j'ai peur ! Viens à mon secours ! Père, ils veulent me détruire ! Quel est cet œil que j'aperçois ? Rouge comme le feu ! Shabriri et Briri, laissez-moi tranquille ! Dieu, blâme Satan ! Qui es-tu ? Namah ? Machlath ? Moi, t'épouser ?

Nous ne sommes pas faits l'un pour l'autre. La violence? Je crierai au secours! J'ai pour moi les hassidim — mes disciples! Ils me défendront! Mendel, j'ai été attaqué par des voleurs, des meurtriers, des démons! Père, c'est bon de te savoir là! Je suis terriblement en danger! Chasse-les! Des chiens? Ce ne sont pas que des chiens. C'est la meute d'Égypte. Quel terrible malheur! Ils veulent détrôner le Créateur. A l'instar de la génération qui a construit la Tour de Babel. Qui les a créés? Des ténèbres couvraient l'abîme avant que la lumière fût. Sammael était à l'origine. Le Premier des Premiers. Comment ceci est-il possible? C'est juste. Est-ce toi? Mère? Heureux shabbat! Mère. Oui, Mère, j'étudie. J'ai commencé la Mishnah. Une fiancée? C'est toi ma fiancée. Le Messie est venu déjà. Toutes les âmes ne font qu'un.

« Mère, quelque chose me fait mal. Ma tête? Non, c'est mon cœur. Laisse-moi partir, Mère! Je veux revenir — revenir! »

Mendel le bedeau avait quitté la chambre pour quelques minutes. Quand il y entra de nouveau, il trouva le rabbi mort. Mendel approcha une plume des narines de son maître. Celle-ci ne bougeait plus.

« Béni soit le seul Juge...! »

V

Il y eut un grand remous dans la cour. Tout le monde assiégeait la chambre du rabbi : Reb Shimmon, Reb Mosché, Temerel, la belle-fille du rabbi. On ouvrait les fenêtres et on récitait la prière de la Justification de la volonté de Dieu. Des membres de la

Société funèbre soulevaient le corps du rabbi et allumaient des chandelles à la tête de son lit de mort. Le rideau de l'Arche Sacrée couvrait le corps. De petits groupes de pleureuses veillaient le mort. Seul Reb Shimmon arpentait sans trêve la cour. Il avait déjà préparé les télégrammes qu'il faudrait envoyer à Varsovie, Lodz, Lublin et Pietrkow. Bon nombre de hassidim demandaient de préparer les funérailles pour le lendemain, tandis que Reb Shimmon désirait retarder celles-ci de vingt-quatre heures afin de permettre à plusieurs de ses amis intimes d'arriver à temps à Marshinov. Personne ne dormit cette nuit-là; la cour restait bruyante; la lumière brûlait dans toutes les chambres; les pleureuses se lamentaient; les femmes s'étreignaient en gémissant. Reb Shimmon veilla à ce que quelqu'un fût en permanence à la gare, car des dignitaires arrivaient par le train : rabbis, hommes influents, membres distingués de la communauté. La gare était remplie d'admirateurs venus pour assister aux funérailles du rabbi.

Le lendemain, les boutiques furent littéralement pillées. Chaque four dans chaque boulangerie marchait à feu continu. Des charretées de farine arrivaient du moulin; de jeunes messagers couraient dans les rues. Des bruits singuliers couraient : une lumière avait brillé à la tête du rabbi, toute la nuit; des curieux avaient observé des ailes palpitant au-dessus du cadavre; on avait vu les lèvres du rabbi trembler comme s'il récitait la Torah. Les femmes stériles geignaient d'une voix aiguë. Certaines s'évanouissaient. La Société funèbre avait déjà préparé le linceul. Reb Shimmon et Reb Mosché discutaient : faut-il enterrer le rabbi avec son vieux châle de prière aux ornements dorés, ou bien avec le châle de prière neuf aux ornements argentés ? Au milieu de toute cette confusion, Reb Shimmon avait trouvé le temps de fouiller dans les papiers du rabbi. Au cas où le rabbi aurait laissé un testament, il voulait être le premier à en prendre connaissance. Le rabbi avait l'habitude d'entasser ses papiers dans des housses; il y en avait bon nombre, remplies de notes personnelles. Aucun des papiers lui appartenant n'avait été jeté. Chercher un testament dans ce fouillis équivalait à chercher une aiguille dans une meule de foin. Si le rabbi avait laissé une dernière volonté, Reb Shimmon était incapable de la trouver.

Bien que Reb Shimmon eût incontestablement raison en soutenant que, plus longtemps on retarderait les funérailles, plus nombreuse serait la foule, des juifs pieux commençaient à élever une objection : un cadavre ne doit pas rester aussi longtemps exposé, particulièrement en été. C'était tout simplement un sacrilège. De bonne heure, au deuxième matin après la mort du rabbi, on procéda à la purification. Le corps fut lavé et frotté au jaune d'œuf. De nouveau les hassidim discutaient âprement. Qui ferait l'oraison funèbre ? Qui prononcerait le premier panégyrique ? Chacun des rabbis fut proposé par ses disciples. Particulièrement favorisés étaient ceux qui portaient la bière. Des milliers de juifs suivirent le mort jusqu'au cimetière. Les rues de Marshinov étaient noires de monde. Toute la ville retentissait des pleurs des femmes. La foule se pressait de force dans le cimetière. Certains montaient sur les pierres tombales, d'autres grimpaient sur les arbres et s'installaient sur les branches. Les écoliers étaient perchés tout en haut; ils dominaient tout le monde. Le corps béni avait été enseveli dans un suaire et un capuchon, puis enroulé d'un châle de prière; une feuille de myrte avait été placée entre les doigts du mort; il y avait des tessons sur ses paupières. Un cadavre n'était rien qu'un cadavre.

Les fils du défunt disaient le Kaddish. Les papillotes de Reb Mosché tremblaient, tellement il sanglotait; Reb Shimmon, élevant la voix, luttait contre les larmes. Temerel cria d'une voix implorante « Père! » et elle se pencha en avant comme si elle allait défaillir. Ses filles durent la soutenir.

« Où est Jochanan? Nous voulons Jochanan! s'écrièrement les hassidim en buvant leur vodka. *Mazel tov*, rabbi! » Jochanan était blanc comme la craie; il secoua la tête négativement « Non, non! » Il désigna Reb Shimmon. « C'est mon oncle qui est le rabbi. » Reb Shimmon était entouré de son cortège. L'un de ses disciples brandit une bouteille de vodka; un autre tendit un sac de brioches aux œufs et un plateau avec des verres. « A votre santé, rabbi, à votre santé!

— Jochanan, Jochanan! » Les voix se faisaient plus insistantes « *Mazel tov*, Jochanan, *mazel tov*. maître! »

Reb Shimmon blêmit et, par contraste, sa barbe semblait plus noire que jamais. « Quelle insolence! Quelle impudence! marmonna-t-il. Païens! Libertins! Idolâtres!

— Jochanan! Jochanan! » criaient-ils. Tout le monde se joignait maintenant à ce chœur, même ceux qui avaient entouré Reb Shimmon. Jochanan luttait désespérément. Il ne voulait pas accepter les toasts. Il se cachait le visage de ses mains. Ils se le disputaient comme s'il était un écolier. Ils le tiraillaient et le poussaient. Garçons et adolescents l'assaillaient en criant : « Rabbi! Rabbi! Notre rabbi de Marshinov! » Cette fois, Temerel s'évanouit réellement. Le rabbi de Chmielev, Reb Mosché, se fraya un chemin jusqu'à Jochanan. On lui laissa le passage. Sa voix était brisée par l'émotion et les sanglots. « Jochanan, le peuple te demande!

— Non, non!

— Jochanan, tu ne peux défier le monde entier!

— Non, non, je ne désire pas un tel honneur! dit Jochanan en pleurant.

— Jochanan! Jochanan! »

Reb Shimmon avança en titubant. Il serra les poings. « Assassins! Vous êtes en train de me faire suer le sang! »

Mendel, le bedeau, soudain poussa un cri sauvage semblable au mugissement d'un taureau. « Juifs! je témoigne devant Dieu que le rabbi — qu'il repose en paix! — désirait Jochanan comme successeur. Que je n'entende pas la corne du bélier du Messie, si je mens!

— Menteur! Hypocrite! Tu es la honte du judaïsme! gémit Reb Shimmon.

— Si je mens, Reb Shimmon, que mes enfants meurent et soient couchés ici! » dit Reb Mendel en désignant la tombe fraîchement creusée.

Tout le monde se tut. Les femmes pleuraient doucement. Soudain, une corneille crailla. Reb Shimmon marcha vers Jochanan. « Jochanan, *mazel tov!* C'est toi le rabbi! »

Il remit à son neveu le document qu'il lui avait fait signer.

Jochanan voulut répondre, mais il en fut incapable. Il se pencha en avant. Il fallut le soutenir pour l'empêcher de tomber. Son visage avait changé; il semblait enflammé et baigné de larmes. Ses papillotes collaient à sa barbe.

« Oncle Shimmon! dit-il en haletant.

— Jochanan, tu es le rabbi! clama Reb Shimmon. Que la chance t'accompagne! »

Il lui tourna le dos et s'en alla. Son cortège le suivit.

VI

A Jampol et dans les régions environnantes, deux thèmes de commérage revenaient sans cesse. Le premier concernait le mariage éventuel de Calman et de Clara, fille de Kaminer; selon le second, le duc avait renouvelé le bail du manoir pour une période de dix ans, donnant la jouissance non pas à Calman seul, mais à Calman en association avec Clara. A présent, Jampol avait de quoi cancaner, rire et railler. Clara avait été vue, bras dessus, bras dessous, en promenade avec le duc. Certains témoins prétendaient les avoir vus en train de s'embrasser sous un arbre.

Reb Menachem Mendel avait plus ou moins songé à quitter le rabbinat de Jampol. Quand il entendit cette histoire sur Clara, il décida qu'il ne pourrait rester un jour de plus à Jampol. Calman, son parent par alliance, était son seul protecteur. Si Calman devenait le gendre de Daniel Kaminer, en épousant cette garce qui se promenait, la tête découverte, lui, Reb Menachem Mendel, se refuserait à accepter dorénavant cette protection. Habituellement calme, Mendel était devenu difficile à vivre. Sa femme Tirza et sa fille Mirale ne l'avaient jamais vu ainsi auparavant. Attrapant son châle de prière et ses phylactères, il se dirigea vers la porte, prêt à se rendre à pied à la gare. Tirza Perl se lamenta en se tordant les mains.

« Que veut dire cette folie ? demanda-t-elle.

— Je pars pour Varsovie! C'est la fin du monde! Cela doit signifier que la venue du Messie est imminente.

— Que veux-tu faire à Varsovie? Nous n'avons même pas d'appartement!

— Dieu tout-puissant ne m'abandonnera pas. »

Essuyant une larme de son tablier, Tirza Perl était bien de l'avis de son mari. A Jampol on ne connaissait plus que la honte et le chagrin qui brisait le cœur. De plus, Mirale, à l'âge de vingt-deux ans, y était déjà considérée comme une vieille fille. Tirza Perl n'osait plus se montrer dans la rue. Varsovie, au moins, était une grande ville. Ezriel vivait à Varsovie. Frère et sœur pourraient y trouver un appartement commun. Mirale partit pour le manoir afin de voir sa belle-sœur Shaindel. Les yeux rouges à force d'avoir pleuré, Shaindel se jeta au cou de Mirale, l'embrassa et, aussitôt, commença à se plaindre.

« Tu es déjà au courant de tout ? demanda Mirale.

— Je ne peux pas le croire, je ne peux pas le comprendre! gémit Shaindel. Père est en train de se tuer — sans l'aide d'un couteau! »

Quand Shaindel eut bien pleuré et séché ses larmes, Mirale lui raconta que son père quittait Jampol et qu'elle partirait avec lui.

Quatorze

I

CALMAN désirait que le mariage se passât dans le plus grand calme, dans la maison d'un rabbi à Varsovie. Il était veuf et elle était veuve; à quoi bon faire de l'embarras? Cependant Clara avait déjà décidé de célébrer la noce dans l'appartement de sa tante. Elle avait envie de montrer sa toilette coûteuse et ses bijoux de valeur. Elle avait conservé sa robe de mariée pratiquement neuve. Puisqu'elle n'avait pas d'enfant, elle décida qu'elle pourrait porter du blanc. Elle engagea des musiciens, aussi un bouffon qui connaissait suffisamment le polonais pour glisser quelques histoires drôles dans la conversation. Clara souhaitait avoir beaucoup d'invités. Malheureusement, elle n'avait aucun parent à Varsovie, en dehors de sa tante, et très peu de relations. Calman, naturellement, n'invita personne. Il y avait juste le pharmacien Grain avec sa femme, David Sorkess et sa femme Sonia. Morris Shalit et Tamara qui viendraient de Jampol. Les parents éloignés de Mme Frankel, les jeunes filles qui travaillaient dans son atelier, les femmes qu'elle avait autrefois employées comme modistes, leurs maris, leurs amis et relations compléteraient la liste des hôtes. Des gens dont Calman n'avait jamais entendu parler viendraient manger, boire et s'amuser à son mariage.

Il n'était pas facile pour Calman de quitter le manoir pour le voyage à Varsovie. Le shabbat qui suivait le Jeûne du Neuf Ab tombait en pleine période de battage du blé. Dans la forêt appartenant à Calman, on coupait des arbres depuis la première heure du matin jusqu'au coucher du soleil. Le bois disparaissait comme par le passé, en dépit de la surveillance accrue des gardes. Calman ne voulait pas réemployer les ouvriers qui l'avaient calomnié après qu'il les eut congédiés en abandonnant son commerce du bois. C'est pourquoi il faisait venir de la main-d'œuvre des villes voisines. Résultat : il y avait des remous et des disputes! La moitié de la population de la ville gagnait son pain grâce à Calman, n'empêche que tout Jampol le maudissait. Les compagnons tailleurs avaient même composé un pamphlet que les couturières et les cordonniers chantaient en travaillant; il commençait ainsi :

Calman, l'homme qui aime le lucre,
Trouva une fille tout miel et tout sucre,
Fou qu'il était de l'épouser,
Car elle partit avec un officier...

Oui, Calman avait déjà appris que l'envie était le pire défaut des gens. Même au milieu de ses projets de mariage, ses plans pour construire une maison de prière et un bain rituel dans le domaine, ses préparatifs pour l'emménagement dans le manoir, il lui arrivait souvent d'avoir envie de laisser tomber ses responsabilités, sa propriété, ses ennemis, ses amis hypocrites, et de s'installer n'importe où, dans quelque village, dans une forêt, ou bien dans une ville étrangère où personne ne le connaissait et où il ne connaissait personne. Qui sait? Clara le suivrait peut-être. Quelles que fussent les calomnies que les gens de Jampol lançaient contre lui, elles n'étaient rien à côté de ce qu'ils disaient de Clara : ils la couvraient littéralement de boue.

Les juifs, aussi bien que les gentils, étaient indignés que le comte dût quitter sa propre demeure sur l'insistance de Clara. Chaque jour, chaque heure, il y avait de nouvelles insultes. Dans son entrepôt de Jampol, on déposait des lettres anonymes qui insinuaient que Clara avait été vue avec tel officier, tel sergent-major, tel soldat de la caserne. Calman savait qu'il était imprudent d'informer Clara de telles bassesses, néanmoins il était incapable de garder le secret sur ces lettres. Les yeux de la jeune femme lançaient alors des éclairs. « Leur bile s'échauffe, c'est bien ça? La jalousie les démange, hein? Qu'ils attrapent tous une crise d'épilepsie! »

Le jour même où Calman partait pour Varsovie afin de s'y marier, il reçut une lettre de son gendre Jochanan, rabbi de Marshinov. Elle était écrite en yiddish, et non en hébreu, et elle disait ceci :

« A Mon Honorable Beau-père, le Célèbre philanthrope, Reb Calman,

« Tout d'abord je tiens à vous informer que nous sommes tous en bonne santé. Loué soit le nom de Dieu! J'espère qu'il en est de même pour vous et les vôtres. Prions pour notre salut dans ce monde et dans le monde futur! Ensuite, je voudrais vous faire savoir que votre fille, mon épouse, a entendu certaines rumeurs qui m'ont causé une extrême souffrance. Bien que je ne sache pas si celles-ci sont justifiées, j'aimerais vous rappeler que de telles affaires doivent être prises en considération prudemment. Le

Talmud dit que le second mariage d'un homme est décrété dans le ciel, selon les mérites de chacun. Je ne veux pas vous insulter. Je ne m'intéresse qu'à votre bien-être. C'est un grand péché de donner à une fille juive une mauvaise réputation; c'est pourquoi tout devrait être examiné sérieusement. De notre côté, nous avons des soucis également. Je n'ai jamais désiré prendre la place de mon grand-père. J'aurais bien quitté Marshinov définitivement si ma mère ne m'avait pas persuadé de rester. Le Tout-Puissant devrait avoir pitié de nous tous. Mon meilleur souvenir à tout le monde et les salutations de votre fille qui a hâte de vous voir.

« Votre beau-fils, jeune et pauvre, qui se couche aux pieds des sages,

« Jochanan l'Humble Fils du Vénéré
Rabbi Zadock de Mémoire Bénie. »

Calman relut la lettre et ses yeux se mouillèrent, tandis qu'il murmura : « Il est trop tard! »

II

Habituellement, quand Calman se rendait à Varsovie, il habitait chez Reb Ezekiel Wiener, dans la maison du père de Mayer Joel. Depuis peu, Reb Ezekiel était furieux contre Calman. Qui ne l'était pas? Même Shaindel, sa fille préférée, était en colère contre lui. Calman descendit donc à l'hôtel. Puisque « le promis ne doit pas venir seul à son mariage », il s'arrangea pour se faire accompagner de David Sorkess et de Morris Shalit à l'appartement de Mme Frankel. Ils devaient venir le prendre vers neuf heures du soir. Les jours commençaient déjà à raccourcir. La montre de Calman indiquait dix heures moins le quart, or, ses témoins n'étaient toujours pas arrivés. Calman restait assis à attendre dans sa chambre. Bien qu'il détestât le goût du tabac, il alluma un des cigares qu'il avait apportés. Il sursautait à chaque pas qui passait devant sa porte, pourtant personne ne frappa. Des portes s'ouvraient et se fermaient. Hommes et femmes bavardaient, murmuraient et riaient dans les corridors. Tout le monde à l'hôtel savait qui il était et qui il attendait. Avait-il donné une fausse adresse à ses amis ? Ou bien Clara avait-elle changé d'avis au dernier moment ? Était-il arrivé quelque chose, un drame quelconque ? L'aiguille sur le cadran s'approchait du chiffre dix : toujours personne! Calman se sentait incapable de rester en place. Il commença à faire les cent pas. Ses bottes crissaient. « Changé d'avis, changé d'avis! » marmottait-il. Toujours les mêmes mots revenaient comme un leitmotiv. « Voulait simplement me déshonorer! Qui sait? Peut-être n'était-ce qu'une sinistre plaisanterie ? Tout est possible, tout est possible! Ils m'ont pris pour un pantin. Ils m'ont roulé pour me léser. Ils vont tous s'amuser à mes dépens. » Calman savait que c'était faux, que ce ne pouvait pas être vrai. Clara n'irait pas à de tels extrêmes. Daniel Kaminer n'était plus un gamin. Cependant de nouveaux soupçons l'assaillaient à chaque minute qui s'écoulait. Et si elle n'était pas du tout veuve et son mari vivait toujours ? Qu'est-ce qui prouvait que celui-ci ne viendrait pas empêcher ce mariage ? Et si Clara décidait brusquement de se convertir ? Puisque Miriam Lieba avait pu commettre un tel péché, pourquoi pas Clara ? « J'ai toujours su que les choses ne s'arrangeraient pas facilement! » murmura Calman. Une étincelle tomba de son cigare et, aussitôt, il imagina qu'un incendie s'était déclaré chez Mme Frankel, que le feu avait consumé l'appartement et que tout le monde avait grillé dans ce désastre. « Je n'aurais pas dû défier le monde entier! Jochanan est un saint, et quand un saint est triste, c'est mauvais signe. Dieu tout-puissant, viens à mon secours! » Calman se mit à prier. « Non pour mon propre salut, mais pour le salut de... »

Calman entendit des pas dans l'escalier. La porte s'ouvrit. Sur le seuil se tenaient David Sorkess et Morris Shalit, coiffés d'un haut-de-forme, une canne à la main. Ils sentaient le parfum.

« Voici le jeune marié! s'écria David Sorkess d'une voix devenue rauque à force d'avoir bu.

— Le parié, je veux dire le marié! » cria Morris Shalit avec arrogance.

D'habitude, ces hommes s'adressaient à Calman avec respect, car tous deux gagnaient leur vie grâce à lui. Maintenant qu'il était sur le point d'être l'époux de Clara, il était déchu, même à leurs yeux. D'après leur attitude frivole, Calman devina qu'ils considéraient toute l'affaire comme une frasque de Purim.

« Qu'est-ce qui vous a retardé ainsi ?

— La fiancée est en train de se parer. » Les deux hommes éclatèrent de rire.

Calman descendit l'escalier en leur compagnie. Des portes s'ouvraient doucement sur leur passage et on apercevait des visages de femmes à moitié cachés dans la pénombre. Un fiacre attelé de deux chevaux aux harnais richement ornés attendait dehors. Des enfants accouraient en foule. A l'apparition de Calman ils se mirent à crier : « Hourra! Hourra! » Dans la rue, tout le monde semblait savoir où il se rendait. Calman, la tête baissée, s'installa entre ses deux témoins sur le siège tendu. « Pourquoi sont-ils aussi parfumés ? » se demanda-t-il. Il allait épouser une femme moderne, et pourtant il ressentait du mépris pour la vie mondaine. Pourquoi faisaient-ils tant d'embarras ? Pourquoi étaient-ils aussi guillerets ? Ils ne vivraient pas éternellement!

Devant la grille de la maison de Mme Frankel, Calman aperçut des voitures, des gens en grand apparat, manifestement des invités de la noce. Montant l'escalier, Calman se comparait à un bœuf qu'on amène à l'abattoir. « Peut-être n'est-il pas trop tard pour fuir ? » pensa-t-il. Il entendait de la musique, des voix égayées, le rire des femmes. La porte de l'appartement de Mme Frankel était entrebâillée. La chaleur de l'intérieur mêlée à une odeur charnelle l'étourdit un instant. L'orchestre avait commencé à jouer; le bouffon faisait des siennes; des couples dansaient. On fit entrer Calman comme s'il allait assister à un bal. On ne voyait que des visages riants et des yeux brillants. Les effluves de parfum donnaient presque le vertige à Calman. La tête commençait à lui tourner. La pièce était bondée, l'air surchauffé. Les lampes à pétrole étaient aveuglantes. Certains des invités se moquaient ouvertement de Calman, d'autres le félicitaient, lui serraient la main. Le rabbi et le bedeau du rabbinat de Varsovie étaient déjà arrivés. Le rabbi prit place pour rédiger le contrat de mariage à l'aide d'une plume d'acier. Il demanda : « Quel est le nom de la fiancée ?

— Clara, dit Daniel Kaminer.

— Clara n'est pas un nom juif. Quel nom lui avait-on donné quand vous avez été appelé devant le Rouleau Sacré ?

— Elle avait reçu le nom de sa grand-mère, Keila Rebecca.

— Alors pourquoi ne pas l'avoir dit tout de suite ? »

En dépit d'une certaine confusion, tout se passa selon la loi. On aida Calman à revêtir une robe blanche qui devait lui rappeler le jour de sa mort. Quatre homme soulevèrent les colonnes supportant le dais nuptial. Les autres assistants portaient des chandelles torsadées dans leurs mains. On conduisit Calman sous le baldaquin, puis on fit entrer Clara, drapée de soie blanche, la chevelure cachée sous un voile de tulle, le visage découvert. Elle sourit à Calman. Prononçant la bénédiction au-dessus d'une coupe de vin, le rabbi tendit celle-ci à Calman, puis à Clara. Clara offrit son index et Calman y glissa l'alliance en disant les paroles rituelles : « Maintenant tu m'es consacrée. » Le rabbi lut le contrat de mariage en araméen, que Calman ne comprenait pas. Il saisit un seul mot qui ressemblait à l'hébreu.

Assez curieusement, au moment où le rabbi commença à réciter la seconde bénédiction, les mêmes jeunes filles et les mêmes femmes qui avaient ri si impudemment semblèrent devenues muettes. Par-ci, par-là, on voyait une femme sécher une larme. La naissance, le mariage, la responsabilité d'une nouvelle génération, la vieillesse, la mort n'étaient pas des jeux d'enfant. Aucune plaisanterie de bouffon ne saurait diminuer l'importance de ces problèmes. Les yeux de Calman étaient voilés de larmes. Zelda — qu'elle repose en paix! — savait-elle ce qu'il était en train de faire? Son âme était-elle présente à la fête? Était-il vraiment sur le point de commettre un péché, ou bien le résultat de tout ceci serait-il heureux?

On retira le dais. Aussitôt un tumulte général suivit — le couple subit l'assaut des félicitations et des étreintes. Clara et sa tante se serraient dans les bras avec force gesticulations. Les hommes avaient déjà commencé à boire des alcools et à manger des nonnettes. On servait aux femmes du cherry et différentes liqueurs. Le rabbi félicita Calman. Ensuite, ce fut au tour de Daniel Kaminer de prendre le marié par le bras et, de son accent lituanien, moitié sérieux, moitié badin, il lui prodigua des conseils en tant que beau-père et ami. On offrit un verre à Calman. Clara, après avoir embrassé sa tante, étreignit Céline, Tamara Shalit, Sonia Sorkess, Itka Grain, s'approcha enfin de Calman.

« Eh bien, n'as-tu rien à me dire ? Mon mari! »

Calman était incapable de parler. Ses yeux étaient pleins de larmes et, à travers ce voile, il la voyait à peine. Quand il eut enfin retrouvé sa voix, il dit : « N'oublions pas Dieu! »

III

Le commerce avait enseigné à Calman combien il était facile de commettre une erreur. On calculait et recalculait et, en fin de compte, on oubliait que deux et deux font quatre. En notant les plus petites dépenses, on oubliait parfois les plus grandes. Voici exactement ce qui arriva à Calman. Il n'avait vécu que pour son travail; il avait été impliqué dans tant de transactions, qu'il avait oublié la chose la plus importante. Clara avait promis de se rendre au bain rituel avant le mariage, cependant Calman ne lui avait pas demandé si elle avait tenu parole. Assis à la table du banquet, il se souvenait d'autres choses qu'il ne s'expliquait pas, n'y ayant pas prêté attention tout d'abord. Mme Frankel lui avait dit qu'elle achetait sa viande dans une boucherie kasher. Mais pour saler et macérer la viande, comment s'y prenait-elle ? Et que savait-il de sa cuisine ? Avait-elle pris bien soin de ne pas mélanger les laitages aux plats de viande? Consultait-elle une autorité en cas de doute? Ne courait-il aucun risque en mangeant ici, à cette table? Pouvait-on croire une femme, qui gardait la tête découverte, capable de tenir une maison kasher? Il ne voyait aucune évidence de respect pour Dieu ici. Si c'était ainsi, alors lui, Calman, était peut-être en train de manger de la nourriture proscrite à son propre mariage! Et pour comble de malheur, il coucherait la nuit même — à Dieu ne plaise! — avec une femme qui n'avait pas fait ses ablutions! Calman sentait un creux dans l'estomac.

« Serais-je devenu fou? pensa-t-il. Oui, je suis en leur pouvoir, en compagnie de Satan! » Calman avait l'impression de s'étrangler à chaque bouchée. « Qu'ai-je fait? Comment est-ce possible? Le Malin a dû m'abuser! Cela signifie que toutes les accusations contre moi sont justifiées! »

Les musiciens jouaient infatigablement; le bouffon amusait les hôtes, dans un mélange de yiddish et de polonais, avec des histoires drôles du théâtre et du cabaret polonais. Toutes les pièces étaient emplies de bruits et de rires. Seul Calman restait immobile sur sa chaise, aux prises avec une dépression. « Existe-t-il la moindre issue de ce bourbier? Que dois-je faire, selon la loi? » Calman connaissait la réponse: il devrait se lever et courir comme si le feu était à ses trousses. Il devrait jeûner, se repentir, se torturer pour les péchés qu'il avait commis. Il se remémora les paroles de « La Verge du Châtiment »: « Quelle chaleur torride faut-il traverser dans les sept enfers et combien de métamorphoses faut-il subir avant d'entrer simplement en Géhenne! » L'espace d'un instant, il se souleva comme pour quitter la table et s'enfuir. Avec lassitude il se laissa retomber sur sa chaise. Les paroles d'Ezriel lui revenaient en mémoire : « Les juifs ont leur Torah, les chrétiens ont leurs propres lois. Quiconque a-t-il vu Moïse recevoir la Torah sur le Sinaï ? Tout n'est que légende. »

« Eh bien, voilà que je suis en train de devenir un hérétique, par-dessus le marché », pensa Calman, étonné que l'Esprit Malin eût réussi si rapidement à le jeter dans l'abîme.

« Je dois m'enfuir », se répéta-t-il. Pourtant il n'eut pas le courage de faire un geste. Il restait assis, buvant à petits coups son bouillon de poulet, mâchant sa viande, écoutant les plaisanteries piquantes du bouffon, observant les femmes aux bras nus, à la gorge dénudée, au visage poudré, qui poussaient des cris folâtres. Clara ne resta pas sur sa chaise à côté de Calman. Elle était constamment appelée quelque part. De nouveaux invités continuaient d'arriver avec des présents, comme si ce mariage était celui d'un jeune célibataire et d'une jeune fille. Calman, les sourcils froncés, les regardait par en-dessous. Qui étaient-ils ? Comment Mme Frankel connaissait-elle tant de monde ? Pourquoi étaient-ils tous aussi excités ? Et pourquoi Clara avait-elle voulu voir une telle foule à son mariage ? Quand Clara revint enfin vers lui, Calman la contempla en songeant qu'il ne l'avait jamais vue aussi jolie; sa peau était satinée. Elle portait autant de bijoux qu'une reine. Lui versant un peu de vin, elle dit : « Bois, c'est notre mariage! »

Avec une aisance toute mondaine, elle fit tinter son verre contre le sien.

« Est-ce du vin kasher, au moins ? » demanda Calman, confus de ses propres paroles; comme il n'était plus sûr de lui, elles sonnaient craintives et hypocrites.

« Kasher, kasher! Tout est kasher! » gronda Clara de bonne humeur, lui lançant un clin d'œil en parlant. Calman comprit ce qu'elle voulait dire : « Allons, ne joue pas les saints! »

Calman vida son verre. Elle lui en versa un autre. Il se rappela un verset des Écritures : « ... et le vin qui rend heureux le cœur de l'homme. » La tête lui tournait; il se sentait les jambes lourdes. « Et puis après ? La Géhenne aussi est pour les humains, et non pour les chiens, marmotta-t-il tout seul. Selon le livre saint, tout le monde finit sur un lit de clous, de toute manière... » Il commençait à éprouver une sorte de ressentiment contre le Créateur. Zelda qui avait mené la vie d'une femme pieuse n'avait eu pour toute récompense que le travail, la maladie et une vie brève. Et les écoliers juifs que Chmielnicki avait enterrés vivants ? Ils n'avaient même pas connu le goût du péché... D'après l'Ecclésiaste, les êtres humains et les animaux sont pareils. La mort ne fait pas de différence.

Lorsque enfin la foule commença à se disperser, le jour se levait déjà. Clara avait loué des chambres dans un hôtel tout proche. Un fiacre attendait dehors pour leur faire franchir la courte distance. Un peu partout, les gens se levaient déjà pour commencer la nouvelle journée, alors que Calman se rendait à cet hôtel païen, accompagné d'une femme impie. Des rangées de clefs étaient accrochées au mur derrière l'employé sommeilleux de la réception. Réveillé brusquement, il remit la clef à une femme de chambre. L'escalier de marbre était couvert d'un tapis. Clara s'accrocha au bras de Calman pour monter les marches. Adroitement, la femme de chambre porta les deux valises, tourna la clef dans la porte et fit entrer le couple dans la suite sombre. Elle alluma une lampe. Clara lui donna un pourboire. La chambre à coucher était grande, le plafond haut. Il faisait un froid étrange dans la pièce. Clara ouvrit la porte de la chambre communicante. Calman se disait qu'elle avait l'air de se sentir tout à fait chez elle. Avant de fermer la porte derrière elle, elle fit observer : « Les toilettes sont dans le hall, à gauche. »

Quand Calman revint, il trouva Clara fraîchement parfumée, vêtue d'une chemise de nuit en dentelle de soie, les cheveux défaits tombant sur les épaules, ses pieds chaussés de mules. Elle faisait penser à Calman à ces reines et à ces princesses qu'on voyait sur les bank-notes et les médaillons.

Subitement, elle dit en polonais : « Eh bien, déshabille-toi!

— Oui, certes! »

Calman se sentait gêné de se dévêtir devant une si grande dame. Éteignant la lumière, il commença à retirer ses nouvelles bottes qui lui brûlaient la plante des pieds, bien qu'elles eussent coûté quinze roubles et qu'elles fussent en chevreau. Il se souvint qu'il n'avait pas prononcé ses prières du soir mais se résigna, car dans l'obscurité il ne voyait pas où se purifier les mains. Il ferma les yeux. Son désir pour Clara s'était évanoui et seule la peur restait.

Quinze

I

LE logement sous le toit, au n° 19 de la rue Krochmalna, se composant de deux chambres et d'une cuisine, était habité par Todros Bendiner, fils de fossoyeur, qui était rentré en Pologne après un séjour de plusieurs années à Berlin, sans domicile fixe, sans travail et sans manger à sa faim. La maladie avait mis fin à la vie vagabonde de Bendiner. Finalement, il s'était installé comme boulanger à Varsovie. Le dur labeur de pétrir la lourde pâte lui avait donné une hernie. Maintenant il ne faisait plus de grosse besogne. Il se contentait d'alimenter les fours, de balayer le plancher de la boulangerie et de faire les commissions. Il avait six enfants. Sa famille nombreuse était logée bien à l'étroit. Néanmoins, il cloisonna une alcôve dans cet espace réduit et il la loua.

Ezriel connaissait un professeur d'hébreu qui lui recommanda cette sous-location. Aussitôt il décida de la prendre. La femme de Todros, Rytza Léah, servait les repas à Ezriel. Celui-ci payait dix gulden par semaine pour la chambre et la pension. La pièce exiguë avait une fenêtre qui donnait sur une cour. L'ameublement d'Ezriel se composait d'un lit, d'une table, d'une chaise et d'une petite bibliothèque.

Quand Ezriel était assis à sa table de travail, il lui arrivait souvent de laisser errer son regard sur cette cour. L'immeuble était habité par les plus miséreux. Les locataires vidaient leurs eaux sales par les fenêtres; il n'y avait pas d'écoulement, ainsi de grandes flaques d'eau se formaient dans la cour. Les déchets jonchaient le sol en grands tas autour des poubelles. La puanteur était si forte qu'elle montait jusqu'à Ezriel, au troisième étage.

La cour servait à la fois d'atelier en plein air et de place du marché. Un teinturier y exerçait son commerce; un tapissier diligent y rembourrait fauteuils et sofas. Il y avait même des stalles avec des vaches. On voyait des femmes porter des cruches et des casseroles vides et les remporter pleines de lait, encore chaud des pis. Périodiquement, le concierge venait nourrir sa chèvre d'épluchures de pommes de terre. Les femmes séchaient leur linge, aéraient literie et vêtements, frappaient leur tapis à l'aide de gourdins. Souvent, le bourdonnement des cris d'animaux et des jacasseries de jeunes filles se mêlaient aux voix chantant la Torah, car il existait également une salle d'études hassidique dans l'immeuble.

C'était un lundi, généralement le jour des mendiants venant recueillir des aumônes. Une foule de pauvres en haillons se pressait à la grille de la cour et envahissait l'immeuble. Les mendiants montaient et descendaient l'escalier en cheminant péniblement, frappaient aux portes des logements et exhibaient leurs membres estropiés. Au heder, établi dans un petit appartement de la maison, quelques enfants récitaient le Pentateuque. La plupart des jeunes, toutefois, étaient dehors en train de jouer avec des bâtons et des ficelles, aussi avec des débris de vaisselle. Une petite troupe d'enfants s'amusait à tourmenter un garçonnet rachitique, en lui arrachant son bonnet.

Ezriel était assis à sa table de travail, le *Livre de Problèmes de Malinin* ouvert devant lui. Le problème qu'il étudiait concernait un marchand de bétail qui avait vendu une moitié de ses bœufs, un tiers de ses moutons, et un quart de ses veaux. « Eh bien, si tu veux poursuivre, tu finiras par transpirer », se dit Ezriel en imitant le ton de son professeur Belkin. La petite table devant lui était couverte de manuels et de dictionnaires. Ezriel lisait, écoutant d'une oreille distraite ce qui se passait dehors. Une chandelle brûlait derrière une des fenêtres, apparemment à la tête d'un mort. Ces logements étaient occupés par des paralysés, des aveugles, des sourds, des fous, tous ceux qui ne trouvaient pas de place dans les institutions de bienfaisance. Parfois on entendait une femme en train d'accoucher pousser des hurlements de douleur. Des gens marchaient dans les caves sombres où des souris couraient à la débandade, même en plein jour. On travaillait de la première heure du matin jusque tard le soir. Depuis longtemps Ezriel avait appris que plus les gens travaillaient, moins ils gagnaient.

« Comment pourrait-il en être autrement, marmotta Ezriel solitaire, puisque tout est un jeu de puissances occultes ? Matière et énergie... la survivance des plus aptes. Justice ? Non, la justice est impossible dans un tel univers. S'il n'existe aucun Dieu, il n'y a aucun péché. Tout n'est qu'une vaste jungle. »

Rytza Léah entra.

« Trois lettres pour vous.

— Trois ? Merci beaucoup. »

Deux lettres venaient de Jampol — l'une de Shaindel et l'autre de ses parents. La troisième lettre était timbrée de Varsovie, et l'expéditrice s'appelait Justina Malewska. L'enveloppe était bleue et l'adresse était écrite d'une main soigneuse. Dans l'enveloppe se trouvait une feuille de papier à lettre assortie. Le message était en polonais; voici ce qu'il disait :

« Très estimé Monsieur E. Babad,

« Je viens de rentrer de Paris où j'ai fait la connaissance de votre belle-sœur, la comtesse Maria Jampolska. Sachant que mon père est en affaires avec votre beau-père, elle m'a demandé de vous transmettre ses amitiés. J'apprends à l'instant votre adresse. Je suis généralement chez moi le matin jusqu'à midi; on peut également me joindre le soir. Je suis la fille de Wallenberg. J'espère que nous nous verrons bientôt. Meilleurs sentiments. »

Ezriel relut la lettre plusieurs fois. Tout d'abord il ne réalisa pas que la comtesse Maria Jampolska était Miriam Lieba. Il ouvrit les autres enveloppes et il apprit de Shaindel qu'une lettre était arrivée de la fille de Wallenberg, celle-là même qu'il venait de lire. Shaindel écrivait en outre que Yosele — Uri Joseph — se portait bien et qu'il était un petit garçon très éveillé, qu'il posait beaucoup de questions et qu'il réclamait son papa. Elle, Shaindel, souhaitait également le voir revenir bientôt pour les vacances. Elle avait bien des choses à dire encore; en vérité, elle avait couvert plusieurs pages d'une écriture appliquée et même rempli les marges. La troisième lettre était de son père, de sa mère et de Mirale. Son père écrivait en hébreu qu'il ne pouvait plus supporter les insinuations des anciens de Jampol et qu'il désirait venir à Varsovie. Il avait entendu dire que de nombreux rabbis non officiellement employés par la communauté avaient la possibilité de gagner leur vie dans la grande ville. Peut-être Ezriel pourrait-il lui trouver un logement dans un quartier juif ? N'aurait-on pas, par hasard, besoin d'un rabbi dans la rue Krochmalna ?

Le post-scriptum de sa mère était un cri de colère : « Je ne peux plus vivre parmi ces bandits! Ils nous rendent la vie impossible. Jampol est devenue une autre Sodome... » Mirale avait ajouté deux lignes : « Ezriel, sauve-nous de cette boue! Ta sœur Mirale. »

Ezriel repoussa ses livres. Quels fanatiques! Il ne trouvait même plus la paix dans ce petit réduit. Il avait besoin de sortir dans la rue. La comtesse Maria Jampolska était sa belle-sœur. La fille de Wallenberg l'invitait chez elle. Son père allait s'installer à Varsovie pour de bon. Le temps ne s'arrêtait pas. Ezriel passa en revue les vêtements recouverts d'un drap et accrochés au mur. Il décida de mettre sa veste bleu marine. Il s'achèterait un nouveau faux col; il se ferait également couper la barbe. Heureusement, la blanchisseuse lui avait rapporté son linge propre. Il se demandait s'il devait rendre visite à Mme Malewska le soir même. « Non, mieux vaut attendre le lendemain! » Ramassant sa copie d'Euclide, Ezriel sortit et constata que la journée de juin était ensoleillée et chaude. Il descendit les marches extérieures, jonchées de saletés, et sortit dans la rue Krochmalna qui, elle aussi, était emplie de bruit et de remue-ménage. Par les portes ouvertes, on vidait les eaux sales; des immondices coulaient dans les ruisseaux; une fenêtre s'ouvrit et des déchets s'abattirent dans la rue. Il y avait de nombreuses boulangeries dans la rue; leurs cheminées vomissaient une épaisse fumée. Les écuries attiraient des mouches. La rue était animée de mille activités. Des savetiers étaient assis devant leur boutique, en train de ressemeler des chaussures. Des femmes, assises sur des tabourets ou sur le pas de leur porte, berçaient leurs bébés. Une bande de garnements suivait une fille muette, en braillant : « Crétine! » Des couples se querellaient et des voisins cherchaient à les réconcilier. Ezriel suivit la route qui conduisait aux baraquements de Mirowska. Ces baraques, vestiges de l'ancien règne polonais, auraient dû être démolies complètement. Elles formaient le centre d'un amas de carrioles campagnardes, de camions et de fiacres, car il y avait là l'un des marchés de fruits, de légumes et de viande, les plus importants. Quittant la rue Ziabia, Ezriel pénétra dans les Jardins de Saxe. Par ce temps printanier exceptionnellement chaud, le parc aussi avait une foule de promeneurs, tout comme le reste de la ville. Une œuvre charitable avait installé une loterie foraine en face du stand d'eau minérale. Des bancs et des tentes avaient été dressés. Un placard annonçait que, parmi les articles qu'on pouvait gagner, se trouvait une vache à lait. Des enfants jouaient au cerceau et au ballon. Des adultes s'amusaient à un jeu appelé « extra ». Les joueurs se lançaient une balle qu'un troisième, le « coureur », essayait d'attraper. Les Russes avaient interdit le *palant* et autres jeux typiquement polonais.

Ezriel essaya de lire Euclide, mais son désir d'étudier l'abandonna soudain. Il commença à se promener à l'aventure. Il s'immobilisa un petit moment devant le bassin. Des garçonnets vêtus d'un costume marin et des fillettes parées comme des demoiselles jetaient des miettes de pain aux cygnes. Les bonnes d'enfants et les gouvernantes s'adressaient aux enfants en polonais et en français. Ici, on n'apercevait pas de juifs vêtus de longues houppelandes, ni de femmes coiffées d'un bonnet ou portant perruque. Les hommes étaient coiffés du chapeau de paille, quelques-uns du haut-de-forme ou du chapeau melon. Contrairement à la barbe non peignée des juifs, la leur était taillée en pointe ou en éventail; leur moustache avait les pointes roulées en spirale, ou bien elle se dressait de chaque côté raide comme du fil métallique. Les jeunes portaient leur col de chemise souple, ouvert et rabattu sur leur veste — à la mode de Slowacki — tout comme le fameux poète. Bien qu'il fît une chaleur d'été, les hommes plus âgés arboraient le col dur et une large cravate. Chacun était élégant à sa manière. Le pantalon clair était assorti à la veste sombre, le pardessus négligemment jeté sur le bras ou sur les épaules, les souliers avaient l'éclat du vernis, les cannes un pommeau en argent ou en os. Les étudiants de collège et d'université paradaient en exhibant un uniforme aux boutons dorés. Le chapeau des dames, souvent orné d'une voilette aux mailles fines, ressemblait à une assiette chargée de fleurs et de fruits. Les robes étaient serrées à la taille, enrubannées et plissées; les gants montaient presque jusqu'au coude; les ombrelles et les éventails étaient riches en couleurs. Des amoureux flânaient tendrement enlacés, les yeux dans les yeux, cherchant des sentiers secrets. Tout ici avait un cachet mondain : la fontaine, les serres, les parterres de fleurs. Des Russes barbus, ceints d'un tablier blanc, transportaient sur leur tête des tonnelets de crème glacée. Il y avait une confiserie dans le parc, aussi un milk-bar où des jeunes buvaient du lait suri. Ezriel prit place sur un banc afin de s'abîmer de nouveau dans les théorèmes euclidiens, pourtant il n'arrivait pas à se concentrer.

Quelle attitude devrait-il prendre, le lendemain, chez Justina Malewska ? Devrait-il lui baiser la main ? Lui faire un compliment ? Lui dire Madame, ou bien Gracieuse Madame, ou encore Estimable Dame ? Que ferait-il si on l'invitait à table ? Accepter ? Ou bien refuser? Combien de temps faudrait-il rester? Devrait-il tendre la main, le premier? Ou bien attendre qu'elle lui offrît la sienne? Aurait-il besoin d'une carte de visite? Que se passerait-il si son mari, des parents ou des amis étaient présents? Comment devrait-il s'adresser à eux? Ezriel secoua la tête. Il avait bien changé! Quelques années plus tôt, il s'était senti un homme sans complexe qui avait toujours su faire face aux circonstances. Maintenant, soudain, il avait le sentiment de sa dépendance, de son infériorité. Il lui fallait encore des années pour posséder le russe, le latin, le grec. Il restait tant de langues, tant de matières à étudier pour terminer les sept grades universitaires et obtenir un diplôme. Il avait besoin d'apprendre les bonnes manières pour faire son entrée dans le monde, choisir la profession qui lui conviendrait. Après tous ces efforts, il ne serait quand même jamais qu'un juif persécuté... Étrange, que le monde futur soit tellement plus simple que le monde ici-bas! Là-haut, il n'y avait de comptes à rendre qu'à un seul — Dieu. Ici, on dépendait d'innombrables directeurs, inspecteurs, de lois, règlements, formules d'étiquettes, formalités — un code bien plus compliqué que le Shulhan Arukw, livre contenant les lois juives.

Ezriel restait assis, absorbé dans ses pensées. Quelqu'un lui toucha l'épaule. Ezriel sursauta et reconnut M. Wallenberg.

« Pardon, n'êtes-vous pas le gendre de M. Jacoby? »

Ezriel se leva. « Monsieur Wallenberg!

— Oui. Je flânais dans le parc quand je vous ai aperçu, profondément plongé dans votre méditation... Je vous ai reconnu tout de suite.

— Oh! c'est un honneur pour moi! Aujourd'hui même, j'ai reçu une lettre de votre fille.

— Je sais, je sais. Nous parlions de vous, l'autre

jour. Votre belle-sœur, la comtesse, a rencontré ma fille. Que ce monde est petit, hein ? Comment se porte votre beau-père ?

— Très bien, je vous remercie.

— Je crois que vous êtes déjà père d'un enfant ?

— Oui, d'un petit garçon.

— Voilà qui est parfait! Cela fait un certain temps que je n'aie vu votre beau-père : je pense rentrer en relations d'affaires avec lui très bientôt. C'est-à-dire, si les circonstances le permettent. Des négociations sont engagées en vue de la construction d'une nouvelle ligne de chemin de fer. Un projet plutôt vaste : jusqu'ici aucune décision définitive n'a été prise. Ne lui en parlez pas encore! C'est un homme honnête en qui on peut avoir confiance, mais tellement vieux jeu... Ma fille m'apprend que la comtesse est une véritable beauté, encore qu'elle se trouve dans une gêne terrible en ce moment. Vous en saurez plus long par ma fille. Je vois que vous avez renoncé à porter le caftan.

— Oui, je suis étudiant.

— Vous suivez la bonne voie. La première fois que je vous ai vu, j'ai compris que vous étiez un jeune homme sage. Où vous êtes-vous caché pendant tout ce temps ? Je vous avais dit, à l'époque, que je désirais vous aider.

— Oh! je vous remercie. Je sais que votre temps est compté.

— Sans doute, n'empêche qu'on ne doit pas vivre uniquement pour soi-même. Passez donc me voir! J'ai pris l'habitude de me promener, chaque jour, pendant trois quarts d'heure. On se sent confiné dans un bureau. Cet été, j'ai l'intention de visiter Carlsbad. Je possède une villa et quelques propriétés sur la Vistule. Ma famille m'y précédera bientôt. J'ai appris que votre belle-mère est morte.

— Oui, il y a quelque temps déjà.

— Je sais. J'ai envoyé mes condoléances à votre beau-père. Quels sont vos projets ?

— J'espère passer mes examens avec succès et devenir médecin.

— Pourquoi la médecine ?

— Je ne saurais le dire moi-même.

— Allons, on a besoin de médecins! Les juifs aiment bien les médecins. Un juif sautera facilement un repas pour acheter des remèdes. Il faut bien dire qu'ils sont effectivement malades. Le diabète fait particulièrement des ravages parmi eux, la consomption également. Où faites-vous vos études ?

— Chez moi, avec des professeurs.

— Je peux vous aider. L'inspecteur principal de toutes les écoles intermédiaires en Pologne russe est un de mes amis. Généralement, je ne suis pas partisan d'user d'une influence — je crois au succès honnêtement gagné. Mais chaque règle a ses exceptions. Êtes-vous en mauvais termes avec votre beau-père ?

— Non, nous sommes en bons termes.

— N'est-il pas en colère que vous ayez quitté votre caftan ?

— Il est content que je n'aie pas rasé ma barbe complètement.

— Un compromis donc, hein ? Je comprends. Que faites-vous ce soir ?

— Rien de spécial.

— Alors, pourquoi ne pas venir avec moi ? Je ne resterai au bureau qu'une demi-heure, à peu près. Venez souper avec nous! Ma fille sera là aussi; elle vous parlera de votre belle-sœur. Vous pourrez également me donner des détails sur vos études. J'aimerais aider quelqu'un. Pourquoi ne serait-ce pas vous — pour l'amour de votre beau-père, et pour le vôtre aussi, naturellement.

— Je ne sais comment vous remercier, mais...
— Pourquoi « mais » ?
— Je ne suis pas habillé convenablement.
— Vous êtes très bien ainsi. Propre — voilà l'essentiel! Qu'attend-on d'autre d'un étudiant ? Allons, venez! Vous ne serez pas obligé de manger du porc. Vous n'êtes pas pieux, après tout — ai-je raison ? Dieu ne se soucie pas de ce que vous mangez. Tout ce qu'Il demande est que vous aimiez votre prochain — n'est-ce pas vrai ? » M. Wallenberg, pour se donner des airs, chanta dans un hébreu à l'accent polonais : « Tu dois aimer ton prochain comme toi-même... »

II

Qui aurait prédit qu'Ezriel se promènerait dans un carrosse, le jour même! Par la fenêtre, il contemplait tout à loisir Varsovie. A sa gauche se trouvaient les Jardins de Saxe. Dans le parc, un obélisque tel un doigt géant pointait vers le ciel. Bientôt la voiture tournait dans l'avenue de Cracovie. Le monument du roi Sigismond et le château où un gouverneur russe régnait à la place d'un roi polonais se découpaient au loin. Ils passaient par la rue Berg, le nom du lieutenant-général responsable de la soumission de la Pologne à la Russie. L'histoire polonaise imprégnait chaque pierre, chaque brique; cependant la langue était russe sur toutes les plaques de rues et les enseignes de magasins. Les trottoirs semblaient trop étroits pour la foule nombreuse. Près du caniveau, coincé entre les voitures, chariots et fiacres, un omnibus hippomobile essayait de se frayer un passage — sur son parcours de la gare de Vienne jusqu'à Praga, faubourg de Varsovie. Leur propre carrosse entrait dans le quartier riche de la ville. Plus ils avançaient, plus les maisons étaient basses et les espaces grands entre elles. Après l'avenue de Jérusalem, on apercevait des villas, des jardins, même des vergers avec des arbres fruitiers. De nombreux aristocrates lituaniens, exilés en Pologne après l'insurrection de 1863, vivaient dans ce secteur de la ville. La villa de M. Wallenberg, située près de la rue Hozia, était entourée d'un jardin. Un gardien ouvrit la grille; un palefrenier en livrée sortit pour prendre soin des chevaux. Une servante ouvrit la porte, s'inclina et prit le chapeau du visiteur. Ezriel était ébloui par tant de splendeur. Les parquets bien cirés étaient miroitants; aux murs étaient accrochés des tableaux aux cadres sculptés et dorés; les lustres étaient décorés de prismes de cristal irisé qui reflétaient les couleurs de l'arc-en-ciel; des pots en terre cuite contenaient des palmiers, des figuiers, et toutes sortes de plantes exotiques; les tapis étaient épais. M. Wallenberg conduisit Ezriel dans un salon et lui présenta une dame grisonnante et plusieurs jeunes hommes et jeunes femmes. Ezriel baisa la main de la vieille dame et s'inclina devant les autres personnes. M. Wallenberg parla d'une voix profonde et sonore. « Voici le gendre de Calman Jacoby. Imaginez-vous que je l'ai rencontré dans les Jardins de Saxe... Je vous présente ma fille, Justina, qui vous a envoyé une lettre... »

Justina Malewska était petite et brune. Elle ressemblait quelque peu aux femmes qu'on voit sur les gravures japonaises. Sa coiffure en toupet avait l'air d'une perruque. Ses yeux étaient brillants, vifs et gais. Des perles étincelaient à son cou, et des diamants jetaient des éclats vifs au lobe de ses oreilles. Elle tendit une main douce aux doigts effilés, couverts de bagues. Elle regardait Ezriel avec une familiarité moqueuse.

« N'est-ce pas une coïncidence étrange? Je vous écris une lettre, et voilà que mon père croise votre chemin dans le parc. Ma rencontre avec votre belle-sœur était également un pur hasard. Je vous en donnerai les détails plus tard. Il y a une chose que je peux vous dire tout de suite — elle est très malheureuse!

— Pourquoi?

— Pour mille raisons. Le comte est complètement fou. La colonie polonaise l'a reçu comme un héros; depuis, il a dressé tout le monde contre lui. Il se lie avec des charlatans et des aventuriers. Toutes les portes lui sont fermées à présent. »

Mme Malewska hésita, jouant de l'éventail.

« Je veux être franche avec vous : il boit. Sans arrêt!

— Oh!

— Tout le monde adore la comtesse, n'empêche qu'à cause de son mari, on a cessé de la recevoir. De plus, elle n'est pas en très bonne santé. Elle a eu un accouchement difficile : elle a frôlé la mort. Je m'inquiète de sa santé.

— Comment est l'enfant?

— Un petit ange! »

La porte s'ouvrit et la bonne annonça le dîner. Ezriel observa que les hommes offraient le bras aux dames. Il ne savait pas ce qu'il devait faire. Mme Malewska sourit et lui prit le bras.

« Monsieur n'a pas d'objection à faire?

— Je suis très honoré », répondit Ezriel.

Le repas se prolongea fort tard. On servait viande, légumes et compotes variées. Mme Malewska montra discrètement à Ezriel comment se conduire à table. Il avait glissé sa serviette sous ses revers; il mangeait des mets qu'il n'avait jamais goûtés (les assiettes étaient décorées d'images de Napoléon), et il buvait du vin sec. Tout se passait suivant un cérémonial, chaque geste était délibéré. Confus de son ignorance de l'étiquette, Ezriel décida de se souvenir de tout ce qu'il voyait et apprenait. Sa timidité semblait l'avoir quitté. Le vin le mettait de bonne humeur. Il taquinait Mme Malewska et elle riait de sa petite bouche.

« La comtesse parlait de vous avec beaucoup d'estime. Serait-elle amoureuse de vous, par hasard? demanda Mme Malewska en se moquant.

— Pourquoi de moi, précisément?

— Qui sait ce qui se passe dans le cœur d'une femme. Nous en parlerons plus tard; en tout cas il serait préférable qu'elle revienne en Pologne.

— Avec lui?

— Comment pourrait-il rentrer au pays? On l'arrêterait.

— Que ferait-elle seule ici?

— Je n'en sais rien. Y a-t-il une chance de la réconcilier avec son père?

— Aucune chance! C'est hors de question.

— Je suis allée chez elle. Elle est la comtesse la plus pauvre que j'aie jamais rencontrée. Je n'ai pas besoin de vous dire que les aristocrates appauvris ne manquent pas en France — qu'ils soient polonais ou français. Ici en Pologne, un Potocki travaille au chemin de fer de Vienne. Il est caissier ou bien conducteur. Dans ce monde, il n'y a pas de tour d'ivoire. On ne peut pas échapper à la réalité, quel que soit le désir de le tenter. »

Ezriel avait cru qu'un renégat éviterait toute allusion aux juifs; or, M. Wallenberg parlait du problème juif à table et, plus tard, au salon. Apparemment, il était bien informé de tout ce qui concernait le peuple élu. Les juifs de l'Europe occidentale, disait-il, s'étaient adaptés aux coutumes des pays dans lesquels ils vivaient, tandis que les juifs polonais étaient restés une tribu d'Asiatiques. Quand un juif de l'Europe occidentale ou de l'Europe centrale mourait, il prenait des mesures, dans son testament, pour pallier les besoins de la communauté : l'orphelinat d'Auerbach à Berlin, le séminaire israélite de Frankel à Breslau, les legs d'Oppenheimer et de Magnus Levy, les énormes sommes données par les juifs en Angleterre, les institutions créées pour orphelins et enfants pauvres, les centres pour leur apprendre un métier, les fonds investis dans les écoles, hôpitaux, séminaires rabbiniques! Il en était de même pour les juifs des États-Unis. De quoi disposaient les juifs de Varsovie? D'un hôpital sale et d'une soupe populaire misérable. Quant aux hassidim, inutile d'en parler! Des bédouins sauvages! Et que dire de la conduite du juif progressiste en Pologne? Il vivait en marge de la société. Il n'avait aucun sens des responsabilités envers la communauté. Ses filles apprenaient à baragouiner un peu de français, aussi à pianoter. La femme juive en Pologne nageait dans l'opulence, même si son mari était sur le point de faire banqueroute. En revanche, Adolphe Crémieux et un juif Séphardim d'Amérique avaient accepté le poste de consul général de la Roumanie afin de venir en aide aux juifs roumains. Wallenberg parlait des financiers juifs qui avaient boycotté la Roumanie à cause de sa persécution des juifs, du Parisien Rothschild qui avait fait un prêt de cent millions de francs au gouvernement français afin d'aider à payer les réparations à la Prusse, aussi des deux filles du Rotschild londonien, Anna et Flora, qui avaient collaboré à un exposé historique sur le peuple juif. Existait-il quoi que ce soit de comparable à ces exemples chez les juifs de Pologne?

Ezriel constatait que, lorsque Wallenberg abordait la question juive, il devenait aussi excité que s'il était toujours juif lui-même : sa voix se faisait retentissante; frappant le poing sur le bout de la table, il faillit briser un vase. Son visage était rouge. Son ventre semblait faire craquer les coutures de son gilet; son cou était engoncé dans un col haut et rigide. Ses yeux noirs étincelaient de colère, par moments ils reflétaient cette anxiété typiquement juive concernant l'humanité et que nulle eau bénite ne saurait effacer. Silencieuse et maternelle, Mme Wallenberg gardait les yeux fixés sur son mari, hochant sa tête grisonnante comme en accord avec ces vieilles sagesses d'un temps immémorial qui défiaient toute contestation. Ses beaux-fils non juifs écoutaient sans rien dire. Le fils et les filles du maître de maison s'étaient retirés à l'autre bout du salon où ils avaient leur propre conversation. Ezriel les entendait parler de chaussures. Peu de temps après, Ezriel se retrouva seul avec Wallenberg qui garda le silence un bon moment, avalant rapidement son café qu'il avait laissé refroidir.

« Ainsi vous voulez devenir médecin... dit-il enfin.

— Oui.

— Puis-je vous demander quelque chose ?

— Naturellement, je vous en prie.

— Êtes-vous croyant ? »

Ezriel ne sut que répondre.

« Pas dans le sens usuel, fit-il en hésitant.

— Dans quel sens alors ?

— Il doit exister quelque puissance supérieure.

— Croyez-vous que cette puissance supérieure s'est révélée à Moïse sur le Sinaï et qu'elle a donné aux juifs la Torah et le Talmud et tous les commentaires que les rabbis continueront à expliquer jusqu'à la fin des temps ?

— Non, je ne suis pas croyant à ce point-là.

— Si c'est ainsi, pourquoi êtes-vous toujours juif ? Je vous parle franchement : quels que soient vos projets, que vous deveniez médecin, ingénieur ou banquier — vous n'y arriverez pas facilement, étant juif. Je faisais tout à l'heure allusion aux juifs de l'Europe occidentale et de l'Europe centrale. Ce sont des patriotes dévoués. De nombreux jeunes juifs sont morts pour la Prusse, pour la France aussi bien. Bon nombre d'entre eux ont été décorés. Pendant la guerre, les juifs prussiens ont dû quitter l'Alliance israélite universelle, qui fut créée en France. On ne pouvait pas à la fois être à la guerre et faire partie de cette organisation. Tout récemment, il y a eu un procès en France impliquant une firme juive frauduleuse; aussitôt, la presse bien pensante a commencé à exciter l'opinion publique en exigeant que les juifs portent de nouveau l'étoile jaune et retournent au ghetto. Au cours de la guerre, les juifs de Metz ont failli être chassés de la ville. Vous ne lisez probablement pas les journaux, moi si. Je lis tout. Pour chaque juif qui reçoit une médaille, des centaines d'autres reçoivent des coups. Notre presse en Pologne s'est montrée à peu près correcte jusqu'ici, pourtant, dernièrement, il y a eu un article furieux dans la *Gazeta Polska* protestant contre les juifs vêtus de longs caftans qui assistent aux concerts, qui s'interpellendans un jargon braillard et qui ne savent pas se servir d'un mouchoir. La différence entre juifs et gentils est que le gentil qui se mouche dans ses doigts n'assiste pas à des concerts. Un juif peut faire les deux. Comment, croyez-vous, tout ceci finira-t-il ?

— Vous ne pouvez attendre de tous les juifs en Pologne d'avoir des manières parfaites.

— C'est juste; néanmoins une minorité est toujours attaquée, spécialement une minorité avec des aspirations sociales. Il y eut un temps où j'ai cru que, si les juifs quittaient leur caftan et apprenaient à parler la langue du pays, tout serait parfait. Aujourd'hui, je vois que ce n'est pas le cas. Pour le reste du monde, le juif moderne est un concurrent impitoyable. En deux mille ans, les juifs ont accumulé des masses de talents que nul autre peuple ne possède.

— Et que devraient faire les juifs de leurs talents ? S'en débarrasser ?

— Non, mais... »

Justina Malewska les rejoignit.

« Père, je ne veux pas vous interrompre, cependant je dois parler de sa belle-sœur à M. Babad. D'après ce que j'entends, vous abordez toutes sortes de sujets; ce que j'ai à dire, moi, concerne une personne vivante.

— Oui, ma fille, parle-lui! C'est un jeune homme intelligent.

— Venez! Nous irons dans une autre pièce. »

Ezriel présenta ses excuses à Wallenberg. Justina le conduisit dans un salon plus petit, une sorte de boudoir. Il y avait une pendule sur un socle représentant un satyre, de nombreux miroirs accrochés aux murs drapés de soie jaune. Justina commença à raconter les circonstances qui lui avaient fait connaître la comtesse — comme elle appelait toujours Miriam Lieba. Elle parlait de mille choses à la fois : de ses liens avec la colonie polonaise, de ses rencontres avec des chefs polonais, des écrivains, des aristocrates, de la façon dont elle avait été reçue dans les salons parisiens. Bientôt, elle évoqua la misère désespérée qui prédominait dans la colonie polonaise : la mendicité de ses habitants avait atteint le fin fond de la dégradation. Les Polonais avaient « emprunté » son dernier franc à la comtesse, de sorte qu'elle n'avait pas d'argent pour rentrer dans son pays.

Lucien était un ivrogne, un aventurier, un mendiant — tout à la fois. Il mangeait à la soupe populaire. Il menaçait constamment de s'engager à la Légion étrangère, laquelle, probablement, ne l'accepterait même pas. La comtesse mourait de faim. Justina s'arrêta un instant. Elle semblait avoir la gorge contractée.

« Ce que j'ai à vous dire vous choquera, je le sais, mais vous êtes le seul qu'elle porte encore dans son cœur.

— De quoi s'agit-il ?

— Elle est devenue blanchisseuse pour ne pas mourir de faim. »

Seize

I

A PARIS, les Jampolski occupaient une unique chambre, dans une impasse à Belleville. Il y avait des stalles, des boulangeries et des blanchisseries dans cette rue. Un escalier tournant conduisait jusque sous le toit au quatrième étage. Le couple vivait dans une mansarde au plafond incliné et une minuscule cuisine dans laquelle le baquet de lessive était installé en permanence. Heureusement, ils étaient sous le toit, et il y avait toujours de la place sur le palier pour mettre le linge à sécher. Des ouvriers d'usine, un vieux royaliste, un rentier ainsi qu'une fille publique habitaient aux autres étages du dessous. Sur le toit, des garçons, propriétaires de cages à pigeons, dirigeaient les oiseaux à l'aide de longues perches. Dans les rues plus cossues, il y avait de l'eau courante : il suffisait d'ouvrir le robinet; tandis qu'ici, la concierge montait tous les jours des bidons remplis de l'eau qu'elle avait pompée dans la cour. Le soir, on portait des poubelles pleines au camion à ordures et il fallait se boucher le nez à cause de la puanteur. Des souillons cancanaient de fenêtre à fenêtre; les rues et les cours fourmillaient de chiens, d'enfants et de mendiants. Pendant le siège de Paris, non seulement tous les chats du voisinage avaient été mangés, mais les souris aussi bien. Aux jours des communards, le quartier avait été la scène de rassemblements en masse et de manifestations. Des femmes rebelles portant des torches étaient sorties de ces rues pour incendier Paris. La rue était fière de compter bon nombre de veuves de guerre; plusieurs de ses habitants avaient été envoyés à l'île du Diable. Comme il y avait peu de Polonais dans le voisinage, Miriam Lieba avait appris à parler le français.

Sa vie avec Lucien avait été cruelle, dès le début. Lucien avait rapidement gaspillé les deux mille roubles qu'il avait obtenus à Varsovie pour les bijoux de sa mère. Tous les soirs, il rentrait en pestant contre la traîtrise des chefs de la colonie polonaise, les accusant d'avoir poussé la Pologne à une rébellion sans espoir, contre l'Académie militaire polonaise de Gênes, si corrompue et si infâme, contre la pratique du vol lors de la distribution des denrées aux émigrants, contre l'abus de certains qui exploitaient les querelles entre les différentes fractions pour favoriser des ambitions personnelles. Il avait exprimé son hostilité si ouvertement, et pendant si longtemps, qu'il s'était exclu lui-même de la colonie polonaise. Il trouva du travail dans une manufacture d'ameublement mais, bientôt, il se fâcha avec son patron. Il essaya d'autres métiers. Jamais il ne gardait une place plus de quelques semaines. Les Français n'étaient pas des ivrognes mais Lucien rentrait ivre chaque soir. Plus d'une fois, Miriam Lieba connut la faim pendant sa grossesse. Après les disputes entre eux, Lucien disparaissait pendant plusieurs jours et, quand il rentrait enfin, il était en guenilles et crasseux. Sa situation devenait tellement désastreuse que Miriam Lieba mangeait kasher à la soupe populaire dans un local que l'Alliance israélite avait ouvert, après la guerre, pour les juifs pauvres. Une voisine, blanchisseuse, conseilla à Miriam Lieba de laver du linge pour les célibataires et elle lui donna plusieurs adresses. La fille publique du second étage lui suggéra un métier plus lucratif.

Depuis sa fuite avec Lucien en abandonnant les siens, ce fameux soir des Purim, Miriam Lieba n'avait connu que quelques semaines de bonheur : pendant le voyage en Prusse et, plus tard, au cours de la traversée de l'Allemagne. Ils s'étaient arrêtés à Dresde, Leipzig et Francfort, et ils avaient passé quelque temps à Breslau. Les Polonais avaient accueilli Lucien comme un héros. Ils l'avaient invité avec sa jeune femme chez eux et aussi régalé le couple dans des cafés, en chantant des chansons patriotiques. Miriam Lieba avait rencontré des aristocrates polonais, des chefs politiques, des officiers, et même des écrivains. A Paris, elle avait vécu avec Lucien à l'hôtel pendant un certain temps. Ils avaient fait un tour à Deauville. Par une matinée chaude, quel plaisir elle avait éprouvé à rester les pieds dans le sable et à contempler les vagues, écumeuses et ridées; à observer des embarcations à voile blanche au loin, sur la mer; à écouter le cri des mouettes; à rencontrer de riches Français, Anglais, Allemands, et même des Turcs et des Indiens qui venaient pour les bains de mer, aussi pour jouer au casino.

A cette époque-là, Lucien avait été d'une humeur égale, joyeuse même. Miriam Lieba avait cru vivre des vacances mouvementées qui ne finiraient jamais. Paris était une ville qui aimait la musique, tout le monde chantait. La guerre de 1870 était passée comme un mauvais rêve. Les Parisiens portaient le deuil tout en fêtant la fin du cauchemar. Ils avaient montré à Miriam Lieba où se trouvaient les barricades, les bâtiments que les communards avaient brûlés, les restes de la Bastille, les rues où vivaient les artistes, les prostituées, les anarchistes, les apaches. Miriam Lieba avait l'impression qu'on célébrait Purim sans interruption, en France. Il y avait des gens costumés qui chantaient et s'amusaient; on sortait des tables sur les trottoirs; des silhouettes miséreuses jouaient des instruments, dansaient, buvaient au goulot en mangeant une baguette de pain. Des magiciens avec des perroquets et des singes se produisaient dans la cour des immeubles. Même les officiers avec leur képi, les soldats vêtus d'un pantalon rouge, les agents portant pèlerine, tous semblaient faire partie d'une mascarade. Il y avait partout des cafés au grand air, des théâtres, des bazars, des parades, des expositions de livres, de peintures, de sculptures et d'antiquités. On avait la surprise de voir des nègres, des individus portant le chèche enroulé en turban, des géants, des nains. On pouvait s'installer sur l'impériale d'un omnibus pour quelques centimes et admirer les coupés, les belles dames, les fameux palaces, les boulevards, les ponts, les églises et les monuments. Miriam Lieba se souvenait d'avoir lu certains noms de rues dans les romans.

Malheureusement, l'argent de Lucien et sa bonne humeur s'évaporaient simultanément. Pendant des jours et des jours, il restait muet. Quand il quittait la maison, Miriam Lieba ne savait jamais où il allait. Elle préparait le repas, mais il ne rentrait pas pour manger; la nourriture se gâtait. Il la querellait et la maudissait; ensuite, il lui demandait pardon à genoux. Au début, il l'étouffait de baisers, quelque temps après, il la battait. Au lit, se vantant d'anciennes conquêtes, il avait des exigences perverses.

Miriam Lieba avait une grossesse difficile. Elle fut obligée de travailler jusqu'au jour de son accouchement. Ils étaient tellement dans le besoin que Miriam Lieba suivait le conseil d'un voisin en achetant de la viande de cheval. Elle souffrait de maux de tête, de crampes d'estomac, de vertiges. Elle était convaincue qu'elle mourrait en donnant naissance à son enfant. Bien qu'elle allât à l'église, chaque dimanche, et qu'elle lût avec passion l'histoire des martyrs chrétiens, elle se rendait, en secret, à la synagogue et donnait cinquante centimes au bedeau en le suppliant de dire une prière pour elle et d'allumer une bougie pour son âme.

II

Parmi toutes les souffrances que Miriam Lieba endurait à Paris, deux sources de tourment étaient particulièrement pénibles. En dépit de tous ses efforts, elle n'arrivait pas à garder le logement propre. Depuis son enfance elle avait été habituée à une chambre impeccable, à un lit toujours bien fait, aux affaires soigneusement rangées. La vie commune avec Lucien avait fait d'elle une souillon. Des cancrelats envahissaient la cuisine. Il y avait un trou dans le toit et la pluie entrait par là. Le poêle fumait. Des souris nichaient sous le plancher. Elle avait beau balayer, l'endroit n'était jamais bien tenu. Lucien avait l'habitude de jeter à terre du papier et des objets sans valeur, de laisser traîner dans les coins des chaussettes et des mouchoirs sales, d'éparpiller sur le plancher des journaux, des magazines et des carnets de notes qu'il lui défendait de mettre au rebut. Il avait la manie de rester complètement habillé sur le lit, fumant des cigarettes à la chaîne, et de cracher par terre. Comme le cabinet dans la cour était sale, il y avait toujours un pot de chambre dans le logement. Les enfants des voisins urinaient sur les marches d'escalier. Lorsque enfin Miriam Lieba en eut assez et décida d'accepter du linge à laver, des baquets de linge sale encombrèrent la cuisine. Une lessiveuse pleine de chemises et de linge de corps bouillait sur le poêle. Une odeur de savon, de lessive, de cristaux de soude et de bleu de blanchissage stagnait dans la pièce. La nuit, après avoir éteint la lampe, Miriam Lieba ne pouvait pas dormir, tellement il y avait de bruit. Plus tard, quand le bébé Wladzio fut né, le petit logement déborda de couches, langes, biberons et tétines. Le quartier qu'ils habitaient était infesté de souris, punaises, puces, mouches et cafards qui résistaient à l'extermination. Les chats, les souricières, le papier attrape-mouches et les ordures dégageaient une odeur répugnante. Chaque samedi soir, Miriam Lieba faisait chauffer une bassine d'eau pour prendre un bain et se laver les cheveux. Le matin, Lucien trempait à peine ses doigts dans la cuvette pour ensuite les passer sur son visage.

Miriam Lieba était autant troublée par les mensonges de Lucien que par son manque de propreté. Ou bien il restait taciturne comme un reclus, ou alors il mentait. Il mentait même pour dire où il avait acheté une miche de pain. Chaque fois qu'il trouvait du travail, il trompait Miriam quant au montant de son salaire. Il lui racontait qu'il avait rencontré un voisin dans la rue — alors qu'en réalité le voisin était malade au lit. Il se targuait d'une bonne affaire, quand il avait trop dépensé au marché. Parfois, en rentrant à la maison, il se glorifiait d'avoir aidé à la capture d'un voleur ou à maîtriser un incendie, ou encore d'avoir sauvé une jeune fille du suicide. Bien que les Polonais à Paris eussent depuis longtemps cessé toutes relations avec lui, Lucien se vantait de ses rencontres avec des personnages politiques, de ses rapports avec des chefs exilés en Autriche, Silésie et Pologne russe, ou encore de quelque conspiration qu'il fomentait pour libérer la Pologne. Il n'y avait que des traîtres dans la colonie polonaise, en France, selon lui; il avait trouvé des patriotes ailleurs, prêts à se sacrifier pour la libération de leur patrie. Des promesses de soutien étaient arrivées de Garibaldi, du Sultan, du président Hayes, de Bakounine, révolutionnaire russe dont la femme était polonaise. Dans les rangs des patriotes, il y avait l'ami de Mickiewicz, le poète Odyniec; l'écrivain Ujejski; une certaine Mme Kuchokowska; l'ancienne comtesse Skarbek qui avait de l'influence à Rome, et spécialement au Vatican; une comtesse Walewska; un vieil officier, le général Kolaczkowski... En fin de compte, Miriam Lieba découvrit que Lucien avait collectionné des noms de morts. Il insinuait même que le docteur Zawacki, qui avait épousé Félicie, était un délégué de l'organisation secrète. Il prétendait avoir envoyé Zawacki en Pologne pour une mission politique.

Au lieu de chercher un travail stable et de gagner le pain pour sa famille, Lucien passait son temps à lire des magazines, à découper des annonces, à écrire des lettres auxquelles il recevait rarement une réponse. Miriam Lieba vendit son bracelet pour permettre à Lucien d'aller voir son frère Joseph à Londres. Dans la Manche, une tempête fit rage et le bateau faillit couler. Lucien s'attarda à Londres pendant plus d'un mois. Il rentra, amaigri, se plaignant que Joseph était devenu un bourgeois, un terne positiviste, aussi un admirateur du juif Disraeli. Lucien était plein de contradictions. Il prétendait à la fois que la Pologne était perdue et que la libération était proche; qu'il était républicain, mais également royaliste; il prêchait que la Russie était le pire ennemi de la Pologne, ensuite il formait un plan pour l'union de tous les peuples slaves pour lutter contre la décadence de l'Europe occidentale. Constamment maladif, il avait eu une bronchite et un abcès dans l'oreille. Un certain temps, il resta convaincu qu'il avait contracté la syphilis, tout en jurant solennellement qu'il n'avait pas touché une autre femme. L'enfant Wladzio s'agitait la nuit et Miriam Lieba le portait couché sur un coussin dans ses bras en chantant une berceuse jusqu'à ce qu'il s'endorme. Dès qu'elle le remettait dans son berceau, il recommençait à s'agiter. « Flanque ce bâtard dehors, une fois pour toutes! » disait Lucien.

Miriam Lieba, comme toujours, pleurait à chaudes larmes. « Que me demanderas-tu encore ? »

Elle avait appris à crier et à jurer. Quand des hommes venaient voir la prostituée, elle ne se sauvait plus de la fenêtre. Elle excellait maintenant dans le marchandage avec les femmes du marché pour faire baisser le prix des tomates, d'un chou pommé, d'un chou-fleur. Lucien et Miriam Lieba cherchaient à cacher le fait qu'ils appartenaient à l'aristocratie, toujours est-il que la rue avait vite fait de découvrir la vérité. Le facteur lisait le titre sur leurs lettres. Les voisins, les commerçants et les vendeurs installés derrière les étals de fruits et de légumes, en plein vent, commençaient à appeler Miriam Lieba « Madame la Comtesse » en se gaussant. Quelle sorte de comtesse était-elle ? Elle parlait le français de la plèbe. Elle acceptait du linge sale à laver. Bientôt on découvrit, dans sa rue, qu'elle était originaire d'une famille juive polonaise. Son mari, le comte, discutait avec des rôdeurs de barrières, aussi avec des écoliers. Sale lui-même, il exigeait de la propreté et du calme dans cette rue étroite.

Voici que Lucien, pour la centième fois, avait quitté la maison. Quand il était loin de chez lui, pendant quelques jours, Miriam Lieba pouvait enfin nettoyer le logement à fond. Wladzio semblait plus calme. Tordant une chemise bleue de quelque client, Miriam Lieba, penchée au-dessus du baquet, jetait un regard par la petite fenêtre de la mansarde. Elle apercevait une bonne partie de Paris — cheminées, pigeons et pigeonniers, lucarnes et faîtières, oiseaux, clochers et campaniles. Les vitres réfléchissaient en or ou argent les rayons du soleil. Au vol, les ailes des pigeons se teintaient de rouge feu. De la ville, tout en bas, montaient des éclats de rire, des gloussements, des chantonnements, quelques accords de musique, des sifflements. Un voile de brume doré planait sur cette éternelle débauche de couleurs et de bruits. Miriam Lieba avait tout perdu, pourtant elle n'avait aucun désir de retourner à Jampol. Sa mère était morte. Tout le reste de ses souvenirs était aussi lointain et irréel qu'un rêve.

Un miroir était accroché au-dessus du sofa. Miriam Lieba y contempla son image. Non, les soucis ne l'avaient pas vieillie. La glace renvoyait un visage jeune aux yeux fatigués, aux lèvres pâles, encadré d'une chevelure blonde que le soleil rendait dorée. Elle était épuisée par le travail, mais toujours jolie. Un bref instant, Miriam Lieba songea que, si les choses allaient de mal en pis, il lui resterait toujours la possibilité de suivre l'exemple de Mlle Meyar, du second étage.

III

Wallenberg savait parfaitement qu'il ne fallait pas parler d'une fille hérétique à un juif pieux, aussi ne fit-il aucune allusion à Maria Jampolska, devant Calman. Néanmoins, il avait décidé de faciliter le retour de la jeune femme en Pologne. Mme Malewska, sa fille préférée, lui rappelait constamment le sort de la malheureuse comtesse.

Finalement, il obtint une audience du gouverneur général et il manœuvra si habilement que l'amnistie fut accordée au comte Lucien Jampolski. Le délit datait déjà de plusieurs années et, en outre, il avait été commis par un jeune homme qui était à peine capable de distinguer entre le bien et le mal. D'autre part, la Pologne était redevenue calme; des centaines de nobles étaient rentrés de l'exil pour s'établir à la campagne. La littérature et la presse polonaises étaient dominées par le positivisme. Après la chute de Napoléon III, les Polonais avaient perdu tout espoir, même les exilés polonais en France avaient été réduits au silence. Quel mal pourrait faire un Lucien Jampolski en face du puissant Empire russe?

La notification du pardon de Lucien fut dépêchée officiellement à l'ambassadeur russe à Paris. Quelques jours plus tard, Lucien en fut averti par le consul. Mme Malewska apprit séparément la nouvelle à Miriam Lieba, joignant quelques centaines de francs à sa lettre pour leur billet de retour.

Dix-sept

I

A VARSOVIE, l'hiver arriva tôt cette année-là. Le lendemain même de la Fête des Cabanes, une neige lourde commença à tomber. Le logement donnant sur la cour de la rue Obozna, où Miriam Lieba vivait maintenant, était perpétuellement plongé dans l'obscurité. Wladzio était malade; le barbier était venu et avait badigeonné la gorge de l'enfant. A présent, Wladzio, un bas bourré de sel chaud roulé autour du cou, était assis dans son lit en jouant avec des soldats de plomb, parmi lesquels se trouvait Napoléon à cheval. Wladzio avait trois ans et quatre mois. Il babillait dans un mélange de français et de polonais. Il avait la peau aussi claire que Miriam Lieba, des cheveux dorés, le nez retroussé de Lucien. Pour le moment, ses yeux étaient brillants de colère. Il n'aimait pas rester au lit et il n'aimait pas ce bas brûlant autour de son cou. Trop jeune pour se souvenir de l'hiver, il évoquait les journées lumineuses, un ciel bleu, les pigeons, les petits chiens et chats, une porte ouverte par laquelle des enfants entraient et sortaient. Paris, s'appelait ce lieu de rêve. Ici, dans ce nouvel endroit appelé Varsovie, des flocons de neige tombaient, le ciel était gris, la porte était toujours close, le vent soufflait et les volets faisaient du fracas. Wladzio alignait maussadement les soldats qu'il renversait ensuite de son pied. Soudain, il se mit à pleurer.

« Qu'est-ce qui ne va pas, mon ange ? Ta gorge te fait-elle souffrir ? » demanda Miriam Lieba.

Non, ce n'était pas ça. Wladzio voulait retourner à Paris.

« Pourquoi à Paris ? Tu es chez toi maintenant. Nous sommes en Pologne, ta patrie. »

Wladzio poussa des cris de fureur.

« Bientôt, chéri, bientôt! Nous irons. Sois sage! Je jouerai de l'harmonica pour toi. »

Miriam Lieba joua, pourtant l'enfant restait agité. Elle prit quelques piécettes françaises dans une boîte à thé et les lui donna. Il continua à pleurer jusqu'à ce que, complètement épuisé, il s'endormît. Miriam Lieba n'avait pas le courage de reprendre son travail. Elle contemplait l'enfant avec tristesse; en dormant, ses lèvres remuaient comme celles d'un nourrisson en train de boire. Par moments, son front se crispait comme sous l'influence de pensées moroses; alors il se frottait le nez de son petit poing. Il avait déjà tant souffert! La scarlatine d'abord, la rougeole ensuite! Nourrisson, il avait beaucoup pleuré quand il avait percé ses dents. N'était-ce pas suffisant qu'elle-même fût obligée de lutter ? Pourquoi avait-elle donné naissance à un petit être dans ce monde de la souffrance ? Apparemment, telle fut la volonté de Dieu! Elle lisait souvent la Bible reliée en soie contenant l'Ancien et le Nouveau Testament, que la tante de Lucien, Eugénie, leur avait envoyée. Son histoire favorite était celle de Job et de ses tourments quand il avait accusé le Tout-Puissant. Quel dommage de ne pas avoir étudié des livres religieux plus tôt! pensait-elle. Si elle l'avait fait, elle aurait choisi Jésus au lieu d'un Lucien menteur. Il était trop tard maintenant pour songer à entrer dans un couvent.

Il était l'heure de commencer à préparer le repas. Elle se rendit à la cuisine pour allumer le feu. Se penchant, elle ramassa un peu de bois d'allumage qu'elle arrosa de naphte. Dès que le bois flamboya, elle y ajouta quelques pelletées de coke en agglomérés; le charbon sans mélange était trop cher. Presque immédiatement, le poêle commença à fumer à cause du tuyau défectueux. Quand il y avait du vent, la fumée se rabattait dans la chambre. Miriam Lieba avait signalé, à plusieurs reprises, cet inconvénient au propriétaire qui avait promis d'y porter remède, mais, hélas! les propriétaires ne tiennent jamais parole. Le concierge lui avait affirmé que le ramoneur viendrait nettoyer la cheminée, or, aucun ramoneur n'avait fait son apparition, jusqu'ici. Miriam Lieba ferma la porte de la pièce de séjour pour empêcher la fumée d'importuner Wladzio. Elle se mit à tousser. Comment pouvait-elle rester en bonne santé en aspirant autant de fumée et de suie! Puis, il faisait toujours si froid! Elle ouvrit le buffet et chercha quelque chose à manger. Elle ne découvrit que des pommes de terre, un petit sac de riz, une toute petite quantité de champignons séchés. Un peu de saindoux enveloppé de papier restait sur l'appui de fenêtre; il n'y avait ni beurre ni lait. Avant de préparer le dîner, elle était obligée de faire le nettoyage de la veille. Elle avait été trop exténuée, le soir, pour récurer les vieilles casseroles cabossées. A l'aide d'une brosse de fortune, qu'elle avait fabriquée dans la paille du matelas, Miriam Lieba commença à gratter les poêlons avec de la cendre.

« Non, je n'aurais jamais dû quitter la France, songea Miriam Lieba. Wladzio a raison. Là-bas, c'est moins grave d'être pauvre. »

Incontestablement, elle avait été folle de partir. Elle aurait dû savoir que Lucien était incapable de garder une place. Les Wallenberg les avaient traités comme s'ils étaient de la famille; ils leur avaient donné des vivres et des vêtements; ils avaient loué le logement pour eux, le meublant et payant trois mois d'avance. Il faut dire que le travail confié à Lucien était plutôt facile; on lui avait fourni une tenue convenable et donné une place dans l'administration du chemin de fer, à seize roubles par semaine. Sans se tuer au travail, il aurait pu être promu inspecteur, ou même à une responsabilité plus haute. Dès le premier jour de ses fonctions, il s'était querellé avec l'un de ses collègues et, avant la fin de la première semaine, il s'était enivré et il avait appelé Wallenberg « sale juif! ». Wallenberg s'était montré très indulgent, n'exigeant de Lucien qu'une excuse et la promesse que, désormais, il se conduirait convenablement et resterait sobre. Malgré cette attitude charitable et véritablement chrétienne de Wallenberg, Lucien avait continué à insulter tout le monde et, finalement, s'était fait renvoyer. Si Mme Malewska n'était pas venue pour donner quinze roubles à Miriam Lieba, il n'y aurait plus eu une croûte de pain dans la maison.

« Idiot! Fou! » marmonna Miriam Lieba.

Subitement, pour quelque raison obscure, elle se sentit mieux et se mit à chanter une rengaine parisienne. Wladzio grandissait, aussi le pire était passé quand un enfant avait atteint l'âge scolaire. Elle chercherait une place de gouvernante, ou bien elle apprendrait le métier de coiffeuse, comme Mirale. Après tout, elle n'était pas tellement vieille, elle avait à peine vingt-deux ans. Miriam Lieba se sentit soudain tendue. Quel jour du mois sommes-nous aujourd'hui ? se demanda-t-elle avec angoisse. Elle n'avait pas eu ses règles. Non! il n'était pas possible qu'elle fût enceinte!

II

A son retour à Varsovie, Lucien avait tout de suite cherché à revoir Kasia. Stachowa était morte. Les voisins lui apprirent que le père de Kasia était venu réclamer sa fille. Il leur était impossible de préciser si Antek vivait dans le quartier de Wola ou d'Ochota. Lucien, ayant commencé son travail chez Wallenberg, n'avait plus le temps de faire des recherches plus poussées. Il avait rêvé de la jeune fille pendant tant d'années qu'il lui semblait impensable d'être à Varsovie sans elle. Était-il toujours amoureux d'elle ? Ce qu'il éprouvait transcendait un amour ordinaire. Kasia, à présent âgée d'une quinzaine d'années, n'était qu'une enfant quand il avait vécu avec sa mère, Stachowa. La docilité servile de la fillette l'avait fasciné. Elle l'avait fait penser aux jours où les Slaves adoraient les idoles, offraient des sacrifices à Baba Yaga, possédaient des esclaves et des concubines. Souvent, dans son imagination, il s'était vu lui-même sous les traits d'un pacha ou d'un maharadjah, incarnant à la fois le père véritable et le père symbolique de ses sujets. Durant l'insurrection, quand la presse polonaise avait loué la lutte de Lincoln pour affranchir les Noirs, Lucien avait secrètement sympathisé avec les confédérés. L'édit libérant la paysannerie polonaise lui avait paru mauvais. Lors de ses rencontres avec les émigrants polonais, il avait souvent insisté sur le fait que l'indépendance empoisonnait la grande masse. La populace doit rester en état de servitude! Aussi, les femmes n'étaient-elles heureuses que quand elles avaient un maître; le mouvement des suffragettes qui envahit la Pologne en même temps que les idées positivistes était un signe de corruption nationale aux yeux de Lucien.

S'étant brouillé avec le juif Wallenberg, il trouvait maintenant le temps de renouer avec d'anciens amis. Il se rendit chez Lisakowa, l'ancienne voisine de Stachowa. Celle-ci lui apprit que Kasia s'était engagée comme domestique, cependant elle n'était pas en mesure de spécifier ni où ni chez qui. Lisakowa lui indiqua également l'endroit et le numéro de la tombe de Stachowa, ainsi que l'adresse de la brasserie où le frère d'Antek travaillait. La brasserie se trouvait dans la rue du Fer et Lucien la situa facilement. Antek vivait avec une femme dans la rue Freta, d'après ce qu'on révéla au comte. Lucien se mit en chemin d'un pas paisible en direction de la rue Freta. Il trouva la femme seule à la maison.

Tout d'abord, elle le prit pour un agent de police et elle nia sa liaison avec Antek. Toutefois, lorsque Lucien la rassura en lui apprenant qu'il était un ancien ami de Stachowa et qu'il venait tout juste de rentrer de France, elle se montra plus abordable. Elle essuya un siège à l'aide d'un chiffon, pria l'étranger de s'asseoir, puis elle lui raconta tout ce que cette pauvre Kasia avait dû endurer depuis qu'il était parti. La fillette avait été placée comme domestique dans de nombreuses maisons d'où elle s'était enfuie à plusieurs reprises. En raison de ces fautes répétées, l'ancienne voisine, Lisakowa, de sa propre initiative, était allée à la police pour supplier qu'on fasse entrer Kasia dans un centre d'éducation surveillée. Pour le moment, Kasia travaillait chez un vieux couple, les Wrobel, qui habitait la rue Furmanska. La maîtresse d'Antek expliqua à Lucien qu'elle lui racontait tout ceci dans la plus grande confidence, parce qu'Antek ne voulait pas que quiconque sache où se trouvait sa fille.

Ayant enfin obtenu le renseignement dont il avait besoin, Lucien partit pour la rue Furmanska. La maison de monsieur Wrobel qu'on lui désigna était une vieille bâtisse à la toiture composée de tuiles; Monsieur Wrobel habitait le rez-de-chaussée, juste derrière la grille d'entrée. Lucien frappa à la porte et entendit la voix de Kasia.

« Qui est là ? s'enquit-elle.

— Monsieur Wrobel est-il chez lui ?

— Non, il n'est pas là.

— Et la maîtresse ?

— Non, il n'y a personne.

— Ouvre, Kasia! C'est moi, Lucien. »

Lucien l'entendit pousser un cri étouffé. Sans enlever la chaîne de sûreté, elle entrebâilla la porte et il aperçut son visage juvénile. C'était la même Kasia, mais plus mûre, plus jolie, les cheveux ramassés en queue de cheval, les yeux gris remplis de crainte et de surprise. Elle retroussa sa lèvre supérieure, découvrant de belles dents.

« Eh bien, pourquoi ne me fais-tu pas entrer, Kasia ?

— La vieille femme l'interdit.

— Crois-tu que je vais voler quelque chose ?

— Je serai punie.

— N'es-tu pas heureuse de me revoir ? »

La porte s'ouvrit et Lucien franchit le seuil. Il se trouva en face d'une Kasia grandie, vêtue d'une robe de calicot, les pieds nus chaussés de pantoufles fatiguées. Elle avait une poitrine de femme.

« Non, tu n'es pas heureuse de me voir.

— J'ai peur. » Kasia se mit à trembler.

« Peur de quoi ?

— On m'a dit de ne pas ouvrir la porte. La vieille femme me tuera.

— Te souviens-tu de moi ?

— Oui, je me souviens.

— Je t'ai cherchée partout. Je t'ai écrit, or, je n'ai jamais reçu de réponse. Es-tu sûre de ne pas m'avoir oublié ?

— Oui, certaine.

— As-tu gardé le livre que je t'avais donné ?

— Oui, le livre et aussi le groschen.

— Pourquoi as-tu si peur des gens ?

— Pas moi, mais *eux*. Le vieux patron possède un coffre plein d'argent. Il le compte chaque nuit. La malle de la vieille femme est bourrée d'or et de perles. Ils gardent leur porte barricadée, jour et nuit.

— As-tu jamais l'occasion de sortir ?

— J'ai mon jour de sortie, un dimanche sur deux. Je dois être de retour à quatre heures. Si j'ai cinq minutes de retard, la vieille femme se met à pousser des cris. Elle me bat, également. Elle est malade, pourtant quand elle me gifle, mes joues gonflent.

— Maintenant que je suis là, les coups vont cesser.

— Non.

— Viens m'embrasser enfin!

— Je ne peux pas. Ça ne se fait pas.

— Petite sotte, qui t'a dit une chose pareille ? »

Lucien attira Kasia à lui et l'embrassa, mais elle ne lui rendit pas son baiser.

« Tu te souviens de tout ?

— De tout. »

III

« Je t'ai écrit, dit Lucien. N'as-tu reçu aucune de mes lettres ?

— Pas une seule.

— Elles portaient l'adresse de ta mère.

— Je ne sais rien d'elles. On les a probablement déchirées.

— Sais-tu lire ?

— Seulement le livre élémentaire.

— Oui, je vois. Allons, il n'est pas trop tard pour t'instruire. Est-ce que ton père t'aide à vivre ? »

Kasia haussa les épaules.

« Comment le pourrait-il ? Tout ce qu'il sait faire, c'est prendre mon argent. Quand j'ai besoin d'une robe ou de chaussures, c'est lui qui me les achète. Le reste, il l'empoche.

— Tu ne l'aimes pas ?

— Parfois, un peu.

— Mais tu m'aimes davantage que lui ?

— Davantage que quiconque!

— Et moi qui croyais que tu m'avais oublié, Kasia. J'ai écrit, tout en sachant que c'était inutile. Regarde ce qu'ils ont fait de toi! Quant à moi, je suis marié et j'ai un fils, n'empêche que mon amour pour toi n'a pas changé. Pendant tout le temps que j'étais parti, je n'ai pas cessé de penser à toi. Je savais que tu te souvenais de moi.

— C'est vrai, je ne vous ai pas oublié.

— As-tu gardé confiance et cru que je reviendrais ?

— Oui... je pensais vous revoir, un jour.

— A présent, les autorités me laissent en paix. On m'a pardonné. Ma sœur Félicie vit ici, à Varsovie. Elle est mariée à un médecin. Ma femme était juive. Elle est devenue chrétienne. J'avais trouvé une place, malheureusement je ne pouvais pas sentir l'homme pour lequel je travaillais. De toute manière je n'ai pas envie d'être à la solde de quelqu'un. Je veux ma liberté. Kasia, il fallait que je te retrouve! Quand j'aime quelqu'un, c'est pour de bon.

— Moi aussi.

— J'aime ma femme aussi, bien sûr, pourtant cet amour n'empêche pas l'autre. Comprends-tu cela?

— Oui.

— Elle est ma femme et toi, tu es ma fille. Non, plus qu'une fille! Si ce n'était pas défendu, toutes les deux vous seriez mes femmes. Je t'épouserais, toi aussi. »

Kasia sembla troublée. « C'est donc possible?

— Possible oui, mais c'est interdit. A notre époque il y a tant de chose proscrites! Ne fais pas ceci, ne fais pas cela! Voilà notre héritage des juifs. Te souviens-tu de la nuit, quand je t'ai quittée?

— Oui.

— Et des paroles que je t'ai dites?

— De toutes.

— Kasia, je ne veux pas que tu restes dans cette maison, une minute de plus. Viens avec moi!

— Pour aller où?

— Chez moi ou chez ma sœur. Nous verrons.

— Je ne suis payée qu'au trimestre. Il me reste deux roubles. Je n'ai encore rien reçu pour ce trimestre-ci.

— Qu'est-ce que deux roubles! Qu'ils gardent leur argent! Dépêche-toi! Va chercher tes affaires!

— On pourrait venir cambrioler ici.

— Qu'est-ce que ça peut te faire? Ces gens t'ont suffisamment harcelée, non?

— La porte se bloquera derrière moi. Personne ne pourra entrer.

— Ils se débrouilleront.

— Non, dit Kasia, en reculant. Je suis responsable de la maison. Je ne peux pas faire ça.

— Quelle bêtise! Ils te fouettent et tu es loyale envers eux! Possèdes-tu des chaussures ?

— Oui.

— Habille-toi!

— Mais n'est-ce pas un péché ce que nous allons faire ?

— Le crois-tu ? Tu m'appartiens et je peux disposer de toi comme il me plaira. Je suis à la fois ton père et ton époux — ton Dieu aussi. Je t'emmène chez ma sœur. Son mari est médecin. Elle est brave. Elle n'est pas satisfaite de la bonne qu'elle a en ce moment. Si elle ne veut pas de toi, tu viendras chez moi. Ainsi, nous serons l'un près de l'autre. Tu n'auras pas de gros travaux à faire et tu seras libre de sortir, chaque fois que tu en auras envie. Ici, tu es comme un animal en cage.

— Quand je sors pour faire quelque achat, la vieille femme me recommande de ne parler à personne. Lorsqu'elle estime que je suis restée absente trop longtemps, elle me bat avec le balai.

— Et toi tu veux être loyale envers de tels suceurs de sang ? Allons, viens!

— Ils risquent de rentrer à tout moment.

— S'ils reviennent, je m'en occuperai. Je suis un comte polonais, eux ne sont que de la vermine. Tu verras, ils n'oseront pas ouvrir la bouche. »

IV

Pour aider son mari à faire ses débuts comme médecin — le docteur Marian Zawacki venait d'ouvrir un cabinet dans la rue Kreditowa —, Félicie avait obtenu mille roubles de sa tante Eugénie, dont le testament réservait de petits legs à Joseph, Lucien, Hélène et à elle-même. La somme de mille roubles était une avance sur sa part d'héritage. Félicie avait également vendu la moitié de ses bijoux; le père de Zawacki avait donné le restant du montant nécessaire. Le docteur Zawacki attirait la clientèle riche parce qu'il parlait le français et qu'il avait obtenu ses diplômes universitaires en France, aussi à cause de son mariage avec une comtesse. Des dames et des messieurs élégants se pressaient du matin au soir dans sa salle d'attente. Félicie avait fait porter des meubles et des tableaux du manoir et elle avait engagé une bonne et un cuisinier. Le médecin se déplaçait à bord d'une calèche tirée par deux chevaux et conduite par un cocher. Il semblait à Félicie que Dieu la récompensât enfin de toutes les souffrances qu'elle avait endurées. Les quatre heures que Marian consacrait aux visites des malades rapportaient entre quinze et dix-huit roubles par semaine; en outre on l'appelait constamment au chevet de Polonais nobles, de juifs riches et de hauts fonctionnaires russes. Il trouvait temps pour tout — son cabinet, la tournée des malades, l'étude des revues médicales étrangères. Il avait même été invité à donner lecture de différents travaux à l'université; il avait ainsi pris contact avec le corps professoral de la faculté. Le soir, il emmenait Félicie au théâtre ou à l'opéra, ou bien il jouait aux cartes avec ses collègues. Un coup d'œil sur un client lui suffisait pour faire son diagnostic. Il critiquait les livres et les pièces de théâtre avec le talent d'un critique professionnel.

Chaque fois que Félicie se rappelait comment Zawacki était entré dans sa vie, elle remerciait la Providence. Préparée au pire, elle avait récolté le meilleur. Marian lui parlait rarement sur un ton bourru. Chaque groschen qu'il gagnait, il le remettait à sa femme. Il était d'un tempérament passionné. Les nuits qu'elle passait avec lui dans le large lit français passaient comme un rêve pour Félicie. Coucher avec un homme! Au moment de son mariage, elle avait été tellement maigre qu'on lui voyait les côtes. Zawacki lui avait donné des gouttes et prescrit des injections pour stimuler son appétit. Elle avait déjà pris dix livres de poids et elle avait l'air plus jeune et plus jolie. Les flétrissures autour de ses yeux avaient disparu. Sa fatigue, sa constipation, ses maux de tête, la douleur dans sa colonne vertébrale qu'elle avait connue depuis son enfance s'étaient dissipés. Félicie avait honte de l'admettre, or, un peu de bonheur terrestre avait radicalement changé à la fois son corps et son âme.

Néanmoins, elle restait inquiète. Des années avaient passé et elle n'était toujours pas enceinte. Quel malheur, si elle n'était plus en état de concevoir! Elle désirait un enfant et son mari le désirait autant; à plusieurs reprises, il avait observé que le but fondamental du mariage est la reproduction. Un autre facteur d'inquiétude était le manque d'intérêt de son mari pour la religion; chaque dimanche, il trouvait une excuse nouvelle pour éviter d'aller à l'église. En plaisantant il blasphémait contre Dieu, Jésus, les Apôtres... Félicie avait du mal à comprendre comment un adulte pouvait prêcher un tel matérialisme. Zawacki prétendait que toutes les vérités étaient susceptibles d'être découvertes dans un laboratoire, à l'aide d'un télescope et d'un microscope. Il était d'accord avec la thèse de Darwin qui avançait que l'homme descend du singe; il contestait la théorie selon laquelle les humains sont les seuls êtres intelligents dans le cosmos. Il n'existait pas, selon lui, de vérités qui dépassent la compréhension de l'homme.

Son frère Lucien donnait également beaucoup de soucis à Félicie. Maintenant qu'il avait perdu le soutien de Wallenberg, il venait tout le temps la voir pour demander de petits prêts d'argent. Il y avait chez lui une absence totale de responsabilité envers sa famille. Félicie était consciente que Lucien aurait pu trouver une femme plus conforme à son rang que cette fille qu'il avait épousée, mais puisque Miriam Lieba avait abandonné sa famille et donné un enfant à son mari, le moins qu'il pût faire était de prendre soin d'elle. Chaque fois qu'elle entrait dans le logement de son frère, elle était choquée par le désordre qu'elle y trouvait. Lucien buvait; Miriam Lieba tenait des propos désespérés. Il y avait dans le comportement de cette jeune mère une frivolité qui ne seyait guère à la fille de Calman Jacoby. Malheureusement, les soucis de Félicie ne s'arrêtaient pas là. Clara, la femme de Calman, avait chassé le vieillard du manoir. Le comte Jampolski vivait depuis dans une vieille bicoque délabrée, jadis occupée par un intendant. Antosia l'avait suivi et elle se comportait comme si elle était sa femme. Félicie avait invité son père à vivre avec elle, à Varsovie. Il avait répondu qu'il désirait mourir dans le manoir et qu'il n'avait besoin d'aide ni de conseil de personne.

Par un après-midi froid de décembre, Félicie était seule. Marian était déjà parti pour l'hôpital. Dehors, le sol était couvert de neige. Si elle avait été dans sa chambre du manoir, elle aurait promené son regard sur l'immensité des champs qui s'étendaient jusqu'à l'horizon. Ici, dans la rue Kreditowa, tout ce qui s'offrait à ses yeux était une agglomération de maisons sous une étroite bande de ciel. Félicie était assise dans son boudoir, dans un fauteuil tapissé, auprès du grand poêle en belle faïence qui dégageait une bonne chaleur; elle avait posé ses pieds sur un tabouret. Elle essayait de lire un roman de Balzac que Marian lui avait chaudement recommandé. Félicie n'avait jamais aimé aucune des œuvres de Balzac. Non seulement elles étaient licencieuses, mais elles exprimaient cette attitude curieuse à l'égard de l'homme — un mélange de mépris et d'adoration — que Félicie trouvait dans toute la littérature moderne. L'homme était devenu un dieu; on idolâtrait et blasphémait cet Homme-Dieu. Félicie était distraite, elle lisait une ligne, puis elle levait les yeux. Les fleurs avaient-elles été arrosées? La bonne avait-elle épousseté les meubles? La cuisinière était-elle encore en train de laisser brûler la soupe? Quelqu'un venait d'entrer dans la maison; Félicie l'entendait parler. La bonne frappa à la porte.

« Madame, votre frère, le comte Jampolski vient d'arriver.

— Bon, faites-le entrer!

— Il n'est pas seul. Il y a une jeune fille avec lui.

— Quel genre de fille?

— Une servante. »

Félicie montra un visage tendu. « Parfait, introduisez-les tous les deux! Veillez à ce qu'ils se débarrassent de la boue à leurs pieds avant d'entrer! »

V

D'un ton de reproche Félicie fit la morale à Lucien, à la manière d'une sœur plus âgée; elle lui donna dix roubles, toutefois elle refusa de garder Kasia chez elle. Le jour mourant répandait une clarté faible. Dans les rues, les passants se retournaient sur le curieux couple. Que faisait ce jeune aristocrate en compagnie d'une telle fille? Pourquoi lui portait-il son balluchon? La neige commençait à tomber et Kasia s'enveloppa plus chaudement du châle de sa mère, trop grand pour elle et dont les franges traînaient par terre.

S'arrêtant un instant, Lucien plissa ses lèvres comme pour siffler. Pouvait-il vraiment la conduire chez lui? Non, Miriam Lieba ferait une scène. Soudain il pensa à Ezriel et Shaindel qui vivaient à Varsovie à présent, dans un appartement de la rue Leshno. Shaindel refusait toujours de rendre visite à Miriam Lieba parce que celle-ci était une convertie, tandis qu'Ezriel venait souvent la voir à la maison. Lucien supposait que Shaindel n'avait pas de bonne. Peut-être Shaindel et Ezriel seraient-ils heureux de prendre Kasia chez eux. Miriam Lieba, enceinte depuis peu de temps, n'était pas d'humeur à accorder la moindre faveur à Lucien. « Elle est plus vicieuse que jamais, la garce. Elle crève de haine. Félicie à raison. Je suis fou, complètement fou. Je suis en train de me détruire, lentement mais sûrement. »

La neige continuait à tomber; la température baissait sensiblement. Lucien marchait en direction du boulevard Marshalkowski, à la recherche d'un fiacre ou d'un traîneau. Un policier venant à leur rencontre dévisagea le couple des pieds à la tête et haussa les épaules. Sur le boulevard Marshalkowski Lucien trouva enfin un fiacre. Il aida Kasia à monter et il donna l'adresse d'Erziel au cocher.

« Ne t'inquiète pas! Kasia chérie, dit Lucien en la rassurant. Malgré les difficultés apparentes, nous trouverons une place pour toi. Rien n'est perdu. Rappelle-toi! Je suis responsable de toi. Tu as un protecteur en moi.

— Je le sais. »

Le fiacre s'arrêta devant la maison d'Ezriel, en face d'une église. Lucien paya le cocher et descendit. La nuit était tombée entre-temps. Déjà les lanternes étaient allumées. La fumée des cheminées s'étendaient comme une nappe sur la ville. Un homme vendant des pommes de terre grillées se réchauffait auprès de son brasero. Lucien avait à peine franchi la grille d'entrée que, soudain, il lui vint à l'idée qu'il n'aurait pas dû venir ici. Ezriel serait peut-être enchanté, en revanche Shaindel avait hérité l'obstination innée des juifs. Comment pouvait-il être sûr qu'Ezriel fût chez lui ? Que leur dirait-il ? Quoi qu'il pût donner comme explication allait immanquablement le compromettre. Lucien essaya de parcourir la plaque indiquant le nom des locataires. La lumière était si faible et les inscriptions si mauvaises qu'il ne réussit pas à les déchiffrer. Le concierge sortit de sa loge et apprit à l'étranger où Ezriel habitait. L'immeuble était neuf et il avait trois étages.

« Qui est la fille ? » s'enquit le concierge.

Lucien grimpa les marches sans répondre. Que ces paysans étaient devenus insolents! Lucien avait envie d'écraser le nez de cet homme, ou de lui donner un coup de pied dans le ventre. Si c'était ça la démocratie, qu'elle aille au diable! Tout ceci n'était que le résultat de cette damnée Révolution française. Celle-ci avait anéanti le dernier vestige de la décence humaine. Arrivé devant la porte d'Ezriel, il remit son balluchon à Kasia, puis il frappa. Shaindel ouvrit la porte. Ne l'ayant vue qu'une seule fois depuis son retour, Lucien eut du mal à la reconnaître. Elle avait grossi et, manifestement, elle était enceinte de plusieurs mois. Sa robe était retroussée par-devant et ne semblait pas particulièrement propre. Sans aucun doute elle était en train de laver la vaisselle, car elle tenait une brosse de paille à la main.

« Je suis Lucien Jampolski, dit-il. Probablement, vous ne vous souvenez pas de moi.

— Le comte! » Shaindel recula d'un pas.

« J'ai emmené cette petite fille avec moi. N'est-ce pas original ?

— Entrez, je vous prie! Toi aussi. Essuyez vos pieds!

— Votre mari est-il chez lui ?

— Non, mais je l'attends d'une minute à l'autre. »

Sur un banc de la cuisine une jeune femme d'une vingtaine d'années était assise. Elle portait une jupe grise bon marché et un corsage à col montant; sa chevelure était serrée dans une natte qu'elle portait en couronne. Lucien lui jeta un coup d'œil à la dérobée. Il avait l'impression de l'avoir déjà rencontrée. Sans être dépourvue de charme, elle avait un nez osseux et l'expression mélancolique des juifs. Son regard avait la même intensité qu'on trouvait souvent chez les Françaises et les Italiennes. Ses lèvres étaient minces et pincées; ses sourcils se touchaient à l'arête du nez. Son front était plus large que celui de la plupart des femmes et il avait quelque chose de masculin. Lucien se sentait embarrassé devant cette étrangère et il se mit à parler sans savoir exactement ce qu'il disait.

« Savez-vous depuis combien de temps je connais cette enfant ? Depuis dix ans. Elle n'a que quinze ans aujourd'hui. Sa mère m'a caché chez elle à cause des Russes. Une femme formidable — Dieu garde son âme! Elle m'a sauvé la vie. Cela s'est passé juste après le soulèvement. Je considère Kasia comme ma propre fille. Je suis son grand frère, ou son père plutôt. Savez-vous ce que son propre père a fait ? Eh bien, il l'a placée comme domestique chez des gens les plus vils, de véritables exploiteurs! Il m'était impossible de la laisser vivre dans un tel esclavage.

« Prends tes affaires et viens! » je lui ai dit. Ils ont bien essayé d'empêcher mon départ avec elle, mais je les ai froidement ignorés. Et voilà, elle est ici devant vous. J'avais pensé pouvoir l'amener chez moi mais, tout compte fait, ce ne serait pas convenable. Votre sœur est d'un abord trop difficile, ces jours-ci, pour accepter une surprise de ce genre. J'ai songé alors que, puisque vous êtes sans bonne, Kasia sera exactement ce qu'il faut. Ce serait une solution provisoire naturellement. Plus tard, j'ai l'intention de l'envoyer à l'école. »

Shaindel écarquilla ses yeux noirs. « Tout d'abord, nous n'avons pas besoin d'une bonne. Je veux dire que, prendre une bonne, dépasse nos moyens. Ensuite, il n'y a pas de place pour la coucher.

— Et dans la cuisine ?

— Ma belle-sœur passera la nuit avec nous. J'oubliai de vous présenter. Voici Mirale, la sœur de mon mari.

— Oh! ainsi vous êtes la sœur d'Ezriel. Votre frère m'a parlé longuement de vous. Votre père est rabbi de Jampol, je crois.

— Il l'était. Mes parents sont à Varsovie à présent.

— Pas possible! Comment cela est-il arrivé? Voyons, mais c'est très intéressant! Enfin, me voici embarrassé de cette gamine! Il me faut à tout prix trouver une place pour elle. Il fait déjà nuit...

— Monsieur le comte veut-il prendre la peine d'entrer dans le petit salon ? Nous n'avons pas besoin de rester dans la cuisine. Attendez! je vais donner de la lumière, dit Shaindel.

— Pardonnez-moi, mais je n'aurai guère le temps de m'attarder. Si elle ne peut pas passer la nuit ici, je dois chercher ailleurs. Peut-être lui trouverai-je une chambre à l'hôtel. Une enfant de son âge ne peut pas être à la rue, surtout en hiver.

— A Dieu ne plaise! Elle mourrait de froid. Monsieur le comte peut constater lui-même que nous n'avons pas de place ici. Nous disposons d'un sofa dans l'autre chambre, or, c'est ma belle-sœur qui l'occupera pour dormir. Nous n'avons rien non plus pour couvrir l'enfant. Si nous possédions d'autre literie, elle aurait pu dormir dans la cuisine. Sans couverture, il y fera trop froid pour passer la nuit.

— Oui, oui, je vois. Je vous remercie, quand même. Viens, Kasia!

— Peut-être aimerait-elle manger quelque chose? Monsieur le comte acceptera bien une tasse de thé?

— As-tu faim, Kasia? demanda Lucien. Kasia secoua la tête.

— Quel accident malheureux, s'écria Shaindel, d'avoir un visiteur de marque et de ne pas être en mesure de lui prêter quelque secours! »

Shaindel qui essayait de parler un polonais élégant commettait constamment des erreurs. Elle savait qu'elle aurait dû demander des nouvelles de Miriam Lieba, n'empêche qu'elle ne pouvait prendre sur elle de prononcer le nom de sa sœur. Pour la famille, Miriam Lieba était pour ainsi dire morte. Shaindel se querellait souvent avec Ezriel à propos des visites qu'il rendait dans la maison de Lucien. Les juifs décents n'étaient pas bienveillants à l'égard des apostats. En outre, Shaindel craignait que l'extravagante Miriam Lieba ne débauchât Ezriel. On avait rapporté à Shaindel que Lucien avait vécu dans le péché avec une autre femme, bien qu'il fût déjà marié avec Miriam Lieba. Le voici qui venait mendier chez elle comme un rustre étourdi.

« Eh bien, bonne nuit! Pardonnez-moi d'être venu ainsi à l'improviste.

— Mon mari ne va pas tarder à rentrer. Si Monsieur le comte veut prendre la peine d'attendre?

— Non, je suis désolé. Je n'ai pas le temps. Chaque minute compte maintenant. Mon bon souvenir à votre mari. » Lucien se tourna vers Mirale. « Ce fut un plaisir pour moi de vous rencontrer. Vous ressemblez à votre frère, mais très peu. Bonne nuit.

— Je souhaite une bonne nuit à Monsieur le comte, l'interrompit Shaindel. Au pis aller, ramenez l'enfant ici et nous lui installerons un lit de fortune sur le plancher.

— Non, nous n'en sommes pas encore là. Mais merci tout de même! »

VI

Le gel, plus rigoureux que jamais, mordait les oreilles de Lucien; son nez était devenu insensible et aussi dur que le bois. Faisant halte devant la grille de la maison d'Ezriel, Lucien scruta la rue, à gauche et à droite. Serrée contre lui, Kasia, grelottant sous le châle de sa mère, soufflait avec soumission comme un jeune animal. Des traîneaux passaient devant eux, au son grêle des clochettes. Les vitres des maisons de l'autre côté de la rue étaient blanches de givre. Bien que l'heure ne fût pas tardive, il régnait un tel calme alentour qu'on se serait cru en pleine nuit. Un flocon de neige tombait par-ci, par-là; un vent glacial faisait tourbillonner la neige poudreuse pareille à des milliers d'aiguilles scintillantes autour des becs de gaz. Lucien posa sa main sur l'épaule de Kasia. Dans le climat plus doux de Paris on devait déjà vivre au grand air. Il s'était montré capable de s'arranger dans la vie sans trop d'efforts, songea-t-il. Il avait été impatient de retrouver l'hiver polonais cruel, les intrigues, l'humilité du bas peuple — tout ce qu'il aimait à sa manière d'une sorte de passion aristocratique. Aujourd'hui de nouveau, comme après le soulèvement, lorsqu'il avait dû constamment fuir les Russes, il se trouvait en difficulté. « Que vais-je faire maintenant ? se demanda-t-il. Le mieux serait peut-être de la tuer. » Il joua quelque temps avec cette idée. « Je la conduirai au bord de la Vistule et je la jetterai dans les flots. Elle ne résistera pas. » Il avait soif, toutefois il ne savait trop si c'était d'eau ou de vodka qu'il avait envie. En vérité, c'était une soif d'aventure. Il avait besoin d'accomplir quelque chose de terrible, de battre quelqu'un, ou bien de se retrouver lui-même dans une mauvaise passe pleine de danger. Il était prêt à combattre les Russes, ou même les Polonais qui s'étaient résignés à être sous la férule des Russes. Il marmonna des jurons, sans savoir qui il maudissait. Il n'était pas vraiment en colère, mais simplement irrité. « Eh bien, quelque chose doit se produire cette nuit! Elle est de nouveau en mon pouvoir », pensa-t-il. Il frissonna et se mordit la lèvre inférieure. Un traîneau dépassa le couple. Lucien leva sa main pour lui faire signe de s'arrêter.

« Cocher, conduis-moi à un hôtel!

— Quel hôtel ?

— Un hôtel bon marché. Cette enfant a besoin de dormir quelque part. Ce qu'il me faut est une chambre tout ce qu'il y a de simple. »

Le cocher repoussa son bonnet en peau de mouton sur sa nuque, puis il dit : « Je connais une place de ce genre dans la rue Mylna.

— Quel numéro ?

— Je vous y conduirai et je vous montrerai. Mais je ne sais pas si on la laissera entrer.

— Ça me regarde. »

Lucien et Kasia montèrent dans le traîneau. Le trajet était court. Ils descendirent la rue Karmelicka en direction de la rue Nowolipie, puis ils tournèrent dans la rue Mylna. L'hôtel était vieux et délabré. Lucien paya le cocher et escorta Kasia pour pénétrer à l'intérieur. Dans le hall, derrière le bureau de réception, un petit homme malingre aux cheveux crépus, vêtu d'une veste de velours côtelé, les reçut. Il avait le visage rond, un large nez, de petits yeux brillants, une peau jaunâtre et grêlée comme du gruyère.

« La jeune fille est orpheline, expliqua Lucien. Sa mère était servante dans notre manoir. L'enfant a besoin d'un endroit pour dormir cette nuit.

— A-t-elle apporté son bulletin de naissance ? »

Lucien se tourna vers Kasia. « Possèdes-tu un bulletin de naissance ? » Kasia ne répondit pas.

« Elle doit bien avoir quelques papiers sur elle. Nous verrons cela plus tard. Ils sont probablement dans son balluchon. N'importe comment, c'est pour cette nuit seulement. Demain je lui trouverai une place.

— Quel âge a-t-elle ?

— Seize ans.

— Elle ne les paraît pas. Monsieur a-t-il l'intention de rester avec elle ?

— Quelle différence cela fait-il pour vous ?

— Une différence de prix.

— Supposons que je décide de rester ?

— Alors la chambre coûtera deux roubles. »

Lucien crut apercevoir une lueur étrange dans les yeux de l'employé.

« Bon, d'accord pour deux roubles. »

Lucien sortit le billet de dix roubles que Félicie lui avait donné et il le jeta sur le bureau.

« Dix kopecks comme écu pour la clef, dit l'employé en examinant attentivement le billet à la lumière de la lampe.

— A quoi correspond cette taxe supplémentaire ? Oh! après tout, c'est sans importance!

— Plus deux roubles quatre-vingt-dix kopecks comme caution.

— Quelle sorte de caution ?

— Caution, simplement. »

Les deux hommes se dévisagèrent et l'employé sembla faire un clin d'œil.

« C'est trop bête que je n'aie pas mon pistolet sur moi, pensa Lucien. La prochaine fois qu'il ouvrira la bouche, il pourra lui en cuire. » L'employé rendit la monnaie de cinq roubles à Lucien.

« Quand l'argent me sera-t-il rendu ?

— Quand vous partirez, à condition que tout soit en ordre. »

Une femme aux pieds nus, au tablier retroussé, passa devant eux avec un seau d'eaux sales. Elle avait des yeux de cochon et les pieds les plus difformes que Lucien ait jamais vus auparavant. Après quelque hésitation, l'employé choisit une clef.

« Le lit du 23 est-il fait ?

— Pour qui ?

— Pour cette petite fille. Elle est orpheline.

— Orpheline, hein ? Moi aussi, je suis orpheline. Ce balluchon est-il à vous ? »

La femme posa le seau à terre et alluma une chandelle. Lucien et Kasia la suivirent dans l'escalier si étroit et si raide qu'on montait difficilement. En haut des marches, la femme s'arrêta pour souffler un peu. Le corridor était étroit et les portes des chambres ressemblaient à celles des cellules d'une prison. Sur le palier se trouvaient un panier plein de linge sale et un balai appuyé contre le mur. Lucien respirait une étrange ordeur, un mélange de quelque chose de moisi et de graisseux. Il entendit un murmure de voix; une femme riait. Elle semblait être seule dans sa chambre. C'était un rire dément. La clef de la chambre 23 ne fonctionnait pas bien. La femme la tourna et la poussa mais elle ne réussit pas à faire glisser le pêne dans la gâche. Elle remit le chandelier à Lucien, puis elle empoigna la clef de ses deux mains en la forçant brutalement à tourner. La porte s'ouvrit d'un bond. Lucien renifla une puanteur de paille pourrie. Il scruta l'intérieur de la chambre et, à la flamme de la chandelle, il aperçut un lit de fer, une armoire branlante, une natte de paille couvrant le plancher. Le matelas était un simple sac rempli de paille, un morceau de toile grossière servant de drap. L'oreiller était rembourré de plumes qui n'avaient rien d'un doux duvet.

« Eh bien, nous y voilà », dit la femme.

Lucien lui donna dix kopecks. La femme lorgna la monnaie avec mépris. « On ne m'a jamais laissé moins d'un gulden. »

Lucien avait envie de lui cracher à la figure. « Voici votre gulden!

— Vous ne pouvez pas garder la chandelle allumée. Nous devons veiller à éviter le feu.

— Écoutez! on gèle ici.

— Allons, la chambre a été chauffée pas plus tard que ce matin. Le tuyau n'est pas bon, la chaleur s'en va par la cheminée. »

Quand la femme fut sortie, Lucien essaya de verrouiller la porte. Il constata que le crochet de la chaîne de sûreté manquait. Il se tourna vers l'enfant : « Eh bien, ôte ton châle, Kasia. As-tu faim ?

— Non.

— Dans ce cas, je crois qu'il est temps de nous coucher.

— Vous ne rentrez pas chez vous ?

— Non, je reste avec toi.
— Où coucherez-vous ?
— Avec toi. »

VII

Lucien se réveilla au milieu de la nuit. Il avait rêvé qu'il luttait corps à corps avec un singe qui lui serrait la gorge de ses mains. Soudain, il entendit des voix, des hommes parlant le russe, et il écouta attentivement. La police! Il sentit ses membres se glacer. Si seulement il avait eu assez de bon sens pour prendre son pistolet avec lui. Il chercha à tâtons pantalon, chaussures et chaussettes dans l'obscurité totale. A tout moment — il en était sûr — les hommes allaient monter les marches. Mais non, on n'entendait plus le moindre bruit. Faudrait-il réveiller Kasia ? Il se glissa dans le corridor pour guetter. Depuis l'endroit où il se tenait, il était possible de voir la lampe de nuit brûler en bas dans le hall. Soudain, il entendit des pas et il recula vivement. Y avait-il une autre issue ? Sa main frôla portes et loquets. A l'extrémité du hall, à droite, se trouvait un petit cabinet. Il entra sur la pointe des pieds et se trouva entouré d'harasses et de paniers; sa veste s'accrocha à un clou. Il se libéra d'un mouvement brusque. La crainte transit son cœur, tout son corps resta tendu à force de prêter l'oreille au moindre signal. Une vague lueur tremblotait dans le couloir, provenant apparemment d'une chandelle. Il retint sa respiration et s'immobilisa, pétrifié; son cerveau semblait plongé dans une torpeur léthargique. Non loin de lui, des hommes jacassaient en russe; quelqu'un leur donnait la réplique en polonais. Malheureusement, le sens de leurs paroles échappa à Lucien. Cette terreur presque oubliée qu'il avait connue quand il était en fuite, se cachant dans les bois et les fossés, s'empara de lui en cet instant. La lueur approchait doucement et, avec elle, des silhouettes. Puis, inexplicablement, le hall se trouva soudain plongé dans l'obscurité et dans le silence total. « Est-il possible que j'aie imaginé tout ceci ? » se demanda Lucien. Pourtant il n'osa quitter sa cachette. « Pas si vite », décida-t-il. Le temps s'écoulait avec une lenteur infinie. Lucien ne savait plus depuis combien de temps il était là à sommeiller et à se réveiller alternativement. Il finit par oublier ce qui était arrivé et où il se trouvait. L'image du singe dont il avait rêvé s'imposa de nouveau à son esprit. Une bête velue qui montrait des dents carnassières. Il se secoua et l'hallucination disparut. Le couloir restait sombre et silencieux. Doucement et avec une grande prudence, Lucien leva sa main et se gratta l'oreille d'un doigt. Puis, il se rendormit et son rêve le transporta à Paris.

Il grelotta et quelque chose tomba, une planche ou une caisse. Il sortit du cabinet sur la pointe des pieds et il avança dans le hall en essayant toutes les portes en passant. Kasia... était-elle arrêtée ? Ou bien était-elle encore à l'hôtel ? Il ne se souvenait pas du numéro de leur chambre. Il n'avait pas d'allumettes sur lui. Toutes les portes étaient verrouillées. Comment était-ce possible ? La porte de sa chambre n'avait pas été fermée à clef ! Arrivé en haut de l'escalier, il se mit à descendre, une marche après l'autre, avec circonspection. A chaque palier il se reposa quelques instants. Il avait l'impression que cet escalier était interminable. La lumière d'en bas avait été éteinte. Avait-on aussi fermé à clef la porte d'entrée de la maison ? Tout ceci n'était-ce qu'un piège pour le faire sortir de sa cachette? Eh bien, si c'était le cas, on ne le capturerait pas sans lutte; il ne se rendrait jamais! Quoi qu'il en soit, la fillette lui appartenait et personne n'y changerait rien!

Oui, la lumière était bel et bien éteinte dans le hall de réception. Il se heurta au coin du bureau et trébucha sur une chaise. Apparemment, il y avait une petite marche à cet endroit. Il avait failli tomber. Atteignant enfin la porte, il l'ouvrit et il eut le souffle coupé par un brusque coup de vent qui semblait le repousser vers l'intérieur. Soudain il se souvint qu'il avait laissé sa cravate et son écharpe dans la chambre. Il fit halte momentanément sur le seuil. Il était libre! Les autres ne pouvaient rien faire contre Kasia.

Il s'engagea dans la rue en tournant à gauche. L'air glacial le pénétra lorsqu'il longea d'un pas rapide une petite rue étroite et tortueuse. « Reviens en arrière! » se recommanda-t-il; ce passage semblait sans issue. Il rebroussa chemin en courant et il se retrouva en face d'un établissement public devant lequel était un soldat en faction près d'une guérite. Lucien ralentit son allure et prit le pas du promeneur. Le soldat l'observa avec méfiance mais il ne dit rien. Lucien emprunta une large avenue éclairée de becs de gaz. Il dépassa un abreuvoir et un puits. Bien que la ville de Varsovie lui fût familière, il ne reconnut pas l'endroit où il se trouvait. Celle-ci n'était pas la rue Karmelicka vers laquelle il avait cru se diriger. Après tout, ça n'avait pas d'importance! Il releva le col de son manteau et poursuivit son chemin d'un pas de flâneur. Enfin, il aperçut une plaque indiquant qu'il était dans la rue Tlomacka qu'il connaissait bien.

Il se mit à courir, puis il s'arrêta subitement. Kasia avait probablement donné le nom de son compagnon à la police. Savait-elle qu'il était un Jampolski? Si elle le savait, les autorités viendraient certainement le chercher à son appartement. Peut-être attendaient-ils déjà à la grille de la rue Obozna. Où pourrait-il bien aller ? S'il continuait à marcher par cette nuit glaciale, il mourrait de froid. Et s'il se réfugiait chez Ezriel ? Non, il avait honte d'y aller. Et chez Félicie ? Son appartement serait tout aussi dangereux comme cachette. « Voilà qu'il ne me reste pas une seule porte ouverte », marmotta Lucien qui semblait réciter une ligne d'un poème. L'esprit malin s'était attaché à ses pas et l'avait nargué en lui faisant croire qu'il était hors de péril, pour finalement mieux l'entraîner dans le désastre. Un esprit très malin, vraiment très malin! Une idée ingénieuse et perverse lui vint brusquement à l'esprit. Pourquoi ne retournerait-il pas dans la rue Freta pour passer la nuit chez Antek ? La pensée qu'il était de nouveau chassé comme un gibier de potence l'amusa soudain. Il avait réalisé ce qu'il avait projeté depuis des années. Il se souvint qu'il existait un hôtel juif sur la place Grzybow, non loin de la rue Bagno. Il pourrait y passer la nuit.

VIII

Au commissariat de police, le brigadier était assis dans un compartiment enclos d'une grille qui le séparait du reste de la pièce. Débraillé, l'homme rondouillard sommeillait en ronflant paisiblement. Sur la table devant lui étaient posés un journal et une tasse à moitié pleine de thé refroidi dans lequel nageait une rondelle de citron. L'homme remuait de temps à autre et se grattait le ventre nu négligemment exposé. Quelques minutes plus tard Kasia fit son entrée, toujours enveloppée de son châle trop grand. Elle était accompagnée d'un policier. Son visage semblait impassible et son maintien docile. Le policier toussota, aussitôt le brigadier cilla les yeux et sa face s'étira dans ce large sourire typique de porcine suffisance mêlée de dédain.

« Qui est celle-là ?

— Je l'ai ramassée à l'hôtel Gwiazda qui se trouve dans la rue Mylna.

— Ah! une petite putain.

— Non, elle a été séduite. Cette nuit même. C'est l'œuvre de quelque comte. »

Le brigadier était complètement réveillé à présent. Nouveau sourire, découvrant les quelques grosses dents qui lui restaient.

« Combien de temps ç'a pris pour la mettre au point, celle-là ?

— Non, c'est la vérité. Nous avons reçu l'information du cocher qui les a conduits à l'hôtel. C'est l'un de nos gens. Le nom de l'homme, selon elle, est celui du comte Lucien Jampolski. Elle était placée comme domestique dans la rue Furmanska. »

Le brigadier s'installa plus confortablement sur son siège de cuir, puis il boutonna sa veste et resserra sa ceinture. Il ne croyait pas à l'histoire qu'il venait d'entendre, il s'en amusait néanmoins. Habituellement, les nuits d'hiver, on ne lui amenait que des ivrognes et des vieilles prostituées, désireux de trouver une place pour dormir. Le brigadier aurait aimé interroger Kasia mais, étant juste arrivé de Russie, il ne savait pas le polonais. Jaugeant l'enfant des pieds à la tête, ses yeux coupés en amande s'allumaient d'une joie mauvaise. Devant lui, à sa gauche, était placé le livre des procès-verbaux. Le brigadier ramassa une plume, l'éprouva sur l'ongle de son pouce et la trempa dans un encrier à moitié vide.

« Comment t'appelle-t-on ?
— Kasia.
— Kasia, hein ? Ton surnom ?
— Il veut connaître ton nom de famille », dit le policier en essayant de traduire en polonais.
Kasia ne dit rien.
« Allons, tu écoutes ? On te parle! Réponds! »
Le visage de Kasia resta impassible.
« Est-elle sourde, ou quoi ?
— Dis-lui ton nom, espèce de petite traînée!
— Kasia.
— Ton nom de famille! Kasia comment ? Kasia n'est que ton prénom. Voyons, moi je m'appelle Stephan Krol. Et toi, comment on t'appelle ? »
Kasia s'anima un peu.
« J'ai oublié.
— Tu as oublié ton propre nom ? Quel est le nom de ton père ?
— Antek.
— Antek comment ? »
Kasia ne répondit pas.
« Ainsi tu as une petite tête dure, dit le brigadier entre ses dents serrées. Où c'est qu'il crèche son père ?
— Il veut savoir où ton père habite, dit le policier polonais en traduisant.
— Dans la rue Freta.
— Quel numéro ? »
Kasia ne cilla pas.
« Il t'a demandé quel numéro.
— Je ne sais pas.
— Que fait-il ton père ? Quel emploi occupe-t-il ?
— Que veut dire ce mot ?
— Est-il cordonnier, tailleur, forgeron ? Escroc peut-être ?
— Il va au travail.

— Où ? »

Kasia ne connaissait pas la réponse.

Le brigadier fit un clin d'œil au policier. Ils commencèrent à chuchoter tous les deux. Le brigadier éclata d'un rire guttural.

« Comment, disais-tu, s'appelle le comte ?

— Lucien Jampolski, répliqua Kasia.

— Où habite-t-il ? »

Kasia ne savait pas où Lucien vivait.

« Où habitent tes patrons ?

— Dans la rue Furmanska. Au numéro 3.

— Quel est leur nom ?

— Wrobel.

— Voyez-vous ça! Elle sait tout de même quelque chose! trompetta le brigadier en s'adressant au policier en particulier et au monde en général.

— Il nous faudra aller chez les Wrobel et voir ce qu'ils auront à dire. Quel âge as-tu ?

— J'ai presque quinze ans.

— Quinze ans seulement! Tu commences ta carrière jeune! Qu'est-ce que ce comte t'a fait ? »

Le brigadier continuait à l'interroger avec zèle, se servant du policier comme interprète. On amena d'autres délinquants au commissariat. On les fit attendre. Kasia se souvenait de tout avec lucidité — excepté les noms et adresses du passé récent. Le brigadier lui pinça la joue.

« Est-ce qu'on a faim, mon petit cœur ?

— Non. Oui.

— Attends! Je m'occuperai de toi. »

Le brigadier écrivit quelque chose sur un bout de papier.

« Bon, elle est à vous maintenant. »

Le policier lui prit le bras et guida Kasia avec douceur, en passant par bon nombre de pièces, en bas d'un escalier, pour enfin la faire entrer dans une cave. Une porte fut poussée : Kasia se retrouva dans une cellule. Elle comprit qu'elle était en prison, pourtant elle ne se sentait pas effrayée. Le cachot empestait. Avant même que ses yeux ne se fussent habitués à l'obscurité, elle se rendit compte, grâce aux ronflements et aux soupirs qu'elle entendait, qu'elle était entourée de femmes. Petit à petit, comme dans un rêve, des visages, des yeux, des chevelures surgissaient de l'ombre. Une voix rauque l'interpella : « Hé! toi là-bas! qu'est-ce que tu as à rester à la porte? Ne veux-tu pas prendre la peine d'entrer et d'être polie? » Celle qui venait de parler avec fiel éclata d'un rire strident.

« Regardez-moi ça, ce n'est qu'une gamine! » fit observer une autre femme.

Bientôt les ronflements reprenaient de plus belle comme si les dormeuses cherchaient à s'octroyer autant de repos que possible dans l'espace de temps qui leur était accordé pour le sommeil. On entendait des bâillements, des grognements, une flopée de jurons. Les unes étaient couchées, les autres assises; le sol était jonché de corps affalés dans toutes les positions imaginables. Une lumière blafarde que la neige reflétait aux premières lueurs de l'aube s'insinuait par la fenêtre à barreaux.

« Hé! Vous avez vu? Elle a un châle!

— Donne-le-moi!

— Allons, les filles! elle n'est qu'un bébé. »

L'une des ribaudes lança un propos obscène et tout le monde rit. Une grosse bonne femme fit flamber une allumette.

« C'est bien vrai! Ce n'est qu'une gamine. Viens par ici, mon chou! Donne-moi ce châle! »

IX

Vingt-quatre heures plus tard Kasia fut relâchée et conduite chez son père, rue Freta, par le policier qui l'avait arrêtée. Antek n'était pas à la maison; cependant la femme avec laquelle il vivait était là, penchée sur son baquet, en train de faire la lessive. Son visage se décomposa quand elle aperçut Kasia accompagnée d'un policier.

« C'est elle, la femme avec laquelle ton père vit? demanda le policier à Kasia.

— Oui.

— Vous êtes mariés tous les deux?

— Non, monsieur l'agent. Que pourrais-je faire? Ce flemmard propre à rien ne veut pas aller chez le curé.

— Savez-vous que vivre en concubinage est un outrage aux bonnes mœurs?

— Je sais, monsieur, mais que pourrais-je faire? Que t'est-il arrivé, chérie? Regardez-la donc! Qu'a-t-elle fait? Voler?

— Non, pire. »

Le policier relata toute l'histoire. La police recherchait activement Lucien Jampolski. La femme s'essuya les mains à son tablier.

« Quel déshonneur! La nouvelle tuera son père. Le comte est venu ici il y a trois jours, pour savoir où elle travaille. Et moi, comme une idiote, je lui ai donné l'adresse.

— Ainsi, c'est vous qui l'avez renseigné. Pourquoi? Savez-vous qu'on vous citera comme témoin?

— Je témoignerai. Je jurerai sur la croix et je dirai tout. Le voilà qui entrait, l'air aussi noble et aussi chic que possible, avec des jolies phrases plein la bouche. Il a vécu chez sa mère, dans le temps; la gosse était pour lui comme sa propre fille. Qu'est-ce que j'en savais de plus ? Je suis issue de gens simples. Je ne sais ni lire ni écrire. Je lui ai dit : « Elle travaille pour les Wrobel dans la rue Furmanska. Mais laissez-la tranquille, monsieur! Son père ne veut pas qu'il lui arrive quelque chose. » Il a dit merci et il est parti. Je croyais qu'il avait un cadeau pour elle; de nos jours, c'est pas négligeable! Mais ce fin matois est allé droit au but pour la séduire! J'appelle ça une honte et une bassesse. Elle n'a même pas quinze ans. Que va-t-elle devenir maintenant ? Pour Antek, ce sera bien dur à digérer. C'est son unique fille. T'as donc pas les yeux en face des trous, petite ? Qu'avait-elle besoin de partir avec lui ? T'as fait de nous la risée de tout le monde.

— Ne vous inquiétez pas, nous l'aurons, ce drôle d'oiseau!

— Eh bien, il aura bien mérité ce qui va lui arriver. Quel fieffé menteur! C'est sur ce banc même qu'il était assis. Je n'en ai rien dit à Antek parce que j'avais peur de sa réaction. Il est d'une humeur épouvantable depuis quelque temps. Qu'est-ce que le comte t'a raconté, le baratin habituel ? T'as donc pas de cervelle ? Alors! tu m'écoutes ? Réponds quand on te cause! »

Kasia resta silencieuse.

« Après tout, le mal est fait! Elle est fichue! Une pauvre gosse, orpheline par-dessus le marché! Espérons qu'elle n'est pas enceinte! Ça va être terrible, quand les voisins vont l'apprendre. Antek sera fou furieux. Est-ce de ma faute, monsieur l'agent ? Comment pouvais-je savoir que cet homme était un tel salaud. On m'a appris à répondre poliment quand quelqu'un me parle. Nous ne vivons pas comme des sauvages. Je suis peut-être une pécheresse, mais je vais à l'église chaque dimanche, qu'il pleuve ou qu'il fasse beau. Je ne manque jamais d'allumer un cierge. La veille de Pâques, quand le curé vient pour bénir le pain, il ne quitte pas la maison les mains vides. J'ai voulu être une mère pour elle. Je ne souhaitais pas la voir quitter la maison. Sa mère morte était comme une sœur pour moi. Mais Antek a dit : « Elle ferait mieux d'apprendre à travailler! »

Soudain Kasia interrompit ce flot de paroles. « Vous mentez! C'est vous qui m'avez chassée de la maison. »

Il y eut un moment de silence. La femme recula d'un pas.

« C'est toi la menteuse!

— Je dis la vérité. Vous m'avez tout juste donné un quignon de pain à manger. La boîte à pain restait fermée à clef.

— Monsieur l'agent, c'est un mensonge. Elle a tout inventé. Elle mérite une raclée. Antek voulait lui donner des coups. Il a essayé. Alors j'ai brûlé la trique. Il avait auparavant trempé son gourdin dans les eaux sales. « Elle a beau être ta fille, je disais, n'oublie pas qu'elle est orpheline! Dieu la punira bien un jour! » Là-dessus, c'est moi qu'il a frappée. Petite créature ingrate! petite garce! Ne compte plus sur moi! Je m'en fiche pas mal de voir ton père te rompre les os!

— La loi interdit les coups, observa le policier, sans s'adresser à personne en particulier.

— Oui, je le sais, mais parfois un homme a tout simplement besoin de taper. Il y avait un type dans la même rue qui a frappé son propre enfant jusqu'à le tuer. Il est toujours en prison. Il en a pour cinq ans; il a déjà purgé trois ans et demi de sa peine. Sa femme lui apporte des colis de nourriture, chaque vendredi.

— La loi interdit les coups.

— Eh bien, que la volonté de Dieu soit faite!

— Vous serez tous appelés comme témoins. Et ne la laissez pas quitter la maison! Elle aussi devra comparaître devant le tribunal.

— N'ayez crainte, monsieur l'agent! Nous la tiendrons à l'œil! »

Un groupe de femmes s'était formé devant la porte de chez Antek. Quand le policier sortit, elles livrèrent passage au représentant de l'ordre. Aussitôt après, elles firent irruption dans la maison.

« Que s'est-il passé ?

— Vous ne devinez pas ? »

Tout le monde, à l'exception de Kasia, se retira dans un coin de la pièce pour échanger des confidences en chuchotant. Lorsque enfin les voisines surent toute l'histoire, elles lancèrent des coups d'œil furtifs par-dessus l'épaule vers Kasia qui se tenait au centre de la chambre, portant un châle tout déchiré au lieu du magnifique châle douillet qu'elle avait hérité de sa mère. Au moment où Antek entra, les femmes se turent aussitôt. Il s'immobilisa sur le seuil. Il était vêtu d'une veste usée en peau de mouton et coiffé d'une casquette à la visière cassée. Ses vêtements étaient tachés de peinture et de boue, bien qu'il n'eût pas travaillé depuis longtemps. Même son visage était souillé de peinture. Il lorgna sa fille du coin de l'œil, puis il fixa du regard une étagère pleine de casseroles et de bouteilles, à l'autre bout de la pièce.

« Que fait ici cette racaille ?

— Une chose terrible est arrivée à Kasia, lui annonça sa maîtresse. Un affreux malheur!

— On me l'a dit. Qu'est-ce qu'elles veulent ? » Antek pointa son index vers les femmes restées silencieuses.

Il avança d'un pas dans leur direction et, aussitôt,

les femmes se poussèrent vers la porte de sortie. Rapidement, le logement se vida. Antek regarda Kasia, sans rien dire. Il savait ce qui arrive aux fillettes qui n'ont pas de mère pour prendre soin d'elles.

« C'est bon, enlève ton châle! »

Dix-huit

I

Calman ne mentionnait jamais le nom de Miriam Lieba, et personne n'osait parler d'elle en sa présence. Il l'avait pleurée pendant sept jours, après sa fuite, depuis, elle avait cessé d'être sa fille. En pensée, il la comparait à un ongle perdu, à une chevelure à jamais sacrifiée. Néanmoins, il ne put empêcher que certaines nouvelles à son sujet lui parvinssent aux oreilles. Il savait qu'elle était rentrée de France et qu'elle vivait quelque part à Varsovie avec ce comte vicieux, aussi qu'elle avait donné naissance à un enfant. Ses ennemis lui écrivaient des lettres avec une plume trempée dans le fiel; dès qu'il commençait la lecture de telles missives, il les déchirait. A vrai dire, il avait plus que mérité tout ce dont on le chargeait. Bien qu'il évitât de penser à Miriam Lieba, au cours de la journée, il n'arrivait pas à dominer ses pensées la nuit. Il avait engendré une hérétique; à travers elle, des hommes immoraux et des persécuteurs de juifs seraient issus de ses propres flancs. Existait-il quelque chose de pire? Cependant, valait-il mieux que la progéniture à laquelle il avait donné naissance? Semblable à Esaü, n'avait-il pas vendu son droit d'aînesse pour un plat de lentilles?

Calman vivait dans le manoir, il occupait la chambre à coucher du comte et il couchait dans le lit du comte. Clara avait non seulement pris possession de la maison, mais elle avait encore acheté l'ameublement qui en faisait partie. Tout ce qui restait au comte était ce que Clara avait bien voulu lui laisser : une jument, une vache, quelques livres, un briska. Calman, comme par le passé, continuait à approvisionner le vieux comte en blé, farine, gruau d'avoine; l'ancien châtelain était également autorisé à chasser dans les forêts de Calman et à pêcher dans son étang. Toutefois, les besoins de Jampolski diminuaient. Antosia ne cuisinait plus qu'une fois par jour pour lui, et jamais rien d'autre que des boulettes de seigle au lait. Oui, le comte Jampolski, dans ses vieux jours, avait renoncé à tout goût de luxe tandis que Calman, le juif, avait pris résidence dans un palais, au milieu d'objets d'or, d'argent, de porcelaine, des laquais et des servantes. Il dormait dans un lit à baldaquin de velours, sur un matelas de crins de cheval. Auprès de lui, dans un lit jumeau, était couchée Clara, l'associée aux profits de son domaine et de ses carrières. Elle se nommait elle-même Mme Clara Jacobowa. Clara était enceinte. Peut-être portait-elle un enfant mâle dans son sein. Pourtant, l'espoir qu'elle lui donnerait un fils qui réciterait le kaddish sur sa tombe n'empêchait pas Calman de comprendre qu'il avait commis une erreur grave.

Dès le début de leur mariage ils avaient discuté âprement. Clara avait parlé comme une femme légère. Elle faisait ce qui lui plaisait, sans demander conseil à son conjoint. Elle congédia le personnel de son mari et engagea des gens de son propre choix. Elle se querellait avec les propriétaires voisins et elle invitait des hôtes que Calman n'aimait pas voir dans sa maison. Calman s'était toujours adressé avec amabilité aux paysans, fermant les yeux sur leurs petites indélicatesses, tandis que Clara se montrait extrêmement sévère à leur égard. Tout paysan dont la vache paissait dans les pâturages de Calman était obligé de payer une amende de cinq roubles. Chacun devait rendre des comptes à elle. Quand elle entrait dans leur bureau, le caissier et le comptable devaient se lever. Elle avait rapidement dilapidé sa dot de plusieurs milliers de roubles en achetant ses robes à Paris. Elle parlait de rénover le manoir. Jusqu'à ce qu'elle tombât enceinte, elle avait continué à se rendre au bain rituel pour l'amour de Calman, accomplissant cet acte vertueux avec ressentiment et en insistant pour que nulle autre femme ne fût présente quand elle entrait dans l'eau. Une baignoire spéciale avait été commandée pour son usage exclusif. Selon les femmes de Jampol, le bain rituel était profané par la conduite licencieuse de cette femme. Ses bas en résille montaient presque jusqu'aux hanches et ils étaient attachés à un corset, racontaient les servantes; ses slips, ses chemises et ses culottes étaient en soie et garnis avec prodigalité de dentelle. Elle roulait en carrosse pour se rendre au bain rituel!

Bien que Calman travaillât dur (les dépenses avaient augmenté de façon exorbitante), il dormait d'un sommeil agité. Qui aurait pu imaginer qu'ils dépenseraient tant d'argent ? Clara vivait comme une impératrice, jetant l'argent par les fenêtres et donnant des ordres au personnel. Avant le mariage elle avait acheté un trousseau véritablement royal, ses armoires étaient pleines de vêtements et d'accessoires de toilette, pourtant, aussitôt après la cérémonie nuptiale elle se plaignait de n'avoir rien à se mettre. Elle criait après les bonnes et critiquait constamment la nourriture kasher que Calman avait apportée de Varsovie. Quand elle désirait la moindre petite chose, elle tirait vivement le cordon de sonnette. Tous ses caprices et sa passion du luxe étaient satisfaits, cependant elle ne cessait jamais de se plaindre. La viande était soit trop dure, soit trop tendre, le potage ou trop gras ou trop clair, la compote tantôt trop sucrée tantôt trop acide. Bien que les parquets fussent si bien cirés que Calman remerciait Dieu, chaque jour, de ne pas avoir glissé et de ne s'être point cassé une jambe, Clara maintenait qu'ils étaient sales. Elle mentait tellement et portait tant d'accusations que Calman avait du mal à en croire ses oreilles. Il savait que des gens méchants existent depuis toujours; autrement, qui serait à l'origine des guerres, qui serait coupable des calamités qui avaient fondu sur les juifs ? Mais qu'une fille juive sache tant de choses sur le péché! Ses paroles tendres étaient tournées en dérision. Elle se moquait de la barbe de Calman, de son caftan, de son châle de prière, de ses prières, de son expression « avec la volonté de Dieu ». Elle lui parlait affectueusement et, aussitôt après, elle le traitait comme un étranger. Bien que les Polonais n'eussent aucune sympathie pour la noblesse polonaise terrienne, ils s'indignaient de voir un juif vivre comme un comte et dans le propre manoir d'un comte. Les prêtres, n'ayant plus le droit de se plaindre des Russes, déchargeaient leur colère sur les juifs. A Jampol et Skarshew les ennemis de Calman répandaient toutes sortes de calomnies sur son compte. Le bruit courait que, dans son foyer, on cuisinait le jour du shabbat, que les ustensiles de cuisine n'étaient pas kasher, que Calman avait des rapports sexuels avec sa femme les jours où celle-ci était impure. Mayer Joel n'adressait presque plus la parole à son beau-père. Jochebed évitait son père. Une carte postale arrivait de temps à autre de Tsipele, toutefois Jochanan n'y ajoutait plus ses salutations de sa propre main. Shaindel avait un appartement à Varsovie. Calman souhaitait qu'elle vînt s'installer avec Ezriel et l'enfant Yosele au manoir, or Shaindel trouvait toujours de nouvelles excuses. Calman connaissait la vérité : elle haïssait sa belle-mère, Clara.

De la haine, de la haine et encore de la haine! Il la rencontrait partout. Constamment, toutes sortes d'intrigues s'ourdissaient parmi les bûcherons et les employés de bureau. Les paysans se querellaient sans arrêt. Le rabbi de la cour hassidique de Gur se disputait avec celle d'Alexandrow. Tamara Shalit dénonçait Sonia Sorkess. Sonia Sorkess ridiculisait Mme Grain, la femme du pharmacien. Tous les gens, selon Clara, étaient des voleurs. Quand Calman suggérait à Clara qu'en achetant moins de fanfreluches elle aurait moins de chances d'être volée, elle répliquait avec mépris : « Crois-tu t'adresser à ta Zelda ? Je suis Clara! J'aime les jolies choses, et non les haillons de Jampol! »

II

Deux fois par mois Clara donnait une réception, ou *wetcherinka*, comme elle aimait l'appeler en russe. Toujours les mêmes personnes en faisaient partie : le colonel Smirnoff, le lieutenant Papricki, le pharmacien Grain et sa femme, David Sorkess et Sonia, Morris Shalit et Tamara, parfois le docteur Lipinski de Skarshew, des personnages officiels et des employés de moindre importance comme on n'en trouve que dans une petite ville. On faisait venir un orchestre militaire. Pour Calman, les *wetcherinkas* n'entraînaient que des ennuis : elles coûtaient trop d'argent; Clara, se préparant en cette occasion comme pour un mariage, exigeait de nouvelles robes; les parquets étaient cirés, la maison nettoyée à fond, dépoussiérée, bien qu'elle fût toujours rutilante de propreté. Au cours des quelques jours qui précédaient la *wetcherinka*, Clara criait après les servantes et ne cessait de les tancer; elle menaçait même de s'enfuir et de se tuer. Calman appréciait les paroles des sages affirmant que tous les pécheurs sont soit partiellement soit entièrement insensés.

Calman s'attablait avec les gentils. La nourriture était kasher, en était-il de même pour le vin? Il était strictement interdit de boire du vin en compagnie des gentils. Bien que Calman lui-même ne goûtât pas au vin, il souffrait le martyre à rester assis aux côtés de ces juifs et de ces gentils modernes, à écouter leurs blasphèmes, leurs flatteries et leurs moqueries. Chaque fois que Clara portait une robe nouvelle, ils la complimentaient avec excès. Chaque petit mets, selon eux, avait un goût paradisiaque. Néanmoins, leurs louanges cachaient mal leur tendance à ridiculiser tout. Leur politesse était chargée de venin. Tandis qu'ils mangeaient le pain du maître de maison, ils se moquaient de lui. Leur conversation, habituellement en russe, était truffée de sous-entendus; leurs yeux décochaient des œillades et leur langue persiflait. Quand les hommes racontaient des plaisanteries, les femmes riaient comme des folles. La cruauté et la débauche étaient la substance de leur humour. Ils connaissaient tous les meilleures villes d'eaux, les hôtels les plus chics. Ils se vantaient d'être intimes avec tout le monde. Calman mangeait en silence. Il pensait avec effroi aux nombreux péchés qui résultaient d'un tel banquet.

La *wetcherinka* n'atteignait l'apothéose que quand les musiciens commençaient à jouer et que le bal était ouvert. Clara passait de mains en mains. Ses robes étaient généreusement décolletées, découvrant sa gorge et son dos. En dansant, sa jupe volant haut, exposait ses jambes. Elle dansait avec tous les hommes. En tourbillonnant dans les bras du colonel Smirnoff elle lui posait la main sur l'épaulette et il lui étreignait la taille, tandis qu'il faisait sonner les éperons de ses bottes lustrées. Les officiers laissaient leur épée au vestiaire. Calman, plus étonné de son propre manque de prévoyance que choqué du comportement des autres, n'avait plus qu'à se blâmer lui-même. A quoi, avait-il donc cru, allait-elle se consacrer — à étudier la Bible ? N'avait-il donc pas vu clair dans son jeu ? Ou bien avait-il été la dupe de Satan ? Comment un juif, fils de parents pieux, pouvait-il assister à de tels faits et gestes ? Les mezuzoth sur les montants de porte approuvaient-elles une telle conduite ? Et Dieu ? « Je suis fou, complètement fou! se dit Calman. Je mérite d'être mis en pièces et trempé dans de l'acide! » Le libertinage était partout, dans chaque regard et dans chaque sourire. Les dames restaient tête nue; on tapotait du piano; on sonnait de la trompette; on battait du tambour. Une bande d'hommes adultères et de prostituées se rencontraient dans sa maison. Ces femmes, qu'étaient-elles d'autre que des putains dès lors qu'elles permettaient à des étrangers de toucher leurs mains, leurs épaules, leurs hanches ?

Calman était appuyé contre le mur, sa main posée sur le dossier d'une chaise. Sur le mur d'en face il apercevait sa propre image dans un miroir. Son regard s'attardait sur sa redingote qui lui arrivait jusqu'aux genoux, puis sur sa calotte de soie. Sa barbe semblait raccourcie, pourtant il n'y avait pas touché. Clara l'aurait-elle coupée pendant qu'il dormait ? En dépit de la chaleur que dégageait le poêle, Calman sentait un frisson glacial parcourir ses membres. Le visage du colonel Smirnoff était rougi par la boisson; ses cheveux blonds coupés court étaient hérissés comme les poils d'un pourceau; ses yeux étaient larmoyants; son rire grossier semblait signifier : ce qui est à moi est à moi, ce qui est à vous est à moi aussi. Lançant un clin d'œil au lieutenant, il fit claquer ses talons en criant aux musiciens : « Da-da! Hop! Hop! » La femme du lieutenant, pour sa part, dansait avec David Sorkess. Voilà, en effet, ce qui se passait à une *wetcherinka* : ils échangeaient leurs femmes!

« Est-ce que je rêve ? Comment est-ce arrivé ? Comment ai-je pu oublier Dieu ? » se demanda Calman.

La musique s'arrêta. Le colonel Smirnoff s'inclina devant Clara, le lieutenant Papricki devant Tamara, David Sorkess devant Nadia Ivanovna. Clara en dansant approchait de Calman. Les épaules nues, parée de bagues, de boucles d'oreilles et de broches, elle lui fit face; ses diamants jetaient des éclats; ses joues étaient brûlantes; ses yeux étincelaient lorsqu'elle lui sourit.

« Pourquoi restes-tu là avec cet air désœuvré et ce regard fixe ? Espères-tu que nous allons nous mettre à pleurer ?

— Non.

— Si tu n'aimes pas ces soirées, je n'en donnerai plus. »

Calman ne dit rien. Ce n'était pas sa faute à elle, mais la sienne. « Que mon nom soit effacé à jamais! » Pour la première fois dans sa vie, il se maudissait lui-même.

Dix-neuf

I

REB MENACHEM MENDEL BABAD était assis dans son bureau de la rue Krochmalna, un commentaire talmudique ouvert devant lui. Le livre s'intitulait *La Face de Josué.* Sur la table, parmi un pêle-mêle de manuscrits, se trouvait une plume d'acier auprès d'un encrier. Reb Menachem Mendel avait préparé du thé dans le samovar. A mesure que la matinée avançait, il fumait sa pipe, prenait des notes et étudiait. Il avait peu de temps pour lui-même, ici, à Varsovie. Constamment des femmes venaient le consulter sur des matières religieuses; parfois il fallait soutenir un procès; tout le monde demandait conseil au rabbi, y compris les voleurs et les femmes perdues qui le harcelaient tout le temps de préciser les dates exactes de la mort de leurs parents afin de célébrer leur anniversaire. Observer la date d'un tel anniversaire était leur seul acte pieux. Près du lutrin, dans le bureau de Reb Menachem Mendel, était posé un candélabre à six branches portant de longues chandelles qui brûlaient pour la commémoration des morts. La rue

Krochmalna avait grand besoin des services d'un rabbi, toujours est-il que ce dernier ne gagnait pas suffisamment pour en vivre. Chaque semaine on faisait la collecte des donations; or Tirza Perl soupçonnait le bedeau qui s'en chargeait d'empocher plus que les vingt-cinq pour cent qui lui étaient dus. Le revenu du rabbi diminuait chaque semaine, tandis que les dépenses étaient énormes : il fallait payer le loyer chaque mois, et non annuellement. Le beurre se vendait par petites quantités, le lait par quarts, le bois par fagots, les pommes de terre par livres. Quelle torture pour Tirza Perl de faire son marché ou d'aller chez le boucher! Ses voisines n'achetaient pas par petites quantités auxquelles elle-même était habituée. Elles cuisinaient leurs mets dans de grandes marmites, car le marché russe avait apporté la prospérité à la Pologne. On construisait un peu partout des maisons de rapport et on voyait s'ouvrir de nouvelles boutiques. Une manufacture de bas et un atelier pour fabriquer le fil de soie donnaient sur la même cour, face à la maison qu'habitait Reb Menachem Mendel; il y avait également des savetiers, des tailleurs et des menuisiers dans ces bâtiments. Oui, Dieu soit loué! les affaires des juifs prospéraient. Cependant, un rabbi non officiel ne recevait pas de salaire.

Reb Menachem Mendel caressait sa barbe rousse. Quelque commentateur avait tenté d'analyser des passages difficiles du texte de Maïmonide, or ses explications étaient d'une casuistique ambiguë. Son interprétation était en contradiction avec celle du rabbi Samuel Edels. Était-il concevable que le rabbi Samuel Edels fût dans l'erreur? L'ère nouvelle était pratiquement incapable de comprendre la façon de raisonner d'autrefois. Pourtant il fallait essayer; de temps à autre le Ciel venait en aide aux disciples. Reb Menachem Mendel tirait sur sa pipe, attrapait un verre et prenait une gorgée de thé léger, puis il reposait le verre et se frottait son grand front. Essayer de résoudre ces problèmes équivalait à se cogner la tête contre un mur.

Il se mit à chanter tout en lisant. Qui aurait pu prévoir que les choses tourneraient de cette façon ? Il était à Varsovie. Son fils Ezriel n'avait plus rien d'un juif. En dépit de ses responsabilités en tant que père de famille, il avait définitivement ôté le caftan et il étudiait pour devenir médecin. Mirale avait quitté la maison. Elle ne voulait pas se marier. Actuellement, elle faisait l'apprentissage de la coiffure. Elle passait son temps à peigner les chevelures de riches clientes. Brutalement, Reb Menachem Mendel se retrouvait sans enfants. Qu'avait-il fait, se demandait-il, pour le mériter ? De quelque manière la faute devait en incomber à lui-même. Ezriel aurait pu épouser la fille du rabbi de Skarshew, or Reb Menachem Mendel avait préféré ce mariage avec l'une des filles de Calman. Et qu'en restait-il aujourd'hui! Une autre fille de Jacoby était devenue hérétique; Calman lui-même avait épousé une femme légère. Que disait le proverbe, déjà ? Il suffit d'un seul mouton malade pour contaminer tout un troupeau. Comment savoir désormais si quelqu'un irait réciter le Kaddish sur sa tombe, songeait Reb Menachem Mendel. S'il ne continuait pas à étudier la Torah et à accumuler les bonnes actions, il arriverait dans l'autre monde les mains vides.

« Eh bien, voyons ce que *La Face de Josué* peut m'apprendre. »

Quelqu'un frappa à la porte. Tirza Perl dormait encore dans leur chambre à coucher. Reb Menachem Mendel ouvrit donc la porte d'extérieur lui-même. Reconnaissant une femme sur le seuil de l'huis il détourna vivement les yeux.

« Papa, c'est moi, Mirale.

— Oh! c'est toi. Allons, entre! »

Reb Menachem Mendel rougit. Depuis que sa fille avait quitté la maison, elle était comme une étrangère pour lui; il se sentait gêné en sa présence. Après quelque hésitation il se décida à la regarder. Elle était coiffée d'un chapeau au lieu d'un châle. Son buste était moulé dans quelque fanfreluche à la mode. Se lavait-elle au savon parfumé? Reb Menachem Mendel suçait sa pipe.

« Eh bien, ma fille, quelle nouvelle nous apportes-tu en ce qui te concerne?

— Je suis venue chercher du linge que j'avais oublié de prendre.

— C'est donc ça!

— Mère est-elle encore endormie?

— On dirait.

— Père, tu n'as aucune raison d'être fâché avec moi, dit Mirale.

— Aucune raison, hein? Ton frère est devenu complètement impie. On m'a dit qu'il rend même visite à cette hérétique, Miriam Lieba. Toi, tu as quitté la maison. Tous les deux vous nous avez apporté rien que la honte et le déshonneur.

— Qu'est-ce que j'ai fait de mal? Tout ce que je fais est apprendre un métier.

— La chose principale à laquelle une fille juive doit songer est se marier.

— Me marier avec qui? Jonah, ce bon à rien? Tu as dit toi-même que c'est un imbécile.

— Moi? A Dieu ne plaise!

— J'aimerais mieux mourir vieille fille plutôt que d'épouser un tel benêt!

— Voyons, quel âge as-tu maintenant? Tu as vingt-quatre ans — que le Mauvais Œil t'épargne! D'autres femmes ont des enfants à ton âge.

— Qu'est-ce que j'ai perdu? Quelqu'un de Skarshew m'a raconté que Jonah est devenu enseignant auxiliaire dans un cheder. Il a une femme malade et une ribambelle d'enfants. Et tu trouves que j'ai perdu beaucoup, hein? Mais regarde-moi, papa! Tu peux me regarder; je ne suis pas une étrangère. Vois-tu comment je suis habillée? Je travaille et je gagne de l'argent. Je n'ai besoin de dépendre de personne. Est-ce un tel péché?

— Une fille juive se marie.

— Je me marierai. Je n'ai pas encore soixante-dix ans! Je veux un mari que j'aime et non quelque Jean-foutre que Yankle le marieur aura choisi pour moi. Quelle offense contre Dieu y a-t-il?

— Personne ne peut offenser le Tout-Puissant. Je cite: « Quel agrément peut présenter pour Dieu le « fait que tu sois vertueux? » Les commandements n'ont été donnés que pour assister l'homme. Lorsque tu te maries, tu te fixes définitivement. Tandis que, si tu fréquentes des femmes perdues, tu t'écartes facilement du droit chemin. Le Talmud dit que, si nous entrons dans une épicerie fine, des arômes agréables nous imprègnent, en revanche si nous allons dans une tannerie, nous en ressortons puants. On se laisse aisément influencer par les paroles d'un hérétique. Que représentent ces philosophes contemporains? Une bande d'assassins et de paillards!

— Beaucoup parmi eux sont des gens très convenables.

— Le corps est tout ce qui leur importe. Si, comme ils disent, Dieu n'existe pas, alors peu importe ce qu'on fait. Tout d'abord, nous sommes tentés par un péché mineur; dès que celui-ci est commis, nous sommes attirés par des maux plus graves. Sans loi et sans juge pour légiférer, il n'y aurait aucune raison, pour quiconque, de maîtriser ses mauvais instincts. Pourquoi pas carrément s'abandonner aux mauvais penchants ?

— Parce que nous sommes des êtres humains.

— Des êtres humains! Si on ne sert pas le Tout-Puissant, on est moins qu'un animal. Les animaux ne tuent que pour se nourrir; les meurtriers tuent pour le plaisir.

— Papa, selon toi, qui sont exactement tous ces meurtriers ? Les paysans ? Ne travaillent-ils pas assez durement pour nourrir les hommes ? »

Reb Menachem Mendel regarda sa fille avec surprise.

« Pourquoi parler des paysans tout d'un coup ? Certains sont bons, d'autres sont méchants.

— D'où vient le pain que tu manges ? Il faut quelqu'un pour labourer et semer afin que tu aies ton pain du shabbat. Le paysan travaille pour chacun de nous, tandis qu'il reste affamé lui-même. Est-ce cela que tu appelles la justice ?

— Il est décrété par le destin que le paysan reste pauvre.

— Non, papa, il ne s'agit pas du destin; c'est à cause des vols honteux. Tout le monde dépouille le paysan : les hommes d'affaires, les aristocrates, même les juifs pieux.

— Seuls les escrocs volent les gens. »

La porte de la chambre à coucher s'ouvrit et Tirza Perl entra dans la pièce. Ses chaussures étaient délacées. Un fichu rouge lui couvrait la tête. Sa robe était ample. Elle avait les traits tirés et un teint blafard. La vie à Varsovie l'avait vieillie.

« Eh bien, en voilà une surprise! Les discussions ont déjà recommencé, d'après ce que je vois.

— Je lui pose une simple question et je n'obtiens pas de réponse. »

II

Que les chemins de la Providence sont insondables! Temerel, au lieu d'épouser Calman, beau-père de Jochanan, devint la femme du rabbi de Komarov, veuf depuis peu, de plus beau-père de sa fille Yentel. L'union était arrangée par les deux cours hassidiques. Bien que Jochanan n'approuvât pas ce mariage, il ne fit aucune tentative pour influencer sa mère. Le rabbi de Komarov ne descendait pas d'une lignée illustre. Son grand-père avait été laitier. Son père, Reb Abraham Komarover, s'était établi en accomplissant bon nombre d'exorcismes. On prétendait que le contact de ses mains avait guéri un paralytique, qu'un infirme, au seul son de la voix du rabbi, avait jeté ses béquilles, qu'une femme stérile, bénie par le saint homme, était devenue féconde. Toute sa vie le rabbi avait mené la guerre contre les puissances du mal; il les avait chassées à coups de canne. Ses gains étaient mis en sûreté dans des vases de terre : il y avait de l'or, de l'argent et du billon; il avait toujours refusé d'accepter des billets de banque. Il avait tout laissé à son fils Shraga Mayer. Shraga Mayer avait nommé son plus jeune fils d'après Reb Abraham; c'était ce puîné qui était marié avec Yentel.

Shraga Mayer avait beau avoir hérité certaines particularités de son père, n'empêche que même le plus ardent des hassidim de Komarov ne gardait l'illusion que leur rabbi actuel fût l'égal du vieillard. Reb Shraga Mayer hurlait et frappait le sol du pied : les démons ne faisaient nullement attention à lui. Ni les femmes stériles, ni les malades mentaux, ni ceux affligés du hoquet, ni les autres possédés ne venaient lui demander assistance. Sa barbe était d'un roux flamboyant, ses sourcils ébouriffés. Plus d'une fois Temerel éclata de rire en l'observant : il avait des gestes si étranges, il priait si bruyamment, de plus, les commentaires religieux qu'il essayait d'écrire étaient ceux d'un illettré. Malgré tout, Temerel souhaitait se marier. Quel est celui qui aime vivre en solitaire ?

Temerel donna son accord. Reb Shimmon était opposé à ce mariage. L'attitude négative de son frère ne faisait que convaincre Temerel qu'elle agissait sagement. Ainsi donc la célébration du mariage eut lieu et Temerel s'installa à Komarov. Quelques semaines après la noce, elle partit rendre visite à son fils à Marshinov.

« Comment te portes-tu, maman ? demanda Jochanan.

— Loué soit le nom de Dieu ! répondit Temerel.

— Comment vont les choses avec le rabbi de Komarov ? » Jochanan savait qu'il aurait dû appeler son beau-père « oncle », cependant il ne pouvait pas prendre sur lui de prononcer ce mot.

« Qu'espères-tu entendre ? Le rabbi s'arrange. Quand il faut dire des bénédictions, il les dit. Il observe shabbat et il le mène jusqu'au bout. » En parlant Temerel avait une lueur malicieuse dans ses yeux. Soudain elle sortit un mouchoir et se moucha bruyamment. « Jochanan, j'ai signé mon propre arrêt de mort. » Des larmes coulaient sur ses joues flétries.

Jochanan tremblait. Il plaignait sa mère, pourtant il craignait d'entendre les nombreux griefs qu'elle avait à formuler contre son mari, puisque la Loi défend de prêter l'oreille aux commérages. D'un autre côté, comment pouvait-il l'empêcher de se lamenter ?

« Ne t'inquiète pas, Jochanan, je ne vais pas aborder des sujets proscrits, dit-elle en taquinant.

— Peut-être les choses vont-elles s'arranger...

— Mais comment ? On ne fait pas une bourse de soie d'une oreille de truie. »

Qu'avait-elle donc espéré ? se demandait Jochanan. Un homme d'une telle famille! Il changea brusquement de sujet. « Est-ce que Yentel va bien ?

— Je suppose. Mais à quoi bon ? Cet homme qu'elle appelle son mari n'est qu'un autre barbare. Dans toute ma vie je n'ai rencontré de gens aussi vulgaires!

— Bon, bon...

— Qu'est-ce que je vais faire, Jochanan ? Ils sont insupportables. Constamment, ils me tapent sur les nerfs.

— Tu ne peux pas t'attendre à ce que tous les hommes soient semblables.

— Ton pauvre père était un véritable saint. Que les qualités qu'il possédait ne meurent jamais! Tu lui ressembles, Jochanan — que Dieu t'accorde une longue vie! Ton oncle, Reb Shimmon, est un homme dur, néanmoins il ne manque pas de sagesse. Quant au reste de la famille! Sais-tu ce qu'ils font après avoir mangé ? Ils — pardonnent l'expression! — ils rotent. Si tu arrives à une heure de l'après-midi chez eux, ils sont tous en train de ronfler comme des ours. A trois heures, ils sont de nouveau affamés. Ils ne savent penser qu'à une seule chose : manger.

— Maman, le rabbi est un érudit.

— Jochanan, tu parles comme un enfant. Même moi, simple femme, je le prends en flagrant délit d'erreurs. Si son scribe, Reb Israël, ne corrigeait pas tout, les gens se tordraient de rire. Mon mari le paie avec des promesses. Cet homme n'est pas un rabbi : il n'est rien qu'un colporteur fourbe.

— Maman!

— Pourquoi es-tu choqué ? Ce n'es pas parce qu'un homme est appelé maître, qu'il en prend toutes les qualités ! Un porteur d'eau peut avoir l'âme d'un rabbi, et un rabbi celle d'un escroc.

— Tu as raison, maman. »

III

Généralement, une grande foule de hassidim venait à Marshinov pendant la Pentecôte, tandis que les semaines avant les fêtes étaient toujours assez calmes. Bien que Jochanan fût dévoué à ses disciples, il saluait avec soulagement cette période de détente. Rien ne lui convenait mieux que l'isolement. Il ouvrit le livre intitulé *Les Deux Tables de l'Alliance* et il se mit à étudier le traité concernant les rituels et les coutumes de la Pentecôte. Il avait été d'une humeur mélancolique, le matin même, cependant son moral devint meilleur après les prières. Pourquoi se faisait-il des soucis ? Il n'avait pas à être un saint. Et s'il était destiné à brûler en Géhenne ? Puisqu'il existait un Créateur, qu'est-ce que l'homme avait à craindre ? Jochanan écoutait le gazouillement des oiseaux. Un coq chantait; peut-être était-ce l'un des volatiles qui seraient tués pour le festin du jour férié ? Eh bien, quelle différence cela faisait-il ? Boucher, couteau et coq s'identifiaient. La mort n'existait pas. La vie vibrait dans chaque arbre et dans chaque brin d'herbe. Jochanan écouta plus attentivement. Il entendit le cri-cri du grillon, le coassement de la grenouille. Dans la salle d'études des hommes chantaient la Torah. Quelque part dans le voisinage des enfants récitaient un passage du Pentateuque — ou bien était-ce la Mishnah ? Soudain un papillon entra dans la chambre et il se posa sur la page du livre que Jochanan était en train de lire. Une vague d'un amour chaleureux pour cette créature qui n'avait nulle connaissance du mal et qui servait le Créateur à sa manière sourdait en lui. Il se demandait si elle était capable de penser. N'était-elle pas en train de sanctifier en quelque sorte le livre saint sur lequel elle se reposait ? Ses ailes mouchetées étaient aussi délicates que la soie. Essayait-elle de lire ? Avait-elle soif ou faim ? Sur la table, devant Jochanan, était posée une tasse de thé qu'il buvait à petites gorgées en étudiant. Il versa quelques gouttes du liquide et y fit fondre un peu de sucre. « Bois! » dit-il en s'adressant à l'insecte.

Le papillon ne bougea pas. En revanche le sucre attira une mouche. Celle-ci se posa sur la table et pencha sa minuscule tête en empêtrant quelque peu ses pattes arrière. Une autre mouche atterrit sur le dos de la première. Jochanan observa le jeu du couple. Tout ce qui était vivant s'unissait, les petites créatures aussi bien que les grandes, qu'elles fussent mâles ou femelles. Soudain le sens du passage « Et jouis en tremblant » devint clair pour lui. Jochanan tremblait dans une sorte d'extase. Qui peut s'empêcher d'exulter quand la magnitude de Dieu est manifeste partout ? Quand l'hiver arrivera, cette pauvre mouche mourra de froid. Lui-même vivra probablement un peu plus longtemps, n'empêche que personne n'est immortel. Seule l'âme importe. Alors, à quoi bon se soucier ? On doit servir comme on peut. On doit être joyeux. Jochanan se leva et commença à arpenter la chambre. Dieu était présent, le veillant et écoutant ses pensées. Les pauvres pécheurs, eux aussi enfants de Dieu, souffraient mille morts, même en s'abandonnant à leurs plaisirs sensuels. Pourtant la souffrance qu'ils s'infligeaient à eux-mêmes servait quelque dessein. Dieu avait créé Satan pour laisser à l'homme le libre arbitre, encore que la voie choisie par les pécheurs soit la plus pénible. Transgression! Destruction! Jochanan se frotta le front. Ses pensées avaient pris un tournant trop dangereux. Il devait les chasser de son esprit.

Les hassidim lui avaient parlé d'une organisation russe dont les membres conspiraient à renverser le tsar. Ils souhaitaient aider les paysans et leur apprenaient à lire les journaux. Certains parmi eux avaient assassiné un gouverneur ou un prince, aussi avaient-ils été exilés en Sibérie. Jochanan caressait sa barbe. Comment le tsar pourrait-il être détrôné? Et que se passerait-il, s'il l'était? Un autre tsar prendrait sa place. Pendant ce temps, les révolutionnaires souffraient. En Sibérie les hivers étaient très froids. Un soldat qui tuait sur ordre, était-il coupable? Il ne faisait qu'obéir. Quant au tsar, il était né tsar. Jochanan avait appris que quelques-uns des révolutionnaires étaient juifs. Il gémit. Rien d'étonnant! Ceux qui abandonnent la Torah, qui fréquentent les immoraux et parlent leur langage, seront pris au piège.

La porte s'ouvrit et Mendel, le bedeau, entra.

« Rabbi, il y a quelqu'un dehors, un hassid, qui voudrait vous voir. Il aimerait avoir votre opinion. »

Jochanan leva la main dans un geste impuissant. Il priait constamment pour voir diminuer le nombre de ses adeptes, néanmoins les hassidim continuaient à venir le consulter. Son opinion? Quel conseil avait-il donc à donner? D'un autre côté, comment aurait-il pu refuser de voir cet homme?

« Eh bien, dites-lui d'entrer! »

Tandis que Jochanan parlait, un homme de petite taille et aux cheveux jaunâtres entra; sa barbe était de la même couleur jaune. Tout chez cet homme semblait jaune : son visage couvert de taches de rousseur, son chapeau, son manteau rapiécé, même ses yeux. Une odeur de cambouis entrait dans la pièce avec lui. Il apportait un fluide occulte de lointains horizons.

« La paix soit avec vous, rabbi!

— La paix soit avec vous! Bonjour! Prenez place! »

L'homme resta debout.

« D'où venez-vous ?

— Je suis originaire de Wysoky. En fait, je suis un hassid de Turisk. Là d'où je viens, on va soit à la cour de Turisk, soit à la cour de Beltz. Dans notre ville il y a quelques hassidim disciples d'autres cours, également. Toutefois ils ne possèdent pas de maison de prière. L'un d'eux est un vieux hassid de Kotsk. Il aime bien taquiner la communauté en barbouillant sa moustache de fromage, au neuvième jour d'Ab, pour faire croire aux gens qu'il mange, le jour du jeûne. Je ne vous souhaite pas la mésaventure qui est arrivée à ma fille : elle a commencé à souffrir de terribles maux d'estomac. Le médecin de Zamosc lui a dit de se rendre à Lublin et de se faire opérer. Quand elle est arrivée à Lublin, les douleurs ont cessé; le médecin a prétendu que ça ne comptait pas et qu'elle devait subir de toute manière — comment dit-on, déjà... ? ah! oui — une intervention chirurgicale. Nous sommes rentrés à Wysoky et le rabbi a dit : « Allons, « cela vaut mieux ainsi, oui, bien mieux. N'importe « comment, je ne crois pas au pouvoir du couteau. » Mais quand elle est revenue à la maison, les douleurs ont repris de plus belle. Elle a failli grimper au mur tellement elle souffrait. On m'a conseillé de l'amener à Varsovie. Là-bas, on a consulté des spécialistes : l'un disait qu'il fallait intervenir — j'ai oublié quel terme il a employé; l'autre disait qu'il fallait attendre. Le rabbi — que Dieu lui accorde longue vie! — a la réputation d'être un saint homme. Bien que je sois un hassid de Turisk, j'ai accouru ici, en dépit de la grosse dépense de ce voyage. Quel que soit le conseil que le rabbi me donnera, je le suivrai. Pardonnez-moi rabbi, j'ai oublié de vous donner ceci... » Le hassid de Turisk sortit un billet et une pièce d'argent de sa poche.

« Je vous remercie; nonobstant, je n'accepte pas d'argent, dit Jochanan. Comment pourrais-je vous conseiller ? Dieu seul est le meilleur conseiller.

— Vous ne prenez pas d'argent ?

— Non. Mais je vous remercie quand même.

— A Turisk, même les pauvres donnent. On dit que personne ne peut espérer de l'aide d'un rabbi qui refuse de l'argent.

— Sans aucun doute, le rabbi de Turisk en a besoin. Mon beau-père est un homme riche.

— Rabbi, que dois-je faire pour ma fille ?

— Comment le saurais-je ? Je ne suis pas médecin. Priez! et moi, je prierai de mon côté. On ne peut jamais savoir laquelle de nos prières sera exaucée.

— Mais j'ai besoin de votre conseil! rabbi. Je suis un homme sans instruction. Comment puis-je prendre une décision alors que les spécialistes eux-mêmes ne sont pas d'accord ? Le rabbi de Turisk ne croit pas au pouvoir du couteau, pourtant il y a des cas où celui-ci est indispensable. La belle-fille du rabbi elle-même a subi une opération. Elle est allée à Vienne pour cette intervention.

— Ah! oui ? Elle n'avait probablement pas le choix.

— Le rabbi était contre cette opération; toujours est-il qu'elle ne l'a pas écouté. Les médecins disent que cette intervention lui a sauvé la vie. Son père à elle est rabbi, lui aussi, n'empêche qu'il était pour l'opération.

— Honorer son père est ce qu'il y a de plus important.

— Rabbi, que dois-je faire?

— Consultez un autre médecin.

— Il ne me reste plus un gulden. J'ai dépensé le dernier pour venir ici. Il faut me dire ce que je dois faire, rabbi. »

Jochanan baissa les yeux et son regard tomba sur un objet qui lui donna mauvaise conscience : une montre en or, cadeau de mariage de Calman, qu'il portait fixée sur son gilet de soie. Jochanan se sentit accablé de honte. Il venait de chercher dans son tiroir, dans l'espoir de trouver quelques groschen qu'il pourrait donner à ce pauvre homme, et voici qu'il apercevait dans sa poche de gilet un fragment de ce même or dans lequel avait été façonné le veau, cette idole d'or des anciens. Infortuné qu'il était! Avec quelle facilité on oubliait et on se laissait séduire par Satan! Il retira la montre de sa poche avec un geste d'horreur, comme si l'objet était impur.

« Reb Shloïme — c'est bien votre nom, n'est-ce pas? — prenez cette montre et vendez-la! Ne dites à personne que je vous l'ai donnée! C'est de l'or, de l'or pur.

— La montre du rabbi? Non, je ne peux pas l'accepter.

— Je vous en prie, Reb Shloïme. Je n'ai pas le droit d'avoir quoi que ce soit de semblable dans ma maison. Plus longtemps je la garde ici, plus grave sera mon péché. Croyez-moi, vous me rendrez service. Peut-être sera-ce grâce à vous que je serai pardonné. Je n'aurais pas dû la porter, même un seul jour. Allez consulter un spécialiste, et s'il vous reste de l'argent, employez-le pour vos frais de voyage!

— Vraiment, je ne peux pas accepter la montre du

rabbi. On doit donner à un maître, et non lui prendre quelque chose.

— Reb Shloïme, je vous en prie! Le Tout-Puissant vous assistera parce que vous êtes venu à mon secours.

— Je refuse de la prendre.

— Je vous l'ordonne. »

Jochanan savait qu'il n'aurait pas dû employer le verbe « ordonner ». Un tel mot ne devrait être prononcé que par un saint. Pourtant il n'y avait pas d'autre moyen pour vaincre l'obstination de Reb Shloïme. En silence Jochanan pria pour que le hassid accepte. Les mains jaunâtres du juif de Wysoky se mirent à trembler.

« Rabbi, vous êtes un saint, un grand saint!

— Je vous en prie, il ne faut pas dire de telles paroles. Je ne fais que ce que la Loi m'ordonne. Vous n'auriez pas trouvé un seul groschen chez les anciens rabbis, en revanche, dans ma maison, il y a de l'or. Cette babiole peut sauver une vie. A quoi me servirait-elle ? Prenez-la! Dieu vous aidera certainement.

— Le rabbi en fait serment ?

— Avec l'aide du Tout-Puissant.

— Je ne veux pas partir tant que le rabbi ne m'a pas donné l'espérance que ma fille ira mieux. »

Jochanan était troublé : qu'attendait cet homme de lui ? Comment pourrait-il lui donner une telle promesse ? Il était lui-même un pécheur. Des péchés comme celui qu'il venait de découvrir, il en avait commis beaucoup. Combien d'autres choses avait-il dû oublier ? Surtout depuis que l'Esprit Malin le poussait vers le cheminement de l'orgueil! La seule solution était de fuir, d'aller en exil. Néanmoins, avait-il le droit de se soustraire à cette promesse ? S'il ne la faisait pas, l'homme pourrait considérer son refus comme un mauvais présage.

« Oui, je vous le promets.

— Elle ira mieux ?

— Avec l'aide de Dieu, elle vous donnera une grande joie.

— Rabbi, mes affaires marchent mal.

— Lui, qui donne la vie, donne également la nourriture.

— Rabbi, ma femme souffre du genou. Ils disent que c'est l'hermétisme. »

Jochanan eut du mal à réprimer un sourire; Reb Shloïme voulait dire le rhumatisme. Il se mordit la lèvre et se remémora la Diaspora, la destruction du temple et les souffrances des juifs. Retirant ses mains de son visage, il dit : « Votre femme guérira complètement. »

Vingt

I

QUAND son fils, Alexandre Jacob — ou Sacha, comme Clara l'appelait — fut né, Calman exulta. Dieu lui avait accordé un héritier! Clara avait connu une grossesse difficile et elle avait excessivement grossi. Au milieu de l'hiver elle avait eu une envie irrésistible de cerises. Calman avait réussi à en trouver chez un riche fermier qui possédait une serre chaude. Sacha était un bébé gros et fort. L'accoucheur de Varsovie disait que, par miracle, l'enfant n'avait pas déchiré le ventre de sa mère en venant au monde. Sacha criait d'une voix aussi forte qu'un bébé de six mois et il avait une abondante chevelure noire. La circoncision donna lieu à un véritable banquet auquel même les pauvres étaient conviés. Aussi bien le rabbi de Skarshew que le nouveau rabbi de Jampol vinrent assister à la cérémonie. Le grand-père de l'enfant, Daniel Kaminer, récita la bénédiction. Les seins de Clara étaient lourds de lait, pourtant elle engagea une nourrice. La chambre d'enfant était somptueusement décorée. Clara acheta un pèse-bébé, elle fit venir une voiture d'enfant de Berlin, elle lut des livres et des articles de journaux sur les soins à donner à un nouveau-né. L'enfant grandit vite et commença à marcher et à parler, à l'âge de dix mois. Calman acheta une amulette à son fils afin d'écarter le Mauvais Œil.

Sacha n'avait pas encore trois ans que, déjà, il commença à grimper aux arbres. D'un tempérament brutal et méchant, il maltraitait les poussins que la paysanne lui apportait comme cadeau, il donnait des coups de pied aux chiots, il tentait d'étrangler les chatons. Il noya même un oisillon. Il disloquait ses jouets : ayant trouvé un couteau quelque part, il trancha la tête d'une poupée. Au début, Calman se consolait en se disant que tout ceci était la faute de l'incroyable robustesse dont jouissait le garçon — que le Mauvais Œil l'épargne! Mais avec le temps, constatant que l'enfant restait incorrigible, les craintes de Calman augmentaient. Il reprocha à Clara que le garçon mangeait trop. Il interdit à l'enfant les jeux violents avec le fouet, l'épée, le fusil. Cependant, Clara avertit Calman de ne pas s'en mêler.

Jampol trouva dans le comportement du garçon un sujet de commérages. Les gens raillaient et maudissaient l'enfant gâté. Clara lui acheta un poney et une petite carriole avec un équipement de prix. Elle lui interdit de parler yiddish et elle engagea une gouvernante française. Elle lui recommanda de ne pas répondre quand on l'appelait Senderel, de n'obéir qu'au nom de Sergueï ou de Sacha. Il arrivait que Clara elle-même eût des ennuis avec lui. Il engraissait à force de suralimentation. Il tapait sa gouvernante et la bonne. Il riait comme un fou. Les gens du pays le surnommaient Ismaël. Calman était furieux, n'empêche que l'appellation était bien choisie — Sacha était un sauvage.

Finalement, après bien des discussions, Calman réussit à convaincre Clara qu'il faudrait engager un précepteur afin d'enseigner la religion au garçon.

Sacha tirait la barbe à son professeur et il se moquait du gilet à franges que portait cet homme. Les ennemis de Calman disaient que les yeux noirs de son fils cachaient un démon. Le garçon s'amusait aux dépens de tout le monde; il tirait la langue, il crachait, il ridiculisait le yiddish. Soudain, il montra une véritable passion pour le feu. Il devenait impossible de garder des allumettes cachées. Tout ce qui lui tombait sous la main partait en flammes. Les domestiques prédisaient qu'il finirait par mettre le feu au manoir. A la fin, Clara elle-même le frappa. Il éclata de rire et lui rendit les coups. Puis il se mit à hurler et il s'efforça de vomir. Un après-midi il mit le feu à une meule de foin. Ce jour-là Calman lui donna la fessée. Le garçon vociféra : « Sale juif! » et il donna des coups de pied à son père.

Calman perdit patience et il frappa Sacha de toute sa force, puis il partit s'enfermer dans son bureau pour pleurer. C'était la première fois, depuis les funérailles de Zelda, que Calman pleurait à chaudes larmes. Le nez de Sacha saignait; sa joue était enflée. Clara frappa des coups sur la porte du bureau et, quand Calman entrebâilla celle-ci, elle cria : « Si jamais tu touches encore à mon fils, je te tuerai! »

Calman poussa la porte violemment et il lui fit face.

« Tue-moi donc! espèce de salope! Ton sang pourri coule dans ses veines!

— Prends garde, Calman! Je ne te donnerai pas un autre avertissement. »

Calman jeûna le lendemain et il récita tout le Livre des Psaumes. Il jura de faire une fin, de ne plus jamais se réconcilier avec sa femme. La nuit même elle vint le retrouver dans sa chambre. Elle l'embrassa, le chatouilla, elle compta en jouant les poils de sa barbe, enfin elle promit de mettre fin à sa petite guerre contre le professeur d'hébreu. Quelques jours plus tard, elle décida brusquement que le manoir avait le plus grand besoin d'être rénové. Elle avait attendu assez longtemps; la construction était d'un démodé incroyable, le toit présentait un rafistolage impossible!

« C'était assez bon pour le comte. Pourquoi pas pour toi ? protesta Calman.

— Le comte! Tu sais que c'est un vieil idiot! »

La réconciliation était à peine consommée qu'une nouvelle querelle commença. Ces travaux coûteraient plusieurs milliers de roubles, objecta Calman. Son argent était investi dans son commerce, aussi était-il à court de capitaux. En outre, Dieu passait avant tout, Calman avait promis de construire une maison de prière dans l'enceinte du domaine. Clara rit, pleura, le menaça, l'insulta et l'avertit qu'elle s'enfuirait avec l'enfant, ou bien qu'elle se suiciderait. Elle annonça même qu'elle prendrait un amant et que Calman cocu serait la risée de tout le pays. Vêtu d'une longue chemise de nuit, une calotte sur sa tête, sa barbe en désordre il était assis sur le bord du lit, ses jambes ballantes. Clara détestait discuter dans l'obscurité. Elle alluma une lampe. Calman aperçut son reflet dans un miroir; il y avait des fils gris dans sa barbe. L'autre monde l'appelait déjà, or voici qu'il passait son temps à se quereller avec cette garce qui lui avait donné un fils monstrueux. Elle faisait les cent pas dans la chambre, marchant pieds nus, ses cheveux tombant sur ses épaules, ses seins nus visibles sous sa fine chemise. Comme toujours lorsqu'ils discutaient âprement, elle le vouvoyait.

« Vous usez votre salive pour rien, Calmanke. La maison sera rénovée. Tout cet ergotage n'aura pas plus d'effet que si l'on essayait de saigner un cadavre.

— Je construirai d'abord une maison de prière et un bain rituel.

— Un bain rituel ? Et qui pensez-vous y voir faire trempette, la reine de Saba ?

— Sale femelle mal embouchée!

— Pauvre vieux paillard! »

Calman ne put supporter d'en entendre davantage. Au cours de sa grossesse, quand elle avait craint pour sa vie, elle avait su prier Dieu. Maintenant qu'elle se portait bien de nouveau, elle blasphémait. Il ramassa son oreiller et une couverture et il quitta la chambre pour dormir ailleurs.

II

Clara se querellait avec son père aussi bien qu'avec Calman. Dans sa vieillesse, Daniel Kaminer était devenu un étourneau : il désirait épouser Céline, fille de Mme Frankel. Clara cherchait à empêcher ce mariage. Elle était l'unique héritière, et si son père se remariait, il serait bien capable d'avoir encore une demi-douzaine d'enfants. Père et fille se parlaient sur un ton sarcastique; ils se chamaillaient en restant chacun sur sa position. Clara l'avertit que le contrat de Kaminer avec le gouvernement pourrait bien être résilié. Le général Rittermayer préférerait travailler avec elle. Puisqu'elle avait la haute main sur le manoir, elle pourrait faire une sous-estimation et Kaminer serait coulé. En outre — souligna-t-elle d'une manière astucieuse —, elle était en mesure de le démasquer. Le vieil homme était si furieux qu'il éclata d'un rire énorme. Il n'était pas possible à quiconque d'être plus fine mouche que sa fille! Il suggéra un compromis : il lui donnerait la moitié de sa fortune tout de suite. Pourquoi voudrait-elle le voir mort ? Elle serait bien capable de l'empoisonner en fin de compte! Clara rit. « Si tu n'étais pas mon père, je t'épouserais moi-même.

— Ouais! Et si ta grand-mère avait des roues, elle roulerait!

— Honnêtement, qu'espères-tu que Céline t'apporte ? demanda Clara, croisant ses jambes. Il vaut beaucoup mieux pour toi de ne rien changer à ta vie actuelle. Tu dois le savoir, je pense.

— Ah! c'est différent lorsqu'on vieillit!

— Te plaît-elle vraiment ? Elle est tellement souillon. Un de ces jours, elle et sa chambre seront noyées dans la saleté. Jusqu'ici elle a passé sa vie à dormir chez sa mère; elle finira sa vie à dormir chez toi.

— Je la réveillerai quand j'aurai besoin d'elle.

— Quel homme! » dit Clara en riant. Elle adorait son père. A eux deux, ils formaient un drôle de couple; ils se comprenaient l'un l'autre parfaitement.

« Comment sais-tu qu'elle voudra de toi ? demanda Clara.

— Il nous faudra en discuter avec ta tante.

— Qui mènera le débat ?

— Toi », dit Daniel Kaminer.

La conversation se poursuivait ainsi, chacun essayant d'être plus malin et plus salace que l'autre. Daniel Kaminer niait que sa fortune fût aussi grande que sa fille prétendait. Cependant, elle savait très exactement où chaque rouble était investi. Plume en main, elle établit un calcul minutieux. Père et fille marchandaient aussi âprement que des commerçants. Puis, ils recommençaient à se taquiner mutuellement. Soudain Daniel Kaminer se sentit las et triste. « Si seulement ta mère était encore en vie! » Ses yeux se mouillaient. Clara avait envie de pleurer, elle aussi. Elle se dirigea vers la crédence et elle prit une bouteille d'alcool et une carafe de liqueur. Elle versa de l'alcool pour lui, de la liqueur pour elle-même. Elle était contrariée que, dans son grand âge, son père voulût remplacer sa mère par une autre femme. Le fait qu'il l'eut désignée comme intermédiaire pour arranger ce mariage adoucit un peu Clara. Néanmoins, elle s'attendait à avoir des difficultés avec Céline : cette bêtasse sera incapable de savoir ce qu'elle veut! Il faudrait prendre la décision à sa place. D'un autre côté, Clara aurait un prétexte pour visiter Varsovie. Et puis, bien entendu, ce qui comptait le plus était l'argent qu'elle allait recevoir de son père. Pourquoi attendre son héritage? Elle espérait qu'il vivrait jusqu'à cent ans, ou même davantage. Qui dans le monde entier lui était plus proche que son père?

Depuis quelque temps déjà elle avait envie d'aller à Varsovie, pour différentes raisons. Ses plans de rénover le manoir exigeaient les conseils d'un architecte. Elle était également désireuse de consulter son homme de loi. En outre, il y avait pas mal de gens qu'elle souhaitait voir à Varsovie, parmi eux Miriam Lieba et cette tête de mule, Lucien; Ezriel, également. Avant sa grossesse, Clara avait brigué avec empressement la faveur des Wallenberg; malheureusement, la pénible période qu'elle dut traverser avant son accouchement avait interrompu ses obligations mondaines. Après sa délivrance, il y avait eu un défilé de nourrices, de bonnes et de gouvernantes, ce qui n'avait fait qu'ajouter de l'agitation dans la maison. Depuis la naissance de Sacha, elle n'était allée à Varsovie que quelques rares fois, et toujours pour consulter des médecins. Plus de trois années s'étaient écoulées depuis la naissance du bébé; Clara avait l'air plus jeune et plus jolie que jamais. Cependant, ce voyage n'était pas aussi facile à arranger qu'il semblait. Sacha était si sauvage que Clara n'aimait pas le confier à la garde des domestiques. Laisser tout ce qui lui appartenait derrière elle l'ennuyait également; elle craignait la visite d'éventuels cambrioleurs, au manoir. D'un autre côté, elle ne pourrait pas faire le chien de garde toute sa vie! Était-ce une existence pour une jeune femme riche et intelligente? Elle devrait engager des domestiques auxquels elle pourrait se fier. Il lui faudrait trouver un précepteur qui conviendrait à Sacha. Les garçons respectaient davantage les hommes que les femmes.

Afin de ne pas laisser, après son départ, un mari irrité, elle se réconcilia avec Calman. Qu'il fasse donc construire son bain rituel et aussi sa synagogue! A Varsovie elle obtiendrait une estimation des travaux à exécuter pour ces constructions. Clara alla même plus loin : elle lui fit part de son accord avec son père, et elle s'offrit de lui prêter l'argent nécessaire pour l'aider à réaliser ses plans. Après tout, elle était sa femme, la mère de son fils. « Calmanke, dit-elle en lui caressant la barbe, les yeux dans les yeux, tu ne comprendras jamais que je suis ta meilleure amie.

— Si seulement tu pouvais être ainsi tout le temps, répliqua Calman d'un ton bourru. Tout ce que je demande est que nous vivions comme des êtres humains, dans la crainte de Dieu.

— Et que crois-tu donc que je désire d'autre? Si seulement la moitié de ce que je souhaite pour toi se réalisait! Ta bonne fortune, Calmanke, est aussi la mienne. »

Calman, après avoir apaisé son désir, se mit bientôt à ronfler, tandis que Clara resta éveillée pendant longtemps encore. Le tic-tac de la pendule semblait d'un mouvement fébrile. Clara sentait son pouls battre au même rythme fiévreux : elle ne pouvait s'arrêter de faire des projets, de désirer et d'espérer l'impossible. Elle avait l'impression que son sang bouillonnait en elle. « Que m'arrive-t-il? Pourquoi suis-je tellement agitée? Et de quoi ai-je si peur? » se demandait-elle. Elle connaissait la réponse; toujours des obstacles lui barraient la route vers le bonheur.

III

A Varsovie, avant de se rendre à la rue du Houblon, Clara se fit conduire au boulevard Marshalkovsky afin d'acheter des cadeaux pour sa tante et Céline. Quelle dérision, Céline allait devenir sa belle-mère! Les hommes étaient tellement stupides... Clara acheta une paire de grosses boucles d'oreilles en or pour Mme Frankel et une étole de fourrure pour Céline. Elle lut dans le regard connaisseur du vendeur qu'elle était séduisante. « Je suis une jolie femme, pensa-t-elle. Je veux bien qu'un homme se sente troublé au point de perdre sa tranquillité d'esprit. » Elle imagina l'homme amoureux d'une telle femme. Quand elle s'installa dans le fiacre, elle posa les paquets sur ses genoux. Il n'existait personne au monde, selon son expérience, qu'on ne pouvait corrompre. Même Dieu se laissait acheter avec un bain rituel ou une maison de prière. La journée d'été était chaude sans être écrasante; une légère brise soufflait de la Vistule. L'air était saturé des senteurs de fruits mûrs et de pommes de terre nouvelles. Des balayeurs avançaient en poussant dans les caniveaux un liquide blanchâtre ressemblant à de la glaise diluée. Malgré le vacarme de la circulation avec ses fiacres, omnibus, voitures et piétons, on pouvait entendre le gazouillement des oiseaux. Il était midi déjà. Clara n'avait rien mangé depuis son petit déjeuner; elle ne voulait pas arriver l'estomac plein chez sa tante. Il n'y avait pas d'insulte plus grande pour Mme Frankel que d'avoir déjà mangé en arrivant chez elle. Mme Frankel aimait recevoir et être reçue, donner et se faire offrir des cadeaux. Toute sorte d'arômes flottaient dans la cage d'escalier, un mélange de borscht, d'escalopes, de tomates et de persil. Clara respira profondément; ces odeurs excitaient son appétit. Quand elle frappa, deux jeunes filles accoururent pour ouvrir la porte. Celles-ci battirent des mains en poussant des cris de surprise dès qu'elles eurent reconnu la visiteuse; Clara n'arrivait jamais les mains vides. Une paire de grands ciseaux en main, Mme Frankel arriva au pas de course. Dans sa hâte elle avait oublié de libérer ses doigts des ciseaux. Elle embrassa Clara d'abord sur les lèvres, ensuite sur les deux joues, couronnant le tout en poussant des exclamations de joie. Clara embrassa les jeunes filles également.

« Où est Céline ? » demanda-t-elle.

En dépit de l'heure de l'après-midi, Céline était encore vêtue de son peignoir de bain et chaussée de pantoufles. « Ma foi, si elle lui plaît ainsi, moi je veux bien » pensa Clara en embrassant la jeune fille.

« Elle souffre d'une douleur dans l'épaule, expliqua Mme Frankel en guise d'excuse. La nuit dernière nous l'avons frottée avec de la térébenthine, mais sans succès. Je lui ai donc dit de dormir aussi longtemps qu'elle le désire. De toute manière, elle n'a aucune raison de se lever.

— Tant qu'à faire, elle pourrait bien couver quelques œufs... Tantine, je vous ai apporté un petit quelque chose à toutes les deux.

— Un petit quelque chose! Quelle femme dépensière tu es, Clara!

— Que veux-tu que je fasse, emporter mon argent

avec moi dans la tombe? Ces boucles d'oreilles sont pour toi. En or pur!

— Oh! c'est trop, Clara. Je peux imaginer ce qu'elles ont dû coûter.

— Et cette petite étole est pour toi, Céline. Touche un peu cette douce fourrure!

— Regarde, Mère! N'est-elle pas magnifique! Oh! Clara, c'est tout simplement exquis!

— Chut! ne fais pas tant d'histoires! Tu es une jolie fille et tu devrais porter de belles choses. Eh bien, vous autres, ne prenez pas cet air ahuri! Je n'ai oublié personne. Vous allez toutes recevoir quelque chose. Honnêtement, Tantine, j'ai une faim de loup.

— Elle a faim! » Sur cette exclamation joyeuse, Mme Frankel gambada comme une petite fille vers la cuisine. Il y avait une marmite sur le feu dans laquelle mijotait doucement un morceau de viande succulent; des petits pois bouillaient à grande eau. Tout ce que les marchands ambulants avaient à vendre ce jour-là, dans la cour, Mme Frankel l'avait acheté : framboises, groseilles, cerises. Il restait du pain du petit déjeuner, n'empêche que la patronne envoya une ouvrière à la boulangerie pour acheter une miche de pain frais et quelques brioches encore chaudes. Clara ôta la veste de son tailleur, aussi son chapeau orné de plumes d'autruche, une création de sa tante. Son corsage et sa jupe faisaient mieux apparaître sa taille épaissie et sa poitrine opulente. Son enfantement avait donné des rondeurs à sa silhouette. Désormais, elle n'aurait plus besoin de rembourrer ses hanches et sa croupe. « Oh! Clara, vous avez si bon goût! Cette broche, n'est-elle pas nouvelle? » Les jeunes filles la regardaient avec admiration. Chacune voulait la voir de près et la toucher. L'une d'elles, experte en tissu, souleva la jupe de Clara pour examiner la doublure. Clara répondait à toutes les questions. Ayant lu les magazines parisiens, elle savait décrire les toutes dernières nouveautés. Au beau milieu de l'agitation générale, Mme Frankel entra, apportant les hors-d'œuvre. Comme si elle s'adressait à une cour pleine de poules, elle s'écria : « Petits, petits, petits...! » En riant les jeunes filles retournèrent à leurs plumes et rubans. Elles préparaient activement la collection d'hiver.

Clara refusa de manger seule; elle insista pour que Mme Frankel et Céline se joignent à son repas. La maîtresse de maison pointa son doigt sur sa gorge en jurant qu'elle en avait jusque-là, mais aussitôt qu'elle eut goûté un peu à la nourriture, son appétit revint miraculeusement. Céline toucha à peine aux mets. Sa mère fit une grimace dédaigneuse. « Mais regarde-moi cette enfant, Clara! Voici qu'elle prend son petit déjeuner!

— J'ai déjà eu un bretzel avec du lait.

— C'est ce que tu appelles de la nourriture? Que va-t-elle devenir? » Le ton de Mme Frankel changea. « Clara chérie, elle me tuera. Je ne dors plus la nuit. Même la dernière des souillons trouve un mari. Seule Céline est toujours vieille fille. Ça me fait mal là, dit-elle en posant la main sur sa poitrine. Voilà une fille qui refuse de quitter sa maison natale.

— Tu es sûre que tu me laisseras partir?

— Tais-toi! ou bien je te flanquerai une paire de baffes sur ta caboche effrontée! Un jeune homme avait pris l'habitude de venir la voir, un tailleur pour dames, beau comme une image; il avait une petite moustache amusante. Quand les filles l'ont aperçu pour la première fois, elles sont presque tombées dans les pommes. Il travaillait chez Silvermintz. Il gagnait vingt roubles par semaine, de plus il était réformé. Quoi d'étonnant que les filles bourdonnent autour de lui! Qui de nos jours trouve un tel prince charmant ? Initialement, il était venu à cause d'un client, or, quand il a vu Céline, j'ai cru qu'il allait avoir une attaque épileptique. Ça m'a donné chaud au cœur. Qui sait ? Ils étaient peut-être destinés l'un à l'autre. Mes bonnes amies étaient déjà toutes envieuses. Mais crois-tu que cette demoiselle ait fait le moindre effort ? Elle est restée raide comme une planche. Il lui parlait gentiment, tandis qu'elle bâillait. Très rapidement il s'est désintéressé d'elle. As-tu jamais entendu quelque chose d'aussi monstrueux ?

— Qu'y a-t-il d'aussi monstrueux ? Il ne me plaisait pas.

— Qui aimeras-tu donc jamais, espèce d'idiote ? »

Clara sourit. « Comment était-il, Céline ?

— Oh! ce n'était qu'un fat. Il essayait de donner l'impression qu'il était quelqu'un d'important.

— Et qui es-tu donc ? Il se trouve que tu es ma fille et que je te dois de l'affection. Si tu n'étais pas... »

Mme Frankel ne termina pas sa phrase. Des larmes coulaient de ses yeux. Elle sortit un mouchoir et moucha son nez crochu.

Quand Clara annonça au cours de l'après-midi que son père ne rajeunissait pas et qu'il cherchait une épouse, quelqu'un de toute confiance, l'œil gauche de Mme Frankel la perça comme une vrille : l'idée que, si Daniel Kaminer n'était pas aussi avare et impudique, il ferait un parfait mari pour elle traversa son esprit. Après tout, combien de temps pourrait-elle encore tenir le coup pour garder sa boutique ? Ses forces commençaient à décliner.

« Tu comprends, Clara, il faudra que j'en discute avec Céline.

— Avec qui d'autre ? fit Clara. C'est à Céline que nous pensons. »

Mme Frankel se gonfla comme une poule en train de couver un œuf. Ses yeux étaient injectés de sang.

Sa voix se fit perçante. « Non mais, tu parles comme une folle!

— Tantine, ne soyons pas dupes l'une de l'autre, Céline n'est plus une enfant. Avant que tu t'en sois aperçue, elle aura trente ans. Il est grand temps pour elle de se marier. Mon père n'est pas encore octogénaire; il n'a même pas soixante-dix ans.

— Je ne veux plus en entendre parler, Clara. Je préférerais la voir enterrée au cimetière de la rue Gesia.

— Eh bien, non est non, pourtant tu ne trouveras pas une telle occasion chaque jour.

— Clara, tu m'as blessée. D'accord, il s'agit de ton père, mais à part ça, que peut-on dire de lui ? Il est dégoûtant, un vrai Litvak, et il parle comme un paillard. Ne peux-tu trouver quelqu'un de mieux pour Céline ? Tu devrais avoir honte de toi-même.

— C'est bon, je suis honteuse. Cependant, je ne parle pas pour moi-même; c'est mon père qui m'a envoyée. Ne crois pas que je vais toucher un seul kopeck pour jouer les marieuses! Oublions que Céline est ton enfant gâtée et regardons les choses en face! Elle n'est plus jeune, elle ne sait rien faire et, moins que tout, tenir une maison. De quelle utilité est-elle ? Mon père sait tout cela. Supposons qu'elle trouve un homme plus jeune. Dès qu'elle se conduira avec lui comme elle le fait avec toi, il demandera le divorce.

— Qu'est-ce que tu racontes ? C'est une jeune fille charmante et délicieuse; jolie aussi. J'admets qu'elle est un petit peu gâtée, néanmoins, elle pourra faire une bonne épouse. elle n'est pas coureuse comme les donzelles de nos jours.

— Qui trouverait-elle comme mari ? Le tailleur pour dames ? Voyons, il ne lui a pas encore demandé sa main, que je sache. Du flirt au mariage il y a un grand pas à franchir. Et même s'il la conduit sous le baldaquin nuptial, quelle sera leur vie, avec vingt roubles par semaine? En outre, tu seras obligée de lui donner une dot. Un jeune homme n'aime pas travailler pour quelqu'un d'autre, toute sa vie. Il est probablement plus jeune qu'elle, ainsi elle jouera les mères-poules. La première fois qu'il l'injuriera, elle reviendra à la maison. Tantine, je ne veux que du bien à Céline. Je l'aime comme ma propre sœur. N'empêche que nous devons avoir l'esprit pratique.

— C'est ce que tu appelles l'esprit pratique? Ton père est un vieillard, et un ivrogne par-dessus le marché.

— Que signifie l'âge? Écoute-moi! Il est plus robuste que la plupart des jeunes. As-tu jamais senti sa poignée de main? C'est un homme maigre, mais résistant. Il prend un verre de temps à autre, pourtant il ne boit pas avec excès. Personnellement, je n'ai jamais rencontré homme plus débrouillard que lui. Tu seras bien contente d'avoir l'argent qu'il gagne. Il est instruit également, un authentique érudit en judaïsme. Je sais que je parle comme une marieuse mais, après tout, nous sommes parents. Sans doute mettra-t-il au nom de Céline l'une de ses maisons, en tout cas il fera quelque chose dans ce genre. De plus, il y aura un arrangement financier dans le contrat de mariage. Elle pourra être sûre d'une chose : elle ne sera pas dans le besoin. Regarde-moi! N'ai-je pas épousé un homme de vingt ans plus âgé que moi-même? Je n'étais pas beaucoup plus vieille que Céline quand j'ai épousé Calman. »

Mme Frankel secoua la tête. « Clara, tu es tellement calculatrice. Faut croire que tu as le cerveau d'un homme! Calman n'est pas comme ton père; c'est un homme respectable. Il a perdu sa femme, puis il s'est remarié. Ton père est resté veuf pendant trente ans. Que peut-on espérer d'un homme qui est un libertin ?

— Eh bien, non est non. Néanmoins, tu ne réussiras pas à me monter contre mon père. Si je n'étais pas sa fille, et si je n'avais pas déjà un mari, je le prendrais moi-même pour époux. Il connaît le monde et la vie. On peut discuter avec lui. Chaque parole mérite d'être écoutée, a-t-il l'habitude de dire.

— Il devrait prendre une femme de son âge.

— Pourquoi ? puisqu'il peut avoir qui il voudra. Ne sois pas choquée, Tantine : il existe un vieux proverbe qui dit qu'on a le droit de faire sa déclaration, même à la femme d'un rabbi.

— Je ne suis pas choquée. »

Les deux femmes se turent. Mme Frankel, le nez plissé, la lèvre inférieure lippue, essayait de contenir son irritation. Elle sentait ses jambes s'alourdir. Elle savait parfaitement que Céline ne pourrait être traînée de force sous le baldaquin nuptial, toujours est-il que le fait que quelqu'un avait eu l'audace de proposer un vieux veuf comme époux était insultant. Elle comprit tout à coup la raison évidente pour laquelle Clara s'était montrée si généreuse en offrant ses cadeaux. « La garce futée! pensa Mme Frankel. D'abord elle s'insinue dans ma confiance, ensuite elle me couvre de boue. Mieux vaut pour Céline mourir vieille fille! » Les yeux de Clara étincelaient en se disant en elle-même : voilà qui change bien la situation pour moi. Ce marché-là, il le perdra. Il n'en reste pas moins qu'elle n'a pas dit son dernier mot.

Clara se mit debout. « Tantine, ne soyons pas des ennemies.

— Pourquoi le serions-nous ? Ai-je perdu quelque chose ? Assieds-toi! je t'apporterai ta compote de pommes.

— Non, je dois me hâter de rentrer. »

Clara jeta un rapide regard dans le miroir, puis elle partit. Mme Frankel sentit ses genoux trembler. Même son atelier semblait avoir pris un air hostile. Elle s'immobilisa sur le seuil en observant le remue-ménage dans la salle. L'une des jeunes filles repassait, une autre découpait du feutre, une troisième aspergeait d'eau quelque pièce d'étoffe. L'endroit était surchauffé et rempli de vapeur. Il y avait une odeur de brûlé. « Par tous les diables de la Géhenne! Que trafiquent-elles ? A quoi bon ai-je besoin de tout ce bazar ? Je ne me sens pas la force de continuer bien longtemps. » Elle s'élança à la recherche de Céline. Elle la trouva dans sa chambre à coucher, en train d'ôter sa chemise de nuit.

« Maman ?

— De quoi as-tu l'air! »

Mme Frankel claqua la porte. Elle avait un goût amer dans la bouche. Toute sa vie elle avait travaillé dur, or qu'avait-elle reçu en retour ? D'autres mères avaient des enfants qui leur donnaient satisfaction. Elle-même avait donné naissance à une petite pourriture. Une fille qui passait sa vie au lit, qui ne savait même pas se mouiller les doigts! Méritait-elle mieux qu'un vieillard pour compagnon ? Que deviendra-t-elle quand elle ne pourra plus compter sur sa mère ? Il n'y avait pas d'argent de côté qu'elle pourrait hériter. Mme Frankel s'imagina déjà morte. Qui l'envelopperait de son linceul ? Soudain elle se souvint de Dieu. « A quoi bon suis-je en vie ? se demanda-t-elle. Que deviendra mon âme ? » La seule chose qui lui restait à faire, tant qu'elle serait encore en vie, était d'acheter un bout de terre dans le cimetière de la rue Gesia et de commander sa pierre tombale. Autrement, une fois morte, elle serait complètement oubliée.

IV

Quand Miriam Lieba et Lucien étaient rentrés de France, Clara avait essayé, à l'insu de Calman, de trouver un travail pour Lucien. Elle était impressionnée par le fait que sa belle-fille était une comtesse. Puis, un autre facteur qui avait joué était que Clara s'était approprié le domaine des Jampolski : elle cherchait en quelque sorte à faire amende honorable. Lucien, toutefois, avait tout ignoré des tentatives, assez molles d'ailleurs, de Clara; Miriam Lieba, de son côté, s'en désintéressait. De temps à autre Clara apprenait quelque nouvelle sur Lucien. Celui-ci s'était mis d'accord sur le prix avec Antek, et il avait pris Kasia chez lui comme bonne. Pendant quelque temps il avait travaillé pour une société bénévole de Varsovie, puis quelque chose d'affreux s'était produit. Quelques-unes de ces dames charitables, ayant la charge de la société, avaient monté des pièces de théâtre, tirées de romans et de poésies de différents écrivains polonais. Seule une audience très sélecte assistait à ces représentations qui avaient lieu dans le salon d'un membre du groupe. Parfois on invitait quelque fonctionnaire russe haut placé, et même le gouverneur général en personne. Ces dames et leurs filles confectionnaient les costumes. Le dialogue était écrit par un écrivain amateur. Lucien ne s'intéressait pas beaucoup à son travail de bureau, aussi s'arrangeait-il pour être envoyé à titre d'essai chez ces dames. Après qu'il eut participé à plusieurs de leurs représentations, on lui accorda qu'il était un acteur né. Son nom figurait même dans le *Kurjer Wars-*

zawski. Toutefois, les dames âgées, ayant entendu certaines rumeurs à son sujet, commençaient à trouver sa présence déplacée dans leur milieu. Elles pensaient que pour leurs filles non mariées il n'était pas souhaitable de le rencontrer. La jeune génération protestait en disant qu'un héros de l'insurrection devait être traité avec charité.

Puis soudain, un scandale éclata. Clara, à ce moment-là retenue par le bébé et, ainsi, dans l'impossibilité de se rendre à Varsovie, n'avait jamais pu connaître les détails. Elle savait simplement qu'il s'agissait d'une boîte à musique ancienne. Apparemment, la boîte avait disparu d'une maison, après une visite de Lucien. Celui-ci était entré par la porte principale pour voir la maîtresse de maison et, la nuit même, il était revenu par une porte de service pour rendre visite à la bonne. Cette dame l'avait trouvé au lit avec la bonne et elle l'avait jeté à la rue, vêtu simplement de son linge de corps. Il avait été arrêté et emprisonné pendant deux semaines. Plus tard, on découvrit qu'il avait détourné de l'argent de la société afin de s'enfuir avec une jeune étudiante. Ce qui semblait assez étrange, c'est que les Wallenberg eussent versé une caution pour sa mise en liberté. Ils avaient également remboursé la somme qu'il avait volée à la société. Quelque temps après on avait retrouvé la boîte à musique chez un antiquaire de la rue Sainte-Croix.

Ensuite, pendant un certain temps, Clara avait perdu la trace de Lucien. Puis, un jour, on lui raconta qu'il était le protégé de la veuve d'un acteur, une certaine Elisabeth Robrowska, couturière de son métier, et qu'il faisait de la figuration au Théâtre des Variétés. Kasia avait donné naissance à un enfant qui fut immédiatement placé dans un hospice pour enfants trouvés. Elle travaillait comme gouvernante chez un veuf, dans la rue Chmielna. On disait que Lucien l'avait vendue à cet homme. Toutes ces histoires intriguaient Clara au plus haut point. Elle se souvenait du peu d'intérêt que Lucien lui avait montré à leur première rencontre. Il avait promis de lui écrire, or il n'avait pas tenu parole. Clara était prête à lui pardonner. D'accord, il avait agi comme un fou. La seule chose qu'elle ne pourrait oublier était qu'il n'avait jamais essayé de l'embrasser. D'ailleurs, il n'était pas le seul homme auprès duquel son pouvoir de séduction avait échoué. Son genre de beauté et son comportement agressif n'avaient pas de succès avec tout le monde. Grisha, son premier mari, l'avait quittée avant de tomber malade gravement. Généralement les hommes se montraient d'abord très passionnés puis, brusquement, elle semblait perdre tout intérêt à leurs yeux. L'ardeur du colonel Smirnoff, par exemple, s'était considérablement refroidie. En fin de compte, il avait été transféré dans une autre garnison. Il en avait été de même pour le général Rittermayer. Assez curieusement, le seul homme qui ne cessait de la désirer était Calman.

Souvent, au cours des nuits sans sommeil, Clara méditait sur ce phénomène. Quand elle avait fréquenté le lycée, elle avait eu le béguin pour certains professeurs et pour bon nombre de garçons, or elle avait toujours été repoussée. Ces échecs avaient influencé son mariage avec un homme aussi rude que Calman. Étant incapable de se faire aimer, elle avait porté sa passion sur l'argent. Elle se souvenait des soirées qu'elle avait passées chez les Grain, jouant aux cartes avec les Sorkess et les Shalit. Elle avait toujours eu de la chance. Tout le monde avait plaisanté sur sa bonne fortune au jeu — ce qui signifiait mauvaise fortune en amour, selon le proverbe. Que de fois David Sorkess l'avait-il embrassée, Morris

Shalit lui avait-il pincé les fesses! Cependant, ils ne l'avaient jamais prise au sérieux. Même les dédicaces que des officiers et des étudiants avaient inscrites dans son album étaient plus ironiques que romanesques. Chaque fois que Grisha s'était mis en colère — qu'il repose en paix! — il l'avait maudite d'être si vulgaire. Mais enfin en quoi exactement était-elle vulgaire? Elle s'habillait pourtant avec chic. Elle savait jouer du piano, elle parlait aussi parfaitement le polonais que le russe; son français n'était pas trop mauvais non plus. Que possédaient donc les autres femmes qu'elle n'avait pas, elle?

Cet après-midi-là, après avoir quitté Mme Frankel, Clara s'arrêta dans la cour et regarda autour d'elle. Elle avait été si désireuse d'aller à Varsovie, or à présent qu'elle s'y trouvait, elle ne savait que faire d'elle-même. Devrait-elle aller voir cette malheureuse Miriam Lieba, ou bien rendre une visite à Shaindel? Peut-être pourrait-elle faire un saut chez son tailleur? On lui avait donné l'adresse d'un architecte, néanmoins elle voulait d'abord se renseigner sur son compte, avant d'aller le trouver. Il y avait aussi son homme de loi qu'elle devrait voir, naturellement, mais il était toujours si occupé. Par le journal, Clara avait appris qu'un compositeur italien célèbre donnait, le jour même, un concert de ses propres œuvres. Malheureusement, elle ne pourrait assister à un concert toute seule. Hélas! une femme ne peut se permettre d'aller n'importe où sans escorte! Les hommes avaient plus de chance. Théâtres, cabarets, clubs, et même les repaires des voleurs leur étaient ouverts. Un homme pouvait acheter une femme pour quelques roubles, s'il en avait envie. Il avait le droit de satisfaire tous ses désirs, aussi pervers fussent-ils, sans que sa réputation en souffrît. Si seulement elle était un homme, elle aurait montré au monde de quoi elle était capable! Finalement, Clara décida de rendre visite à Miriam Lieba, dans la rue Obozna.

Le fiacre qu'elle avait hélé la conduisit en bas de la rue Hozia, avant de tourner dans le boulevard de Cracovie. Clara ordonna au cocher de s'arrêter devant plusieurs magasins où elle acheta des jouets pour les enfants et quelques fleurs pour la comtesse. Elle fit comprendre aux vendeurs qu'il fallait envelopper les cadeaux de manière attrayante parce que ceux-ci étaient destinés à des membres de l'aristocratie. Les employés affichaient un sourire niais en faisant des courbettes. En plein été, la rue Obozna n'avait pas l'air aussi désolée qu'à la dernière visite de Clara à Varsovie. Les acacias et les arbres fruitiers étaient en fleurs. Les oiseaux chantaient; des chiens se pourchassaient. Des fillettes chantaient en jouant au cerceau, au milieu de la rue. La chanson racontait l'histoire d'une dame hautaine qui refusait de devenir impératrice et qui, plus tard, dédaignait de sauver sa vie en épousant son bourreau. Clara écouta. Toutes jeunes qu'elles étaient, elles chantaient déjà l'amour. Elle se sentit prise d'un violent désir. Son père s'apprêtait à prendre une jeunette pour femme, tandis qu'elle, sa fille, s'était retranchée du monde en compagnie d'un vieil homme, d'un fanatique pieux. « Un bain rituel, voilà ce qui compte par-dessus tout, marmonna-t-elle. Il est grand temps que je trouve quelqu'un d'autre pour mon plaisir. » Elle paya le cocher et elle pénétra dans la cour de la maison où vivait Miriam Lieba. Elle frappa à la porte de la loge du concierge et donna un gulden à l'homme pour grimper l'escalier et l'annoncer en haut. Clara contemplait distraitement la pompe à eau du concierge. Une petite vieille infirme traversait clopin-clopant l'étroite cour, frappant le sol de sa canne, en grommelant.

Le concierge revint, casquette en main. « Pardonnez-moi, madame, dit-il, mais ils refusent d'ouvrir la porte. Ils se sont enfermés à double tour.

— Peut-être sont-ils sortis ?

— Non, la comtesse est là, en tout cas. Je l'ai entendue. Elle m'a houspillé.

— Où sont ses enfants ?

— Ses enfants ? Une dame est venue les prendre : la femme du docteur Zawacki... pour les conduire à la campagne... à Wilanow.

— Bon, je vous remercie », dit Clara en donnant un nouveau pourboire à l'homme.

Il s'inclina profondément. « Dieu vous bénira, madame. Peut-être pourrais-je vous être utile pour autre chose ?

— Non, ne vous donnez pas cette peine! Je monterai moi-même chez elle.

— Il doit se passer quelque chose là-haut. La comtesse est d'une humeur exécrable.

— Aucune importance. »

Clara monta les marches d'escalier, tenant les paquets d'une main et son portefeuille de l'autre. Arrivée devant la porte du logement de Miriam Lieba, elle y donna un coup de pied. Elle ne savait trop pourquoi, mais elle était déterminée à taper sur la porte jusqu'à ce qu'elle reçût une réponse. Il y eut un bruit de pas à l'intérieur.

La porte s'ouvrit brusquement. Clara aperçut une femme vêtue d'une jupe de coton trop courte, aux pieds nus chaussés de pantoufles usées. La chevelure blond doré de la femme avait pris une couleur fade et semblait avoir été hâtivement peignée, puis fixée au sommet de la tête à l'aide d'une unique épingle. Miriam Lieba était tellement changée que Clara la reconnut difficilement. Un laps de temps de quelques années avait fait d'elle une vieille femme émaciée.

Ses joues étaient pâles et creuses; ses yeux profondément enfoncés dans leurs orbites, avaient des cernes bleuâtres; le regard terne avait l'expression de quelqu'un qui est fatigué de vivre!

« Eh bien, que désirez-vous? » La voix de Miriam Lieba était irritée. Son haleine empestait la vodka.

« Pardonnez-moi, comtesse. Je suis Clara, la femme de votre père. Nous nous sommes rencontrées il y a plusieurs années. »

Les deux femmes se mesuraient des yeux. Les lèvres de Miriam Lieba se plissèrent comme si elle était sur le point de dire quelque chose de blessant.

« Clara? fit-elle enfin.

— Oui, la femme de votre père.

— Pour qui sont ces fleurs? Nous n'avons personne de mort ici!

— A Dieu ne plaise! Elles sont pour vous, comtesse.

— Bon, entrez! »

Clara était surprise de voir dans quel taudis les Jampolski vivaient. Le plâtre sur les murs de la cuisine s'effritait; le poêle était encombré de casseroles et de poêlons sales. Des pelures d'oignon, des épluchures de pommes de terre, les restes d'un sac en papier de chicorée étaient éparpillés sur le plancher. L'atmosphère était pénétrée d'une odeur doucereuse et écœurante qui faisait penser que le logement n'avait été ni aéré ni balayé depuis des semaines. Miriam Lieba conduisit Clara dans le salon qui était dans le même désordre que la cuisine. Les tiroirs du buffet étaient ouverts; des vêtements et du linge traînaient partout. Sur la table se trouvait une bouteille de liqueur vide. Ici, également, les fenêtres étaient closes. Miriam Lieba se dirigea vers le centre de la pièce en traînant les pieds. Elle s'immobilisa.

« Quel fouillis, n'est-ce pas?

— C'est sans importance.

— Des personnes très généreuses ont consenti à garder mes enfants. Me voilà toute seule! A quoi bon s'occuper du ménage? Que vais-je faire des fleurs? Il n'y a pas d'eau. Depuis que je ne donne plus de pourboire au concierge, il ne m'apporte plus d'eau. Posons les fleurs simplement sur la table. Qu'elles dépérissent! De toute manière, tout dépérit ici.

— Je vous ferai monter un seau d'eau par le concierge.

— Non, ne vous donnez pas cette peine! »

Clara posa le bouquet sur la table et les paquets sur l'appui de fenêtre. Elle chercha des yeux une chaise pour s'asseoir, mais toutes étaient encombrées de vêtements et d'autres objets. Miriam Lieba attrapa une chaise et la fit basculer pour la libérer des vêtements.

« Voulez-vous prendre place? Personne ne vient jamais me voir, c'est pourquoi... Est-ce vous qui avez envoyé le concierge en haut? Il a frappé à ma porte.

— Oui, je lui ai demandé de m'annoncer.

— Pourquoi l'avoir fait? Je ne le laisse jamais entrer. Nous sommes en bagarre. C'est un espion. Il m'a dénoncée au commissariat. Ils ont déjà fait le relevé de mes meubles. L'huissier est venu accompagné d'un policier, pour une saisie mobilière. Je devais dix-huit roubles et cinquante kopecks. Qu'est-ce qui vous amène ici? Plus personne ne vient me voir.

— Comment! Vous êtes ma belle-fille!

— Quoi? Je suis encore la fille de quelqu'un? J'avais oublié. Parfois j'ai l'impression de n'avoir jamais eu personne au monde. J'existe, c'est tout, comme une pierre sur la berge. Eh bien, comment va-t-il, mon père? Je l'appelle Père, bien qu'il m'ait reniée. Quand je suis partie, il a raconté à tout le monde que j'étais morte. Il a même observé la *shivah*.

— Comtesse, vous pouvez être certaine qu'il pense à vous.

— Il pense à moi ? Que pense-t-il donc ? Je ne peux même pas me souvenir de son physique. Sa barbe, est-elle grise ?

— Un peu, pas tout à fait.

— Vous avez un enfant, n'est-ce pas ?

— Oui, un fils. Sacha. Il demande tout le temps des nouvelles de sa sœur, la comtesse. Quand il est né, je vous ai écrit une lettre, or je n'ai jamais reçu de réponse.

— Vous avez écrit ? Quand ? La lettre est probablement arrivée quand Lucien était à la maison. Il vole mes lettres. Il vole tout. Il a dû prendre celle-là aussi. Eh bien, maintenant que je suis une femme mûre, me voilà bénie d'un frère! C'est vraiment très drôle! Lorsque j'étais enfant, j'avais toujours désiré avoir un frère. J'enviais les filles qui avaient de petits frères pour jouer ensemble. Aujourd'hui, il est un peu trop tard pour penser à une chose pareille. » La voix de Miriam Lieba changea. « Voici donc, en quelque sorte, le dernier acte de ma petite tragédie; mais peut-être est-ce une comédie, après tout ? Où est la différence ? Malheureusement, je n'ai rien à vous offrir, pas même un verre d'eau. » Miriam se leva, désireuse de raccompagner sa visiteuse à la porte.

Vingt et un

I

FINALEMENT, Ezriel s'était fait inscrire à la Szkola Glowna que les Russes avaient transformée en une université royale. Il y étudiait la médecine. Wallenberg avait tenu parole en lui promettant son aide. Il connaissait la plupart des professeurs de la faculté de médecine et il était suffisamment lié avec le doyen pour le recevoir à sa table. Ezriel estimait qu'il était difficile d'obtenir un grade universitaire. La langue russe restait assez ésotérique pour lui, cependant il était bon en mathématiques, physique, chimie, et en botanique. Il avait entendu dire que les étudiants des universités étrangères menaient joyeuse vie, qu'ils buvaient d'innombrables chopes de bière et qu'ils jouaient toutes sortes de farces au recteur et aux administrateurs d'université. Rien de semblable ne se passait à Varsovie. On devait travailler dur pour se maintenir au niveau des études. Toute activité politique de la part des étudiants était désapprouvée par les Russes. La presse polonaise prêchait constamment la même homélie dont l'industrialisation et la culture étaient le thème principal. La jeunesse polonaise commençait, de plus en plus, à se préoccuper de son éducation. Il était presque considéré comme un devoir patriotique de devenir médecin ou ingénieur.

Ezriel était père de deux enfants. L'aîné, Uri Joseph — ou Joziek en polonais —, fréquentait déjà l'école. Sa jeune sœur, Zelda — ou Zina —, allait au jardin d'enfants. Ezriel portait toujours l'uniforme des étudiants. Le soir, tandis que Joziek faisait ses devoirs de classe, Ezriel parcourait ses propres notes de cours. Il suivait les cours d'histoire de la médecine, de chimie analytique, de chirurgie, d'ophtalmologie. Devançant le programme des cours, il s'efforçait de dominer les sujets des examens et il lisait fréquemment des ouvrages hors programme. Il remuait tout dans sa chambre, d'un air préoccupé, sans pour autant cesser de fredonner. Il avait gardé les habitudes de la maison d'études. Les étudiants polonais et russes n'étaient pas aussi sérieux que lui. Ils faisaient des plaisanteries même à la morgue. Pour lui, la médecine n'était pas un sujet risible : avant toute chose, elle était une science et un art; ensuite, elle abordait un domaine mystérieux. Combien peu de chose savait-on du fonctionnement du cerveau! Personne n'avait encore découvert comment se transmettaient, par l'hérédité, les traits de caractère. De quelque côté qu'on se tournât, on se trouvait en face d'énigmes. L'étude de la médecine était d'une grande responsabilité. Ezriel avait la gorge serrée et la bouche sèche, chaque fois qu'il entrait dans la morgue. Les cadavres étaient allongés sur des tables métalliques et recouverts de sacs de toile. L'odeur d'aldéhyde formique lui faisait tourner la tête. Il ne pourrait jamais s'habituer aux joues rigides, aux yeux vitreux, au nez déformé et au menton affaissé des morts. Ces cadavres, tout récemment encore, étaient des êtres vivants pleins d'espérances et de projets. Ezriel croyait presque les entendre chuchoter : « Trop tard, trop tard... » Il semblait que, dans la mort, ils avaient découvert une vérité qui aurait changé leur vie radicalement, s'ils l'avaient apprise à temps.

Une fois, Ezriel vit un étudiant glisser une cigarette entre les lèvres d'une jeune fille qui était morte d'empoisonnement. Les autres étudiants se lançaient des clins d'œil en riant. Sans doute, à leurs yeux, la vie et la mort étaient-elles pareillement amusantes.

Cette année, Calman avait de nouveau invité Ezriel et Shaindel à venir en visite avec leurs enfants au manoir. Clara trouvait les étudiants d'université sympathiques. En outre, Zina, la fille d'Ezriel, avait environ le même âge que Sacha. De toute manière, qui d'autre Calman aurait-il pu inviter? Miriam Lieba, l'hérétique? Tsipele, la femme d'un rabbi? Jochebed et Mayer Joel qui se tenaient à l'écart? Ezriel et ses enfants étaient les seuls qui pourraient éventuellement séjourner au manoir. Toutefois, Ezriel et Shaindel ne semblaient pas pressés d'accepter l'invitation. Shaindel supporterait difficilement la présence de Clara, même une seule journée. Un simple regard sur la nouvelle épouse de son père, disait Shaindel, lui donnait un spasme. Ezriel aimait les champs, les forêts et les prairies du manoir, le calme de la campagne, mais si Shaindel ne s'y sentait pas heureuse, quelles seraient leurs vacances?

Les soirs d'été Ezriel était assis devant sa table de travail pour étudier quelque manuel de biologie, à la lumière d'une lampe suspendue à une chaîne. Tandis qu'il lisait les chapitres traitant des centrosomes, chromosomes, de protoplasme, cytoplasme, il écoutait d'une oreille distraite les différents bruits provoqués par les multiples activités qui se déroulaient dans l'appartement. Ezriel aimait le calme, or Shaindel était bruyante. Ou peut-être était-ce simplement l'impression qu'elle lui donnait. Il aimait toujours sa femme, n'empêche que le fait de la voir engraisser de plus en plus l'inquiétait. Après la naissance de chaque enfant sa taille s'épaississait de plusieurs centimètres. Elle avait la poitrine trop forte, les hanches trop rondes. Seuls son visage et ses jambes rappelaient la jeune fille de jadis. Lui recommandant constamment de manger moins de chocolat, confiture et *halvah*, il lui avait montré la preuve écrite dans un journal médical que les sucreries ruinent les dents, accumulent la graisse autour du cœur et provoquent même le diabète. Elle devrait être particulièrement prudente, lui disait-il, puisque sa mère avait été diabétique. Shaindel prétendait que c'était la faute d'Ezriel si elle mangeait trop. Son besoin constant de la présence de son mari, le plus souvent absent, se traduisait chez elle par un appétit vorace.

En vérité, Shaindel était restée une provinciale. Elle ne pouvait abandonner ses habitudes campagnardes, aussi en voulait-elle à Ezriel d'étudier tant et de lire de si nombreux livres. Elle parlait toujours le polonais patois et elle ne savait pas même écrire une adresse correctement. Son propre fils, Joziek, l'attrapait à commettre des erreurs. Shaindel ne portait plus la perruque — néanmoins elle était restée une juive pieuse. Elle fréquentait le bain rituel, elle demandait conseil aux rabbis, elle jetait des pièces de monnaie dans la boîte d'aumônes pour le saint rabbi Mayer, l'homme qui faisait des miracles. Pendant deux semaines et demie de chaque mois, Ezriel n'avait pas le droit de l'approcher. Quand un enfant éternuait, elle lui tirait l'oreille. La veille d'une nouvelle lune, elle donnait aux enfants une potion pour les empêcher d'attraper des vers. A l'insu d'Ezriel, elle consultait des rabbis miraculeux et même des bohémiennes. Par moments, Ezriel avait l'impression que Shaindel jouait à un jeu pervers avec lui, du fait qu'elle régressait tandis qu'il progressait. En quoi l'avait-il blessée au point qu'elle désirait lui faire opposition ?

La jalousie de Shaindel pour Miriam Lieba était devenue une véritable monomanie. Ezriel devait promettre solennellement de ne plus rendre visite à sa sœur, ni même de lui adresser la parole. Shaindel jurait par la mémoire de sa mère que si elle découvrait qu'il avait rendu visite à Miriam Lieba ou qu'il lui avait parlé dans la rue, elle prendrait les enfants avec elle et s'enfuirait, ou bien elle se suiciderait.

« Je partirai et tu ne sauras jamais où me trouver! hurlait alors Shaindel. Mon sang coulera dans le caniveau! »

Bien que, toujours de nouveau, il jurât d'éviter Miriam Lieba et de ne pas répondre à ses lettres, Shaindel continuait à le haranguer. « Tu es méchant, gémissait-elle. Un menteur ignoble! Dépêche-toi! cours donc chez elle! Quand tu reviendras tu me trouveras sur le plancher les pieds tournés vers la porte... »

Dans sa rage, elle se frappait la tête contre les murs.

II

Ezriel n'avait pas besoin de chercher bien loin pour reconnaître l'œuvre de l'hérédité. Le garçon était petit pour son âge; il avait le teint basané, les yeux et les cheveux noirs, les joues rouges et un petit nez. Il était aussi affable que Shaindel autrefois, quand Ezriel l'avait rencontrée pour la première fois. Vêtu de sa veste noire aux boutons de cuivre et au col d'officier, coiffé de sa toque, il ressemblait à un lieutenant miniature. Joziek avait toujours d'excellentes notes en classe. Il parlait le russe comme sa langue d'origine, en outre il avait appris couramment le polonais en jouant avec ses camarades. Ezriel avait engagé une jeune fille française pour instruire le garçon, qui avait très rapidement acquis des connaissances de la langue française. Joziek était le préféré à la fois des enfants et des professeurs. Shaindel disait souvent qu'elle était devenue vaillante rien qu'en observant son fils.

Zina, âgée presque de trois ans, était une blonde aux yeux bleus, assez grande pour son âge. Shaindel devait constamment la discipliner. Lorsqu'on refusait quelque chose à Zina, elle avait un accès de colère. Elle avait commencé à parler très jeune, dans un langage de sa propre invention. Elle mettait tout ce qu'elle trouvait dans sa bouche; c'est ainsi qu'un jour elle avait avalé un bouton. Par moments, elle prenait des expressions rappelant à Ezriel son grand-père Reb Abraham Hamburg. Quand Zina lançait ses jouets autour d'elle, frappait du pied ou pleurait de rage, Shaindel faisait remarquer : « Regardez donc ce tempérament! On ne peut douter de quel père elle est la fille. »

Oui, la goutte du sperme, à peine visible au microscope, avait transmis d'une génération à l'autre des milliers de caractéristiques physiques et mentales. Comment les chromosomes avaient-ils pu être le support des manies du grand-père de Zina? Était-ce l'œuvre de quelques molécules? Ou bien une sorte d'âme infime demeurait-elle dans le sperme? Tout était possible. La matière elle-même n'était-elle pas un mystère ? Personne n'avait jamais vu un atome ou une molécule. On ne s'expliquait pas davantage le véritable caractère de la gravité, du magnétisme, de l'électricité, de la lumière du soleil. Que savait-on exactement ? En vérité, la connaissance était-elle possible pour l'homme alors que toute son expérience devait être filtrée à travers le prisme de l'espace et du temps, les catégories purement subjectives de la qualité, de la quantité, de la causalité ? Ezriel savait qu'il aurait dû consacrer tout son temps à ses études médicales, pourtant il se sentait attiré par les œuvres de Spinoza, Kant, Fichte, Schopenhauer. Comment pouvait-on continuer à vivre au milieu de tels mystères ?

« Ezriel, viens te coucher!

— Oui, chérie. Dans un instant.

— Tu finiras par t'abîmer la vue Ezriel. Tu m'empêches de dormir, également.

— Je viens, je viens. »

Ezriel ne gagnait toujours pas sa vie, aussi la dot de Shaindel était-elle déjà dépensée. Néanmoins, le couple avait engagé une bonne. Son nom était Tekla. Ezriel l'entendit retourner sa paillasse. Manifestement, elle se préparait pour la nuit. Elle avait son propre petit univers. Elle mangeait et dormait dans la cuisine. C'est là que ses amies et ses soupirants venaient lui rendre visite. Le dimanche, elle allait à la messe. Une fois par mois, elle recevait une lettre de son village natal, écrite par le clerc du comté. Ezriel la lisait alors pour elle : « Tout d'abord, nous sommes heureux de te dire que nous sommes tous en bonne santé. Dieu veuille qu'il en soit de même pour toi. Ensuite, nous tenons à te faire savoir que notre vache Kwiatula a vêlé... » Sous son oreiller, Tekla gardait caché un livre de la clef des songes égyptien. Elle rêvait toutes les nuits de pièces d'or, d'œufs cassés, de chats noirs et d'hommes terrifiants qui la chassaient à coups de bâton et d'épée. Ezriel éteignit la lampe et entra dans la chambre à coucher.

« Shaindel, es-tu endormie ?

— Comment pourrai-je dormir lorsque tu laisses la lumière allumée et que tu continues à tourner les pages avec ce bruit de papier froissé ? Et dire que Zina me fera lever à six heures du matin!

— Je dois étudier. Je ne peux pas toujours vivre de la générosité de ton père.

— Si tu m'écoutais, tu n'aurais pas besoin de l'aide de mon père. Regarde Mayer Joel! Il est riche, lui. »

Ezriel se déshabilla et se coucha. Il désirait prendre Shaindel dans ses bras, or elle était encore dans sa période « impure ».

Ezriel lui dit bonne nuit et essaya de dormir, cependant le sommeil le fuyait. Dans l'obscurité il évoqua l'image de la morgue, avec ses tables, ses sacs de toile et ses masques figés. Pourquoi le grand jeune homme s'était-il pendu ? Pourquoi la jeune fille rousse avait-elle sauté dans la Vistule ? Combien un être humain pouvait-il endurer de souffrances avant d'être poussé à une telle extrémité ? Étaient-ils en paix à présent ? Leur sommeil était-il vraiment éternel ?

Ezriel se tournait et se retournait dans son lit, tourmenté du doute, à la fin de cette journée remplie de travail. Cela valait-il de tant lutter pour devenir médecin ? Avait-il réellement les aptitudes nécessaires pour la profession qu'il avait choisie ? Il était autorisé à pratiquer déjà un peu, sous la surveillance d'un médecin, toutefois il lui semblait que ses propres diagnostics étaient rarement justes. Aussi à quoi bon s'inquiéter de guérir des gens alors que des centaines de milliers d'hommes périssaient pour faire progresser les ambitions politiques de la reine Victoria ou bien pour satisfaire les caprices d'Abdul-Hamid ? Ici, à Varsovie, les gens vivaient dans des caves sombres, jusqu'à trois familles dans le même trou. Ils étaient dévorés par les poux, ils mouraient de faim et de tuberculose. A quoi servait la médecine si les gens étaient acculés à la mort ?

Ezriel avait nourri de grands espoirs que le progrès se fût réalisé grâce à l'éducation. Or, le savoir lui-même s'avérait extrêmement précaire. Les entités qui constituaient prétendument la matière semblaient avoir des propriétés quasi magiques. En outre, les différentes théories matérialistes, le darwinisme en particulier, avaient mis presque toutes les valeurs en danger : l'âme, la morale, la famille. La force faisait loi, partout. Les anciennes croyances de l'homme avaient été troquées contre la science. Cependant, que pouvait y changer Ezriel ? Pour lui, les vieilles traditions étaient déjà abolies. Tout ce qui lui restait étaient les examens et la peur. Il avait renoncé à Dieu, or, il dépendait de toutes sortes de bureaucrates. Il avait commis une erreur, lui semblait-il. Mais quelle avait été exactement son erreur ? Comment pouvait-elle être corrigée ? Tandis qu'il restait éveillé dans l'obscurité, il lui vint la pensée que le jeune homme qu'on avait trouvé pendu dans une mansarde de la Vieille Cité, et dont le cadavre avait été disséqué sous les yeux d'Ezriel, devait avoir eu les mêmes réflexions qu'il avait lui-même en ce moment.

III

Mirale avait loué une chambre dans la rue Dzielno. Elle avait eu de la chance. Elle était douée pour le métier qu'elle avait décidé d'apprendre. Six semaines après avoir commencé son apprentissage, elle savait créer une coiffure. Elle était envoyée dans les maisons de riches dames et son patron lui donnait un pourcentage sur la recette. Les femmes du boulevard Marshalkowsky et de la rue Senator étaient enchantées de l'art avec lequel Mirale savait boucler les cheveux ou natter des chignons. Lorsqu'on lui adressait la parole, elle écoutait respectueusement. Aucune de ses clientes n'était jamais égratignée par un peigne ou une épingle à cheveux. Elle arrachait les fils gris par la racine afin qu'ils ne repoussent pas. Elle se montrait habile avec les ciseaux, les pinces et les fers à friser. Aurait-on jamais cru que cette jeune fille calme eût tant d'idées originales ? Quand Mirale rentrait dans sa chambre, le soir, elle devenait une autre personne. Elle mettait une casserole d'eau pour le thé ou les pommes de terre sur le poêle et elle sortait un peu de pain et quelque hareng du tiroir de la table où elle gardait la nourriture. Tout en préparant le souper, elle apprenait les leçons dont Aaron Lipman, un ami d'Ezriel, avait dressé le plan pour elle. Elle étudiait le russe, le polonais, la géographie. Aaron lui lisait parfois des passages de l'*Histoire de la civilisation en Angleterre* de Buckle, aussi des *Principes d'Économie politique* de Mill. Il analysait pour elle le roman de Czernishewski, *Que faut-il faire ?* Mirale, toutefois, apprenait davantage des conversations avec Aaron que des livres qu'il lui lisait. Bien des choses se passaient dans le monde. Les communards parisiens étaient morts, en revanche leurs idées ne pourraient être supprimées. Aaron lui parlait des nihilistes, des Narodniki, des socialistes européens. Les serfs restaient des êtres sans instruction, bien qu'ils eussent été affranchis par le tsar Alexandre. En Europe le progrès marchait à grands pas, pendant que la Russie refusait de bouger. En Angleterre le Parlement avait plus de pouvoir que la reine. La France était une république. Lincoln avait libéré les esclaves américains. Or la Russie était toujours gouvernée par un autocrate. Les juifs de l'Europe occidentale parlaient des langues civilisées et ils envoyaient leurs enfants dans des écoles modernes. Ici, les juifs parlaient un jargon barbare, s'habillaient comme des Asiatiques, et de plus croyaient aux démons.

Combien de temps encore pourraient-ils vivre dans une telle ignorance? Il n'y avait qu'un seul remède, disait Aaron — l'éducation. Une fois que les gens étaient familiarisés avec les lois de la nature et informés sur les événements du passé, ils ne pourraient rester dociles plus longtemps. Le programme d'Aaron pour l'avenir n'était pas toujours logique. Un jour il affirmait avec insistance que les juifs devraient apprendre le polonais, le lendemain qu'il leur faudrait étudier le russe. Il traversait des phases où il croyait que le salut de la Pologne résidait dans l'oubli de ses aspirations nationales et dans sa résolution de s'attaquer à son industrialisation et à l'éducation de ses citoyens. A d'autres moments il considérait l'expulsion de ses oppresseurs comme la tâche la plus importante de la Pologne. Quel que fût son programme, il était certain d'une chose : les juifs devraient s'intégrer. Si, par hasard, Ezriel passait voir sa sœur, celui-ci soutenait son ami. Après tant de temps il était peu probable, en effet, que le Messie viendrait. Les juifs resteraient en Pologne. Puisque c'était ainsi, ils feraient mieux de réformer leurs synagogues et leurs écoles et de commencer à s'habiller comme tout le monde. On était dans la deuxième moitié du XIXe siècle, et non au Moyen Age. Ezriel et Aaron n'étaient pas d'accord toujours. Aaron était partisan des Narodniki. Ezriel était d'avis que les juifs ne devraient pas se mêler de la politique russe. Leur premier devoir était de cesser d'être des fanatiques religieux. De toute manière, leur allégeance ira à la Pologne; que la Russie débrouille ses problèmes elle-même! Les deux hommes argumentaient et se querellaient âprement, employant des termes que Mirale ne comprenait pas, faisant allusion à des personnages dont elle n'avait jamais entendu parler. Aaron raillait les grands chefs de ce monde: prêtres, généraux, aristocrates. Il considérait la paysannerie supérieure à tout le monde. Ezriel avait toujours une attitude tellement négative qu'Aaron le surnommait « le pessimiste ». Quand finalement ils mettaient fin à leurs débats, ils s'attablaient pour jouer aux échecs. Ezriel commençait à jouer avec audace, aussi semblait-il le meilleur joueur, n'empêche que, bientôt, le jeu l'ennuyait. Aaron tirait nerveusement sur les quelques poils qui restaient de sa barbe en méditant interminablement avant chaque coup.

« Où crois-tu que je devrais poser mon fou?

— Ce n'est pas un fou. C'est ta reine.

— Oh! c'est ma reine, hein? Eh bien, la tienne ne vaut plus une prise de tabac. » Aaron se mettait alors à chanter un verset du Livre d'Esther : « Va-t-il après cela faire violence à la reine chez moi, dans le palais? »

Mirale éclatait de rire. Quoiqu'il fût constamment question d'assimilation entre eux, ils ne pouvaient s'empêcher de citer les Écritures. Aaron était petit et sombre, et il avait un large front. Il étudiait le droit à l'université et il gagnait sa vie en enseignant dans un orphelinat. Il était également le fondateur d'un groupe d'autodidactes. Le groupe se rencontrait trois fois par semaine dans la chambre de Mirale. Ezriel aussi se joignait parfois à leurs réunions. Les jeunes gens étudiaient l'économie politique, la sociologie, la biologie. Ils débattaient des problèmes importants du jour : la condition des paysans, les droits de la femme, les nouveaux livres. Aaron avait une façon bien à lui pour attirer les gens. Parmi les membres qui venaient régulièrement se trouvaient Alexandre Zipkin, un étudiant dont le père avait jadis géré le domaine lituanien d'un propriétaire polonais; Sonia Rabinowitch, sage-femme; Esther Eisner, femme d'industriel, qui avait quitté Bialystok après son divorce pour s'installer à Varsovie. Esther était devenue couturière; elle possédait son propre commerce. Véra Charlap était la fille d'un rabbi. Véra s'était enfuie de chez elle afin d'étudier au Conservatoire. Atteinte de phtisie, elle avait été obligée de passer trois années dans la ville de cure, Otwock. A présent, elle gagnait sa vie en donnant des leçons de piano aux enfants de hassidim riches. La langue qu'on parlait aux réunions était un mélange de russe et de polonais. Véra savait également l'hébreu. Le membre le plus ancien du groupe était Sonia, une fumeuse invétérée. Esther Eisner amusait tout le monde en singeant les mégères bavardes qui étaient clientes dans sa boutique. Mirale aimait bien écouter les conférences et les débats qui suivaient. Quelle était la différence entre l'absolutisme et la démocratie ? La femme avait-elle le droit de disposer de son corps comme elle l'entendait ? Quelle route la jeunesse d'aujourd'hui devrait-elle suivre ? Les noms d'écrivains, de critiques et de révolutionnaires bien connus étaient mentionnés. On parlait de la Révolution française et de la jeune intelligentsia russe, des hommes et des femmes « qui se mêlaient au peuple ». Karl Marx avait fondé l'Internationale; Bakounine avait créé l'Alliance; un étudiant du nom de Karakozoff avait tenté d'assassiner le tsar. Dans les pays étrangers, des socialistes russes publiaient des livres et magazines révolutionnaires qu'on faisait entrer en fraude en Russie. Aussi bien en Russie qu'en Europe libre, l'Histoire était en voie de révolution. Les discussions se poursuivaient tandis que le plancher était jonché de mégots de cigarettes. Mirale gardait les doubles rideaux tirés, bien que les jeunes gens ne fissent rien de répréhensible. La police varsovienne se montrait méfiante chaque fois qu'un groupe de jeunes se réunissait. Tout étranger qu'on voyait pénétrer dans un logement était immédiatement dénoncé au commissariat de police par le concierge de l'immeuble.

IV

Après avoir quitté Miriam Lieba, Clara se rendit à l'appartement d'Ezriel; malheureusement, ce dernier n'était pas chez lui. Elle bavarda avec Shaindel et, pour la centième fois, elle l'invita à venir séjourner au manoir. Shaindel expliqua qu'Ezriel était chez sa sœur et elle suggéra d'aller l'y rejoindre si Clara avait envie de le voir. Quand Clara arriva chez Mirale, Ezriel était déjà parti. Alexandre Zipkin s'offrit d'escorter la jeune femme jusqu'en bas de l'escalier qui, selon lui, était si sombre qu'on risquait facilement de glisser. Zipkin était un homme de grande taille avec une chevelure abondante. Sous sa veste il portait une blouse de satin, un pantalon à galons et une ceinture garnie de glands, à la mode russe. Une cigarette pendait au coin de sa bouche. Il avait des yeux noirs et des sourcils touffus, un visage maigre orné de favoris, aussi une pauvre petite moustache. En descendant l'escalier, il prit le bras de Clara cavalièrement en lui parlant sur le ton confidentiel d'un sophiste. Ayant atteint la rue, il ne semblait pas avoir envie de retourner chez Mirale. Clara le questionna sur son origine et sur les études qu'il poursuivait. Zipkin expliqua que son père avait été le bailli du prince Radziwill. Bérish Zipkin avait joui d'une si haute estime de la part des Radziwill que lui, Alexandre, avait été éduqué par les mêmes précepteurs que les enfants du prince. Par conséquent, il était devenu bon écuyer et excellent nageur. Après l'insurrection, une grande partie des terres des Radziwill avait été partagée entre les paysans. Bien que le prince eût échappé à la ruine totale, il n'avait, toutefois, plus besoin des services d'un bailli. Ainsi Bérish Zipkin était-il venu habiter la ville. Alexandre avait commencé des études de médecine à Kiev, ensuite il s'était inscrit à l'université de Varsovie où il avait rencontré Ezriel. Celui-ci l'avait présenté à Aaron Lipman et aux autres membres du groupe d'autodidactes.

« Pour dire la vérité : c'est une perte de temps incontestable, dit Alexandre à Clara.

— Comment pouvez-vous dire une chose pareille ? L'éducation est un problème très important.

— Pour le peuple en général peut-être, mais pas pour une poignée de vieilles filles. »

Clara lui proposa de venir en visite au manoir lors de ses vacances, faisant vaguement allusion à la nécessité d'un précepteur pour son fils Sacha. Elle héla un fiacre et le couple se fit conduire à une pâtisserie de la place du Théâtre. Assis devant une tasse de café, ils parlèrent d'amour, de littérature, d'argent et de la situation politique en Russie. Zipkin avait passé quelque temps à Lomza et il s'avéra qu'il était client de la même pharmacie que Clara. Il avait quelque expérience de l'enseignement et, grâce à son poste de précepteur, il avait été reçu dans bon nombre de maisons de familles riches. De fait, il était installé pour tout l'été chez un commerçant cossu qui était en vacances avec sa famille, à Carlsbad. Une bonne avait la charge de la maison, cependant Zipkin l'avait laissée partir chez ses parents à la campagne. « Si vous doutez de ma parole, madame, dit-il avec désinvolture, vous serez la bienvenue pour constater mes dires vous-même.

— Vous savez parfaitement qu'une femme respectable ne peut pas visiter l'appartement d'un célibataire. »

Zipkin éclata de rire. « Je n'ai encore jamais violé personne!

— Il y a toujours une première fois.

— Il faudrait bel et bien que mes victimes m'implorent!

— Eh bien, croyez-moi, implorer, ce n'est pas mon genre. »

L'appartement n'était qu'à quelques pâtés de maisons plus loin, dans la rue Leshno. En dépit de l'heure tardive, ils décidèrent de marcher. Ils descendirent en flânant la rue Tlomacka en passant devant la nouvelle synagogue. Aucune lumière ne brillait à l'intérieur. Des tas de bois de construction et de briques encombraient la cour. Zipkin s'arrêta et contempla l'Étoile de David se dressant sur la coupole.

« A quoi rime tout cela ?

— Les juifs croient toujours en Dieu.

— Pas ceux qui ont construit cette synagogue. »

La conversation s'orienta vers la religion. Zipkin avoua carrément qu'il était athée. Les gens parlaient de Dieu, mais enfin où était-Il ? Quiconque L'avait-il vu ? Chaque race adorait une idole différente. L'homme, comme Darwin l'avait prouvé, descendait du singe. Il n'était qu'un autre animal : *homo sapiens*. Zipkin se mit à parler des doctrines de Marx, de Lassalle et de Lavrov. Le juif polonais, disait-il, avait jadis occupé sa place véritable dans la société. Avant l'affranchissement des serfs, il avait joué l'intermédiaire entre les propriétaires fonciers et la paysannerie. Le temps avait effacé le souvenir de son rôle, aussi le juif était-il devenu à peine plus qu'un parasite. Il n'avait pas d'activité productive, il ne parlait pas la langue du pays dans lequel il vivait, en outre, il envoyait ses enfants au cheder. Combien de temps encore le juif allait-il se purifier dans le bain rituel et s'accoutrer d'une manière ridicule ?

Clara pouffa de rire.

« Qu'y a-t-il de si drôle ?

— Vous ne connaissez pas la raison pour laquelle je suis à Varsovie. Je suis à la recherche de quelqu'un capable de construire un bain rituel.

— Vous plaisantez!

— Non, pas du tout! »

Clara, avec un sourire sur ses lèvres, raconta à Zipkin les projets de Calman. Quand Zipkin lui demanda pourquoi elle avait épousé un tel homme, elle répliqua : « Je ne me l'explique pas moi-même. »

Clara savait qu'il était inconvenant pour elle de monter à l'appartement de Zipkin, toutefois elle n'avait aucune envie de retourner chez sa tante et d'écouter ses plaintes. Zipkin était intéressant, de plus. Elle aimait sa façon de parler le polonais. Il citait les écrivains modernes; il avait vu des pièces de théâtre à la mode; il avait visité les dernières expositions des peintres polonais et étrangers dont il connaissait certains personnellement.

Approchant de la maison, Zipkin tira la sonnette. Clara jeta un rapide coup d'œil par-dessus son épaule comme si elle se méfiait d'être suivie. On l'attendait, marmotta-t-elle; elle devait rentrer. Zipkin ne fit nullement attention à ce qu'elle disait. La grille s'ouvrit et le concierge fit son apparition. Zipkin donna un pourboire à l'homme et, prenant Clara fermement par le bras, il la guida vers l'entrée. Elle grimpa les marches avec lui, le visage brûlant comme si elle avait reçu une gifle. Ses talons étaient trop hauts; l'escalier semblait interminable.

« Où me conduisez-vous ainsi ? » demanda-t-elle. Elle avait la bouche sèche.

« Je vous l'ai déjà dit. »

Arrivés au troisième étage, Zipkin ouvrit une porte et la guida dans un couloir. Aussitôt entrés, il l'attira à lui. Sa présomption déplut à Clara.

« S'il vous plaît, dit-elle en le repoussant, allumez la lumière! »

Il satisfit sa demande et la fit entrer dans un salon. L'endroit était poussiéreux. Deux chandeliers de bronze se dressaient sur le piano drapé d'une housse, comme à la tête d'un cadavre. En faisant lentement le tour de la chambre inconnue pour examiner les tableaux et les babioles, Clara se sentait prise d'une crainte indicible, mêlée de désir. Zipkin s'était absenté quelques instants. L'atmosphère lourde était saturée d'une odeur de camphre. Le bois sec des meubles grinçait. Clara étouffait et elle avait la peau moite de sueur. Une phalène volait autour de la chandelle que Zipkin avait allumée. Clara se regarda dans un miroir et étudia son image. Elle essaya de sourire à son reflet qui lui renvoya un visage grave. Combien d'années de jeunesse avait-elle encore à vivre ? Elle avait un mari mais pas d'amants. Si elle attendait plus longtemps, cette expérience lui serait peut-être refusée. La chandelle fumait. Quelques grains de poussière tombaient d'un poêle à l'ornement doré. Un court instant, Clara crut entendre une clef qu'on tournait dans la porte de l'appartement. Les propriétaires de la maison venaient-ils de rentrer ? Son cœur se mit à battre plus fort. « Je ne dois pas m'éterniser ici », pensa-t-elle.

Zipkin revint. Il avait ôté sa veste et semblait plus imposant avec sa blouse serrée par une ceinture. Il portait deux verres de vin. Il en tendit un à Clara et trinqua avec elle.

« A notre santé!

— Oh! là, là! que c'est fort!

— Malheureusement, il n'y a rien à manger à la maison. »

Clara lut la passion dans son regard. Son visage mâle était blême. Ses yeux noirs avaient un regard insolent et humble en même temps. Il parlait par bribes et il respirait lourdement. Généralement, Clara était prise de fou rire quand les hommes essayaient de l'approcher; cette fois, elle resta grave. Une tristesse inconnue s'empara d'elle. « Ne faisons pas de bêtise! protesta-t-elle.

— Il est certainement plus bête de ne rien faire et d'attendre la mort. »

Il sortit dans le couloir et verrouilla la porte d'entrée. Il s'immobilisa quelques instants comme s'il écoutait des pas dans l'escalier. Il était tendu quand il revint.

« Les voisins sont tous partis. Tout l'immeuble est comme un cimetière, dit-il.

— Parfois je pense que le monde entier est un cimetière », répondit Clara, étonnée de ses propres paroles. Zipkin se rapprocha d'elle.

« C'est vrai, mais on peut trouver du plaisir, même dans un cimetière. »

V

Tard dans la nuit, Zipkin accompagna Clara jusqu'à la maison de sa tante. Ne trouvant aucun fiacre après minuit, il fallait faire la route à pied. Arrivés devant la grille de la cour, ils échangèrent des baisers indolents, car ils n'avaient plus la force de lutter contre le sommeil. Quand le concierge ouvrit la porte, Clara lui glissa un pourboire de vingt groschen. Zipkin donna une dernière petite tape d'adieu sur l'épaule de sa maîtresse. Elle monta l'escalier sombre, s'arrêtant au bout de quelques marches pour s'appuyer contre la rampe. « Suis-je heureuse ? » se demanda-t-elle, puis elle prêta l'oreille comme si elle attendait une réponse. Non, elle n'était pas heureuse. Pourquoi ne pouvait-elle l'être ? Elle avait voulu avoir un amant. Était-ce la lassitude, ou bien avait-elle honte de se présenter chez sa tante à une heure aussi tardive ? Non, celles-ci n'étaient pas les raisons véritables. Que pensaient les hommes réellement des femmes comme elle ? Comment et en quels termes en parlaient-ils ? Zipkin avait juré de ne rien dire à Ezriel, n'empêche qu'il se vanterait sûrement devant quelqu'un d'autre. Ils allaient se rencontrer le lendemain soir dans la confiserie Semodeny pour discuter de la visite de Zipkin à Jampol, prévue pour ses vacances. « Eh bien, ce qui est fait est fait », dit Clara en bâillant. Cela devait forcément arriver tôt ou tard. Elle frappa à la porte de l'appartement de sa tante et attendit. Ses hauts talons lui donnaient mal aux pieds. Son corset lui rentrait dans la chair. Ses tempes avaient des battements. Mme Frankel apparut, vêtue d'une longue chemise de nuit et portant une chandelle dans un chandelier de bronze. Elle avait l'air incroyablement vieille et ridée; ses cheveux étaient en désordre et lui donnaient un aspect de sorcière.

« Oh! c'est toi. Tu m'as fait une peur bleue. Comment peut-on s'en aller tout simplement et ne rentrer qu'à l'aube? Si j'avais été sûre que tu prenais du bon temps dehors, je ne me serais pas inquiétée. Que ton mari se fasse des soucis! C'est bien son rôle! Néanmoins, qui sait ce qui peut arriver? Les fiacres dans la rue vont tellement vite qu'il faut avoir des ailes pour les éviter.

— Non, je n'ai pas été renversée, Tantine. Je suis seulement sortie un peu et j'ai oublié l'heure.

— Oh! ainsi tu as oublié l'heure, hein? Bon, entre donc! J'étais couchée, pourtant je n'ai pas pu fermer l'œil. Voilà comme je suis : une vraie follingue! Tant que tout le monde n'est pas rentré à la maison, je me tortille comme un ver dans mon lit. Eh bien, puisque tu es là enfin, dis-moi : as-tu faim?

— Faim? Non, je suis tellement fatiguée que je me tiens à peine debout.

— Allons, ton lit est fait. Que dirais-tu d'un verre de lait?

— Non, Tantine, merci quand même.

— Tu te souviens de notre petite discussion, je pense? Eh bien, j'en ai parlé à Céline. On a beau essayer de garder certaines choses pour soi, le besoin de parler est plus fort. Je lui ai tout dit, toute la pénible vérité.

— Pourquoi as-tu fait cela?

— Je ne vois pas pourquoi elle se montrerait si difficile. Allons, nous en parlerons demain matin. Une mère est capable de se berner elle-même, mais jamais tout à fait. »

« Ainsi, elle est déjà revenue sur sa décision », songea Clara, sans le moindre sentiment de triomphe.

Elle entra dans sa chambre à coucher et commença

à se déshabiller. Bien qu'il fît chaud et lourd dans la pièce, Clara avait froid. Elle était habituée à faire marcher les choses selon sa volonté. Cette nuit, un homme avait fait d'elle ce qu'il voulait, un étrange fou qui semblait tombé du ciel. Clara ôta un escarpin et resta immobile sur le bord du lit, la tête penchée. Quel était son nom, déjà ? Ah! oui, Zipkin. De quoi avait-il l'air, au fait ? Elle ne pouvait s'en souvenir clairement. Elle était contente que son envie d'avoir un amant fût enfin exaucée. Et pourtant sa satisfaction cachait la menace d'un échec. « Trop facilement, bien trop facilement », murmura-t-elle. Il ne me prendra jamais au sérieux. Voyons, et Calman ? Certes, il ne méritait pas cela... Clara avait dit à sa tante qu'elle n'avait pas faim, n'empêche que son estomac criait famine et qu'elle avait soif, également. Quel effort il fallait fournir pour s'étendre sur le lit, son corps semblait devenu si lourd! Elle entendit un chien aboyer et l'enfant d'un voisin crier. Mon Dieu, je pourrais être enceinte! Elle était surprise que cette pensée ne lui fût pas venue plus tôt.

Elle ferma les yeux, sans trouver le sommeil. De nouveau elle se voyait entrant dans la pâtisserie où un orchestre jouait. Une nouvelle fois elle flânait avec Zipkin dans la rue. Elle l'entendait dire : « Où est Dieu ? Quiconque L'a-t-il vu ? L'homme n'est qu'un autre animal. » S'assoupissant enfin, elle rêvait qu'elle était gravement malade, couchée dans un vaste lit, soutenue par des coussins. Sur sa table de nuit étaient alignés des flacons et des tubes, ainsi que la moitié d'une orange, non pas d'un jaune doré comme elles le sont d'habitude, mais d'un rouge sang. « Probablement pour me donner des globules rouges, raisonnait Clara dans son rêve. Pourquoi ai-je besoin de sang si je dois mourir ? » Calman était là, également. Il avait une barbe blanche et de longues papillotes, comme un rabbi. Un jeune homme ressemblant à Zipkin entrait : c'était son fils Sacha. Clara s'adressait à lui en polonais : « Désormais tu devras te passer de moi.

— Non, Mère.

— Cette décision ne dépend pas de moi. »

Clara se réveilla en frissonnant. Sa jambe semblait se détendre contre sa propre volonté. Son cœur battait trop vite, comme il l'avait fait au moment où elle avait cru être découverte dans ce salon inconnu par des étrangers. Elle soupira. C'était déjà le matin, pourtant la lumière filtrant à travers les draperies était sombre et rougeâtre. Elle savait qu'elle avait fait un mauvais rêve, toujours est-il qu'elle se sentait hors d'état de s'en souvenir. Quelqu'un avait été malade. Un rabbi aux longues papillotes était entré. Seule l'image de la moitié d'une orange se recréait avec netteté dans sa mémoire. Soudain elle se rappela ce qui lui était arrivé la nuit passée et elle se redressa dans son lit. Elle désirait voir son image dans le miroir. « Je dois le rencontrer chez Semodeny, se dit-elle. Dieu du ciel, qui aurait cru que ce tournant dans ma vie se produirait aussi vite! On aurait dit que le destin s'en était mêlé. » Dehors, les oiseaux chantaient. Tournant le visage vers le mur, Clara s'abandonna au sommeil. De nouveau elle eut la vision de la moitié d'une orange, des flacons de médicaments, du vieillard qu'elle prenait pour Calman. Et elle était gravement malade, proche de la mort.

Vingt-deux

I

CETTE année la récolte n'était pas abondante en Pologne. Dans le domaine de Calman le blé était clairsemé, le grain se détachait avant d'être battu. Calman subissait de lourdes pertes. Les salaires qu'il payait aux ouvriers agricoles excédaient son revenu. Il y avait des droits à payer, en outre le duc exigeait toujours son terme à la date de l'échéance. Les pommes de terre étaient petites et ratatinées. La pluie n'était pas tombée depuis des semaines, aussi l'herbe était-elle grillée. Puisque le foin était insuffisant pour durer tout l'hiver, les paysans vendaient leur bétail bon marché. En temps normal, au mois d'août, des charrettes s'alignaient en grand nombre devant le moulin à eau de Mayer Joel; les paysans attendaient pendant des jours pour avoir leur grain moulu et transformé en farine. Or, cette année, il y avait peu de quantités à moudre. Les paysans cessaient d'acheter non seulement des articles de luxe, comme par exemple les tissus, les cuirs à chaussures, les colifichets pour les femmes, les harengs, mais même des marchandises comme le pétrole et le sel. Le soir ils restaient dans l'obscurité ou, à la rigueur, ils brûlaient du bois d'allumage, tandis qu'ils discutaient de toutes sortes de problèmes. Les vieux paysans prétendaient avoir aperçu une sorcière flamboyante dans le ciel : elle chevauchait un manche à balai et elle était suivie de trois béliers fougueux. Dans la forêt, près du village de Maciejow, une vieille femme semblait avoir rencontré l'Antéchrist dans toute sa perfection, avec queue et cornes. Sur le village de Lipsk il avait plu du ciel des grenouilles et des vers de terre.

Les paysans rejetaient la faute de la sécheresse sur les juifs. Comment pourrait-il y avoir abondance alors que les juifs asséchaient la terre fertile, qu'ils incisaient ou perforaient les végétaux pour recueillir la térébenthine, qu'ils polluaient l'air avec la fumée des fours à chaux ? Calman avait importé des batteuses de l'Allemagne. Il vivait dans le manoir du comte avec sa jeune femme hautaine et leur fils rebelle. Le garçon avait un précepteur, du nom de Zipkin, un homme aux yeux noirs et à la chevelure bouclée. Les paysans voulaient bien tolérer Calman, en revanche ils se montraient nettement hostiles à l'égard de sa femme. En pleine saison de la moisson et sous un soleil ardent, Clara faisait du cheval, tous les jours, en compagnie du précepteur de Varsovie. Véritable amazone en habit de cheval, elle donnait des coups de cravache et partait au galop dans la forêt épaisse, pleine de fondrières et d'ornières. Comment aurait-on pu empêcher une telle garce de pécher avec ce jeune gandin pourri ? Quelques paysans avaient même surpris le couple en train de se baigner dans le ruisseau de la forêt, lui en caleçon et elle en chemise. Les gens du pays mâchonnaient des navets, ils envoyaient des jets de salive, le ventre creux, et les femmes faisaient remarquer : « Après tout, un jeune étalon vaut mieux qu'une vieille carne! »

Les bavardages des paysans et les potins des juifs finirent par venir aux oreilles de Calman. Calman lui-même était soupçonneux depuis quelque temps. Il avertit Clara que rien de bon ne résulterait de son comportement relâché. Clara lui rit au nez. Que croyait-il donc? Un seul homme lui suffisait largement. Elle se moquait pas mal de Zipkin. Faire du cheval en sa compagnie — pourquoi pas? C'était excellent pour sa santé. Quant aux bains — que devrait-elle faire par une telle vague de chaleur, rester assise au coin du feu? Elle n'était pas une vieille mal fagotée; elle était une femme moderne. Laissons à Dieu ce qui Lui est dû, et à l'homme ce qui lui revient de droit! Elle avait prêté de l'argent à Calman pour construire une maison de prière et un bain rituel. Que voulait-il de plus? Zipkin avait fait des miracles avec Sacha, il avait pratiquement réussi à le faire obéir. En quelques semaines Sacha avait appris davantage avec lui qu'avec tous les professeurs précédents réunis. Calman n'avait-il pas constaté combien l'enfant s'était calmé? Il baisait la main de ses parents, il ne mettait plus le feu nulle part, il avait cessé de frapper sa gouvernante. Zipkin était un pédagogue né — si seulement on pouvait le persuader de rester! Malheureusement, à la fin des vacances, il sera obligé de retourner à l'université. Pourquoi, dans ces conditions, Calman était-il tellement ennuyé? Les gens avaient toujours les yeux trop grands et la langue trop bien pendue. Ils calomniaient même le rabbi.

Pour prouver à Calman combien elle l'aimait, Clara allait le rejoindre dans son lit la nuit. Elle le caressait et l'embrassait, elle disait des choses amusantes et se montrait si drôle que Calman ne pouvait s'empêcher de rire et de lui pardonner. Les soupçons avaient aiguisé son désir. Il était insatiable et incapable de se lasser d'elle. En riant, Clara gémissait qu'il lui rompait tous les os du corps. Exténué mais satisfait qu'elle lui eût dit la vérité, il tombait dans un sommeil profond. Malgré tout, tel Noé avant le déluge, il croyait sans y croire réellement. Il savait que haïr était un péché — « Tu ne dois pas haïr ton frère dans ton cœur » —, cependant il lui était impossible de regarder Zipkin dans les yeux. Il refusait de manger à la même table que lui. Même l'influence de Zipkin sur le comportement de Sacha déplaisait à Calman. Le garçon n'était pas éduqué selon l'*Éthique des Pères*, il apprenait des tours d'adresse comme un ours savant. A présent, il savait faire des courbettes et dire merci tout comme les officiers et les dandys. Il avait une démarche affectée et un sourire fourbe sur les lèvres. En vérité, Calman préférait le Sacha d'autrefois, celui qui s'était démené comme un sauvage.

La nuit, Calman poussait des soupirs dans son sommeil. Quand il se réveillait le matin, il avait honte de revêtir son châle de prière et ses phylactères. Lorsqu'il récitait les Dix-Huit Bénédictions, des larmes coulaient dans sa barbe. Dans la nuit, les paroles de Clara le troublaient, avec l'aube, le bon sens et un jugement sain lui revenaient. Que saurait faire son fils sinon pécher ? Et où Clara aurait-elle appris la crainte de Dieu — à l'école russe qu'elle avait fréquentée, ou bien en hantant les officiers ? Certainement pas dans la littérature facile qu'elle achetait, ni dans les pièces de théâtre qu'elle voyait à Varsovie et qui enseignaient aux femmes comment devenir adultères. Clara elle-même lui avait raconté ce qui se passait dans ces comédies. Toujours le mari était-il dépeint comme un nigaud et l'amant avait-il les traits d'un garçon brillant! Calman récita un verset des Proverbes : « Elle mange et s'essuie la bouche et elle dit : « Je n'ai fait aucun mal. » Oui, Clara avait péché et elle continuait à pécher. Il avait mis sa propriété au nom de sa femme, et maintenant celle-ci le tournait en dérision. Les gens le dévisageaient, le montraient du doigt et se moquaient de lui : un homme qui porte des cornes! Mais que pourrait-il faire — la chasser? Elle avait la loi de son côté. Les juges, les hommes de loi, les tribunaux avaient été inventés pour protéger les pervers. On lui prendrait tout pour le donner à cette femme adultère qui ne s'était encore jamais sali les mains dans l'eau de vaisselle. Voici ce que les gentils appelaient justice!

« Père du ciel, dans quelle boue suis-je en train de m'enfoncer? s'écria-t-il en pleurant et se prenant la tête entre les mains. Comment cela a-t-il pu arriver? Après tout, je suis le fils de parents profondément religieux. » Comment oserait-il encore réciter ses prières ou porter ses phylactères? Il était impur. Sa maison était un mauvais lieu. Non, il n'était pas digne de prononcer des paroles sacrées! Calman reposa ses phylactères.

II

Calman passa une nuit blanche; il restait immobile et tendu dans son lit. Il entendit Clara ronfler et parler dans son sommeil. Elle appelait « Alexandre! » Cet homme qui approchait de la soixantaine, effondré dans son lit, engagea une lutte âpre contre Satan. Une voix montait de l'enfer des passions, lui enjoignant de saisir une hache et de tuer d'abord Clara, ensuite son amant. Que Dieu le préserve de céder à une telle impulsion! Un homme devait être tombé bien bas pour que l'Esprit Malin lui fît de telles suggestions, ceci en plein mois d'Elul, juste avant les Grandes Fêtes Austères. Dieu savait ce que lui, Calman, fils de Sender Jacob, pensait. Comment tant de catastrophes avaient-elles pu lui arriver ? Sa fille était une hérétique. Lui-même était au bord de l'abîme. Était-ce sa richesse qui lui avait ménagé tant de désastres ? Il avait toujours eu mauvais caractère. Une fois, Zelda — qu'elle repose en paix! — l'avait tellement provoqué qu'il l'avait giflée. Il s'était efforcé d'oublier cette mauvaise action, or le Tout-Puissant s'en souvenait.

Bien que la position couchée sur le côté lui fût pénible, il resta immobile. Qu'il souffre donc! Quelles mesures prendre au sujet de Clara ? Dieu et le diable s'opposaient en lui. L'Esprit Malin assurait à Calman qu'il était déjà perdu. « Révolte-toi et venge-toi! lui criait-il. Quelle sorte d'homme es-tu donc ? Montre aux paillards que Calman n'est pas dupe! Frappe-les! Tue-les! Les paysans témoigneront en ta faveur. C'est la force qui règne; fais-leur savoir qui est le plus fort! Rappelle-toi que même le Talmud dit : « Celui « qui est le plus fort est le vainqueur. » Phineas, fils d'Eleazar, n'a-t-il pas transpercé d'une lance Zimri, fils de Salu, et Cozbi, fille de Zur ? Elle est mariée, elle mérite la mort. Tu n'as pas besoin de la tuer. Rends-la infirme de sorte que nul homme ne la regarde dorénavant! N'attends pas, Calman! Elle te respectera ensuite. Aussi, quand elle rampera à tes pieds, tu lui cracheras dessus. »

Calman serra les poings. Il avait le sentiment que, s'il se levait tout de suite, il serait si fort qu'il n'aurait pas besoin d'une hache : il pourrait lui briser le crâne de ses poings nus. Il était un géant. Il ne supporterait pas d'avoir ses cheveux coupés à l'instar de Samson.

Tandis que la colère de Calman augmentait, la voix de la raison continuait à chuchoter en lui : « Combien d'années te reste-t-il à vivre, Calman? Ta barbe est déjà grise. Fuis-les, Calman! Ils ont péché; tu n'as rien fait. Tu es toujours un juif pieux. Souviens-toi de ton père et de ta mère et de tes ancêtres saints! »

Calman, soudain, se sentit incapable de rester immobile plus longtemps. Il se redressa dans son lit et réveilla Clara.

« Que se passe-t-il, Calman? » demanda Clara.

Calman ne répondit pas.

« Calman, qu'est-ce qui ne va pas?

— Tais-toi, sale putain! »

Son esprit n'avait plus soif de vengeance. Il se pencha en dehors du lit et fit ses ablutions avec l'eau de la cruche posée sur le plancher. Puis, après avoir enfilé ses pantoufles et sa robe de chambre, il chercha à tâtons son chemin jusqu'à la porte, se heurtant à un candélabre. Dans cette vaste demeure Calman se perdait toujours. Il sortit de la maison et descendit les marches de pierre, dans la nuit froide. Le ciel était étoilé. Scrutant les profondeurs de la nuit, Calman comprit qu'il n'y avait qu'un seul pas qui séparait la vie de la mort, la piété de l'impiété, la sincérité de l'hypocrisie. Comme il fallait être prudent! Il respira profondément. La sueur de son corps se vaporisait au contact de l'air. Son courroux s'apaisait. Il s'assit sur une grosse pierre. L'horizon semblait proche au point de pouvoir le toucher. Non, il n'était pas un homme violent. Il y avait un Dieu. Calman savait que son premier souci devait être pour son âme.

La porte de la maison s'ouvrit et Clara sortit dans la nuit. Elle était vêtue d'une longue chemise de nuit blanche.

« Calman, qu'est-ce qui te tracasse?

— Je n'ai pas besoin de te l'expliquer, Clara.

— Tout cela est faux, Calman. Je le jure sur la tombe de ma mère.

— Tu n'as pas couché avec lui ?

— Il ne m'a jamais touchée. Je le jure devant Dieu. »

Calman, incapable de se lever, tremblait de peur. « Sais-tu ce que signifie un serment ?

— Je le sais, Calman. Crois-moi, je le sais. »

III

Le lendemain matin, Calman entra dans la salle à manger et trouva Clara en train de déjeuner en compagnie de Zipkin. Calman n'était vêtu ni de son caftan ni de son gilet. Il portait une veste ouatée et une calotte. Il marcha vers Zipkin. « Nous n'avons plus besoin d'un précepteur ici, annonça-t-il. S'il vous plaît, veuillez quitter ma maison! » Zipkin s'arrêta de manger. Un court instant Clara resta muette de surprise, puis elle dit : « Calman, es-tu devenu fou ?

— Clara, je suis toujours le maître chez moi. Je ne désire plus voir cet homme ici. »

Zipkin s'apprêta à se lever de table. Aussitôt Clara sauta sur ses pieds. « Ne l'écoutez pas, Alexandre! Il a perdu la raison. Ce n'est pas à lui de donner des ordres ici. Tout dans cette maison m'appartient.

— Faites vos bagages! Votre train part à onze heures.

— Calmanke, tu me le paieras! » Clara ramassa un couteau sur la table au moment où Zipkin sortit de la pièce. Calman lui saisit le poignet et le tordit jusqu'à ce que le couteau tombât de la main de sa femme. Elle se mit à hurler :

« Au secours! A l'aide! Il m'a brisé le poignet! »

Les domestiques faisaient la sourde oreille. Ils étaient du côté de Calman. La nuit passée Calman avait élaboré un plan précis de ce qu'il allait faire. A présent, il passa calmement à l'action. Il ordonna à Antoni, le cocher, de conduire Zipkin dans la carriole à la gare. Il sortit lui-même les chevaux de l'écurie et les attela à la voiture. Ensuite il fit un paquet de ses livres et vêtements qu'il chargea sur le véhicule. De toute évidence en prévision d'un hiver à passer sur les routes, il prit également son manteau de fourrure.

Sans tarder Clara dépêcha un messager à cheval auprès de son père. Elle se réfugia dans la mansarde et pressa son visage pâle et terrifié contre la vitre. Son mari l'avait traitée brutalement, et lui avait blessé la main. Il avait chassé le précepteur de Sacha. Il était sur le point de quitter le manoir à une époque de pleine crise économique. Zipkin s'était enfui comme un lâche, il ne lui avait même pas dit adieu. Clara envisagea de descendre et de se jeter aux pieds de Calman, pourtant elle était trop orgueilleuse pour s'humilier en présence des gens de maison. Il était d'ailleurs peu probable que ce geste lui fût salutaire. Les yeux de Calman étincelaient de colère tandis qu'il graissait les roues de la voiture et qu'il arrangeait adroitement le harnais. Clara fit un rapide calcul mental. Elle était copropriétaire du manoir, en revanche les carrières ne seraient à elle qu'après la mort de Calman. Les demandes de traverses de chemins de fer avaient baissé de moitié. Le moulin appartenait à Mayer Joel. Clara était familiarisée avec les procédures juridiques, néanmoins elle n'avait aucune expérience en ce qui concernait le divorce. Peut-être Calman ferait-il venir des témoins à la barre pour déposer contre elle ? Clara se dirigea vers la chambre d'enfant où la gouvernante donnait sa leçon de français à Sacha.

Prenant le petit garçon par la main, elle le conduisit en bas de l'escalier.

« Va dire au revoir à ton père », lui dit-elle. Puis elle retourna à la fenêtre de la mansarde.

Sacha s'approcha en hésitant de son père. « Papa, t'en vas-tu quelque part ?

— Oui, je m'en vais.

— Mais où, papa ?

— Je retourne auprès des juifs. »

Sacha eut envie de rire. Son père était tellement comique. Il ressemblait à un vieux mendiant. Il avait une longue barbe, il portait des vêtements bizarres, il se promenait partout un livre de prières à la main. Ses seuls sujets de conversation étaient Dieu et les juifs, ce qu'on devait faire et ne pas faire. Clara descendit une nouvelle fois l'escalier et sortit dans la cour.

« Quoi qu'il en soit, embrasse l'enfant avant ton départ! » dit Clara.

Calman garda le silence.

« La voiture ne t'appartient pas. Tu n'as aucun droit de la prendre.

— Tout ici est à moi, répondit Calman.

— C'est ce qu'on va voir.

— Éloigne-toi de moi ou bien tu le regretteras!

— Souhaites-tu divorcer ? demanda Clara.

— Je souhaite être débarrassé de toi! »

Clara observa quelques instants de silence avant de dire : « Il y a une chose que tu dois savoir : je suis enceinte. »

Calman eut une envie irrésistible de la prendre par les cheveux et de la traîner par terre, comme on l'avait fait aux femmes adultères dans l'ancien temps. Il cracha.

« Il y a un Dieu.

— Viens, Sacha chéri! Si tu veux la guerre, Calman, tu t'en repentiras. »

Pourquoi ai-je patienté si longtemps? se demanda Calman, après que Clara et l'enfant furent rentrés dans la maison. Maintenant qu'il s'était défait de son orgueil temporel, son courage était revenu. C'est elle qui avait commis l'adultère, et non lui. Que les réprouvés se sentent honteux, et non les justes! Il n'était allé en visite à Marshinov qu'une seule fois depuis qu'il était marié avec Clara. Il s'était senti incapable de regarder Jochanan et Tsipele en face. Brusquement, Calman décida de passer les Fêtes dans cette demeure sacrée. Que tout s'écroule donc au manoir! De toute manière il avait travaillé pour le diable! Antoni revint après avoir accompagné Zipkin au train; néanmoins Calman décida de conduire la voiture lui-même.

IV

Au grand étonnement des habitants, Calman arriva à Jampol à bord d'une voiture sans cocher. Il se rendit tout d'abord à son bureau, situé à côté d'un magasin à grain. Derrière le bâtiment se trouvait une remise où étaient déposés les outils nécessaires pour débiter du bois, ainsi que toutes sortes d'objets et du matériel qu'il avait accumulés à l'époque de son travail à la taverne.

« Eh bien, tout le monde semble bien actif, hein ? » fit Calman en pénétrant dans le bureau.

Les comptables et les employés aux écritures, assis devant leurs livres de comptabilité ouverts, levèrent la tête avec surprise. Personne ne dit rien. Calman était convaincu qu'ils venaient de faire des commérages à son sujet, juste avant son arrivée.

« Je pars en voyage pour rendre visite à mon gendre, le rabbi, annonça Calman. Je resterai à Marshinov pour les Grandes Fêtes, peut-être davantage. »

Morris Shalit tendit la main vers la plume qu'il portait derrière son oreille.

« Vous allez devenir un hassid ?

— Non. Un juif seulement. Mayer Joel s'occupera de tout pendant mon absence. Il signera les papiers nécessaires.

— Mayer Joel ? Il aura besoin d'une procuration.

— Exact. Nous allons nous rendre au moulin. Emportez plume, encre et cire à cacheter !

— Faites ce que le maître vous dit ! » fit David Sorkess, citant un proverbe.

Presque jamais Calman ne donnait d'ordre sans avoir consulté ses employés, or, en ce moment, il se tenait au centre du bureau, silencieux et l'air déterminé, une cravache à la main. Les commis finirent rapidement le thé qu'ils étaient en train de boire. La voiture de Calman était tellement chargée de ses objets personnels qu'Ignace Herman grimpa sur le siège du cocher, auprès de Calman. Les commerçants de Jampol sortirent bouche bée de leur boutique. Les femmes, de leur côté, quittèrent leur besogne pour regarder cet étrange spectacle. Des têtes de jeunes filles aux cheveux ébouriffés se pressèrent aux fenêtres. Pour tout le monde, ce qui s'était passé sautait aux yeux : Clara avait chassé Calman du manoir. On savait déjà qu'un messager à cheval avait porté une lettre chez Daniel Kaminer et, ne l'ayant pas trouvé chez lui, était parti au trot en direction des baraquements, toujours à la recherche du père de Clara. Les juifs de Jampol haussaient leurs épaules : Calman avait fait son lit, qu'il y couche maintenant!

La voiture roulait sur la route boueuse qui conduisait au moulin. Les quelques rares charrettes qui attendaient leur tour devant chez Mayer Joel dégagèrent un emplacement. Les paysans ôtèrent leur bonnet et saluèrent Calman d'un signe de tête. Mayer Joel sortit de la maison. Il était couvert de farine — même sa barbe noire était poudrée de blanc. Calman descendit de voiture et prit Mayer Joel à part pour lui parler. Il demanda à son gendre de diriger les opérations aux carrières pendant quelques semaines, aussi de s'occuper de ses intérêts concernant le manoir. Il ne pouvait endurer de vivre plus longtemps avec une femme dépravée. Mayer Joel l'écouta en se caressant la barbe. Voici le commencement! Il avait toujours su qu'il prendrait un jour la succession pour de bon. Qui d'autre, d'ailleurs? Ezriel n'était pas un homme d'affaires et Jochanan était un rabbi. Les deux hommes se trouvaient près du barrage. En parlant, ils observaient l'écume des eaux éclabousser la roue. C'était une journée de septembre douce et ensoleillée. « *Babie Lato* » — l'été de la Saint-Martin — c'est ainsi que les paysans appelaient cette période de l'année —, quand l'air est plein de fils de la Vierge. L'odeur du foin et du fumier, la senteur des pins embaumaient tout. On entendait le gloussement et le caquetage des poules et des coqs. Quelques paysans transportaient des pièces de bois et des plantes pour une grange qu'ils étaient en train de construire. Une coccinelle se posa sur le revers de la veste de Calman.

« Entrez donc dans la maison, beau-père, proposa

Mayer Joel. Vous savez que vous êtes toujours le bienvenu ici.

— Il faudra faire entrer aussi les employés.

— Ne vous inquiétez pas d'eux! Ils peuvent rester dehors. »

Jochebed était occupée à faire cuire du pain, aussi n'avait-elle pas vu arriver la voiture de son père. Elle avait la tête couverte d'un fichu, un grand tablier noué autour de la taille, et elle tenait une spatule à la main. Il y avait des galettes plates dans le four et, sur le poêle, un bouillon de poulet frissonnait dans une marmite maintenue sur un trépied ardent. Teibela, la fille aînée de Jochebed, pelait des oignons. Les garçons étaient partis pour le cheder de Jampol. Le plus jeune enfant de Jochebed était assis dans sa chaise haute, donnant de grands coups de cuiller sur le bois. Calman s'arrêta sur le seuil : Jochebed était presque l'image fidèle de Zelda. Il frémit. Elle avait le même menton pointu que sa mère, également une verrue ornée de trois poils. Apercevant son père, Jochebed posa la spatule et battit des mains, exactement comme Zelda l'aurait fait. Dans ses yeux on lisait cette expression mélancolique que nulle richesse du monde ne saurait chasser. Un sourire illumina son visage un court instant, puis celui-ci reprit son air sérieux.

« Père!

— Jochebed! »

Elle lui parlait comme Zelda lui aurait parlé, avec un mélange d'amour et de reproche dans la voix. Pourquoi venait-il si rarement? Les enfants demandaient constamment à voir leur grand-père. Il était devenu presque un étranger pour eux. Fouillant dans la poche de son tablier, elle sortit un mouchoir sale et moucha son nez. Calman aperçut un livre de prières ouvert sur la table.

« Ainsi tu fais cuire le pain et tu pries en même temps ?

— Je récitais quelques chapitres des Psaumes.

— Comment va ton estomac ? As-tu toujours ces brûlures ?

— Oui, quand je mange des mets épicés.

— Pourquoi ne vas-tu pas consulter un médecin ? »

Les lèvres de Jochebed se plissèrent de dédain. « Que savent donc les médecins ? Tant qu'on respire, tout va bien.

— Une femme de ton âge devrait être en bonne santé.

— Je ne suis plus tellement jeune. Teibela a déjà reçu une demande en mariage. »

Teibela serra les lèvres. « Oh! maman, tu ne vas pas reparler encore de cette histoire!

— Quoi! qu'ai-je donc dit ? C'est la vérité, oui ou non ? Je ne désire qu'une chose : vivre assez longtemps pour danser à ton mariage. »

Calman écouta comme frappé de la foudre. Voici les mots mêmes que Zelda avait prononcés jadis. On aurait dit que sa femme morte fût miraculeusement sortie de sa tombe.

Mayer Joel interrompit ses pensées : « Aimeriez-vous manger quelque chose, beau-père ? Entrons dans le salon! »

Ils restèrent longtemps à discuter. Finalement ils firent entrer les commis. Mayer Joel savait tout des affaires de Calman concernant les carrières et le commerce du bois. Les questions qu'il posait démontraient qu'il était un commerçant habile, même plus subtil que Calman. « Comment se fait-il qu'il en sache autant ? s'étonna Calman. M'aurait-il espionné au cours de toutes ces années ? Quelqu'un l'a-t-il mis au courant de mes affaires ? » Mayer Joel pourrait prendre, sans attendre, la direction des différentes entreprises de Calman; il révéla qu'il avait déjà un homme de loi qui se chargerait d'arbitrer tout sujet de litige qui surviendrait ultérieurement.

« Je peux mourir à présent, pensa Calman. On n'a plus besoin de moi. » Pourtant, ce n'était pas mourir qu'il désirait, mais vivre la vie d'un juif.

TROISIÈME PARTIE

Vingt-trois

I

APRÈS avoir donné des ordres pour ne pas être dérangée, Clara s'enferma dans sa chambre. Elle s'assit devant son bureau et pleura. Sa bonne fortune avait duré non pas sept années, mais à peine sept semaines. Il lui était difficile de croire que tout était fini. Elle était abandonnée aussi bien par son amant que par son mari.

A l'instant elle venait de recevoir la visite fort désagréable de son père. Daniel Kaminer avait eu des paroles très dures pour elle. Selon lui, quand on est marié, on se conduit comme il faut, ou bien on ne se marie pas; du moins, on ne se baguenaude pas, en plein jour, en compagnie d'un étudiant d'université. Kaminer savait déjà que, provisoirement, Calman avait confié la direction de ses affaires à Mayer Joel, aussi pressentait-il que ce gendre serait une noix dure à croquer. Non seulement Mayer Joel fréquentait l'aristocratie terrienne, mais encore il était en excellents termes avec la plupart des hauts fonctionnaires. Rittermayer était à Saint-Pétersbourg, à présent; Smirnoff avait été transféré. On disait que le nouveau colonel s'adonnait au vice, toujours est-il que Daniel Kaminer ne l'avait encore jamais rencontré. Telles que les choses se présentaient, Kaminer ne pouvait pas grand-chose pour corriger les erreurs commises par sa fille. De plus, il était sur le point de se marier et il s'apprêtait à partir pour Varsovie afin de rendre visite à Mme Frankel et à Céline.

Tandis que son père parlait, des larmes coulaient sur les joues de Clara. « Si je meurs, dit-elle, je t'en prie, prends soin de Sacha!

— Tu ne mourras pas encore, ma fille. Tu me survivras. »

Sur ces fortes paroles Daniel Kaminer sortit en claquant la porte derrière lui.

Quand Mayer Joel se fit annoncer au manoir pour analyser la situation, Clara refusa de le recevoir; sa réponse se résuma en cinq mots : Faites comme il vous plaira! Deux jours plus tard elle partit pour Varsovie, laissant Sacha sous la garde de sa gouvernante.

A Varsovie, Clara ne s'installa pas chez Mme Frankel; elle descendit à l'hôtel Krakowski. Aussitôt le seuil de sa chambre franchi, elle se jeta sur le lit et éclata en sanglots. Bien plus tard, après avoir fait le nécessaire pour être présentable, elle prit un fiacre et se fit conduire à un petit restaurant qui se trouvait près de l'université, lequel était fréquenté principalement par les étudiants. Elle chercha Zipkin des yeux, or la première personne qu'elle reconnut en entrant fut Ezriel. Si lui ne l'avait pas aperçue, à son tour, elle serait repartie immédiatement. Il buvait du thé en compagnie d'un autre étudiant.

« Dieu du ciel, en voilà une étrange coïncidence! » dit-il en se levant et courant à sa rencontre.

Clara ne réprima que difficilement ses larmes.

« Pourquoi ne pas nous avoir rendu visite au cours de l'été ? Quels sont vos griefs contre moi ?

— Je vous disais déjà que nous n'avons pas pu venir, Clara.

— Pourquoi Shaindel me déteste-t-elle ? »

Ezriel ne gardait aucun doute quant à l'identité de celui que Clara cherchait. Zipkin lui-même avait non seulement raconté à Ezriel que Calman était un vieux fou jaloux, mais il n'avait pas épargné Clara non plus. Il l'avait qualifiée de parvenue, donnant comme preuve une erreur ridicule qu'elle avait commise en citant une épigramme latine. S'excusant auprès de son ami, Ezriel accompagna Clara à une autre table. Il était nerveux et il restait assis sur le bord de sa chaise, à moitié tourné vers la salle. Clara commanda une tasse de café noir. Un silence prolongé et plein de tension s'installa entre eux, ni l'un ni l'autre ne sachant quoi dire. Finalement Ezriel fit observer que Zipkin avait manqué les cours du matin.

« Pourquoi ? demanda Clara. Est-il malade ?

— Je n'en sais rien.

— Laissez-moi vous dire que votre beau-père est un fou. Un grand fou! »

Clara se mit à relater, en petites phrases hachées, comment Calman avait chassé Zipkin de la maison, sans la moindre raison! Dieu lui était témoin qu'elle n'avait rien fait dont elle devrait avoir honte. « S'il y avait eu la moindre vérité dans ses soupçons, ce serait moins blessant. Je me moque de ce que pensent les gens de moi. » Clara commença à renifler en sanglotant. Tout chez elle était excessif : son chapeau avait trop de plumes; ses joues étaient trop violemment maquillées; son corps était trop parfumé. Les autres étudiants échangeaient des regards en souriant. Une femme vêtue de façon aussi extravagante était une rareté dans ce coin. Ezriel baissa la tête en rougissant.

« Ne le prenez pas tellement à cœur! dit-il en hésitant.

— Tout a été tellement humiliant et pénible pour moi. »

Clara sembla sur le point de verser de nouveaux pleurs. Elle réussit toutefois à se maîtriser. « Je dois lui dire combien je suis désolée. Ce n'était qu'un malentendu. Connaissez-vous son adresse?

— Non, pas exactement. Il loge chez un homme d'affaires, quelque part dans la rue Leshno. Le propriétaire est parti prendre des bains dans une ville d'eau.

— Ne possède-t-il pas son propre logement?

— Réellement, je n'en sais rien.

— Cette fois, je n'habite pas chez ma tante. Je suis descendue à l'hôtel Krakowski », dit Clara comme parlant à elle-même. Ezriel comprit qu'elle attendait de lui qu'il transmît l'information à Zipkin. Le silence entre eux se prolongea. Clara n'eut pas la patience d'attendre son café. Consciente de l'embarras d'Ezriel, elle se leva. Ezriel l'imita aussitôt.

« Je dois partir. J'ai pas mal de courses à faire. Le café? Eh bien, j'espère ne vous avoir causé aucun dérangement...

— C'est sans importance! Je le boirai moi-même.

— Venez donc me voir à mon hôtel, je vous conduirai au théâtre. N'oubliez pas d'amener Shaindel!

— Resterez-vous longtemps à Varsovie?

— Je ne sais pas. Mon père a décidé de se marier malgré son grand âge. Avec la fille de ma tante, pour tout dire. » Et de nouveau Clara se tamponna les yeux.

Ezriel prit congé d'elle. A présent ils étaient le point de mire et la cible des quolibets. Les étudiants chuchotaient en faisant des grimaces. Dès que Clara fut sortie, ils entourèrent Ezriel. « Qui était cette poupée ? Pourquoi sanglotait-elle ? L'as-tu abandonnée après lui avoir fait un môme ? » D'un air presque coupable, Ezriel jura qu'il s'agissait de sa belle-mère, mais les étudiants secouèrent la tête en s'écriant : « Raconte ça à ta grand-mère! »

Clara emprunta le boulevard du Nouveau Monde. Quelle coïncidence d'être précisément tombée sur Ezriel. Quelle stupidité d'avoir pleuré devant lui! Un tel comportement était digne d'une femme de chambre enceinte. Clara frissonna; *elle était* enceinte. Elle n'avait pas eu ses règles depuis deux mois. « Allons, je ferai comme les femmes de chambre : je me jetterai dans la Vistule. » Faisant halte devant une vitrine, elle contempla les mannequins vêtus d'un tailleur d'automne assorti d'un col de fourrure et d'un manchon. « Pourquoi ne pas être comme ces poupées ? songea Clara. Elles ne savent même pas qu'elles existent. La mort est la seule consolation. Elle efface toutes les erreurs, tous les péchés, tous les échecs. »

Clara reprit sa route. Chaque fois qu'elle avait aimé un homme, la malchance l'avait poursuivie, apportant des vexations, des complications et des malentendus. Que lui restait-il à faire maintenant ? Elle ne connaissait pas l'adresse de Zipkin. Elle ne pourrait se compromettre davantage. Elle avait remarqué les coups d'œil que les étudiants avaient échangés.

II

On allait servir le dîner dans la salle à manger de Jacob Danzinger. Le maître de maison qui présidait la table, assis dans son fauteuil, était un homme de petite taille, aux joues rouges et aux yeux brillants. Il portait le bouc et il était grisonnant. Il était vêtu d'un costume noir, d'un large col dur et d'un gilet à côtes. Jacob était protégé d'une immense serviette de table qu'il avait fixée sous son col. Pendant le repas il plaisantait avec ses deux filles et son fils, Zdzislaw. Toute la famille était rentrée récemment de Carlsbad, après avoir suivi une cure thermale. A cause de la guerre des tarifs douaniers entre la Russie et l'Allemagne, le prix de la laine avait grimpé, aussi Jacob escomptait-il tirer un large profit des marchandises entreposées dans son magasin. Sans être un juif très mondain, il possédait son banc dans la synagogue allemande réformée. Il parlait couramment le polonais, néanmoins avec un accent; il lisait le quotidien hébraïque *Étoile du Matin*, il était un disciple de Reb Abraham Stern — qu'il repose en paix! —, et il connaissait Reb Chaim Selig Slonimski, tous deux coryphées du modernisme en Pologne. Sa femme, Rosa, fille d'un marchand riche de Kalish, portait un large naevus rouge sur un côté de son visage. Cette marque congénitale avait valu à Jacob Danzinger une dot de huit mille roubles. Mme Danzinger parlait le français et jouait du piano. Quand elle se querellait avec son mari, elle l'appelait « Zydek » — vieux juif démodé.

Sabine, l'aînée des filles, avait une vingtaine d'années. Elle était trapue et elle avait une tête trop grosse pour son corps épais. Par bonheur, elle avait hérité les cheveux blonds et les yeux bleus, ainsi que le nez retroussé de sa mère. Sabine avait été élevée dans un pensionnat huppé auquel quelques rares jeunes juives étaient admises. Elle avait étudié la littérature française, anglaise et italienne et elle écrivait des poèmes en polonais, qu'elle ne montrait d'ailleurs jamais à personne. Pendant des années elle avait travaillé à une traduction. Son père avait mis de côté une somme d'argent considérable pour sa dot; d'année en année ce capital s'accroissait grâce aux intérêts composés. Sabine n'avait pas voulu d'un mariage arrangé pour elle. Elle était si difficile à satisfaire que, lorsqu'un mets n'était pas préparé à son goût, elle n'y touchait pas. Pour elle, l'ail, le raifort, les oignons, le hareng étaient tabous. La plupart de ses camarades de classe étaient déjà mariées et avaient des enfants, or, Sabine n'était même pas officiellement fiancée. Elle passait ses journées et ses soirées dans sa « Chambre bleue », lisant des livres difficiles; d'autre part elle se querellait sans cesse avec le reste de la famille. Sa sœur Anna était élève de l'enseignement secondaire; son frère Zdzislaw travaillait avec son père, se préparant à devenir l'associé dans l'affaire familiale.

Au milieu du dîner on entendit sonner à la porte de la maison. Quelques minutes plus tard la bonne entra pour annoncer qu'un messager était dehors avec une lettre pour M. Zipkin.

« Que voulez-vous que j'en fasse? demanda Jacob. Prenez-la!

— Il ne veut la remettre à personne d'autre qu'à M. Zipkin.

— Vous savez que M. Zipkin a déménagé.

— Il demande sa nouvelle adresse.

— Nous ne sommes pas un bureau de renseignements, décréta Mme Danzinger en haussant les sourcils.

— Laissez-moi lui parler », dit Zdzislaw en se dirigeant vers la porte. Un petit moment plus tard il revint avec une feuille de papier bleu dans une main et une enveloppe dans l'autre. Zdzislaw était petit et trapu; il avait une nuque de taureau et un cou épais; ses cheveux étaient bouclés comme ceux d'un mouton. Il avait quitté le collège sans la moindre distinction et, aussitôt, il était entré dans l'affaire de son père. Zdzislaw avait affirmé au messager qu'il était Zipkin. A présent il se campa cérémonieusement au centre de la pièce et, levant une main à la manière d'un tragédien, il se mit à déclamer :

« Mon Alexandre bien-aimé,

« Je suis arrivée à Varsovie hier, et je me suis rendue immédiatement au restaurant de l'université; malheureusement, je ne t'y ai pas trouvé. Je suis descendue à l'hôtel Krakowski, chambre 8. J'ai enduré toutes les tortures de l'enfer; je pleure sans cesse. Viens vite me retrouver ou bien je vais mourir! Je t'en prie, donne ta réponse à ce messager!

« Éternellement tienne.
« Clara. »

Anna éclata de rire. Mme Danzinger donna un coup de poing sur la table. « Anna, reste tranquille! Montre-moi cette lettre, Zdzislaw!

— Mère, ne fais pas tant d'histoires! » dit Sabine avec mauvaise humeur. Elle jeta des regards furieux à sa sœur Anna, une grande fille mince qui allait déjà au bal et qui gagnait des prix pour ses prouesses de danseuse accomplie. De nombreux soupirants la poursuivaient de leurs assiduités. Sabine repoussa son assiette. Elle venait à l'instant de recevoir un coup dont elle ne se remettrait jamais. Néanmoins il fallait garder son calme et sa dignité. Intimement, Sabine avait toujours su que Zipkin était menteur et hâbleur. Elle n'avait jamais cru aucune de ses douces paroles. Cet homme était un égoïste faisant croire que tout ce qui concerne autrui le touchait profondément. Il lui avait écrit des lettres d'amour passionnées tandis qu'il entretenait une liaison avec cette femme qui l'attendait impatiemment dans une chambre d'hôtel. Sabine se sentit incapable de rester assise plus longtemps. Les larmes qu'elle essayait de retenir menaçaient de jaillir à tout moment. Ses joues étaient brûlantes; son front se couvrait de gouttes de sueur. Elle plia sa serviette et sortit de la pièce, tête baissée. On entendit son pas fuyant dans le vestibule, puis le bruit de sa porte qu'elle verrouilla. Mme Danzinger chaussa son nez de ses lunettes cerclées d'or et ramassa la feuille de papier qu'elle brandit à bout de bras.

« Quelle honte! dit-elle avant de se tourner vers son fils : Tu n'aurais pas dû faire cela.

— Il fallait bien, un jour, découvrir la vérité, Mère. Je t'avais toujours dit que c'était un escroc.

— Tous les hommes sont des cochons. »

Jacob Danzinger continuait à ronger une cuisse de poulet. « Il viendra ici ce soir. J'aurai un entretien avec lui.

— Et de quoi penses-tu lui parler? demanda Mme Danzinger en enlevant ses lunettes.

— Je lui dirai qu'il faut appâter le poisson ou couper l'hameçon. Qu'il l'épouse, ou bien qu'il aille au diable!

— Jacob, quel langage! Rappelle-toi que nous sommes à Varsovie, et non à Lodz. Comment sais-tu qu'elle voudrait toujours de lui?

— Dès qu'on se marie, on oublie ces bêtises-là.

— Les étudiants n'ont pas le droit de se marier.

— Il quittera l'université. De toute manière il ne deviendra jamais médecin. Il n'en a pas la patience. Je le prendrai dans mon affaire.

— Dans ton affaire? Après une telle conduite? Tu es un drôle de père! » Mme Danzinger se leva de table. « J'ai perdu l'appétit. » Elle sortit de la pièce.

Le reste de la famille terminait le dîner en silence. Maintenant que sa femme avait quitté la table, Jacob ne se servait plus de sa fourchette. Il suçait bruyamment son os de poulet en fouillant dans sa barbe pour retirer une miette de pain qu'il mettait dans sa bouche. Il secouait sa tête en soupirant.

Zdzislaw semblait pensif. Il regrettait déjà sa plaisanterie. Il avait pitié de sa sœur. Anna, également, avait pris un air grave. Elle comprenait qu'elle n'aurait pas dû rire. Sabine ne lui pardonnerait jamais. Ce qui s'était passé n'était pas risible du tout. La traîtrise des hommes ne connaissait pas de limites. Anna songeait à tous les garçons qui lui avaient juré un amour éternel; ils étaient probablement tout aussi hypocrites.

III

A huit heures précises ce soir-là, Zipkin, portant un petit bouquet à la main, sonna à la porte des Danzinger. La nouvelle chambre qu'il occupait dans l'avenue Dluga était loin d'être satisfaisante. Zipkin se rendait compte maintenant qu'il avait perdu tout son été; il s'était compromis avec une femme plus vieille que lui, au point de se faire mettre à la porte par le mari. Il était en retard pour ses études et, par conséquent, pour tout le reste. En route vers la maison des Danzinger, Zipkin avait examiné rétrospectivement la situation, pour la centième fois. Il s'était conduit comme un sot à l'Université de Kiev et il avait presque perdu la vie dans une manifestation inutile.

C'était un miracle qu'il fût de nouveau étudiant, et non en exil, quelque part en Sibérie. Mais avait-il vraiment abandonné ses idéaux? Peut-être lui manquait-il le courage nécessaire pour une action révolutionnaire? Cependant il croyait toujours qu'il faut éduquer et affranchir les masses populaires. Zipkin se prenait lui-même pour un athée. Il n'avait nullement l'intention de passer par un rabbi pour se marier. Le mariage était un rite barbare, pas du tout en harmonie avec la nouvelle génération. Or, ceci ne l'avait pas empêché de raconter à Sabine qu'il attendait avec impatience le jour où ils se tiendraient ensemble sous le dais nuptial. Il avait fait des promesses qu'il ne pourrait tenir; il avait emprunté de l'argent qu'il ne pourrait rembourser. Il oubliait d'écrire à ses parents et à sa sœur Sonia, laquelle se rendait malade d'inquiétude à son sujet.

« Que m'arrive-t-il? se demanda Zipkin. J'étais pourtant un garçon très sérieux. Je disais à chacun sa vérité, même à Radziwill en personne. Tout est allé de travers parce que j'ai été trop lâche pour quitter ce pays. Je suis trop égoïste, trop attaché au confort. » Un révolutionnaire lui avait dit un jour : « Quiconque aime porter des chemises blanches devient tôt ou tard un réactionnaire. »

« Oui, c'est bien vrai, je déteste porter une chemise sale et la vermine me répugne. »

La bonne ouvrit la porte. « Ah! des fleurs! fit-elle en le regardant avec malice. Je ferais mieux de les mettre dans l'eau. » Elle lui adressa un sourire réservé. Quand Zipkin entra dans la salle à manger, il ne trouva que Jacob Danzinger en train de souper, et non toute la famille réunie, comme il l'avait espéré. Un autre couvert était mis, apparemment à son intention. « Que se passe-t-il ici? » s'étonna-t-il; à voix haute il demanda : « Où sont-ils tous? »

Un sourire imperceptible jouait sur les lèvres de Jacob. « Ma femme souffre de maux de tête. Anna est sortie. Sabine s'est enfermée dans sa chambre. Zdzislaw s'occupe de ses affaires. Et me voilà tout seul!

— Me permettez-vous de voir Sabine?

— Si elle consent à vous laisser entrer. »

« Quelque chose a dû se produire », pensa Zipkin. En cours de route, il avait eu la bizarre prémonition qu'il allait au-devant de quelque ennui.

Jacob Danzinger se caressa la barbe. « Asseyez-vous! J'aimerais avoir un petit entretien avec vous.

— Mais certainement! Je vous remercie.

— Rien qu'une minute! »

La bonne apporta deux plats de riz au lait parfumé à la cannelle, un mets qu'on ne servait chez les Danzinger que lorsque personne de particulier n'était attendu. Zipkin prit une cuillerée de la mixture, cependant il se sentit incapable de l'avaler. Jacob Danzinger piqua un grain de riz resté collé dans sa moustache.

« Alexandre, il m'est pénible de discuter de ceci avec vous. Vous comprenez que je ne parle que pour moi-même. Je n'ai aucune idée de ce qui se passe dans l'esprit de Sabine. Après tout, je ne suis pas Dieu.

— Que s'est-il passé?

— Il faut faire le point pour savoir où nous en sommes, dit Jacob Danzinger avec un clin d'œil malicieux. Ou bien vos intentions sont honorables, ou bien elles ne le sont pas. Si elles le sont, vous devrez mettre fin aux balivernes et vous marier. »

Le dernier mot avait été lancé à toute vitesse.

« Me marier? Le ministre de l'Éducation ne m'y autorise pas. Il avait été question d'un nouveau décret, mais...

— Dites-moi, qui est Clara? »

Zipkin pâlit.
« Est-ce que vous m'espionnez ?
— Pas du tout. On ne peut pas garder secrètes des histoires de ce genre. Aujourd'hui une lettre est arrivée pour vous. Elle a été ouverte par erreur.
— Quand ? Quelle sorte de lettre ?
— Je n'en ai pas la moindre idée. Zdzislaw l'a lue. Je sais bien que les jeunes gens seront toujours les mêmes, mais il y a des limites. Dites-moi, qui est-elle ? L'avez-vous connue là où vous avez travaillé — au manoir ?
— Tout ceci est de la sottise purement et simplement.
— Si vous aimez cette femme, vous devrez renoncer à ma fille. En revanche, si vous éprouvez quelque sentiment sincère pour Sabine, vous devrez vous expliquer avec elle.
— Je serais obligé d'abandonner mes études.
— Je vous parle en tant que père. Un homme de mon âge peut pardonner bien des choses. Ce qu'en dira Sabine, je n'en sais rien. Eh bien, mangez donc votre riz : ce n'est pas du poison! »
Zipkin baissa la tête. Comment avait-elle pu faire une chose pareille ? Il lui avait bien recommandé pourtant de ne pas lui écrire chez les Danzinger. Elle l'avait fait exprès pour le compromettre. Il plongea sa cuiller dans le riz mais oublia de la porter à sa bouche. Son visage était brûlant comme s'il avait reçu des gifles. Levant les yeux de la table, il fixa du regard le plafonnier avec ses chaînes de bronze et son globe en porcelaine. Zipkin prit conscience du tic-tac de la pendule. Il observa l'éclat de l'argenterie posée sur la crédence. Dehors il faisait froid, calme et sombre — on était déjà en septembre. Devrait-il abandonner l'université ? se demanda-t-il. Devenir l'employé d'un capitaliste ? Jacob Danzinger semblait avoir

deviné les pensées de son hôte, car il dit : « Si vous ne voulez pas entrer dans les affaires, vous et Sabine pourrez aller à l'étranger. En France, même un grand-père peut être étudiant.

— Oui, c'est exact. »

La bonne apporta le café. Jacob Danzinger commença à parler affaires. A cause de la guerre, des tarifs douaniers entre la Russie et l'Allemagne, le commerce prospérait. Lodz montait en importance à la vitesse de la levure : on l'appelait déjà la Manchester russe. Pourquoi la Russie avait-elle besoin d'importer autant? Il n'existait rien qu'on ne pourrait produire dans ses propres usines. Si seulement les juifs avaient les mains libres, comme partout ailleurs dans le monde! Jacob Danzinger était abonné aux journaux polonais et au seul magazine juif publié en polonais. Il fit observer à Zipkin que le vieux Montefiore projetait à nouveau de partir pour la Terre d'Israël. A Kichinev on faisait une collecte d'argent pour réinstaller les juifs dans des fermes. Un juif hongrois était devenu pacha égyptien. Qui aurait cru de telles choses possibles, quelques années plus tôt? Était-il vrai que les incendies dans les villages sur la Volga avaient été provoqués par des gens qui se disaient nihilistes?

« Tout est possible.

— A quoi riment de tels incendies? Ce sont encore les pauvres qui resteront sans toit, et jamais les riches. »

Zipkin ne répondit pas.

« De tels malfaiteurs détruiront le monde », dit Jacob Danzinger en trempant sa main dans un rince-doigts.

IV

Dans la chambre de Sabine le bleu était la couleur prédominante. Un tapis bleu couvrait le plancher, la tapisserie sur les murs était bleue, ainsi que celle du fauteuil; même la lampe avait un globe bleu. La frise dorée du poêle recouvert de carreaux de faïence et les cadres dorés des tableaux étaient du plus bel effet et s'harmonisaient parfaitement avec la couleur principale. Sabine était en train de lire un livre relié de velours, assise devant une table ronde recouverte d'une nappe bleue. Son corps dodu était serré dans une jupe noire et une blouse blanche. La lumière de la lampe tombait sur ses cheveux blonds. Quand Zipkin entra, Sabine continuait à lire, démontrant ainsi qu'elle s'intéressait bien davantage à la poésie qu'à lui. Enfin elle leva sa grosse tête et le fixa de ses yeux bleus.

« Ah! voici le Don Juan de la rue Nalewski! »

Zipkin se mordit les lèvres. « Sabine, je ne suis pas venu ici pour écouter tes plaisanteries.

— Non, bien sûr que non! Tu espérais sans doute que je te donnerais une médaille! Approche-toi! Prends place! Ici, sur la chaise.

— Merci.

— Ne crois surtout pas que ta conduite m'ait surprise, dit Sabine sur un ton qui faisait comprendre qu'elle avait étudié avec circonspection la question et que celle-ci n'avait plus aucun secret pour elle. Je ne t'ai jamais fait confiance. Voilà la pure et simple vérité.

— J'espère que ceci n'affectera pas notre amitié.

— Pourquoi serais-je l'amie d'un fourbe? »

Zipkin pâlit. « Je crois que je ferais mieux de partir.

— Attends! Tu partiras quand je te l'aurai permis, pas avant. Les gens de ton espèce n'ont pas le droit de prendre congé quand il leur plaît. » Sabine rit, découvrant de grandes dents jaunes. En dépit de son air maussade, son sens de l'humour était connu dans la famille.

Zipkin croisa ses jambes. « Que lis-tu?

— Qu'est-ce que ça peut te faire? Dis-moi plutôt qui est cette Clara. La femme de ce propriétaire terrien dont tu m'as parlé dans tes lettres?

— Peut-être bien.

— Pourquoi ne vas-tu pas la retrouver? Pauvre petite, elle ne peut s'arrêter de pleurer. Elle est presque morte.

— C'est cela qu'il y avait dans la lettre?

— Plus ou moins. Peut-être divorcera-t-elle d'avec son riche mari pour t'épouser. D'après tes lettres, son fils doit être un charmant petit bambin! dit-elle en ricanant.

— Cesse d'être sarcastique!

— C'est toi-même qui l'as décrite ainsi. Je ne t'ai jamais pris au sérieux. Cela me console maintenant. Dis-moi exactement combien de femmes tu as à ton tableau de chasse!

— Sabine, je ne suis pas venu pour me confesser mais pour te dire au revoir. Je veux te remercier pour les heures heureuses que nous avons passées ensemble.

— Tu n'as pas besoin de me remercier. Elles n'étaient pas aussi heureuses que cela! Tu as connu des instants d'un bonheur plus grand avec Clara. As-tu dîné au moins?

— Oui, je te remercie.

— Qui d'autre était dans la salle à manger?

— Seulement ton père.

— Oh! De quoi a-t-il parlé?

— Lui aussi est en colère. Néanmoins il aimerait nous voir mariés tous les deux. » Zipkin rougit en prononçant le mot « mariés »; celui-ci semblait lui avoir échappé contre sa volonté.

Sabine paraissait à deux doigts de rire, cependant son visage se fit sévère. « Me marier — avec un imposteur ?

— Chérie, personne ne t'y obligera.

— J'espère bien que non! Si mon brave père le pouvait, crois-moi qu'il le ferait. Comment l'as-tu rencontrée ? Tu n'as jamais voulu accepter de travail, auparavant.

— Nous nous sommes rencontrés ici, à Varsovie.

— Et aussitôt tu es tombé amoureux fou d'elle ?

— Si c'est ainsi que tu tiens à voir les choses...

— Et comment donc ? Elle ne cesse de pleurer. Il y a une question que j'aimerai te poser. Je te prie de me donner une réponse honnête, pour une fois.

— Quelle est cette question ?

— Non, je veux que tu jures ton honneur de dire la vérité. Donne-moi ta main! »

Zipkin se leva en hésitant et prit sa main chaude et moite.

« Me donnes-tu ta parole d'honneur ?

— Parole d'honneur!

— Retourne à ta place et assieds-toi! Je n'aime pas me trouver en face d'une girafe qui me domine de sa taille. »

Zipkin retourna à sa chaise et s'assit.

« L'as-tu amenée ici ? Je veux dire, dans cet apparte ment ? »

Zipkin avalait la pilule.

« Oui, je l'ai fait.

— Et elle s'est assise sur ce lit ?

— J'ai peur de te voir t'évanouir si je te dis tout.

— Me prends-tu pour une mauviette ?

— Bien, elle est venue s'asseoir là. Y a-t-il autre chose que tu aimerais savoir ? »

Le visage de Sabine avait blémi tandis que, à l'instar de son père, ses yeux gardaient une lueur amusée, à peine perceptible. « Dis-moi, crois-tu qu'il existe quelqu'un de plus méprisable que toi ?

— Je n'en ai aucune idée.

— Eh bien, moi si! Sors d'ici et ne reviens jamais! Je ne veux plus entendre parler de toi. Est-ce clair ?

— Assez clair. »

Zipkin se leva pour partir.

« Pas si vite! Je t'ai dit que je te jetterai dehors quand j'en aurai fini avec toi. Quand tout ceci est-il arrivé ?

— Je n'ai pas noté la date. Un certain soir...

— Le concierge vous a-t-il vus ?

— Non, je ne pense pas. La grille était encore ouverte quand nous sommes arrivés ici, mentit Zipkin.

— Et quand est-elle partie ? Le lendemain matin ?

— Non, dans la nuit même.

— Je vais me débarrasser de ce matelas. Du lit également. Aussi incroyable que cela puisse paraître, ce lit me donnait une sensation étrange, dernièrement. Pourquoi avoir agi ainsi ?

— Parce que tu voulais rester vierge.

— Espérais-tu me voir devenir une fille publique, comme elle ?

— Elle n'est pas une fille publique.

— Qu'en pense mon père ?

— Que nous devrions nous marier sur-le-champ.

— Oh! si vite. Ne t'inquiète pas! je te laisserai partir dans une minute. Rappelle-toi! c'est toi qui m'as juré un amour éternel. Tu ne me plaisais même pas au début. Je te prenais pour un poseur. Tu m'avais raconté quel héros tu avais été à Kiev et combien tu t'intéressais aux problèmes de l'humanité. Moi, je ne t'ai jamais menti. Tu savais que je ne croyais pas à l'amour libre. Je pensais que, quelque part en toi, sous toutes ces apparences, il y avait une étincelle d'honnêteté. Eh bien, dis-moi ce que tu envisages de faire maintenant!

— Quitter le pays.

— Avec elle?

— Ne sois pas idiote! En ce qui me concerne, elle n'existe pas.

— Qui donc existe pour toi? Que feras-tu à l'étranger?

— Je n'en sais rien. Me jeter dans mon travail, sans doute.

— Quel genre de travail? Fabriquer des bombes? Faire de l'agitation?

— Non, rien de tout cela. Éclairer le peuple.

— *Toi,* éclairer *les autres?* Voilà qui est drôle! C'est parfait, eh bien, va-t'en maintenant! Je parle sérieusement, cette fois-ci.

— Bonne nuit, Sabine. Pardonne-moi!

— Bonne nuit. Ne reviens jamais me voir! Inutile de m'écrire! Quoi que j'aie pu éprouver pour toi, c'est fini. Quand tu franchiras ce seuil, tu cesseras d'exister pour moi.

— Allons, je te souhaite de rester en bonne santé. »

Sabine ne répondit pas. Elle avait déjà ramassé son livre et repris sa lecture. Zipkin ferma doucement la porte en sortant. Il s'attarda un moment dans le couloir, dans l'espoir d'être rappelé.

« Eh bien, voilà la fin », se dit-il. C'était la deuxième fois qu'on le jetait à la porte.

V

Il n'était pas tard, à peine dix heures du soir. Zipkin sortit par la grille ouverte et alluma une cigarette. Il n'était pas en colère contre Sabine; elle avait agi comme toute jeune femme décente l'aurait fait à sa place. En revanche celle qu'il ne comprenait pas du tout était Clara. Que voulait-elle? Elle savait parfaitement que les Danzinger étaient rentrés chez eux. Quelle furie! Il faudrait l'éviter comme la peste! Zipkin n'avait pas envie de rentrer à son logement. Il avait besoin d'une compagnie. Ayant traversé la rue Karmelicka, il tourna dans la rue Dzielna. Levant les yeux, il vit qu'il y avait de la lumière chez Mirale. On apercevait des ombres se mouvoir derrière le rideau, ce qui signifiait que Mirale avait des invités. Zipkin entra dans l'immeuble. « On dirait vraiment que je suis destiné à consacrer ma vie à l'humanité », marmotta-t-il en montant l'escalier mais, aussitôt, il se demanda ce qu'un matérialiste comme lui pouvait bien vouloir dire par destin. Qui avait fixé ce destin? On avait la tête bourrée de telles pensées extravagantes. « Eh bien, pour moi c'est fini les mensonges. Je suis libre enfin. Voila ce qui arrive quand on ne vit que pour soi-même. » Il éprouvait cette sorte de soulagement momentané qu'on ressent quand on a tout perdu. Il se sentait même physiquement léger et éthéré en quelque sorte. Quelle importance qu'il n'eût même pas de quoi se payer un repas! A partir de maintenant il gagnerait sa vie en travaillant comme précepteur. Il donna trois coups secs sur le mur, signal qu'il n'était pas de la police; aussitôt la porte s'ouvrit.

« Regardez qui vient d'arriver! dit Mirale en tendant sa main.

— Que signifie tout ce bruit ? demanda Zipkin.

— Oh! il y a une grosse discussion en train. Entrez! Ezriel et Aaron se livrent un combat à mort. »

Elle passa son bras sous celui de Zipkin et le conduisit dans l'appartement. La chambre était surchauffée et enfumée. Il y régnait un brouhaha de voix parlant toutes le polonais. Le groupe habituel se trouvait réuni — Ezriel, Aaron, Esther Eisner, Véra Charlap et Sonia Rabinowitch. Les uns buvaient leur thé dans un verre, les autres dans leur soucoupe, à la manière russe. Zipkin entendit Ezriel dire : « Si tu défends cette position, tout est justifiable. Tu dis que Nechayev avait le droit de tuer Ivanov. En vérité, tu es en train de déifier le meurtrier. Il devient le défenseur du peuple. C'est cela même que prêche votre *Catéchisme d'un Révolutionnaire.* Son idole est Bakounine, un vulgaire meurtrier.

— Oh! ainsi Bakounine est un meurtrier! Ceux qui vont pendre des femmes de la classe ouvrière sont aussi innocents que des moutons, je suppose! Tu sais ce qui serait arrivé si les Jacobins n'avaient pas utilisé la guillotine : la révolution aurait échoué et les Bourbons auraient continué à tenir à la gorge la France et l'Europe.

— Napoléon marquait-il un progrès sensible sur Louis ? En outre, la guillotine a fait bien davantage que couper la tête aux Bourbons. Que dis-tu de Danton et de Robespierre ?

— Il y a toujours des erreurs. Tu connais le proverbe : « Quand tu coupes du bois, il faut t'attendre à « recevoir des copeaux. » La Révolution française était inévitable. L'Europe avait besoin d'entrer dans l'ère nouvelle. La Russie n'a pas eu de révolution, aussi qu'en résulte-t-il pour nous ? Perdus dans les ténèbres! Tout ce que nous avons maintenant, nous le devons aux Français : l'Internationale, les grèves en Angleterre, le fait que nous discutons ensemble comme nous le faisons maintenant. Les serfs auraient-ils été affranchis s'il n'y avait pas eu la Révolution française ? Et laisse-moi te dire que nous ne serions pas non plus étudiants à l'université. Toi et moi, à l'heure actuelle, nous serions dans un ghetto.

— Bravo, Aaron! » s'exclama Sonia Rabinowitch en applaudissant. Puis, apercevant soudain Zipkin, elle s'écria : « Voyez notre retardataire! » Tout le monde se tut.

« De quoi parle-t-on au juste ici ? demanda Zipkin.

— Oh! il ne s'agit que du bavardage habituel... répliqua Ezriel. Bien que l'Angleterre n'ait pas eu de révolution, elle possède un parlement. Vos amis défendent une position contradictoire : ils sont à la fois pour et contre la violence. En fait, ils veulent être des nihilistes constitutionnels... Ils tentent sans cesse d'atteindre la grande masse du peuple qui, elle, ne veut rien avoir à faire avec eux. Que font les moujiks aux jeunes femmes envoyées pour les instruire ? Ils les violent. Les hommes sont mis entre les mains de la police. Toute la théorie d'*Obshchtchyna*, prônant qu'il faut se mêler au peuple, est ridicule. Qui sont les vengeurs du peuple ? Rien que des bandits. C'était bien le paysan Komisarov qui captura Karkov, exact ? N'est-ce pas un cas typique de tout le mouvement ?

— D'accord, écoutons ton programme.

— Ne rien faire, à moins de savoir ce qu'il faut faire. Je dis que nous devrions suivre l'injonction du serment d'Hippocrate : ne jamais nuire, seulement apaiser. De quelle utilité étaient les deux dernières insurrections polonaises ? La Commune de Paris a-t-elle été du moindre secours pour quiconque ? Ou encore les Dolgoshunzes ? A qui les Cinquante ont-ils bénéficié ? Que se promet-on de l'exécution de ces prisonniers politiques qui ont été condamnés ? Je comprends parfaitement que, parmi les 193 prisonniers, douze se soient déjà suicidés et trente soient devenus fous. Ces terroristes n'ont simplement pas l'étoffe qu'il faut pour être des révolutionnaires. C'est comme si on vous envoyait un boucher quand vous avez besoin d'un chirurgien. Le gouvernement est décidément bien malade, or la terreur ne peut le remettre d'aplomb. »

Zipkin s'étira de toute sa taille. « A quels bouchers fais-tu donc allusion ? Czernishewski ? Herzen ? Lavrov ? Que suggères-tu exactement, Ezriel ? Qui choisiras-tu pour parrainer la révolution, un groupe de vieilles filles ? Et que dis-tu de ceux qui ont le pouvoir ? Ont-ils obéi au serment d'Hippocrate ? Réfléchissent-ils à deux fois avant de tuer des centaines de milliers de gens ? As-tu lu les révélations récentes sur la guerre turque et les machination des Grandes puissances ? Pourquoi n'écris-tu pas à la noblesse afin de suggérer que tout le monde adopte ce serment ?

— Parce que je ne suis pas complètement fou.

— Non, ce n'est pas la raison. Tu souhaites rester sain et sauf et ne pas aller en prison. Tu dois penser à ta carrière de médecin, or certains existent qui sont disposés à offrir leur vie pour le peuple.

— Ne veux-tu pas devenir médecin toi-même ? De toute manière, sacrifier sa vie ne nourrit pas les affamés. Personne ne mange à sa faim parce que des villes entières sont rasées. De plus, à quels autres fais-tu allusion ? Tu te considères toi-même comme un Russe, Zipkin, or, nous sommes en Pologne. En réalité, ceux qui se trouvent rassemblés dans cette pièce ne sont même pas des sujets polonais : ils sont juifs.

— Juifs ? Pourquoi soulever la question juive ?

— Voyons, que va-t-il arriver aux juifs? Faut-il nous anéantir parce que nous n'avons pas de paysannerie?

— Qui parle d'anéantir? Dans la société nouvelle, les juifs ne resteront pas commerçants et usuriers. Aujourd'hui, le juif est encore du côté des exploiteurs. Il appartient à l'aristocratie terrienne.

— Ceci concerne-t-il également ton propre père?

— Tu devrais avoir honte, Ezriel. Oui, mon père aussi, comme tous les autres. Bien sûr, je suis son fils, n'empêche que je sais mesurer le rôle qu'il joue dans la société. Il n'a été rien d'autre que l'instrument de Radziwill. Le matin, il priait; le reste de la journée, il volait les paysans. Pourquoi les paysans l'aimeraient-ils?

— Et pourquoi serais-tu du côté des paysans? Si les paysans le pouvaient, ils vous tueraient tous les deux, toi et ton père. »

Mirale admonesta son frère : « Ezriel, tes attaques sont trop personnelles. Laisse nos parents et les juifs en dehors de tout ceci! Asseyez-vous Zipkin! Je suis d'accord avec vous. Un parasite est un parasite, même s'il est votre père. Vous prendrez bien un peu de thé, n'est-ce pas? »

VI

Ils continuèrent à boire du thé, manger du pain au fromage et discuter. Zipkin, Ezriel s'en rendit compte, était soudain le plus violent des extrémistes. Il parlait avec enthousiasme de l'assassinat de Trepov par Véra Zasulich. Il y a des moments dans la vie, disait-il, où il est nécessaire de brûler les ponts derrière soi. Il avait un idéal plus élevé que la simple obtention d'un diplôme. Il ridiculisait même ces révolutionnaires qui mettaient tous leurs espoirs dans l'institution d'un parlement. « Que lui arrive-t-il ? s'étonnait Ezriel. Depuis qu'il était à Varsovie, il avait toujours été l'un des plus modérés. En outre, il avait joué le chevalier servant auprès d'une jeune fille riche, aussi avait-il commencé à parler comme un positiviste polonais. Ce changement subit avait-il quelque chose à voir avec Clara ? Mais dans quelle mesure ? » La question soulevée était de savoir si, dans le procès de liquidation de l'aristocratie, on avait le droit de risquer la vie d'innocents. Ezriel protesta que c'était un crime, tandis que tous les autres le contredirent. « On ne peut prendre en considération la vie individuelle quand l'avenir du monde est en jeu », déclara Aaron. Sonia Rabinowitch commenta que celle-ci ne serait pas une guerre en dentelle.

« Dis-moi simplement ceci, dit Mirale à son frère, quand ils combattent, les aristocrates s'occupent-ils de ce que devient le peuple ?

— Avons-nous besoin de suivre leur exemple ?

— Votre frère aimerait qu'on lui présente la libération sur un plateau d'argent avec un napperon de dentelle. » Zipkin plaisantait, n'empêche qu'il y avait un sourire mauvais sur ses lèvres. Il versa un peu de thé dans une soucoupe et il suça un morceau de sucre. Toutes les femmes étaient d'accord avec lui. « Pourquoi ont-elles toutes tellement soif de sang ? » se demanda Ezriel. C'étaient pourtant des juives, membres de cette race qui avait juré de respecter les Dix Commandements. Mirale n'était séparée de leurs parents que d'une génération. Il n'y avait pas tellement longtemps qu'elle lisait encore le livre de prières de leur mère. Quel âge avait-elle ? Ezriel calculait mentalement. Il se souvint de cette journée d'hiver, à Jampol, lorsque Mirale était entrée dans la salle d'études pour lui dire que Calman Jacoby désirait le voir. Maintenant, il passait son temps à disséquer les morts, tandis que Mirale complotait pour tuer les vivants.

« Quand on parle de sacrifice, dit-il, on doit se considérer soi-même comme l'offrande. Supposons, Zipkin, que cette Utopie se soit réalisée, or, pour la mener à bonne fin, tu as dû la payer de ta vie. Les rues résonnent des chants et des rires, tandis que toi tu es couché dans ta tombe. Il n'existe pas de vie après la mort. Après tout, nous ne croyons pas à l'immortalité de l'âme. Quand tu meurs, tu restes mort à jamais.

— Cesse de faire peur aux enfants! Penses-tu donc que la vie soit une si bonne affaire? Que dire alors des soldats qui meurent dans cette guerre? Qui va les conduire au paradis?

— Je ne les ai pas tués.

— Tu es responsable de leur mort à cause de tes idées positives et de ton acceptation de la tyrannie. Tu trembles à la pensée de la souffrance d'un seul pauvre innocent, mais que dis-tu des millions qui meurent de consomption, qui dépérissent en prison, ou qui se balancent au bout de la corde d'une potence? As-tu entendu parler de l'accroissement de la mortalité chez les moujiks? Chaque année, des dizaines de milliers de paysans meurent de faim.

— Il sait tout cela, seulement il préfère l'oublier! s'écria Mirale.

— Comment tout ce que vous dites peut-il me donner le droit de sacrifier mon prochain?

— Qui parle de son prochain? Ceux qui combattent se sacrifient eux-mêmes.

— Tu discutes de toutes ces luttes comme si elles n'avaient jamais existé. Les hommes se sont battus depuis des milliers d'années. Que résulte, en fin de compte, de tous ces massacres?

— La civilisation. Notre monde moderne, avec toutes ses vertus et tous ses défauts. L'humanité a progressé, et non régressé. »

Sonia Rabinowitch applaudit. « Bravo, Zipkin, bravo! »

Pour clore le débat, Ezriel et Aaron commencèrent à jouer aux échecs. Zipkin bavardait avec Sonia Rabinowitch. Esther Eisner arpentait la pièce sur les talons pointus de ses bottines à boutons, en mâchant un morceau de pain. Esther, la femme divorcée, était petite et elle avait un teint basané. Elle avait l'air bien plus jeune que son âge. Elle portait ses cheveux relevés en chignon, de façon assez démodée. On considérait Esther comme une illettrée, bien qu'elle fréquentât des intellectuels et imitât leur jargon. Elle parlait le polonais couramment, en avalant toutefois les dernières syllabes. Sonia Rabinowitch qui avait fait des études secondaires et qui était une lectrice assidue se souciait peu d'Esther et se plaisait à la prendre en faute.

Véra Charlap s'installa auprès d'Ezriel et d'Aaron pour les regarder jouer. Les médecins avaient affirmé à Véra que ses poumons étaient guéris, pourtant elle crachait du sang et elle se sentait fiévreuse par moments. Elle prédisait qu'elle mourrait par un jour pluvieux et qu'aucun de ses amis n'assisterait à son enterrement. Fille de rabbi, elle savait l'hébreu et elle aimait entraîner Ezriel dans des discussions religieuses afin de briller par son érudition de la doctrine juive. Chaque fois que Véra se sentait malade, elle envoyait sa bonne à la recherche d'Ezriel. Elle avait une épaisse chevelure rousse et un visage blanc comme une poupée de porcelaine. Son long cou était toujours entouré d'un rang de perles artificielles.

Véra souffrait du mal du pays, spécialement le jour du shabbat et les jours de fêtes. Elle se réfugiait alors chez Mirale et, s'enveloppant d'un châle de soie brodé de perles, elle se lamentait : « En ce moment, Père est en train de prier et tout le monde est rassemblé à la maison pour chanter les cantiques du shabbat.

Mirale qui dédaignait la religion se fâchait et disait : « Si tu es attirée par ce genre de fanatisme, pourquoi as-tu quitté les tiens ? Retourne chez toi et épouse un érudit talmudique!

— C'est plus facile à dire qu'à faire, Mirale. »

VII

Zipkin s'arrêta devant la bibliothèque pour regarder les livres de Mirale. Il ouvrit un volume au hasard. Quel gâchis! Il avait tout perdu — Sabine et Clara. Pourquoi Clara avait-elle écrit cette lettre? Simplement pour l'ennuyer! Il ne pouvait y avoir d'autre raison. Zipkin se souvint soudain qu'il devait des centaines de roubles à Jacob Danzinger — il n'avait pas la moindre idée à combien s'élevait la somme exacte. Sabine avait raison de l'appeler escroc. Il avait lu un jour, qu'un homme ne rougissait qu'en public. Pourtant, debout à l'ombre du meuble, le dos tourné vers ses amis, il sentait le sang lui monter au visage. Il devait à tout prix rendre cet argent! Maintenant! Tout de suite! Mais comment ? Il ne possédait rien. C'était donc vrai — il était à la fois séducteur et voleur. « Je n'aurais jamais dû accepter leur argent. » Il lui vint soudain l'idée que, dans une situation similaire, Ludwig, le fils de

Radziwill, se serait tué. N'avait-il pas essayé de se suicider après avoir perdu cinq milles roubles au jeu? Zipkin secoua la tête comme s'il voulait se débarrasser de pensées aussi désagréables. « Oui, je suis tombé bien bas. » Il essaya de lire afin d'oublier son malheur pendant quelques instants, mais les mots dansaient devant ses yeux. « Eh bien, je vais me tuer. Au moins, je prouverai que je ne suis pas coupable de malversation. » Il avança d'un pas vers Ezriel et Aaron.

« A qui est-ce de jouer?

— Pas d'indiscret, pas d'indiscret », marmotta Aaron en balançant son corps sur sa chaise.

Ezriel leva la tête et regarda Zipkin du coin de l'œil. Il n'avait jamais aimé cet homme, néanmoins il se refusait à céder à une malveillance mesquine. Clara désirait que Zipkin sache où elle était descendue, aussi Ezriel lui transmettrait-il le message. Cependant Zipkin n'était pas encore sur le point de partir... Ezriel déplaça sa tour et se mordit la lèvre. Il savait qu'il venait de commettre une erreur, mais il avait perdu l'ambition de gagner.

« A toi de jouer! fit remarquer Zipkin.

— Oui, c'est exact. Pourquoi n'es-tu pas venu assister aux cours?

— Au diable l'université!

— Si vite? En as-tu donc fini avec tes études?

— J'en ai fini avec tout.

— Que s'est-il passé? As-tu gagné à la loterie?

— Ou bien j'ai tout gagné ou bien j'ai tout perdu », fit Zipkin sans savoir trop ce qu'il disait. Il lui vint soudain l'idée qu'Ezriel était la cause de son malheur. Si Ezriel ne l'avait pas introduit chez Mirale et dans ce cercle ridicule, il n'aurait jamais rencontré Clara. Non, ce n'était pas Ezriel mais Aaron qui lui avait présenté le premier ce groupe. Voyons, quelle différence cela fait-il ? Ils sont tous une bande d'oisifs.

« Eh bien, je crois qu'il est temps pour moi de partir.

— Un petit instant, Zipkin. J'ai un message pour toi.

— De quoi s'agit-il, Ezriel ? » Zipkin sentit l'appréhension lui nouer la gorge.

« C'est confidentiel. »

Zipkin eut la certitude qu'Ezriel était porteur d'une mauvaise nouvelle. Il allait devoir subir un autre affront. Une véritable haine pour Ezriel, beau-fils de Clara, montait en lui. Il sentit ses mains devenir moites. Probablement ses amis avaient-ils débité des ragots à son sujet, toute la soirée, et lui, idiot incorrigible, était tombé dans le panneau comme un cheval aveugle tombe dans un trou. A haute voix il dit : « Eh bien, écoutons ce grand secret!

— Viens dehors!

— Quel secret avez-vous tous les deux ? demanda Aaron avec étonnement.

— Quand il y a un secret, cherchez le larron! » annonça Véra Charlap traduisant un proverbe yiddish en polonais.

Zipkin prit congé de tout le monde. D'ordinaire il leur serrait la main en partant, aujourd'hui il se contenta de dire simplement : « Eh bien, mesdames, ne me calomniez pas trop! »

Mirale sourit. « Ma foi, il est d'une drôle d'humeur, ce soir.

— Pourquoi êtes-vous aussi exalté et tout rouge ? » demanda Sonia Rabinowitch.

Zipkin sortit, suivi par Ezriel. La conversation dans la pièce cessa. Dès qu'Ezriel eut fermé la porte, Zipkin l'apostropha : « Allons, Ezriel, vide ton sac! Voici mon cœur mis à nu! Plonges-y le poignard!

— Il ne s'agit de rien de tel. Clara est à ta recherche. Elle est à Varsovie.

— Vraiment ? Où est-elle ?

— A l'hôtel Krakowski.

— Où l'as-tu rencontrée ?

— Au restaurant — près de l'université.

— Voilà qui est étrange. Je te remercie, Ezriel. Je voudrais te demander pardon. Je pensais que... »

Zipkin ne termina pas sa phrase. « Bonne nuit. A bientôt! »

Ezriel retourna dans la chambre et à son jeu d'échecs.

Zipkin s'immobilisa dans l'obscurité. C'était donc cela. Elle était à Varsovie. Elle était venue à sa recherche. Il se sentait le cœur plus léger. Des larmes lui venaient aux yeux. Ce n'était pas par amour pour Clara. Il était heureux qu'il existât encore quelqu'un au monde qui pensait à lui. Par surcroît Ezriel, qu'il avait pris pour un ennemi, avait été assez honnête pour lui transmettre le message. Tous n'étaient donc pas corrompus. « Je suis un égoïste pitoyable! » Zipkin fit son mea-culpa. « Je ne pense pas assez aux autres. C'est pourquoi les choses ont tourné de cette manière. » Il fut tenté de ne pas aller voir Clara, mettant ainsi fin à cette liaison. Néanmoins il savait qu'il irait la retrouver. Il espérait qu'elle n'aurait pas encore quitté l'hôtel. Le concierge lui ouvrit la grille. Zipkin lui donna un pourboire de dix groschen. Il marcha d'un pas rapide en fouillant la rue du regard, à la recherche d'un fiacre. « Eh bien, que dois-je faire? Elle est jeune et son mari est vieux. Elle ne l'a jamais aimé... Toute cette institution du mariage n'est qu'un bourbier. » Il accéléra son pas. « Quelle était donc cette bêtise de vouloir brûler les ponts derrière moi? Que ferais-je, en réalité? Partager une terre qui ne m'appartient pas? Devenir bûcheron en été et dormir la tête couchée sur mes bottes ? Tout est si compliqué. »

Levant les yeux, Zipkin s'aperçut avec stupeur qu'il se trouvait déjà devant l'hôtel Krakowski.

VIII

Le hall de l'hôtel était vide. Le chef de la réception habituellement derrière son bureau n'était pas là. Zipkin promena son regard alentour. « Si seulement je savais quelle chambre elle occupe. » Il aperçut le registre de l'hôtel, aussitôt il en tourna les pages en les examinant. Oui, voici sa signature — Clara Jacobowa. Quel était le numéro de sa chambre ? L'employé apparut enfin, un petit homme trapu aux cheveux d'un blond filasse et aux yeux d'albinos. Il était en manches de chemise.

« Qui cherchez-vous ?

— Mme Clara Jacobowa.

— Elle est probablement en train de dormir. Qui êtes-vous ?

— Son frère, dit Zipkin d'emblée, étonné de son propre mensonge.

— Que lui voulez-vous ? Je ne peux pas vous autoriser à monter chez elle, à cette heure-ci.

— C'est très important. Son enfant est malade. Je viens tout juste d'arriver de Jampol. »

Zipkin sortit une pièce de monnaie de sa poche et la remit à l'employé qui la regarda d'un œil soupçonneux, la soupesant dans sa main.

« Elle occupe la chambre 8. Au premier étage. Toutefois elle ne veut pas être dérangée. »

Zipkin monta l'escalier d'un pas rapide. Arrivé

devant la chambre 8, il frappa à la porte. Comme il n'y eut pas de réponse, il donna de grands coups contre le bois.

Enfin il entendit une voix : « Qui est-ce?

— Alexandre. »

Il s'immobilisa en retenant son souffle, les yeux baissés, dressant l'oreille. Il entendit frotter une allumette, puis approcher des pas. Quand elle ouvrit la porte et qu'il l'aperçut, il crut un instant se trouver en face d'une étrangère. Elle semblait vieillie, comme si les quelques jours passés avaient fait d'elle une femme entre deux âges. Ses cheveux étaient cachés sous un filet et sa silhouette dissimulée sous une robe de chambre.

« Je croyais que tu viendrais ici bien plus vite, dit-elle en le regardant tristement.

— Comment aurais-je pu? Je ne savais pas que tu étais à Varsovie.

— Le messager ne t'a donc rien dit?

— Quel messager?

— Je t'ai envoyé un mot. Ne l'as-tu pas reçu? Eh bien, tu ferais mieux d'entrer. »

Dans la chambre une chandelle brûlait dans un chandelier de bronze. Le lit était défait. Un magazine, un croissant et une jarretière étaient éparpillés sur la table. Après un long moment de tension Zipkin dit enfin : « Je t'avais dit que je n'y habitais plus.

— Mais enfin tu ne m'as pas fait connaître ta nouvelle adresse!

— Je n'ai pas reçu ta lettre.

— Qui l'a reçue dans ce cas?

— Les Danzinger.

— L'ont-ils ouverte?

— Oui.

— L'homme qui l'a délivrée a dit qu'il te l'avait remise en main propre.

— Ce n'était pas moi. C'était Zdzislaw, le fils de la maison.
— C'est lui qui a signé le reçu ?
— Sans aucun doute.
— Mais alors, comment as-tu su que j'étais ici ?
— Ezriel me l'a appris.
— Quand ? Où ? Enfin, c'est sans importance. Le fait que j'ai survécu ces jours derniers me prouve que je dois savoir résister à toutes les épreuves. »
Lorsque Zipkin la prit dans ses bras, elle posa sa tête contre sa poitrine en sanglotant doucement. Elle avait les yeux cernés.
« J'ai cru que c'était fini entre nous, dit-elle. Je t'ai attendu jour et nuit. J'en ai presque perdu la raison. Calman m'a quitté. Il est parti chez son gendre, le rabbi. Il m'a abandonnée.
— Étaient-ce ses propres paroles ?
— Il a emporté son manteau d'hiver. Mayer Joel a pris en main toutes les affaires de son beau-père.
— Ah! bon, je comprends.
— De quel droit ont-ils ouvert ta lettre ? demanda Clara. Es-tu fiancé avec cette fille ?
— Cette histoire est finie.
— Je t'avais demandé cet été si tu l'étais, or tu l'avais nié. Pourquoi est-ce fini ? A cause de ma lettre ?
— Je ne l'aime pas.
— Pourtant, vous étiez fiancés ?
— Non, pas vraiment.
— Alors quoi ? Enfin, tout est clair pour moi. Une femme s'éprend d'un homme et, aussitôt, elle a des ennuis. Que vais-je faire maintenant ?
— Rien de plus simple : donne-moi un baiser!
— Alexandre, je suis enceinte. »
Les mains de Zipkin lâchèrent les hanches de la jeune femme.
Il recula d'un pas.

« De qui est l'enfant? demanda-t-il d'une voix subitement changée.

— Tu sais qui est le père de l'enfant.

— Comment peux-tu en être certaine? Tu m'avais dit que tu couchais avec *lui* également. »

Une expression égarée se peignait dans les yeux de Clara. Elle ne savait que répondre.

« Je veux m'en débarrasser, si je peux. C'est une affaire très dangereuse pour moi.

— Pas plus que pour quiconque d'autre.

— Si tu désires que je meure, je mourrai. »

Où est l'autre jarretière? se demandait Zipkin en fixant la table d'un regard absent. Toute cette discussion sur la grossesse et l'avortement avait singulièrement refroidi son ardeur. Son seul désir était de fuir. Zipkin jeta un coup d'œil vers la porte.

« Ne te sauve pas! fit Clara. Assieds-toi! »

En prenant un siège Zipkin aperçut l'autre jarretière sur le tapis; il la souleva de la pointe de sa chaussure. Comme tout était devenu compliqué! Cette histoire le faisait penser à une de ces maladies qui commencent par des reniflements, une petite toux ou des maux de tête et, avant même d'avoir compris son état, le malade est mourant.

Zipkin passa la nuit avec Clara. Il partit de bonne heure le lendemain matin, avant que les domestiques ne se réveillent. En échangeant des baisers et des caresses avec Clara, il lui avait fait toutes sortes de promesses qu'il n'avait nullement l'intention de tenir. Cette femme vulgaire qui couchait avec deux hommes ne serait jamais son épouse, pas plus que son enfant ne recevrait le nom de Zipkin. Avoir une liaison avec Clara était une chose, mais épouser Clara en était une autre. Il lui semblait qu'elle aurait dû s'apercevoir de cette distinction elle-même.

Zipkin devait rencontrer Clara à treize heures chez Semodeny. Il n'avait pas beaucoup dormi, aussi allait-il regagner sa chambre de la rue Dluga. Il s'arrêta dans un café de la rue Bielanska afin de prendre son petit déjeuner. Il était plus fatigué qu'affamé. La serveuse lui apporta un journal en même temps que ses œufs accompagnés de petits pains. Zipkin mangea en feuilletant le journal, s'assoupissant par moments. Clara avait promis de lui payer deux cents roubles d'honoraires pour son travail comme précepteur de Sacha. Zipkin était décidé à envoyer cet argent à Jacob Danzinger, à titre de règlement partiel de sa dette. D'un autre côté, était-il convenable de sa part d'accepter une somme aussi importante pour quelques semaines de travail ?

Zipkin lut un article parlant du concours hippique de l'été. Le journaliste critiquait les Polonais pour leur façon de considérer l'équitation comme un sport vulgaire. A Londres, soulignait ce journal, les dames faisaient du cheval dans les parcs publics; elles allaient même à la chasse, à cheval. Presque tous les articles et les nouvelles de ce quotidien contenaient des allusions à l'Europe occidentale et aux États-Unis. Dans d'autres pays les maisons possédaient des installations sanitaires modernes; les villes importantes avaient de grandes artères, des trottoirs, des caniveaux propres. Ici, à Varsovie, on critiquait une femme qui exerçait le métier de pédiatre. A l'étranger ce phénomène n'était même plus une nouveauté. Dans les villes étrangères des policiers aidaient les écoliers à traverser la rue; les cirques et les maisons de spectacle étaient éclairés à l'électricité; les universités prêtaient des livres aux étudiants. On n'avait pas besoin d'avertir les autorités quand on changeait d'appartement; on n'était pas constamment obligé de montrer ses papiers. Zipkin tourna les pages du journal en bâillant. Oui, ce monde du dehors était vaste, libre et moderne, tandis que lui-même restait enterré en Pologne. « Je dois sortir d'ici avant qu'il ne soit trop tard, pensa Zipkin. J'en ai assez de cette vie provinciale! »

Zipkin avait oublié sa clef et dut frapper à la porte de l'appartement.

« Oh! c'est le professeur, dit la bonne, ouvrant grande la porte. Vous êtes resté dehors toute la nuit!

— Je suis resté chez un ami.

— Dois-je vous apporter votre petit déjeuner?

— J'ai déjà mangé.

— Il y a une lettre pour vous. »

Zipkin entra dans sa chambre et trouva la lettre sur une chaise. Elle était de son père. Bérish Zipkin écrivait que les affaires allaient mal et que sa femme avait eu une crise de coliques néphrétiques. Sonia donnait des leçons. Elle avait ajouté un post-scriptum écrit en russe : « La vie à Varsovie est-elle aussi ennuyeuse qu'ici? Il ne se passe rigoureusement rien dans cette ville. Les jeunes gens n'ont qu'une seule ambition — faire craquer leurs bottes. » Zipkin se coucha tout habillé sur son lit. « Oui, ma chère Sonia, ici aussi on meurt d'ennui, marmotta-t-il. Bien plus que tu ne peux l'imaginer. »

Il s'endormit et rêva qu'il se promenait dans une suite de chambres, toutes construites en bois pétrifié. Des champignons fossilisés poussaient sur les murs et plafonds. Devant lui s'ouvrait un abîme le séparant de l'eau. Il y avait un pont qui surplombait l'eau et une passerelle qui conduisait dans l'abîme. Zipkin était indécis quant à la direction à prendre. Il se cachait de quelqu'un — un informateur ou un agent provocateur. « Non, ils ne me prendront pas vivant, dit Zipkin dans son sommeil. Je me noierai plutôt. » Trente années de vie étaient suffisantes.

Il se réveilla en sursaut. Il pleuvait dehors. Des flots d'eau ruisselaient sur les vitres. De loin parvenait le grondement du tonnerre; Zipkin eut l'impression qu'on remuait des meubles dans une chambre au-dessus de la sienne. Quelques instants plus tard on frappa à la porte. La bonne entra, portant une enveloppe rose. « Ceci a été porté par un messager, dit-elle en restant plantée là avec ses pantoufles usées, dévisageant Zipkin dont les yeux cillaient par manque de sommeil.

— Merci, fit-il en prenant la lettre.

— Ce homme attend votre réponse. » Il y avait une expression ahurie dans les yeux de la fille — l'étonnement de la campagnarde devant la complexité et la trépidation de la vie citadine.

Zipkin reconnut le papier à lettres. La missive était de Sabine. Il décacheta la lettre à l'écriture élégante aux larges boucles :

« Cher Pan Zipkin,

« Des circonstances indépendantes de ma volonté m'obligent à vous écrire. Je n'ai pas un sens très prononcé de la propriété, toujours est-il que vous m'avez emprunté un volume de poésie de Musset. Ce livre est le cadeau d'un ami qui n'est plus de ce monde. S'il vous plaît, rendez-le-moi, le plus tôt possible! Il y a également plusieurs petits problèmes que j'aimerais discuter avec vous. Vous serait-il possible de me rencontrer à seize heures dans la Pâtisserie Spivak? J'ai choisi délibérément une pâtisserie dans la rue Nalewski, de sorte que vous soyez dans l'entourage qui vous convient le mieux. N'oubliez pas le livre!

« Votre dévouée

« Sabine »

Vingt-quatre

I

ON prédisait à Marshinov que, cette année, la ville resterait à moitié vide pour la Rosh Hashana. Reb Shimmon avait quitté Marshinov et s'était installé à Stiktin, entraînant à sa suite les partisans les plus riches de la cour rabbinique. La plupart des gens pensaient que les hassidim restants brilleraient également par leur absence. Les propriétaires des tavernes et des hôtels organisèrent une réunion pour discuter de la situation. Jochanan, selon eux, était un adepte de la procrastination, un guignard. Les bouchers et les poissonniers participaient également à la séance. En vérité, tous ceux dont les moyens d'existence dépendaient de la cour rabbinique étaient venus. Tout le monde s'accordait pour dire que Jochanan avait ruiné l'économie de la ville. Reb Shimmon n'aurait pas abandonné Marshinov si Jochanan s'était davantage intéressé aux affaires de la cour, au lieu de se tremper jour et nuit dans le bain rituel. Bien des suggestions furent émises, entre autres celle de recommander au rabbi de se réconcilier avec Reb Shimmon, si ce premier ne voulait pas que la ville prenne des mesures contre lui-même. Un boucher proposa de chasser Jochanan, à coups de bâton, hors de Marshinov. Quelques-uns se souvenaient de l'histoire d'un rabbi du siècle passé, qui avait été expulsé de la ville dans une charrette tirée par des bœufs, un vendredi précisément, de sorte qu'il se trouvait dans la triste obligation de passer le jour du shabbat sur les routes. Comme de coutume, dans ce genre d'assemblée, après bien des débats et des cris, dans une ambiance surexcitée, la seule décision qui fut arrêtée était de tenir une autre réunion. Que restait-il à faire avec un rabbi déterminé à se détruire lui-même? Marshinov avait bénéficié de nombreuses années de prospérité. Ces temps-là étaient passés; désormais, la chance tournerait en faveur de Stiktin. Néanmoins, tandis que les discussions se poursuivaient, Marshinov se peuplait petit à petit. Plusieurs centaines de juifs étaient arrivés juste à temps pour les premières prières de pénitence. Nombre d'entre eux étaient des hassidim qui venaient à la cour rabbinique pour la première fois. Ceux qui avaient prédit que la maison de prière serait vide se sentaient embarrassés. Chaque train apportait une foule de fidèles. Les cochers ne trouvaient plus de place devant la gare pour ranger leur voiture. Bien des visiteurs allaient à pied, chargés de leurs ballots. Les aubergistes descendaient des paillasses du grenier et ils cuisinaient dans d'énormes marmites. On exigeait de payer d'avance un prix élevé pour le gîte d'une nuit. Les bouchers faisaient le tour des villages pour acheter du bétail. Les poissonniers envoyaient des gentils poser des filets de pêche dans la Vistule. Soudain la ville semblait trop petite pour contenir tous les partisans de Jochanan. Depuis que Marshinov était devenue Marshinov, on n'avait rien vu de tel. Les gens cherchaient vainement une explication.

Jochanan lui-même était inquiet. Il était resté indifférent devant les attaques de sa mère et de ses conseillers qui lui reprochaient d'avoir permis à Reb Shimmon de partir. Il n'avait jamais souhaité être rabbi et il ne pouvait toujours pas comprendre pourquoi on l'avait choisi comme chef spirituel des juifs. A présent que des milliers de fidèles s'étaient rassemblés et qu'on en attendait d'autres, Jochanan était terrifié. Que décrétait le Ciel ? Il se souvint de ce que les Écritures disaient de la vanité : « L'orgueil précède la destruction, et l'esprit superbe la chute. »

Était-ce une autre forme de tentation ? Ou bien était-il l'un de ceux qui ne méritent jamais le paradis mais qui reçoivent leur juste part dans ce monde ? Tandis qu'il priait et étudiait, ses larmes mouillaient les pages des *Deux Tables de l'Alliance.* Oh! combien tout aurait été simple pour lui si son grand-père avait été là pour le guider. Mais son grand-père était monté au ciel où il demeurait parmi les sages célestes, laissant à son petit-fils le lourd fardeau d'une telle filiation. Des milliers de juifs attendaient avec ferveur de Jochanan qu'il priât pour eux. Or, quelles étaient ses bonnes actions lui permettant d'approcher le Seigneur de l'Univers, alors qu'il n'avait que des pensées basses et des ambitions temporelles ? Ne devrait-il pas quitter Marshinov ? se demanda Jochanan. Partir pour l'exil et jeûner et se châtier — se piquer avec des épines en été, se rouler dans la neige en hiver ? S'il était un simple vagabond, personne ne lui rendrait hommage, Tsipele — qu'elle jouisse d'une longue vie! — ne lui servirait pas de soupe ni de lait, n'encouragerait pas ses goûts de luxe.

Aurait-il le courage de s'enfuir ? Avait-il le droit d'abandonner sa communauté parce qu'il était impatient de vivre le martyre ? Non, il n'en avait pas le droit, surtout pas maintenant, à la veille des Grandes

Fêtes. Jochanan sondait son cœur tous les jours. Il avait beaucoup de défauts, mais il avait aussi une grande vertu : il aimait les juifs. La vue des papillotes et des barbes le remplissait de joie. Seule la gêne l'empêchait d'embrasser chaque juif qu'il rencontrait. Son amour pour son peuple était apparemment un don du Ciel. Jochanan empoigna sa barbe. « Dieu tout-puissant, aide-moi! Père du Ciel, nous ne sommes que de faibles humains. Ce que Tu ne nous accordes pas nous ne le possédons pas. »

II

Calman Jacoby était parmi ceux qui venaient à Marshinov pour les Grandes Fêtes. Il conduisait sa voiture lui-même. Il était l'un des premiers arrivés de tous les fidèles. Tsipele sortit en courant à sa rencontre, suivie de deux de ses enfants, Zadok et Zeldele. Gadele, le bébé, était couché dans son berceau. Tsipele, mûre à présent, portait un bonnet sur son crâne rasé. Bien qu'elle ne fût âgée que de vingt-quatre ans, elle avait un fils assez grand pour étudier le Talmud. Zadok était blond. Il avait des yeux clairs. Il portait une culotte, une calotte de velours, un long caftan et des bas montant au genou. En marchant il jouait avec les franges de son écharpe, les roulant autour de son doigt. Zeldele, une enfant gracieuse, ressemblait à sa grand-mère Temerel. Tsipele faillit étouffer son père sous son étreinte. Elle avait désapprouvé son mariage avec Clara... seulement, depuis, elle avait appris combien sa femme l'avait fait souffrir. Son regard exprimait un soulagement mêlé de tristesse quand elle embrassa les bagages que Calman avait apportés : ses livres de prières, sa garde-robe, son manteau de fourrure. Il avait tellement changé depuis qu'elle l'avait vu la dernière fois! A présent sa barbe était presque entièrement grise, et sa silhouette décharnée et courbée.

« Oh! Papa, Papa! s'écria-t-elle en pleurant sans pouvoir ajouter d'autres paroles.

— Voici Zadok, hein? Presque un jeune homme à l'âge de se marier!

— Grand-père! »

Zadok baisa la main de Calman. Zeldele resta timidement en retrait. Un instant plus tard Mendel, le bedeau, et Kaila, la bonne, sortirent de la maison, suivis d'une foule d'étudiants de la yeshiva et de familiers. Puis Jochanan se montra enfin.

« Sholem aleichem, Beau-père!

— Aleichem Sholem, Rabbi.

— Bienvenue à Marshinov! Vous êtes resté trop longtemps loin de nous. Vous nous avez manqué à tous. J'espère que vous êtes en bonne santé.

— Dieu soit loué, oui. »

Jochanan réfréna sa tendance naturelle de demander des nouvelles du reste de la famille de Calman, afin de ne pas avoir à mentionner le nom des femmes. Il ne jeta pas même un regard à Tsipele. En présence d'autres personnes, le rabbi et sa femme ne s'adressaient jamais la parole.

« Comment s'est passé votre voyage? s'enquit Jochanan.

— Dieu merci, bien.

— Les enfants sont émus. Leur grand-père leur a manqué beaucoup.

— J'ai quelques cadeaux pour eux dans la voiture.

— Des cadeaux? Il est écrit que seul celui qui hait les cadeaux a le droit de vivre, dit Jochanan.

— Oh! mais ce ne sont que des enfants!

— Ils doivent être éduqués convenablement, dès le plus jeune âge. « Élève un enfant en le guidant dans « la bonne voie! » disent les sages. »

Jochanan retourna à ses études, après avoir invité Calman à venir le rejoindre, plus tard dans la journée. Tsipele aida son père à porter les bagages à l'intérieur. La chambre mansardée de Calman avait un loquet de bronze et une mezuzah fixée au montant de porte. Calman déballa les cadeaux qu'il avait achetés à Varsovie où il avait fait un arrêt en venant à Marshinov. Pour Tsipele il avait apporté une paire de boucles d'oreilles serties de diamants; pour Zadok, un livre de prières encastré dans du bois de cèdre décoré d'images du Mur des lamentations et de la tombe de Rachel; pour Zeldele, des sucreries et quelques petites babioles. Calman avait même pensé à des cadeaux pour le rabbi et Temerel, laquelle venait d'arriver pour passer les fêtes avec son fils. Afin de faire montre de respect pour son père, Tsipele lui porta elle-même une cruche d'eau, une serviette et une cuvette. En dînant Calman constata que son appétit lui était revenu. On faisait cercle autour de sa table. Il y avait Tsipele et ses enfants, mais aussi bon nombre d'étudiants. Calman se sentait embarrassé. Pourquoi lui faisait-on tant d'honneur? Il n'avait rien d'extraordinaire! Au manoir il avait été traité avec mépris. Il trempa son pain dans le jus de viande tandis que ses yeux se mouillaient.

« Pourquoi ai-je attendu si longtemps? se demanda-t-il. Ici, c'est le paradis, là-bas, c'était l'enfer. »

« Grand-père, y a-t-il vraiment une salamandre chez toi? demanda soudain Zadok.

— Une salamandre? Non, je n'en ai jamais vu une seule.

— Pourquoi pas? Pourtant le feu dans les fours à chaux a brûlé pendant sept ans!

— Pas de façon continue. En outre, les hérétiques nient l'existence des salamandres. Aucun animal ne peut survivre dans un brasier. »

Tsipele se fâcha.

« A quoi bon répéter ce que disent les hérétiques ?

— Ils prétendent — à Dieu ne plaise! — que cette année nous manquerons de cédrats pour la Fête des Tabernacles, dit l'un des familiers en retirant sa pipe de la bouche.

— Pourquoi ?

— A cause des Turcs.

— Mais les cédrats viennent de Grèce, et non de Turquie.

— Les Grecs ne sont-ils pas des Turcs ?

— Non. Les Turcs sont les fils d'Ismaël, et les Grecs les fils de Yavan », répondit Calman. Les étudiants écoutaient en silence. Ici, à Marshinov, Calman passait pour un homme savant. Après avoir rendu grâce, il se retira dans une autre pièce, suivi de sa fille, et il s'installa dans un fauteuil. Tsipele s'assit en face de lui. Son bonnet brodé de perles donnait à son visage juvénile une apparence grave. Sa robe était si longue que les pointes de ses chaussures étaient à peine visibles. Cette jeune femme n'avait plus rien de la Tsipele enjouée que, jadis, Calman avait portée sur ses épaules : à présent elle était l'épouse du rabbi de Marshinov, la mère de trois enfants.

« Oh! Papa, dit-elle, tu ne peux savoir ce que représente pour moi le fait de te revoir enfin.

— Tu m'as manqué, ma fille, toi aussi.

— Je me réveillais la nuit parce que je me faisais des soucis à ton sujet. »

Tsipele demanda des nouvelles de Jochebed, Mayer Joel, Shaindel, Ezriel, aussi de tous les enfants, y compris Senderel. Elle ne fit aucune allusion à

Clara. Soudain Calman pensa à Miriam Lieba. Sa propre fille, femme d'un gredin et mère d'enfants païens, quelle vie était la sienne? Une branche morte arrachée de l'arbre! Pendant des mois Calman n'avait pas une seule fois pensé à elle, et voici que son souvenir lui revenait à l'improviste. Les yeux de Calman se mouillèrent. Tsipele baissa la tête, devinant à qui son père songeait.

III

Les pays dans lesquels les juifs vivaient en exil continuaient à guerroyer les uns contre les autres. Mais pour les juifs, cette période de fêtes était consacrée à la dévotion et à la prière. Riches et pauvres prononçaient les mêmes paroles sacrées; tous assistaient au banquet de Rosh Hashana et mangeaient les plats traditionnels — challah au miel, carottes à l'étuvée, carpe, tête de mouton. Une bénédiction était donnée au-dessus du premier fruit de la saison qu'on goûtait. On choisissait, généralement, de l'ananas ou du raisin. Aucun des juifs de Marshinov ne restait sur sa faim, à Dieu ne plaise! Il est vrai que Mendel, ignorant les instructions du rabbi, veillait à ce que tous les riches que Reb Shimmon n'avait pas entraînés à sa suite fussent assis à table, tandis que les pauvres restaient debout. Quel mal y avait-il à être debout? Lorsqu'on venait voir le rabbi, il fallait s'attendre à être bousculé et poussé; on expiait ses péchés en transpirant. Tant qu'on était à Marshinov, on n'avait pas besoin de se faire des soucis. Un châle de prière était un châle de prière, qu'il fût broché ou non. Bien que Rosh Hashana fût un jour de jugement, Marshinov débordait d'une joie euphorique. Le rabbi priait. Il pleurait. Ses larmes provoquaient l'exultation de la communauté, car il est dit que les anges recueillent les larmes d'un saint dans une outre à vin pour intercéder en faveur des enfants d'Israël quand Satan, l'accusateur, portera des accusations contre ceux-ci. Les prières se poursuivaient pendant deux jours, jusqu'à quatre heures. Comme la salle d'études était archicomble, les jeunes gens flânaient dans le verger, parés de leur châle de prière et de leur calotte.

Des feuilles mortes allaient à la dérive; par-ci, par-là, une pomme, une poire ou une châtaigne tombaient d'un arbre. Le soleil luisait. Une brise froide soufflait des champs. Le rabbi ne manquait pas un seul rite de la liturgie, tandis que les hassidim trouvaient le temps pour discuter les matières compliquées qu'ils étaient en train d'étudier. On voyait des femmes, un peu partout, se promener sur les sentiers et dans l'herbe. Les femmes vieillissantes avaient une robe démodée avec une traîne, un bonnet orné de nœuds et de rubans de satin, une mante de velours garnie de fourrure. De grands anneaux pendaient à leurs oreilles; des colliers ternis, surannés, entouraient leur cou — vestige des joyaux qu'elles avaient partagés, depuis longtemps, entre leurs filles et belles-filles. Elles marchaient à petits pas, avec peine, la silhouette courbée, des livres saints et de grands mouchoirs entre leurs mains, en remuant leurs lèvres, tout absorbées dans leur prière. Toutes sollicitaient la même faveur du ciel : une année de plus à vivre, une existence décente, la compagnie de leurs enfants et petits-enfants, la venue du Messie. Car le jour où le Messie viendrait et les chers disparus ressusciteraient, la mort serait à jamais bannie. Les gens âgés se racontaient que trois hommes et une femme étaient décédés le jour même, à Marshinov, ajoutant que leur mort avait dû être décrétée par le Ciel, au Rosh Hashana précédent.

Les jeunes mères de famille étaient parées d'une pèlerine de soie et d'un bonnet à la mode. Elles marchaient fièrement et d'un pas léger. De petites boucles d'oreilles scintillaient à leurs lobes et des chaînes très fines brillaient à leur gorge. Leurs livres de prières avaient des fermoirs de cuivre ou d'argent et des tranches dorées. Elles portaient des chaussures à haut talon et pointues. Il était difficile de croire que ces créatures à l'air frivole allaient au bain rituel et qu'elles avaient un mari portant barbe et papillotes. Temerel, venue à Marshinov pour observer les fêtes, et sa belle-sœur, Binneleh, femme du rabbi de Chmielev, donnaient la note en matière de mode vestimentaire. Temerel était vêtue d'une robe blanche de satin, brodée de paillettes et bordée de dentelle aux manches. Elle avait noué sous son menton un fichu brodé de pierres précieuses taillées à facettes. Binneleh, fille d'un homme riche, jeune femme au visage lisse et rose, se promenait la tête couverte d'un bonnet en fils d'argent, son corps moulé dans une robe à la dernière mode parisienne. Chacun de ses mouvements découvrait ses escarpins argentés sous l'ourlet de sa robe. Elle portait, dissimulée dans son mouchoir, une minuscule fiole de parfum qu'elle reniflait sans cesse lorsqu'elle était assise dans la synagogue des femmes avec ses odeurs de cire, de poussière et de transpiration.

Le lendemain de Rosh Hashana la plupart des fidèles partirent pour retourner à leurs affaires. Le prestige de Jochanan était pleinement réhabilité. On se répétait ses paroles partout; on le comparait non seulement au rabbi de Pzhysch, mais même au célèbre prédicateur de Kozhenitz. On parlait également beaucoup de Calman. Tout le monde l'avait vu prier au

Mur de l'Orient, vêtu de son châle et de sa robe blanche de pénitent. On avait noté qu'il était resté debout pendant la lecture du rouleau de la Torah. Il avait payé l'hébergement de dix juifs pauvres et il avait été appelé au lutrin, le deuxième jour de fête. Cependant il n'était pas reparti, après les fêtes de Rosh Hashana. On en déduisait que les rapports entre lui et Clara étaient tendus.

Quelques jours plus tard une nouvelle foule de gens arriva à Marshinov pour Yom Kippur. Il y avait une ruée sur les coqs qui seraient sacrifiés, avant la fête, pour la rédemption des péchés. Temerel réserva un coq blanc pour Jochanan. La maison de prière était de nouveau archipleine pendant les prières du soir. De bonne heure le matin précédant Yom Kippur, le rabbi et sa famille se réunirent pour offrir le sacrifice. Gadele était présente également. Tsipele serrait le bébé dans ses bras. Les hommes maintenaient les coqs par les pattes et les balançaient au-dessus de leur tête; les femmes faisaient de même avec les poules. Ce sacrifice qui se terminait par les poulets qu'on mangeait mettait toujours Jochanan en colère, bien que la Torah formule explicitement que les animaux sont créés sur terre pour nourrir l'homme. Aussi a-t-on le droit d'être plus pieux que le Pentateuque? Il est écrit que, quand un animal est tué selon les lois de la kasherouth et que la bénédiction est prononcée avec ferveur, l'esprit de la créature est purifié. Des âmes migrantes, des âmes de saints étaient emprisonnées dans le corps des animaux. Néanmoins Jochanan était tourmenté, en prenant une volaille par ses pattes, de sentir le corps de l'animal trembler dans sa main. Même si les oiseaux n'accomplissaient aucun acte de piété, ils étaient néanmoins innocents de tout péché. Lui, Jochanan, était-il plus digne de vivre que la créature sacrifiée pour lui ? Le sacrificateur, arrivé à l'aube à la cour rabbinique, tuait les volatiles avec un couteau à lame courte. Jochanan se tenait à proximité, la tête baissée, le visage pâle, se souvenant de l'histoire de Caïn et d'Abel ainsi que des paroles : « Et la prééminence de l'homme sur la bête est nulle. » Il se frottait le front. Des milliers de juifs étaient accourus pour qu'il avive leur foi, alors qu'il doutait lui-même.

En vérité, Jochanan éprouvait depuis lontemps de l'aversion pour l'existence physique. Il enviait son père et son grand-père qui s'étaient déjà débarrassés de leur dépouille mortelle, vivant à présent dans les régions célestes.

Vingt-cinq

I

PENDANT la période des fêtes alman n'avait eu aucune envie de quitter Marshinov. Qui l'attendait chez lui? Une femme adultère et un enfant indocile. Il n'était plus jeune. Il était fatigué des affaires. A la fête de Succoth, Calman pria dans la succa et y passa la nuit en compagnie de Jochanan et de son cercle d'intimes. Il faisait bon être couché sous l'édredon de plumes, et regarder les étoiles à travers les branches en guise de toit. Au septième jour de la fête, il resta debout toute la nuit pour prier avec les hassidim. Au huitième jour, il récita la prière de la pluie. Pour Simhath Torah il participa à la première procession célébrant la Torah. Il y avait lontemps qu'il n'avait été aussi heureux. Il dansait avec les autres fidèles et leur offrait du vin et de l'hydromel. Sans être véritablement ivre, tout le monde était légèrement émoustillé. Calman comparait ce plaisir et cette joie retrouvés avec la misère qu'il avait connue aux réceptions de Clara. Il calculait qu'il lui restait assez d'argent pour lui permettre de demeurer pendant cinq ans à

Marshinov. Ensuite, il mettrait son sort entre les mains de Dieu.

Cependant, dès que les Fêtes d'automne furent passées, les hassidim repartirent. La neige commençait à tomber sur Marshinov. La maison de prière restait vide. La cour dehors était si calme qu'on entendait le vent arracher les dernières feuilles des branches. Seuls quelques étudiants de yeshiva et des familiers se manifestaient. Les vieux, après avoir passé tant de jours ensemble dans une harmonie parfaite, devenaient irritables. Ils sommeillaient auprès du feu, ou bien restaient penchés sur leurs livres en suçant leur pipe. Calman s'appliqua à étudier un volume de la Mishnah. Combien d'heures endurerait-il l'étude des livres ?

Il arpentait nerveusement les pièces dans la maison de sa fille. Gadele, le plus jeune des enfants, avait la rougeole. Tsipele ne quittait pas son chevet. La fenêtre de la chambre d'enfant était drapée d'un rideau rouge. Lorsque Calman y entrait, Tsipele posait un doigt sur ses lèvres pour lui indiquer que l'enfant dormait. Calman retournait alors dans sa propre chambre et s'allongeait sur son lit. Mais comment trouver le sommeil quand on n'a rien fait depuis des semaines ? Ce soir-là une pluie battante frappait contre les vitres. Une bonne chaleur rayonnait du poêle. On entendait un bruissement comme si un aimable démon domestique cherchait un abri parmi les vieux chiffons et les plumeaux. Calman savait qu'avec l'approche de Hanukka, Marshinov redeviendrait aussi agréable qu'auparavant. Néanmoins on n'était qu'au début du mois de Heshvan, il restait presque soixante jours jusqu'à Hanukka. Après les prières du soir la bonne apporta une assiette de soupe et un peu de bœuf à Calman, encore qu'il n'eût aucun appétit. Il mit son manteau et sortit dans la nuit. Tispele lui cria après que c'était une folie de sortir par un temps pareil. Calman marcha droit devant lui, sans savoir où il allait. Son manteau de fourrure fut bientôt imbibé d'eau. L'obscurité était presque impénétrable. L'homme solitaire frappait le sol de sa canne tel un aveugle. Enfin, il se trouva devant la gare. Une petite lampe brillait à l'intérieur, mais le guichet était fermé. Aucun train n'arriverait avant des heures, sans doute. Calman se laissa tomber sur un banc, fixant l'obscurité d'un regard vide. N'y avait-il donc aucune place pour lui dans ce monde ?

Il se leva et reprit le chemin du retour. La pluie s'était transformée en neige. Elle tombait dru comme grêle et le frappait de biais. En cheminant péniblement il sentait son visage s'enfler et ses paupières se figer. Il avait traversé de nombreuses tourmentes de neige, il avait passé bien des nuits solitaires en pleine forêt, jamais auparavant il n'avait connu une telle obscurité. Il avait l'impression de marcher depuis des heures. Dans la maison du rabbi une seule lumière brûlait : cette lueur venait de la chambre de Jochanan. Tout le monde semblait s'être retiré pour la nuit. Calman fut sur le point de frapper à la porte de son gendre, puis il changea d'avis : ils n'auraient rien à se dire, tous les deux. Il n'avait pas le droit d'arracher Jochanan, cet homme de Dieu, à l'étude de la Torah.

Il rentra dans sa propre chambre et alluma une chandelle. La lueur vacillante se réfléchissait dans la vitre, renvoyant l'image d'un autre Calman, un double crispé, imitant ses propres mouvements. Calman s'assit sur son lit. La cheminée ronflait. Les bardeaux du toit étaient secoués par le vent. Un souffle glacial passait sous la porte et traversait la chambre. Calman récita la prière rituelle qu'on disait avant de se coucher. Il craignait ne pas pouvoir dormir, pourtant, dès qu'il eut fermé les yeux, il s'assoupit. Clara vint le visiter dans son rêve; elle était nue et elle lui enroulait le corps de ses longs cheveux, en éclatant de rire, comme Lilith. Calman se réveilla, brûlant de désir. Même dans sa jeunesse il n'avait connu un désir aussi impérieux. Il rejeta sa couverture. Se redressant dans son lit il prêta l'oreille. Une souris rongeait les planches du parquet; on aurait dit que cette créature avait une scie à la place des dents. Calman se baissa pour ramasser une de ses bottes et frapper le pied du lit.

« Tiens-toi tranquille, démon! »

II

La neige tombait toujours. Des coups de vent faisaient tourbillonner les flocons blancs. Chaque rafale apportait une bouffée poudreuse. Des amas de neige se formaient. Les bourrasques allaient à la débandade, arrachant les toits de paille dans les hameaux, emmêlant la crinière des chevaux, dénudant les champs sillonnés, balayant sentiers et grandes routes. De temps à autre Calman était aveuglé comme s'il avait reçu une poignée de sel dans les yeux. Par moments, il avait l'impression que des doigts glacials écrasaient ses paupières. Il ne cessait de secouer la neige de ses vêtements. Même à bord d'un traîneau, le trajet aurait été assez pénible. La voiture dérapait constamment et, aussitôt, les chevaux s'arrêtaient net. Calman se souvenait de l'histoire de l'âne de Balaam. Néanmoins, quand on dit aleph, beth suit automatiquement. Quand on s'est mis en chemin, il faut aller jusqu'au bout. Calman, vêtu de son manteau de fourrure, la tête couverte d'un colback, ses bottes bourrées de paille, ergotait tout seul sur son siège de cocher. Il aurait dû rester à Marshinov. Pourquoi partait-il pour Jampol? Qui donc désirait-il voir? Sa femme qui avait couché avec un autre homme? Il est vrai que la Loi autorisait Calman à reprendre la vie commune avec son épouse, selon Reb Alter, rabbi suppléant de Marshinov. Tant qu'il n'y avait pas de témoin pour prouver son adultère, elle était innocente, ou présumée telle. D'un autre côté, Reb Alter avait recommandé qu'au cas où il y aurait le moindre soupçon, il vaudrait mieux, pour un homme de foi, ne pas approcher sa compagne, surtout si celle-ci n'était pas digne de confiance quand elle prétendait pratiquer les ablutions prescrites.

« Hue! A droite! Brrr!... »

Les chutes de neige gagnaient encore en densité. Jampol n'était plus loin, à quinze verstes à peine, pourtant Calman craignait toujours — à Dieu ne plaise! — de perdre sa route. Il entra dans une véritable tempête de neige. Des tourbillons de flocons se pourchassaient à travers la plaine pareils à une ronde de lutins. De temps à autre, toute une volute se dressait comme une colonne blanche de nuées de sauterelles, prête à l'entraîner avec sa voiture et à l'emporter vers l'Océan des Neiges éternelles. Les crins des chevaux alezans étaient tout blancs. Les bêtes paraissaient brusquement vieillies. Leur croupe semblait remuer sur place. La neige s'amoncelant sur les épaules et la coiffe de fourrure de Calman le faisait ressembler à un pain de sucre. Qui sait? Peut-être était-il condamné par le destin à périr dans la tempête? Il avait bien mérité un tel châtiment. Un homme de son âge ne sachant maîtriser son désir méritait la mort. Calman retira une flasque de vodka de sa poche de poitrine et avala une gorgée du liquide. Ce ne serait pas suffisant pour le rendre ivre, au moins l'alcool le réchaufferait-il. Le froid glacial pénétrait sous son manteau de fourrure, jusque sous sa veste. Ses pieds étaient engourdis. Où irait-il ? Au manoir ou au moulin ? Calman cessa de diriger les chevaux, de leur donner de petits coups de cravache pour les faire avancer. Il se concentra pour chercher des signalisations sur son chemin. Çà et là, à travers les arbres, il aperçut la grande route, au loin. Tant qu'il faisait clair, il ne courait pas réellement un danger. Derrière les nuages, le soleil brillait. Des ombres s'allongeaient sur la plaine. Par moments une lueur rouge dansait sur la neige comme l'éclair fugitif d'un coucher de soleil.

Dieu merci, la voiture roulait enfin sur une route forestière il n'était donc plus possible de perdre son chemin. Des sapins bordaient la route. D'épaisses couches de neige, semblables à des chats blancs, couvraient les branches. Déjà l'heure du crépuscule! Dieu me préserve de voir apparaître un voleur de grand chemin de derrière les fourrés! Calman se sentait trop fatigué pour se défendre. Il pria Dieu de venir à son secours, bien qu'il en fût honteux. Les justes qui voyagent dans un dessein innocent n'attirent pas le malheur; or, le but de son propre voyage et sa destination étaient condamnables. Quelle aide pourrait-il espérer ?

La neige continuait à tomber, toutefois moins violemment qu'auparavant. Calman entendit une corneille crailler. Comment ces créatures pouvaient-elles endurer le froid ? Il avait l'impression de passer à travers la neige et l'hiver, depuis des semaines, des mois, des années. La nuit descendait. L'obscurité envahit brusquement la forêt. On aurait dit que, soudain, on avait éteint toutes les lumières dans le ciel. La neige, un instant plus tôt bleutée et scintillant de mille feux de saphir, se couvrait d'un voile noir. La voiture avait des lanternes, malheureusement le verre en était tout givré. Calman avait les doigts tellement gourds qu'il n'arrivait pas à frotter une allumette. Il ne lui restait plus qu'à se fier aux chevaux. Les yeux des animaux sont plus perçants que ceux des hommes. Les bêtes avançaient si lentement que Calman était obligé de leur crier : « Hue! Hue! » Il eut envie de rire. Le voici, à l'âge de soixante ans, en train de courir les plus grands dangers, tout cela pour une femme qui l'avait trahi. Il pensa à Zelda — Dieu garde son âme! Si elle souhaitait qu'il fût puni pour avoir épousé une femme volage, le voir dans une situation aussi pénible devrait être pour elle la meilleure des vengeances.

Au moment où Calman pénétra dans la cour du manoir, les chiens, aboyant furieusement, arrachèrent presque leur chaîne. Apparemment ils avaient oublié leur maître. Enfin, Antoni, le cocher, fit son apparition et, aussitôt, il s'occupa des chevaux. Les bêtes, à moitié gelées, furent conduites dans l'étable et enveloppées de couvertures. Calman descendit de son siège avec beaucoup de peine. Il s'abstint de poser la moindre question concernant Clara en se dirigeant vers la cuisine où un bon feu brûlait dans l'âtre. Quand il retira son manteau, rigide et rond comme un tonneau, celui-ci resta raide sur le plancher. Il détacha les stalactites de sa barbe, ôta ses bottes et essaya de réchauffer ses pieds. Soudain Clara apparut sur le seuil. Elle était chaussée de pantoufles et elle portait un peignoir sans manches sur sa chemise de nuit. Une résille retenait négligemment sa chevelure. « Tu as choisi un drôle de temps pour venir, dit-elle.

— Eh bien, me voilà, répliqua Calman, et bien en vie! Je dois remercier Dieu d'être arrivé sain et sauf. »

Calman avait faim. Malheureusement, en son absence, Clara semblait avoir congédié la cuisinière juive. Il craignait de boire même une tasse de thé. Il s'assit auprès du feu, mâchant un croûton de pain sec, comme un mendiant. Il ajouta quelques morceaux de bois dans l'âtre. Son visage était brûlant. Clara arpentait nerveusement la cuisine.

« Comment va Sacha ? demanda Calman.

— Il est à Varsovie.

— A Varsovie ? Tout seul ?

— Non, il va à l'école.

— Je ne comprends pas le sens de tes paroles, Clara.

— Voyons, ce n'est pas si difficile!

— Mais qui s'occupe de lui ?

— Sa gouvernante, naturellement. J'ai loué un appartement pour lui; j'ai engagé une bonne, également.

— De quelle sorte d'école s'agit-il ?

— C'est une école privée. »

Une école non juive, bien entendu! Je mérite ce qui m'arrive, pensa Calman. Qui d'autre que moi retournerait auprès d'une telle garce ? Sans aucune raison particulière, il jeta un morceau de pain dans le feu. Une pensée puérile lui traversa l'esprit : on aurait dit qu'il venait de faire une offrande sacrificielle. Il s'écarta du feu, de peur que sa barbe ne roussît.

« L'enfant te manque-t-il ? demanda-t-il. Moi, j'en ai d'autres, tandis que toi, tu n'as que lui.

— Il ne restera pas longtemps absent. »

Calman reprit un air pensif. « Quand l'as-tu vu pour la dernière fois ?

— Je vais très souvent à Varsovie. »

A présent tout devenait clair pour Calman. Elle portait un bâtard dans son sein. Elle avait loué un appartement pour elle-même et son amant, aussi s'était-elle trouvé une excuse pour le rejoindre, chaque fois qu'elle en avait envie. Tout en étant en colère, Calman admirait l'astuce de Clara. Sa propre fuite avait remarquablement arrangé ses plans de femme volage. Il savait qu'il ne devrait pas partager la chambre avec elle, cependant aucune des autres pièces n'était chauffée. Il entra dans leur chambre à coucher et s'étendit sur le lit, se couvrant d'un édredon de plumes. Bien qu'il fût très fatigué, il ne put dormir. Clara, restée éveillée elle aussi, toussait sans arrêt. Il décela une provocation dans cette toux. Pourtant il ne regrettait pas son voyage pénible. A Marshinov il avait nourri l'illusion qu'une réconciliation entre eux fût possible. Maintenant l'adultère de sa femme ne faisait plus aucun doute pour lui. Elle avait écarté du foyer son enfant, son fils unique, son héritier. Le garçon mangeait, très probablement, de la nourriture non kasher. Il ne subsistait aucune possibilité pour eux de s'accorder une trêve. Calman se sentait incapable d'absorber une cuillerée de nourriture dans sa propre maison : tout y était impur. Clara était tout autant capable de l'empoisonner. Une fois engagé dans la voie du vice, il n'y a plus de limite à ce qu'un être humain est capable de faire!

« Eh bien, pourquoi restes-tu aussi silencieux? demanda Clara soudain. Il est d'usage qu'un mari qui rentre de voyage raconte à sa femme ce qui s'est passé.

— Que pourrais-je bien te dire?

— Tu ne m'as même pas apporté de cadeau.

— Quelle sorte de cadeau? Il n'y a rien à acheter à Marshinov.

— Tu aurais pu m'envoyer une carte postale. »

Calman était écœuré de cette hypocrisie.

« Je n'avais rien à t'écrire : je n'avais rien à te dire.

— Que t'ai-je donc fait ? Aurais-je noyé tes canards dans l'étang ?

— Mon pire ennemi n'aurait pu me blesser davantage.

— Est-ce ma faute si tu es fou, littéralement obsédé par Zipkin ?

— Je ne suis pas fou.

— Si, tu l'es, Calmanke. Tu devrais consulter un médecin. Tu n'as aucune raison d'être en colère contre moi. L'enfant doit recevoir une éducation. Nous ne pouvons pas le laisser grandir comme un paysan. Si tu désires qu'il ait un précepteur juif, celui-ci ne sera pas difficile à trouver à Varsovie. En ce qui me concerne, Sacha pourra étudier la Torah avec le plus grand des rabbis.

— Il est en train de manger de la nourriture non kasher.

— Pourquoi non kasher ? La bonne est juive.

— Pourquoi as-tu congédié la cuisinière ?

— A cause de toi, Calman. A quoi bon la garder puisque tu n'étais pas ici ? Si tu restes à la maison, te comportant comme un être normal, nous obéirons aux lois. Ton Mayer Joel m'a traitée comme si j'étais une voleuse. Quel rustre, cet homme! »

Calman savait que tout ce qu'elle disait était faux. Rien que des mensonges! Néanmoins son courroux commençait à s'évanouir. La voix de Clara l'apaisait et le caressait. Il avait envie de la battre et de l'étreindre, en même temps. S'il lui cédait maintenant, se disait-il, il serait perdu. Elle l'avilirait. Ce serait comme s'il livrait lui-même son âme à Asmodée.

« Calmanke, prends-moi dans tes bras!

— Je jure devant Dieu que je ne te toucherai plus

jamais! Si je me parjure, que tous les châtiments cités dans le Livre des Malédictions me soient infligés! »

Le lendemain matin Calman quitta le manoir et s'installa dans la petite maison où jadis il avait vécu avec Zelda — qu'elle repose en paix! Il engagea une femme de Jampol comme gouvernante et il commença à vivre seul.

Vingt-six

I

Au moment même où Simhath Torah avec ses danses et ses prières pour la pluie prit fin, l'hiver fit son entrée à Varsovie. Le shabbat où la première partie de la Genèse est lue, neige et grêlons tombaient. Il n'était plus nécessaire, après les fêtes, de démonter les succoth : le vent avait déjà dispersé les branches dans toutes les directions. Les riches propriétaires fonciers allumaient leurs poêles. Ils se promenaient, chaussés de bottes fourrées, vêtus de bonnets de peluche et de manteaux de fourrure. Ils recommandaient à leur femme et leurs servantes de préparer du bouillon chaud avec de l'orge, des champignons séchés et des haricots cuits dans la graisse. La gelée précoce prit les pauvres au dépourvu. D'après les journaux la maladie et la famine sévissaient en Pologne. Il y avait une pénurie de charbon à Varsovie parce que les locomotives ne pouvaient traîner suffisamment de wagons et que les fleuves en crue, inondant le pays, interrompaient les transports. Les nouvelles parvenant de la Galicie et de la Haute-Silésie étaient également mauvaises. A Varsovie, à cause du manque de vitriers, un carreau cassé, souvent, ne pouvait être remplacé, aussi beaucoup de fenêtres étaient-elles clouées de planches. Ne possédant ni chaussures, ni linge de corps, ni vêtements chauds, les enfants tombaient malades. L'hôpital des Enfants-Malades, dans la rue Alexandre, était complet. Impossible de renvoyer les convalescents puisqu'ils n'avaient rien pour se vêtir, aussi se promenaient-ils dans les différents services, au milieu des malades. La nuit, de longues files de personnes sans abri se formaient devant les commissariats. On autorisait ces indigents à dormir à même le plancher, dans les locaux de la police; toutefois, le lendemain matin, ils étaient chassés dehors par n'importe quel temps.

La presse polonaise faisait des appels au grand public. La Chambre du Commerce de Varsovie projetait de donner un bal dont les bénéfices iraient aux pauvres. Bon nombre d'organisations philanthropiques proposaient de mettre sur pied une vente de charité. Des actrices et des chanteuses célèbres, ainsi que des membres d'associations féminines offraient leurs services comme vendeuse ou serveuse aux stands et aux buvettes. Wallenberg fit une importante donation. Néanmoins le nombre de ceux qui avaient besoin d'aide excédait de loin le nombre de ceux qui pouvaient donner. Il était difficile d'établir quels étaient les nécessiteux qui avaient le plus besoin d'une aide urgente. Les paysans avaient mangé leur récolte et, à présent, ils mouraient de faim. Même quelques riches propriétaires varsoviens se trouvaient dans l'impossibilité d'obtenir du combustible pour chauffer leur maison. La plus grande partie du charbon arrivant dans la ville allait aux usines.

La situation était encore pire parmi les juifs. Des cohues de pauvres s'assemblaient devant la maison de la communauté, cependant les bedeaux refusaient de les laisser entrer. La foule en colère pleurait, vociférait, maudissait les hassidim qu'elle accusait de s'allier aux partisans de l'assimilation progressive des immigrants et de livrer ainsi Varsovie aux mains des semi-convertis. Une querelle ouverte faisait rage entre les hassidim et les non-hassidim, depuis que les Russes avaient décrété le port de vêtements modernes. Les non-hassidim voulaient voir tous les juifs adopter la mode européenne : chapeau, pantalon long, chaussures à lacets ou à boutons. On disait que le rabbi de Kotsk était favorable à la mode européenne, or, le rabbi de Gur et ses disciples exigeaient la houppelande russe, le pantalon rentré dans les bottes, le fichu noué autour du cou, la toque russe adaptée au style du pays. Par surcroît, les hassidim, depuis quelque temps, excitaient l'opinion publique contre Reb Yukele, Grand Rabbi de Varsovie. A la mort de celui-ci, aucun nouveau Grand Rabbi ne fut nommé. A la place, un rabbinat intérimaire fut chargé de résoudre les problèmes d'ordre religieux. Parmi ceux venus demander assistance aux maisons de la communauté se trouvaient des personnes en deuil qui gardaient le cadavre chez eux, faute de pouvoir faire face aux dépenses pour une parcelle de terre dans le cimetière, le linceul, le corbillard.

Lucien et Miriam Lieba étaient, eux aussi, sans toit. Lucien avait la possibilité de passer les nuits chez sa maîtresse, la Bobrowska, couturière et veuve d'un acteur. Un vieil ami à elle, Cybulski, directeur d'un petit théâtre, donnait de temps en temps des petits rôles de figurant à Lucien. Félicie avait pratiquement adopté les enfants de Lucien, Wladzio et Marisia. Elle refusait d'héberger également la mère des enfants parce que Miriam Lieba buvait. Celle-ci, d'ailleurs, ne désirait pas devenir une charge pour sa belle-famille.

Ezriel vint à son secours. Il loua une mansarde pour elle, dans la rue Leshno, en face de la place Kercelak. La chambrette avait un poêle en fonte pourvu d'une souche de cheminée. Ezriel acheta un lit (l'ameublement de Lucien avait été vendu aux enchères), un buffet de cuisine et deux chaises. C'était une pièce exiguë au plafond oblique, avec une lucarne haut perchée, telle une petite tête enfoncée dans les épaules d'un bossu. Pour regarder dehors il fallait monter sur un tabouret. L'endroit avait un seul avantage : une entrée privée.

Comme on manquait de charbon, il faisait presque aussi froid dans la chambrette que dans la rue. La vitre était couverte d'une couche de glace. L'eau que Miriam Lieba cherchait à la pompe de la cour gelait dans son seau. Les murs nus et délabrés se couvraient d'une moisissure brunâtre. Bien que Miriam Lieba gardât ses pieds enveloppés d'un gilet, elle n'arrivait pas à se réchauffer. Ezriel lui apportait pain, fromage, harengs, saucisses, sachant qu'elle dépenserait l'argent qu'il lui donnerait en achetant de la vodka. Elle mangeait à peine et elle se lamentait que les denrées qu'Ezriel apportait ne faisaient qu'attirer les souris. Quand il ne venait pas lui rendre visite : il lui manquait; quand il venait : elle lui parlait sur un ton revêche.

« Que veux-tu de moi ? Laisse-moi mourir en paix !

— Miriam Lieba, tu dois te ressaisir.

— A quoi bon ? »

Ezriel tournait en rond dans la chambre, vêtu de son uniforme d'étudiant, le col relevé, les mains rentrées dans les manches de sa veste. Il était lui-même sensible au froid. Ses enfants avaient été malades tout l'hiver. Shaindel avait dû faire appel au médecin. Certains soirs, Ezriel restait assis auprès de Miriam Lieba, couchée sur son lit, et il écoutait ses plaintes.

« Qui peut comprendre les lois de la nature ? » songeait-il alors.

II

Il existait un local de soupe populaire, dans la rue du Fer, où un repas ne coûtait que six groschen. Le menu ne variait jamais : l'éternelle soupe à l'orge dans laquelle nageait une boulette de pâte ou un petit morceau de viande. Du saindoux était utilisé pour la préparation des aliments. Les marmites étaient sur le feu du petit matin jusqu'à une heure tardive du soir. L'endroit était fréquenté par des ouvriers pauvres et des chômeurs. Dès qu'une fournée de clients avait fini de manger, on les pressait de partir pour faire place aux suivants. Les intellectuels s'isolaient du reste de la clientèle. Ils avaient leur « Table des Gentilshommes ». Lucien y prenait son repas de midi, tous les jours. L'un des habitués était Zbigniew Chwalski, ancien propriétaire terrien, qui rejetait la faute de sa ruine sur la libération des serfs, mais qui, en fait, avait perdu sa fortune au jeu. Chwalski, homme grand et lourd, était toujours accompagné de sa femme Katarzyna, petite et mince. Le visage de la jeune femme était aussi desséché qu'une figue, son nez camus continuellement rouge. Tout en mangeant, elle maudissait les tyrans russes, les Français perfides, les nouveaux riches polonais. Elle parlait tout le temps de ce converti, Wallenberg, qui aidait les juifs, qui était un intime des Russes, et qui vivait dans un palace, tandis que des aristocrates polonais étaient contraints de manger la soupe populaire. Les Chwalski n'étaient pas les seuls antisémites à la

« Table des Gentilshommes ». Zhulkowski, portant barbe et toujours vêtu d'un caftan, se montrait même plus véhément qu'eux en abordant ce sujet. Il apportait tous les jours un pot en étain avec lui pour recevoir sa ration. Il le plaçait devant lui, sur la table réservée à la petite noblesse, ajoutant au plat unique de grandes quantités de sel et de poivre, puis il commençait sa diatribe. Selon lui, les francs-maçons et les juifs étaient responsables de tous les maux imaginables. Ils avaient machiné le partage de la Pologne, aussi de saper la foi catholique. En fait, il était impossible de faire la différence entre francs-maçons, protestants et juifs. Tous les mêmes! Disraeli, Bismarck, les Rothschild, Wallenberg, tous recevaient leurs instructions du même grand prêtre maçonnique. Alexandre II était membre secret de la conspiration, c'est pourquoi il avait aboli le servage. Il avait conféré le titre de baron à un juif russe, du nom de Guenzburg. Sarah Bernhardt était non seulement actrice mais aussi agent secret de cette organisation qui se composait de nihilistes, libéraux et communards. La preuve que la Pologne avait touché le fond de l'abîme était que deux juifs, Leventhal et Orgelbrand, se trouvaient à la tête de la principale maison d'édition du pays. Un autre juif, Ungar, était le protecteur de l'art polonais.

Dès que Zhulkowski commençait à parler, un groupe se formait autour de lui. Tôt ou tard il aborderait le thème de l'Ancien Testament. Abraham n'avait-il pas sauvé sa vie en induisant en erreur Abimelech, lui faisant croire que Sarah était la sœur d'Abraham? Isaac n'avait-il pas suivi l'exemple de son père? Jacob n'avait-il pas dépouillé Esaü de son droit d'aînesse? Ses propres frères n'avaient-ils pas vendu Joseph comme esclave? « Par nature, le juif est un lâche et un usurier, un idolâtre du veau d'or, physiquement sale, insolent, obstiné et malhonnête. Son but est de monopoliser les richesses de ce monde. » Zhulkowski citait un écrivain allemand pour démontrer que Caïn était le prototype de tous les juifs. Au début Lucien s'était querellé avec Zhulkowski. Tous les catholiques étaient-ils innocents comme des agneaux ? Les chrétiens ne considéraient-ils pas l'Ancien Testament comme sacré ? Cependant Zhulkowski avait une douzaine de réponses à chaque question et, petit à petit, les deux hommes devinrent amis. Lucien parla de Miriam Lieba à Zhulkowski. Devant un verre de bière, il ébauchait un plan pour cambrioler Wallenberg. Zhulkowski prenait un air critique. Cambriolage ? Vol ? C'était bien là le comportement d'un juif, et non d'un aristocrate polonais. Zhulkowski avait un plan bien meilleur : ils devraient fonder un parti antisémite et publier des livres et des périodiques afin de montrer à la population comment elle se laissait berner. Zhulkowski se référait aux mouvements similaires en Prusse, Hongrie, Roumanie et Russie. Lucien avait-il lu les articles de Lutoslawski ? Avait-il entendu parler de la « Centurie Noire » ? Connaissait-il les essais de Renan sur l'histoire religieuse ? Avait-il lu le texte de la proposition que Victor de Istochy avait faite au parlement hongrois et dont le thème principal était de déporter tous les juifs en Palestine ? Savait-il qu'en Prusse tout le monde disait : « Le juif est notre fléau » ? Même la *Gazeta Polska* avait récemment publié un article attaquant le yiddish, ce jargon qu'on associait étroitement à ce Talmud inique qui enseignait aux juifs comment rouler les chrétiens et profaner l'hostie. Lucien était-il conscient que le juif moderne, partisan de « l'assimilation », était encore plus dangereux que son frère du emps jadis, avec son long caftan et ses papillotes ? Car le dernier, au moins, vivait dans un ghetto, tandis que le premier a fait sa percée dans toutes les couches de la société polonaise et qu'il poursuit son œuvre destructrice.

Assez bizarrement, Zhulkowski se rendait chaque jour, après le repas, chez les libraires et les antiquaires juifs, dans la rue Swietokrzyska, afin de continuer ses discussions avec des clients, dans l'arrière-boutique. Il montait infatigablement l'échelle posée contre les rayons de livres pour bouquiner dans des volumes surannés. Bien qu'il n'achetât jamais rien, les propriétaires juifs le traitaient toujours très respectueusement. Il abordait des sujets hautement intellectuels avec les vendeuses juives. Il leur empruntait même des livres. Pendant des années, Adam Zhulkowski avait compilé des matériaux pour quelque œuvre importante. Sa haine des juifs avait commencé quand son manuscrit avait été refusé par l'éditeur Leventhal. Les éditeurs catholiques avaient également renvoyé ses essais. Or, selon la théorie de Zhulkowski, ils avaient été influencés par l'opinion des juifs.

III

Lucien en était arrivé à ne plus pouvoir se débarrasser de l'idée d'un meurtre. La nuit du samedi, quand il rendait visite à Miriam Lieba, il parlait sans cesse de son intention de se débarrasser de la Bobrowska. Lucien ne manquait jamais d'apporter une bouteille de vodka, un peu de nourriture, un petit seau de charbon et un fagot de bois d'allumage. Il allumait le poêle en fonte, se pelotonnait sous la couverture contre Miriam Lieba, éteignait la lampe, puis il pérorait pendant des heures : il volerait Wallenberg, il tuerait la Bobrowska, ensuite il s'enfuirait en Sicile ou en Corse avec Miriam Lieba et Kasia. Bien que ses paroles ne fussent que les divagations d'un ivrogne, Miriam Lieba constatait combien celles-ci l'excitaient. Il était incapable de faire l'amour sans avoir fait cet exposé. Tout en parlant il lui arrivait de brandir son pistolet, de poser le canon sur le front de Miriam Lieba et de dire : « Chérie, est-ce que je tire ?

— Vas-y, tire!

— Tu serais tuée sur le coup.

— Le plus tôt sera le mieux. »

Quand il était avec la Bobrowska, Lucien parlait de tuer Miriam Lieba. Contrairement à Miriam Lieba qui voulait ignorer les singeries de son mari, la Bobrowska le poussait à tuer sa femme, disant qu'elle avait envie de la tuer elle-même avec un couteau, et non d'un coup de pistolet. Comme un vampire, elle sucerait le sang qui coulerait de la gorge de la victime. Lorsque Miriam Lieba serait agonisante, elle coucherait avec Lucien. Quoiqu'elle ne fût qu'une petite couturière, elle était de descendance noble. Elle se vantait d'avoir vu son grand-père fouetter des paysans à mort. Elle racontait comment, au cours de l'insurrection de 1863, des officiers cosaques avaient usé de la flagellation pour exacerber la passion sexuelle des femmes aristocrates. Au matin Lucien et la Bobrowska se racontaient mutuellement leurs rêves.

Lucien n'avait pas la possibilité de voir Kasia aussi souvent qu'il le désirait. Il ne pouvait lui rendre visite que lorsque son patron, Pan Chodzinski, était au bain de vapeur. Il commençait à envisager de tuer Chodzinski également. Il demanda à Kasia où le vieillard gardait son argent.

« A quoi bon en parler, répliqua Kasia. Tu ne le tueras pas.

— Comment peux-tu en être aussi certaine?

— Tout simplement parce que tu n'as rien d'un tueur.

— Tu te trompes. Je vais achever ce vieux chien.

— Pourquoi? Il mourra de toute manière.

— Je veux son argent.

— Tu le tuerais pour rien, car tu ne trouverais rien. Personne ne sait où il cache son magot. »

Bien que Kasia fût trop saine et trop naïve pour apprécier, à leur juste valeur, les perversités de Lucien, celui-ci continuait à lui demander si elle n'était pas jalouse ni de sa femme ni de la Bobrowska. N'aimerait-elle pas se venger de la Bobrowska? Comment s'y prendrait-elle? Il s'employait à lui faire dire certains mots et il la réduisait à se soumettre à ses goûts pervers. Il obtenait, à force de cajoleries, qu'elle lui donnât de l'argent. Lucien avait atteint une nouvelle déchéance et il en était conscient : il était sans travail; ses enfants lui avaient été enlevés par sa sœur; il mangeait la soupe populaire; il vivait aux crochets de la Bobrowska; il lambinait dans les coulisses des théâtres, en attente de décrocher un rôle de figurant. La seule chose qui le sauvait de la déchéance complète était son aspect physique. Cependant, même les efforts qu'il faisait pour être présentable devenaient de plus en plus difficiles. Le logement de la Bobrowska était infesté de vermine. En dépit de l'eau bouillante qu'on versait dans les fissures des boiseries et malgré le poison qu'on répandait un peu partout, il était impossible d'exterminer les punaises. Miriam Lieba réussissait à être modérément propre, n'empêche qu'elle couchait sur un édredon déchiré dont les plumes s'éparpillaient partout dans le logement. La Bobrowska lavait le linge de Lucien et, de temps à autre, elle repassait son costume, mais ses pantalons et ses vestes, ainsi que son linge de corps étaient usés et avaient besoin d'être renouvelés.

La fureur de Lucien avait atteint un tel degré qu'il n'avait plus la force de la réprimer. Qu'il fût éveillé ou endormi, il divaguait continuellement. Le matin il se réveillait fatigué et il ne pensait qu'à se recoucher. Il ne cessait de bâiller et de s'étirer. Autrefois il avait aimé un temps froid, à présent il ne pouvait plus le supporter. Son imagination le transportait dans quelque plantation des îles, ou en Amérique du Sud où les indigènes peinaient sur leur besogne tandis que lui-même était assis à l'ombre en buvant du vin. Des pensées sur l'amour et le meurtre ne le quittaient jamais. Il s'avérait incapable de s'accommoder de la vie quotidienne. On aurait presque dit qu'il était englouti par ses rêves de mégalomane.

IV

Pan Chodzinski, l'homme pour qui Kasia travaillait, partit pour Grodzisk afin de passer la Noël avec sa sœur. Il devait rester absent plusieurs jours, peut-être bien jusqu'après le Nouvel An. Kasia était chargée de prendre soin de la maison. Chodzinski avait fait un arrangement avec un voisin, cordonnier, pour qu'elle prît ses repas de fêtes chez lui : il estimait qu'une jeune fille ne doit pas être abandonnée à elle-même pendant cette période où la joie règne. Chodzinski avait acheté un arbre de Noël, n'empêche qu'il interdit les bougies pour la décoration, de crainte que son appartement ne prenne feu. Il n'autorisait pas davantage Kasia à se rendre à l'église parce que trop de voleurs rôdaient dans les environs, au moment des fêtes. Il lui défendait tout particulièrement d'assister à la Messe de Minuit. Kasia était contente que son patron fût parti. En dépit de son impotence il la poursuivait en la tourmentant. Bolek, le jeune fils de Kasia, était en nourrice chez une femme qui habitait presque tout au bout de l'avenue Dzika, près du cimetière catholique. Kasia payait un rouble par semaine pour la pension de l'enfant, treize roubles par trimestre. Tout ce qu'elle gagnait en cette même période se chiffrait à cinq roubles. Elle s'arrangeait pour réunir à grand-peine la somme nécessaire en vendant des os, des épluchures de pommes de terre, les présents que Chodzinski lui offrait, ajoutant les quelques pièces de monnaie que Lucien lui donnait au compte-gouttes. Même le dimanche, le jour de sortie de Kasia, Chodzinski l'obligeait à l'accompagner à l'église. A présent que Chodzinski ne tournait plus autour d'elle, Kasia pouvait jouer son rôle de mère pendant quelques jours. Lucien pouvait de nouveau lui rendre visite librement. Dernièrement elle n'avait guère eu l'occasion de le voir, parce que Chodzinski avait cessé de se rendre régulièrement, le même jour chaque semaine, au bain de vapeur. Parfois il sautait une semaine. Tout comme son patron, les jeunes gens de la rue Chmielna ignoraient que Kasia avait un amant et un enfant, aussi la poursuivaient-ils comme des chiens une chienne. Mais Kasia ne pensait qu'à Lucien. Bien que Lucien vînt de sortir des bras d'une autre femme quand il arrivait chez elle, sa visite représentait toujours une fête pour Kasia. Elle le régalait avec des galettes et de la confiture qu'elle prenait dans le garde-manger de Chodzinski. Lucien ne lui cachait rien : il lui racontait tous ses péchés, il lui révélait ses pensées les plus intimes. Elle ne comprenait pas grand-chose aux bavardages de son amant, pourtant elle aimait l'écouter parler. Souvent elle le prenait en flagrant délit de mensonge, mais c'était sans importance. Les hommes aimaient bien se vanter. Quoiqu'il fût bien plus âgé qu'elle, Kasia le considérait comme un enfant. Il babillait comme Bolek, riait et grimaçait exactement comme le bambin. Parfois il menaçait de tuer Chodzinski, d'étrangler la Bobrowska, de se débarrasser de sa femme, la juive, ou simplement de se suicider après avoir tué Kasia. A quoi rimaient toutes ces parlottes? Jusqu'ici, le seul auquel il faisait du tort était lui-même. Kasia ne craignait qu'une chose — tomber de nouveau enceinte. Or, Lucien avait appris un moyen d'empêcher la conception. Dieu merci, elle avait ses règles régulièrement! En dépit de sa pauvreté elle déposait chaque mois un groschen dans le tronc de l'église et elle brûlait un cierge devant l'autel de son saint patron.

Pendant l'absence de Chodzinski Kasia avait la possibilité de passer quelques nuits avec Lucien. Lucien lui avait promis d'acheter des cadeaux pour le garçonnet et d'emmener Kasia à bord d'un fiacre jusqu'à Powazek. Lucien n'avait pas revu Antek depuis des années, cependant ils s'étaient mis d'accord pour rendre ensemble visite à Bolek. Quelle chose étrange que son ancien ennemi allait devenir son beau-père, le grand-père de Bolek! Antek avait une femme à présent, et il avait trouvé enfin du travail. On construisait beaucoup de maisons nouvelles à Varsovie, aussi était-il devenu maçon. Il gagnait sept roubles par semaine, parfois même jusqu'à dix roubles.

Lucien avait été tout à fait sincère en faisant ces promesses à Kasia. Malheureusement, Félicie, avec son âme chrétienne, avait persuadé son mari d'inviter Lucien et sa femme pour le repas du réveillon de Noël. Tout d'abord Zawacki était resté obstinément hostile à cette idée. Il n'avait nulle envie de recevoir son beau-frère hâbleur et sa femme psychopathe. Avec tout cela Félicie avait les yeux rouges à force de pleurer. Après tout, Lucien était son frère. D'autre part, les enfants demandaient à voir leurs parents. Félicie n'avait pas le cœur de priver ces petits anges de leurs père et mère. Après bien des discussions Zawacki céda. Félicie envoya des vêtements et quinze roubles en espèces à sa belle-sœur afin que Miriam Lieba eût les moyens d'être présentable. Félicie écrivit également une lettre à Lucien, le priant d'accompagner sa femme et de se conduire comme un gentleman, au moins pendant Noël.

Miriam Lieba donna à Lucien la lettre que Félicie lui avait envoyée, et trois roubles sur les quinze qu'elle avait reçus. Il avait besoin d'avoir un peu de monnaie dans sa poche. Puis Miriam Lieba demanda à Lucien de jurer sur le crucifix qu'il l'accompagnerait chez sa sœur, quelque mauvaise que fût son opinion de Félicie. Pour comble de malheur, la Bobrowska annonça qu'elle projetait de donner un dîner pour célébrer la naissance de Dieu, ajoutant que, si Lucien la décevait à cette occasion, elle n'aurait plus rien à faire avec lui. Elle savait que Chodzinski allait s'absenter, aussi suggéra-t-elle à Lucien d'amener Kasia chez elle. Pourquoi la jeune fille resterait-elle seule, un tel jour de fête? La Bobrowska était trop vieille et trop maligne pour se montrer jalouse. En vérité, elle désirait depuis longtemps d'avoir cette jeunesse pleine de fraîcheur auprès d'elle, de bavarder et de boire de la vodka avec elle. Plus tard le trio pourrait terminer la soirée à la manière que Lucien avait suggérée.

Comment Lucien allait-il convaincre Kasia de venir chez la Bobrowska alors que Chodzinski avait même interdit à la jeune fille d'assister à la Messe de Minuit ? De plus, le patron de Kasia s'était arrangé avec le cordonnier pour le repas du réveillon. Comment pourrait-il célébrer le réveillon de Noël avec sa bien-aimée puisqu'il devait accompagner sa femme chez sa sœur Félicie ? Comment, d'un autre côté, serait-il possible d'inspirer à Kasia de l'amitié pour la Bobrowska du moment que Kasia la haïssait, l'appelait folle, catin, ou pire ? Lucien avait un autre plan en tête, toutefois les obstacles pour le réaliser étaient nombreux. Oui, il était pris à son propre piège, même le diable n'y échapperait pas. Habituellement les mensonges de Lucien lui permettaient de se sortir des situations les plus fâcheuses, mais cette fois, on aurait dit que le gâchis qu'il avait préparé allait l'étouffer. Néanmoins Lucien avait souvent observé que, si on garde la tête froide, on trouve toujours une issue, ou alors quelque chance inespérée offre une solution. C'est exactement ce qui se produisit. En dépit du sentiment de son impuissance Lucien était heureux. L'ange qui veillait sur lui le tirerait de toutes les complications.

Il se trouva que la femme du cordonnier, chez qui Kasia devait réveillonner, vint dire à la jeune fille qu'après tout elle ne pourrait la recevoir à dîner. La superstition voulait que, s'il y a un nombre impair d'invités au réveillon de Noël, l'une des personnes présentes mourra avant la fin de l'année. La famille du cordonnier se composait de huit membres, aussi ne pourrait-elle accepter Kasia, hôte payant, que si Pan Chodzinski était disposé à payer deux couverts au lieu d'un seul. Or, Chodzinski était connu dans le voisinage pour être un vieux grigou. La femme du cordonnier était sans illusion : le vieillard ne paierait pas la moindre somme pour Kasia. Le concierge s'offrit alors de recevoir Kasia chez lui, mais la jeune fille détestait le concierge et sa maisonnée. Cette famille nombreuse était à l'étroit dans une minuscule chambre où on faisait même la lessive : avec un arbre de Noël dedans, par-dessus le marché, même une épingle n'y entrerait plus. En outre, le concierge avait un chien, à moitié aveugle, qui aboyait et mordait. Manger chez le concierge était hors de question. Pan Chodzinski avait pris la diligence, à trois heures, le jour du réveillon. Lucien arriva chez Kasia vers trois heures et demie, apportant une bouteille de liqueur et un sac plein de gâteaux. Kasia lui raconta ce qui s'était passé et Lucien la consola. On aurait dit que la providence elle-même travaillait pour lui. S'installant avec la jeune fille dans la cuisine, il remplit deux verres. Kasia grimaça. La liqueur était trop forte. Lucien se moqua d'elle : « Tu appelles ça de la liqueur? C'est de l'eau! » Après le troisième verre Kasia cessa de faire la grimace. Ses yeux pétillaient. Son nez retroussé était rouge. Elle commença à marmotter qu'elle se soûlerait pour oublier ses embêtements. Lucien l'embrassa, l'étreignit et la caressa. Il n'était pas ivre, mais il fit semblant. Il jouait à leur ancien jeu, se disant son époux, son seigneur et maître. Elle devrait faire tout ce qu'il lui dirait, même s'il lui ordonnait de se jeter dans la Vistule. Soudain, il dit : « Habille-toi en vitesse! Viens avec moi!

— Où? Je n'ai pas le droit de quitter l'appartement.

— Que l'appartement aille au diable!

— Où veux-tu m'emmener? Le vieux me tuera!

— Si la vieille canaille lève la main sur toi, je la lui trancherai d'un coup de couteau! »

Kasia marmotta quelque chose concernant son

devoir, les voleurs, le concierge, pourtant Lucien lui assura qu'il assumerait toute la responsabilité de sa fugue. Kasia boutonna ses chaussures, revêtit sa robe du dimanche et jeta un châle sur ses épaules. Lucien sortait rarement avec Kasia. Aux quelques occasions exceptionnelles qu'il l'avait emmenée en promenade ou pour rendre visite à leur enfant, il l'avait attendue au bout de la rue du Fer. Cette fois, il ne prit aucune précaution pour se cacher. Tous les voisins de l'immeuble étaient déjà ivres. Pour la jeune fille, le fait que Lucien sortît ouvertement avec elle était une preuve de l'attachement de son amant. Il n'avait plus honte d'elle. Kasia eut peine à trouver la serrure, aussi Lucien l'aida-t-il à verrouiller la porte. Il glissa la clef dans sa propre poche. Pour écarter les soupçons de Kasia, il lui raconta qu'il avait acheté une épée pour Bolek. Ils se promenèrent bras dessus, bras dessous, comme un couple de la bonne société. Il la conduisit vers la rue du Fer. Kasia demanda : « Où m'emmènes-tu ?

— Chez Baba Yaga, dans son chaudron.

— Oh! sois donc sérieux.

— Je te conduis dans un bordel et je te confierai à un entremetteur. »

Quand Kasia comprit qu'il l'emmenait chez la Bobrowska, elle se récria d'indignation. Elle essaya même de s'enfuir. Lucien la retint d'une main ferme. « Ne sois pas idiote! Cette femme a bon cœur et, de plus, une âme maternelle. Si tu n'es pas heureuse chez elle, tu pourras partir quand tu voudras. Elle n'a pas l'habitude de manger les gens... »

Il rappela à Kasia qu'elle lui avait promis de lui obéir aveuglément. Il murmura quelque chose touchant sa sainte mère, Stachowa. Il lui donna même une petite bourrade dans les côtes, lui faisant comprendre qu'il n'était pas content et qu'il serait dangereux de le contrarier. Avant de pénétrer dans la maison de Bobrowska, il sortit la bouteille de liqueur de sa poche et il en offrit une rasade à Kasia.

« Prends-en une bonne...! »

La chambre de la Bobrowska était à moitié balayée quand Lucien entra avec Kasia. De la sciure de bois était répandue sur le plancher. Dans le coin de la fenêtre se dressaient trois chandelles, chacune de couleur différente, symbolisant la Trinité. L'arbre de Noël était déjà décoré d'ornements et de guirlandes. Une odeur de carpe, de gâteaux, de légumes et de gingembre embaumait le logement. La Bobrowska était encore en jupon. Elle faisait plusieurs choses à la fois — cuisiner, confectionner de la pâtisserie, ourler une robe. Sur la table se trouvait un fer à repasser rempli de charbon de bois ardent. Le logement surchauffé était plein de vapeur. Le perroquet poussait des cris perçants d'une voix humaine. Le visage rouge et en sueur de la Bobrowska s'illumina d'un sourire. Bien que Lucien eût promis d'emmener Kasia, la Bobrowska, depuis le temps, avait appris qu'on ne pouvait compter sur la parole de son amant. Quelle surprise de le voir avec la jeune fille devant elle! La Bobrowska avait déjà bu plusieurs verres. Elle se lança au cou de Kasia, l'étreignit, l'embrassa sur les deux joues et s'écria d'une voix chantante : « Ne dites rien! Je sais tout ce qu'il faut savoir. Enlevez votre châle! »

Lucien hésita un instant avant de dire : « Je dois sortir de nouveau.

— Pour aller où? demanda la Bobrowska avec méfiance. Il fera sombre bientôt.

— Je crains d'être un peu en retard pour dîner.

— Où veux-tu aller? Que t'arrive-t-il? J'avais envisagé d'inviter mon voisin afin que nous ne formions pas un nombre impair à table.

— Tu n'auras pas besoin de le faire. Je ne resterai pas pour dîner. »

Les yeux verts de la Bobrowska lançaient des éclairs. « Tu t'es gaussé de moi, hein ? A quoi bon ai-je fait tous ces préparatifs ? Pourquoi as-tu amené cette gamine ici si tu avais l'intention de courir rejoindre ta femme ?

— Elzbieta, je reviendrai plus tard. Je ne peux pas me couper en morceaux. En attendant, faites connaissance toutes les deux! »

Lucien siffla de soulagement et claqua la porte en sortant. La Bobrowska l'écouta dévaler l'escalier. Elle sembla clouée au sol pendant un bon bout de temps. Puis, soudain, elle cria hors d'elle : « Espèce de fou! Maniaque! Parasite! Chien! » Elle ouvrit la porte comme si elle voulait lui courir après, mais au lieu de se lancer dans la cage d'escalier elle se tourna vers Kasia et lui ordonna : « Enlevez votre châle! Vous restez ici...! »

V

De la rue du Fer, Lucien rejoignit, au pas de course, la rue Leshno, en direction de la place Kercelak. Il ne neigeait plus, une sorte de bruine aux grains invisibles et piquants tombait du ciel. Même à cette heure tardive, on vendait encore des arbres de Noël. Les trottoirs étaient couverts d'aiguilles de pin et encombrés d'une véritable forêt hivernale. Les boutiques vendaient des petits sablés en forme d'étoiles, de croix, d'images de saints avec des ailes, la tête entourée d'une auréole. Des bougies en couleur, des boules scintillantes et toutes sortes de guirlandes pour la décoration des arbres étaient exposées dans les vitrines. De la paille à placer sous les nappes et des épis de blé à mettre dans l'angle des pièces étaient également en vente. Des fêtards ivres titubaient dans la rue, en bêlant leur mélopée d'une voix rauque. Les petits chanteurs du chœur de l'église, revêtus de mosette et capuchon, passaient en rang. Lucien courait à toutes jambes. Ayant peu mangé, ces jours derniers, il se sentait léger et comme gonflé d'air. Généralement il se couchait très irrité et il se levait dans ce même état d'exaspération. En lui, quelque chose palpitait constamment comme si son cœur se balançait au bout d'un fil. Il s'était fait couper les cheveux pour la fête de Noël; la Bobrowska avait détaché ses vêtements; ses chaussures habillées avaient été partiellement ressemelées. Avec son chapeau melon audacieusement posé sur l'oreille, son col impeccable, son châle de laine et ses chaussures bien cirées, il avait toujours l'air d'un dandy. Il n'avait pas voulu faire honte, par son aspect misérable, à Félicie. Quand il arriva devant la mansarde de sa femme et qu'il ouvrit la porte il se trouva en face d'une Miriam Lieba transformée. Coiffée et vêtue presque à la perfection, moulée dans une jupe un peu trop courte — Félicie était plus petite qu'elle —, Miriam Lieba l'attendait, un chapeau sur la tête, les épaules couvertes d'une étole de fourrure. Elle portait les boucles d'oreilles que la tante de Lucien, Eugénie — que son âme repose au paradis! —, lui avait données comme présent de mariage. Elle semblait avoir poudré son visage et appliqué une touche de rouge sur ses joues, car elle avait le teint moins blême que d'habitude. Lucien la fixa d'un regard surpris. Pendant tout l'hiver il ne l'avait vue autrement que vêtue de sa chemise de nuit et constamment emmitouflée dans un gros châle. Lucien constata qu'elle était toujours aussi jolie. Dieu, qu'avait-il fait de cette femme!

Il dit : « Sincèrement, tu es merveilleuse!

— Ne te gêne pas, moque-toi de moi!

— Non, chérie, c'est la vérité.

— Oh! ma toux m'étouffe », dit Miriam Lieba, aussitôt obligée de tousser dans son mouchoir. Elle mit une veste de peluche usée. Sur le lit se trouvaient un vieux manchon et plusieurs petites boîtes et pochettes.

« Qu'est-ce que c'est ?

— Des étoiles pour les enfants. J'ai également acheté quelque chose pour les adultes. Tu oublies, Lucien, que tu es père.

— Non, je ne l'oublie pas. Viens, il commence à être tard!

— Je ne sais pas marcher dans ces chaussures. Nous serons obligés de louer un traîneau.

— Te reste-t-il de l'argent ? »

Ils additionnèrent la monnaie qui leur restait. Miriam Lieba verrouilla la porte. Ils descendirent l'escalier dont les marches étaient crasseuses. L'odeur de poisson se dégageait de tous les logements. Miriam Lieba se souvint, soudain, des veilles de Pâques à Jampol. Combien tout avait été différent en ce temps-là qui semblait si lointain!... Un locataire, portant un arbre de Noël, leur bloqua le passage. Il leur fallut attendre longtemps pour trouver un traîneau. Miriam Lieba s'installa. Lucien, jouant le chevalier servant, la couvrit du pan de son manteau en peau de mouton. Par moments, le traîneau dérapait sur la route glissante et Miriam Lieba faillit être projetée dehors. Elle se cramponna au bras de Lucien. Depuis combien de temps n'avait-elle vu ses enfants? Elle ne les avait pas revus depuis la fin de l'été! En réalité, elle n'était pas sortie pendant tout l'hiver. Elle était restée enfermée chez elle, en mourant de froid, pareille à ces patriotes polonais qui languissaient quelque part dans les toundras sibériennes. S'il n'y avait pas eu Ezriel, elle aurait été complètement isolée du monde. Toussant au point de s'étrangler, elle suçait un morceau de sucre candi. Oui, Félicie avait une âme chrétienne, cependant il n'était pas facile pour Miriam Lieba de rendre visite à ses propres enfants, comme si elle vivait en paria. Le cocher traversa la rue du Fer pour s'engager dans la rue Kreditowa. Ils passèrent devant la maison de la Bobrowska. Ensuite, ils tournèrent dans la rue Grzybowska et, de là, ils se dirigèrent vers la rue Krolewska. Miriam Lieba avait du mal à croire que le monde était toujours plein de gens qui s'habillaient avec soin et coquetterie. Le bout de chemin qui leur restait à parcourir sur le boulevard Marshalkowsky était encombrée de traîneaux et d'une foule se préparant à la fête, dans une excitation joyeuse. Des objets de luxe étaient exposés avec prodigalité dans les vitrines des boutiques. Les journaux parlaient de pénurie et de famine. Pourtant, en dépit de toute cette pauvreté, on lançait de nouvelles modes. Sur ce boulevard, on apercevait des femmes enveloppées de manteaux de renard, de zibeline, la tête couverte d'un magnifique chapeau, aussi des messieurs élégants qui tenaient en laisse des chiens de race.

Lorsque Lucien et Miriam Lieba pénétrèrent dans l'appartement des Zawacki, tout y était déjà préparé pour les cérémonies du jour de fête. Des cadeaux pour les domestiques s'empilaient sur la table du salon. L'arbre de Noël, dont le sommet était orné d'une étoile, portait suspendues à ses branches des boules, des clochettes, des pommes de pin et des guirlandes argentées. Au pied de l'arbre était installée une crèche miniature ayant appartenu aux parents et grands-parents de Félicie. A l'intérieur, on apercevait des figurines de moutons, de bœufs, de bergers, d'anges, de l'Enfant Jésus, de la Sainte Mère, des trois Mages d'Orient, de leurs esclaves, d'ânes et de chameaux — toutes peintes, dorées ou argentées, l'ensemble givré d'une neige artificielle. Félicie étreignit Miriam Lieba et lui donna un baiser sur les deux joues. Elle embrassa également Lucien. Une gouvernante fit entrer les enfants. Les yeux de Miriam Lieba se mouillèrent. Elle contempla Wladzio et Marisia à travers un voile de larmes. Tous deux avaient grandi au cours des quelques mois qu'ils avaient passés loin d'elle. Wladzio portait un costume de velours dont le pantalon s'arrêtait aux genoux. Sa chevelure blonde était partagée par une raie au milieu. C'était le même Wladzio, pourtant son visage respirait un bien-être patricien. La robe de Marisia était bordée de dentelle, ses nattes étaient nouées d'un ruban rouge. Wladzio rougit, s'inclina, hésita un moment avant de se lancer dans les bras de sa mère. La cadette recula timidement, son visage se plissa comme si elle allait pleurer.

Embrassant ses enfants, Lucien éprouva du ressentiment. « Je les sortirai d'ici! Je suis toujours en vie! A partir d'aujourd'hui, tout va changer, tout va changer! Ils oublieront cette période de leur vie... » Il décida de s'installer en Sicile ou en Corse et d'emmener Kasia et Bolek. Tout ce dont il avait besoin était le prix du voyage et une somme d'argent lui permettant d'acheter une maison ou un bout de terrain. Il recommencerait à zéro et il unirait ses forces slaves au soleil méridional... Le rebut démocratique que la Révolution française avait répandu à travers l'Europe serait tôt ou tard balayé avec un balai de feu...

Pendant ce temps, le docteur Zawacki était dans son cabinet, lisant un journal médical. Il méprisait toute ostentation des sentiments, les larmes, les conversations passionnées. Ainsi, il attendait que la famille « se fût épanchée » pleinement, selon ses propres paroles. Que diable signifient tous ces jours de fête? se demandait-il. Combien de temps encore les gens s'accrocheront-ils à ces mythes vides de sens? L'humanité restera-t-elle donc éternellement ignorante? Le lendemain, il sera obligé de rendre visite à son père, le cordonnier, dans la Vieille Cité; il faudra qu'il écoute les conversations respectueuses de ses parents, qu'il mange tous les plats cuisinés et les pâtisseries qui pèsent si lourd sur l'estomac. A quoi bon toutes ces festivités? Les prêtres, ces propres à rien, passent leur temps à asperger tout le monde d'eau bénite et à extorquer leurs derniers groschen aux pauvres. La populace se repaît et il s'ensuit des crises d'appendicite, des empoisonnements gastriques, des syncopes et des attaques d'apoplexie. Les fabricants de cercueils et les entrepreneurs de pompes funèbres feront de bonnes affaires pendant cette saison.

Entendant le pas de Félicie, il posa le journal sur la table. Elle venait le chercher pour le ramener auprès de leurs invités. Pour lui faire plaisir, il avait même l'intention d'assister à la Messe de Minuit. « Eh bien, qu'est-ce que l'amour? méditait-il. Encore une chose irrationnelle... »

VI

Avant même la fin du repas, Lucien se leva et annonça qu'il devait partir, promettant de revenir plus tard. Depuis le temps, Miriam Lieba s'était résignée à se voir traitée de façon insultante par son mari, cependant elle n'aurait jamais cru qu'il allait s'enfuir et la laisser seule avec les enfants, un soir de Noël. Elle fixa des yeux égarés sur Lucien. Félicie sollicita vivement son frère de rester et d'assister à la Messe de Minuit avec la famille. « Une petite prière ne te fera aucun mal », plaida-t-elle. Marian Zawacki était au milieu d'un exposé historique prouvant que la Noël n'avait jamais été une fête chrétienne et que, même du point de vue théologique, il n'y avait aucune indication énonçant que Jésus était né un vingt-cinq décembre. Le jeûne suivi de la célébration de Noël était le vestige des temps païens, lorsque les gens du peuple craignaient les esprits furieux du solstice d'hiver. Essuyant ses larmes, Félicie pria son mari de cesser ses blasphèmes.

Au milieu de tout ceci, Lucien prit congé.

Zawacki lui cria après : « Revenez vite, petit beau-frère! Il y a un présent, pour vous aussi!

— Oui, je vous remercie. Je reviendrai. »

Lucien se dépêcha de quitter la maison. Sa montre indiquait neuf heures moins le quart. Il gelait à pierre fendre et l'air était piquant. Lucien descendit le boulevard Marshalkowski et tourna dans la rue Chmielna. Des traîneaux le dépassaient au son des clochettes. A travers les vitres à moitié givrées on apercevait la faible lueur des bougies sur les arbres de Noël. Des ivrognes titubaient le long des maisons, braillant des chansons, abordant les passants pour les embrasser. Les prostituées rôdaient, comme d'habitude, au bout de la rue Chmielna. Le plan de Lucien était simple. Il pénétrerait dans l'appartement de Chodzinski, chercherait le magot que le vieux grigou avait caché quelque part et, avant que la grille de la maison ne fût fermée, il se glisserait dans la rue afin de poursuivre son chemin jusqu'au logement de la

Bobrowska. Kasia lui avait souvent raconté que son patron gardait de l'argent dans sa maison. Le seul problème était de savoir où. Le vieil idiot ne devait rentrer que le surlendemain, peut-être même après le Nouvel An. Il resterait suffisamment de temps pour effacer les traces. Marchant d'un pas rapide sur les trottoirs glissants, en soufflant fort par le nez, Lucien examinait la situation. Il avait espéré, depuis longtemps, que Chodzinski partirait en voyage. Il avait fréquemment exhorté Kasia à entrer en contact avec la Bobrowska. La jeune femme s'était même proposée d'apprendre la couture à Kasia. Or, Kasia avait obstinément refusé d'écouter son amant. Tout d'un coup, Lucien voyait ses deux vœux les plus chers exaucés. Désormais il n'aurait plus à craindre la moindre intervention importune. Dans tout ceci, n'y avait-il pas quelque présage que l'année qui s'annonçait serait heureuse pour lui? Il se sentait léger en dépit du repas substantiel qu'il venait de finir. Dans la rue, la lueur des becs de gaz jetait des ombres tremblotantes. Le ciel était étoilé. Lucien avançait en glissant. Le vent, soufflant de la mer du Nord, le poussait en avant. « Oh! quel beau temps froid! Que c'est bon d'être en vie! exultait Lucien. Un péché? L'argent du vieux serait gaspillé de toute manière, un jour ou l'autre, sinon ce bigot le laisserait à quelque église... » Lucien se mit à rêver tout éveillé de la Corse où l'hiver n'existait guère. On s'y promenait au milieu des palmiers, au bord de la Méditerranée. Les lois n'y étaient pas tellement prises au sérieux. La mafia y opérait toujours, comme au temps de Napoléon.

Une prostituée accosta Lucien. « Pas maintenant, mon chou, dit-il. Peut-être à mon retour... »

Tout semblait marcher comme sur des roulettes. Il ne vit personne en franchissant l'entrée. Personne non plus en montant l'escalier. Un cadenas était accroché à la porte; heureusement Lucien avait pris les deux clefs, la grande et la petite. Bien qu'aucune lumière n'éclairât la cage d'escalier, il trouva rapidement les trous de serrure. Après avoir retiré le boîtier métallique, il le déplaça de telle sorte qu'on aurait pu croire la porte cadenassée. Si le concierge décidait de vérifier s'il n'y avait rien d'anormal, il trouverait tout en ordre. Lucien ferma la porte derrière lui et la verrouilla de l'intérieur. Dans la poche de poitrine de son manteau était enfoui un pistolet chargé, toutefois Lucien savait qu'il n'aurait pas besoin d'en faire usage. Le concierge avait l'esprit brouillé par l'alcool. La seule chose qui serait dangereuse était d'allumer une bougie. Lucien décida de travailler dans l'obscurité. Sur le seuil de la salle de séjour il s'attarda pour laisser à ses yeux le temps de s'accoutumer à la pénombre. L'éclairage public et la lumière des logements voisins perçaient faiblement l'obscurité. La réflexion de la neige sur le toit d'en face projetait une clarté lumineuse. Il était environ neuf heures et quart. Il restait une bonne heure et demie avant la fermeture de la grille d'entrée. Lucien décida de commencer par l'inspection de la chambre à coucher. Les avares cachaient généralement leur argent dans des matelas. Lucien retira les draps et les taies, puis il fouilla et pétrit l'oreiller et il palpa le matelas. Devrait-il taillader ce dernier à coups de couteau? Le matelas était vieux, son rembourrage presque complètement aplati. On ne trouverait rien à l'intérieur. Une commode était placée à la gauche du lit. Lucien essaya de l'ouvrir, or tous les tiroirs étaient fermés à clef. Faudrait-il employer la manière forte? Comment s'y prendre? Il avait besoin de quelque outil, d'une lime ou d'une pince-monseigneur. Comment avait-il pu oublier d'apporter une chose aussi indispensable ? Il entra dans la cuisine. L'obscurité semblait diminuer d'une minute à l'autre. Il distinguait nettement chaque chose — le garde-manger, les casseroles sur le fourneau — comme s'il faisait plein jour. Un fendoir était accroché au mur. Il le décrocha et soupesa son poids dans sa main. Cet outil n'était guère approprié pour ce qu'il envisageait de faire, cependant il s'attardait jusqu'après la fermeture de la grille, celui-ci lui serait très utile pour ne pas être pris au piège.

Le fendoir à la main, Lucien retourna dans la chambre à coucher. Il était calme, mais il avait chaud. Il avait envie d'ôter son manteau, finalement il décida qu'il serait plus prudent de le garder. Dans une telle situation on oubliait facilement quelque chose. Il y avait des lettres et des papiers dans la poche de son manteau. Autant Lucien avait été convaincu qu'il ne rencontrerait aucun obstacle en entrant dans l'appartement, autant son pressentiment était fort maintenant qu'il ne trouverait pas d'argent dans cette commode. S'il forçait les tiroirs, il perdrait du temps pour rien. Néanmoins il fractura un tiroir et se mit à frapper légèrement les parois. Il y avait des cols, des magazines, des manchettes et toutes sortes de babioles à l'intérieur. Il força le second tiroir qui grinça et craqua. Le vieux bois cassant sentait l'amidon. Il jeta à terre chemises, mouchoirs, cravates, écharpes et chaussettes, pour atteindre plus vite le tiroir de dessous. Il était inutile de briser le troisième tiroir qu'il frappa de l'intérieur à coups de poing, pour l'abandonner aussitôt. Là encore, il n'y avait que des accessoires de toilette. « Comme il prend bien soin de lui, ce vieux démon! » grogna Lucien. Il commençait à être gagné par une sourde colère et la transpiration lui mouillait les aisselles. Sa gorge était sèche et il sentait le besoin de tousser — deux quintes de toux fortes, suivies d'une plus petite, libérèrent la pituite. Il s'essuya la bouche avec un mouchoir.

« Ai-je oublié quelque chose? » se demanda-t-il en s'immobilisant un petit moment. Apparemment il avait perdu l'habitude de tout effort physique. Ses bras lui faisaient mal, son pouls battait vite. Il ne se sentait pas nerveux, mais tendu. Il venait de manger et, pourtant, son estomac commençait à le torturer comme s'il avait faim. Peut-être le vieux bonhomme gardait-il un peu de vodka ou de liqueur en réserve? Lucien fixa le néant et devant ses yeux, soudain, des étincelles semblèrent danser. Une sorte d'ébauche fantastique se formait — taches, raies, fleurs vertes, bleues et violettes. Elles changeaient de forme, prenant toutes sortes de figures géométriques, à la fois tangibles et éthérées. Que voulait dire ceci? Enfant, quand sa bonne l'avait bordé dans son lit, il avait eu des visions semblables. Assez bizarrement il se souvenait même des couleurs, des combinaisons, de toute cette ébauche chimérique.

Lucien frissonna. Ce n'était vraiment pas le moment de penser aux mirages. Il devait poursuivre ses recherches minutieusement et partir avant que la grille ne fût close. Chaque seconde était précieuse. Toute chose était en balance entre la vie et la mort...

Rentrant dans la salle de séjour, il approcha de la fenêtre, souleva le rideau et consulta sa montre. Il était plus tard qu'il avait pensé. La petite aiguille indiquait le dix et la plus grande le cinq. Il ne restait qu'une demi-heure.

VII

L'horloge du clocher sonna. Partout dans la ville, dans toutes les rues, toutes les maisons, dans les palaces et les caves, dans les appartements luxueux et les mansardes, les gens s'apprêtaient à se mettre en chemin pour la Messe de Minuit. Les églises se remplissaient rapidement. Chaque autel avait une étable avec une crèche représentant la naissance de Jésus à Bethléem.

Le Nouvel An russe était treize jours plus tard, or la Pologne était toujours et resterait un pays catholique. Même le tsar ne réussit pas à extirper la foi de ce peuple. Les Russes continuaient à construire de nouvelles églises orthodoxes. A Praga ils avaient édifié un *sobor* dont la croix torse en or massif luisait au sommet. On disait que des *sobors* similaires seraient construits à Varsovie et dans d'autres grandes villes polonaises. A quoi servaient ces édifices spacieux, ces coupoles en cuivre, ces riches décorations, puisque, à l'intérieur, les églises restaient vides et que les prêtres prêchaient aux murs ?

La Bobrowska faisait honneur à son repas de réveillon, en compagnie de Kasia. A la lumière des bougies, devant l'arbre de Noël qui exhalait un agréable arôme de pin, la Bobrowska parla en toute franchise à la jeune fille. « Quel sauvage ce Lucien, tout de même! L'imposteur! L'idiot! Quelle tête brûlée! Ne jamais pouvoir compter sur lui! Il a un véritable don pour se ruiner et ruiner tous ceux qui l'approchent! » Tout en buvant et bavardant, la Bobrowska remplit le verre de Kasia. La jeune fille grimaçait à chaque gorgée, tandis que la Bobrowska la harcelait : « Buvez, mon chou, noyez votre chagrin dans l'alcool!

La vie serait insupportable sans une certaine quantité de vodka. »

La Bobrowska gava Kasia de délicatesses jusqu'à lui soulever le cœur. Kasia but au point d'avoir les yeux vitreux. Ellc commença à marmotter dans son jargon paysan des mots qu'elle avait retenus de son enfance auprès de ses parents. Elle employa des expressions tellement comiques que la Bobrowska fut obligée de rire. « Hé, fillette, t'es une paysanne, c'est parfait! C'est en suçant le mamelon de ta mère que t'as appris tout ça... » La Bobrowska la questionna pour savoir combien de fois par semaine Lucien lui rendait visite, où il couchait avec elle, quand, comment. Kasia eut pour toute réponse un sourire béat, découvrant ses dents largement écartées. Soudain sa tête tomba sur la table, tout d'un bloc. La Bobrowska éclata de rire : « T'es ivre, ma fille, complètement soûle... » Elle sentit elle-même ses jambes flageoler, néanmoins elle réussit à se mettre debout. Elle conduisit ou plutôt porta Kasia dans une alcôve sans fenêtre où se trouvait un lit disponible. Elle coucha la jeune fille sur ce lit où Lucien dormait habituellement. Kasia poussa un grand soupir, puis elle resta comme évanouie. La Bobrowska eut un sourire amer. « Quel gredin! Ah! le coquin, le porc, l'imbécile! Laisser deux cœurs tendres seuls pour courir chez sa femme, cette garce de juive! Mais qui sait, après tout ? Il n'était peut-être pas non plus chez sa femme. Il avait dû retrouver quelque putain. Qu'est-ce que ça pouvait bien lui faire, à ce débauché, à ce maquereau ? De quoi se serait-il soucié ? Il s'empiffrait chez elle, ronflait dans son lit, perdait sa journée à fréquenter des épaves, à la distribution de la soupe populaire. Même les quelques groschen qu'on lui donnait au théâtre, il les gagnait grâce à elle, Bobrowska, parce qu'elle l'avait recommandé.

Et comment la remerciait-il ? Un jour de fête, précisément, il la laissait tomber en se gaussant d'elle. »

La Bobrowska était furieuse, pourtant en son for intérieur un rire mauvais l'habitait. « Attends un peu qu'il arrive ici! T'inquiète pas, il viendra! »

Elle le recevrait à coups de balai et de claques. Elle lui flanquerait une torgnole en pleine mâchoire! Elle lui foutrait un gnon sous sa bannière pouilleuse! Qu'il dépasse seulement le seuil!... La Bobrowska retourna en zigzaguant vers la table. Il n'était plus question d'aller à l'église. Elle était trop fatiguée, trop ivre. Les cloches l'endormaient avec leur bourdonnement monotone. Chaque carillon la remuait profondément. Elle avait été jeune et jolie autrefois, elle avait connu des désirs, des rêves. Elle avait eu un père, une mère, des frères et sœurs. Où étaient-ils tous aujourd'hui ? Réduits en poussière et cendre... Elle avait aimé Bobrowski et Cybulsky; ce dernier était à présent un important directeur de théâtre qui n'avait plus de temps à lui consacrer, ce fils de chienne! Il était occupé, terriblement occupé... Pourtant il avait plein de temps pour les putains. « Allons, qu'ils fassent ce qu'ils veulent! Moi, je gagne mon pain! Ce qui est arrivé dans le passé, même le diable ne pourra l'effacer... » La Bobrowska voulut se verser un peu de vodka, mais il ne restait plus qu'une goutte dans la bouteille. Elle approcha le verre de son nez en humant. Soudain la porte s'ouvrit et Lucien entra. La Bobrowska était hilare. Elle avait envie de lancer une remarque blessante, mais les mots lui manquaient. Il était pâle et échevelé. « Voici notre seigneur qui arrive! » brailla-t-elle enfin.

Elle pointa son index sur l'homme debout devant elle.

Lucien se hérissa.

« Où est Kasia ?
— Je l'ai mangée. Ha, Ha!...
— Où est-elle ?
— Dans l'alcôve. Ivre morte. »
Lucien s'approcha d'elle, après un moment d'hésitation.
« Elzbieta, j'ai tué un homme! »
Le sourire de la Bobrowska se figea sur ses lèvres.
« Tué ?
— Oui, tué.
— Et puis-je savoir qui ?
— Le concierge de la maison de Chodzinski. Il refusa d'ouvrir la grille pour moi, c'est pourquoi je lui ai tiré une balle dans le ventre.
— Le concierge ? Que faisais-tu chez Chodzinski, alors que la gamine est ici à t'attendre ?
— J'étais...
— Tu es donc un meurtrier, en plus... » La Bobrowska, à moitié dégrisée, qui sentait ses membres s'alourdir bizarrement, resta assise. Ses jambes étaient comme paralysées. Elle hoqueta et éructa en même temps.
« Tu plaisantes, ou quoi ?
— Non, je dis la vérité.
— Eh bien, voilà qui arrange tout! Du joli travail! »
La Bobrowska, toujours souriante, le fixa avec des yeux ronds, effrayée non tellement de ce qu'il avait fait, mais de sa propre indifférence qui ressemblait à une apathie totale. La fatigue l'écrasait. Elle paraissait avoir pris racine sur sa chaise. Elle avait la langue épaisse et elle savait que tout ce qu'elle dirait sonnerait absurde.
« Eh bien, est-ce que ça en valait la peine, au moins ? » demanda-t-elle.
Lucien la dévisagea avec l'expression égarée de

quelqu'un qui n'aurait pas bien compris ce qu'on venait de lui dire.

« Je n'ai rien trouvé. Il gardait des papiers, or ceux-ci ne représentaient aucun intérêt pour moi.

— Oui, je comprends.

— Il a dû emporter tout ce qui avait quelque valeur.

— Ouais.

— Je dois partir tout de suite. Les bourres pourraient arriver à tout moment pour me coffrer. » Lucien employait le sobriquet de la basse pègre en parlant de la police. Il donnait l'image d'un homme effondré au visage pâle, aux vêtements déboutonnés, le chapeau repoussé sur la nuque, les mains enfoncées dans les poches. Prenant une cigarette, il la glissa entre ses lèvres pour aussitôt la recracher. La Bobrowska était toujours assise à la même place. Son ventre était aussi distendu qu'un tambour, en revanche elle était dégrisée et elle avait retrouvé toute sa lucidité.

« Pourquoi as-tu fait une chose pareille ? Nous aurions pu passer un réveillon si heureux.

— Si je l'ai fait, c'est que j'avais besoin d'argent.

— Que va-t-il se passer maintenant ?

— Je n'en sais rien, rien du tout.

— Comment sauront-ils que c'est toi qui as fait le coup ? » demanda la Bobrowska après un silence.

Lucien ne répondit pas, il était perdu dans ses pensées. Enfin il articula : « Kasia courra chez elle, demain à la première heure, aussi apprendront-ils toute l'histoire par elle. C'est une fille simplette, une paysanne, quoi...

— C'est maintenant seulement que tu t'en aperçois ? Nous ne la laisserons pas partir.

— Que veux-tu dire ? »

La Bobrowska ne répondit rien. Lucien ôta son

manteau et le posa sur la machine à coudre recouverte d'une housse. Il se courba en deux comme s'il souffrait de crampes.

« As-tu faim ? demanda la Bobrowska. J'ai mis de côté les restes du festin pour toi. »

Lucien haussa les sourcils d'un air interrogateur. Il ne semblait pas avoir compris de quoi elle parlait.

« Faim ? Non. Mais te reste-t-il quelque chose à boire ?

— Non.

— On a sifflé toutes les bouteilles, hein ? Tant pis, je tombe de fatigue. »

Apercevant une chaise au milieu de la pièce, Lucien s'y laissa tomber. Il n'ôta pas son chapeau. Il garda les yeux fermés, un bon moment, comme s'il était brusquement pris de sommeil. Quand il les rouvrit, son regard n'exprimait aucun regret, aucune crainte, seulement une lassitude infinie et la perplexité de quelqu'un qu'on vient de sortir d'un profond sommeil. La Bobrowska tourna sur sa chaise pour lui faire face.

« Je l'ai couchée dans ton lit.

— Eh bien, laisse-la se reposer!

— Tu n'aurais pas dû faire ça, Lucien. Si, au moins, tu avais tué le vieux. Le concierge n'était pour rien dans tout cela.

— Cette tête de mule! Je demandais à sortir, or lui ne voulait pas me laisser. Il a essayé de me frapper avec la clef.

— T'aurait-il reconnu ?

— J'en doute.

— Oh! c'est un péché, un crime! Il était sûrement père de famille. Commettre un meurtre, par une nuit de Noël par dessus le marché!

— Ferme-la!

— Tu n'aurais pas dû faire ça, chéri, tu n'aurais pas dû. Que deviendras-tu à présent ? Il ne te reste qu'à te jeter dans la Vistule.

— La Vistule est gelée...

— Que feras-tu alors ?

— Je m'en irai, un point c'est tout.

— Où iras-tu ? Et que deviendrai-je, moi ? Je n'ose même pas imaginer l'avenir de tes enfants...

— Ce qui doit arriver arrivera.

— Maintenant je comprends pourquoi tu as amené la gamine ici.

— Tu ne comprends rien du tout. C'était une coïncidence. Le cordonnier n'avait pas voulu avoir un nombre d'invités impair à table.

— Quel cordonnier ? De quoi parles-tu ?

— Je sais ce que je dis. Demain, garde-la ici aussi longtemps que tu pourras ! Je partirai de bonne heure le matin. Je suis trop fatigué maintenant. Ou bien devrais-je la tuer, elle aussi, afin de l'empêcher de rentrer chez elle ? »

La Bobrowska tressaillit.

« Que racontes-tu là ? Pas dans ma maison, en tout cas... On viendra sûrement me questionner.

— Personne ne te questionnera.

— Si, ils le feront. Ils demanderont à la gamine où elle a passé la nuit et elle les mènera droit chez moi. Toi parti, ils me traîneront au poste de police.

— Enfin, que veux-tu que je fasse ? Me livrer à la justice ?

— Tu n'aurais pas dû faire ça, Lucien. A quoi ça t'avance maintenant ? Tu n'en as tiré aucun profit, en fin de compte.

— Il a caché le magot, le vieux ladre. Sous le plancher, ou ailleurs ! J'aurais dû rester jusqu'au matin. Je n'avais simplement pas le temps de fouiller tout.

— Sans aucun doute. Tu aurais dû patienter jusqu'à l'aube. En sortant, à la première heure du matin, personne n'aurait été témoin. Tu te serais épargné de commettre ce péché.

— J'avais envie de te retrouver. Je savais que tu m'attendais.

— J'aurais attendu un peu plus longtemps, voilà tout.

— C'est à cause de tes criailleries! Enfin, maintenant il est trop tard. Vous toutes m'avez poussé à cette extrémité. Vous m'avez rongé comme des vers. Miriam Lieba, cette catin juive, ne cessait de me harceler. J'aurais voulu inspecter les lieux en plein jour, or Kasia aurait fait des histoires. Tout le monde m'a mis des bâtons dans les roues, voilà la vérité.

— Je ne t'ai pas gêné, moi. J'ai préparé un festin pour toi. Pour toi et ta chérie. Tu es parti en nous abandonnant comme deux imbéciles.

— J'ai dû m'absenter parce que ma sœur, cette lunatique, désirait faire une bonne action. J'ai eu sur le dos une bande de femelles dont chacune me tirait dans une direction différente... Allons, je suis fatigué.

— Je vais préparer le lit tout de suite. »

La Bobrowska voulut se lever, mais elle en fut incapable. Lucien se mit debout et se dirigea vers l'alcôve. Kasia ronflait. L'obscurité était totale, noire comme de l'encre. L'atmosphère était étouffante et sentait le renfermé et la nourriture. Lucien s'attarda un moment devant le lit de Kasia. Il se pencha sur elle en écoutant sa respiration. Peut-être devrait-il l'étrangler? Il n'éprouvait aucune animosité à son égard, seulement la vie humaine n'avait plus aucune valeur à ses yeux. Il pensait aux caves qui contenaient des quantités de pierres à chaux. Il pourrait la descendre au souterrain, la jeter dans quelque cave. Il faudrait des semaines pour la retrouver. Entre-temps, il aurait largement le temps de s'enfuir en Amérique ou en Afrique... Pour le moment tout le monde était à l'église. Il n'y avait pas de témoins... Lucien avança ses mains vers la gorge de Kasia, puis, soudain, il changea d'avis. Non, pas maintenant... Mieux vaut attendre l'aube. Qu'Elzbieta se couche d'abord... Il s'étendit sur le grand lit, posant son chapeau sur le plancher. Il restait ainsi allongé, sans un mouvement, complètement vidé. « Je n'ai même pas de remords », songea-t-il. Il était vaguement ennuyé de froisser son costume, toutefois il n'avait pas la force de se dévêtir. Ce fameux soir, des années plus tôt, quand la police avait perquisitionné à l'hôtel de la rue Mylna, il avait été presque mort de peur. Aujourd'hui il n'éprouvait rien de tel. Il avait même enfoui son pistolet dans un tas de neige, restant ainsi complètement désarmé. Lucien ferma les yeux. Il était entre le sommeil et l'état de veille. Il sombrait dans les ténèbres d'un silence mortel, avec l'étrange sensation que, pour la première fois de sa vie, il reposait vraiment. La mort devrait ressembler à cette prostration totale. Lentement il glissait dans le pays des rêves. Des nains enroulaient de la laine sur une énorme pelote. « Qui a besoin de tant de fil ? s'étonna-t-il. Une telle quantité pour un seul filage ? Non, je suis en train de rêver... » Il entendit des pas. Elzbieta entra, vêtue d'un peignoir de bain et marchant pieds nus. Elle se pencha sur lui et l'embrassa sur le front. « Eh bien, ne sois pas aussi découragé!

— Je ne suis pas découragé!

— Implore Dieu, pauvre homme, prie Dieu pour ton salut!

— Je n'implore personne.

— Attends! Je vais te déshabiller. »

Elzbieta s'agenouilla, déboutonna les chaussures de Lucien et lui ôta les chaussettes. Ensuite, elle le débarrassa de son pantalon, de sa veste et de sa chemise, s'affairant autour de lui comme s'il était malade. Elle eut des difficultés pour enlever son col, aussi l'aida-t-il à retirer les boutons. Enfin, elle s'allongea à ses côtés.

Vingt-sept

I

LES événements s'enchaînaient à une vitesse impressionnante. Les catastrophes se succédaient inexorablement, rappelant le passage du Livre de Job sur les messagers des mauvaises nouvelles. Tout commença par la bombe qu'on lança sur le passage d'Alexandre II. Ensuite, il y eut des pogroms à Varsovie. Les coups, les pillages, les bris de vitres et de meubles durèrent trois jours. Vingt-deux juifs furent hospitalisés. Assez curieusement, de nombreux juifs avaient riposté et blessé vingt-quatre Polonais. La communauté juive protesta. La presse polonaise blâma l'incident et déclara que les agents d'Ignatiev avaient subi une défaite. La nation polonaise ne permettrait pas aux conquérants russes de l'exciter contre les juifs. Varsovie n'était ni Elisavetgrad ni Kiev, ni Odessa, où un grand nombre de paysans avaient participé aux pogroms. Cependant la honte, la déception et les effets de douche froide que les massacres en Russie produisaient sur le juif moderne étaient ressentis tout aussi violemment par le juif progressiste en Pologne. Une proclamation adressée aux paysans ukrainiens par le *Ispolnitelny Comité* fut réimprimée dans le sixième numéro du journal clandestin *Narodnaya Wola* et diffusée en cachette jusqu'en Pologne. La proclamation encourageait d'autres pogroms. Les pogroms étaient également salués par les disciples de la *Czorny Peredel.* On savait que l'un des auteurs de la proclamation était un révolutionnaire juif.

Jochanan, rabbi de Marshinov, n'était guère surpris. Pourquoi des malfaiteurs ne feraient-ils pas de pogroms? Et quelle était la différence entre des malfaiteurs non-juifs et des malfaiteurs juifs? Aussi longtemps que les juifs s'associeraient avec des scélérats, comment pourraient-ils s'élever au-dessus de la médiocrité de ces derniers? Jochanan avait le sentiment que les ultimes angoisses et tortures précédant l'arrivée du Messie venaient de commencer. Dans le Zohar, il avait trouvé une allusion à la guerre entre Gog et Magog, aussi à la date approximative des Derniers Jours; l'événement devrait se produire prochainement. Reb Menachem Mendel, père d'Ezriel, rabbi de la rue Krochmalna, fut attaqué par un voyou. Tandis que Tirza Perl, sa femme, lui mettait des compresses froides, il étudiait une page du Talmud. Le fait d'être roués de coups était-il nouveau pour les juifs?

Ceux qui avaient essayé d'imiter les gentils, ceux qui avaient rasé leur barbe criaient leur protestation plus fort que les autres. A Kiev, alors que les juifs pleuraient dans la synagogue les victimes du pogrom, un groupe de jeunes universitaires juifs fit irruption dans le lieu saint. L'un d'eux, Alenikov, courut vers le lutrin et s'écria : « Nous sommes vos frères! Nous sommes juifs comme vous! Nous regrettons d'avoir essayé d'être des Russes. Les événements des dernières semaines — les pogroms à Elisavetgrad, à Balta, ici, à Kiev — nous ont ouvert les yeux. Nous avons fait une erreur tragique. Nous sommes toujours des juifs! »

Les journaux juifs russes, *Russki Yevrey, Razsviet, Voschod,* publièrent une série d'articles commentant les événements. Il était manifeste que de nombreux juifs seraient obligés de quitter la Russie. Mais où iraient-ils? Des factions se formèrent : l'une en faveur de l'émigration en Amérique; l'autre, en Palestine. Les deux partis envisageaient d'organiser des colonies socialistes. Tous deux prêchaient que le juif devrait cesser d'être un intermédiaire, qu'il devrait retourner à la terre et avoir une activité productive. Aaron Lipman et Mirale étaient brouillés. Aaron était partisan de la faction palestinienne. « Qu'y a-t-il de plus absurde que de se sacrifier pour les moujiks qui tuent les juifs? Comment des juifs peuvent-ils se rattacher à un parti qui encourage les massacres au nom de la justice sociale? » Dans sa chambre, Aaron possédait une bibliothèque secrète : des vingtaines de volumes contenant des brochures, ainsi que l'édition collective de journaux clandestins. Il les déchira et les brûla dans le poêle, crachant dans le feu. Frappant du pied, il s'écria : « Que leurs noms soient effacés à jamais! » Il cita : « Tu dois haïr et tu dois abhorrer, car c'est une chose abominable! »

Quand il arriva chez Mirale et lui raconta ce qu'il venait de faire, elle dit : « Tu ne vaux pas mieux qu'un émeutier! »

Puis, elle lui montra la porte.

Le regard d'Aaron semblait sonder le fin fond de son âme.

« Que veux-tu faire? Graisser la machine révolutionnaire avec du sang juif? »

Il sortit et Mirale claqua la porte derrière lui, la verrouillant et la bloquant de la chaîne de sûreté, comme si elle craignait qu'il ne changeât d'avis et ne revînt. Cette brouille n'avait rien de surprenant. Depuis des semaines ils avaient eu des altercations sur la même question. De nombreux autres jeunes juifs en Russie avaient réagi comme Aaron. Ils étaient effrayés par la réalité, gagnés par un nationalisme contagieux. Croyaient-ils donc qu'on pouvait faire une révolution en mettant des gants de soie? S'imaginaient-ils que, dans la lutte contre les exploiteurs, les commerçants juifs allaient être épargnés? Ne comprenaient-ils pas, ces poltrons, que les pogroms contre les juifs n'étaient que le début de la rébellion générale qui allait balayer la paysannerie et même la classe ouvrière? Comment l'absolutisme serait-il anéanti, selon eux? Avec des phrases vibrantes? Comme c'était étrange! C'est Aaron qui lui avait appris à comprendre tout ceci. Il lui avait apporté des livres, des brochures; il lui avait lu *L'Essence de la Constitution* de Lassalle; il lui avait expliqué la brochure de Jan Mlot : *De quoi vit-on ?*; il l'avait familiarisée avec les œuvres de Bielinski, Pisarev, Herzen, Lavrov. Aaron l'avait guidée comme si elle était une enfant. Maintenant qu'elle avait pris une maturité intellectuelle et qu'elle n'avait plus besoin de personne pour guider ses pas, il était devenu un renégat. La Palestine représentait désormais l'ancre de salut à ses yeux, ce pays désolé où quelque baron exploiteur tentait d'établir des colonies pour une poignée d'étudiants aux idées confuses. Quelle folie!

« Juifs! Juifs! Juifs! Tout était mesuré à l'aune contre les juifs! Cependant les Russes, les Polonais et les Allemands chauvins ne faisaient-ils pas exactement la même chose? Tous les malheurs ne découlaient-ils pas des efforts des groupes ethniques pour exercer leur influence en leur propre faveur, prêts à sacrifier l'humanité à leurs propres intérêts insignifiants? » Ezriel avait raconté à Mirale que leur père avait été roué de coups. Elle était bouleversée. Comment pouvait-on acquérir une conception du monde en s'arrêtant à de tels incidents ? Qui est-il, cet homme qu'elle appelle son père ? Un zélateur, un parasite improductif qui mange le pain des paysans, qui vit grâce au travail des ouvriers, tout en répandant des idées fausses et des superstitions. « Assurément, ce n'était pas sa faute. Il avait été élevé dans ce climat. Mais combien de temps encore le peuple allait-il rester dans cette léthargie ? »

Il n'était pas facile pour Mirale de rompre avec Aaron. Cela faisait combien de temps qu'ils avaient envisagé de vivre ensemble ? A présent tout était fini... Mirale se mit à arpenter la pièce. Elle jeta un regard par la fenêtre. La prison Pawiak était toute proche. Ses fenêtres étaient non seulement grillées mais les vitres étaient pourvues d'une clôture en treillis de fils de fer qui ne laissait pas passer le moindre rayon de soleil. Les prisonniers, confinés à l'intérieur, étaient condamnés à mourir de faim dans les ténèbres humides. Mirale n'avait pas fait réellement quoi que ce soit pour aider à racheter l'humanité. Aaron avait tout mis en œuvre pour qu'elle ne fût pas compromise. Il avait différé le pas final à franchir par des paroles, des théories, des philosophies dignes d'un étudiant de yeshiva. Maintenant qu'il était parti sans retour, elle agirait.

II

Toutes les vitres de la villa de Wallenberg avaient été brisées par des voyous. Dans les journaux il n'y eut aucune allusion à l'incident, conséquence de l'ordre formel donné par la censure. Les volets restèrent clos pendant longtemps parce qu'il était devenu difficile de trouver du verre. Assurément, il était ignominieux qu'une famille aussi remarquable (elle était apparentée avec les familles les plus illustres de la Pologne) dût souffrir les mêmes affronts que les pauvres juifs. Wallenberg n'en semblait pas particulièrement affligé. Bien au contraire, cette action dirigée contre lui par une poignée de voyous avait fini par le convaincre qu'il fallait donner suite à un projet auquel il pensait depuis fort longtemps. Depuis des années il avait rêvé de faire présent à la Pologne d'un journal véritablement libéral. Il avait également pensé à fonder une maison d'édition et à créer une revue de vulgarisation scientifique. Wallenberg craignait que le positivisme ne commençât à perdre son attraction pour le peuple polonais. De nombreux intellectuels radicaux acceptaient la théorie russe de la révolution sociale. Les nationalistes polonais, d'un autre côté, caressaient l'espoir d'un nouveau soulèvement patriotique contre le tsar. De telles idées ne pouvaient avoir pour résultat qu'un surcroît de troubles et de répression. La presse polonaise, ostensiblement loyale à l'égard de la Russie, était mal rédigée et elle publiait des articles pédants pratiquement incompréhensibles pour le lecteur moyen. Maintenant qu'à Varsovie même il y avait eu un pogrom, Wallenberg estimait qu'il était grand temps d'éduquer la grande masse. Il racheta *Czas*, journal qui avait récemment fait faillite.

Wallenberg décida d'appeler son journal *Le Messager*. Il existait suffisamment de gens progressistes, dans les grandes villes de la Pologne, susceptibles d'être les lecteurs d'un journal dont la mission consistait à combattre ce nouveau fléau : l'antisémitisme! Tôt ou tard on pourrait peut-être compter les conservateurs polonais parmi les lecteurs. Ils apprendraient ainsi combien leur fanatisme religieux et leur isolement les mettaient en péril. Le journal tenterait également d'enrayer l'intérêt croissant des intellectuels juifs pour l'anarchisme et le nihilisme. Un tel journal aurait besoin de collaborateurs qui étaient non seulement des journalistes expérimentés et des écrivains, mais encore parfaitement familiarisés avec les us et coutumes des juifs. Soudain Wallenberg pensa au docteur Ezriel Babad, gendre de Calman Jacoby. Il avait aidé le jeune homme à se libérer de l'ennui de la salle d'études. Il avait suivi l'ascension d'Ezriel : cet ancien rêveur était devenu un spécialiste des maladies nerveuses et mentales. Wallenberg savait que son cabinet de consultation se trouvait rue Nowolipie et qu'Ezriel faisait partie du corps médical de l'hôpital psychiatrique. Ezriel avait déjà publié plusieurs articles traitant de la médecine dans le périodique juif polonais *Jutrzenka.* Wallenberg faisait partie de ceux qui lisent tout, même les revues médicales. Ezriel Babad avait un style clair et ses articles avaient fait preuve d'un scepticisme sain assez rare chez un juif. L'écrivain juif en Pologne était soit un athée engagé, soit un croyant fanatique selon Wallenberg. Ni l'un ni l'autre ne conviendraient au *Messager.*

Wallenberg fêtait son soixantième anniversaire en donnant une réception au mois de mai. Il envoya une invitation au docteur Ezriel Babad. La Société bénévole pour l'expansion des Arts et bon nombre d'orphelinats et de maisons de retraite pour les vieux annoncèrent conjointement leur intention de donner un dîner de reconnaissance en son honneur. Les journaux polonais publièrent sa photo et il reçut une belle médaille de Saint-Pétersbourg. Le gouverneur général et le préfet de Police lui adressèrent leurs congratulations. Wallenberg, toutefois, accepta uniquement les honneurs qu'il n'osait refuser. Ces gens-là le couvraient de louanges, tandis qu'ils conspiraient contre lui en secret. Le ministère de l'Information recevait souvent des lettres anonymes contenant des accusations contre lui. Les mêmes journaux qui, maintenant, le louaient avec des expressions hyperboliques, l'avaient traité de Shylock et de sangsue. Sa vie avait connu crise après crise : toutes étaient l'œuvre de gens envieux. Il se comparait parfois à un équilibriste de cirque qui marche sur la corde raide au-dessus d'un nœud de vipères dressées sur leur queue et dont il entend le sifflement. Et voilà qu'on annonçait un dîner de reconnaissance! Pour quelle raison? Non, il n'avait pas besoin des félicitations de ses ennemis et rivaux. La réception donnée pour son anniversaire ne serait que pour sa famille et ses amis intimes.

L'invitation que Wallenberg adressa à Ezriel comprenait également Shaindel. Elle provoqua une vive sensation au foyer des Babad. Shaindel décréta qu'elle n'avait aucune envie de rendre visite à un converti. Depuis plusieurs années déjà, Ezriel l'avait suppliée de perfectionner son polonais par amour pour lui. Il n'était pas convenable pour une femme de médecin de parler le yiddish ou le polonais des paysans illettrés. Ezriel lui-même avait commencé à lui donner des leçons. De façon inexpliquable, elle se montra incapable d'apprendre. Il finit par se rendre compte qu'il ne s'agissait pas d'inintelligence chez elle, mais d'un refus de comprendre. D'autres femmes s'instruisaient grâce à leurs enfants, or Shaindel leur parlait yiddish. Plus grave encore, elle avait commencé à négliger son aspect physique. Elle tenait néanmoins la maison propre, sinon bien rangée. Ezriel finit par la juger trop mal fagotée pour venir avec lui à la réception. Tout d'abord elle n'avait pas voulu se rendre à l'invitation, à présent elle l'accusait d'avoir honte d'elle. C'était la vérité. D'autres femmes de médecin avaient fait des études. Lorsqu'elle se trouvait en présence de telles femmes, Shaindel avait peur d'ouvrir la bouche. L'emmener chez les Wallenberg était hors de question. En vérité, Ezriel se sentait lui-même plein d'appréhension en pensant à toute cette affaire. Il n'avait pas appris à danser et, bien qu'il fût médecin, il était ignorant comme un étudiant de yeshiva en ce qui concernait la vie mondaine. Chaque fois qu'il assistait à une réception, il enviait ces jeunes hommes du monde qui, depuis leur enfance, parlaient la langue des gentils, portaient des vêtements à la mode, fréquentaient librement les jeunes filles. Comme ils semblaient sûrs d'eux quand ils se pavanaient dans la ville, arborant une belle chemise amidonnée et un habit de soirée! Avec quelle grâce ils savaient baiser la main des dames! Ezriel se sentait incapable de s'habituer à cette façon de vivre. Le chéder et le Talmud l'avaient rendu misanthrope.

Qu'il le voulût ou non, il se sentait dans l'obligation d'être présentable à la réception de Wallenberg. Vêtu de sa blouse de médecin, Ezriel arpentait son cabinet. Il n'était plus tellement surpris par tout ce que ses malades, hommes ou femmes souffrant de maladies nerveuses, lui racontaient. Il éprouvait même une certaine affinité avec les pensionnaires de l'asile dont il était le médecin traitant. Il n'y avait pas beaucoup de malades ce matin-là. Sa clientèle venait habituellement dans l'après-midi. Ezriel faisait les cent pas sur le parquet fraîchement ciré. Il n'avait rien de spécial à faire pour le moment. Au lieu de choisir d'être un simple généraliste, il avait opté pour une branche de la médecine presque totalement inexplorée. Que se passait-il dans cette partie de la matière grise des centres nerveux qu'on appelait cerveau, cervelet et moelle épinière? Le libre arbitre était-il également l'un de ses éléments constituants? Sinon, comment était-il possible de parler de responsabilité et de devoir? Quand il écoutait la voix de sa propre conscience, il lui semblait entendre le cri de toutes les générations passées. Il reconnaissait les voix de ses parents et grands-parents en son for intérieur. Parfois il avait l'impression d'entendre des voix plus anciennes encore, celles de ses ancêtres idolâtres. Existence avait toujours été l'équivalent de Chaos; l'ego avait toujours voulu dominer et posséder tout, exclusivement — argent, célébrité, sexe, savoir, puissance, immortalité. Mais ce moi féroce se heurtait constamment à la résistance qu'offrait le monde avec ses restrictions et ses tabous. Rien d'étonnant à voir les gens devenir fous! Quelle somme d'efforts le mécanisme mental peut-il endurer? Ezriel entendit sonner à la porte et il boutonna sa blouse.

Le malade, introduit par la bonne, était un jeune homme marié depuis trois mois. Lorsqu'il parlait, les larmes embuaient ses lunettes. Sa femme désirait le quitter, raconta-t-il à Ezriel. Les voisins étaient tous au courant. Sa belle-mère et son beau-père ne cessaient de le tourmenter. Que devrait-il faire? Il avait besoin d'une femme, mais aussitôt qu'il en approchait une, il devenait impuissant. Ezriel suggéra l'hydrothérapie. Assez curieusement, les paroles du jeune homme rendaient Ezriel nerveux. Les mots, il le savait, avaient un étrange pouvoir magnétique. Un jour, une femme lui avait raconté que, chaque fois qu'elle s'attablait pour manger, son assiette se remplissait soudain de poux. Quelque temps après, alors qu'Ezriel se trouvait assis à table pour manger, il avait brusquement eu l'illusion que la même chose se produisait sous ses yeux. Il n'était guère surprenant que les psychiatres fussent susceptibles de devenir fous eux-mêmes. En vérité, il existe en chacun de nous un grain de folie!

Le jeune homme paya ses quarante kopecks et partit. Sa consultation étant terminée, Ezriel chercha Shaindel qu'il finit par trouver dans la cuisine en train de repasser la chemise qu'il devait mettre pour la réception. Shaindel était de nouveau enceinte, au cinquième mois déjà. La suggestion d'Ezriel de se faire avorter l'avait mise hors d'elle. Le voyant entrer, Shaindel remit le fer à repasser à la bonne. A ses yeux il n'était pas convenable pour un médecin de venir à la cuisine. Le couple se dirigea vers la salle de séjour.

« De quoi souffrait donc ce jeune homme?

— L'éternelle histoire! Des nerfs!

— Mes nerfs sont en train de me tuer, moi aussi. J'ai tout le temps envie de pleurer.

— Je suis toujours d'avis que tu devrais m'accompagner chez les Wallenberg.

— Ne recommençons pas à discuter sur le même sujet! Je ne veux pas manger du porc dans la maison d'un converti.

— Les Wallenberg ne servent pas de porc à table.

— Je n'irais pas là-bas, même si ma vie en dépendait. »

Mari et femme gardaient le silence. Ezriel observa une expression de tristesse dans les yeux de sa femme. Il ne l'avait jamais vue ainsi. Elle semblait terriblement effrayée de quelque chose et, en même temps, honteuse de sa frayeur et anxieuse de la dissimuler. Ezriel secoua la tête.

« Te souviens-tu d'une certaine fête de Simhath Torah quand tu disais que tu étais l'impératrice de Jampol? »

Les yeux de Shaindel se remplirent de larmes. « Il m'est difficile de croire que cette scène ait jamais eu lieu. J'ai l'impression que c'est arrivé dans un autre siècle. »

III

Wallenberg avait écrit que la réception serait donnée pour un groupe d'intimes; pourtant, dans la soirée, quand le fiacre d'Ezriel s'arrêta devant l'hôtel particulier de Wallenberg, sur le boulevard du Nouveau Monde, non loin de la rue Hozia, une longue file de voitures s'alignait dans l'allée carrossable. Des couples fort distingués en étaient les occupants. De nombreux hommes portaient l'uniforme. Les chevaux se cabraient avant de s'immobiliser enfin. Les cochers portant livrée aidaient les personnalités à mettre pied à terre. Le disque pourpre du soleil couchant répandait une lumière douce sur les arrivants et, plus loin, sur les vergers, jardins et rues qui descendaient vers Wola. Le temps d'un soupir, Ezriel eut le sentiment qu'il avait déjà vécu tout ceci jadis. Il retrouvait ce même ciel bleu pâle, les nuages qui s'amoncelaient, l'odeur de crottin de cheval. Il régnait même une obscure familiarité entre les visiteurs du soir. Ezriel ne s'expliqua pas pourquoi, mais l'image de la ville de Turbin, la veille d'un jour de fête, la vision de son grand-père prenaient forme dans son esprit. Vêtu d'un costume fait sur mesure, coiffé d'un chapeau, ganté de blanc, Ezriel se sentait intimidé comme dans son enfance lorsque, le premier soir de la Pâque, il se rendait à la prière, arborant des bottes neuves, une coiffe de velours, un caftan flambant neuf, et portant une poignée de noix dans sa poche. Son élégance n'était-elle pas trop voyante? Sa cravate n'était-elle pas de travers? Ses vêtements n'avaient-ils pas l'air trop neuf? Tout le monde parlait français. Ezriel avait beau avoir étudié le français, il n'avait jamais su le parler. Il existait un hymne qu'on chantait pendant la Pâque et dont les paroles précisaient que, si tous les gens étaient des écrivains, tous les cieux des parchemins, tous les arbres de la forêt des plumes, il serait néanmoins impossible d'épuiser tous les secrets contenus dans la Torah. Dans un sens, ceci était tout aussi vrai pour les choses de ce monde. Ezriel était sûr de commettre quelque étourderie, bien qu'il fît de son mieux pour se conformer à toutes les règles de l'étiquette recommandées par le *Shulhan Aruk* laïque et que ceux qui ne les avaient pas apprises dès leur plus jeune âge ne sauraient jamais assimiler.

Au vestiaire, Ezriel abandonna son chapeau haut de forme et sa canne au préposé. La gravité avec laquelle l'homme accepta ces objets prouvait à Ezriel qu'il ne paraissait pas inférieur aux autres hôtes. Du moins, pas encore. Il pénétra dans le salon avec l'humilité de celui qui a fait tout son possible et qui, en conséquence, doit se sentir en confiance. Wallenberg et sa femme se tenaient à l'entrée. Wallenberg lui adressa un regard interrogateur comme s'il ne le reconnaissait pas tout d'abord, puis, soudain, il lui secoua la main en expliquant que la petite réception qu'il avait prévue pour une poignée d'amis semblait prendre l'ampleur d'un véritable bal. Ezriel ne l'avait pas revu depuis des années : il était devenu corpulent et ses tempes avaient complètement blanchi. Mme Wallenberg ressemblait à une vieille femme. Sa coiffe blanche tremblotait lorsqu'elle exprima, en dodelinant de la tête avec sympathie, combien elle regrettait de ne pas voir Shaindel accompagner son mari. Mme Malewska s'approcha à son tour. Elle aussi était devenue grosse et lourde.

Tout se passa presque trop vite et trop en douceur pour Ezriel, comme dans une sorte de semi-ivresse. On le présenta à des hommes médaillés et à des femmes au décolleté profond. Il écouta l'énumération de hauts grades et titres, de noms célèbres. Il parla du temps qu'il faisait à des personnes parfaitement étrangères. Dans l'immense salle à manger des tables étaient mises pour environ cent cinquante hôtes. Argenterie, fine porcelaine, cristal, fleurs et chandelles étincelaient. Ezriel ne savait par où commencer pour poser son regard ébloui : aux dames d'une beauté stupéfiante qui souriaient dans leur cadre doré, ou bien aux femmes du monde qui se pressaient en foule dans la salle brillante — un peu moins belles que leur double esquissé sur canevas —, chacune avec une coiffure artistiquement apprêtée au sommet du crâne, avec ses bijoux, avec son expression particulière. Cette réception prétendument amicale ressemblait fort à une première à l'opéra, un grand vernissage au Zacheta. Ici, dans l'hôtel particulier d'un juif converti, l'élite de la société varsovienne s'était donné rendez-vous. Le gouverneur général, soudain grippé, avait dû s'aliter, tandis que le préfet de Police était présent, ainsi que le doyen de la Faculté de Varsovie et de nombreux dignitaires, portant épaulettes, galons et décorations. On entendait parler le russe aussi bien que le polonais, le français, et même l'anglais, dernièrement très à la mode. Des laquais s'affairaient silencieusement, désignant leur place aux invités. Ezriel était assis au bout d'une longue table où, apparemment, la jeune génération avait été placée. Il avait pour voisins un jeune homme au visage puéril dont la moustache pointue semblait collée sur la lèvre supérieure, ainsi que deux jeunes filles, manifestement des jumelles. Mme Malewska s'approcha du groupe et présenta Ezriel à ses voisins, prononçant des noms qu'il oublia aussitôt. Il comprit vite qu'il était le seul juif à cette table. Une jeune femme au nez pointu s'adressa soudain à lui : « Cette salle à manger n'est-elle pas divine ?

— Oui, elle est splendide.

— Tout a été restauré et agrandi. Avez-vous remarqué le nouveau tableau de Matejko ?

— Matejko ? Où ?

— Là-bas. »

Elle pointa son doigt vers l'autre bout de la salle.

« Je préfère Brandt à Matejko... fit observer un jeune homme.

— Ni l'un ni l'autre ne valent Zmurka... »

Une discussion sur la peinture s'engagea. Pendant un moment Ezriel crut qu'il était perdu au milieu de cette foule, exclu de la conversation. Par son expérience assez limitée il savait combien un tel repas peut paraître long. Il chercha un sujet susceptible d'intéresser, ne serait-ce qu'un certain temps, ces jeunes gens. Devrait-il poser une question au jeune homme ? Risquer de discuter sur l'art ? Attendre que quelqu'un lui adressât la parole ? Il était arrivé ici dans un état d'esprit plus ou moins enclin à la confiance, or, à présent, il était au bord du désespoir. Les autres, apparemment, se rendaient compte de ce qu'il endurait et leurs yeux semblaient l'éviter. Il s'ensuivit une sorte d'anathème mystérieux jeté par ceux qui conversaient sur celui qui ne s'était pas joint à eux, dès le début. Eh bien, je ferais mieux de rester tranquille. Je ne veux pas être un fardeau pour tout le monde. Comme si sa décision s'était secrètement communiquée aux autres, deux des invités lui adressèrent la parole simultanément. L'une des jumelles le pria de lui passer la salière. En même temps un jeune homme l'interpella d'un ton léger : « Nous avons été présentés, mais je n'ai pas bien compris votre nom. Le mien est Gewalewicz. Julien Gewalewicz.

— Je suis très honoré, mon nom est Babad. »

Ezriel comprit aussitôt qu'il n'était pas poli de ne donner que son nom de famille, néanmoins dans cette assemblée il se sentait incapable d'ajouter son prénom juif, Ezriel. Souvent il avait dit, en plaisantant, qu'il changerait son prénom en lui donnant une consonance plus polonaise; malheureusement, le nom d'Ezriel ne se prêtait guère à une modification. C'était un nom ingrat qui ne permettait pas qu'on l'assimilât, semblait-il. Le jeune homme voulut savoir si Ezriel était à Varsovie en tant que visiteur.

Ezriel se rendit compte qu'il ne pourrait plus longtemps cacher la vérité.

« Je suis né à Turbin, dans la province de Lublin. Mon père y était rabbi. Je suis médecin et mon cabinet se trouve dans la rue Nowolipie. »

Il y eut un moment de silence. Les paroles simples d'Ezriel avaient mis fin à la tension générale. Plus personne ne se sentait mal à l'aise et une sorte d'intimité que seule la franchise peut faire naître s'installa à la table des jeunes.

« Où se trouve Turbin? A proximité de quelle grande ville? »

La conversation tournait autour de la région de Lublin, de sa paysannerie, de sa noblesse, des juifs. Les jumelles semblaient avoir une tante vivant près de Tomashow et le jeune homme moustachu prétendait avoir lui aussi, de la famille dans cette région. Un propriétaire terrien assis non loin d'eux, qui les avait écoutés, se mêla à la conversation. Il avait quelque connaissance des questions juives et il demanda à Ezriel s'il avait étudié dans une yeshiva.

« Pas réellement dans une yeshiva, mais j'ai étudié le Talmud.

— Le Talmud ? »

Tout le monde, aussitôt, se montra curieux. Dans quelle langue le Talmud est-il écrit ? En hébreu ? En araméen ? Qu'est-ce que l'araméen ? Le parle-t-on encore ? L'écrit-on de droite à gauche ? Et qu'est-ce qui est écrit dans le Talmud ? Ezriel répondit à toutes les questions. Il était tellement absorbé par la conversation qu'il ne s'était pas rendu compte qu'il avait terminé son repas. On commença à porter des toasts. Des prélats, des généraux, des éditeurs, le préfet de Police russe, le président d'une société scientifique — tous se joignaient en buvant à la grande intelligence et à la générosité du maître de maison. Toute la salle cria « Hourra! » et « Viva! » en buvant à sa santé. Pourtant on entendit aussi chuchoter quelques remarques sarcastiques. Il était claïr pour tout le monde que ces louanges et cette dévotion qu'on témoignait à ce juif converti n'avaient qu'une seule base — l'argent.

IV

Quand le bal fut ouvert dans le salon, la timidité d'Ezriel le reprit. Cependant le festin somptueux, le vin et la conversation animée à table l'avaient laissé enjoué et il s'était fait quelque peu à l'idée qu'il ne dansait pas. Il n'était d'ailleurs pas le seul. Il y avait d'autres invités debout contre le mur, en train de regarder les couples évoluer. D'aucuns se retiraient dans les pièces attenantes. Les hommes discutaient en fumant le cigare. Dans un coin, une femme âgée rattacha la robe, apparemment dégrafée à la taille, d'une jeune fille. Tandis que la vieille femme s'affairait, la jouvencelle tapa des pieds d'impatience. Son visage juvénile était empourpré. Ezriel comprenait la cause de son déplaisir. Elle allait manquer une danse qu'elle avait tant attendue. Pareil à lui-même, tout le monde semblait prendre toute cette réception bien plus au sérieux qu'il n'était raisonnable de le faire. En dépit de la musique, du bruit des pas de danse, exécutant des polkas et des mazurkas, malgré les vêtements à la mode, les bijoux de prix — il régnait un ennui qui est toujours présent quand des étrangers sans véritable intérêt commun s'assemblent, chacun ayant son propre orgueil, sa propre ambition, sa propre humilité. En vérité, pas un seul parmi la foule n'appréciait à leur juste valeur les coiffures compliquées, tout le labeur que les tailleurs, coiffeurs et corsetières avaient dû déployer pour produire de tels chefs-d'œuvre. On continuait à se présenter réciproquement, les messieurs ne cessaient d'effleurer de leur barbe ou de leur moustacle les mains féminines. Ezriel s'attardait devant une peinture : chasseurs, chiens d'arrêt, champs enneigés, une forêt à l'arrière-plan, un cerf tué étendu dans la neige qu'un mince filet de sang teintait de rouge. Le tout avait été exécuté avec maestria, pourtant le tableau n'éveillait pas l'intérêt d'Ezriel.

« Pourquoi suis-je si impatient? s'étonna Ezriel. J'avais l'habitude de contempler, pendant des heures sans fin, les illustrations puériles dans la *Haggada* de ma mère... » Soudain quelqu'un lui donna une bourrade dans les côtes, avec une familiarité qui le surprit. Il se retourna et aperçut Wallenberg accompagné d'une jeune femme brune d'une trentaine d'années qui portait ses cheveux ramassés en un simple chignon. Elle était vêtue plus modestement que les autres femmes. Sa robe, à peine rehaussée d'ornements, semblait avoir été confectionnée par une couturière ordinaire. La jeune femme sourit du sourire d'une juive qui rencontre un coreligionnaire parmi des gentils. Elle avait des sourcils très fournis, des yeux noirs et ce fin duvet si plaisant sur la lèvre supérieure qu'on trouve souvent chez les femmes très brunes.

Wallenberg dit : « Je vous croyais en train de danser, et voilà que je vous trouve en admiration devant mes tableaux. Mme Bielikov, voici le jeune homme dont je vous ai parlé. Le docteur Babad, neurologue. Mme Bielikov est originaire de votre ville natale. Vous êtes bien de Vilna, n'est-ce pas ?

— Moi, de Vilna ? A Dieu ne plaise! Je suis né dans la province de Lublin.

— Ah! oui, qu'est-ce que je suis en train de raconter... Enfin, vous êtes bien le gendre de Calman Jacoby. Mme Bielikov vient de la Lituanie. Son mari était un de mes voisins. Nous nous sommes connus à Druskenik, près du Niémen. J'y possédais une villa. Oh! comme le temps s'enfuit! Il y a un sujet dont j'aimerais vous entretenir, mais je ne sais pas au juste à quel moment. Vous serait-il possible de venir me voir à mon bureau ? Que faites-vous le samedi ?

— La même chose que le reste de la semaine.

— Et dire que vous êtes le fils d'un rabbi! Que pensez-vous de samedi prochain, à quatorze heures ?

— Ce sera parfait.

— Voilà qui est réglé. Je vous attendrai donc samedi. A présent, je dois vous quitter. Bavardez un peu tous les deux! Mme Bielikov comprend le yiddish. »

Après le départ de Wallenberg le couple garda un

moment le silence, ne sachant trop de quoi parler. Enfin Ezriel fit observer : « Ses cheveux sont devenus complètement blancs.

— Oui, on vieillit, hélas! on ne rajeunit pas, prononça Mme Bielikov en polonais, mais avec un accent russe. Quand nous habitions à Druskenik, ses cheveux étaient encore tout bruns. Exercez-vous la médecine à Varsovie?

— Oui.

— Mon mari était médecin — médecin militaire. » La jeune femme se tut brusquement.

« Je n'ai jamais voulu m'engager dans cette sorte de carrière, dit Ezriel au bout d'un silence prolongé.

— Pourquoi pas?

— Je n'apprécie pas tellement la vie de caserne.

— Oh! mon mari n'avait rien à voir avec les casernes. Il était attaché à un hôpital militaire. Parfois c'est préférable à un cabinet de consultation privé.

— Vivez-vous à Varsovie de façon permanente?

— Oui, dans la rue Zielna, non loin de la rue Prozna.

— Est-ce près de la rue Kreditowa?

— La rue Kreditowa se trouve de l'autre côté du boulevard Marshalkowsky.

— Oui, bien sûr. Je connais un certain docteur Zawacki qui y habite.

— Le docteur Zawacki est une de mes relations.

— Je suis originaire du village de Jampol. Le docteur Zawacki est marié à la fille du châtelain local.

— Oui, je sais. Mme Malewska m'a parlé de vous et de la comtesse — quel est votre degré de parenté, est-elle votre cousine?

— Ma belle-sœur. Elle et Mme Zawacki sont belles-sœurs.

— Mme Zawacki m'a tout raconté. A présent je comprends. C'est donc vous! Mme Malewska est une de mes amies. Nous avions l'habitude de nous voir fréquemment. Dernièrement elle était très occupée; personnellement, j'étais accaparée par mes enfants. Mon mari est mort.

— Je vois.

— Eh bien, comme le monde est petit! Qu'est devenue votre belle-sœur?

— Elle est malade et malheureuse.

— Hélas! on apprend parfois de tels drames. On fait fausse route, on se sent perdu, et on descend la pente jusqu'à devenir une épave humaine. Où est-elle?

— Quelque part à Otwock. Elle est restée un certain temps dans un sanatorium. Maintenant elle a trouvé un abri bien à elle.

— Tuberculose pulmonaire?

— Oui.

— Et son mari — quel est son nom, déjà? Est-il toujours en prison?

— Lucien? Oui, mais il en sortira bientôt.

— J'ai appris un tas de choses incroyables qui semblaient être pure folie. Apparemment les Wallenberg ont fait tout ce qui était en leur pouvoir pour le sauver.

— Oui, c'est exact.

— Il existe des personnes qui ont besoin de se faire du mal à elles-mêmes. On comprend difficilement pourquoi elles agissent ainsi. Voulez-vous que nous allions nous asseoir? »

V

Ils s'installèrent dans des fauteuils pour bavarder. Les parents de la jeune femme étaient juifs. Son père était enseignant et, pendant ses heures libres, il avait adressé des pétitions aux autorités russes. Elle, Léa — ou Olga —, avait été orpheline très jeune. Elle avait été élevée par une tante riche à Vilna. C'est là qu'elle avait rencontré son mari, André, qui poursuivait ses études à Saint-Pétersbourg. Le père d'André était tailleur pour dames, et bien qu'il fût un juif pieux, il avait adopté la foi orthodoxe. Quand Olga l'avait épousé, elle aussi s'était « convertie un peu ». Mme Bielikov venait de donner tous ces détails en polonais, pourtant pour ses dernières paroles elle avait employé le yiddish lituanien. Elle sourit tristement en les prononçant. Allons, quelle différence cela faisait-il ? Dieu n'existait pas, de toute manière. S'il y avait un Dieu, il n'y aurait pas tant de drames. Elle et André avaient été heureux. Un jour, il était parti se baigner dans un petit ruisseau où l'eau lui arrivait à peine aux genoux. On l'avait découvert noyé. Que s'était-il passé ? Peut-être était-il mort d'une crise cardiaque ? Toutefois il ne s'était jamais plaint de malaises du cœur. Suicide ? Pourquoi se serait-il suicidé ? Il avait mené une vie heureuse. Une seule chose était curieuse : il avait parlé de la mort, la veille. Qu'avait-il dit au juste ? Que, s'il devait mourir, on ne le pleure pas, car un mort est comme quelqu'un qui n'est jamais venu au monde. Il avait prononcé ces paroles en plaisantant.

Quand était-ce arrivé ? Presque deux ans plus tôt. Comment s'arrangeait-elle toute seule ? Ils avaient économisé un peu d'argent et elle recevait une petite pension du gouvernement. Pour être sincère, elle avait une existence difficile. Wallenberg avait offert de l'aider, mais elle avait refusé. André n'aurait pas aimé qu'elle acceptât. C'était un homme très fier. L'Université de Saint-Pétersbourg avait publié sa thèse. Il avait laissé une considérable bibliothèque en quatre langues. André ne s'était pas intéressé exclusivement à la médecine. Il était aussi amateur d'astronomie. Elle gardait toujours un petit télescope quelque part chez elle. A Druskenik, il restait éveillé des nuits entières pour observer les étoiles.

Ce fut d'abord Ezriel qui posa les questions. Puis, ce fut au tour de la jeune femme. Elle n'avait toujours pas bien compris les liens de parenté entre Ezriel et le docteur Zawacki. La belle-sœur d'Ezriel était également la belle-sœur de Félicie. Lucien était le beau-frère d'Ezriel. « Comment quelqu'un peut-il faire un tel gâchis de sa propre vie? s'exclama Mme Bielikov.

— Le cerveau humain est la plus grande énigme du cosmos... »

Mme Bielikov le regarda avec surprise.

« Bizarre, voilà les paroles exactes d'André! »

Ils quittèrent les fauteuils pour se rendre au salon. Elle lui dit : « Naturellement, vous ne savez pas danser!

— Non.

— Cela n'a rien de surprenant chez un étudiant de yeshiva.

— Dansez-vous, madame?

— Plus maintenant. »

Mme Bielikov devait partir de bonne heure. Elle avait une bonne; malheureusement celle-ci n'avait aucune expérience; elle venait de débarquer fraîchement de son village. Le petit garçon de Mme Bielikov, Kolia, n'avait que quatre ans. Il se réveillait la nuit en pleurant, et seule sa mère savait le calmer. Ezriel s'offrit à la raccompagner.

« Vous n'avez pas besoin de gâcher votre soirée à cause de moi.

— Je n'ai aucune raison de rester. »

Ils quittèrent la réception sans prendre congé. Trouver un fiacre dans ce quartier s'avéra difficile. Ils traversèrent sans se presser le boulevard du Nouveau Monde. La nuit était chaude, un peu humide, et sentait bon le printemps. Il y avait des jardins et des vergers non loin. On entendait le cri-cri des grillons comme en pleine campagne. Des oiseaux réveillés se mettaient à gazouiller. La flamme vacillante des becs de gaz faisait paraître la nuit plus noire encore. De temps à autre, un carrosse ou une voiture les dépassait. Des éclairs de chaleur et des lueurs vives et subites sur la ligne d'horizon annonçaient un temps chaud. Entre les arbres et buissons on apercevait des villas, des hôtels particuliers avec des colonnes, tourelles, sculptures et fontaines. On voyait bouger des ombres derrière les draperies des fenêtres. Au loin, un chien aboyait. Le trottoir était inégal et Mme Bielikov faillit tomber. Ezriel lui prit le bras.

« Quelle étrange nuit! fit-elle.

— Toutes les nuits sont étranges.

— Oui, vous avez raison. Et toute vie reste un mystère. »

Quelque temps après ils trouvèrent un fiacre. Il n'était pas encore minuit, cependant Varsovie était déjà endormie. Les rues étaient vides. On n'apercevait que quelques rares piétons et filles publiques. Le fiacre tourna dans la rue Berg et traversa la rue Kreditowa. A l'intersection du boulevard Marshalkowsky et de la rue Prozna, le cocher s'engagea dans la rue Zielna. Mme Bielikov désigna une maison à deux étages avec des balcons et elle s'apprêta à sortir son portefeuille.

« Non, madame, je vous en prie!

— Pour quelle raison paieriez-vous pour moi ?

— J'y tiens, tout simplement.

— Comment pourrai-je vous remercier? Eh bien, c'était vraiment très agréable. Dans ma situation il est pénible d'assister à un bal. Quelle chance que nous nous soyons rencontrés!

— Je m'y sentais moi-même infiniment perdu.

— Quelqu'un aurait peut-être pris pitié de vous... »

Ezriel aida Mme Bielikov à descendre du fiacre. Il resta avec elle devant la grille en attendant que le concierge vienne ouvrir. Elle lui sourit. Son regard interrogateur sembla exprimer : « Est-ce tout ? » Une familiarité secrète émanait de tout son être. On entendit les pas du concierge. Mme Bielikov tendit sa main à Ezriel. Sa paume était chaude. Il sentit une douce pression sur ses doigts.

« Bonne nuit. Et merci encore.

— Bonne nuit. »

La grille se referma sur elle. Il écouta mais il n'entendit aucun bruit de pas qui s'éloignent. On aurait dit qu'elle s'attardait de l'autre côté, elle aussi. Alors seulement l'idée lui traversa l'esprit qu'il aurait pu lui demander de voir la bibliothèque de son mari...

VI

Les médecins travaillant à la Clinique Libre pour les pauvres passaient généralement à leur foyer avant de rentrer chez eux. La plupart des jeunes avaient des activités d'aide sociale. Ils avaient fondé une association, nommée « Santé », qui diffusait des petites brochures en polonais et en yiddish. Leur thème principal était toujours le même — l'insalubrité des locaux dans lesquels les juifs polonais pauvres étaient obligés de vivre. Un médecin qui faisait partie du corps médical de l'hôpital juif de la rue Pokorna, décrivit les conditions terribles qui y régnaient : des souris trottaient dans les couloirs; il n'y avait pas d'installation hygiénique décente pour les malades; la société juive pour les malades apportait des aliments contre-indiqués aux patients : puddings indigestes du shabbat, oignons frits dans la graisse de poulet. Un autre médecin parla du nouvel hôpital juif qu'on devrait construire et du grand besoin d'infirmières juives. Ezriel pensait aux femmes qui avaient porté leur linge infesté de poux à son père. En cas de règles irrégulières, elles consultaient le rabbi, afin de ne pas commettre le péché de la chair pendant leur période impure. Un médecin plus âgé qui se spécialisait dans les maladies des poumons dit : « Nous sommes toujours embourbés jusqu'aux genoux dans les mœurs asiatiques.

— Pourtant, regardez quel progrès a été fait par les juifs de l'Europe occidentale.

— Ils n'ont pas à lutter contre les hassidim. »

Ezriel était sur le point de partir. Soudain le concierge qui préparait le thé et s'occupait du nettoyage vint lui remettre une enveloppe bleue. Ezriel sentit son cœur battre plus vite. La lettre était de Mme Bielikov :

« Très estimable docteur Babad,

« Peut-être vous souvenez-vous de moi ? Nous nous sommes rencontrés au bal chez Pan Wallenberg. Je vous ai parlé de mon fils Kolia qui se réveille la nuit, en pleurant de peur. On m'a dit qu'il souffre de l'insomnie de Pavor. Puisque la neurologie est votre spécialité, je considérerais comme un privilège si vous consentiez à examiner l'enfant. Kolia et moi sommes presque toujours à la maison et nous serions heureux de vous recevoir quand il vous plaira. Je ne voudrais surtout pas vous créer le moindre embarras. Bien que nous nous soyons vus très brièvement, j'ai l'impression de vous connaître depuis longtemps. J'espère que vous ne m'avez pas complètement oubliée. Si je suis trop franche, ne m'en veuillez pas.

« Avec toute mon estime et mes meilleurs vœux,

« Olga Bielikov. »

Ezriel relut la lettre plusieurs fois. L'adresse très conventionnelle sur l'enveloppe, l'écriture, les marges inégales, et même la tache d'encre sur la lettre dégageaient une chaleur communicative. Ezriel crut pouvoir déceler l'hésitation pleine de fierté de la jeune femme avant d'envoyer sa missive. La veille il avait lu quelque chose sur la télépathie. Il avait pensé à elle, et voilà que la transmission de pensée avait opéré : elle venait de lui écrire! Il n'était pas le seul neurologue à Varsovie. Il restait un peu de temps libre à Ezriel et il décida de chercher un supplément d'information sur l'insomnie de Pavor dans l'encyclopédie médicale. « Devrais-je lui apporter des fleurs? » se demanda-t-il. Il se plongea dans la lecture, sans vraiment saisir ce qu'il lisait. « Est-ce possible que je sois tombé amoureux de cette femme? Shaindel en mourrait... » L'émotion lui faisait battre le cœur plus vite. Les lettres dansaient devant ses yeux. « Pourrais-je me rendre chez elle aujourd'hui même? Faudrait-il attendre? Quel costume choisir? » Soudain, sa fatigue s'était envolée et il vivait une attente fiévreuse. Tout semblait changé — le bureau, les rayons de livres, la cour, l'amoncellement de nuages. Quelle infinité de compositions dans la volatile et lumineuse essence du bonheur! Comme les mots étaient insuffisants pour décrire un tel état d'âme! Que se passait-il en ce moment dans son cerveau, par exemple? Si seulement on pouvait voir de ses yeux tous ces changements physiques et chimiques! Les nerfs étaient à vif, les neurones réagissaient, les substances se fondaient. Les quelques mots de Mme Bielikov avaient déchaîné un véritable tumulte dans le tréfonds de son être, dans son sang, son cœur et ses organes sexuels. Non seulement le cerveau, mais chaque partie du corps humain réagissait à des symboles.

Il se mit en chemin pour rentrer chez lui. Il avait déjà manqué le déjeuner et il lui restait encore à voir des malades dans l'après-midi. Ezriel avait souvent envié les médecins ayant une spécialité plus concrète que la sienne — dermatologues, gynécologues, ophtalmologues, pédiatres. Ils savaient toujours plus ou moins à quoi s'en tenir dans un cas spécifique. Lui avait choisi un domaine où presque tout était encore obscur.

VII

Ezriel avait apporté des fleurs pour la jeune mère et une boîte de chocolats pour les enfants. Natacha, l'aînée, fit une révérence gracieuse. Kolia la singea à sa façon enfantine. Jadzia, la bonne, s'empressa de placer le bouquet dans un vase. Cette jeune paysanne aux cheveux d'un blond filasse et aux joues rebondies rougit de plaisir à la vue d'un homme entrant chez sa patronne. La soirée était chaude dehors, tandis qu'à l'intérieur régnait une fraîcheur printanière. Une brise tiède entrait par les fenêtres ouvertes qui donnaient sur une cour plantée d'arbres au feuillage dense. Ezriel compara cet appartement au sien. Ici, le parquet bien ciré miroitait. Tout était à sa place. Chaque meuble et chaque bibelot étaient impeccablement frottés et époussetés. Il ne réussirait jamais à obtenir de Shaindel qu'elle veillât à garder leurs pièces rangées, toujours il y régnait un certain désordre.

Ezriel ausculta Kolia. L'installant sur une chaise, il le frappa légèrement au-dessous du genou, il examina ses yeux et écouta les bruits de son cœur et de ses poumons. Organiquement, l'enfant était bien portant. La petite Natacha, âgée de huit ans, étudiait déjà le piano, aussi sa mère la pria-t-elle de jouer pour le docteur. Puis, Jadzia conduisit les deux enfants dans leur chambre afin de les coucher. Avant de sortir, frère et sœur s'inclinèrent poliment, souhaitèrent une bonne nuit et remercièrent pour les chocolats. Ezriel était assis dans un fauteuil, Mme Bielikov occupait le sofa. L'éclairage du plafond avec son écran vert jetait une lumière diffuse. Comme elle se tenait droite! Comme elle parlait intelligemment et avec quel tact! Que son sourire était discret! Dans ce lieu, la culture européenne n'était pas une simple expression, mais une réalité. Ezriel expliqua à Mme Bielikov que l'insomnie de Pavor était une forme de nervosité, un de ces troubles fonctionnels dont on ne connaît pas l'origine. Néanmoins, il demanda s'il y avait des cas de démence, d'épilepsie ou de névrose dans la famille.

« André était un être très nerveux, dit Mme Bielikov pensivement.

— Oh!

— J'ai moi-même mes humeurs.

— Qui n'en a pas ?

— Il existe des personnes qui ne connaissent pas ces hauts et ces bas. Tout se passe en douceur chez eux — intérieurement et extérieurement. »

La bonne apporta le thé, accompagné de galettes et de fruits. Quand elle eut terminé son service, elle demanda à sa maîtresse la permission de faire une promenade. « Aussi longtemps qu'il te plaira », répondit Mme Bielikov.

« Bonne nuit, monsieur le docteur. »

Ils buvaient leur thé en conversant avec l'aisance de vieilles connaissances. Elle s'intéressait à son travail de médecin. Il lui parlait des fous de l'hôpital Bonifratov : les malades calmes qui rêvaient tout éveillés; les maniaques qu'il fallait enfermer dans une camisole de force; les mélancoliques qui restaient plongés dans une tristesse perpétuelle; les paranoïaques qui se convainquaient eux-mêmes qu'ils avaient hérité d'une grande fortune, qu'ils avaient enterré un trésor, qu'ils avaient des liens de parenté avec la famille royale. Il y avait un nombre impressionnant de Messies parmi les malades juifs. Les femmes étaient plus enclines aux délires érotiques que les hommes. La folie était réellement une maladie du cerveau, mais plus que tout autre infirmité, elle était liée aux facteurs d'ordre social, culturel et religieux. Ezriel fit remarquer que, dans un sens plus large, la connaissance du cerveau comprenait toutes les sciences, tous les arts, toutes les pensées et tous les sentiments. Nous étudions l'âme même quand nous sommes en train d'apprendre le latin ou l'ouvrage d'un tailleur.

Mme Bielikov sourit. « Prendriez-vous un tailleur pour un psychologue ?

— Il existe un philosophe qui soutient que toutes

les choses sont des idées. Sur le plan de la logique pure, cette prémisse se défend mieux que toutes les autres théories philosophiques.

— André ne prenait pas trop au sérieux de telles pensées. Pendant un certain temps il avait assisté aux cours de la faculté des Lettres, en Russie et en Allemagne.

— Avez-vous séjourné à l'étranger?

— Non. Quand nous nous sommes rencontrés, il avait déjà terminé ses études. Nous avions projeté de faire un voyage en Suisse, en France et en Allemagne, or nous ne sommes jamais partis. Les enfants...

— Moi aussi j'aimerais voir ce qui se passe de l'autre côté de la frontière.

— Vous êtes encore jeune. Vous le verrez. André parlait si souvent des Alpes.

— Je n'ai jamais vu la montagne. Ni montagne ni mer, d'ailleurs.

— Moi non plus... »

L'appartement avait un petit balcon. Mme Bielikov suggéra de sortir un peu prendre l'air. Il y avait deux fauteuils. Ezriel et Olga Bielikov, assis dans l'obscurité, continuaient à bavarder. Le ciel était étoilé. Un grand calme régnait dans la rue. Ezriel apercevait à peine les contours du visage d'Olga. Il écouta sa voix lorsqu'elle parla de sa maison familiale, de ses parents, du lycée. Elle avait toujours été quelqu'un de très sérieux. Elle avait préféré s'enterrer dans ses livres et, par-dessus tout, rêver tout éveillée. Particulièrement, depuis la mort de ses parents. Elle avait pris l'habitude de discuter avec sa mère comme si cette dernière était toujours vivante. Elle prétendait même l'avoir aperçue, à plusieurs reprises. Comment était-ce possible? Elle parlait du reste de sa famille. Quelque part à Bialystok elle avait encore un oncle, le frère de son père. Il y avait aussi quelques cousins.

Elle expliqua : « Quand je me suis convertie, naturellement je me suis éloignée de tout le monde. Toute la famille a dû me maudire.

— Vos enfants connaissent-ils leur ascendance juive ?

— Oui, ils savent tout. On ne peut rien leur cacher.

— Avez-vous des amis, ici, à Varsovie ?

— Des amis ? Non, pas vraiment. Je ne sais toujours pas ce que je fais dans cette ville. Je suis venue ici par hasard, après la mort d'André, et je suis restée sans savoir pourquoi. En vérité, Varsovie me demeure étrangère. Bien sûr, il y a les Wallenberg — ils sont d'ailleurs ma seule relation.

— Ils occupent une place très importante dans cette ville.

— Je sais. Cependant je n'aimerais pas exploiter une amitié. J'ai bel et bien hésité à vous écrire au sujet de Kolia... »

Mme Bielikov s'interrompit brusquement. Ezriel prit son courage à deux mains. « Si vous n'aviez pas écrit, madame, c'est moi, sans doute, qui aurais pris cette liberté...

— Pourquoi dites-vous cela ?

— Oh! je n'en sais rien. J'ai pensé à vous. Parfois une rencontre fortuite laisse une profonde impression...

— Oui, certes. Je ne suis pas d'une nature très hardie; de même je pense qu'il reste en vous toujours quelque chose de l'étudiant de yeshiva.

— Je le crains, moi aussi.

— C'est véritablement touchant. André était un homme du monde. Modeste, pourtant. Un curieux mélange d'audace et de timidité. Il savait dire la vérité à son général, sans ciller des yeux. Ses assertions auraient pu le faire exiler en Sibérie. Or, en même temps, il était aussi timide qu'un écolier. Natacha est exactement comme lui. Kolia tient plutôt de moi.

— Tous deux sont des enfants exceptionnellement beaux.

— Je vous remercie.

— Et les astres de la voûte céleste suivent leur propre mouvement stellaire. Ils étincellent et clignotent, déclama Ezriel.

— Oui... les astres. Je crois que je vous ai raconté qu'André était un amateur d'astronomie ?

— Oui.

— Il passait des nuits entières à observer les étoiles. Moi aussi, je regardais parfois la Voie Lactée et bien d'autres choses là-haut, à travers ce télescope. Quelle est la signification de tout ceci ?

— Nous n'en savons rien.

— Quand vous reviendrez, je sortirai le télescope. Il est rangé quelque part. L'instrument n'est pas bien grand, pourtant on voit beaucoup de choses grâce à lui. La lune est particulièrement intéressante... Comment est votre femme ?

— Une bonne épouse. Une mère dévouée.

— Eh bien, que pourriez-vous demander de plus ? La plupart des hommes s'en contentent. En dehors de nos rapports conjugaux, André et moi étions comme deux camarades. Nous avions toujours quelque chose à nous raconter. Il semble bien que tant de bonheur n'est pas permis par les puissances d'en haut. »

VIII

Était-ce à sa troisième ou à sa quatrième visite? Il la prit dans ses bras. Elle sursauta, mais ne le repoussa pas. Ils se tenaient sur le balcon. Il y avait pensé depuis longtemps, or, c'était arrivé tout naturellement. Dans l'obscurité elle lui saisit les poignets.

« Non, ne faites pas cela!

— Pourquoi pas? demanda-t-il.

— C'est trop tôt. Je prends ces choses très au sérieux... Le moment n'est pas encore venu. »

Sa voix semblait se briser.

L'avait-il blessée? D'autres hommes de son âge avaient des liaisons, tandis que lui était novice dans ce genre de situation. Levant les yeux vers le ciel, il se demandait : « Quelle place occupent toutes ces complications insignifiantes dans l'univers? » Il écoutait battre son propre cœur. Quel calme ici, dans la rue Zielna, on se serait cru dans une prairie en pleine campagne. On entendait un bruissement régulier, peut-être provoqué par les grillons, par le vent, ou bien était-ce simplement un tintement d'oreilles? Ezriel avait l'impression que cette nuit d'été, pleine de tant de richesses, attendait quelque chose, elle aussi, qu'elle était plongée dans une sorte de tension cosmique. Il était sur le point de demander pardon à Olga, lorsque, dans la pénombre, il vit briller ses yeux noirs, exprimant à la fois la timidité et la joie. Elle se serra davantage contre lui.

« Curieux... avant la mort de mon mari j'avais toujours cru que je mourrai la première. Je ne sais pas pourquoi. J'étais jeune et en bonne santé. J'avais simplement une prémonition. Depuis mon enfance, je me suis toujours sentie mal à l'aise quand tout se passe trop bien, sans anicroches. J'ai alors la confuse appréhension d'une menace suspendue sur mon bonheur. Jamais il ne m'était venu à l'idée que quelque chose pourrait arriver à André. Vous ne croyez certainement pas aux superstitions ?

— Je ne sais plus à quoi il faut croire.

— André était un homme raisonnable. D'un équilibre parfait. Pourtant, parfois il disait des choses qui me surprenaient. Je suis moi-même assez superstitieuse. J'ai toujours été fataliste. Le plus simple hasard guide l'homme, dit-on en yiddish. Une main mystérieuse. Cependant, pourquoi Dieu devrait-il se consacrer à chaque être en particulier ?

— Si Dieu existe, Il doit être capable de faire cela, aussi.

— Que pensez-vous du spiritisme ? Ici, à Varsovie, on fait actuellement beaucoup de bruit autour de cette science occulte.

— Je n'y crois pas.

— Moi non plus; pourtant... une femme m'en a parlé. Elle dit qu'elle pourrait me mettre en contact avec André. La seule pensée d'un tel dessein me semble une profanation. S'il était en mesure de m'atteindre, il aurait trouvé un moyen pour me donner quelque signe. Je ne sais combien de nuits je suis restée éveillée en priant! Tout d'abord il était toujours absent de mes rêves, or, dernièrement, j'ai commencé à rêver de lui.

— Quelle sorte de rêve ?

— Je ne sais pas. Je ne m'en souviens pas. Je n'ai pas l'impression qu'il est mort — encore que, dans un certain sens, j'accepte l'évidence. Il me semble plutôt qu'il est gravement malade. Comme quelqu'un qui a reçu un choc. Il est en grand péril, c'est pourquoi il m'est tout particulièrement cher. Que signifient les rêves ?

— Personne ne le sait.

— Que sait-on au juste? Quel est le sens de tout ceci? J'ai perdu mon père très jeune. Je rêvais de lui chaque nuit. Plus tard, quand ma mère mourut, Père retourna dans les ténèbres et Mère le remplaça. On aurait dit qu'il n'y avait pas place pour tous les deux dans mes rêves. N'est-ce pas curieux? Maintenant c'est André qui vient me visiter toutes les nuits. Il est si pâle, si triste. Impossible de décrire son aspect. Il semble être honteux de ce qui lui est arrivé.

— Que dit-il?

— Je ne m'en souviens pas. Rien d'important. Quand je me réveille, j'ai l'impression qu'il ne m'a parlé que de choses insignifiantes et je m'en étonne. Peu après j'ai tout oublié. Pourquoi les rêves s'envolent-ils si vite? »

Soudain on entendit des cris et des pleurs venant de la chambre d'enfants. Mme Bielikov saisit la main d'Ezriel, Kolia poussait de grandes plaintes. Il venait de se réveiller en sursaut. Olga entraîna Ezriel vers la chambre d'enfants. Debout à côté du lit, il écouta la jeune femme calmer Kolia. « Qu'y a-t-il? Mon petit cœur, mon pauvre petit ange! Oh! il est trempé de sueur! » Elle pressa ses lèvres sur le visage de l'enfant en l'étreignant et le réconfortant avec des paroles que seule une mère peut connaître. On percevait la respiration régulière de Natacha, couchée dans l'autre lit. Enfin Kolia se rendormit. Après avoir redressé l'oreiller et lissé la couverture de l'enfant elle sortit sur la pointe des pieds, suivie d'Ezriel qui lui prit le bras. Ils s'attardèrent sur le seuil, entre la chambre d'enfants et le salon faiblement éclairé. Ezriel sentit la chaleur de ce corps tremblant serré contre lui.

« S'agit-il vraiment de l'insomnie de Pavor?

— Oui, mais sous une forme très atténuée.

— Il ne peut rien y avoir entre nous... dit-elle

d'une voix étouffée. Vous avez une femme... Ce ne serait pas raisonnable... Que deviendrions-nous ?

— Logiquement, vous avez raison.

— Comment peut-on ne pas être logique ? »

Ils entrèrent dans le salon. La pendule indiquait onze heures et demie.

« Eh bien, je ferais mieux de partir. »

Elle le conduisit dans le vestibule. Elle ferma la porte du salon et, une nouvelle fois, ils se retrouvaient dans l'obscurité. Silencieux, ils semblaient écouter l'appel de quelque force supérieure qui allait décider de leur destin. Ezriel fit un mouvement comme pour prendre son chapeau, puis il y renonça. Les yeux d'Olga brillaient dans le noir tels deux points lumineux immatériels.

« Ne pourrions-nous être de simples amis ? demanda-t-elle.

— Oui, bien sûr.

— J'ose à peine vous dire ceci : vous lui ressemblez tellement — le même tempérament... cette fierté bien personnelle... cela paraît incroyable... »

Il l'étreignit et ils échangèrent un long baiser, avec le désespoir de ceux qui se sentent incapables de résister plus longtemps à leur passion.

IX

Ezriel était assis dans un fiacre qui le ramenait chez lui. Il était moins heureux que surpris de ce qui venait de se produire. Pendant des années il avait trouvé l'amour, sous toutes ses formes, dans la littérature. A présent il était lui-même victime de l'amour, d'une liaison sérieuse, pleine de mystère et de danger. Après tout, son mariage avec Shaindel avait été une union arrangée par les parents. Sa femme était devenue prématurément corpulente et frigide. La ville de Varsovie était plongée dans le sommeil. Ezriel se pencha à la portière du fiacre pour respirer l'air frais. Son plaisir puéril de se promener en voiture, tiré par un cheval, se mêlait à la satisfaction de l'adulte qui venait de remporter une victoire sur le sexe opposé. Le destin lui était clément. Il allait enfin connaître le jeu de l'amour et du hasard si plein de risques, avec ses rencontres secrètes et ses plaisirs cachés. L'ennui mortel allait soudain faire place à une vie pleine d'espérance, comme dans un roman, dans une pièce de théâtre... Mais que dirait-il à Shaindel? Où avait-il passé la soirée si elle lui posait la question? Combien de temps pourrait-il la leurrer? Elle était enceinte et sa grossesse était presque arrivée à terme. Demander le divorce? Il s'en sentait incapable. Il devait tant de choses à Shaindel. Même le fait d'avoir été invité chez Wallenberg, il le devait à ses liens de parenté avec Calman Jacoby. Des idées extravagantes lui traversaient l'esprit. « Je suis médecin. Je vais avoir une liaison. Quoi de plus naturel et de plus conforme aux mœurs européennes? J'ai fait beaucoup de chemin depuis mon départ de Jampol. » Il s'abîma dans une petite rêverie pleine de félicité. Il se réveilla en sursaut de son rêve tout éveillé : il venait de voir Shaindel mourir en couches et lui-même épousant Olga. Il allait s'installer avec sa jeune femme à Saint-Pétersbourg dans la Perspective Newsky... Ezriel se secoua en murmurant : « A Dieu ne plaise! Que le Ciel lui accorde une longue vie! » Involontairement il se mit à prier : « O Seigneur de l'Univers, protège-la, veille à ce que sa délivrance se passe bien! Je fais le serment de donner dix-huit roubles... » De nouveau, il se surprit à prononcer une prière. « Que m'arrive-t-il ? Je présente tous les symptômes d'un neurasthénique! » Le cheval s'arrêta. « Que les animaux sont merveilleux en comparaison de l'homme! Ils possèdent tout — l'humilité, la sérénité, la fidélité, le étachement intérieur... »

Pendant un temps indéterminable il tira sur la sonnette de la grille. La nuitétait chaude, pourtant il avait froid. Il semblait le seul éveillé dans cette ville endormie d'un sommeil paisible — un débauché rentrant chez lui après une nuit de plaisirs... « Que vais-je lui raconter ? » Il se sentait incapable de trouver une explication. Si le monde n'est vraiment qu'un macrocosme aux innombrables combinaisons d'atomes, comment pourrait-il y exister quelque chose qu'on appelle le péché ? Les mêmes molécules d'eau dans lesquelles un bateau a peut-être sombré quelque jour pourront aujourd'hui sauver un enfant mourant de soif. Comment suivre la trace des transmutations infinies de la matière, s'il n'existe pas un grand livre universel... Un chien se mit à aboyer quelque part au loin. Le concierge sortit enfin pour ouvrir la grille. Il était en caleçon. Ezriel lui donna vingt groschen. L'homme accepta le pourboire sans dire merci.

Ezriel grimpa l'escalier. Comme il faisait sombre! Sa peur puérile de l'obscurité ne s'était jamais tout à fait dissipée. « Que ferais-je si un démon m'empoignait ? » Il imagina un succube ténébreux, immense comme s'il était monté sur des échasses, doux et répugnant au toucher comme une toile d'araignée, avec des touffes de cheveux embroussaillées et des pattes d'oie en guise de pieds. Ezriel sourit dans son for intérieur. « Qu'il est difficile de se libérer de l'emprise de la superstition! Celle-ci doit posséder un pouvoir atavique; encore que, selon Weismann, des caractéristiques acquises ne puissent être héréditaires. Allons, ceci n'a jamais été établi de façon définitive. Pourquoi Lamarck et Darwin ne pourraient-ils avoir raison tous les deux ? Ezriel grimpa quatre à quatre les dernières marches, comme jadis à Lublin, lorsqu'il rentrait à la maison après quelque promenade nocturne. Il frappa nerveusement à la porte et entendit bientôt les pas de Shaindel approcher. Manifestement elle n'avait pas dormi. Elle était vêtue d'une chemise de nuit sous laquelle son gros ventre pointait. Ses cheveux étaient en désordre, son visage blafard.

« Où étais-tu ? Infortunée que je suis ! Je ne souhaite pas à mes pires ennemis de connaître la peur que j'ai endurée !

— J'étais avec un malade.

— Quel genre de malade ? »

Ezriel pénétra dans l'appartement.

« Un enfant. Il souffre de l'insomnie de Pavor. Il se réveille en pleurant de peur, au milieu de la nuit. C'est une maladie nerveuse.

— L'as-tu veillé la moitié de la nuit en attendant qu'il se réveille ?

— C'est la seule manière pour faire un diagnostic correct.

— Et qu'aurais-tu fait s'il s'était réveillé deux heures plus tard ?

— Je suis médecin, et non cordonnier », dit Ezriel, étonné de la facilité avec laquelle il savait mentir. A vrai dire, il n'avait pas entièrement menti. Shaindel resta debout en l'observant avec surprise.

« Pourquoi ne pas m'avoir dit que tu rentrerais si tard ? Tu sais pourtant combien je me fais de soucis.

— J'ai décidé cette visite à la dernière minute. C'est la première fois que je traite un tel cas.

— Qui est-ce ? Où habitent ses parents ?

— Dans la rue Zielna.

— N'ont-ils pas de médecin dans leur quartier ?

— C'est Wallenberg qui m'avait recommandé.

— Sont-ils jeunes ?

— Ils ont deux enfants, une fille de huit ans et un garçon de quatre ans. Des convertis.

— Des convertis ? On s'égare et on disparaît... », murmura Shaindel d'une voix plus conciliante et comme pour elle-même. Elle se rendait compte qu'Ezriel disait la vérité et elle était prise de remords. Elle avait douté de lui, sans raison... le pauvre homme. Elle était trop jalouse, toujours remplie des pires soupçons. Il travaillait dur, des journées entières, et parfois la nuit. « Oh! je ne pourrais vivre sans lui! Si jamais il me trompe — à Dieu ne plaise! — je me tuerai. »

« Tu dois être affamé ? dit-elle enfin.

— Affamé ? Non.

— Ont-ils pensé au moins à t'offrir une tasse de thé ?

— Ce sont des gens charmants.

— Que fait le mari ?

— Il est médecin militaire.

— Médecin lui-même ? Si c'est ainsi, tu ne seras même pas payé.

— Il s'agit d'un cas extrêmement intéressant. Quand tu auras besoin d'un médecin accoucheur, ce sera gratuit pour toi également.

— Eh bien, cela te regarde. La plupart des médecins pensent avant tout à ramasser de l'argent, tandis que toi, tu ne t'occupes que des fous... Et la femme, comment est-elle ? Jolie ?

— C'est une mère dévouée.

— Ne le sont-elles pas toutes ? Je pensais que tu ne voulais plus de moi et que tu t'étais enfui avec une autre, dit Shaindel, malgré elle.

— Pauvre folle!

— Il m'arrive d'avoir des idées tellement bizarres!

D'un autre côté, que suis-je ? Une femme mal fagotée. Je ne te cause que des ennuis. Souvent, je te prends pour un véritable saint. Tu es médecin, et moi je suis une bonniche. Tu ne peux même pas me présenter à tes amis.

— Ne dis pas de telles bêtises! Tu es ma femme et je t'aime. Tu es la mère de mes enfants. Sans toi, je ne serais pas devenu médecin.

— Eh bien, voilà assez de flatteries pour cette nuit! »

Vingt-huit

I

PENDANT les vacances les enfants de Clara, Sacha et Félusia, partaient rendre visite à leur grand-père à Jampol. Daniel Kaminer avait eu trois enfants avec Céline. Clara·était toujours fâchée contre son père qui n'avait pas tenu sa promesse de lui léguer la moitié de sa fortune avant d'épouser Céline. Cependant Daniel Kaminer était impatient de voir ses petits-enfants qui, de toute manière, ne pouvaient rester dans la grande ville durant l'été. Calman, de son côté, avait exigé, avant de divorcer d'avec Clara, que son fils fût autorisé à passer quelques semaines, chaque année, avec lui. Calman payait cinquante roubles par mois pour la pension de Sacha. On s'était mis également d'accord pour que Clara engageât un professeur d'hébreu pour Sacha, qu'elle veillât à ne pas envoyer l'enfant à l'école le samedi, qu'elle observât les règles de la kasherout. Bien que Clara négligeât de respecter tous les termes de leur accord, elle craignait que Calman ne cessât les envois d'argent si Sacha ne rendait pas visite à son père. Clara remit à Sacha le livre de prières qu'ipavait reçu pour sa *bar mitzvah*, ainsi qu'un gilet à franges qu'il devrait revêtir avant la rencontre avec son père. Depuis le divorce Calman et Daniel Kaminer ne s'adressaient plus la parole. Mayer Joel gérait les biens de Calman et il se chargeait des discussions d'affaires indispensables avec Kaminer.

Clara était triste de voir ses enfants partir. Lors des vacances d'été Sacha était comblé de cadeaux par son père. Calman essayait d'étudier le Pentateuque et la Mishnah avec lui. Il le laissait faire du cheval et lui passait tous ses caprices. Il y avait une rivalité constante entre Calman et Daniel pour obtenir les faveurs de Sacha. Calman n'avait pas un regard pour Félusia, bien que, légalement, elle fût sa fille. L'enfant pressentait qu'il y avait quelque chose d'anormal, aussi se montrait-elle jalouse de son frère. Souvent elle se vantait d'avoir deux pères, Papa Jacoby et Papa Zipkin. Parfois elle prétendait qu'elle n'était pas la fille de sa mère, mais qu'elle avait été abandonnée dans un sac, par une bohémienne. Clara se sentait incapable d'apaiser les craintes de l'enfant. Pour faire taire ses propres sentiments, Clara lui achetait des poupées coûteuses, de jolies robes, et la gavait de sucreries. Envoyer Sacha et Félusia à Jampol, n'était pas une petite affaire pour Clara.

Néanmoins les enfants avaient besoin de grand air. Aussi Clara trouvait-elle enfin du temps libre pour elle-même. La gouvernante Louise accompagnait les enfants dont elle avait la garde. Cet été Clara était bien décidée à faire enfin une chose à laquelle elle pensait depuis longtemps. La belle-famille de Zipkin était partie passer l'été à Carlsbad. Sabine souffrait de maux d'estomac; les médecins consultés avaient diagnostiqué un calcul biliaire. Les parents de la jeune femme souhaitaient qu'elle les accompagnât, tandis que Sabine refusait de partir sans Alexandre.

Elle prétendait que, pendant le temps qu'elle ferait sa cure à Carlsbad, Alexandre passerait tout son temps avec Clara. Rosa, harcelant sans cesse sa fille de demander le divorce, démontrait que l'occasion serait unique pour se débarrasser définitivement de cet imposteur. Elle essaya de persuader sa fille qu'à Carlsbad elle rencontrerait des hommes réellement intéressants. Sabine était encore jeune. Elle tomberait amoureuse de quelqu'un qui serait digne d'elle. Sa dot était restée à son nom et elle était toujours déposée à la banque. Un divorce délivrerait Sabine de toutes ses souffrances.

Sabine, toutefois, ne désirait pas divorcer. Son père était, lui aussi, opposé à une rupture. Le couple avait un enfant, un petit garçon adorable, nommé Kubus; en outre, Zipkin s'occupait de la comptabilité de l'affaire familiale. Bien qu'il n'eût pas grand-chose d'un commerçant, du moins il était honnête. Zdzislaw, à présent marié avec une fille de Lodz, voulait avoir tout à lui; heureusement Alexandre prenait le parti de son beau-père. Jacob Danzinger n'osait partir pour Carlsbad en laissant tout entre les mains de Zdzislaw. Ce fils était un instable, un être cupide; sa femme était pingre; le beau-père de Zdzislaw, un bon à rien qui avait fait faillite. Alexandre, bien qu'il eût des défauts, était un homme sur qui on pouvait compter.

Finalement Jacob Danzinger fit entendre raison à sa femme. A quoi bon se faire des soucis? Pour commencer, Jacob ne croyait pas qu'il y avait quoi que ce soit entre Alexandre et Clara. De toute manière, s'il arrivait à un homme de s'amuser, ce n'était pas un drame. Que faisaient d'autre tous les vendeurs et les courtiers au cours de leurs longues tournées qui les conduisaient jusqu'au cœur de la Russie? De nos jours on ne peut pas tenir un homme à l'œil, sans relâche. Alexandre était l'époux de Sabine. Ils s'étaient mariés selon la Loi donnée aux Hébreux par Moïse. Alexandre était le père de l'enfant de Sabine. A quoi bon se faire du mauvais sang pour des bêtises ?

Cette dispute familiale durait depuis la Shavouot. Sabine avait constamment changé d'avis. Tantôt elle était disposée à accompagner sa famille à Carlsbad, tantôt elle refusait de partir. Un jour elle acceptait l'idée du divorce, le lendemain elle accusait sa mère de faire tout pour rompre son mariage. Alexandre faisait semblant de ne pas s'apercevoir de ce qui se passait, or, intimement, il espérait être débarrassé de Sabine, pour quelques mois au moins. Elle était devenue de plus en plus hargneuse et désagréable, affichant une froideur blessante; elle s'imaginait avoir toutes sortes de maladies étranges. Dernièrement, par exemple, elle s'était inquiétée de sa façon de respirer, aussi avait-elle consulté des médecins pour se faire examiner les poumons. Lorsque Zipkin rencontrait Clara, il lui affirmait, chaque fois, que Sabine serait absente pendant l'été et qu'ils seraient libres tous les deux pour s'aimer.

Au dernier moment (elle avait déjà son passeport), Sabine changea d'avis, une nouvelle fois. Au lieu de se rendre à Carlsbad, en compagnie de ses parents, elle loua une villa à Polanska, à une station de chemin de fer de Varsovie. La raison de ce changement n'était que trop évidente pour Clara : le village était si proche de Varsovie que Zipkin ne pourrait passer la nuit avec elle quand il viendrait dans la capitale. Il y avait un service régulier, toute l'année, entre Varsovie et la grande banlieue, et pour la saison d'été, il y avait même des trains supplémentaires. Clara, se sentant visée par Sabine, décida de la payer de retour.

Elle envoya une lettre au bureau de Zipkin dans

laquelle elle annonça qu'après bien des nuits blanches, elle était arrivée à la conclusion qu'il était temps pour Alexandre de prendre une décision : il devrait choisir entre Clara et sa femme; il ne pourrait garder les deux. Elle était fatiguée de cette duplicité. Elle avait supporté suffisamment d'insultes. En vérité, elle n'avait même plus les prérogatives d'une maîtresse. Si Zipkin décidait de rester avec sa femme, le cœur et la porte de sa maîtresse lui resteraient fermés pour de bon. Clara avait signé son nom de son sang, acte que même elle ne manqua pas de juger vulgaire.

II

Clara avait recommandé au messager de remettre la lettre sans attendre une réponse. Zipkin la décacheta immédiatement, bien qu'à ce moment-là il y eût quelques clients dans son bureau. Il pâlit. Aussitôt il se ressaisit. « Cela devait arriver tôt ou tard, pensa-t-il. Peut-être est-ce mieux ainsi. » Aussi longtemps qu'il était pris par ses différentes occupations commerciales, il était facile pour Zipkin d'oublier qu'il venait d'être éconduit. « Ce genre de liaisons ne peut durer toujours. Une maîtresse n'est pas difficile à remplacer. » Ce jour-là, on allait faire le bilan mensuel. Zipkin était assis dans l'arrière-boutique. Il était secondé par le comptable suppléant, Rubinstein, un jeune homme à la chevelure abondante et bouclée. Le boulier-compteur résonnait continuellement. Les deux hommes fumaient le cigare. Tantôt ils discutaient affaires et comptabilité, tantôt ils bavardaient sur les actrices et les chanteuses d'opéra. Zdzislaw faisait de fréquentes apparitions en jouant le patron. La raison sociale de la maison était *Jacob Danzinger & Fils* mais, en fait, Zdzislaw n'avait pratiquement aucun pouvoir.

Jacob Danzinger avait pris ses précautions pour ne pas devenir un autre Roi Lear, selon sa propre expression. Il avait fait savoir à Zipkin que Sabine recevrait en héritage la plus grande partie de ses biens. « Voyons, on ne peut pas tout avoir », se dit Zipkin. Clara était une maîtresse excellente, n'empêche qu'elle ne ferait pas une épouse convenable. Sabine changerait d'attitude dès que Clara serait sortie du jeu : il en était certain. Toute l'affaire avec Clara allait éclater comme une bulle de savon.

Toutefois, à mesure que la journée s'écoulait, Zipkin sentit l'angoisse le prendre. Il relut le mot de Clara, à plusieurs reprises. Au crépuscule, la signature écrite avec le sang de sa maîtresse commençait à prendre un aspect inquiétant, presque menaçant. Il avait eu l'intention de passer la nuit en ville, de dîner chez Clara, puis de l'accompagner à un concert ou à une pièce de théâtre. Ils auraient été aussi libres que des oiseaux. Voilà que, soudain, elle lui envoie un tel ultimatum! Zipkin reprit la lettre une fois de plus, et il relut soigneusement chaque mot. Il n'y avait pas une seule expression, pas la moindre phrase qui ne dégageât une violente passion. « Tu sais combien j'ai besoin de toi. Chacune de nos rencontres était une nouvelle aventure pour moi. » Que ferait-il maintenant, tout seul? S'asseoir à la pâtisserie Semodeny, sans la moindre compagnie? Soudain il pensa à sa sœur Sonia qui venait de s'installer à Varsovie, dans une chambre assez sombre, rue Dzika. Elle donnait quelques leçons particulières. Zipkin l'aimait bien, pourtant il l'évitait parce que les amis de Sonia avaient des activités politiques plus ou moins louches. Sonia faisait partie de ces femmes qui s'épanouissent très jeunes, mais dont la beauté et les charmes commencent à se faner dès qu'elles ont passé la vingtaine, et qui deviennent alors des êtres désenchantés faisant le désespoir de leurs parents et amis. A seize ans, Sonia avait reçu des propositions de mariage de la part de jeunes gens qui comptaient parmi les plus riches et les mieux éduqués de la ville où elle vivait; à vingt-six ans, elle passait pour une vieille fille qui avait manqué le coche. Elle avait une chevelure sombre, des yeux noirs, une peau très blanche, et une silhouette fort agréable à regarder. Malheureusement ses yeux avaient pris une expression morne et toute sa personnalité reflétait son mécontentement perpétuel. Ses rares rencontres avec son frère, à Varsovie, se terminaient toujours par une querelle. Elle citait des auteurs médiocres et elle employait des phrases qui paraissaient extrêmement banales et stupides à Zipkin. Elle tenait son journal et elle racontait, toute fière, qu'elle s'était couchée à deux heures du matin parce qu'elle avait écrit dix pages. Lorsque Zipkin lui demandait de quoi elle parlait dans son journal, elle répondait : « Oh! de beaucoup de choses », en affichant un sourire énigmatique. Zipkin ne pouvait s'empêcher de l'offenser lorsqu'il se trouvait en sa présence. Elle pleurait alors doucement et lui disait avec un sourire mouillé : « Tu n'y pourras rien, Alexandre, je t'aimerai quand même. »

C'était vraiment trop bête de se retrouver tout seul aujourd'hui, dans cette ville où il vivait depuis des années! Il n'avait plus gardé le moindre lien avec ses camarades d'université. Le groupe des partisans de l'éducation autodidacte s'était disloqué. Certains de ses membres avaient été arrêtés; d'autres s'étaient enfuis. D'aucuns, garçons et filles provinciaux, s'étaient suicidés, encore que personne ne sût exactement pourquoi. Une poignée de jeunes avait émigré en Palestine où, dans une colonie, fondée par quelque baron, on parlait l'hébreu. Bien que l'Israélite regardât d'un œil critique ce nationalisme juif naissant, son attitude négative n'empêchait pas le mouvement de s'étendre. On organisait des réunions qui attiraient beaucoup de monde, particulièrement les rabbis lituaniens et les adversaires des hassidim. Les révolutionnaires, également, recommençaient à faire secrètement de l'agitation. Zipkin ne s'intéressait plus désormais à de telles activités. Ce n'était que chez Clara qu'il rencontrait des libéraux et des radicaux avec lesquels il avait la possibilité de discuter de ce qui se passait. Quant à ses relations d'affaires, il n'y avait que Zdzislaw et sa cohorte, or ceux-ci ne songeaient qu'à l'argent.

En quittant son bureau Zipkin se dirigea vers un restaurant où il pourrait lire son journal en mangeant. Sans Clara, la vie semblait grise et dépourvue d'intérêt. Les scandales en Bulgarie, les rivalités économiques entre compagnies allemandes et britanniques, en Afrique orientale, le bruit sur l'or dans le Transvaal, tout cela lui semblait très banal. Ici, à Varsovie, tout le monde se passionnait pour les courses de chevaux et la loterie qui allait avoir lieu dans les Jardins de Saxe. Ces distractions présentaient peu d'intérêt pour un homme qui venait d'être éconduit par la femme avec laquelle il avait envie de faire l'amour. Zipkin décida de rentrer chez lui. En descendant la rue Senator il se demandait : « Tous ces couples qui flânent, sont-ils réellement heureux ? S'ils croient l'être, c'est que, peut-être, ils n'avaient jamais connu l'amour véritable. Regarde-moi ce vieux drôle, à peine capable de mettre un pied devant l'autre! Que représente la vie pour lui ? Quelles sont ses espérances? Pourquoi s'arrache-t-il presque la barbe? Sans aucun doute il tient un petit magot bien caché quelque part... » Zipkin monta l'escalier jusqu'à son appartement, ouvrit sa porte et alluma les lampes à pétrole. Tous les meubles, le divan, les fauteuils, le piano étaient recouverts de draps afin de les protéger de la poussière. L'endroit sentait la naphtaline. Il ouvrit une fenêtre. S'il allait dans quelque cabaret? Ou bien faire un saut au club d'échecs? Le dernier train pour Polanska n'était peut-être pas encore parti. Mais rien que la pensée de se rendre à la gare, d'acheter un billet, d'attraper le train, puis de descendre dans l'obscurité et de marcher dans le sable le démoralisa profondément. Bien sûr, l'air était excellent à Polanska, et Kubus était un garçon splendide, mais Sabine allait commencer à se lamenter et à se plaindre de tous ses maux imaginaires dès l'arrivée de son mari. Peut-être se montrerait-elle encore plus odieuse à son égard si elle découvrait que c'était Clara qui avait rompu avec lui.

« Je vais lire un livre », prononça Zipkin à haute voix. Il jeta un regard aux volumes alignés dans la bibliothèque et, aussitôt, il perdit tout intérêt à la lecture. Il se rappela brusquement qu'il devait une lettre à ses parents, mais dès qu'il regarda l'encrier, il n'eut plus aucune envie d'écrire. Il commença à fouiller l'appartement, ouvrant les tiroirs du bureau et de la commode, sans trop savoir ce qu'il cherchait exactement. Comment pouvait-on endurer une vie comme la sienne? « Si seulement j'avais une bouteille de vodka! » Il se laissa tomber sur une chaise et fixa des yeux la tapisserie. Soudain il fut pris par le besoin de se masturber, comme un adolescent. Il se mit à trembler. « Je ferais mieux de sortir et de chercher une putain. » Il ferma les yeux. « Non, je n'en tirerais aucune jouissance. Peut-être ne serais-je pas en mesure de faire quoi que ce soit. Je vais aller voir Clara. Elle ne me jettera pas dehors. Il n'y a aucune raison de penser que nous ne puissions discuter ensemble de cette affaire. »

Il se leva vivement. Et si elle n'était pas chez elle ? Probablement avait-elle commencé à sortir avec d'autres hommes ? Il avait un goût d'amertume dans la bouche et il se sentait pris de nausées. Il ferma la fenêtre, songeant qu'il pourrait pleuvoir. Sabine redoutait la plus petite goutte d'eau, le moindre rayon de soleil. Il ferait bien de ne pas aller trop tard chez Clara. Après avoir éteint la lumière il trébucha dans l'obscurité, incapable de situer la porte, comme quelqu'un qui vient de se réveiller d'un profond sommeil.

Enfin, après s'être cogné les genoux contre une chaise, il trouva la sortie. Il descendit les marches quatre à quatre. Renonçant à héler un fiacre, puisque la rue Berg n'était pas loin, il se mit en chemin. En apercevant la maison de Clara il constata qu'il y avait de la lumière dans le salon. Était-elle seule ? « Elle est bien capable d'inviter un homme chez elle », murmura-t-il en s'arrêtant pour reprendre son souffle. Il se sentait honteux d'être aussi soumis à une femme. Mais que lui restait-il ? Il n'avait pas encore décidé de ses projets futurs, mais il avait la conviction qu'il allait faire quelque chose d'exceptionnel qui changerait toute sa vie. L'idée lui traversa l'esprit que c'était cela qu'un homme prêt à jouer tout ce qu'il possédait devrait resentir en entrant au casino de Monte Carlo.

III

Il sonna à la porte et attendit en prêtant l'oreille. Apparemment il n'y avait pas d'étrangers à l'intérieur. Enfin il entendit des pas approcher, puis la voix de Clara.

« Qui est là ?

— C'est moi, Alexandre », dit-il d'une voix rauque.

Il y eut un instant de silence. Probablement était-elle en train de peser le pour et le contre. Zipkin retenait sa respiration. Il savait que tout pesait dans la balance. Si elle le renvoyait, il ne la reverrait jamais. Peut-être, Clara, elle aussi, comprenait-elle la gravité de la situation. La clef fit agir le pêne; on entendit le bruit de la chaîne et, brusquement, la porte s'ouvrit. Clara portait une robe de chambre et des pantoufles. Elle avait changé de coiffure et semblait avoir maigri depuis la dernière fois qu'il l'avait vue. Des ombres noires cernaient ses yeux, cependant elle lui paraissait plus séduisante que jamais. Ils restèrent immobiles, face à face.

« On dirait que tu ne me reconnais plus, dit-elle enfin en polonais.

— Oh! si, je te reconnais.

— Eh bien, entre! »

Zipkin pénétra dans l'entrée et se dirigea vers le salon. Il ôta son chapeau de paille qu'il garda, toutefois, à la main. Bien que sa cigarette fût éteinte, il ne la retira pas de ses lèvres. Il se rendit compte d'un changement dans le salon, sans pouvoir préciser en quoi il consistait. Les rideaux? N'étaient-ce pas les mêmes? Non, ce n'était pas cela. Elle avait enlevé le fauteuil dans lequel il avait l'habitude de s'installer. Clara lui lança un rapide regard, aussitôt il se sentit pâlir. Une expression d'enfant obstiné se lisait dans les yeux marrons de la jeune femme.

« J'espère que tu es arrivé à une décision, dit-elle. Sinon, tu perds ton temps.

— Je ne peux pas comprendre ce que tu t'es mis dans la tête.

— Tu le sais fort bien. Tu n'es pas un imbécile. Je n'aime pas le rôle que tu m'as attribué.

— Que veux-tu exactement ?

— Je te l'ai dit dans ma lettre. Tu dois choisir entre nous.

— Mais je ne peux pas divorcer sur un coup de tête!

— C'est elle ou moi. Ce ménage à trois ne peut plus durer.

— Si je la quitte, je perdrai mon travail », dit Zipkin, regrettant aussitôt ses paroles. Il rougit violemment.

« Veux-tu me dire que tu es payé pour faire l'amour ? Parfait! En tout cas, moi, j'en ai assez. Je ne suis pas aussi bête que tu sembles le croire. Comment ai-je pu me laisser faire aussi longtemps dépasse mon entendement. Je n'ai pas l'intention de marchander avec toi. Je te le répète : c'est l'une ou l'autre. »

Clara sourit. C'est ce même sourire qui jouait sur ses lèvres quand elle s'emparait brusquement de tous ses pions tandis qu'ils jouaient au jeu de dames. Victoire et compassion féminine se mêlaient dans ce sourire. Zipkin ne dit rien. Il retira enfin le mégot de sa bouche. L'inflexion dans la voix de Clara lui déplut. Il n'aimait pas non plus sa façon de se tenir, les poings sur les hanches. Il s'approcha du poêle et tendit ses mains comme s'il cherchait la chaleur. S'il abandonnait Sabine, il se trouverait sans un kopeck. La dot de sa femme était restée en dépôt à la banque.

De toute manière, il était hors de question d'accepter l'argent d'une femme qu'il allait abandonner. Que devrait-il faire? Épouser Clara? Allait-il donner son nom à une femme qui avait déjà eu deux maris, qui l'avait suivi dans sa chambre dès leur première rencontre? Se sentait-il capable de devenir le beau-père de Sacha, ce gamin mal élevé et sauvage? Puis, combien de temps Clara l'intéresserait-elle encore? Elle devait avoir au moins quarante ans, sinon davantage. « Allons, dit-il, tu ne peux pas t'attendre à ce que je prenne une décision sur-le-champ! »

Clara hésita un petit moment. « Pardonne-moi de te dire cela, Alexandre : l'endroit pour peser mûrement cette affaire n'est pas ici, mais chez toi.

— Tu me demandes de partir?

— Non. Sache seulement que je suis prête à te libérer de toutes tes responsabilités, même de tes obligations envers ta propre fille. Je ne peux plus supporter cette façon de vivre.

— C'est dur, pour moi aussi.

— Jusqu'à quel point, exactement? Nous ne pouvons pas continuer à discuter éternellement. Les paroles, mon cher, ne servent plus à rien. Ne crois pas que cette décision a été facile pour moi! Tu ne sauras jamais combien j'ai souffert. »

Zipkin commença à arpenter la pièce. Que restait-il à faire d'autre? Il jeta un coup d'œil vers la fenêtre, puis il s'en approcha pour ouvrir le rideau. Enfin il revint lentement sur ses pas et s'arrêta devant Clara.

« D'accord, fit-il. J'ai pris une décision.

— Oui?

— Je ne veux pas d'elle. C'est toi que je désire. Seulement, nous ne pourrons pas rester à Varsovie. Nous devrons partir.

— Où irons-nous?

— A l'étranger.

— Tu crois...

— Sinon nous aurons trop de difficultés à surmonter.

— Oui, c'est vrai.

— Es-tu disposée à me suivre ?

— Oui, je le suis. »

Ils se dévisagèrent avec stupéfaction, surpris de la tournure que leur conversation avait prise.

« Où pourrons-nous aller, à ton idée ?

— Je n'en sais rien.

— Peut-être en Amérique ? Au moins on peut y gagner sa vie.

— Que penses-tu faire — coudre des costumes ?

— Par exemple !

— Parfait. J'avais l'espoir que Sacha ferait des études supérieures, mais tant pis...

— Rien ne l'empêche de faire ses études à l'étranger.

— Il sera obligé de tout recommencer à zéro... Enfin, je ne m'en soucie pas outre mesure. Si mon père désire le garder quelques années, je ne m'y opposerai pas. Le garçon est encore bien jeune. Sa vie ne fait que commencer. Je voudrais profiter au maximum des quelques années qui me restent à vivre.

— Pourquoi dis-tu les quelques années ?

— Je n'en sais rien. C'est ainsi. On ne peut jamais savoir. Si je ne peux pas être ta femme, plus rien ne m'intéresse.

— Viens, allons nous coucher.

— J'irai où tu voudras, mais à condition que tu me jures que tout sera fait selon notre accord. Je veux une promesse par écrit. »

IV

Au milieu de la nuit Clara se réveilla, terrifiée. Quelqu'un tirait la sonnette et donnait de grands coups contre la porte d'entrée. Par les interstices des volets filtrait la première clarté de l'aube. Zipkin et Clara ne dormaient pas depuis bien longtemps. Clara secoua Zipkin pour le réveiller.

« Alexandre, quelqu'un frappe à la porte. N'entends-tu pas ?

— As-tu la moindre idée de qui cela peut-il être ? demanda-t-il.

— Non. »

Clara enfila un peignoir, et Zipkin s'habilla d'une robe de chambre et chaussa des pantoufles. Finalement, après quelque discussion, on décida que Clara ouvrirait la porte tandis que Zipkin attendrait dans le salon. L'appartement était plongé dans l'obscurité.

« Qui est là ? » demanda Clara. Elle avait le pressentiment que la personne qui se trouvait de l'autre côté de la porte venait pour détruire son bonheur.

« C'est moi, Sonia.

— C'est ta sœur! » cria Clara à l'adresse de Zipkin. Elle ouvrit la porte et Sonia se glissa à l'intérieur pareille à un fantôme.

« Pardonnez-moi! madame. Les circonstances qui m'ont conduite ici sont assez exceptionnelles. Depuis onze heures j'erre sans but dans les rues. La police allait m'arrêter.

— Pourquoi ? Alexandre, sors de ta cachette! » Zipkin se précipita dans le vestibule.

« Que s'est-il passé, Sonia ?

— Oh! c'est ici que je te trouve! Ils sont venus fouiller chez moi.

— Quand ?

— Vers onze heures. J'étais au théâtre avec Mirale, la sœur d'Ezriel. Dans la rue Przejazd. Elle était accompagnée d'un jeune homme. Il n'est pas juif. Quand je suis arrivée dans la rue Dzika, Notke, le fils du propriétaire m'a dit : « Ne rentrez pas chez vous! « On vient de faire une perquisition. » Je suis alors allée jusque chez toi, mais le concierge n'a pas voulu me laisser entrer.

— Cherchent-ils quelque chose de précis? As-tu fait quoi que ce soit?

— Ici, à Varsovie? Rien. Je pense que tu es au courant — j'ai repris la chambre que Mirale occupait auparavant. Je t'en avais parlé : ils ont une presse à bras maintenant. Ils vivent ensemble. Oh! je n'aurais pas dû dire cela. C'est un secret. Ils se sont enfuis, avant moi, même. Dès qu'ils ont entendu prononcer le mot « perquisition », ils ont fui à toutes jambes.

— Eh bien, entrez! dit Clara se ressaisissant enfin. A quoi bon rester dehors! Mirale devait venir me coiffer, or elle ne s'est pas montrée. J'ai cru qu'elle était malade. Qui est le jeune homme?

— Oh! c'est un gentil. C'est un de leur groupe. Leur chef. Je les ai rencontrés hier, aussi m'ont-ils emmenée.

— Comment savais-tu que j'étais ici? demanda Zipkin avec embarras.

— Je ne pensais nullement te trouver ici. Je te croyais chez toi, ou bien en dehors de la ville. Je n'ai même pas mon bulletin de naissance sur moi. Je suis venue ici parce que je pensais que Mme Clara serait compréhensive et compatissante. Tout me paraît tellement bizarre. Je ne sais vraiment pas quoi dire pour présenter mes excuses. Quelqu'un m'a suivie dans la rue. Je ne sais pas qui c'était.

— Un agent de police peut-être? demanda Clara avec un accès de colère. Il vous a suivie jusqu'ici?

— Non, ce n'était pas un agent. Il est parti quand je suis arrivée chez toi, Alexandre. Dès que j'ai tiré la sonnette il a continué son chemin.

— Quittons cette entrée enfin! dit Clara sèchement. Ah! quelle nuit! Voici l'aube déjà! Veuillez excuser le désordre. Nous avons nos propres problèmes. Alexandre, puis-je lui confier notre secret ? »

Ils pénétrèrent dans le salon. Les rideaux étaient toujours tirés et la pièce était plongée dans une pénombre qui faisait paraître leurs visages blêmes, flous. On aurait dit des acteurs sur une scène faiblement éclairée.

« Lui confier quoi, Clara ?

— Que nous allons nous marier. Alexandre va quitter sa femme.

— Alexandre, est-ce vrai ?

— Oui, c'est vrai, Sonia. Je n'ai jamais aimé Sabine. Mon mariage avec elle était une erreur.

— Mais que deviendra Kubus ? » Comme personne ne répondit à la question de la jeune fille, celle-ci reprit sur un ton différent : « Moi non plus, je n'ai jamais trouvé Sabine sympathique, elle me rend d'ailleurs la pareille. Eh bien, mes félicitations! Votre bonheur est le mien! A présent Félusia aura un père. »

Clara, que l'émotion étouffait presque, toussa pour s'éclaircir la gorge. « Allons, nous avons fait des erreurs tous les deux, Alexandre aussi bien que moi-même. Tout cela est fini maintenant! Nous allons quitter le pays. »

Zipkin l'interrompit : « Nous t'emmènerons, Sonia. Le mieux pour toi serait de partir tout de suite, même avant notre propre départ. N'es-tu pas de mon avis, Clara ?

— Incontestablement! Que possède-t-elle ici qui vaille la peine de rester ? Sonia, notre projet est d'aller à Paris, et plus tard, si possible, en Amérique.

— En Amérique ? Oh! mon Dieu.

— Alexandre, retourne te coucher! Je vais préparer un lit pour elle sur le sofa. Si vous avez faim, Sonia, je peux vous donner un verre de lait et un petit pain, un peu rassis je crains. J'étais dans un tel état, hier, que je n'ai rien mangé de la journée. Soudain votre frère a fait son apparition et, aussitôt, tout allait bien de nouveau. Quel genre de presse à bras possèdent-ils ? Et Mirale, comment vit-elle avec ce gentil ?

— Pas comme mari et femme, si c'est cela que vous voulez dire. Ils m'avaient demandé de me joindre à leur organisation, avec tout cela je n'ai pas donné de réponse définitive.

— Ne te mêle pas de toutes ces conspirations, Sonia! dit Zipkin. L'époque n'est pas mûre pour de telles actions. Ici et en Russie les réactionnaires ont pris le pouvoir. Il y a des agents provocateurs partout. Tu finiras par te retrouver en prison. Qui, alors, t'en fera sortir ? Tu connais ma situation. Je ne peux rester en Pologne plus longtemps.

— Oui, Alexandre, je comprends parfaitement. »

V

La pendule du salon carillonna dix coups. Zipkin ouvrit les yeux. Clara était toujours endormie à ses côtés, ronflant comme en pleine nuit. Zipkin se passa la main sur le front. Avait-il rêvé ? Non, Sonia était effectivement arrivée au milieu de la nuit. Il y avait eu une perquisition. Il avait donné sa parole à Clara qu'il divorcerait d'avec Sabine; il avait même signé un papier à cet effet. Voilà donc comment se présentaient les choses! Il resta immobile tout en observant Clara, stupéfait de voir jusqu'où sa passion l'avait mené. Aucun doute, elle avait les cheveux teints! Il constata que la racine de ses cheveux était grisonnante. En dormant le visage de Clara paraissait empâté et vieilli. Elle avait les joues ridées, les pores dilatés — séquelles de la petite vérole, peut-être? La nuit passée, consumé par le désir, il était resté simplement couché aux côtés de sa maîtresse. Maintenant, en la voyant à la lumière du matin, il se demandait, plein d'inquiétude : « Où irai-je avec elle? Comment vivrons-nous? » Il sortit du lit et prit sa robe de chambre et ses pantoufles. Quand il ouvrit la porte, il aperçut Sonia, assise sur le sofa qui lui avait servi de lit, en train de lire un livre.

« Ainsi, tu es déjà debout? fit-il.

— Je n'ai pas fermé l'œil de la nuit.

— Pourquoi pas? Tu disais que tu étais si fatiguée.

— Tout ceci m'a énervée, Alexandre.

— A quoi fais-tu allusion?

— Oh! à différentes choses. Allons, je ferais mieux de rester bouche cousue.

— Tu peux être franche avec moi. Ceci dit, il y a bien des choses qui dépassent notre volonté. »

Zipkin se rendit à la cuisine pour se laver : « Je me demande quelle sorte d'animal est l'homme, se dit-il en bâillant. Je me sens si faible, et pourtant je me charge d'un tel fardeau. Je vais m'écrouler sous son poids. » La nuit passée il s'était senti comme un géant. Ce matin il se levait complètement abattu, les tempes battantes, les jambes douloureuses, le dos endolori. « Suis-je arthritique? Peut-être ai-je le cœur malade? » Il enfonça son index dans sa bouche et tâtonna une molaire qui se déchaussait, tandis qu'il examinait son image dans un miroir accroché au-dessus de l'évier. Ses cheveux commençaient à être clairsemés. « Ne retrouverai-je donc jamais la paix intérieure? murmura-t-il. Si mes parents savaient ce que je suis devenu, ils en mourraient. »

Clara entra, vêtu d'un négligé coûteux. Grâce aux cosmétiques, elle semblait de nouveau jeune et fraîche. Elle le fixa d'un regard pénétrant.

« Je ne t'ai pas entendu te lever.

— Je n'ai pas voulu te réveiller. »

Clara soudain paraissait tendue. « Alexandre, je sais qu'elle est ta sœur et qu'elle sera bientôt ma belle-sœur. Je ne veux que son bien. N'empêche que pour nous, ce n'est pas le moment de nous encombrer d'un chaperon. Les quelques semaines à venir, nous devrons vivre seuls tous les deux.

— Il n'est pas nécessaire qu'elle voyage avec nous.

— Je ne me soucie pas de ce qu'elle dit. Je sais à qui vont ses sympathies, même si ta femme lui interdit votre maison.

— Sonia n'est pas ma préoccupation principale en ce moment.

— Alexandre, je ne veux pas te faire de reproches, néanmoins il est important que tout soit mené à bonne fin, et rapidement. Tu n'as pas besoin d'attendre que le divorce soit prononcé. D'Amérique tu peux envoyer un acte de divorce à Sabine.

— Non, je ne peux pas la quitter sans un mot.

— Pourquoi pas? Tu t'épargneras bien des ennuis et, à Sabine, des larmes inutiles. Tu te considères comme un Don Juan, or tu ne sais rien des femmes. Elle remuera ciel et terre pour te garder. Tu n'as pas — pardonne-moi de te dire cela! — un caractère bien trempé. Combien d'argent possèdes-tu?

— Pas un groschen.

— N'es-tu pas le caissier de la maison?

— Il s'agit de l'argent de mon beau-père.
— Que reste-t-il de la dot ?
— Je te l'ai déjà expliqué.
— Eh bien, si tu veux à tout prix faire l'idiot, ne te gêne pas! Tu sais à quel point je suis appauvrie. Comment un homme peut-il accepter de rester sans un kopeck en poche? Ne te fâche pas! mais c'est de la stupidité. Or celle-ci n'a rien à voir avec l'idéalisme. Pour qui travaillais-tu? Le diable? Eh bien, il ne me reste qu'à vendre mes meubles, encore faut-il que je sois certaine que tu ne changeras pas d'avis. Notre décision doit être définitive. Aucun de nous deux n'est plus un enfant.
— Il me faut un jour ou deux pour réfléchir à tout ceci.
— Réfléchir à quoi? Si tu as l'intention de faire marche arrière, dis-le moi tout de suite! Ou bien tu prends des mesures immédiatement, ou bien tu ne feras jamais rien. Nous n'avons pas besoin de passeports; nous franchirons la frontière clandestinement. Notre bagage ne comprendra que deux mallettes. Une fois sortis du pays, nous avons le monde entier pour choisir où nous fixer.
— Oui, Clara, tu as raison.
— J'ai un certain nombre d'affaires à mettre en ordre avant de partir. Contrairement à toi, je ne peux pas rester assise là à ruminer mes doutes. Tout d'abord je dois aller à Jampol pour avoir un entretien avec mon père. Je ne peux pas simplement lui confier les enfants, sans un mot d'explication. J'ai également deux ou trois choses à dire à Céline. D'ailleurs, sa mère est avec elle en ce moment et j'aimerais la voir également, avant de m'en aller. Ne crois pas que tout ceci soit facile pour moi!
— Pour quand envisages-tu notre départ ?
— La date exacte importe peu. Seulement, je dois

être certaine que, quand je leur parlerai, je ne serai pas en train de me ridiculiser. »

Zipkin eut la gorge serrée. « Va et parle à ton père!

— Tu es sûr que tu es bien décidé? Il ne te reste plus aucun doute? Rappelle-toi, je ne peux parler à la légère à mon père. Lorsque je serai devant lui, je dois être en mesure de lui donner tous les faits correspondant à la réalité.

— Tu pourras lui raconter tout.

— Bon, c'est ce que je voulais t'entendre dire. »

Vingt-neuf

I

CALMAN JACOBY avait soixante-cinq ans. Il y avait eu un temps où il avait pensé qu'il serait mort à cet âge-là. Selon le Talmud, un homme qui atteint l'âge auquel ses parents sont morts doit penser à son propre trépas. Il avait travaillé dur et souffert beaucoup. Mais, Dieu merci, il était en bonne santé. Par contraste avec sa barbe blanche, son visage restait frais et ses yeux étaient vifs et clairs. Son dos était aussi droit que par le passé. Dieu avait donné un physique robuste à Calman.

Mayer Joel avait dorénavant l'entière charge du domaine et des carrières. Ces dernières commençaient d'ailleurs à être épuisées. Calman avait tout légué à son gendre. Celui-ci avait agrandi le moulin et installé des meules pour moudre de la farine fine. Calman lui-même s'acquittait toujours d'un dur labeur, non point par nécessité, mais parce qu'il y était habitué. Il se levait, comme par le passé, à l'aube. Pour son petit déjeuner il prenait du pain noir et du fromage de ferme, arrosés d'un grand verre d'eau. Il manipulait les sacs, aidait à charger la chaux, harnachait les chevaux, et il coupait même du bois. Il se sentait incapable de passer son temps à étudier la Mishnah ou le Talmud. Il avait vécu pendant des années sans femme; du sang chaud coulait dans ses veines et son appétit sexuel était toujours aussi impérieux. S'il restait sans rien faire, il perdrait la raison.

Non, Calman n'avait pas compté atteindre un grand âge. Jadis, il avait cru, au fur et à mesure qu'il grisonnait, que ses pensées deviendraient plus pures. Or ce n'était pas vrai. Même le fait d'être arrière-grand-père n'avait pas su apaiser sa passion. Oui, il était déjà arrière-grand-père : Teibele, fille de Jochebed, venait d'être mère. Jochebed, de dix-huit ans plus jeune que son père, avait un comportement de vieille femme. Coiffée d'un bonnet, le nez chaussé de lunettes, elle restait la plus grande partie de la journée assise en lisant *La Lumière de la Connaissance* et *L'Héritage du Cerf*. Son père, toutefois, manquait de patience pour lire d'une manière continue.

Même pendant la prière des pensées mauvaises l'assaillaient. La nuit son imagination était en effervescence, évoquant les bêtises qu'il avait commises au cours de son adolescence, ou bien au temps de son veuvage lorsqu'il avait courtisé passionnément Clara. Les marieurs de Jampol continuaient à accourir pour lui proposer des partis possibles. Quelqu'un lui conseilla même d'épouser une jeune orpheline du pays qui n'avait que dix-huit ans. Calman savait que, selon la Loi, il devrait se remarier. Il est écrit dans les Écritures : « Le matin, répands ta semence, et le soir, ne refuse pas d'accorder ton secours. » Néanmoins Calman avait été incapable d'arriver à une solution.

Chaque année, lorsque Daniel Kaminer célébrait une circoncision, ou bien qu'il donnait une fête familiale, Calman était de mauvaise humeur. A quoi bon engendrer à un âge aussi avancé? Pourquoi laisser des orphelins?

Calman vivait seul désormais dans une unique chambre de la maison qu'il avait jadis habitée avec Zelda. Il avait aménagé une autre pièce pour la prière. Il s'était procuré une Arche Sacrée, un Parchemin de la Loi, une menorah, les volumes de la Mishnah, le Talmud et d'autres livres saints, ainsi qu'un lutrin, une chaire de prédicateur avec un candélabre, et même un bassin de cuivre pour procéder à l'ablution des mains. Un flambeau éternel, à la mémoire de l'âme de Zelda, brûlait près de la porte. Il avait également installé une chambre d'amis à l'intention des juifs de passage qui, de temps à autre, lui rendaient visite pour solliciter des souscriptions ou collecter des fonds destinés à des fiancées dans le besoin. Une femme du pays s'occupait du ménage. Calman lui-même recevait chaque visiteur. Il avait toujours un lit disponible pour chacun. Tous les voyageurs recevaient de la nourriture, un abri pour la nuit, quelques pièces de monnaie, parfois même une mesure de grain, un pot de gruau d'avoine, de la farine de millet, ou tout autre denrée de sa réserve. Il arrivait, assez rarement d'ailleurs, qu'il y eût suffisamment de visiteurs à la fois pour former un minyan. Habituellement Calman était obligé de prier seul. Avec son châle de prière et ses phylactères, il faisait les cent pas. Ici, dans cette maison, il avait gagné et perdu tout un univers. Une de ses filles s'était convertie. Dieu merci, il en avait engendré d'autres qui, elles, étaient bonnes! Jochebed était une femme honorable, Tsipele une sainte.

Calman priait d'un ton réfléchi. Il baisa les phylactères portés sur la tête et le bras en les effleurant de ses doigts qu'il porta ensuite à ses lèvres. Il embrassa également les franges de son châle de prière. Il se plaça face au mur orienté vers Jérusalem pour les Dix-Huit Bénédictions. Cette maison de prière avait été son salut. Ici, il se réfugiait avec tous ses soucis et ses inquiétudes. Il savait fort bien qu'on ne devrait pas ouvrir l'Arche Sacrée, sans raison valable. Pourtant, par moments, il était pris d'un désir désespéré d'écarter le rideau et d'ouvrir la porte. Le bois à l'intérieur était d'une teinte rouge sombre, lie-de-vin; enveloppé de satin, couronné de clochettes et décoré d'un signet et d'une baguette, le rouleau de parchemin de la Torah était posé contre la paroi de l'Arche. Le parfum des aromates de l'Eden semblait s'en dégager. La Loi que Moïse avait donnée aux Hébreux du haut du Sinaï et au nom de Dieu était inscrite sur le parchemin.

Calman baissa la tête et baisa le rouleau. Lui-même mourra, mais ce rouleau sacré sera transmis de génération en génération. D'autres juifs l'approcheront, l'embrasseront, le porteront, le soulèveront très haut en dansant, le cœur en liesse. Sur l'enveloppe de satin, à l'intérieur de l'Étoile de David, était brodée en or la déclaration que Calman, fils de Sender Jacob, avait offert la Torah à la mémoire de son épouse Zelda, fille d'Uri Joseph. S'il plaisait à Dieu, cette Torah compterait parmi les bonnes actions de Calman quand il arriverait dans l'autre monde. Ce jour-là, *qui* serait à son lit de mort pour réciter le *kaddish* — le petit trésor de Clara, ce cher Sacha ?

II

Pendant l'hiver Calman réussissait plus ou moins à oublier qu'il avait possédé une femme telle que Clara. Mais en été, lorsque Sacha venait en vacances chez son grand-père Daniel Kaminer et rendait visite à Calman, le garçon lui rappelait constamment, par sa seule présence, Clara et leur vie commune de jadis. Calman avait devant ses yeux un fils qui — que le Mauvais Œil l'épargne! — poussait comme un jeune arbre. A chacune de ses brusques apparitions, la taille et les vêtements de Sacha étaient tellement changés que Calman le reconnaissait à peine.

Par un mémorable jour d'été, un jeune adolescent, vêtu d'une veste aux boutons dorés, d'une culotte de cheval, chaussé de bottes montant presque jusqu'aux genoux, coiffé d'une toque ornée d'un emblème, se présenta chez Calman. Il ressemblait à un gentil. Robuste, avec de larges épaules et une crinière d'un noir brillant, il semblait déjà se servir du rasoir. Avec ses yeux rieurs de bohémien et sa façon de parler un mauvais yiddish, il déconcerta Calman pendant un moment.

« Papa, c'est moi, Sacha, Senderel! » Sacha sourit de toutes ses dents qu'il avait très blanches. On ne voyait guère de denture aussi saine parmi les jeunes juifs de la Pologne.

« Comment es-tu arrivé ici?

— Par le train. Félusia est ici, également. »

Calman feignit de ne pas avoir entendu le nom de la fille.

« Comment vas-tu? Comment se porte ta mère? demanda Calman, regrettant aussitôt d'avoir fait allusion à Clara.

— Tout va pour le mieux! Je donne bien du fil à retordre à mes maîtres. Maman crie après moi.

— Et pourquoi crie-t-elle donc?

— Oh! elle crie tout le temps : je ne travaille pas assez; mes notes ne sont pas bonnes. Elle s'imagine que je suis capable de ne récolter que des 20. Personnellement, je m'en moque éperdument. Je préfère avoir un peu de bon temps.

— Que veut dire « avoir du bon temps »?

— Tout ce qu'on veut : nager dans la Vistule, faire de la gymnastique. En face de notre collège il y a un lycée de filles : qu'est-ce qu'on s'amuse! Nous jouons des drôles de tours aux filles. J'ai apporté mon gilet rituel! » Sacha fouilla nerveusement sous sa veste. « J'ai également pris mes phylactères pour venir à Jampol. Je suis un bon juif.

— Eh bien, Dieu merci!

— Papa, as-tu gardé ma jument grise?

— Le professeur d'hébreu vient-il toujours te donner des leçons? »

Sacha hésita une fraction de seconde avant de répondre.

« Le professeur à la barbiche est parti. Un autre professeur d'hébreu devait venir, cependant je n'ai pas eu le temps de prendre des cours à cause de mes examens. Après les vacances je recommencerai à travailler. Je possède le Pentateuque, le livre de prières et tout le reste.

— Tu peux avoir la jument, toutefois, pendant ton séjour ici, tu devras apprendre un chapitre du Pentateuque et prier, également.

— J'ai laissé mes phylactères chez Grand-père. »

Sacha ne voulait plus entendre parler de prière. Impatient, il tapa des pieds en riant, puis, soudain, sa mine se rembrunit tandis qu'il attrapait un papillon entré par la fenêtre ouverte. S'il avait pu, il aurait fait tout à la fois : monter à cheval, nager dans le lac, manger. Il avait fait à pied le chemin depuis Jampol. Calman sortit chercher ses phylactères et un livre de prières, or Sacha avait tout oublié. Il ne se rappelait même pas que les phylactères ont des lanières de cuir. Calman roula celles-ci d'abord autour du bras solide du garçon, puis il les lui passa autour de la main et entre les doigts afin de former la lettre « Shin ». Il récita la bénédiction et il demanda à Sacha de répéter ses paroles. Pendant ce temps la gouvernante prépara des douceurs pour le jeune invité. Sacha adorait les gâteaux aux œufs et les galettes de Pâque, à toute époque de l'année. Arpentant la chambre de prière il bâillait d'ennui en regardant les murs. Il marqua un arrêt avant les Dix-Huit Bénédictions, cependant il ne se frappa la poitrine ni ne s'inclina pour « rendre grâce ». Calman se sentait à la fois honteux et alarmé. Néanmoins il aimait beaucoup le garçon et il était un père affectueux et faible. Bien que Sacha ressemblât à Clara, certains traits de son caractère rappelaient à Calman son propre père, Sender Jacob — qu'il repose en paix!

Calman trouvait des excuses à Sacha. « Comment serait-ce la faute du pauvre garçon? Il était élevé parmi des idolâtres. » Au milieu des prières — il n'avait même pas ôté ses phylactères —, il s'approcha de Calman et, le prenant par les épaules, lui posa un baiser sur le front. Calman fut surpris. C'était exactement la façon d'agir de Clara! Elle se levait au beau milieu de n'importe quelle discussion pour l'embrasser.

« Papa, je t'aime.

— Je préférerais te voir devenir un bon juif.

— Que suis-je donc — un gentil? Quand le prêtre vient au collège, les élèves juifs quittent la classe. Les gentils nous traitent de tous les noms en revanche;

nous leur brisons la mâchoire. Papa, je suis fier d'être juif.

— Fier ? Pourquoi fier ?

— Je suis fier... Eux sont antisémites, mais nous, on s'en fiche, on les ignore. N'empêche que nous savons donner des coups de poing, nous aussi. Les professeurs font toutes sortes de remarques. Moi, je riposte. Je n'ai peur de personne. Une fois, à cause d'une telle repartie, j'ai eu un zéro. C'est la plus mauvaise note. Bah! je ne m'en fais pas.

— Le mieux pour un juif est de se trouver parmi d'autres juifs, dit Calman. Ainsi on évite de telles querelles.

— Comment pourrais-je être parmi les juifs ? Il n'existe pas d'école d'enseignement secondaire pour les juifs. Je veux devenir ingénieur, or les machines et tout le reste appartiennent aux gentils. Pourquoi les juifs ne possèdent-ils pas une terre à eux ? Pourquoi ne vivent-ils pas en Palestine ?

— En Eretz Israël ? Parce qu'ils ont péché, Dieu les a chassés.

— Les gentils commettent des péchés, eux aussi, pourtant ils ont tout.

— Les juifs sont les enfants de Dieu, or, avec ses propres enfants, un père est sévère.

— Certains disent que Dieu n'existe pas. »

Calman frémit.

« Qui dit cela ? Ote les phylactères! Ils sont le symbole de Dieu. Comment oses-tu dire de telles sottises! »

Calman aida Sacha à enlever les phylactères. A la cuisine, il puisa une pleine louche d'eau dans le tonneau, pour les ablutions du garçon, avant le repas. Assis à table, il attendit patiemment que Sacha eût purifié ses mains, avant de prononcer la bénédiction. Sacha engloutit une crêpe au beurre après l'autre, les arrosant de lait. Tout en mangeant il jetait sans cesse des regards vers le manoir qui abritait dorénavant un club d'officiers. L'année précédente il avait rencontré les femmes et les filles des officiers. Il avait monté leurs chevaux; les officiers lui avaient appris le tir. Cette année, il était conscient d'avoir le physique d'un homme.

Après la bénédiction Calman accompagna Sacha à l'étable. La jument grise était toujours fringante, bien qu'elle parût vieillie. La selle avait été égarée. On se mit à sa recherche. Entre-temps Sacha descendit à la rivière pour nager. Apparemment sa mère ne lui avait pas inculqué le moindre sens de la pudeur. Il commença à se dévêtir, affichant un manque de retenue totale devant son père. Mentalement Calman le compara à Ham, fils de Noé.

Non seulement ce fils était un objet de honte pour Calman, mais encore il lui rappelait sans cesse Clara. Il avait le visage, les yeux, et parfois même la voix de sa mère.

III

La nuit, lorsque Calman ne trouvait pas le sommeil, il se levait pour se rendre à sa synagogue de fortune. Avant d'entrer il frappait à la porte pour avertir les morts qui prient en ce lieu, minuit passé. Après avoir allumé la lampe fixée au-dessus de la table, il ouvrait un volume de la Mishnah et se plongeait dans l'étude. Sacha, qu'il n'avait vu qu'un jour sur deux depuis son arrivée à Jampol, ne s'était pas montré pendant toute une semaine. Dehors, une douce brise soufflait. Les champs et les forêts s'étendaient sur des kilomètres alentour. Qui sait combien de démons, lutins et diablotins se rassemblaient dans ces vastes domaines?

Deux lions dorés de chaque côté des Dix Commandements formaient la corniche de l'Arche. Une mezuzah était accrochée au montant de porte; seule une véritable synagogue en était exempte. Calman chantait le début de la Mishnah : « Sept jours avant le Jour des Expiations, le Grand Prêtre fut conduit de sa maison à la Chambre du Conseil, et un autre prêtre fut préparé à sa place, afin que rien de ce qui le rendrait indigne d'être choisi ne lui fût échu. Rabbi Juda dit : « Une autre femme aussi fut préparée pour « lui, de peur que sa propre femme ne mourût, car il « est écrit : Il doit expier pour lui-même et sa mai- « son; ce qui veut dire : sa femme. Ils lui dirent : « Si « c'est ainsi, il n'y aura jamais de fin. »

Calman chantait les paroles, tirant sur une mèche emmêlée de sa barbe. Il parcourut le commentaire du rabbi Yom Tov Heller et vit en imagination l'ancien Temple dont le sanctuaire, l'Arche Sacrée et les chérubins étaient tout en or. Dans ce Saint des Saints, une fois par an, le Grand Prêtre pénétrait, vêtu d'un pectoral et d'un vêtement sacerdotal, la tête couverte d'un capuchon, portant dans ses mains une cassolette pour l'encens. Entourant le sanctuaire le plus sacré, différents bâtiments se dressaient autour du Temple. Des prêtres emmenaient les animaux du sacrifice à l'autel, chauffaient de la graisse et procédaient aux libations. Plus loin se trouvait la cour du Temple où tous les juifs étaient autorisés à pénétrer. Les fidèles s'y pressaient nombreux, prêts à s'agenouiller en inclinant la tête, dès que le Grand Prêtre entonnerait le nom de Jahvé.

Calman se sentait pris de nostalgie en songeant aux temps anciens, lorsque les juifs vivaient en terre de

Canaan. Trois fois, chaque année, ils faisaient un pèlerinage à Jérusalem. Ils possédaient leurs propres champs, forêts, vignobles, figuiers. Un roi régnait sur les juifs, et des prophètes expliquaient les Écritures. Malgré tout, il y avait déjà le péché. Jéroboam érigea deux veaux d'or à Béthel, et Dan et les juifs les adorèrent. Comment ceci avait-il été possible? C'était au-delà de toute compréhension.

Calman ne se rappelait même plus à quel moment de sa vie il avait appris la cantilation dans laquelle il venait de prier et d'étudier. Celle-ci avait été léguée de père en fils, depuis des générations d'ancêtres. Les paroles de la Mishnah étaient limpides; il était question d'un bœuf, d'un âne, d'un voleur, d'un meurtrier, d'un mariage, d'un divorce. Pourtant, chaque mot avait une saveur particulière, indescriptible. Les lettres hébraïques étaient imprégnées de sainteté, d'éternité. Elles semblaient l'unir aux patriarches, à Josué, à Gamaliel, à Eliézer, à Hillel l'Ancien. Ces sages lui parlaient comme le fait un grand-père s'adressant à ses petits-enfants. Ils cherchaient à lui démontrer où est l'erreur et où la vérité, comment reconnaître la pureté dans un monde impur. Ils le traitaient comme leur égal en lui faisant partager les trésors de la Torah. Au milieu de ces rayons de livres sacrés, Calman se sentait protégé. Autour de chaque volume planait l'âme de son auteur. Dans ce lieu, Dieu veillait sur lui.

GLOSSAIRE

BAR-MITZVAH : fête donnée lorsqu'un jeune garçon a atteint sa majorité religieuse.

CABANES *(fêtes des)* : Succoth ou Soukkoth, fête de la récolte, qui dure sept jours. Elle rappelle la protection miraculeuse dont Dieu a favorisé Israël pendant sa marche dans le désert. Pendant les sept jours, on échange son habitation habituelle contre une soukka (plur. soukkoth), fragile cabane couverte uniquement de feuillage. Le fidèle affirme ainsi sa dépendance à l'égard de Dieu et donne une preuve de sa confiance en la Providence.

CHEVUOTH ou SHAVOUOT : *pluriel de chevua,* « semaines ». Nom hébreu de la Pentecôte.

ELUL : mois du calendrier juif qui précède Yom Kippur. Il est voué au repentir, à la prière et à la charité.

HANUKKAH : fête de « l'inauguration de l'autel », fête des lumières, qui dure huit jours et commémore, avec les victoires des Macchabées sur les troupes syriennes d'Antiochus Épiphane, de 167 à 165 avant l'ère chrétienne, la réinauguration du temple de Jérusalem.

HAVDALA : cérémonie de clôture du shabbat.

HASSID *(plur. Hassidim)* : littéralement « pieux ». Le mouvement hassidique se développa à partir de 1740 environ en Pologne. Les hassidim accordaient au sentiment religieux une importance infiniment plus grande qu'à la connaissance et à la pratique de la Loi.

HEDER : jadis école primaire juive en Europe centrale.

KABBALE ou CABBALE : la tradition mystique juive.

KADDISH : prière en langue araméenne que l'on récite à la fin des passages importants de l'office. Elle est récitée aussi par les orphelins qui expriment en la prononçant leur confiance et leur soumission à la volonté divine.

KETUBA : acte de mariage.
MENORAH : chandelier.
MIDRASH : commentaire homilétique de la Bible.
MISHNAH : code de la Loi orale *(voir Talmud).*
MEZUZA *(plur. mezuzoth)* : étui que l'on fixe au montant droit de la porte et qui contient le texte du Shema *(voir Shema)* sur un petit rouleau de parchemin.
MOHEL : celui qui pratique les circoncisions.
OMER : période de deuil de quarante-neuf jours entre Pâque et la Pentecôte.
PESSAH : nom hébreu de la Pâque.
PHYLACTÈRES : petits étuis de cuir qui renferment, transcrits sur des feuillets de parchemin, le texte du Shema *(voir Shema)* et que l'on fixe à l'aide de lanières, l'un au bras gauche (en face du cœur) et l'autre au front (en face du cerveau).
POURIM ou PURIM : la fête des Sorts (pour sort en persan) qui rappelle l'histoire de la reine Esther intervenant auprès d'Assuérus pour sauver le peuple juif menacé d'extermination.
ROSH HASHANA : fête du nouvel an juif.
SHEMA : « Shema Israël »... « Écoute Israël, le Seigneur est notre Dieu, le Seigneur est Un. » Premiers mots du texte le plus connu du rituel juif.
SIMHATH TORAH : fête de la « réjouissance en la Torah » *(voir Torah),* dernier jour des fêtes de Sukkoth.
SHIVA : « sept ». Les sept jours de deuil strict qui suivent le décès d'un parent proche.
SUCCOTH : *voir Cabanes,* fête des.
TALMUD : code de la Loi orale, comprenant la Mishnah et la Guemara. Il comporte deux aspects, l'un législatif (la Halakka), l'autre édifiant (la Haggada).
TAMMOUZ : Tammouz est un mois de l'année juive. Le 17 Tammouz est un jour de jeûne qui marque l'anniversaire de la prise de la première enceinte de Jérusalem par les Romains en 70.
TICHA-B'OV : le jour le plus triste de l'histoire et de l'année juive. La Mishnah *(voir Mishnah)* y rattache cinq grands malheurs nationaux, dont la destruction du premier, puis du deuxième temple et le début de l'exil bimillénaire.

TORAH : la doctrine, la Loi. Au sens étroit, le Pentateuque. Au sens général, l'ensemble de la Loi juive.

YESHIVA : *(plur. Yeshivoth)*, école talmudique.

YOM KIPPOUR ou KIPPUR : le grand Pardon, jour d'expiation exclusivement consacré à la prière et à la pénitence.

Ce glossaire a été établi avec l'aide de M. le grand rabbi Guggenheim et de M. le rabbi Messas.

MARIE-PIERRE CASTELNAU.

IMPRIMÉ EN FRANCE PAR BRODARD ET TAUPIN
58, rue Jean Bleuzen - Vanves - Usine de La Flèche.
LIBRAIRIE GÉNÉRALE FRANÇAISE - 6, rue Pierre-Sarrazin - 75006 Paris.
ISBN : 2 - 253 - 04060 - 6

42/3077/7